सबसे बड़ा सिपहिया

सबसे बड़ा सिपहिया

हिन्दी अकादमी, दिल्ली के 'साहित्यिक कृति पुरस्कार' 1988 से पुरस्कृत उपन्यास

वीरेन्द्र जैन

वाणी प्रकाशन

वाणी प्रकाशन
4695, 21-ए, दरियागंज, नयी दिल्ली 110 002

शाखा

अशोक राजपथ, पटना 800 004

फ़ोन : +91 11 23273167 फ़ैक्स : +91 11 23275710

www.vaniprakashan.in
vaniprakashan@gmail.com

SABSE BARA SIPAHIYA
by Virendra Jain

ISBN : 978-93-5229-089-5
Novel

प्रथम संस्करण
मूल्य : ₹ 195

हर्ष प्रिंटर्स, दिल्ली-110 093 में मुद्रित

वाणी प्रकाशन का लोगो मक़बूल फ़िदा हुसेन की कूची से

जाने किस लाचारी, अभाव के चलते
चोरी करने पर विवश उस अज्ञात चोर को,
जो आर्थिक विपन्नता देने आया और
अनुभव सम्पन्नता दे गया।

सबसे बड़ा सिपहिया

एक

जब बस अड्डे पर पहुँची, सुबह के साढ़े नौ बजे थे। बस से उतरते ही आनंद को सीधे दफ्तर जाना चाहिए था, मगर पूरे एक सप्ताह की भाग-दौड़ ने शरीर को इतना थका दिया था कि अब उसे आराम देना आवश्यक हो गया था। शरीर की इस माँग को नजरअंदाज करने का अर्थ था बीमारी को निमंत्रण। ऐसी स्थिति में दफ्तर न जाने का फैसला करके वह अपनी कॉलोनी की ओर जानेवाली लोकल बस में जाकर बैठ गया।

आनंद बतौर उप-संपादक सागर पत्रिका समूह से संबद्ध है। अपने संस्थान की प्रमुख पत्रिका 'सागर' के लिए उसने पिछले सप्ताह अपने प्रदेश में आए नए आई.जी. पुलिस को इंटरव्यू किया था। संपादक की इच्छा थी कि इस इंटरव्यू के साथ-साथ आई.जी. के अतीत से संबंधित सामग्री भी प्रकाशित हो। इसीलिए उनसे संबंधित अन्य सामग्री जुटाने की जिम्मेदारी भी संपादक ने आनंद को ही सौंप दी थी।

ये साहब यहाँ आई.जी. के रूप में नियुक्त होने से पहले कई वर्षों तक एक छोटे-से प्रदेश में सेवारत रहे थे। एक सामान्य सिपाही के रूप में पुलिस में भर्ती होने के बाद से डी.एस.पी. के पद तक की यात्रा वहीं तय की थी।

संपादक के आदेश से आनंद पिछले पूरे सप्ताह उस प्रदेश के विभिन्न नगरों में घूम-घूमकर सामग्री एकत्रित करता रहा था।

फलस्वरूप उसे आई.जी. की 'कर्तव्यपरायणता' से जुड़ी ऐसी बहुत-सी जानकारियाँ मिलीं जिनके प्रकाशन से उनकी उपलब्धियाँ, कारगुजारियाँ, काम करने का ढंग, हथकंडे, महत्त्वाकांक्षाएँ– यानी आई.जी. का समग्र रूप पाठकों के सामने आता।

और यह सब इतनी आसानी से नहीं हुआ था कि यों ही भुलाया जा सके। इसके लिए उसे रात-दिन एक करना पड़ा था। एक तो पुलिस महकमे का आदमी, वह भी प्रधानमंत्री से व्यक्तिगत रूप से प्रशंसित और उनकी इच्छा से एक छोटे-से प्रदेश के अदना-से डी.एस.पी. से सीधा इस सबसे बड़े प्रदेश का आई.जी. बनाया गया और जो जल्द ही या तो केंद्र में बुला लिया जानेवाला था या किसी महत्त्वपूर्ण प्रदेश में भेजा जानेवाला था। ऐसे व्यक्ति के बारे में कौन मुँह खोले!

और वह भी ऐसे व्यक्ति के सामने–जो पत्रकार है, और प्रशस्तिगान नहीं, उसकी कमजोरियों, नाकामियों के बारे में भी जानना चाहता हो! आनंद को इसी बात की ज्यादा खुशी थी कि इन सब विरोधाभासों के बावजूद उसने लोगों से अपने मतलब की बातें उगलवा ही लीं।

कॉलोनी के स्टैंड पर उतरकर आनंद अभी अपनी गली की ओर मुड़ा ही था कि सामने से रमेशजी को आते हुए देखकर उसे हैरानी हुई। रमेशजी आनंद के पड़ोसी होने के साथ-साथ सहकर्मी भी हैं। वे भी सागर पत्रिका समूह में बतौर फीचर राइटर काम करते हैं। आनंद की जानकारी के मुताबिक आज इस समय उन्हें दूसरे शहर में होना चाहिए था। वहाँ आज से अग्रवाल सम्मेलन होनेवाला था, जिसकी रिपोर्टिंग के लिए रमेशजी का जाना लगभग पंद्रह दिन पहले ही तय हो चुका था।

आनंद के एकदम करीब पहुँचते ही रमेशजी बोले, "आनंदजी, एक दुखद सूचना है आपके लिए। कल रात आपके घर चोरी हो गई है। चोर आपके घर का ताला खोलकर घुसे

और आपका सब सामान खँगालकर जाने क्या-क्या ले गए। उन्होंने आपकी बहुत-सी चीजें बाहर सड़क पर फेंक दी थीं, जिन्हें मैंने यह सोचकर भीतर रख दिया कि कहीं इन्हें लावारिस समझकर कोई उठा न ले जाए। मुझे आपके आने की सूचना मिल जाती तो मैं सामान वैसा ही पड़ा रहने देता। मगर आपको तो मालूम ही है कि मुझे आज बाहर जाना था। आपके यहाँ न होने की वजह से मैं नहीं गया। संपादकजी को चोरी की सूचना देने के लिए निकला ही था कि आप नजर आ गए।"

चोरी का दुखद समाचार सुनकर आनंद का मन खिन्न हो गया। अभी तीनेक साल ही तो हुए जब चोर उसका पूरा सामान समेट ले गए थे, जिसकी वजह से पत्नी ने उसे कॉलोनी बदलने को बाध्य कर दिया था। भला इतने कम समय में एक अदना-सा पत्रकार ऐसा क्या जमा कर सकता है जिसे चोर चुरा सकें! उसे चोरों पर तरस आया। नाहक ही बेचारों ने श्रम किया।

पूरा मोहल्ला आनंद के दरवाजे पर मौजूद था। ज्यादातर महिलाएँ। आनंद को देखते ही एक बच्चे ने कमरे के किवाड़ खोल दिए। पूरे कमरे में सामान बिखरा पड़ा था। सिलाई मशीन तखत पर रखी थी। तखत का बिस्तर एक कोने में लपेटकर रख दिया गया था। लोहे के छोटे संदूक का कुंदा उखाड़ दिया गया था। उसका सामान सब बाहर पड़ा था। गत्ते की पेटी का ढक्कन पेटी से जुदा करके एक कोने में फेंक दिया गया था। नीचे का तला दूसरे कोने में। आनंद के सभी कहानी-किस्सों की मूल प्रतियाँ और प्रकाशित लेखों की रिकार्ड प्रतियाँ मुड़ी-तुड़ी चिंदियों की शक्ल में पूरे कमरे में बिखरी पड़ी थीं। लोहे के दो संदूकों में से ऊपरी संदूक अपनी जगह से दूर खुला पड़ा था। उसमें रखे रजाई, गद्दे, गर्म कपड़े, बर्तन—जमीन पर बिखरी धूल चाट रहे थे। दूसरा संदूक भी मुँह बाए खड़ा था। उसमें

रहनेवाली तमाम पुस्तकों में से जिसे जहाँ जगह मिली—तखत, मेज, कुर्सी, फ्रिज—उसी के नीचे भयभीत-सी जा छिपी थी। कुछ की जिल्दें संभवतः इसी जल्दबाजी में पुस्तक का साथ छोड़कर इधर-उधर जा अटकी थीं।

यानी चोर ने या चोरों ने पूरी तन्मयता से और काफी समय देकर सब देखा-परखा था।

एक बार चारों तरफ देखने के बाद आनंद ने पाया कि सभी सामान वहीं मौजूद है सिवा गत्ते की पेटी और छोटी पेटी के भीतरी खलीतों में रखे चार सौ चालीस रुपयों के।

मकान के बाहर-भीतर लोगों की भीड़ बढ़ती जा रही थी। कुछ महिलाएँ तो इस बीच कमरे में घुसकर सामान को उलट-पलटकर भी देखने लगी थीं।

जैसे ही आनंद की निगाह उन पर पड़ी, वे खिसियाकर बाहर चली गईं।

वहाँ मौजूद सभी जन यह जानने को उत्सुक थे कि क्या-क्या ले गए चोर? यानी क्या-क्या था इस छोटे-से घर में जाने लायक?

भीड़ को वहाँ से रफा-दफा करने का एकमात्र उपाय था—उनकी उत्सुकता का शमन। इसीलिए आनंद ने सबको संबोधित करते हुए कहा, "ज्यादा कुछ नहीं गया। केवल संदूकों में रखे चार सौ चालीस रुपए लापता हैं।"

इस रहस्योद्घाटन का आशातीत असर हुआ। देखते ही देखते भीड़ छँट गई। शेष रहे केवल दो जन—एक आनंद स्वयं और दूसरे रमेशजी।

एकांत पाकर रमेशजी बोले, "तो......अब मैं भी चलता हूँ। मैं अब दफ्तर न जाकर सम्मेलन अटैंड करने जाऊँगा और शाम को वहाँ रुकने की बजाय जल्दी आने की कोशिश करूँगा। इस बीच आप एक बार सब सामान अच्छी तरह देख लीजिएगा—क्योंकि केवल रुपयों की उम्मीद में चोर न कभी किसी घर में घुसते हैं और न ही घर में घुसने के

बाद केवल रुपए लेकर वापस जाते हैं। वे जब भी कहीं सेंध लगाते हैं, रुपए मिल जाएँ तो बहुत अच्छा वरना रुपयों के अलावा घरों में ऐसा बहुत कुछ होता है जिसे वे अपने साथ ले जा सकें.... और हाँ, थाने जाकर रिपोर्ट दर्ज जरूर करवा दीजिएगा.... अच्छा, तो शाम को मुलाकात होगी।"

रमेशजी के जाते ही आनंद ने कमरे का दरवाजा भीतर से बंद किया, हाथ पर रूमाल लपेटा और एक बार तमाम सामान को उलट-पटल गया।

इस लौट-फेर में मिली दो चीजों ने आनंद को दुविधा में डाल दिया। पहली चीज थी वह खाली बक्सा जिसमें पत्नी अपने गहने-जेवर रखती थी और दूसरी चीज थी आनंद की अँगूठी रखने की डिब्बी। ये दोनों चीजें फ्रिज के पीछे अटकी हुई थीं। इसीलिए पहली बार देखते समय इन पर उसकी नजर नहीं पड़ी थी।

आनंद की समझ में नहीं आ रहा था कि अगर पत्नी गहने-जेवर साथ ले गई है तो यह बक्सा यहाँ क्यों मौजूद है, और अगर साथ नहीं ले गई तो बक्सा खाली क्यों है?

उसके मन में तरह-तरह के विचार उठने लगे—यदि इन बक्सों में पत्नी अपने गहने-जेवर छोड़ गई होगी तो.....? पर तभी दूसरा विचार आया—हो न हो, पत्नी सब चीजें अपने साथ ले गई होगी। मुझ लापरवाह के भरोसे अपनी चीजें छोड़कर जानेवाली नहीं वह...

अटकलबाजी लगाने में समय बरबाद करने से थाने में रिपोर्ट दर्ज करवाना ज्यादा जरूरी था। सो वही करने का फैसला कर आनंद थाने की ओर चल दिया।

अभी वह अपनी गली पार करके थाने की ओर जानेवाली सड़क पर मुड़ा ही था कि एक नए सवाल ने उसे आ घेरा—कि थाने में जाकर वह एक पत्रकार की हैसियत से अपना परिचय दे

या सामान्य नागरिक?

और इस सवाल को लेकर मन फिर दो हिस्सों में बँट गया।

एक का कहना था कि यदि चोरी गया माल वापस पाना है, पुलिस के रूखे व्यवहार से बचना है तो अपने-आपको एक पत्रकार के रूप में ही प्रस्तुत करना.....

मगर दूसरे का तर्क था कि चोरी गया माल भी मिल जाए, पुलिस का असली चरित्र भी तुम पर उजागर हो जाए, आम शहरी के साथ पुलिस का रिश्ता कैसा है, यह भी जान जाओ और पुलिस की रोजमर्रा की जिंदगी का परिचय भी पा जाओ– यह तभी संभव होगा जब तुम अपने-आपको एक आम शहरी के रूप में प्रस्तुत करो.....

प्रश्न जितना जटिल था उसका हल उससे कहीं अधिक जटिल।

लगभग आधे रास्ते-भर मन के दोनों पहलुओं पर विचार करने के बाद आनंद ने तय किया कि यदि किसी ने मुझे वहाँ पहचान लिया तब तो यथा परिस्थिति अपना परिचय दूँगा अन्यथा आम शहरी के रूप में ही स्वयं को प्रस्तुत करूँगा। फिर चाहे भले ही चोरी गया सामान वापस न मिले, मगर उस सामान के मूल्य पर मिलनेवाला अनुभव, हो सकता है उससे कहीं अधिक मूल्यवान साबित हो।

दो

एक संकल्प, एक लक्ष्य के साथ बुद्धिजीवी लेखक, श्रमजीवी पत्रकार और शांतिप्रिय आम शहरी श्री आनंद कुमार दिन के ठीक बारह बजे मुद्रानगर-मीठापुर आरक्षणालय के द्वार पर आ पहुँचे।

अभी उन्होंने थाने के प्रवेश-द्वार के भीतर पहला कदम रखा ही था कि द्वार से काफी दूरी पर बैठे संतरी की बेचैन आत्मा की पुकार ने उन्हें वहीं थिर कर दिया। कद पाँच फुट, इकहरी काया, बच्चों जैसा दीखता मासूम चेहरा, गंदे-से कपड़े, हाथ में गुड़ी-मुड़ी करके पकड़े हुए कागज—इस व्यक्तित्व के धनी आनंद पर संतरी अपनी जगह से बिना हिले दहाड़े, "ओए पिद्दी के, कहाँ घुसा जा रहा है?"

संतरी की दहाड़ सुनकर आनंद सीधा उनके करीब जा पहुँचा और सविनय उत्तर दिया, "थानेदार साहब से मिलना है।"

"क्या काम है?"

"कल मेरे घर में चोरी हो गई है, उसी की रिपोर्ट दर्ज करवानी है।"

संतरी, जो अब तक एक दीवार पर बैठे-बैठे बतिया रहे थे, आनंद से उसके आने की वजह मालूम होते ही जमीन पर कूदे। चूँकि कूदते समय भी उनका ध्यान आनंद की तरफ था इसलिए चूक हो गई सो जमीन पर थिर होने के बजाय वे सीधे मुँह के बल गिरे।

आनंद ने आगे बढ़कर उन्हें उठाना चाहा। तभी उन्होंने पलटकर उसकी तरफ देखा और अपनी तरफ बढ़ रहे उसके हाथ को रोकते हुए बोले, "रहने दे, रहने दे।"

आनंद ने हाथ पीछे खींच लिए।

संतरी फुर्ती से उठे, अपने कपड़े झाड़े और सायास चेहरे पर कठोरता लाकर पुनः दहाड़े, "तो इसमें थानेदार का क्या काम? चोरी का माल क्या उनकी जेब में धरा है जो तेरी बात सुनते ही निकालकर हथेली पर धर देंगे? देख, वह जो नाक की सीध में ड्यूटी रूम दीख रहा है न, सीधा उसी में घुस जा! वहाँ डी.ओ. साब बैठे हैं, उन्हीं के पास जाकर अपना दुखड़ा रोना! बड़ा आया थानेदार पर तोप दागने! चल फूट!"

संतरी के इस व्यवहार पर आनंद ने अपने आपको अपमानित महसूस किया मगर उससे उलझना फिजूल समझकर वह उस द्वारा इंगित द्वार की तरफ चल पड़ा। थाने के एक किनारे पर बने इस कमरे के बाहर बड़े-बड़े अक्षरों में लिखा हुआ था—ड्यूटी रूम।

कमरे के भीतर ठीक द्वार के सामने एक मेज-कुर्सी रखी थी। कुर्सी पर तत्कालीन ड्यूटी अफसर आसीन थे। उनके खलीते पर टँगी नामपट्टिका पर उनका नाम खुदा था—रामरतन यादव। वे एक रिपोर्ट लिख रहे थे। डी.ओ. के ठीक सामने दरवाजे की ओर पीठ किए बैठे थे मुंशी उर्फ सिपाही रामसेवक। मुंशी के बगल में एक और कुर्सी पर बैठे थे सिपाही रामतीरथ। मुंशी के दाहिनी ओर दीवार से दरवाजे तक एक लोहे की बेंच बिछी थी जिस पर सिपाही रामधन और सिपाही जगतराम बैठे थे।

आनंद के पहुँचने पर डी.ओ. ने रिपोर्ट लिखना बंद कर दिया और बेंच पर हाथ से थपकी देकर उसे बैठने का संकेत किया। आनंद निर्देशित स्थान पर बैठ गया।

डी.ओ. ने एक बार आनंद को सिर से पाँव तक देखा, फिर बोले, "हाँ, तो अब बता, किसलिए आया है?"

आनंद ने सविनय बताया, "सर, मैं एफ.आई.आर. दर्ज करवाने आया हूँ।"

"काहे की?"

"कल रात मेरे घर में चोरी हो गई है।"

"कब?"

"जी कल।"

"किस समय?"

"यही कोई रात ग्यारह से चार के बीच।"

"और तू अब थाने में आया है! अब तक क्या..... मराने गया था?"

"जी नहीं।" आनंद ने उनकी संभावना को नकारा, "दरअसल मैं पिछले एक सप्ताह से दफ्तर के काम से शहर के बाहर गया हुआ था। अभी दो घंटे पहले ही वापस आया हूँ। जिस बस से मैं यहाँ पहुँचा हूँ उसका टिकट भी है मेरे पास।" और उसने जेब से टिकट निकालकर डी.ओ. के सामने रख दिया।

डी.ओ. ने टिकट में कोई रुचि नहीं ली। बोले, "इसे अपने ही पास रख। बड़ा आया सत्यवादी हरिश्चंदर की औलाद! हमें तो ये बता कि क्या-क्या उड़ा ले गए चोर?"

"चार सौ चालीस रुपए नकद ले गए हैं।"

"बस!"

"और चीजों के बारे में मुझे पक्का पता नहीं। वैसे मेरी पत्नी का गहनों का बक्सा खाली पड़ा मिला है, पर इन दिनों मेरी पत्नी मायके गई हुई है इसलिए मैं पक्की तौर पर नहीं कह सकता कि उसमें गहने थे या नहीं।"

"खैर! क्या ताला वगैरह तोड़ा है?"

"जी हाँ। मुख्य दरवाजा तो ताले में चाभी डालकर खोला गया है मगर भीतर संदूकों के ताले, कुंदे उखाड़कर तोड़े गए हैं।"

"सामान तितर-बितर किया है?"

"जी हाँ, बहुत-सी चीजें तो कमरे से बाहर निकालकर सड़क पर फेंक दीं।"

"वह सामान ज्यों का त्यों पड़ा है न?"

"जी हाँ, भीतर का सामान तो ज्यों-का-त्यों पड़ा है मगर जो चीजें सड़क पर फेंकी गई थीं उन्हें पड़ोसियों ने सवेरे-सवेरे भीतर रख दिया।"

"क्यों?"

"मैंने बताया न कि मैं शहर से बाहर था और किसी को पता नहीं था कि मैं कब लौटूँगा। इसलिए उन्होंने सोचा कि कहीं इसे लावारिस समझकर सड़क चलते लोग न उठा ले जाएँ!"

"मतलब ये कि चोर के सारे सबूत मिटा दिए गए हैं। फिर तू यहाँ थाने क्या जामण लेने आया है? हैं? पुलिस वहाँ जाके क्या अपनी ऐसी-तैसी कराएगी?"

डी.ओ. की वाणी में सरस्वती के आकस्मिक आगमन ने आनंद को परेशानी में डाल दिया। उसने उनकी संभावना को फिर नकारा, "जी नहीं, मैं थाने में एफ.आई.आर. यानी प्रथम सूचना रपट दर्ज करवाने आया हूँ। आगे......"

"उससे क्या होगा! हैं?" आनंद को बात पूरी करने का मौका न देकर डी.ओ. खीझकर बोले, "क्या तू समझता है कि तेरे घर में चोरी करनेवाले को पुलिस पकड़ लेगी? और तेरा जो सामान चोरी गया है या नहीं, तुझे पता तक नहीं, उसे ढूँढ़ निकालेगी! हैं! बोल?"

"अगर पुलिस तहकीकात करेगी तो बहुत मुमकिन है चोर पकड़ा जाए और सामान भी मिल जाए। आपके लिए भला क्या नामुमकिन है। और यदि एक मिनट के लिए मान भी लें कि चोर का पता नहीं लगेगा तो भी पुलिस के हरकत में आने पर चोर आइंदा किसी और के घर में चोरी करने की जुर्रत नहीं करेंगे न!"

आनंद का तर्क सुनकर डी.ओ. मुस्कराए। फिर अपने सहकर्मियों

को सुनाते हुए बोले, “बातें तो खूब लच्छेदार बना लेता है मेरा यार.....”

आनंद की समझ में नहीं आया कि डी.ओ. उसकी प्रशंसा में यह फतवा दे रहे हैं या मजाक उड़ा रहे हैं। उसने गर्दन नीचे झुका ली।

तभी डी.ओ. ने अगला सवाल किया, “आप सिगरेट कौन-सी पीते हैं?”

डी.ओ. के स्वर और संबोधन में आया आमूल परिवर्तन आनंद को भला लगा। प्रश्न बेतुका जरूर था फिर भी उसने बता दिया, “विल्स रॉयल।”

डी.ओ. अब भी मुस्करा रहे थे। उन्होंने आनंद की तरफ से ध्यान हटाकर अपने सामने बैठे सिपाही जगतराम को आँखों-ही-आखों में इशारा किया। उनका आशय समझते ही जगतराम अपनी कुर्सी से उठा और कमरे से बाहर चला गया।

डी.ओ. पुनः आनंद से मुखातिब हुए, “आपको जब चोरी की खबर मिली, आप तभी क्यों नहीं आए हमारे पास?”

आनंद ने उन्हें याद दिलाना चाहा कि उसे आज सुबह दस बजे सूचना मिली थी। वह तुरंत यहाँ चला आया था और यह बात वह शुरू में ही बता भी चुका है—कि वहाँ मौजूद सिपाही रामतीरथ ने उसके कंधे पर हाथ रखकर उसे चुप रहने का संकेत दिया और स्वयं ही डी.ओ. को समझाने लगा, “तुझे इससे क्या लेना-देना। यह लौंडा रिपोर्ट में लिखवा देगा कि मैं घबरा गया था इसलिए तुरंत थाने में आने की हिम्मत नहीं हुई। और उसी घबराहट में अपना सामान भी उलट-पलट गया।”

आनंद ने देखा—डी.ओ. इस उत्तर से संतुष्ट हो गए हैं। आनंद ने आभार-मुद्रा में सिपाही रामतीरथ की तरफ देखा। तभी डी.ओ. ने अगला सवाल उछाला, “आपको चोरी गए सामान की जानकारी वाकई नहीं है?”

सिपाही रामतीरथ ने इस बार भी सवाल को स्वयं झेल लिया। बोला, "इससे क्या बनता-बिगड़ता है! यह एफ. आई. आर. में लिखवा देगा कि मुझे अभी केवल रुपयों की चोरी की पक्की खबर है। बाकी सामान के बारे में मेरी पत्नी बता सकती है। जैसे ही वह यहाँ आएगी मैं उससे मालूम करके दर्ज करवा दूँगा।"

इस उत्तर से भी डी.ओ. संतुष्ट हो गए। उन्होंने रामतीरथ की तरफ देखा। रामतीरथ मुस्कराया, जवाब में डी.ओ. भी मुस्कराए। जैसे एक-दूसरे से जानना चाहते हों कि कहो, कैसी रही?

सवाल-जवाब का यह सिलसिला और भी देर तक चलता मगर तभी डी.ओ. की नजर कमरे के बाहर मौजूद 'किसी' विशेष चीज पर जाकर अटक गई।

बाहर सिपाही जगतराम एक हाथ में पाँच गिलास चाय का छींका और दूसरे हाथ में विल्स रॉयल सिगरेट की डिब्बी लिए संतरी से बतिया रहा था। डी.ओ. की निगाह उसी के आसपास अटकी हुई थी। कुछ देर बाद वहाँ से नजर हटाकर उन्होंने एक बार अपने सामने खुले हुए रोजनामचे को, फिर आनंद को देखा। और अपनी आवाज में मिसरी घोलकर बोले, "मैं यह रिपोर्ट पूरी कर लूँ फिर अगले पन्ने पर आपकी रिपोर्ट दर्ज करता हूँ।"

"जैसी आपकी मर्जी।" आनंद ने उदासीन भाव से कहा।

फिर वास्तव में डी.ओ. ने किया वही जो उनके मन में आया। यानी उस अधूरी रिपोर्ट को आगे लिखने के बजाय वे लिखे गए अंश का आखिरी पैरा पढ़ने लगे—

"विकास मार्ग के बाईं ओर से बस संख्या 1234 जो राज्य परिवहन के अंतर्गत रूट संख्या 4 पर चलती है और उस समय भी चल रही थी, आ रही थी, तभी मीठापुर की ओर से दो बच्चे जिनमें से बड़ा बच्चा जो छोटे बच्चे से तकरीबन तीन वर्ष बड़ा था और छोटा बच्चा जो बड़े बच्चे से तकरीबन ढाई से तीन वर्ष के दरमियान छोटा था, और दोनों की उम्र लगभग नौ और छः वर्ष बताई गई। यानी ये नौ और छः वर्ष के दो बच्चे जो पूछताछ के

दौरान बड़े और छोटे भाई बताए गए और तहकीकात करने पर यही पाए गए, तो ये दोनों भाई मीठापुर की ओर से सड़क पार करके मुद्रानगर की ओर जाने के लिए बीचवाली पट्टी पर जाकर खड़े हो गए......"

पूरा पैराग्राफ पढ़कर डी.ओ. ने रजिस्टर से नजर हटाकर कनखियों से सामने दरवाजे के बाहर का नजारा देखना चाहा मगर उन्हें नाकामयाबी मिली क्योंकि दरवाजे और उनके बीच कोई व्यवधान आ गया था। डी.ओ. ने बुरा-सा मुँह बनाया और गुस्से से गर्दन ऊपर उठाकर इस व्यवधान को देखा।

यह व्यवधान था सिपाही जगतराम जो अभी-अभी मय चाय-सिगरेट के वहाँ पहुँचा था। उसे देखते ही डी.ओ. का गुस्सा कपूर की तरह उड़ गया।

डी.ओ. के सामने चाय और सिगरेट की डिब्बी रखकर जगतराम ने पूछा, "डी.ओ. साहब, चायवाला पूछ रहा था कि ये किसने मँगाई हैं। मतलब ये किसी के खाते में दर्ज होंगी या इनका पेमेंट नकद होगा?"

जगतराम की बात पूरी होते-न-होते डी.ओ. ध्यानमग्न हो गए। जवाबदेही की बागडोर सिपाही रामसेवक ने सँभाली।

"डी.ओ. साहब ने थोड़े ही मँगाई हैं।" अपनी बात खत्म करने के साथ ही उसने एक बार वहाँ मौजूद सभी पुलिसकर्मियों की तरफ देखा और अचानक सिपाही रामधन के कंधे पर हाथ रखकर पूछा, "रामधन, तूने तो नहीं मँगाई?"

रामधन झुँझलाया, "नहीं तो, मैं क्यों मँगाता? मैं कोई रपट दर्ज कराने आया हूँ जो तुम्हारी खुशामद में......." अपनी बात पूरी न करके वह आनंद की तरफ मुड़ा और उसे उँगली से टोहना मारकर पूछा, "आपने मँगाई हैं न?"

रामधन का प्रश्न सुनकर एक पल के लिए आनंद पशोपेश में पड़ गया कि क्या उत्तर दे! मगर दूसरे ही पल 'सत्यमेव जयते' का स्मरण कर कहा, "जी नहीं। मैंने नहीं मँगाई।"

आनंद का उत्तर सुनकर डी.ओ. सहित सभी पुलिसकर्मियों ने

उसे एक साथ घूरकर देखा। इसी बीच रामसेवक ने स्वगत भाषण किया, "मैंने भी नहीं मँगाई।" फिर जगतराम को सलाह दी, "जगत भाई, यहाँ तो किसी ने नहीं मँगाई, वापस दे आ।"

जगतराम खिसियाया-सा चल पड़ा, मगर एक-दो कदम चलने के बाद ही वापस मुड़ा और मुंशी रामसेवक को सिगरेट की डिब्बी दिखाकर बोला, "और ये सिगरेट?"

मुंशी रामसेवक ने एक बार फिर आनंद को निहारा। उसे पूर्ववत् परमहंस की-सी मुद्रा में बैठा हुआ देखकर कहा, "इन्हें भी।"

जगतराम चाय-सिगरेट वापस करने चला गया। उसके जाते ही डी.ओ. और मुंशी रोजनामचे में लिखी अधूरी रिपोर्ट को पूरा करने की तैयारी करने लगे।

डी.ओ. अपने सामने बिछे रोजनामचे में मूल रिपोर्ट लिख रहे थे और मुंशी अपने सामने रखी नकल की किताब में हू-ब-हू नकल लिखता जाता था। मुंशी की सुविधा के लिए डी.ओ. लिखे जा रहे शब्दों का सस्वर पाठ करते जाते थे.....

"जिस समय वे दोनों भाई सड़क पर आए, उन दोनों ने एक-दूसरे का हाथ मजबूती से पकड़ रखा था। बड़े भाई के दाहिने हाथ को छोटे भाई ने अपने बाएँ हाथ से पकड़ा हुआ था। ऐसा आसपास के दो दुकानदारों और बस में बैठी तीन सवारियों ने बताया। सभी चश्मदीद गवाहों का पता-ठिकाना रोजनामचे के अंत में लिख दिया जाएगा। चूँकि लड़कों के बयान अभी नहीं लिए जा सके हैं इसलिए पक्की तौर पर यह नहीं मालूम हो सका है कि वे किस हाल में थे।"

पूरा पैरा ग्राफ लिखकर डी.ओ. ने कनखियों से आनंद की तरफ देखा। उसे शांतचित्त बैठा हुआ पाकर वे बौखलाए, "तू कहीं चला मत जइयो। यह रपट पूरी होते ही तेरे खिलाफ मुकदमा दर्ज करना है हमने।"

डी.ओ. के इस नए रहस्योद्घाटन पर आनंद जैसे सोते से

जागा, "मुकदमा?"

"हाँ-हाँ, मुकदमा! क्या कम सुनता है? मुंशी के पूछने पर तो बहुत जल्दी सुन लिया था और झटपट जवाब दिया था, 'जी नहीं, मैंने तो नहीं मँगाई।' अब क्या कानों में रुई खुर्स ली है?"

"जी नहीं, रुई नहीं खुर्सी, सुन लिया है, पर काहे का मुकदमा?" आनंद ने हैरानी के साथ कहा।

एक क्षण को आनंद की परेशानी का आनंद लेकर वे पुनः खिझलाए, "इसका कि तूने अपने घर से चोर के सारे सबूत नष्ट कर दिए हैं ताकि चोर पकड़ में न आ सके और पुलिस को बदनामी हाथ लगे।"

डी.ओ. का कुतर्क सुनकर आनंद को उसकी बुद्धि पर तरस आ गया, "डी.ओ. साहब, आप यह तो सोचिए, जब मेरे ही घर में चोरी हुई तो भला मैं ऐसा क्यों चाहूँगा कि चोर पकड़ में न आए?"

डी.ओ. समझ गए कि आनंद उनको मंदबुद्धि समझ रहा है। मगर उन्होंने न तो इसका बुरा मानना जरूरी समझा और न उसकी गलतफहमी दूर करना।

वे और भी लापरवाही के साथ बोले, "ये चिकनी-चुपड़ी बातें करके चूतिया बनइयो किसी और को। हमारा तो उठना-बैठना, हगना-मूतना ही तेरे जैसों में होता है। पुलिस महकमे के मुलाजिम हैं, कोई घसियारे नहीं हैं। हमें पता है कि तेरे घर में चोरी हुई है..... या किसी की उधारी चुकाने से मुकरने को तूने ये बहाना गढ़ा है या अपनी घरवाली की गैरमौजूदगी में किसी रंडी से आशनाई करके उस पर गहना-जेवर लुटा आया है..... तू तो बस चुपचाप बैठा रह।"

डी.ओ. की दलील सुनकर आनंद सकते में आ गया। उसकी समझ में नहीं आ रहा था कि आखिर डी.ओ. का इरादा क्या है! उसने एक बार वहाँ मौजूद सभी पुलिसकर्मियों की तरफ देखा। मगर वे सभी प्रतिक्रियाहीन-से बैठे थे। गोया डी.ओ. की प्रतिभा

का पैनापन इसी तरह वे अब से पहले भी सैकड़ों बार देख चुके हों।

सिपाही जगतराम चाय-सिगरेट लौटाकर आ गया। उसके पीछे-पीछे संतरी भी कमरे में आया था। डी.ओ. ने नजर उठाकर संतरी की तरफ देखा।

संतरी हकलाया, "डी.ओ. साहब, ये चाय-सिगरेट वापस क्यों कर दीं?"

"ऐसे ही," डी.ओ. ने हल्के से कहा। उनके चेहरे से लग रहा था कि वे इस अप्रिय प्रसंग पर कोई बातचीत करने के मूड में नहीं हैं। मगर डी.ओ. की आंतरिक भावनाओं को या तो संतरी समझ नहीं पाया या फिर उन्हें छेड़ने में उसे मजा आने लगा। वह फिर हकलाया, "क्या किसी ने भी नहीं मँगाई थीं?"

डी.ओ. ने कोई उत्तर नहीं दिया। बस, एक नजर संतरी को देखा।

संतरी ने उसके देखने की परवाह न करके आनंद की तरफ उँगली से इशारा किया और पूछा, "ये सज्जन यहाँ किसलिए बैठे हैं?"

संतरी का सवाल सुनकर डी.ओ. का चेहरा और भी विकृत हो आया। उन्होंने उपेक्षा से आनंद की तरफ देखा और उसी उपेक्षा भाव से बोले, "रिपोर्ट लिखवाने आए हैं चोरी की। कहते हैं, कल इनके घर चोरी हुई थी। ये साहब शहर से बाहर थे और इनकी जनाना मायके गई हुई हैं। सामान सब एहतियात से रखकर आज थाने में आए हैं। समाज-सेवक हैं, समाज-सेवक। अपनी चिंता नहीं है—फरमा रहे हैं—रिपोर्ट इसलिए करना चाहते हैं ताकि पुलिस मुस्तैद हो जाए और चोर औरों के घरों में चोरी न कर सके....."

डी.ओ. के बोलने के अंदाज से दो कान, दो आँखवाला संतरी तो क्या, गूँगा-बहरा भी समझ जाता कि वे आनंद पर खफा हैं और

उसका मजाक बनाकर अपनी भड़ास निकाल रहे हैं।

डी.ओ. को इस कदर नाराज देखकर संतरी ने भी आनंद की प्रशस्ति में दो शब्द जोड़ना अपना नैतिक कर्त्तव्य समझा, "तभी मैं कहूँ कि थाने में घुसते ही थानेदार की तरफ क्यों लपका जा रहा था। मुझसे पूछ रहा था, 'थानेदार कहाँ है?' गोया सीधा जाकर उन्हीं पर कोई तोप का गोला दागना हो।"

आनंद के बारे में संतरी से एक नई जानकारी पाकर वे सब ठहाका लगाकर हँस दिए। कुछ देर के बाद संतरी भी उनकी हँसी में इस तरह शामिल हुआ मानो उसे अभी-अभी मालूम हुआ हो कि उसने तो बहुत जोरदार बात कह दी है।

संतरी को हँसी में शरीक होते देख वे सब फिर ठहाका मारकर हँसे। यह देखकर संतरी खिसिया गया। अपनी खिसियाहट मिटाने के लिए वह झेंपी-झेंपी-सी हँसी हँसता हुआ ड्यूटी रूम से बाहर चला गया और इधर अपनी असमर्थता पर शर्मिंदा आनंद दोनों हाथों में सिर दिए इस आनंदोत्सव के समापन का इंतजार करता रहा।

तभी टेलीफोन की घंटी बजने लगी। घंटी की आवाज सुनते ही वे पाँचों चुप हो गए।

डी.ओ. ने टेलीफोन उठाया, "जयहिंद, मुद्रानगर-मीठापुर थाना से डी.ओ. रामरतन।"

दूसरी ओर से जो-जो भी कहा गया उसे डी.ओ. एक कागज पर लिखते रहे और टेलीफोन वार्ता पूरी होते ही उठकर कमरे से बाहर चले गए।

दो-तीन मिनट बाद जब वे लौटकर आए तो उनके साथ चार सिपाही भी थे। वे उन्हें कुछ समझाते हुए आ रहे थे।

कमरे में पहुँचते ही डी.ओ. ने एक रजिस्टर में उन चारों की रवानगी दर्ज की। फिर कुछ सोचकर उसमें दो नाम और बढ़ा दिए—जगतराम और रामधन के।

रजिस्टर की खाना-पूर्ति करने के बाद वह कागज, जिस पर

टेलीफोन सुनते समय उन्होंने एक पता नोट किया था, जगतराम को पकड़ाया और हिदायत दी, "देखो जगत, खबर मिली है कि शिक्षक ब्लॉक के मकान नंबर 313 में चार जुआरी जुआ खेल रहे हैं। तुम इन चारों सिपाहियों को साथ लेकर जाओ और उन मादर.... को माल सहित धर दबोचो। मैं भी तुम्हारे साथ चलता मगर इधर डी.ओ. की सीट सँभाले हूँ न इसलिए.... खैर तुम होशियारी से काम लेना।"

जगतराम फुर्ती से उठा। डी.ओ. के सम्मान में एड़ी मिलाकर सैल्यूट बजाया और पाँचों सिपाहियों के साथ मुस्कराता हुआ कमरे से बाहर चला गया।

उन सबके जाते ही डी.ओ. ने एक भरपूर उसाँस ली। हाथों को पूरी लंबाई में झटका। फिर दोनों हाथ गर्दन के पीछे मिलाकर कुर्सी से टेक लगाई और ध्यानमग्न हो गए।

इस अवस्था में पहुँचकर डी.ओ. मन-ही-मन जिन योजनाओं को मूर्तरूप देने का संकल्प ले रहे थे वे थीं तो नितांत व्यक्तिगत मगर उनकी साँस के उतार-चढ़ाव से हवा में आए कंपन को महसूस कर कोई अंधा भी शर्तिया तौर पर यह कह सकता था कि डी.ओ. रामरतन इस समय उन उम्दा चीजों को याद कर रहे हैं जो अपने एरिया में न मिलने की वजह से उनके पास नहीं थीं और जिन्हें वे आज खरीद सकेंगे.... तभी संतरी की आवाज उनके कानों से टकराई, "ताई, राम-राम!"

आवाज सुनते ही डी.ओ. ने आँखें खोलीं। सामने से एक अधेड़ औरत और एक 20-25 वर्ष की युवती ड्यूटी रूम की तरफ चली आ रही थीं। अधेड़ औरत चेहरे से मक्कार लग रही थी मगर युवती अपने में ही सिमटी-सकुचाई हुई थी।

उन्हें देखते ही डी.ओ. का चेहरा खिल गया।

जैसे ही प्रौढ़ महिला ड्यूटी रूम में पहुँची, डी.ओ. ने उसकी अगवानी की, "आओ, ताई, आओ।"

जवाब में ताई रहस्यमय ढंग से मुस्कराई। अपने साथ आई

युवती को आनंद के करीब बेंच पर बैठने का इशारा किया और स्वयं मुंशी रामसेवक के पासवाली कुर्सी पर बैठ गई।

"संतरी, ताई के लिए एक ठंडी बोतल तो बोल दे।" डी.ओ. बोले। फिर ताई की ओर मुखातिब हुए, "कैसे रास्ता भूल गई ताई, सब खैरियत तो है?"

ताई के चेहरे पर कुटिल मुस्कान तैर गई। उसने एक बार अपने साथ आई युवती को निहारा। वह युवती गर्दन झुकाए बैठी थी।

उस ओर से निश्चिंत हो ताई ने डी.ओ. की तरफ देखकर एक आँख दबाई, "क्या बताऊँ थानेदारजी, इस बेचारी की खातिर आई हूँ। इसका आदमी कुछ रोज से बाहर गया हुआ है। कल रात कोई गुंडा शराबी इसके घर में घुस आया और चाकू दिखाकर जाने क्या-क्या करने को कहने लगा। वो तो गनीमत हुई कि ऐन वक्त पर मैं वहाँ पहुँच गई वरना वह हरामी तो इसके मुँह पर कालिख पोतकर ही जाता....."

ताई के मुँह से गई रात की यह घटना सुनते ही डी.ओ. के मुँह में पानी आ गया। उसने ललचाई नजरों से उस अपढ़, डरी हुई मगर जवान और खूबसूरत युवती को देखा। फिर दो-तीन बार थूक गटककर बोला, "यह तो बहुत बुरा हुआ। पर अब तुम्हें डरने की कोई जरूरत नहीं। पुलिस तुम्हारे साथ है। अच्छा, यह बताओ, वह कितनी देर तुम्हारे पास रहा?"

युवती का चेहरा शर्म से लाल हो गया था। उसने कोई जवाब नहीं दिया।

ताई ने उसे ढाढ़स बँधाया, "डरो नहीं बेटी, दरोगाजी को सब सच-सच बता दो।"

"हाँ-हाँ, सच-सच बताओगी तभी तो हम मदद कर पाएँगे।" डी.ओ. ने ताई का समर्थन किया।

उन दोनों के उकसाने पर युवती ने सकुचाते-सहमते हुए बताया, "तकरीबन दो घंटा।"

"तुम उस समय क्या कर रही थीं?"

"मैं आँगन में चारपाई पर सो रही थी।"

"तुमने शोर क्यों नहीं मचाया?"

"हमारे घर के आसपास कोई और रहता ही नहीं। कई घर सूने हैं। वो तो भगवान् की दया से ये ताईजी मिट्टी का तेल माँगने मेरे घर आ पहुँचीं वरना....."

"वो हरामजादा कुछ कह भी रहा था क्या?"

"हाँ जी, इनकी आवाज सुनकर वह जब जाने लगा तो मेरी गर्दन पर चाकू रखकर बोला, 'मैं कल फिर आऊँगा। अगर ना-नुकर की तो तेरा और तेरे खसम का सर कलम कर दूँगा।' अब तो हुजूर, आप ही मेरी रक्षा कीजिए....." और इतना कहते-कहते वह युवती डी.ओ. के कदमों में झुक गई।

डी.ओ. क्षण-भर को अकबकाए। फिर थोड़ा झुककर उसे दोनों बाँहों में भरकर उठाने लगे। उसके शरीर का स्पर्श पाते ही डी.ओ. का चेहरा प्रसन्नता और आश्चर्य से खुला का खुला रह गया। अपनी प्रसन्नता को बरबस छुपाकर उसके गदराए बदन को हाथों से दबाते हुए बोले, "घबराओ नहीं, हम तुम्हारी मदद जरूर करेंगे।" और उसे वापस बेंच पर बिठा दिया।

ताई के लिए ठंडी बोतल आ चुकी थी। वह उसे पीने में व्यस्त थी।

डी.ओ. ने मेज की दराज में से एक सादा कागज निकाला। उस पर तारीख वगैरह लिखने के बाद युवती से पूछा, "तुम्हारा नाम?"

युवती ने अपना नाम, फिर उम्र, फिर पति का नाम, पति का व्यवसाय, मकान मालिक का नाम, मकान नंबर—सब यथाक्रम बता दिया।

यह सब लिखकर डी.ओ. ने आनंद को बेंच पर से उठाया और युवती से बोला, "अब तुम इस बेंच पर उसी तरह लेट जाओ जैसे कल रात अपने घर में चारपाई पर लेटी थीं, और तब

बताओ कि उस कमीने, हरामजादे ने कैसे और क्या छेड़छाड़ की तुम्हारे साथ।"

युवती क्षण-भर को ठिठकी। उसने ताई को देखा। ताई ने आँखों-ही-आँखों में 'हाँ' कहा। तब लाचार होकर बहुत सहमते-सकुचाते हुए वह बेंच पर चित लेट गई।

उसके लेटते ही वहाँ मौजूद सभी पुलिसकर्मी चौकन्ने हो गए। वे एकटक उसके उभारों और सुगठित शरीर को आँखों-ही-आँखों में पीने लगे।

अपनी तरफ उठी इतनी बेशर्म निगाहों ने उस युवती को और भी संकुचित कर दिया। सबसे नजरें बचाने के फेर में उसने आँखें मूँद लीं और डी.ओ. के अगले सवाल का इंतजार करने लगी।

डी.ओ. ने अपनी कुर्सी बेंच के एकदम करीब खिसकाई। अपने करीब अवश बिछे जवान जिस्म को देखकर उसकी आँखों में अतिरिक्त चमक आ गई। अर्से से उसके भीतर सोया शैतान जाग उठा। उसके बाद डी.ओ. कभी युवती के उरोजों को मसलकर, कभी गाल पर तो कभी कमर पर हाथ रगड़कर, कभी गर्दन में हाथ फँसाकर तो कभी उसके गाल से गाल, होंठों से होंठ सटाकर पूछता रहा, "ऐसे भी किया था उसने?"

लाचार युवती डी.ओ. की हर हरकत, हर छुअन पर भीतर तक सिहर-सिहर जाती थी और डी.ओ. को अपने अंग विशेष के ऊपर से हाथ हटाते न देख हारकर सहमी-सी आवाज में कहती, "हाँ।"

डी.ओ. ने हर कोण, हर पहलू से उसके शरीर का स्पर्श पा लिया मगर उनका मन अभी पूरी तरह भरा नहीं था। उनकी समझ में नहीं आ रहा था कि अब वे क्या करें। उसे छोड़ दें, उठ जाने को कहें या जब तक मन तृप्त न हो जाए फिर-फिर यही क्रम दुहराते रहें।

एक चक्र पूरा करके उन्होंने गर्व के साथ वहाँ मौजूद

पुलिसकर्मियों की तरफ देखा। सिपाही रामतीरथ को डी.ओ. का इस तरह देखना बर्दाश्त नहीं हुआ। काफी देर से उसके हाथ कुछ कर गुजरने को कुलबुला रहे थे और अब वह क्षण आ गया था जब उसे अपने हाथों को रोक पाना असंभव लगा। वह उठा और बेंच पर लेटी हुई युवती को दोनों हाथों में भरकर बोला, "बस, अब तुम उठो और आराम से बैठ जाओ।"

युवती ने आभार-मुद्रा में सिपाही रामतीरथ को देखते हुए उठने का उपक्रम किया। अचानक उसे रामतीरथ के हाथों की पकड़ मजबूत होती महसूस हुई। वह घबरा गई और इसी घबराहट में बेंच पर धम्म से बैठ गई।

ताई पूरी तन्मयता के साथ इस खेल का आनंद ले रह थी। उसने रामतीरथ की पीठ पर शिकायत-शरारत-भरी चपत लगाई फिर उसका हाथ पकड़कर खींचते हुए उसे वापस कुर्सी पर बैठा दिया। वह युवती अब भी घबरा रही थी।

युवती की घबराहट का आनंद लेते हुए डी.ओ. बोले, "आज के बाद वह हरामजादा तुम्हें तंग नहीं कर पाएगा। मैं आज रात को दो सिपाही तुम्हारे घर पहरे पर बैठा दूँगा। तुम चादर ओढ़कर सोने का नाटक करना। जब वह शराबी आए और छेड़छाड़ करे तो तुम चुप रहना। हमारे सिपाही वहाँ होंगे ही; कोई ऊँच-नीच होने से पहले ही वे उसे रँगे हाथों पकड़कर हवालात में बंद कर देंगे। और हाँ, तुम किसी से भी इसकी चर्चा मत करना, वरना वो हरामजादा, बदजात, सावधान हो जाएगा और तुम्हारी थू-थू होगी सो अलग।"

युवती कृतकृत्य होकर बोली, "बहुत अच्छा दरोगाजी, आपने जैसा कहा, मैं वैसा ही करूँगी। बस, आपसे यही विनती है कि मुझे उस राक्षस से छुटकारा दिला दीजिए। मैं जिंदगी-भर आपकी और पुलिस की एहसानमंद रहूँगी।"

"जब डी.ओ. साहब कह रहे हैं तो फिर तू बेफिकर हो जा।

अब तू पुलिस की शरण में आ गई है। अब तेरा कोई और बाल भी बाँका नहीं कर सकता।" मुंशी रामसेवक ने उसे आश्वस्त किया।

तभी ताई कुर्सी छोड़कर उठ खड़ी हुई। बोली, "तो अब मैं चलती हूँ थानेदारजी।"

डी.ओ. उसकी ओर देखकर शरारत से मुस्करा दिए। मगर मुंशी चापलूसीवाले लहजे में बोला, "हाँ, हाँ, ताई, तुम जाओ। और कोई सेवा हो तो बताना। तुम तो यूँ ही आईं। खबर भिजवा दी होती तो हम ही चले आते।"

ताई ने एक बार उस युवती की तरफ देखा। मानो कहना चाहती हो—देखा मेरा रौब! फिर ठसककर बोली, "भैया, हम बेसहारा लोगों के तो तुम्हीं सहारा हो। तुम्हारा आसरा है जभी तो यहाँ चली आती हूँ। अब तुम्हें बुलाकर तुम्हारी शराफत का बेजा फायदा क्यों उठाऊँ! मेरी तो एक ही विनती है—इस बेचारी की हिफाजत करना।"

अपनी बात पूरी करते ही उसने फिर एक आँख दबाई और युवती को साथ लेकर कमरे से बाहर चली गई।

युवती अपने में ही और भी सिकुड़ती-सिमटती जा रही थी। रह-रहकर उसके हाथ अपने ही बदन पर इधर-उधर कुछ टटोल रह थे—जैसे अपना कुछ खोया हुआ तलाश रहे हों या बदन पर लगी घिनौनी कीच साफ करना चाह रहे हों।

डी.ओ. तब तक उसे टकटकी लगाकर देखते रहे जब तक वह उनकी आँखों से ओझल नहीं हो गई। उसके जाने के काफी देर बाद तक सभी पुलिसकर्मी गमगीन-से बैठे रहे मानो अपनी किसी प्रिय चीज के खो जाने का गम गलत कर रहे हों।

इस उदासी से सबसे पहले डी.ओ. उबरे। उन्होंने अपने होंठों पर जीभ फिराई, उसके बाद जिस कागज पर उस युवती की करुण कथा लिखी थी उसे चिंदी-चिंदी करके रद्दी की टोकरी

के हवाले किया और मुंशी रामसेवक की तरफ देखकर रहस्यमय ढंग से मुस्कराए।

मुंशी ने उत्साहित होकर पूछा, “जाएगा कौन-कौन?”

“हम तीनों।”

“पर आपने तो उसे दो ही बताए हैं?” मुंशी ने याद दिलाया।

“अबे रहा न पूरा मुंशी का मुंशी। उल्लू की दुम, शराबी कौन बनेगा? पकड़ेंगे किसे रँगे हाथों? तेरे जीजा को?”

“अररे-हाँ, मैं तो भूल ही गया था। क्या दिमाग पाया है आपने डी.ओ. साब! मजा आ गया.....”

मुंशी से खुशी छिपाए नहीं छिप रही थी।

जवाब में डी.ओ. शरमाए। तभी सिपाही रामतीरथ ने पूछा, “यार, ये बुढ़िया कौन थी? किसकी ताई थी?”

रामतीरथ की जिज्ञासा पर डी.ओ. के चेहरे पर सर्वज्ञ का-सा तेज आ गया। गुरु-गंभीर वाणी में उन्होंने ताई का रहस्य बखाना, “यह ताई-माई किसी की नहीं है। एक खुर्राट औरत है। जरायमपेशा लोगों और हम पुलिसवालों की पुरानी बूढ़ी यार। मगर साली की निगाह के कायल हैं हम तो। अब बताओ, हमारा इलाका और हमें पता तक नहीं कि कैसा-कैसा गदराया माल लावारिस पड़ा है यहाँ। क्या चीज पेश की है आज इसने! अब तो दिन के बाकी घंटे काटना भारी पड़ रहा है। जी चाहता है कि साली को अभी से बिस्तर में ले के पड़ जाऊँ....”

डी.ओ. को रति-विलाप करता देख रामतीरथ ने टोका, “मैं उस बुढ़िया के बारे में पूछ रहा था और तू है कि सपनदोष का किस्सा ले बैठा।”

डी.ओ. को चेत आया। वह झेंपे थोड़ी देर को। फिर बताने लगे, “इस बुढ़िया के कई धंधे हैं। चोर-उचक्कों की मुखबिर ये है, पुलिस की चश्मदीद गवाह ये है, औरतों से पेशा ये कराती है.... अब तुम्हें क्या-क्या बताऊँ! बस, ये समझ लो कि हरदम

'काम' करती है। जहाँ कहीं खूबसूरत, मजबूर औरत दिखी, उसे बहलाकर, फुसलाकर, डराकर, धमकाकर उससे धंधा करवाने लगती है। अब आजवाली औरत को ही ले लो। यह बेचारी बुढ़िया की निगाह में चढ़ गई होगी। बुढ़िया ने ही किसी शराबी को भेजा होगा। एक मर्द से काबू में नहीं आई तो अब हमें न्योत गई कि आओ, भोग लगाओ। उसके बाद क्या मजाल जो यह बुढ़िया के इशारे पर न उठे-बैठे! साली चीज भी तो एकदम कातिल है, अंग-अंग से जवानी फूट रही है और....खैर, अपनी तो कई शामें आबाद हो गईं समझो।"

ताई का परिचय और उसके बहाने अपने इरादे बताकर उसके तथाकथित भतीजे डी.ओ. रामरतन यादव अभी फिर से मीठे सपनों में खोने की तैयारी कर ही रहे थे कि तभी एक वृद्ध सज्जन ड्यूटी रूम में आ पहुँचे।

डी.ओ. उनसे आने का कारण पूछें कि इससे पहले ही वे स्वयं बताने लगे, "हुजूर, अभी-अभी जब मैं अपनी दुकान से बाहर आकर नाली के मुहाने पर बैठा पेशाब कर रहा था तभी एक उचक्का मेरी दुकान में घुसा और मेरा बटुआ उठाकर भाग खड़ा हुआ। उसमें अठारह सौ रुपए हैं। मै पेशाब करके उसके पीछे भागा। मुझे पीछे आता देख वह एक खाली दुकान में घुस गया और भीतर से दुकान का दरवाजा बंद कर लिया। मैंने वहाँ पहुँचकर दुकान की बाहर की साँकल लगा दी और पड़ोस के दुकानदार से ताला लेकर उसमें ताला भी लगा दिया। तब भागा-भागा सीधा आपके पास आया हूँ। मेहरबानी करके मेरे साथ दो सिपाही भेज दीजिए।"

उन वृद्ध सज्जन की फरियाद सुनते ही मुंशी और सिपाही रामतीरथ अपनी-अपनी जगह से उठ खड़े हुए और डी.ओ. से आँखों-ही-आँखों में कुछ बातचीत की। रजिस्टर में अपनी रवानगी दर्ज की और फरियादी वृद्ध को साथ लेकर कमरे से बाहर चले गए।

अब वहाँ डी.ओ. अकेले थे। इससे पहले कि वे फिर मीठे

सपनों में खो जाएँ, आनंद ने अच्छा अवसर हाथ आया देखकर पूछा, "क्या मैं थानेदार साहब से मिल सकता हूँ?"

आनंद ने उन्हें जितना लेटलतीफ समझा था वे उतने थे नहीं। वे आनंद का अनुरोध सुनने से पहले ही सपनों की दुनिया में जा पहुँचे थे, इसीलिए आनंद का इस तरह व्यवधान डालना उन्हें नागवार गुजरा, सो गुस्से में भरकर बोले, "क्यों?"

"वैसे ही।"

"थानेदार क्या तमाशा है या मोम का गुड्डा जो वैसे ही मिलने पहुँच जाओ! चुपचाप यहीं बैठा रह, थानेदार साहब अभी थाने में नहीं हैं। जब आएँगे तो तेरा मुकदमा दर्ज करके मैं खुद ही मिलवा दूँगा तुझे। तब तक बिना चूँ-चपड़ किए बैठा रह यहीं!"

डी.ओ. की घुड़की से अभिभूत आनंद ने कहा, "जी, बहुत अच्छा।" और गर्दन झुका ली।

डी.ओ. ने एक बार आनंद की तरफ देखा। उसकी दयनीय हालत देखकर उनके चेहरे पर मृदु मुस्कान तैर गई। उसकी तरफ से ध्यान हटाकर उन्होंने कुर्सी से टेक लगाई, हाथ सिर के पीछे बाँधे और ध्यानमग्न हो गए।

तकरीबन पंद्रह मिनट बार वह वृद्ध सज्जन, मुंशी रामसेवक, सिपाही रामतीरथ अपने साथ एक गुंडा किस्म के आदमी को लेकर वापस थाने में आ गए। वृद्ध सज्जन सीधे ड्यूटी रूम में चले आए मगर मुंशी, सिपाही रामतीरथ और वह उचक्का बाहर ही रुक गए।

कमरे में पहुँचते ही वृद्ध सज्जन बोले, "डी.ओ. साहब, यह तो मेरी खुशकिस्मती रही जो आप ड्यूटी पर हैं सो भी अफसर की सीट पर..... वरना मैं तो समझ रहा था कि मेरी रकम हाथ से गई...." प्रसन्नता के मारे उनके मुँह से शब्द तक ठीक से नहीं निकल पा रहे थे। वाणी से कहीं ज्यादा आभार उनकी आँखें व्यक्त कर रही थीं।

इस प्रशस्ति गान का डी.ओ. की ध्यान-मुद्रा पर कोई प्रभाव नहीं पड़ा। वे अभी भी पूर्ववत् योगनिद्रा लेते रहे। बाहर मुंशी और सिपाही रामतीरथ उस उचक्के से जाने किस विषय पर बहस कर रहे थे। विषय जो भी रहा हो मगर ज्यादा गूढ़ नहीं था इसीलिए थोड़ी ही देर की जद्दोजहद के बाद वे किसी नतीजे पर भी पहुँच गए।

वे दरवाजे की ओट में गए। वहाँ पहुँचकर उचक्के ने अपनी पैंट में आगे की तरफ हाथ डाला और वहाँ रखी कोई चीज निकालकर मुंशी के हाथ में देकर बाहर की तरफ दौड़ पड़ा। मुंशी ने उस चीज को अपनी जेब के हवाले किया और पूरे मनोयोग से उचक्के का दौड़ना देखने लगे।

इस बीच ड्यूटी रूम में मौन का साम्राज्य रहा। डी.ओ. योगनिद्रा में रहे आए और वह वृद्ध सज्जन आँखों में डी.ओ. के प्रति ढेरों शुभकामनाएँ लिए उन्हें निहारते रहे।

मौन के उस साम्राज्य को मुंशी रामसेवक ने आकर तोड़ा। ड्यूटी रूम में आते ही मुंशी ने रहस्योद्घाटन किया, "उस आदमी के पास तो कुछ भी नहीं निकला। वह तो निहायत शरीफ आदमी था। आपको खामखा उस पर शक हुआ। अब आप अपनी दुकान में चोरी होने की रपट लिखवा दीजिए। पुलिस जाकर मौका मुआयना कर लेगी।"

वृद्ध का चेहरा फक्क पड़ गया। उन्होंने हसरत-भरी नजर से तीनों की तरफ देखा। मगर तीनों में से किसी पर उनके देखने का कोई असर नहीं पड़ा। आखिर उन्होंने पूछा, "मगर वह उचक्का है कहाँ?"

मुंशी ने लापरवाही के साथ कहा, "उसकी तलाशी लेकर हमने उसे छोड़ दिया है।"

वृद्ध सज्जन अवाक् रह गए। यह जानकारी उन्हें और भी परेशानी में डालनेवाली थी। मुंशी की बात पर यकीन करने का

मन नहीं हो रहा था उनका, "क्या कहते हैं, छोड़ दिया है?"

मुंशी झुँझला गया। उसे लगा, यह बूढ़ा उसके फैसले को चुनौती दे रहा है। उसने धमकाया, "हाँ, छोड़ दिया है, यकीनन छोड़ दिया है, और छोड़कर ठीक ही किया है। जब उसके पास कुछ था ही नहीं तो किसलिए रोककर रखते?"

वृद्ध पर मुंशी की डाँट का कोई असर नहीं पड़ा। वे अपने में ही खोए-खोए-से बोले, "यह तो बुरा किया आपने। आप नहीं जानते वह गुंडा रास्ते में मुझसे कह रहा था—तुमने गलत आदमी से वैर मोल ले लिया है—और आप कहते हैं कि वह शरीफ था। इसका मतलब मैं दोनों तरफ से मारा गया। इधर रकम भी हाथ से जाती रही और उधर अब जान की भी खैर नहीं....." इतना कहते-कहते उस वृद्ध का चेहरा सफेद पड़ गया। होंठ काँपने लगे। ऐसा लग रहा था कि वह अब यहीं ढेर हो जाएगा।

मुंशी ने उन्हें ढाढ़स बँधाया, "देखिए, पुलिस पर भरोसा रखिए। आप चोरी की रिपोर्ट तो लिखवाइए। अगर उसी पर शक है तो उसका भी नाम लिखवा दीजिए। हम उसे फिर पकड़ लाएँगे।"

अपनी कमजोरी, लाचारी, परेशानी, भय, क्रोध, विरक्ति पर काबू पाने की कोशिश में जुटा वह वृद्ध मुंशी का आश्वासन पाकर पुनः तिलमिला गया। अपनी आवाज को भरसक संतुलित रखते हुए बोला, "क्या खाक पकड़कर ले आइएगा। अच्छा-भला थाने में पहुँचा चोर तो छोड़ दिया, अब कहते हैं पकड़ लाएँगे।"

"छोड़ दिया तो कौन-सा वह हिंदुस्तान से बाहर भाग गया! जब तक आप नामजद रिपोर्ट नहीं लिखवाते हम उसे पकड़कर थाने में बैठा भी कैसे सकते थे? आखिर कानून भी तो कोई चीज है कि नहीं। आप रिपोर्ट लिखवाकर तो देखिए।" इस बार सिपाही रामतीरथ ने उन्हें हड़काया।

"रहने दीजिए, रहने दीजिए," डी.ओ. को कागज-पेन सँभालता देख वह वृद्ध हड़बड़ाया, "मुझे नहीं लिखवानी रिपोर्ट। रिपोर्ट को

क्या मैं चाटूँगा..... मैं सब समझ गया हूँ....सब..... ।”

और वह लाचार, बेबस, कानून के रक्षकों की मिलीभगत से ठगा गया बूढ़ा जाने क्या-क्या बड़बड़ाता हुआ थाने से चला गया.....

ज्योंही वह थाने के बाहर पहुँचा, ड्यूटी रूम में एक जोरदार ठहाका लगा। इसी ठहाके के बीच मुंशी रामसेवक ने अपनी जेब से एक बटुआ निकाला। उसमें से रुपए निकालकर गिने। फिर सौ-सौ के तीन नोट डी.ओ. के सामने रखे, तीन सिपाही रामतीरथ के सामने रखे और अपने हाथ में बचे शेष तीन नोट दोनों को दिखाकर बटुआ सड़क की तरफ उछाल दिया। बटुआ सड़क के दूसरे छोर पर जमा पानी में समा गया।

मुंशी लगातार उसी तरफ देख रहा था। उसने निश्चिंत होकर अपने हाथ के नोट जेब में डालकर टिप्पणी की, “साला पूरी चालू चीज था, ठीक आधी रकम बटुए में छोड़ी, बाकी पता नहीं कहाँ घुसेड़ ली थी....मैंने दो बार उसकी नंगाझोली ली पर मुझे मिल के नहीं दी।”

मुंशी की सफलता या असफलता—जाने किस पर डी.ओ. और सिपाही रामतीरथ को हँसी आ गई। यह देखकर मुंशी खिसिया गया, मगर तभी डी.ओ. ने एक और ठहाका लगाकर उसे उबार लिया। फिर उन दोनों ने अपने-अपने सामने रखी रकम अपनी-अपनी जेब में रख ली।

इस बँटवारे के बाद डी.ओ. फिर रपट लिखने का नाटक करने की तैयारी में जुट गए। अचानक उन्हें याद आया। वे फुसफुसाए, “अच्छा हुआ जो संतरिया घंटा-भर से चायवाले की दुकान में बतियाने में मस्त है वरना एक हिस्सेदार....”

डी.ओ. को अपना वाक्य अधूरा छोड़ना पड़ा क्योंकि तभी टेलीफोन की घंटी बजने लगी।

इस बार रिसीवर उठाया मुंशी ने, “जयहिंद साहब!

मीठापुर-मुद्रानगर थाना से मुंशी रामसेवक।"

दूसरे छोर की बात सुनकर मुंशी ने कागज पर एक पता नोट किया। फोन रखकर डी.ओ. को बताया, "मुद्रानगर से फोन था, मकान नंबज जे-17 में चोरी की शराब की बोतलें उतारी जा रही हैं। किसी पड़ोसी ने खबर दी है।"

"अच्छा!" डी.ओ. ने आश्चर्यमिश्रित खुशी जाहिर की। फिर उसी तत्परता से सिपाही रामतीरथ को हिदायत दी, "रामे, रेस्ट रूम से दो सिपाही तो बुला ला, जरा जल्दी अइयो।"

खबर सिपाही रामतीरथ के लिए भी कम उत्साहवर्धक नहीं थी। वह फुर्ती से उठा और बाहर जाते-जाते बोला, "बस यूँ समझो कि तीर की तरह गया और गोली की तरह आया।"

और सचमुच उसने ऐसा ही किया भी। दो मिनट बाद ही वह दो सिपाहियों के साथ वहाँ मौजूद था। डी.ओ. ने स्वयं अपने हाथ से रजिस्टर में उन तीनों की रवानगी दर्ज की और आवश्यक हिदायतें देकर उन्हें मुहिम पर भेज दिया।

उन्हें थाने के बाहर जाता हुआ देखकर डी.ओ. अपने-आपसे बोले, "चलो यह इंतजाम भी हो गया।"

ड्यूटी रूम में अब तीन जन बचे थे। उनमें से दो यानी डी.ओ. और मुंशी आँखें बंद करके जाने क्या सोच-सोचकर खुश हो रहे थे और आनंद कभी इसे तो कभी उसे टुकुर-टुकुर देख रहा था।

डी.ओ. और मुंशी के मन में पक रही खिचड़ी अभी पूरी तरह तैयार भी नहीं हो पाई थी कि एक बच्ची के रोने की आवाज ने उनका ध्यान भंग कर दिया। डी.ओ. ने आँखें खोलीं। अपने सामने एक दस-बारह वर्ष की बच्ची को रोता हुआ देखकर उनका हृदय द्रवित हो गया। उसे प्यार से पुचकारकर अपने पास बुलाते हुए उन्होंने पूछा, "बेटी, तुम क्यों रो रही हो?"

बच्ची और जोर से रोने लगी और रोते-रोते ही बोली, "थानेदार

जी, हमारे पापा घर में नहीं हैं। हमारा पड़ोसी शराब पीकर घर आया है और मम्मी को गंदी-गंदी गालियाँ दे रहा है। आप चलकर उसे पीटिए।"

"अरे, इसमें रोने की क्या बात है! अच्छा! अब चुप हो जाओ और अपना पता लिखवा दो। हम अभी दो सिपाही भेजकर उसे पकड़वाते हैं।"

डी.ओ. की सहानुभूति पाकर बच्ची ने रोना बंद कर दिया। उसने झटपट अपने घर का पता बताया। डी.ओ. ने पता एक कागज पर नोट किया और दरवाजे के बाहर देखने लगा, जहाँ से एक प्रौढ़ महिला लगभग दौड़ती हुई-सी ड्यूटी रूम की तरफ आ रही थी।

जैसे ही वह महिला ड्यूटी रूम में पहुँची, डी.ओ. उस बच्ची को फुसलाते हुए बोले, "बेटी, तुम अब घर जाओ, हम अभी सिपाही भेज रहे हैं।" फिर उस प्रौढ़ महिला की ओर मुखातिब हुए, "हाँ जी, कहिए, आप किसलिए आई हैं?"

"भैया, हमारा एक किराएदार कई महीनों से किराया नहीं दे रहा है। आज वह मकान खाली करके जा रहा है। आप मेहरबानी करके उसे रोकिए और हमारा किराया वसूल करवा दीजिए।"

वह बच्ची अभी भी टस-से-मस नहीं हुई थी। डी.ओ. ने महिला से कुछ न कहकर बच्ची की तरफ देखा। बच्ची सहम गई और भाग खड़ी हुई। डी.ओ. मंद-मंद मुस्कराए। फिर महिला की ओर मुखातिब हुए, "आप अपना पता लिखवा दीजिए, और घर जाकर देखिए कि कहीं किराएदार आपका सामान भी तो नहीं समेटे ले जा रहा है। हम अभी दो सिपाही यहाँ से रवाना करते हैं।"

महिला को डी.ओ. की सलाह भली लगी। उसने तुरंत अपना पता लिखवाया और सिपाही जल्दी भेज देने का आग्रह कर बाहर चली गई।

डी.ओ. को संभवतः उम्मीद नहीं थी कि महिला उनके भुलावे में इतनी आसानी से आ जाएगी। वे अपनी कामयाबी पर मुस्कराए और महिला की हड़बड़ाहट-भली चाल को देख-देखकर आनंदित होने लगे।

थाने के बाहर पहुँचते ही हड़बड़ी में वह महिला सामने से आ रहे एक पुलिसकर्मी से टकरा गई। वे गुर्राए, "ऐ बुढ़िया, आँखें नहीं हैं क्या तेरे?"

अपने सामने एक भीमकाय पुलिसकर्मी को देखकर महिला और भी घबरा गई। उसने तुरंत अपनी चाल और तेज कर दी और वह पुलिसकर्मी उस महिला की सात पुश्तों का लौट-फेर करते हुए थाने में आ गए।

इस नए पुलिसकर्मी की आवाज कानों में पड़ते ही डी.ओ. और मुंशी फिर उस अधूरी रपट पर झुक गए थे और पिछले लिखे अंश को बिना दोहराए ही आगे लिखने लगे थे।

नवागंतुक पुलिसकर्मी थे—एस.आई. (सब-इंस्पेक्टर) सेवालाल शर्मा। जैसे ही वे ड्यूटी रूम में पहुँचे, डी.ओ. और मुंशी ने रोजनामचा लिखना छोड़कर उनके सम्मान में सैल्यूट बजाया। एस.आई. सेवालाल शर्मा ने उनके सैल्यूट का जवाब देना गैरजरूरी समझा। वे उन दोनों को नजरअंदाज कर कमरे में कुछ और ही तलाशने लगे। डी.ओ. और मुंशी ने एक क्षण को बुरा-सा मुँह बनाया फिर वापस रोजनामचे में जुट गए।

इस तलाश अभियान में एस.आई. को इच्छित वस्तु तो नहीं मिली अलबत्ता आनंद जरूर उनकी नजर के दायरे में आ गया। उसे सिर से पाँव तक सरसरी निगाह से देखकर उन्होंने अंदाज लगाना चाहा कि यह कौन हो सकता है। मगर उसके हुलिए से वे कुछ भी अनुमान नहीं लगा सके। आखिर उन्होंने डी.ओ. से पूछा, "इसे किसलिए बैठा रखा है यहाँ?"

डी.ओ. चूँकि एस.आई. के व्यवहार से रुष्ट हो चुके थे इसलिए उन्होंने कोई जवाब नहीं दिया। वे पूरी तन्मयता के साथ उस रोजनामचे पर जुटे रहे।

तब आनंद ने स्वयं ही बताया, "मेरे मकान में चोरी हो गई है, उसकी रिपोर्ट दर्ज करवाने आया हूँ।"

डी.ओ. के बदले आनंद का जवाब देना एस.आई. सेवालाल को अच्छा नहीं लगा। उन्होंने आनंद को घुड़का, "आप मुँह बंद करके बैठे रहिए। जब पूछा जाए तभी बोलिएगा।"

एस.आई. द्वारा आनंद को डपटा जाना डी.ओ. को अच्छा लगा। इसी खुशी में एस.आई. के प्रति अपने मनमुटाव को भुलाकर बोले, "इनका कहना है कि कल इनके घर में चोरी हो गई थी। सब सामान सहेजकर आज थाने चले आ रहे हैं रिपोर्ट दर्ज करवाने...."

हालाँकि एस.आई. सेवालाल को उनके सवाल का जवाब मिल गया था मगर एक फरियादी के सामने उनके सवाल को नजरअंदाज करने की जो जुर्रत डी.ओ. कर चुके थे उसे वे अभी भूले नहीं थे। अपना हिसाब बराबर करने के लिए उन्होंने डी.ओ. को हड़काया, "तुम्हें इससे क्या लेना-देना! यह आज आया है तो तुम आज की तारीख में एफ.आई.आर. दर्ज करो। कल न आने की वजह यह खुद-ब-खुद बता देगा।"

एस.आई. सेवालाल की इस बात ने आनंद को काफी राहत पहुँचाई। उसने सोचा, अब जरूर एफ.आई.आर. दर्ज कर ली जाएगी। यहाँ देर भले हो अंधेर नहीं है.....

"अभी तुम क्या कर रहे हो?" एस.आई. ने जिरह जारी रखते हुए डी.ओ. को कोंचा।

"बसवाली दुर्घटना का रोजनामचा लिख रहा हूँ।"

"क्या?" अपने माथे पर हाथ मारकर एस.आई. बोले, "रामरतन, काहिली की भी हद होती है। मैं उस दुर्घटना का

क्रियाकर्म करके, डॉक्टर की रिपोर्ट लेकर, एक बच्चे की लाश उसके बाप के हवाले करवाकर यहाँ लौट भी आया हूँ और तुम इन चार-पाँच घंटों में रोजनामचा तक नहीं भर पाए!"

डी.ओ. रामरतन एस.आई. सेवालाल की प्रतिक्रिया से बेहद प्रभावित हुए और इस प्रभाव के चलते रोजनामचे को लिखना बंद कर वे फिर लिखे गए अंश को पढ़ने लगे।

एस.आई. की बात सुनकर मुंशी रामसेवक द्रवित हो आया। उसने डी.ओ. का साथ न देकर एस.आई. सेवालाल शर्मा से पूछा, "क्या कह रहे हैं साहब, एक बच्चा मर गया?"

"हाँ भई रामसेवक," एस.आई. ने पुष्टि की और साथ ही भविष्यवाणी की, "और दूसरा भी जल्द मर जाएगा।"

रामसेवक और भी द्रवित होकर बोला, "यह तो बुरा हुआ। बेचारे बच्चे.... तु···तु···तु····"

एस.आई. सेवालाल ने उपेक्षा के साथ मुंशी को देखा, "अरे काहे का बुरा हुआ। तू नहीं जानता, ये साले सिविलियन कितने मादरचोद होते हैं। अब देखो, तुम तो जानते हो, मैं सुबह से दौड़-धूप कर रहा हूँ। उधर अस्पताल में एक बच्चे की मौत क्या हो गई, उसका बाप लगा वहीं आँय-बाँय बकने। कहने लगा, 'मेरे बच्चे की लाश मुझे दे दो। मैं अपने दूसरे बच्चे को भी यहाँ से ले जाऊँगा, वरना तुम लोग उसे भी मार डालोगे।'

"मैंने उसे बहुतेरा समझाया कि अभी फोटोग्राफर आएगा। वह दोनों की फोटो खींचेगा। तब तक डॉक्टर अपनी रिपोर्ट दे देगा। उसके बाद ही तुम अपने बच्चे की लाश ले जा सकोगे। और दूसरा बच्चा भी इस सब कार्रवाई के बाद तुम्हें सौंपा जाएगा। पर उसके कान पर जूँ तक नहीं रेंगी। वह तो लगा मुझे गालियाँ सुनाने। कहने लगा, 'हाँ, हाँ, मैं सब जानता हूँ। तुम तो चाहते हो कि मेरा दूसरा बच्चा भी मर जाए ताकि तगड़ा मामला बने और

तुम ड्राइवर से अच्छी-खासी रकम ऐंठ सको.....'"

"अच्छा, ऐसा कहा उस हरामजादे ने!" पुलिस के चरित्र पर आँच आती देखकर मुंशी रामसेवक ने बच्चों के प्रति जगी सहानुभूति को अपने से दूर झटक दिया, "फिर?"

"फिर क्या था! मैं भी अपनी-सी पर आ गया। तू तो जानता ही है, जब मैं अपनी-सी पर आता हूँ तब किसी माई के लाल की नहीं सुनता। न आगा-पीछा देखता हूँ। मैंने उस हरामजादे को चेतावनी दी, 'देख बे चूतियानंदन, जहाँ तक एक इंसान का सवाल है, मुझे तेरे बच्चों से पूरी हमदर्दी है। मगर जहाँ तक एक पुलिस अफसर का सवाल है, मुझे अपनी ड्यूटी से सरोकार है बस, और तू अच्छी तरह जानता है कि मैं एक पुलिस अफसर हूँ। इसलिए कान खोलकर सुन ले! अगर तूने अपनी औकात भूलकर टाँय-टाँय की तो साले इतने जूते मारूँगा कि गिन भी नहीं पाएगा और बच्चे तैयार करनेवाला हथियार उखाड़कर हाथ पर धर दूँगा सो अलग। फिर साले ताउम्र दूसरों की चिरौरी करता फिरेगा बच्चे जनवाने के लिए।'"

"बहुत सही कहा आपने।" मुंशी ने एस.आई. को नैतिक बल देते हुए कहा, "आप उसे जनखा बना देते तभी उसे पता चलता कि पुलिस से चूँचपड़ करने का अंजाम क्या होता है....." मुंशी की उत्सुकता चरम पर जा पहुँची थी इसलिए उसने अपनी सहमति यहीं समाप्त कर पूछा, "फिर?"

"फिर क्या था! मेरा इतना कहना था कि साला भाग लिया दुम दबाकर....." इतना कहकर एस.आई. सेवालाल मौन हो गए।

मुंशी ने आशंका व्यक्त की, "कहीं वह साब (थानेदार) के पास तो नहीं आया?"

एस.आई. सेवालाल ने मुंशी की पीठ पर एक धौल जमाकर उसे शाबाशी दी और रहस्यमय ढंग से मुस्कराकर बोले, "अरे यार, जब वह वहाँ से भागा तो मुझे भी शक हुआ कि हो न हो

वह साला साब (थानेदार) के पास जरूर जाएगा। इसीलिए मैंने तभी फोन घुमाया। इसी रामरतन ने तो उठाया था। बताया नहीं तुझे? खैर, मेरी साहब से बातचीत हो गई। मैंने साहब को सब सच-सच बता दिया। साहब बोले, 'जो किया सो तो ठीक किया। पर तूने उसे दो जूते क्यों नहीं मारे? फिर जो होता मैं देख लेता।' उसके बाद साहब ने मुझे यहाँ बापस लौट आने का हुक्म दिया। इसलिए मैं यहाँ चला आया।"

एस.आई. की गौरवगाथा सुनते-सुनते अचानक आनंद को एक काम की सूचना मिली। उसने तुरंत डी.ओ. से पूछा, "तो क्या थानेदार साहब यहीं पर हैं?"

डी.ओ. ने गुस्से से आनंद को देखा और गुर्राए, "कौन कहता है वे यहीं हैं?"

आनंद ने एस.आई. सेवालाल की तरफ चेहरा घुमाया। तभी सामने से एक नया व्यक्ति ड्यूटी रूम में आ पहुँचा। नवागंतुक ने सफेद कमीज और काले रंग की पैंट पहन रखी थी। आनंद ने अनुमान लगाया—कोई मुझ जैसा विवश और आ पहुँचा। लेकिन उसका अनुमान गलत निकला। नवागंतुक 'नागरिक' नहीं, पुलिसकर्मी ही था।

एस.आई. ने आनंद को नजरअंदाज कर नवागंतुक से पूछा, "क्यों सहायजी, कहीं बाहर जा रहे हैं क्या?"

"हाँ। साहब के लिए जूस लेने जा रहा हूँ। वह उठ गए हैं न।" सहाय ने बताया। फिर आनंद की तरफ उँगली से इशारा कर डी.ओ. से पूछा, "क्यों रामरतन, इसे यहाँ किसलिए बिठा रखा है? मैंने तीन घंटे पहले भी इसे यहीं देखा था।"

डी.ओ. अपनी ओर से आनंद का परिचय दें इससे पहले ही एस.आई. सेवालाल बोले, "अजी सहाय साहब, आप भी किस झमेले में फँस रहे हैं। आप जानते नहीं हैं हैडकांस्टेबल उर्फ इमर्जेंसी डी.ओ. रामरतन यादव अभी एक दुर्घटना का रोजनामचा भर रहे हैं।

अजी, इनका काम कोई आपकी तरह थोड़ी-बहुत सी.आई.डी. करने या हमारी तरह मौका-ए-वारदात की तफतीश करने जैसा छोटा-मोटा थोड़े ही है। इन्हें आज रोजनामचा और प्रथम सूचना रपट दर्ज करनी पड़ रही है। और इस भारी-भरकम काम में दस-बीस घंटे लगना तो मामूली बात है। ऐसे में अब इस बेचारे की रिपोर्ट तो लगता है कोई दूसरा डी.ओ. आकर लिखेगा।"

अपनी बात पूरी कर एस.आई. खुद ही खिसियानी हँसी हँस दिए। सहाय डी.ओ. की तारीफ में इतना कसीदा सुनने के मूड में नहीं थे। वे प्रतिक्रियाहीन-से बाहर जाने लगे। एस.आई. ने बाहर जाते सहाय की पीठ पर हाथ रखा और यूँ ही हँसते-चहकते-से उनके साथ-साथ बाहर चले गए।

उन दोनों के जाते ही आपातकालीन डी.ओ. उर्फ हैडकांस्टेबल रामरतन यादव ने एक लंबी साँस ली। केवल साँस लेने से उन्हें संतोष नहीं हुआ। उन्होंने शरीर में ताकत पैदा करने के लिए चार-पाँच अंगड़ाइयाँ लीं और कुर्सी से टेक लगाकर आँख मूँद ध्यानस्थ हो गए। कुछ देर ध्यानस्थ रहने के बाद उन्होंने चार-पाँच उबासीनुमा जम्हाइयाँ छोड़ीं। इस तमाम प्रक्रिया के बाद उन्हें यकीन हो गया कि वायुमंडल में फैला विरोध और उपहास का धुआँ छँट गया है, तब कहीं अपने-आपको फिर से तरोताजा महसूस किया और इस ध्यानमुद्रा में अर्जित ज्ञान का सार वे सिपाही उर्फ मुंशी रामसेवक पर वमन करने लगे।

"देखा, देखा तूने रामसेवक, साले सेवालाल को देखा। कैसा कर्त्तव्यपरायण, मुस्तैद, ईमानदार बना फिर रहा है जैसे इस बार 26 जनवरी को राष्ट्रपति ने इसी की छाती पर इनामी तमगा लगाना हो! साला साफ-साफ तो कहता नहीं कि भैये, आज एक सरकारी बस के ड्राइवर से हुई दुर्घटना की तहकीकात करने जाना पड़ा था। उसमें कुछ भी मिलने-मिलाने का जुगाड़ नहीं बना क्योंकि एक पार्टी सरकारी मुलाजिम और दूसरी पार्टी में मरनेवाले नाबालिग

बच्चे। जिनका न बीमा था, न जायदाद, न हर्जाना। तिस पर बच्चों के मामले में अदालत भी ड्राइवर को कम, बच्चों को ज्यादा दोषी मानती है। सो सेवालाल की अंटी गर्म होने की जुगत कैसे बैठे। इसलिए दिमाग भुनभुना रहा है। बड़ा आया हमें सदाचार का तावीज पहनाने!"

"और..... और तूने यह भी देखा न रामसेवक, साला सहाय की कैसी चापलूसी कर रहा था! जानता है न, सहाय साहब का मुँहलगा है। मुझे तो लगता है जरूर इसने उन बच्चों के बाप को ठोक-पीट दिया है, इसीलिए दौड़ा-दौड़ा आया है और इसीलिए ये कर्तव्य, मुस्तैदी की बातें भौंक रहा है। साला साफ-साफ तो कहता नहीं कि भाई लोगो, मेरी जान आफत में है। मुझसे ऊँच-नीच हो गई है। अब मेरी....फटी पड़ी है। ऐसे में तुम लोग साथ देना....."

"सही कहा आपने डी.ओ. साहब। ऐसा कहे तो कुछ हम भी तरकीब सोचें। पर नहीं, वो तो केवल सहाय की जाँघ पर तेल चढ़ाएगा......" मुंशी ने डी.ओ. की बात पूरी की।

मुंशी से नैतिक समर्थन पाने के बाद डी.ओ. कुछ देर और विषवमन करना चाहते थे मगर तभी सहाय को वापस ड्यूटी रूम की तरफ आता हुआ देखकर चुप लगा गए।

सहाय ने रजिस्टर में अपनी रवानगी दर्ज की और बाहर जाने से पहले डी.ओ. को समझाते हुए कहा, "यादव साहब, अब यह बुक्का फाड़कर रोना छोड़ो और झटपट इस रोजनामचे को पूरा करके इस लौंडे की रिपोर्ट दर्ज कर लो, वरना अभी नया ड्यूटी अफसर आएगा तो इसे सीधा साहब के पास ले जाएगा और तुम्हारे खिलाफ दो की चार लगाएगा सो अलग।"

अपनी तरफ से नसीहत देकर सहाय ने सामने आँगन में रखी साइकिल पर थर्मस और झोला टाँगा और बाहर की ओर चल दिया।

डी.ओ. थाने के बाहर जाते सहाय को तब तक देखते रहे

जब तक वह उनकी आँखों से ओझल नहीं हो गया। फिर इतनी जोर से गोया सहाय को ही सुनाना चाहते हों, चुनौती दी, "यहाँ किसी के बाप से नहीं डरते। डंके की चोट पर ड्यूटी बजाते हैं। जिसके बस का हो, आकर झाँटें टेढ़ी कर ले......"

इतना कहकर डी.ओ. पुनः रोजनामचे पर झुक गए।

"क्यों भई रामरतन, के टेढ़ी-सीधी करवा रिया है?" तभी एक और पुलिसकर्मी ने कमरे में आते हुए हँसकर पूछा।

"आइए, आइए कृपारामजी, आप ही का इंतजार था.....।" उनके कुतूहल को शांत करने के बजाय डी.ओ. ने मुस्कराकर नवागंतुक कृपाराम की अगवानी की।

कृपारामजी ने मेज पर दोनों हाथ टेककर रोजनामचे को देखा। फिर हँसकर पूछा, "के साँप-बिच्छू बना रिये हो यादव साहब?"

"अब आप आ ही गए हैं तो अभी सब बताए देता हूँ। बस जरा पाँच मिनट आप आराम कीजिए। मेरी ड्यूटी पूरी होने में अभी पाँच मिनट और बचे हैं।" डी.ओ. ने लापरवाही के साथ कहा।

"तो क्या पूरी ड्यूटी में एक यही रपट लिखी है मेरे यार ने?" कृपारामजी ने हँसकर तीसरी जिज्ञासा प्रकट की।

"हम तो पंडितजी, साब का आदेश पूरा करते हैं। साब ने कहा था न कि ज्यादा-से-ज्यादा मामले जबानी निबटाओ। एफ.आई. आर. कम-से-कम बनाओ...... तो इस आदेश को अमल में लाने का यही तरीका है कि आराम से रिपोर्ट लिखो। जिसे सबर हो वह अपनी रपट दर्ज करवाने बैठा रहे, जिसे न हो वह फटाफट जबानी-जमाखर्च में मामला सुलझवाए और चलता बने....."

अब तक कृपारामजी मुंशी के साथवाली कुर्सी पर विराज चुके थे। डी.ओ. रामरतन ने फिर शुरू से रोजनामचा पढ़ा। उसी के साथ-साथ मुंशी भी अपनी नकल पर निगाह फेरता रहा और बीच-बीच में दो-चार बार 'हूँ-हाँ' करता रहा।

लिखी गई अंतिम पंक्ति तक रिपोर्ट पढ़कर डी.ओ. ने

आगे लिखी जानेवाली सूचनाएँ मौखिक बोलकर कृपारामजी को समझाईं ताकि वह अपने ड्यूटी टाइम में इस रोचनामचे को पूरा कर सकें।

कृपाराम ने पूरी कथा सुनकर रामरतन को सलाह दी, "भई यादव साब, इसे तो आप ही पूरा कर दीजिए।"

कृपाराम को हत्थे से उखड़ता देखकर रामरतन ने पैंतरा बदला, "नहीं-नहीं, पंडितजी, यह कैसे हो सकता है? जब आप यहाँ मौजूद हैं तो भला मेरी क्या मजाल जो मैं डी.ओ. की कुर्सी पर बैठा रहूँ? और सच पूछो तो, पंडितजी, इसे आप ही पूरा कर सकते हैं। यह मुझ नौसिखिये के बस की बात है ही नहीं।"

रामरतन का तीर ठीक निशाने पर लगा। कृपाराम कुछ अतिरिक्त अकड़ के साथ कुर्सी का हत्था थामकर बैठ गए। तभी रामरतन ने अगला चारा फेंका, "अरे संतरीजी, जरा पंडितजी के लिए एक ठंडी बोतल जो भिजवाना मेरे खाते में।"

रामरतन की आवाज सुनकर संतरी ने बाहर चायवाले को आदेश संप्रेषित किया और स्वयं ड्यूटी रूम में चला आया। वहाँ मौजूद दोनों डी.ओ. और मुंशी के चेहरे को देखकर वह कुछ पूछना ही चाहता था कि अपने पीछे खड़े हुए एक अन्य व्यक्ति को देखकर सकपका गया।

नवागंतुक स्थूलकाय प्राणी केवल कच्छा-बनियान पहने हुए थे। उनके बाल खिचड़ी थे। चेहरे पर अभी-अभी सोकर उठने के चिह्न मौजूद थे। वे रह-रहकर उबासियाँ ले रहे थे।

नवागंतुक को देखकर वहाँ मौजूद बाकी तीनों पुलिसकर्मी भी सावधान की मुद्रा में खड़े हो गए।

नवागंतुक कच्छाधारी दहाड़े, "क्या शोर-शराबा मचा रखा है! यह थाना है या तुम्हारी खाला का घर? क्यों रे संतरिया, तू यहाँ क्या कर रहा है? चल, अपनी जगह जाकर बैठ! साले चैन से सोने भी नहीं देते। चुपचाप काम करो, समझे?"

इस एक ही वाक्य में चारों की हवा खराब कर वे चलते

बने।

ये चारों जन तब तक गर्दन झुकाए खड़े रहे जब तक वह कच्छाधारी वापस अपनी शैया पर नहीं पहुँच गया।

कच्छाधारी प्राणी की आवाज, यहाँ मौजूद चारों पुलिसकर्मियों के चेहरों पर उड़ती हवाइयाँ और उसके चले जाने के बाद भी देर तक इस कमरे में मौजूद रहे आए सन्नाटे को भाँपकर आनंद ने अंदाज लगाया—हो-न-हो, यही यहाँ के थानेदार थे। उसने साहस बटोरकर अवकाश ग्रहण करने जा रहे डी.ओ. रामरतन से फिर अनुरोध किया, "क्या आप मुझे अब थानेदार साहब से मिलवा देंगे?"

आनंद की आवाज कानों में पड़ते ही रामरतन में मौजूद पुलिस आत्मा जाग्रत हो उठी। उन्होंने आग्नेय नेत्रों से उसकी तरफ देखा, "तू चुप बैठेगा या तेरा कोई बढ़िया इंतजाम करना पड़ेगा? साला पिद्दी न पिद्दी का शोरबा, टर्र-टर्र लगाए हुए है! थानेदार से मिलना है!! अब उनके आगे हमारी तक तो फटती है....तू क्या खा के मिलेगा उनसे? ऐं? चुप लगाकर बैठा रह वरना....."

वह यकायक चुप हो गए। संभवतः उन्हें आभास हो गया था कि उनका स्वर फिर पंचम में जा पहुँचना चाहता है।

रामरतन की इस घुड़की ने कृपाराम का भी ध्यान बँटाया। उस आतंक से उबरते हुए उन्होंने रामरतन से पूछा, "ये क्या बला है, क्या चक्कर है इसका?"

"अजी चक्कर क्या है, पूरा घनचक्कर है। यह कहता है, कल इसके मकान में चोरी हो गई थी। और यह आज आया है यहाँ झक मारने। कहता है, मैं तो मोहल्लेवालों की हिफाजत का खयाल करके आया हूँ वरना आता ही नहीं। दफा..... का मुकदमा बनता है। आदर्शवादी भी है। कहता है, थाने में मैं न सिगरेट पी सकता हूँ न चाय। पिछले दो घंटे से थानेदार साहब से मिलने की रट लगाए हुए है। अब आप ही निबटाना इसका मामला। मैं तो

बाज आया ऐसे संस्कारी से।"

रामरतन से आनंद का परिचय पाकर कृपाराम ने एक बार फिर उसे देखा और 'देखा जाएगा' वाली तर्ज पर गर्दन झटककर मुँह दूसरी ओर घुमा लिया।

तीन

चार की जगह चार बजकर बीस मिनट हो चुके थे मगर अब तक नए डी.ओ. का साथ देनेवाला नया मुंशी नहीं आया था। इस स्थिति में मजबूरन रामरतन और रामसेवक ही उस अधूरे रोजनामचे को पूरा करने लगे। कृपाराम के लिए ठंडी बोतल आ गई थी। वे मंद-मंद मुस्कान के साथ लेमन का स्वाद लेने लगे।

जाने कैसे साढ़े चार बजे ही वह रोजनामचा पूरा हो गया। तभी ड्यूटी रूम की खिड़की से एक चेहरे ने भीतर झाँका। उस नए चेहरे को देखते ही रामरतन और रामसेवक के चेहरे खिल उठे। इससे पहले कि वह खिड़कीवाला चेहरा कमरे में पहुँचता, मुंशी रामसेवक कमरे से बाहर चला गया।

इस चेहरे का स्वामी था नया मुंशी उर्फ सिपाही प्यारेलाल।

डी.ओ. रामरतन उसे देर तक घूरते रहे। उनका इस तरह घूरना प्यालेलाल को नागवार गुजरा। वह बोला, "यादव साहब, ऐसे घूर-घूरकर क्या देख रहे हो? कोई तुम्हारी लौंडिया लेकर थोड़े ही पड़ा था....मैं तो आ ही रहा था कि रास्ते में सहाय साहब ने रोक लिया। उनके साथ जूसवाले की दुकान तक गया। वहाँ से जूस लाया। यहाँ आकर चायवाले की दुकान से बर्फ लाकर जूस ठंडा किया। फिर साहब को जूस दिया और तब यहाँ आया हूँ।"

प्यारेलाल का ब्योरा सुनकर रामरतन के चेहरे पर कुछ न कर पाने की लाचारी स्पष्ट झलकने लगी। उन्होंने हाजिरी रजिस्टर

उठाकर प्यारेलाल के सामने रख दिया।

मुंशी की कुर्सी पर इत्मीनान से पसरकर प्यालेलाल ने हाजिरी रजिस्टर खोला और अपनी उपस्थिति दर्ज की–आना : 3 बजकर 40 मिनट पर।

कृपाराम ने अब विधिवत् डी.ओ. का आसन ग्रहण कर लिया था और प्यारेलाल ने मुंशी का। भूतपूर्व आपातकालीन डी.ओ. रामरतन और मुंशी रामसेवक कमरे से जा चुके थे। अब उस कमरे में फिर तीन जन बचे। नया डी.ओ., नया मुंशी और आनंद।

अपने सामने खुले हुए रोजनामचे पर एक सरसरी निगाह डालकर डी.ओ. कृपाराम बोले, "प्यारेलाल, ये साले थाने की कार्रवाई का 'क' 'ख' तक तो जानते नहीं और चले आते हैं रोजनामचा भरने। अब तुम्हीं देखो, पूरी रिपोर्ट के बीच में न तो कहीं कोरी लाइनें छोड़ीं, न लाइनों में एक भी शब्द ठूँसने की जगह, न बीच का कोई पन्ना। अब कल को अगर पुलिस का पक्ष कमजोर पड़ता दीखा तो भरपाई क्या इनकी अम्मा आकर करेगी, या इनके बाप-दादे? समझ में नहीं आता इसे डी.ओ. बनाकर बिठा कैसे दिया साहब ने?"

प्यारेलाल पर उनकी प्रतिक्रिया का अपेक्षित असर पड़ा। दो बार इधर-उधर ताक-झाँक करने के बाद वह बोला, "क्या बताऊँ पंडित जी, दरअसल शर्माजी (एस.आई. सेवालाल शर्मा) को इस बस-दुर्घटना के फेर में हस्पताल जाना पड़ा। उधर एक बच्चे की मौत ने मामला जरा संगीन बना दिया। और इधर थाने में एस.आई. रैंक का कोई अफसर उस समय था नहीं, सो इस मिट्टी के माधो पुरविए की बन आई। सहाय बता रहा था कि किसी से सीधे मुँह बात नहीं की इसने। आपने रजिस्टर नहीं देखा शायद। इसके सभी हिमायतियों की रवानगी तो दर्ज है पर किसलिए और कहाँ गए हैं, यह नहीं लिखा। वापस भी कोई नहीं आया अब तक। अब आएँगे साले बहाने बनाते हुए और अपनी वापसी भर देंगे। ऐसे में किसी को कैसे पता चले कि कहाँ गए थे, क्या करके आए।

रिपोर्ट तो दर्ज होनी नहीं है। साहब का आदेश जो है कि मामले चाहे निबटाओ चाहे टालो, पर एफ.आई.आर. कम-से-कम दर्ज करो। ये ऊपरवाले भी तो ससुरे लिखित रिपोर्टों की बिनाह पर थाने को अच्छा और बुरा साबित करने से बाज नहीं आते......"

"एक बात और पंडितजी, ये साला पुरविया है पूरा चार सौ बीस। देखो, एक रोजनामचा भरने में छः घंटे लगा दिए। अब इस बीच जो मामले यहाँ बैठे-बैठे सुलटाए होंगे उनमें भी हमें कैसे पता लगे कि क्या लिया.... अब न तो उनमें टाँग अड़ाई जा सकती है, न हिस्सा-पत्ती माँग सकते हैं। वह तो साफ मुकर जाएगा—यही कहेगा कि कोई मामला आया ही नहीं।"

प्यारेलाल की दलील सुनकर कृपाराम जैसे सोते से जागे। रामरतन की धोखाधड़ी उनकी समझ में पूरी तरह आ गई। उन्होंने रोजनामचा हाथ में लिया और 'मैं जरा साहब से मिलकर आता हूँ' कहते हुए कमरे से यह जा और वह जा......

कमरे में अब केवल आनंद और मुंशी प्यारेलाल रह गए थे। आनंद ने प्यारेलाल से पूछा, "क्या थानेदार साहब आ गए हैं?"

"क्यों, वह गए ही कहाँ थे जो पूछ रहा है आ गए हैं?" आनंद की नासमझी पर झुँझलाकर उसने प्रतिप्रश्न किया।

आनंद क्षण-भर को अवाक् रह गया, फिर सँभलकर बताया, "दरअसल मुझे तो पिछले चार-पाँच घंटे से यही बताया जा रहा है कि वह कहीं बाहर गए हैं।"

अब एक पल के लिए प्यारेलाल भी अकबकाया, मगर तुरंत ही उसने चतुराई से पैंतरा बदला, "हाँ, तो कोई झूठ थोड़े ही कहा गया था। थाने के पूरे इलाके में थानेदार कहीं भी राउंड पर हों तो उन्हें थाने में मौजूद माना जाता है। पर इसका मतलब यह नहीं होता कि वे बैठे कुर्सी तोड़ रहे हैं....समझा कुछ!"

"जी समझ गया।"

"तो फिर अपनी कतरनी-सी जबान बंद रख!" प्यारेलाल

खीझकर बोला। तभी उसे जैसे कुछ और याद आया। उसने आनंद को टहोका मारा, "तू बैठा किसलिए है यहाँ?"

आनंद ने कोई उत्तर नहीं दिया।

अपने प्रश्न का उत्तर न मिलता देख प्यारेलाल ने स्वयं को अपमानित महसूस किया। एक सिविलियन से अपमानित होना भला कोई भी पुलिसवाला कैसे बर्दाश्त कर सकता है! वह बौखलाया, "अबे बताता है या दिखाऊँ पुलिसिया दाँव?"

"प्यारेलाल, काहे को उलझ रहा है इस लौंडे से? बैठा रहने दे चुपचाप। चोरी की रपट दर्ज करवाने आया है। समाजसेवी है, समाजसेवी।" कमरे में आते हुए डी.ओ. कृपाराम ने प्यारेलाल को बरजा और अपने आसन पर आ विराजे।

कृपाराम के अनुरोध पर प्यारेलाल ने अपने इरादे को मुल्तवी कर उतावली के साथ डी.ओ. से पूछा, "क्या हुआ पंडितजी?"

कृपाराम बजाय प्यारेलाल की उत्सुकता शांत करने के दरवाजे की तरफ देखने लगे, जहाँ से एक नया फरियादी प्रवेश ले रहा था। उस फरियादी के पीछे एक दस-बारह वर्ष का बच्चा भी था। इस फरियादी के कपड़े कई जगह से फटे हुए थे। चेहरा दयनीय कम नाटकीय अधिक लग रहा था। माथे पर चोट का एक हल्का-सा निशान था जिसे संभवतः खुरच-खुरचकर बड़ा करने और खून निकालने का प्रयास किया जा चुका था। फरियादी ने कृपाराम को नमस्कार किया। जवाब में कृपाराम ने पूछा, "कहिए, क्या बात है?"

नया फरियादी न घबराया हुआ था, न डरा हुआ, पर अभिनय दोनों ही स्थितियों में होने का कर रहा था। उसने कृपाराम के प्रश्न का उत्तर न देकर प्रतिप्रश्न किया, "हुजूर, मैं बैठ सकता हूँ क्या?"

"बैठो!" कृपाराम झुँझलाए।

फरियादी बेंच पर आनंद की बगल में पसर गया, फिर जोर-जोर से हाँफने लगा और उसी हाल में बोला, "एक गिलास

ठंडा पानी मिलेगा क्या?"

"नहीं, यह थाना है, प्याऊघर नहीं।" कृपाराम ने उसे डपटा। वे अब तक उसका अभिनय देखने में व्यस्त थे और संभवतः अभिनय और असल की सीमा-रेखा खोजने की कोशिश कर रहे थे।

फरियादी पर उनकी घुड़की का कोई असर नहीं पड़ा। उसने जेब से एक दस का नोट निकाला। नोट अपने साथ आए बच्चे की तरफ बढ़ाकर डी.ओ. को तसल्ली दी, "कोई बात नहीं हुजूर, मैं बाहर से मँगा लेता हूँ।" फिर नोट बच्चे के हाथ पर रखकर उसे समझाया, "बेटा, बाहर से तीन ठंडी बोतलें तो ले आ।"

लड़का दौड़ता हुआ बाहर चला गया। अब कृपाराम ने एक बार फिर नए फरियादी को सिर से पाँव तक देखकर तौला। चेहरे को सहज बनाया और तब अपनी आवाज को यथासंभव मृदु बनाकर बोले, "आप आराम से बैठिए और तसल्ली से अपनी राम-कथा सुनाइए।"

कृपाराम से ढाढ़स पाकर फरियादी ने नए सिरे से हाँफना शुरू कर दिया। मुंशी प्यारेलाल की समझ में नहीं आ रहा था कि यह माजरा क्या है? आखिर उसने पूछ ही लिया, "अमाँ, क्या हो रहा है यह?"

फरियादी ने प्यारेलाल के प्रश्न का कोई उत्तर नहीं दिया। वह पूर्ववत् हाँफता रहा। अलबत्ता हाथ के इशारे से उसने प्यारेलाल को समझाया कि पानी पीने के बाद ही वह कुछ बता सकेगा।

उसका इशारा समझकर मुंशी प्यारेलाल लापरवाही से बोला, "ठीक है, ठीक है। आराम से बताइएगा। हमें भी ऐसी कोई जल्दी नहीं है, पर यह नौटंकी तो अब बंद करो।"

लड़का ठंडी बोतलें ले आया था। पिता ने आगे बढ़कर उससे बोतलें लीं और एक बोतल डी.ओ. कृपाराम के सामने, एक मुंशी प्यारेलाल के सामने और तीसरी अपने सामने रख ली। बोतलें वितरित करके ज्योंही वह बैठने लगा, उसकी निगाह आनंद पर

आ टिकी। एक क्षण उसे देखकर उसने असमंजस के साथ डी. ओ. की तरफ देखा।

उसे असमंजस से उबारते हुए डी.ओ. बोले, “नहीं, नहीं, हमारा आदमी नहीं है। कोई फरियादी है।”

यह सुनकर नया फरियादी आश्वस्त हो आया और आराम से बैठकर ठंडा होने लगा।

“अरे सुन तो बेटा,” बोतल गटकने के तुरंत बाद डी.ओ. ने लड़के को अपने पास बुलाया। फिर अपनी जेब में हाथ डालते हुए बोले, “जरा बाहर से एक विल्स सिगरेट की डिब्बी तो ले आ भागकर।”

चूँकि डी.ओ. ने अभी जेब से हाथ बाहर नहीं निकाला था इसलिए लड़का बजाय भागकर जाने के उनकी कुर्सी से सटकर खड़ा था।

आखिर लड़के के पिता ने उन्हें संकट से उबारा। वह बोला, “रहने दीजिए हुजूर, रहने दीजिए। रुपए इसके पास हैं।” फिर अपने लड़के से बोला, “जा बेटा, जल्दी से साहब की सिगरेट तो ले आ।”

पिता की अनुमति मिलते ही लड़का दौड़ा-दौड़ा गया और तुरंत एक डिब्बी सिगरेट ले आया। डिब्बी अपने हाथ में लेकर डी.ओ. ने लड़के की तारीफ की, “बड़ा प्यारा बच्चा है।”

बच्चे के पिता का चेहरा खिल गया। उसने आभार व्यक्त किया, “सब आप ही के प्रताप से है........”

डी.ओ. ने क्षण-भर को बच्चे के पिता को घूरकर देखा। ठीक तभी मुंशी ने भी उसे घूरा। फिर मुंशी और डी.ओ. आपस में एक-दूसरे को देखकर मुस्कराए। इस बीच डी.ओ. ने डिब्बी में से तीन सिगरेट निकालकर मेज पर रख ली थीं। मुंशी और फरियादी ने उनमें से एक-एक सिगरेट उठाकर मुँह में फँसा ली।

तीनों की सिगरेट सुलगाकर डी.ओ. पूरे इत्मीनान के साथ

धुएँ के छल्ले हवा में बिखेरकर बोले, "हाँ, तो अब सुनाए अपना महाभारत।"

फरियादी ने सिगरेट जमीन पर रगड़कर बुझाई। फिर बताने लगा, "बाजार में मेरी पान-बीड़ी की दुकान है। आपकी कृपा से कई साल से अमन-चैन से दिन गुजर रहे थे कि एक दिन न जाने कहाँ से एक बदमाश आ पहुँचा। पहले तो उसने उधार सौदा माँगा। जब मैंने इनकार किया तो लगा मुझसे झगड़ने। अब आए-दिन गाली-गलौज करता है। चोरी करने की धमकी देता है। दो-एक बार मुझे मारा भी। जीना हराम कर रखा है उसने। और आज तो हद ही हो गई। अभी कुछ देर पहले मेरी दुकान पर आया और एक ईंट उठाकर मेरे सिर पर दे मारी खामखा। फिर मुझे दुकान से नीचे घसीटकर जमीन पर दे पटका और मेरी छाती पर बैठकर लगा गला दबाने। वो तो पड़ोसियों ने बीच-बचौवल कर दिया वरना जाने क्या करता वह मेरे साथ। आप ही देखिए, अब तक मैं ठीक से साँस नहीं ले पा रहा हूँ और यह सिर तो आप देख ही रहे हैं, अब तक खून रिस रहा है .....देखिए.....देखिए..... ।"

डी.ओ. कृपाराम ने उसका आग्रह स्वीकारते हुए एक उचटती निगाह डाली और लापरवाही से बोले, "चोट तो कोई खास नहीं है, पर खैर, अब आप यह बताइए कि वह करता क्या है ससुरा?"

"अजी करता तो गुंडई है, लेकिन देखने-दिखाने को मेरी दुकान से थोड़ी ही दूर पान-बीड़ी की दुकान लगाने लगा है चंद रोज से।"

"तो यह बात है!" डी.ओ. मुस्कराए, "तुम चाहते हो कि उसकी दुकान वहाँ से हट जाए; पर भैये, अगर दुकान ही हटवानी है तो यहाँ तक आने की जहमत क्यों उठाई। वहीं चार-छः गुंडे लगाकर..... ।"

"नहीं हुजूर, यह बात नहीं है। मैं तो इंसाफ चाहता हूँ।"

डी.ओ. को इस तरह अपनी बात बीच में काटा जाना बुरा लगा और उससे कहीं ज्यादा बुरी लगी यह बचकानी दलील। वह डपटते हुए बोले, "ज्यादा फन्नेखाँ बनने की जरूरत नहीं है। हम तो उड़ती चिड़िया के पर पहचान लेते हैं। फिर तुम क्या खाकर चरका दोगे हमें! देर-सबेर तुम्हें इसी बात पर लौटना है फिर क्यों अपना और हमारा समय बर्बाद कर रहे हो?"

डी.ओ. की साफगोई से वह सकपका गया। हकलाते हुए बोला, "हुजूर⋯बात तो कुछ ऐसी ही है⋯⋯"

"तो तुमने सोचा, कौन गुंडों को पैसे खिलाए। चलो थाने चलते हैं। वहाँ अपने जरखरीद गुलाम हैं ही जो तुम्हारी खातिर किसी से भी जा भिड़ेंगे⋯ क्यों?"

क्षण-भर को वह व्यक्ति फिर सकपका गया। हकलाते हुए बोला, "नहीं हुजूर, मेरी जुर्रत जो ऐसा खयाल भी मन में लाऊँ। रुपयों की परवाह नहीं है मुझे। ⋯बस, आपकी कृपा-भर हो जाए तो आपकी सेवा करने में पीछे नहीं हटूँगा मैं⋯"

"बाद में मुकरोगे तो नहीं⋯⋯"

"मेरी क्या मजाल जो जल में रहकर मगर से दगा करूँ!"

"तब ठीक है। हम उस हरामजादे को ऐसा सबक सिखाएँगे कि उसकी गुंडई तो उड़नछू हो ही जाएगी, वह तुम्हारी दुकान की दिशा में खड़ा होकर मूतना तक छोड़ देगा।" डी.ओ. की बिनाह पर इस बार मुंशी प्यारेलाल ने उसे आश्वस्त किया।

"यह बताओ, उसने तुम्हारे साथ वास्तव में हाथापाई की है?" डी.ओ. ने पूछा।

"हाँ, हुजूर! मैं भला आपसे झूठ थोड़े ही कह रहा हूँ!"

"नहीं, बिल्कुल नहीं, सत्यवादी हरिश्चंदर तो सिर्फ तुम्हारी ही अम्माँ का यार था न।" डी.ओ. हुमसकर बोले।

वह व्यक्ति खीसें निपोरने लगा।

उसकी खिसियाहट का पूरा मजा लेते हुए डी.ओ. बोले, “यानी तुम्हारी रिपोर्ट दर्ज कर ली जाए।”

उन्होंने अपने दाँए-बाँए, मेज की दराज में जाने क्या खोजने का अभिनय किया। फिर मेज पर हाथ मारकर अपने-आपसे बतियाने लगे, “यह गौरमेंट भी बस····· और यह हमारा महकमा····· इसकी तो कुछ मत पूछिए। कहते हैं, मुस्तैदी से काम करो। तुरंत काम निबटाओ। मगर जरूरत का सामान कभी मुहैया नहीं कराएँगे। अब बताओ, न कागज, न कार्बन, न पेन, रिपोर्ट लिखें तो कैसे लिखें?”

डी.ओ. की विवशता जानकर फरियादी के चेहरे पर उदासी के बादल मँडराने लगे।

डी.ओ. ने उसे उदास होने का भरपूर अवसर दिया। उसके बाद एक उपाय सुझाया, “अगर तुम्हारे पास दस रुपए हों तो इस मुंशी को दे दो। यह बाजार से कागज, कार्बन और एक बालपेन ले आएगा।”

फरियादी का चेहरा फिर खिल उठा। उसने तुरंत दस का नोट मुंशी के हाथ पर रख दिया।

डी.ओ. ने आनंद को भी चेताया, “तुझे भी तो रिपोर्ट लिखवानी है। तू भी दो रुपए दे दे।”

आनंद ने उन्हें याद दिलाया, “जी नहीं, मुझे रिपोर्ट नहीं लिखवानी बल्कि पुलिस को मुझपर मुकदमा दायर करना है और उसके लिए मेरे पास कागज हैं। कहिए तो दूँ?” और उसने अपनी डायरी में रखा कागजों का पैड उन्हें दिखा दिया।

“रख-रख, अपने पास सँभालकर रख! जब माँगे जाएँगे तब देना····· और हाँ, यहाँ से उठकर कहीं मत जइयो, वरना····” अपना संवाद पूरा किए बिना ही डी.ओ. चुप हो गए।

प्यारेलाल अब तक कागज लेने नहीं गया था। उसे उम्मीद थी कि आनंद भी रुपए जरूर देगा। मगर आनंद को हत्थे न चढ़ता

देख उसे वहाँ रुके रहना अनावश्यक लगा। वह रफ्ता-रफ्ता कमरे से बाहर चला गया।

डी.ओ. पुनः नए फरियादी से मुखातिब हुए, "रकम ढीली करनी पड़ेगी···· है कुछ अंटी में?"

"कितनी हुजूर?" फरियादी ने पूछा।

"यही तकरीबन चार-पाँच सौ रुपए।"

"इतने तो नहीं हैं। मेरे पास तो अभी कुल ढाई सौ हैं।"

"ला, दे, इतने ही दे अभी। पर देख भई, इनका जिकर न करियो किसी के सामने।"

"बिल्कुल नहीं करूँगा हुजूर! ये तो हमारा आपसी मामला जो ठहरा। पर मेरा काम·····"

"अरे जब हम कह रहे हैं तो समझ तेरा काम हो ही गया। और फिर अब तो हम तेरा नमक खाने जा रहे हैं। क्या नमकहलाली भी नहीं करेंगे?"

फरियादी ने पाजामे की जेब से रुपए निकालकर डी.ओ. को सौंप दिए। डी.ओ. ने तसल्ली की, "पूरे हैं न?"

उसने सिर हिलाकर हामी भरी।

डी.ओ. को उसकी बात पर विश्वास नहीं हुआ। वे नोट गिनने लगे। अभी वे सौ तक ही पहुँचे थे कि सामने से प्यारेलाल को आता हुआ देखकर उन्होंने बिना गिने ही नोट अपनी जेब में ठूँस लिए।

प्यारेलाल कागज के नाम पर चार कापियाँ, दो बालपेन और एक कार्बन लाया था। डी.ओ. ने कापियाँ अपनी दराज में रख लीं। कार्बन को रोजनामचे में दबाया। एक बालपेन अपने लिए चुना और दूसरा प्यारेलाल की तरफ वापस उछाल दिया.......

अगले दस मिनट में एफ.आई.आर. दर्ज हो गई। एफ.आई.आर. लिखकर डी.ओ. ने अपनी दराज में से एक जंग खाई लोहे

की पैनी पत्ती निकाली। फरियादी को अपने एकदम करीब बुलाया, फिर उस पत्ती की सहायता से उसके सिर, माथे, भौंहों और नाक के आसपास की खाल खुर्च दी। सभी जगहों से खून रिसने लगा। उसकी क्षत-विक्षत सूरत देख डी.ओ. का चित्त प्रसन्न हो गया।

अपनी कामयाबी पर पहले वे मन-ही-मन मुस्काए, बाद में फरियादी को समझाया, "अब मैं तुम्हें एक सिपाही के साथ अलीपुर भेजूँगा। वहाँ पुलिस हस्पताल में तुम्हारी डॉक्टरी होगी। मैंने जो चित्रकारी तुम्हारे चेहरे पर की है उसकी वजह से डॉक्टर तो क्या, उसका बाप भी डॉक्टरी रिपोर्ट में शर्तिया यह लिखेगा कि तुम पर कातिलाना हमला किया गया था। बस, रिपोर्ट तुम्हारे हक में आते ही हम उस हरामजादे को गिरफ्तार कर लेंगे····और जब वो यहाँ से छूटकर जाएगा, दुकानदारी करना भूल चुका होगा। अब तुम देखते जाओ पुलिस के हाथ, पाँव, डंडे और दिमाग का कमाल।"

डी.ओ. ने उसे साम, दाम, दंड, भेद की टक्कर के अपने महकमे के चारों अस्त्रों का परिचय देकर आश्वस्त किया, फिर प्यारेलाल को हिदायत दी, "प्यारे, ऐसा कर, अदालत से किशना को तो बुला ला।"

प्यारेलाल फौरन चला गया।

प्यारेलाल के जाते ही डी.ओ. ने एक बार जेब में हाथ डालकर नोटों को भीतर-ही-भीतर गिना। नोट पूरे हैं—यह तसल्ली हो जाने पर उन्होंने फरियादी को धमकाया, "इतना याद रखियो, इस लेन-देन की चर्चा किसी के सामने न करियो वरना केस उलटा······"

"नहीं हुजूर, ऐसा गजब मत कीजिएगा," फरियादी ने घबराकर डी.ओ. के पाँव पकड़ लिए। तभी प्यारेलाल अपने साथ किशनलाल नाम के एक और पुलिसकर्मी को लिए वापस आ पहुँचा।

डी.ओ. ने रजिस्टर में किशनलाल की रवानगी दर्ज की और उसके हाथ में चालान थमाकर आदेश दिया, "किशनलाल, तुम इन

साहबान को हस्पताल ले जाओ। इनकी डॉक्टरी होनी है।"

किशनलाल यहाँ बुलवाए जाने से पहले संभवतः सो रहा था। उसे इस तरह अधूरी नींद में उठना और यहाँ आना ही काफी अखर गया था। अब यहाँ पहुँचकर जो काम सौंपा गया उससे तो वह पूरी तरह बौखला गया। उसने चालान डी.ओ. की तरफ उछाला और रिसयाया-सा बेंच पर पसर गया।

उसकी मनोदशा ताड़कर डी.ओ. ने उसे बहलाया, "अरे नाराज हो गया मेरा यार तो! भैये, तुझे खामखा नहीं जगाया है मैंने। एतबार वाला आदमी है अपना, इसी से हैरान कर रहा हूँ। देख, पहले तो इन साहब के साथ तुझे इनके घर जाना है। वहाँ ये तुझे दो सौ रुपए दें तो ही तू इन्हें हस्पताल ले जइयो।"

जाने के साथ जुड़ी यह शर्त सुनते ही किशनलाल की नींद, गुस्सा, नाराजी सब यकायक जाने कहाँ बिला गए। वह उलाहना-भरे स्वर में बोला, "तो पहलेई इस तरह कहते न। तुम भी पंडितजी···" और बेंच से उठते हुए उस फरियादी को टहोका मारकर बोला, "चालोजी, किंगे कू चलड़ाँ है।"

किशनलाल और फरियादी के चले जाने पर प्यारेलाल ने शिकायत की, "पंडितजी, इतने सस्ते में······"

"अभी कौन-सा उसका मामला निबटा जा रहा है! फिर यहीं आएगा ससुरा। और फिर प्यारे, अगर मैं अभी ज्यादा ऐंठता तो हो सकता है बिदक ही जाता। अभी तो हमने जाल फेंका-भर है। अब ये तो तू तै जान ले कि जब किशना इसे लेकर इसके घर पहुँचेगा, तो उस दूसरे पनवाड़ी के भी कान खड़े होंगे और इसके हस्पताल पहुँचते-न-पहुँचते तो वह ससुरा भी सिर के बल भागा आएगा हमारे गोड़ सहलाने······"

"ये तो तुमने दूर की सोची पंडितजी·····" प्यारेलाल खुशी से झूम उठा। अपनी प्रशंसा सुनकर कृपाराम अभिभूत हो गए, जेब से सिगरेट की डिब्बी निकालकर बोले, "अच्छा, अच्छा, ले

सिगरेट पी।"

प्यारेलाल ने झटपट सिगरेट ले ली। अपनी-अपनी सिगरेट सुलगाकर वे दोनों निष्काम-कर्मयोगी की तरह पूरे मनोयोग से सिगरेट के कश लेने लगे। उन्हें फुर्सत में पाकर आनंद ने पंडितजी उर्फ डी.ओ. कृपाराम को याद दिलाया, "वह मेरा मुकदमा······"

"हाँ, हाँ, हमें याद है, देखता नहीं, काम कर रहे हैं हम·····" आनंद अभी अपना वाक्य पूरा भी नहीं कर पाया था कि डी.ओ. ने उसे फटकार लगाई, "अगर तुझे ज्यादा ही जल्दी है तो एक सादा कागज पर अपना पूरा वाकया लिख दे। तेरे कागज तो बहुत देर से फड़फड़ा रहे हैं न!"

जिस समय आनंद थाने में पहुँचा था, यदि उस समय उसे अपने घर में हुई वारदात का ठीक-ठीक ब्योरा पुलिसिया भाषा में लिखने को कहा जाता तो शायद वह असमर्थता प्रकट करता, मगर इस बीच चूँकि उसे इसका मौखिक प्रशिक्षण दिया जा चुका था इसलिए उसने तत्काल सब लिख दिया कि चोरी कब हुई, विलंब से क्यों पहुँचा, सामान के साथ छेड़छाड़ क्यों की और क्या-क्या सामान चला गया और क्या-क्या नहीं यह कब बता सकूँगा·····आदि-आदि।

पूरा ब्यौरा लिखकर उसने कागज कृपाराम के सामने रख दिया।

इबारत बिना पढ़े ही कागज लौटाते हुए डी.ओ. ने आनंद को समझाया, "तेरे इलाके के सब-इंस्पेक्टर हैं अर्जुनसिंह। तू उन्हीं के पास जा। थाने के पिछवाड़ेवाली गली में थाने के ठीक पीछे हमारे क्वार्टर हैं। इस समय अर्जुनसिंह वहीं बैठा होगा। यह अर्जी उन्हीं को देना। वही इस पर आगे कार्रवाई करेंगे। जा, जल्दी दौड़ जा।"

आनंद खुशी-खुशी थाने से बाहर चला आया। बाहर चाय की दुकान से आती ठहाकों की आवाज सुनकर एक नजर उधर

देखा, 'अरे, यह क्या?' यकीन ही नहीं आया कि यह चाय की दुकान है।

एक मेज के इर्द-गिर्द हैडकांस्टेबल रामरतन, कांस्टेबल रामसेवक, जुए के अड्डे पर भेजे गए और शराब के गोदाम पर छापा मारने भेजे गए तमाम पुलिसकर्मी मौजूद थे। ऐसा लग रहा था मानो यह एक मिनी पुलिस चौकी हो।

थाने के पिछवाड़े पहुँचते ही पीले क्वार्टरों की कतार शुरू हो गई। सभी क्वार्टरों में कई-कई चारपाइयाँ बिछी थीं और उन पर चड्डी-बनियान तो किसी-किसी पर लुंगी-बनियान पहने पुलिसकर्मी आराम फरमा रहे थे। पहरावे से तो नहीं; हाँ, पुलिसवालों के चेहरे पर क्रूरता, मक्कारी और रूखेपन का जो स्थायी भाव रहता है, उसी की बदौलत उसने उन्हें पहचाना था। अब उसे तलाश थी किसी सिख वेशधारी पुलिसकर्मी की।

आखिर क्वार्टर नंबर नौ में एक सिख वेशधारी नजर आया। आनंद उनके पास जा पहुँचा। वे उस समय दो व्यक्तियों से बातचीत कर रहे थे। आनंद उनके करीब ही एक कोने में जाकर खड़ा हो गया।

काफी देर बाद उनकी नजर आनंद पर पड़ी। सवालिया निगाह से उसे देखते हुए उन्होंने पूछा, "क्या बात है बे?"

"माफ कीजिएगा, आप एस.आई. अर्जुनसिंहजी ही हैं?" आनंद ने जानना चाहा।

"और क्या यहाँ तेरी माँ का यार भी पोस्टेड है?" वे दहाड़े।

उनकी बात का जवाब न देकर आनंद ने अपनी अर्जी उनकी चारपाई पर रख दी।

एस.आई. अर्जुनसिंह को आनंद की यह अदा पसंद नहीं आई। उन्होंने घुड़का, "ओए, इसे परे हटा। जुबानी बता, क्या बात है? बड़ा आया लिखत में बात करनेवाला।"

आनंद ने सहमकर अर्जी चारपाई पर से वापस उठा ली। फिर बताया, "मेरे घर में चोरी हो गई है......"

"तो.....? मैने क्या रिलीफ फंड खोल रखा है जो मेरे पास आया है?"

"जी नहीं....."

"तो क्या बुंड मराने आया है?"

आनंद ने उनकी संभावना को नकारा, "जी नहीं, मुझे डी.ओ. जी ने इसलिए आपके पास भेजा है क्योंकि जहाँ मैं रहता हूँ वह इलाका आपका है सो आप ही मेरी मदद कर सकते हैं।"

"ओहो, ठीक है। जा, जाकर ड्यूटी रूम में बैठ। मैं उत्थेई आके देखूँगा।" लापरवाही के साथ अपना निर्णय सुनाकर वे फिर उन दोनों व्यक्तियों की ओर मुखातिब हो गए।

आनंद समझ गया कि अब यहाँ रुके रहना बेमानी है, सो मायूस हो वापस ड्यूटी रूम की तरफ चल दिया।

ड्यूटी रूम में कोहराम मचा हुआ था। कई लोग डी.ओ. को घेरे खड़े थे। एक सज्जन हाथ में परचा लिए दहाड़ रहे थे, "मैं कहता हूँ, मुझे थानेदार से मिलना है। अगर थानेदार नहीं है तो आप इस कागज पर दस्तखत कर दीजिए। हमारी पार्टी के ये कार्यकर्ता कल राशन के दफ्तर के सामने सांकेतिक भूख हड़ताल करेंगे। यह उसी की सूचना है।"

जवाब में डी.ओ. ने उसकी चिरौरी की, "देखिए, मैं किसी कागज पर दस्तखत नहीं कर सकता। आप....."

डी.ओ. का वाक्य पूरा होने से पहले ही वह सज्जन उखड़ गए। अपने साथियों को संबोधित करते हुए बोले, "चलो, हम थानेदार के कमरे में बैठकर उनका इंतजार करेंगे....." और झट से डी.ओ. के हाथ से अपना पर्चा छीनकर दरवाजे की तरफ चल पड़े। पीछे-पीछे उनके तमाम साथी भी बिना डी.ओ. की 'रुकिए-रुकिए' पर ध्यान दिए कमरे से बाहर निकल गए।

उनके जाते ही डी.ओ. अपने माथे पर हाथ रखकर ध्यानस्थ हो गए। आनंद चुपचाप जाकर फिर उसी बेंच पर बैठ गया। अपनी तरफ से पूरी सावधानी बरतने के बावजूद उसके बैठते ही बेंच 'चर्रर-चूँ' करके रो पड़ी। इस मनहूस आवाज ने डी.ओ. का ध्यान भंग कर दिया। उन्होंने आँखें खोलीं और ज्योंही आनंद के मुखकमल के दर्शन किए कि उनका पारा चढ़ गया, "अब क्या यहाँ अपनी माँ···· आया है?"

"जी नहीं," आनंद ने नकारा, "मुझे एस.आई. अर्जुनसिंह ने यहीं बैठकर उनका इंतजार करने को कहा है। वे अभी यहीं आनेवाले हैं।"

डी.ओ. उस पर टूट पड़नेवाली मुद्रा बनाकर बोले, "यहाँ आकर क्या वे तेरी ताजपोशी करेंगे? ला, अपनी अर्जी इधर दे और जाकर अपना घर सँभाल। कहीं ऐसा न हो, बचा-खुचा सामान कोई आज समेट ले जाए। हम अभी सिपाही भेजते हैं तेरे यहाँ।"

आनंद ने झिझकते हुए अर्जी उनके सामने रख दी मगर वहाँ से उठा नहीं। उसे उठता हुआ न देखकर डी.ओ. चिल्लाए, "अब क्या यहाँ···· मराने बैठा है?"

"ऐसा कोई इरादा नहीं है।" आनंद ने फिर नकारा, "दरअसल तीन साल पहले हमारे घर में चोरी हुई थी। तब भी मैं वहाँ के थाने में गया था। वहाँ भी मुझसे अर्जी लिखवाकर वापस घर भेज दिया गया था, ठीक यही आश्वासन देकर कि अभी पुलिस आएगी। मगर पुलिस आज तक नहीं पहुँची। कहीं इस बार भी मेरे साथ यही तो नहीं होगा?"

एक पिद्दी-से छोकरे के मुँह से पुलिस की अकर्मण्यता की बात सुनकर डी.ओ. कृपाराम अपना आपा खो बैठे। तैश में आकर बोले, "पुलिस तेरे बाप की नौकर है न, जो हुकुम देते ही हाजिर हो जाएगी। जा, जा, ज्यादा बकवास करने की कोई जरूरत नहीं है। साले चले आते हैं टूटे लोटे और फटे टाट की

चोरी की रपट करने!"

इस मधुर वार्ता के बाद वहाँ बैठे रह पाना नामुमकिन था। पुलिस का सहयोग मिलने की उम्मीद करना तो बेमानी था ही; पुलिस का सिपाही घर तक आएगा इस पर यकीन करना तो निरी मूर्खता ही होती। ऐसे में आनंद के मन में थानेदार के 'दर्शन' करने की इच्छा बल पकड़ने लगी। उसने चाहा कि पुलिस तो जो है सो देख ली, क्यों न थानेदार से भी परिचित हो लूँ। उसने अपनी अंतिम इच्छा डी.ओ. पर प्रकट की।

जवाब में आनंद से कुछ न कहकर डी.ओ. ने दरबान को आवाज दी, "संतरिया, इस पिद्दी की····· में भुस भरकर इसे घूरे पर तो फेंक आ!"

दरबान ने बाहर से ही घूरकर आनंद को देखा। उसकी आँखों का वहशीपन और उसके हाथों की अकुलाहट देख आनंद काँप-सा गया···· और इससे पहले कि वह डी.ओ. का हुकुम बजाए····· आनंद थाने से भाग खड़ा हुआ······

थाने से लौटते हुए घर की तरफ उठ रहे हर कदम के साथ आनंद को लग रहा था कि यदि जल्दी-जल्दी कदम बढ़ाए तो किसी भी आगामी कदम पर लड़खड़ाकर गिर पड़ेगा और यदि धीरे-धीरे चला तो किसी भी क्षण कोई सिपाही आकर मुझे धर दबोचेगा और समाज द्वारा स्वीकृत परिपाटी की अवमानना करके पुलिस से सहयोग पाने की कामना करने जैसी दुर्भावना पालने के जुर्म में अंदर करवा देगा ताकि मुझे तो मेरे किए की सजा मिले ही, दूसरों को भी सबक मिल सके।

अपने ही मन में कुछ क्षण पहले उठा यह विचार कि 'यहाँ देर है अंधेर नहीं' अब उसे अपना ही मजाक बनाता नजर आ रहा था। कितना गलत सोचा था मैंने···· यहाँ तो केवल अंधेर है। जल्दी भी अंधेर और देर में भी अंधेर।

आज उसकी समझ में अच्छी तरह आ गया था कि थाना कहते

किसे हैं। वह जगह जहाँ आपको सुरक्षा का भरा-पूरा आश्वासन देकर बुलाया जाता है, आकर्षित किया जाता है, मगर वहाँ होता है आदमी की खाल ओढ़े आदमखोर भेड़ियों का हुजूम, जो दरवाजों की ओट में अपने पैने नाखून छुपाए आपका इंतजार कर रहा होता है और भीतर प्रवेश करते ही आपके तमाम जिस्म को चाक-चाक कर मांस का आखिरी कतरा तक चबा जाता है। और तिस पर भी डकार नहीं लेता, क्योंकि उसकी भूख तब भी शांत नहीं होती···· और शायद इन दरिंदों की भूख तो देश की तमाम जनता की बोटियाँ चबा जाने पर भी शांत नहीं होनेवाली।

घर पहुँचा तो रमेशजी को बेचैनी से चहलकदमी करते पाया। आनंद को देखते ही उन्होंने पूछा, "क्या हुआ? इतनी देर कैसे लग गई?"

आनंद ने सविस्तार उन्हें बताया कि वह किस तरह छह घंटे थाने में ड्यूटी रूम की बेंच पर बैठे-बैठे जलील होकर आ रहा है।

आनंद की बात पर यकायक विश्वास करने को उनका मन तैयार नहीं हुआ। बोले, "आपने बताया था कि आप पेशे से पत्रकार हैं और अभी सप्ताह भी नहीं गुजरा आई.जी. पुलिस का इंटरव्यू कर चुके हैं?"

"नहीं, उन्होंने यह जानने की जरूरत ही नहीं समझी कि मैं क्या हूँ, कौन हूँ, और न ही ऐसा कोई प्रसंग आया कि मैं बता पाता। हाँ, मैंने अपनी अर्जी में जरूर लिखा हुआ है कि मैं सागर पत्रिका समूह में उप-संपादक हूँ और पत्रिका के लिए लेख तैयार करने के सिलसिले में पिछले एक सप्ताह से शहर से बाहर था।"

"तब भी·····!"

"मगर उसे वहाँ किसी ने पढ़ा ही नहीं।"

"मैं समझता हूँ अगर उन्हें मालूम हो जाता कि आप पत्रकार हैं तो जरूर वे ध्यान देते।"

"हो सकता है, पर क्या महज इसलिए भी उन्हें मेरे साथ सहयोग नहीं करना चाहिए था कि जिस घर में चोरी हुई, वह मेरा घर होने के साथ-साथ उनके इलाके में घटी एक शर्मनाक घटना भी है?"

"अगर इतना ही पर्याप्त होता तो आप यों मायूस न लौटे होते। पर खैर, अब आपका क्या इरादा है?"

"क्या इरादा बनाऊँ? सोच रहा हूँ, आई.जी. पुलिस के इंटरव्यू को प्रेस में देते समय अपना यह कटु अनुभव भी प्रकाशन के लिए दे दूँ इंटरव्यू में जोड़कर·····आपकी क्या राय है?"

"मेरी राय मानें तो आप एक बार आई.जी. से मिल लें पहले।"

"मिलने से क्या होना-हवाना है?"

"मिलना तो आपको पड़ेगा ही। अगर आप अपनी आपबीती इंटरव्यू में इंटरलिंक करेंगे तो सूचना तो देनी ही होगी पहले, वरना वह कहेंगे कि यह वाकया तो मेरे सामने आया ही नहीं।"

"देखा जाएगा" आनंद ने कहा और प्रसंग को विराम दे दिया।

•

चार

सुबह ठीक दस बजे आनंद पुलिस मुख्यालय पहुँच गया। रात को उसने आई.जी. पुलिस के नाम एक पत्र लिख लिया था और उसकी सात-साठ प्रतियाँ भी तैयार कर ली थीं, ताकि एक प्रति आई.जी. को देकर बाकी प्रतियाँ स्थानीय समाचारपत्रों और अपनी पत्रिकाओं के संपादक को दी जा सके।

अभी उसने पुलिस हैडक्वार्टर यानी आरक्षी मुख्यालय में प्रवेश किया ही था कि आई.जी. के निजी सचिव सीढ़ियों से ऊपर जाते दिखाई दिए। आनंद उनके पीछे-पीछे उनके केबिन में जा पहुँचा।

अपने आसन पर विराजने के लिए मुड़ते ही सचिव की नजर आनंद पर पड़ी। सत्कार में हाथ आगे बढ़ाकर उन्होंने अगवानी की, "आइए, आइए, नमस्कार। कहिए, कैसे आना हुआ?"

आनंद ने उन्हें अपने साथ घटा पिछले दिन का किस्सा सुना दिया कि किस तरह उसे पुलिस के हाथों कल पूरे दिन अपमानित होना पड़ा है। किस तरह उसे डराया-धमकाया गया और उससे पैसा ऐंठने की कोशिश की गई, मजाक बनाया गया और जलील किया गया।

उस शर्मनाक घटना का ब्योरा देने के बाद अपनी बात समाप्त करते हुए आनंद ने सचिव से आग्रह किया, "मैं उनके कहने पर शाम को घर आ गया था और कल शाम से आज सुबह साढ़े

नौ बजे तक सिपाही का इंतजार करता रहा। अब मैं इंतजार करते-करते थक गया हूँ, सो यहाँ चला आया।

आई. जी. साहब के नाम मैंने एक पत्र लिखा है, मैं चाहूँगा कि उसकी एक प्रति आप उन तक पहुँचा दें और एक पर प्राप्ति स्वीकार लिख दें। फिर आगे जो विभागीय कार्रवाई आप कर सकें, कीजिएगा, और जो मैं कर सकूँगा, मैं करूँगा ही।"

इसके साथ ही आनंद ने शिकायत-पत्र की दो प्रतियाँ उनके सामने रख दीं।

सचिव पूरी एकाग्रता से आनंद की कथा सुनते रहे थे। उन्होंने उस पत्र को बिना पढ़े ही एक ओर सरकाकर पूछा, "क्या आप वहाँ थानेदार से नहीं मिले?"

"जी नहीं, मिल नहीं सका। अलबत्ता मैंने मिलने की इच्छा कई बार जाहिर की, पर हर बार कुछ-न-कुछ बहाना बनाकर टाल दिया गया। मसलन—थानेदार साहब मुद्रानगर गए हैं, या थाने में नहीं हैं, या सो रहे हैं। यह रहस्य गलती से एक की जुबान पर आ गया था, पर उसने जल्दी ही संशोधन कर कुछ और बता दिया। अलबत्ता लगभग साढ़े पाँच बजे एक सज्जन चड्डी-बनियान पहने ड्यूटी रूम में आए थे। उनके आने पर जिस तरह पुलिसकर्मी हड़बड़ाए, उससे मुझे ऐसा महसूस हुआ था कि यही थानेदार हैं। मैंने डी.ओ. से पुष्टि करनी चाही तो उसने फिर वही उत्तर दोहरा दिया था कि वह थाने में हैं ही नहीं।"

"दीनानाथ!" निजी सचिव ने किसी अज्ञात व्यक्ति को आवाज दी। अगले ही पल दीनानाथ वहाँ हाजिर था।

"मीठापुर-मुद्रानगर थाने का थानेदार कौन है?"

"प्रभातीलाल शर्मा।" दीनानाथ ने सूचना दी।

"उससे मेरी बात करवाओ!" सचिव ने आदेश दिया।

फिर एक और व्यक्ति की ओर देखकर बोले, "रामदीन, आनंदजी को चाय-पानी कराओगे या नहीं?"

रामदीन मुस्कराता हुआ कमरे से बाहर चला गया।

दीनानाथ मीठापुर-मुद्रानगर थाने का नंबर मिलाने में व्यस्त हो गया।

सचिव पुनः आनंद की ओर मुखातिब हुए, "मैं अभी आपको आई.जी. साहब से मिलवाता हूँ। आपने जो वाकया मुझे सुनाया है, वह आप खुद आई.जी. साहब को बताइएगा। हमें अफसोस है कि आपको नाहक इतना परेशान होना पड़ा। पर आप विश्वास रखिए, आपके साथ पूरा-पूरा न्याय होगा और दोषी लोगों को सजा मिलेगी।"

संवेदना व्यक्त कर सचिव उठ खड़े हुए। दो-चार कदम चलकर दरवाजे के पास पहुँचे। दरवाजे पर लगे काँच पर आँख लगाकर दूसरे कमरे में झाँका और वापस अपनी कुर्सी पर आकर बैठ गए।

इस अंतराल में रामदीन ने चाय और बिस्कुट लाकर मेज पर रख दिए थे। सचिव ने आनंद से चाय पीने का अनुरोध किया।

चाय पीने के दौरान सचिव आनंद से उसके काम के संबंध में बातचीत करते रहे। बातों ही बातों में पूछा, "आप साहब से जो इंटरव्यू ले गए थे वह कब छप रहा है?"

"जी, वह अगले महीने के पहले अंक में छपना था। अभी तो मैंने उसे फेयर भी नहीं किया है......और अब जो मेरे हालात हैं उनमें तो पता नहीं कब और कैसे लिख पाऊँगा उसे।"

"क्यों?" उन्होंने आश्चर्य से पूछा।

"इतना बड़ा झूठ भला कैसे लिख पाऊँगा अपने ही हाथों से? कहाँ आई.जी. साहब के पुलिस के पक्ष में बड़े-बड़े दावे, पुलिस की इतनी तारीफ, इतनी वकालत और कहाँ स्वयं मेरे साथ पुलिस का एकदम उन दावों से उलट व्यवहार। आप ही सोचिए, ऐसी मनःस्थिति में कैसे लिख पाऊँगा वह सब जो आई.जी. साहब एक सचाई के रूप में जनता तक पहुँचाना चाहते हैं......"

"आनंदजी, मैं अच्छी तरह समझ रहा हूँ आपकी परेशानी। मुझे वास्तव में अफसोस है। मैं कैसे बयान करूँ आपसे अपनी

प्रतिक्रिया। मैं तो स्वयं दुविधा में पड़ गया हूँ कि इन लोगों की वजह से साहब और हम किस कदर झूठे पड़ जाते हैं आप लोगों के सामने। यहाँ तो हम लोग पुलिस की छवि सुधारने की कोशिशों में लगे हैं। आप लोगों का सहयोग चाह रहे हैं—जनता तक पुलिस के निखरे रूप का परिचय पहुँचाने के लिए, और वहाँ ये लोग खुद आप जैसों के साथ ही.....”

अपनी बात बीच में ही छोड़कर सचिव पुनः कुर्सी से उठे और चहलकदमी करते हुए दरवाजे तक गए। फिर काँच पर आँख गड़ाकर देखा और तुरंत दरवाजा खोलकर दूसरे कमरे में चले गए।

सचिव के वापस आने तक आनंद मेज पर रखे पेपरवेट से खेलता रहा।

आते ही सचिव ने सूचना दी, “आनंदजी, आप भीतर जाइए। साहब आपसे मिलना चाहते हैं।”

आनंद के उठने से पहले ही सचिव दरवाजा खोलकर खड़े हो चुके थे। उसे भीतर जाने के लिए हाथ से इशारा किया और उसके भीतर जाते ही उन्होंने स्वयं दरवाजा बंद कर दिया।

आई.जी. पुलिस से आनंद आज दूसरी बार मिल रहा था। पहली बार इंटरव्यू के समय मिला था। उस दिन आई.जी. को उसने पुलिस की वर्दी में देखा था मगर आज वह साधारण कपड़ों में थे।

उनकी मेज के पास पहुँचकर आनंद ने नमस्कार की मुद्रा में हाथ जोड़े पर तब तक आई.जी. हाथ मिलाने के लिए पूरी गर्मजोशी के साथ अपना दाँया हाथ आगे बढ़ा चुके थे, “कहिए, कैसे तकलीफ की?”

आनंद ने इत्मीनान से कुर्सी पर बैठने के बाद बताया, “आपको याद होगा, उस रोज मैंने बताया था कि अब से तीन वर्ष पहले मेरे घर में चोरी हुई थी। चोर अखबार तक घर से समेट ले गए थे। शाम को दफ्तर से आते ही घर का नजारा देखकर मैं पुलिस थाने जा पहुँचा था। वहाँ जाकर चोरी की सूचना दी थी। मुझे इस आश्वासन

के साथ घर वापस जाने की सलाह दी गई थी कि घर पहुँचिए, हम अभी एक सिपाही आपके मकान पर भेज रहे हैं……"

"हूँ।"

"फिर मैं पुलिस की सलाह को तरजीह देते हुए घर चला आया था।"

"हाँ-हाँ।"

"परसों शाम तक मैं बराबर सिपाही का इंतजार करता रहा हूँ, पर पुलिस तो क्या, पुलिस का कोई वाहन तक उस रास्ते पर दिखाई नहीं दिया कभी।"

"हाँ-हाँ, मुझे याद है, पर अब यह सब……? तो क्या कल पुलिस आपके घर पहुँच गई या आपको चोर के बारे में कोई सुराग मिल गया?"

"जी नहीं, परसों फिर मेरे घर चोर आ गए और फिर एक बार चोरी कर ले गए।"

"ओह! यह तो बुरा हुआ…… आपने पुलिस में रिपोर्ट दर्ज करवा दी है चोरी की या नहीं?" आई.जी. ने जानना चाहा।

"जी नहीं, मुझे रिपोर्ट दर्ज करवाने में इस बार भी सफलता नहीं मिली।"

"वह क्यों?"

"मैं कल थाने में गया था। चोरी की सूचना दी। मगर वहाँ बजाय रिपोर्ट दर्ज करने के मुझे जिस तरह जलील किया गया मैं बयान नहीं कर सकता और न ही दोबारा उन बातों को बयान करके अपने-आप पर शर्मिंदा होना चाहता हूँ। बहरहाल, कल भी मुझे वही आश्वासन देकर घर भेज दिया गया जो तीन साल पहले दिया गया था—यानी आप घर पहुँचिए, अभी हम सिपाही भेज रहे हैं। और तब से आज सुबह के साढ़े नौ बजे तक सिपाही का इंतजार करने के बाद मैं आपके पास चला आ रहा हूँ।

"इस बार भी पिछली बार की ही तरह मैं इंतजार करता

रह सकता था, मगर संयोग से आपसे अभी कुछ ही दिन पहले मुलाकात की थी। उस भेंटवार्ता को अभी मैंने सिलसिलेवार लिखकर प्रेस में नहीं दिया है और इसी बीच यह वारदात हो गई। अब मैं धर्मसंकट में पड़ गया हूँ—आपने कहा था—'हर नागरिक को पुलिस की मदद करनी चाहिए, पुलिस से मदद लेनी चाहिए, उन कामों में ही नहीं जो पुलिस से संबंधित हों बल्कि उनमें भी जिनमें पुलिस कानून की हद में रहते किसी भी नागरिक की मदद कर सके।' मैं समझता हूँ, आपने पूरी भेंटवार्ता में यही बात हर प्रश्न के उत्तर में दोहराई थी और आप जनसाधारण तक यह बात अवश्य पहुँचाना चाहते हैं। मगर अब मैं जनसाधारण के हित में चाहूँगा कि आप मुझे इस सलाह को प्रकाशित करने को बाध्य न करें। चूँकि ऐसी सलाह देकर आप और हम ढेरों लोगों को मुसीबत में डालने का कारण बनेंगे। मैं समझता हूँ, अपने विभाग से ऊपर उठकर यदि आप जरा भी जनहित की दृष्टि से सोचेंगे तो मेरी आशंका से अपने-आपको सहमत पाएँगे।"

आई.जी. पूरी एकाग्रता के साथ आनंद की बातें सुन रहे थे। आनंद की बात पूरी होने के बाद भी उनकी एकाग्रता बरकरार रही। उत्तर में कुछ न कहकर वह मौन ही बैठे रहे।

अचानक आनंद को पत्र का खयाल आया। उसने पत्र की मूल प्रति उनके सामने रख दी, "कल थाने में मेरे साथ जो कुछ हुआ उसे मैंने इस पत्र में लिख दिया है।"

अपने सामने रखी गई प्रति को उठाने का उपक्रम न करके आई.जी. ने आनंद की तरफ देखा और उसके हाथ में बची प्रतियों को देखते हुए मुस्कराकर बोले, "लगता है, आपने कई प्रतियाँ तैयार कर रखी हैं?"

"जी हाँ, सोचता हूँ, इनका भी सदुपयोग कर लूँ। आखिर पत्रकार हूँ। जब दूसरों से हम गलत और अशोभनीय व्यवहार होने पर उसकी खबर अखबार तक पहुँचाने की अपेक्षा रखते हैं तो खुद जानबूझकर एक ऐसी स्थिति को क्यों न उघाड़ें जो हमारा और

हम जैसे हजारों नागरिकों का अहित कर रही हो?"

आनंद की दलील सुनते ही आई.जी. मुस्कराना छोड़कर पत्र पढ़ने में मशगूल हो गए। पूरा पत्र पढ़कर अपने बाएँ हाथ की तरफ लगी टेलीफोनों की कतार में से लाल रंग के टेलीफोन का चोंगा उठाया। इस टेलीफोन में नंबर डायर करने की व्यवस्था नहीं थी बल्कि उस जगह पाँच बटन बने थे। संभवतः यह वायरलेस सेट था।

टेलीफोन को विधिवत् कान और मुँह से सटाकर एक बटन दबाया जिस पर अंग्रेजी अक्षर 'ई' बना हुआ था। दूसरी ओर से जब तक कोई फोन उठाए, आई.जी. आनंद से मुखातिब हुए, "आपकी नाराजगी जायज है। मुझे अफसोस है कि आपके साथ इन हरामजादों ने ऐसा गैरजिम्मेदारना सलूक किया......" तभी संभवतः टेलीफोन के दूसरी ओर कोई व्यक्ति आ गया।

अपनी बात बीच में ही रोककर आई.जी. ने आनंद के पत्र का पहला पन्ना उलटकर उस दूसरे छोर के व्यक्ति से कहा, "अभी मेरे सामने आनंदजी बैठे हुए हैं। आप एक ऐसे पत्रिका समूह में पत्रकार हैं जो नौ-दस भाषाओं में पत्रिकाएँ छापता है। एक-एक पत्रिका को पढ़नेवाले करोड़ों की तादाद में हैं। अपने देश में भी और विदेशों में भी.....अभी चंद रोज पहले आपने मेरा इंटरव्यू किया था, अपनी सबसे ज्यादा प्रसिद्ध पत्रिका 'सागर' के लिए, जिसे कम-से-कम सवा करोड़ पढ़े-लिखे, समझदार लोग पढ़ते हैं और इज्जत देते हैं। पुलिस की जितनी भी तारीफ मैं कर सकता था मैंने आपके सामने की थी। आपके ख्यालात पुलिस के बारे में कुछ साफ नहीं थे मगर इस मुलाकात के बाद आपके ख्यालात भी हमारे-तुम्हारे संबंध में नेक हो गए थे। और यही मेरी सबसे बड़ी सफलता भी थी..... मगर मुझे अफसोस है कि तुम्हारे इलाके के मुद्रानगर-मीठापुर थाने के स्टाफ ने न केवल मेरी मेहनत पर पानी फेर दिया बल्कि मुझे

झूठा साबित कर दिया। पूरे पुलिस महकमे की नाक कटवा दी। जानते हो, कैसे?"

आई.जी. अचानक काफी आवेश में आ गए। दूसरे छोर पर सुन रहा व्यक्ति भी अप्रभावित नहीं रह सका। सहमी हुई आवाज में उसने पूछा, "उन लोगों ने क्या गुस्ताखी की है, मैं अभी पता लगाता हूँ साहब। अगले आधे घंटे में सब पता लगाकर आपको सूचना देता हूँ।"

"तुम्हें सूचना देने की कतई जरूरत नहीं बल्कि मैं ही तुम्हें बताए देता हूँ। उन हरामखोरों ने गुस्ताखी ही नहीं की, इंतहा की है बदतमीजी की, गैरजिम्मेदाराना सुलूक की।

"परसों आनंदजी के घर चोरी हो गई। आप एक अमनपसंद शहरी होने के नाते पुलिस को सूचना देने गए। वहाँ उन हरामजादों ने इनकी चोरी की रिपोर्ट तो नहीं लिखी उलटे इन्हें जलील किया, डराया-धमकाया और झाँसा देकर चलता कर दिया। जानते हो क्यों? क्योंकि उन नमकहरामों ने इनसे घूस माँगी जो इन्होंने एक शरीफ आदमी होने की वजह से नहीं दी....अब मैं इनके प्रति न तो अफसोस जाहिर करने के काबिल रहा, न सहायता का वचन देने के, और यह सब हुआ तुम्हारे नमकहराम स्टाफ की वजह से।"

दूसरे छोर से फिर आवाज आई, "सर, मुझे भी सख्त अफसोस है। मैं अभी जीप भेजकर आनंदजी को यहाँ बुलवा लेता हूँ। उन्हें संतुष्ट करने की पूरी-पूरी कोशिश करूँगा और थाने के तमाम दोषी कर्मचारियों से जवाब-तलब करूँगा।"

"ठीक है, तुम इन्हें बुलवा लो। यह सहगल के पास बैठे हैं। और हाँ, इस थाने के तमाम स्टाफ को पदावनत करके यहाँ से चलता करो और मुझे एक सप्ताह में पूरी रिपोर्ट दो। और इस थानेदार को, क्या नाम है इसका—हाँ, प्रभातीलाल शर्मा, इस हरामजादे को तुरंत बदलो! जो आदमी चार-चार घंटे दिन में सोता है, वह क्या खाकर थानेदारी करेगा!"

अपना आदेश सुनाकर उन्होंने चोंगा वापस क्रेडिल पर रख दिया। दो-एक क्षण यों ही बैठे रहे, फिर बोले, "आनंदजी, मैं पूरे महकमे की तरफ से आपके प्रति किए गए अभद्र व्यवहार के लिए अफसोस व्यक्त करता हूँ। अभी मैं आपको आपके इलाके के पुलिस सुपरिटेंडेंट असित सेन के पास भेज रहा हूँ। आप उन्हें पूरा वाकया बताइएगा। वे खुद इस पर कार्रवाई करके मुझे रिपोर्ट भेजेंगे। यदि आपको भविष्य में कोई परेशानी हो तो आप सीधे मेरे पास चले आइएगा। अभी आप बाहर सहगल के पास आराम कीजिए। थोड़ी ही देर में कोई आदमी आपको लेने पहुँचता ही होगा।"

"बहुत अच्छा, मुझे आपसे यही उम्मीद थी," कहकर आनंद उठा और वापस सचिव के कमरे की ओर चल पड़ा।

द्वार खुलने की आवाज सुनते ही सचिव कुर्सी से उठ खड़े हुए। जैसे ही आनंद उनके सामने की कुर्सी पर बैठा, उन्होंने पूछा, "अब तो आप संतुष्ट हैं न?"

"जी, वह तो......" आनंद को अपनी बात बीच में ही रोकनी पड़ी, क्योंकि तभी सचिव के लिए कहीं से टेलीफोन आ पहुँचा था। वह देर तक 'हाँ-हूँ' कहकर दूसरे छोर से सुनाई जा रही बातों पर अपनी सहमति और प्रतिक्रिया व्यक्त करते रहे। इसी बीच दरवाजे पर एक पुलिसकर्मी ने आकर उन्हें सलामी दी और सावधान की मुद्रा में खड़ा हो गया। सहगल साहब ने फोन रखकर उसकी तरफ हाथ से इशारा करते हुए कहा, "लीजिए, आपको ले जाने के लिए सिपाही आ पहुँचा है।"

आनंद कुर्सी से उठ खड़ा हुआ। चलने से पहले सहगल साहब को उनके मृदु व्यवहार के लिए धन्यवाद देकर हाथ मिलाया। उसका हाथ अपने दोनों हाथों के बीच दबाते हुए सचिव बोले, "आनंदजी, ऐसा नेक अफसर (आई.जी. पुलिस) मैंने अपनी तीस साल की नौकरी में दूसरा नहीं देखा। आप भी मानते हैं न? लगता ही नहीं कि यह इंस्पेक्टर जनरल हैं।

इस तरह का मीठा व्यवहार भला बताइए तो और कौन-सा पुलिसवाला करता होगा? बड़े अफसरों की तो बात ही छोड़िए, थानेदार, सब-इंस्पेक्टर, यहाँ तक कि थाने का छोटा-मोटा डी. ओ. तक जिस रुतबे के साथ बोलता है उससे तो अच्छे-अच्छों की हवा खिसक जाती है। पर यह अफसर तो जैसे पूरा-का-पूरा मिसरी में घुला है। मानते हैं न आप भी? कहीं मैं गलतबयानी तो नहीं कर रहा हूँ?"

"जी नहीं, आप बिल्कुल सही कह रहे हैं। पुलिसवालों की आवाज सुनकर अच्छे-अच्छों को अपनी शराफत पर संदेह होने लगता है।" आनंद ने टिप्पणी की और उनके हाथों में से अपना हाथ छुड़ाने का उपक्रम करने लगा।

सचिव ने उसके प्रयास को नाकाम कर दिया। उसके हाथ को और जोर से दबाते हुए वे बोले, "अभी-अभी मैं साहब से बात कर रहा था। उनकी तरफ से एक दरख्वास्त है आपसे। इस पत्र की प्रतियों का अभी दुरुपयोग न कीजिएगा। हाँ, अगर आप संतुष्ट न हो पाएँ पुलिस की कार्रवाई से तब आप स्वतंत्र होंगे इसे जैसे चाहे प्रयोग में लाने के लिए।"

सचिव महोदय ने प्रसंग छेड़ा तो आनंद को भी याद आया कि एक प्रति पर इनके हस्ताक्षर लेने हैं। उसने एक प्रति उनके सामने रख दी। वह असमंजस में पड़ गए। फिर जाने क्या सोचकर कलम उठाई और हस्ताक्षर करने का उपक्रम करते हुए बोले, "आनंदजी, आप मेरी दरख्वास्त कुबूल कर रहे हैं इसी विश्वास पर दस्तखत दे रहा हूँ मैं।"

"ठीक है, ऐसा ही होगा," कहकर आनंद ने हस्ताक्षरित प्रतिलिपि वापस ली और तह करके जेब में रख ली।

वह पुलिसकर्मी अभी भी उसी तरह सावधान की मुद्रा में खड़ा था। जैसे ही आनंद ने सहगल साहब के कमरे का दरवाजा पार किया, उसने एक बार फिर उन्हें सलाम बजाया और आनंद

के पीछे-पीछे चलने लगा।

मुख्यालय के बाहर एक जीप की तरफ इशारा करते हुए उस पुलिसकर्मी ने आनंद से उसमें बैठ जाने को कहा और वह स्वयं एक दूसरी पुलिस जीप के ड्राइवर से बातें करने लगा। आनंद निर्दिष्ट जीप में जाकर बैठ गया। चंद क्षण बाद ही ड्राइवर आ गया और जीप पुलिस अधीक्षक के दफ्तर की ओर चल पड़ी।

पाँच

जीप ड्राइवर ने कुछ मिनटों में आनंद को पुलिस सुपरिंटेंडेंट के कार्यालय में पहुँचा दिया। बहुत बड़ी इमारत थी यह। सुपरिंटेंडेंट पहली मंजिल पर बैठते थे। ड्राइवर आनंद को अपने साथ-साथ वहाँ तक लाया। वहाँ पहुँचकर उसने सुपरिंटेंडेंट के निजी सचिव को पहुँचने की सूचना दी। सचिव ने ड्राइवर को आदेश दिया कि आनंद को बाहर बेंच पर बैठा दो। ड्राइवर आदेश का पालन करे, इससे पहले ही आनंद वहाँ जाकर बैठ गया।

लगभग आधा घंटा बाद एस.पी. का सचिव किसी को खोजता हुआ बाहर आया। वहाँ आनंद के सिवा किसी और को न पाकर उसने उसी से पूछा, "क्या आप ही आनंदजी हैं?"

"जी हाँ।"

"वास्तव में आप ही हैं या......?"

"जी हाँ, शत-प्रतिशत मैं ही हूँ।"

"तो एस.पी. साहब आप ही का इंतजार कर रहे हैं।"

आनंद सचिव के साथ-साथ एस.पी. के कमरे में आ गया। इस समय वहाँ दो पुलिसकर्मी और एक नागरिक भी मौजूद थे। एस.पी. ने उचटती-सी निगाह आनंद पर डाली, फिर अपने सचिव की तरफ सवालिया निगाह से देखा। जवाब में सचिव ने आनंद का परिचय दिया। परिचय पाते ही एस.पी. सीट छोड़कर उठ खड़े हुए और हाथ आगे बढ़ाकर आनंद से हाथ मिलाया। सचिव को चाय वगैरह भेजने का आदेश दिया और तब आनंद से बैठने का

आग्रह किया।

आनंद एस.पी. द्वारा निर्दिष्ट कुर्सी पर बैठ गया।

"आप ही के घर चोरी हुई है?" उसके बैठते ही एस.पी. ने पूछा।

"जी हाँ।"

"और थाने में आपकी रिपोर्ट नहीं लिखी गई?"

"जी हाँ।"

"क्या कहा पुलिसवालों ने आपसे?"

एस.पी. के प्रश्न का उत्तर देने के बजाय आनंद ने आई.जी. के नाम लिखे पत्र की एक प्रति उनके आगे रखते हुए कहा, "इसमें मैंने पूरा वाकया लिख दिया है। मैं बार-बार उस शर्मनाक हादसे को दोहराने की स्थिति में नहीं हूँ। इसलिए कृपया मुझे क्षमा करें और बजाय मुझे सुनाने के लिए बाध्य करने के इसे पढ़ लें।"

"जैसा आप उचित समझें।" एस.पी. बोले और पत्र को मेज पर फैलाकर उसका सस्वर पाठ करने लगे।

पूरा पत्र पढ़कर उन्होंने एक टेलीफोन का बटन दबाया। यह भी आई.जी. के टेलीफोन की तरह वायरलेस टेलीफोन था। चोंगा उठाकर आदेश दिया, "मीठापुर-मुद्रानगर थाने के-थानेदार प्रभातीलाल शर्मा, सिपाही प्यारेलाल, सिपाही रामसेवक, डी.ओ. रामरतन, डी.ओ. कृपाराम, एस.आई. अर्जुनसिंह और सी.आई.डी. सहाय पंद्रह मिनट में मेरे दफ्तर में हाजिर हों!"

टेलीफोन रखकर उन्होंने आनंद से पूछा, "आप पत्रकार हैं?"

"जी हाँ।"

"आई.जी. साहब बता रहे थे, अभी कुछ दिन पहले आपने उनसे इंटरव्यू किया है?"

"जी हाँ।"

"कब प्रकाशित कर रहे हैं उसे?"

"संभवतः अगले महीने।"

वह मुस्कराए, "कब तक पहुँचाएँगे वह अंक हमारे पास?"

"यही कोई बीस-बाईस दिन बाद।"

वह फिर मुस्कराए और विषय बदलते हुए बोले, "आनंदजी, आप आई.जी. साहब के पास जाने के बजाय मेरे पास क्यों नहीं चले आए?"

जवाब में आनंद ने भी मुस्कराकर कहा, "इसके कई कारण थे। पहला तो यह कि पुलिस चौकी में जिस तरह का व्यवहार मेरे साथ हुआ, उसके बाद किसी भी अधिकारी से मिलने का न तो मन हुआ और न अपने भीतर इतना साहस जुटा पाया। दूसरा यह कि यदि मैं आई.जी. साहब के पास जाने के बजाय आपके पास आया होता तो हो सकता है, आपसे मिल ही न पाता। आप अभी के हालात पर ही गौर कीजिए। मैं दस बजे पुलिस मुख्यालय पहुँचा था। ठीक दस बजकर सात मिनट पर मुझे आई.जी. साहब से मुलाकात का अवसर मिल गया। दस बजकर पंद्रह मिनट पर आपके पास उनका आदेश आ पहुँचा। दस बजकर चालीस मिनट पर मैं यहाँ आ गया। और आप द्वारा बुलाए जाने के बावजूद मुझे अब लगभग सवा ग्यारह बजे आपसे मुलाकात का अवसर मिल सका...हो सकता है, आप इस बीच व्यस्त रहे हों या यह भी हो सकता है, आपके सचिव ने तुरंत मुझे आप तक पहुँचाना गैरजरूरी समझा हो। अब आप ही सोचिए, यदि मैं बिन बुलाए यहाँ आता तो क्या आप तक पहुँच पाता?"

स्पष्टीकरण सुनकर एस.पी. मौन ही रहे। चाय आ पहुँची थी। सब लोग चाय पीने लगे। काफी देर मौन रहने के बाद एस.पी. ने वहाँ मौजूद दोनों पुलिसकर्मियों की तरफ देखा, फिर बोले, "बताइए, ऐसे स्टाफ से कैसे काम चलाएँ? एक आई.जी. साहब हैं जो पुलिस की तारीफ करते नहीं थकते और एक ये लोग हैं जो काहिली, लापरवाही, नालायकी और अपना खामखा का अफसरपना दिखाने से बाज नहीं आते।"

दोनों पुलिसकर्मियों ने गर्दन हिलाकर उनका समर्थन किया। उसके बाद उनमें से एक ने भेद की बात बताई, "साहब, आई.जी. साहब इस इंटरव्यू को बहुत मायने दे रहे हैं। पिछले दस महीनों में यह एकमात्र मौका है जब उन्होंने किसी पत्रिका को इंटरव्यू दिया है। कहते हैं, यह पत्रिका ऐसी है जो बिना किसी लागलपेट के खबरें देती है। हाईकमान भी उसमें छपी खबरों पर ध्यान देता है। ऐसी पत्रिका आई.जी. साहब के बारे में अगर यह लिखे कि उनमें कोई कमी नहीं है, यह कितने फख्र की बात होगी। पर मुझे लगता है, अपने महकमे ने सब गुड़-गोबर करने की ठान रखी है।"

"वही तो, वही तो," पुलिस अधीक्षक ने उसकी बात के समर्थन में गर्दन हिलाई, फिर कुछ सोचकर एक बटन दबाया। बटन दबाने के साथ ही उनके सचिव के कमरे में घंटी बजने की आवाज हुई और आवाज के बंद होने तक सचिव अधीक्षक के कमरे में आ पहुँचा।

"बैठो और डिक्टेशन लो।" अधीक्षक ने उसे आदेश दिया। मगर सचिव बजाय बैठने के अपने केबिन की ओर वापस मुड़ गया। लगभग एक मिनट के बाद वह डिक्टेशन की कॉपी-पेंसिल के साथ वापस आया और डिक्टेशन लेने की मुद्रा में बैठ गया।

अधीक्षक बोले, "लिखो—श्री रघुनंदन प्रसाद सिंह, पुलिस उप अधीक्षक, राष्ट्रपिता नगर।

आपके क्षेत्र के अंतर्गत आनेवाले सभी थानों, चौकियों की पुलिस का व्यवहार नागरिकों के प्रति गैरजिम्मेदाराना, शरारतपूर्ण, ओछा और भयभीत करनेवाला होने की शिकायत मुझे और आई. जी. साहब को मिली है। इस आरोप-पत्र के साथ श्री आनंदजी की एक शिकायत संलग्न है। इनके साथ मीठापुर-मुद्रानगर पुलिस थाने के दो सब-इंस्पेक्टरों, दो मुंशियों और दो डी.ओ. के अलावा कुछ अन्य सिपाहियों ने, जिनके नाम इस पत्र में लिखे हुए हैं, अभद्र व्यवहार किया है। जबकि आनंदजी संकट के समय में पुलिस से

जायज मदद पाने की उम्मीद लेकर वहाँ गए थे। आनंदजी एक शरीफ नागरिक होने के साथ-साथ नौ भाषाओं की पत्रिकाओं के उपसंपादक हैं। पुलिस के व्यवहार से अप्रसन्न होने की वजह से आपने आज आई.जी. साहब से मुलाकात कर अपना रोष प्रकट किया है। आई.जी. साहब को भी इन पुलिस-कर्मियों का व्यवहार असंतोषजनक और आपत्तिजनक लगा है। अतः तमाम तहकीकात कर सही स्थिति से दस दिन के भीतर मुझे और आई.जी. साहब को अवगत कराएँ और दोषी पाए जानेवाले कर्मचारियों के विरुद्ध सख्त-से-सख्त कार्रवाई करें। प्रतिलिपि : श्री आनंदजी, श्री आई. जी. साहब और थानेदार मीठापुर-मुद्रानगर थाना।"

पत्र पूरा कर एस.पी. बोले, "इसे जल्दी से टाइप करके लाओ!"

सचिव अपनी कॉपी बंद कर उठ खड़ा हुआ।

जैसे ही वह कमरे से बाहर जाने के लिए मुड़ा, अधीक्षक ने उसे रोकते हुए कहा, "राजा, तुम रुको तो जरा।"

राजा वहीं थम गया।

"आनंदजी यहाँ कब पहुँच गए थे?"

"साढ़े दस बजे, साहब।"

"तुम्हे मालूम था न कि इन्हें मैंने बुलवाया है?"

"जी हाँ।"

"तब तुमने इन्हें सीधे मेरे पास भेजने के या मुझे सूचना देने के बजाय बाहर किसलिए बैठा दिया? तुम क्या समझते हो, यह कोई ठलुआ हैं जो जब तक तुम चाहो यहाँ इंतजार करते रहेंगे? अगर यह चले जाते तो जानते हो, मुझे इनके दफ्तर जाना पड़ता।"

सचिव सकपकाया, "जी, भूल हो गई मुझसे।"

"तुमने तो कह दिया, भूल हो गई। पर यह भी सोचा कि इनके मन में क्या छवि बनी होगी, मेरी या पुलिस महकमे की?

अब जाओ और जल्दी से यह पत्र टाइप करके लाओ।"

सचिव गरदन झुकाए कमरे से बाहर चला गया। आनंद चाय पीने के तुरंत बाद से ही अपनी कुर्सी के ठीक पीछे लगे एक चार्ट को मुड़-मुड़कर देख रहा था।

सचिव के जाते ही अधीक्षक का ध्यान उसकी तरफ गया। उन्होंने टोका, "आनंदजी, उधर क्या देख रहे हैं आप?"

चार्ट की तरफ संकेत करते हुए आनंद ने कहा, "पिछले दो वर्षों में हुए अपराधों की संख्या पढ़ रहा हूँ।"

सुनकर एस.पी. हँसे। बोले, "आप पत्रकारों की यही तो ज्यादती है। आते हैं एक काम से और इधर-उधर ताक-झाँक करके दो-चार शगूफों का मसाला जुटा ले जाते हैं। अजीब आफत है। लगता है, आप लोगों से तो किसी चौराहे पर मुलाकात करना ही हमारे हित में रहेगा।"

एस.पी. की बात पर आनंद को भी चुटकी लेने की सूझी। उसने तपाक से उत्तर दिया, "जी नहीं, वहाँ भी खतरा है। आपकी यातायात पुलिस भी इतनी काबिले-तारीफ नहीं हुई अभी कि हम वहाँ मायूस रह जाएँ।"

आनंद की हाजिर-जवाबी पर अधीक्षक सहित वहाँ मौजूद सभी लोग खिलखिलाकर हँस पड़े।

अभी हँसी का दौर समाप्त भी न हुआ था कि कमरे में एक पुलिसकर्मी ने आकर अधीक्षक के सम्मान में सैल्यूट बजाया। आनंद को लगा, सूरत कुछ जानी-पहचानी-सी है।

उस पुलिसकर्मी को देखते ही अधीक्षक की खिलखिलाहट न जाने कहाँ लुप्त हो गई। कुछ देर तक गंभीर मुद्रा बनाए वे दरवाजे की तरफ देखते रहे जैसे किसी और के आने का इंतजार कर रहे हों। मगर काफी देर तक जब द्वार पर कोई अन्य सूरत नमूदार नहीं हुई तब उस नवागंतुक पुलिसकर्मी से पूछा, "बाकी सब कहाँ हैं?"

"हुजूर, सब गश्त पर गए हैं। मैं डी.ओ. से कह कर आया हूँ कि जैसे-जैसे थाने में आएँ यहाँ पहुँचा दिए जाएँ। उनके इंतजार में वहीं बैठने से हुजूर के दरबार में हाजिर होना लाजिमी था, सो मैं अकेला ही चला आया।"

"इन्हें पहचानते हैं आप?" आनंद की तरफ इशारा करते हुए अधीक्षक ने उससे दूसरा सवाल किया।

"जी नहीं, हुजूर।"

"पहले कभी देखा है इन्हें?"

"जी नहीं, हुजूर।"

"लेकिन मैंने इन्हें देखा है।" अधीक्षक और उसके वार्तालाप के बीच ही आनंद ने कहा, "मुझे याद आ रहा है, ये साहबान कल मीठापुर-मुद्रानगर थाने में तकरीबन पाँच-साढ़े पाँच बजे कच्छा-बनियान पहने उँघयायी हालत में ड्यूटी रूम में आए थे।"

आनंद की बात पर वह पुलिसकर्मी क्षण-भर को सकपकाया, फिर तुरंत सँभलकर बोला, "नहीं-नहीं, हुजूर, इन्हें गलतफहमी हुई है। मैं तो कल दो बजे से थाने में नहीं था। थानेदारों की बैठक में गया था। इन्होंने जरूर एस.आई. दीनदयाल को देखा होगा। कल उसकी ड्यूटी नहीं थी। वह थाने के साथ बने क्वाटरों में रहता है न, किसी काम से थाने में आया होगा। उसकी शक्ल हुजूर, मुझसे काफी मिलती-जुलती है।"

उसकी दलील सुनकर एस.पी. ने उसे हड़काया, "देखो, इन्हें बहकाने की कोशिश मत करो। ये पत्रकार हैं। इतनी कमजोर याददाश्त और नजर नहीं होती इनकी। तुम समझते हो, थानेदार होने-भर से ही तुम सबको चरका सकते हो? पर अबकी बार तुम्हारा साबका ऐसे आदमी से पड़ा है जो अगर चाहे तो तुम्हें छठी का दूध याद करवा दे, समझे?"

"हुजूर, क्या गुस्ताखी हो गई हमसे?" उस पुलिसकर्मी यानी

थानेदार प्रभातीलाल शर्मा ने बड़ी मायूसी के साथ पूछा।

"अभी मालूम हो जाएगी। पहले यह सुन लो कि आई. जी. साहब का आदेश है—तुम्हारे पूरे स्टाफ को पदावनत करके स्थानांतरित कर दिया जाए। और इससे पहले तुम्हें दस दिन के अंदर-अंदर इनके मामले की छानबीन करके मुझे रिपोट देनी होगी।"

"जो हुकुम हुजूर का," सैल्यूट बजाते हुए थानेदार ने स्वीकारा।

"अच्छा, आनंदजी का जो मामला है वह तो तुम्हें परवाना मिलने पर मालूम हो ही जाएगा; अब तुम जरा इनके बारे में बताओ। इनका मामला क्यों अब तक लटका हुआ है?" एस.पी. ने आनंद के अतिरिक्त वहाँ मौजूद एक अन्य नागरिक (सिविलियन) की ओर संकेत किया।

थानेदार प्रभातीलाल शर्मा ने घूरकर उस नागरिक की तरफ देखा। फिर चेहरे पर लापरवाही लाकर बोले, "हुजूर, इनका तो कोई मामला है ही नहीं। वह झगड़ा तो इनके बड़े भाई और उनके किरायेदार का है। इनके बड़े भाई को कंपनी की तरफ से एक मकान रहने के लिए मिला हुआ है। उसमें उन्होंने एक किराएदार भी रख लिया। मगर उसने इनके भाई को कभी किराया नहीं दिया। जब किराए की रकम पाँच हजार रुपए हो गई तब इनके भाई ने किराए के लिए हाय-तौबा मचाई। आखिर काफी हील-हुज्जत के बाद उसने मकान खाली कर दिया पर किराया तब भी नहीं दिया। ऐसा इनके भाई साहब बताते हैं। सच क्या है, झूठ क्या है, हम नहीं जानते···

"इनके बड़े भाई का कहना है कि वह आदमी जब मकान खाली करके गया तो उनका स्कूटर भी साथ ले गया। और उस आदमी से जब हमने पूछताछ की तो वह कहता है कि वह इनका स्कूटर तो नहीं ही ले गया अलबत्ता इनके भाई ने उसका रेफ्रीजरेटर

जरूर चाँप लिया। वास्तव में यह झगड़ा न तो स्कूटर ले जाने का है, न फ्रिज दबा लेने का, मामला तो है आपसी लेनदेन का सो यह मामला पुलिस का नहीं, कोर्ट-कचहरी का बनता है।"

थानेदार से मामले की जानकारी पाकर अधीक्षक ने उस नागरिक की तरफ देखा। उसके चेहरे पर हवाइयाँ उड़ने लगी थीं। वह सकपकाया, "ऐसी कोई बात नहीं है सर! यह सब मनगढ़ंत किस्सा है। वास्तव में वह अपना फ्रिज जानबूझकर छोड़ गए थे क्योंकि जिस टैंपो में वह सामान लादकर ले गए उसमें वह आया नहीं। हाँ, वह दस जनों के सामने हमारे स्कूटर पर बैठकर जरूर गए हैं। उनका फ्रिज हमारे घर में जैसे का तैसा पड़ा है। वह जब चाहें ले जाएँ। पर वह हमारा स्कूटर नहीं दे रहे हैं, यहाँ तक कि ले जाने की बात तक से साफ इनकार करते हैं। जहाँ तक लेनदेन का सवाल है, उसका भी किराए से कोई ताल्लुक नहीं है। वह किराएदार की हैसियत से नहीं बल्कि एक दोस्त की हैसियत से रहते थे। हमारी ही तरफ के रहनेवाले हैं। जब वे यहाँ आए, उन्हें कोई मकान नहीं मिला था, सो भाई साहब ने रख लिया था। पाँच हजार रुपए तो उन्होंने भाई साहब से उधार लिए थे जो देर-सबेर आते रहेंगे, पर हमारी पुलिस से, आपसे दरख्वास्त है कि हमें हमारा स्कूटर दिलवा दें।"

थानेदार प्रभातीलाल शर्मा ने तन्मय होकर उनकी सफाई सुनी। उभय पक्ष का किस्सा पूरा होते ही रहस्यमय ढंग से बोले, "और अगर आपका स्कूटर वह न ले गए हों बल्कि कहीं लावारिस पड़ा मिलने की वजह से थाने में जमा मिले, तब?"

"इससे बढ़िया बात और क्या होगी। आप अपनी कार्रवाई पूरी करके इनका स्कूटर इनके हवाले कर दें," अधीक्षक ने सलाह दी।

"बहुत अच्छा हुजूर," थानेदार ने पुनः सैल्यूट बजाकर स्वीकारा।

इस व्यवस्था के तुरंत बाद अधीक्षक ने वहाँ बैठे दोनों पुलिसकर्मियों को विदा किया। उस नागरिक को बाहर थानेदार का इंतजार करने की सलाह दी और आनंद से अनुरोध-भरे स्वर में बोले, “अन्यथा मत लीजिएगा और महसूस भी मत कीजिएगा, आपको थोड़ी देर के लिए उस सामनेवाले कमरे में आराम फरमाना होगा। मैं एकांत में थानेदार से जरूरी बातचीत करना चाहता हूँ।”

आनंद उठकर निर्देशित कमरे में चला गया। वह कमरा संभवतः अधीक्षक की आरामगाह थी। यहाँ दो सोफे, एक पलंग और एक आदमकद शीशेवाली आलमारी रखी हुई थी। कमरा कुछ छोटा ही था। एक हैंगर पर अधीक्षक की खाकी वर्दी टँगी थी। एक तिपाई पर कई पत्र-पत्रिकाएँ रखी थीं। आनंद एक पत्रिका उठाकर उलटने-पलटने लगा।

उधर आनंद के जाते ही अधीक्षक ने फुसफुसाकर थानेदार को समझाया, “अरे भाई, यह पत्रकार है। आई.जी. का इंटरव्यू छपवा रहा है। उसी का खास आदमी है। जितने की चोरी हुई, उससे कहीं अधिक तो हैडक्वाटर से दक्षिणा पा गया होगा। इसलिए इसे चोरी का मलाल नहीं है। हाँ, अदना पुलिसियों ने जो बेइज्जती की उसी से तिलमिला रहा है। तू जरा तसल्ली के लिए अपने स्टाफ को डरा-धमका दियो। बस···”

“ठीक है सर! मैं वो तमाशा करूँगा कि इसकी तो बाँछें खिल जाएँगी।” थानेदार ने एस.पी. को आश्वस्त किया।

“खैर, इसे छोड़, ये बता, तूने राजाराम से पाँच में ही तय किया था या कुछ ज्यादा में?”

“पंद्रह हजार में।”

“तो क्या मेरे हिस्से में पाँच ही आए? अबे, मैंने तो लंबी उम्मीद बाँधकर मकान का काम शुरू कर दिया और इधर तू बिल्कुल चुप ही लगा गया।”

“ये बात नहीं है, दरअसल अभी उसने और दिए ही नहीं। मैं आज ही उससे बाकी वसूल करके घर पहुँचा दूँगा।”

“नहीं, नहीं, तू अपना हिस्सा रख लियो।”

“हिस्सा कैसा साहब, आप जो इनायत कर देंगे, ले लूँगा।”

“तेरी मर्जी, तो फिर सात और भिजवा दियो।”

“ठीक है, आज ही पहुँचा दूँगा।”

थानेदार से महत्त्वपूर्ण वार्ता करने के बाद अधीक्षक ने आवाज दी, “आनंदजी, यहीं आ जाइए।”

आवाज सुनते ही आनंद वापस उस कमरे में आ गया। इस बीच अधीक्षक एक पत्र पढ़ने में व्यस्त हो गए थे।

आनंद ने एक बार फिर वहाँ टँगे चार्ट पर नजर दौड़ाई। इस बार वह चार्ट के ठीक सामनेवाली कुर्सी पर बैठा था इसलिए चार्ट स्पष्ट नजर आ रहा था। चार्ट पर लिखे आँकड़े पढ़ना अब ज्यादा आसान था।

आँकड़े इस प्रकार थे :

	सन् जनवरी से दिसंबर	सन् जनवरी से जून
हत्याएँ	7	9
दुर्घटनाएँ	123	107
चोरी	109	96
डकैती	12	8
राहजनी	180	147
अपहरण	12	9
बलात्कार	23	13
अन्य	73	52

पत्र पूरा पढ़कर अधीक्षक ने उस पर हस्ताक्षर किए और उसकी एक प्रति आनंद को और एक थानेदार प्रभातीलाल शर्मा को पकड़ा दी, “ले भई शर्मा, इसे पढ़ ले। यह आनंदजी की चिट्ठी

है जो इन्होंने आई.जी. साहब को लिखी थी और इसी के साथ मेरा पत्र है जो मैंने डी.एस.पी. के नाम लिखा है।"

थानेदार ने वहीं बैठकर दोनों पत्र पढ़ लिए।

"अब समझ में आया क्या मामला है इनका?" एस.पी. मुस्कराए।

"जी हुजूर, सब समझ में आ गया। आप ही बताइए, हुजूर, मैं ऐसे गैरजिम्मेदाराना स्टाफ से कैसे काम चलाऊँ? आप तो जानते ही हैं, कल मैं एक बैठक में गया था। चार बजे वहाँ से लौटा। यह साहब छः बजे तक थाने में रहे फिर भी किसी ने इन्हें मुझसे नहीं मिलवाया और ऊपर से झूठ भी बोल दिया कि मैं सो रहा हूँ।"

एस.पी. को सफाई देने के फौरन बाद उसने आनंद की तरफ देखकर उलाहना दिया, "आप ही मेरे कमरे में चले आए होते।"

"कैसे? जब मुझे बताया गया कि आप थाने में हैं ही नहीं और या यह कि आप तो सो रहे हैं, तो भला मैं क्या सोचकर आपके कमरे में आता? और फिर जब एक बार मैं उधर से निकला तब आपके कमरे का दरवाजा बंद था…"

"आप चार बजे के पहले आए होंगे। मैं तब वहाँ था ही नहीं।" आनंद की बात पूरी होते-न-होते थानेदार ने उसमें संशोधन किया, "हाँ, पाँच बजे के करीब तो कुछ पार्टीबाज लौंडे मेरे पास आए भी थे। कहते थे, राशन दफ्तर के बाहर भूख-हड़ताल करना चाहते हैं।"

"वे लोग मेरे सामने ही थाने में आए थे और डी.ओ. से कहकर गए थे कि जब तक आप थाने में नहीं पहुँचते, वे आपका इंतजार आप ही के कमरे में बैठकर करेंगे।"

थानेदार ने फिर संशोधन किया, "अरे इंतजार क्या करते और किसका करते? इंतजार तो तब करते, जब मैं वहाँ नहीं होता। पर मैं तो वहीं था।"

“तो इसका मतलब है, मैंने कच्छा-बनियान पहने जिन्हें देखा था वह आप ही थे!”

“अजी आप भी क्या बात करते हैं, मैं भला थाने में कच्छा-बनियान पहने घूमूँगा तो बाकी तो साले नंगे फिरने लगेंगे।” थानेदार ने दलील दी।

थानेदार की टिप्पणी पर अधीक्षक खिलखिलाकर हँस दिए। बोले, “खैर, अब इन्हें अपने साथ ले जाओ और इनकी शिकायत दूर करो। और हाँ, आगे से ध्यान रहे, कम-से-कम पत्रकारों को तो हर हाल में खुश रखने की कोशिश जरूर किया करो।”

जवाब में थानेदार ने भरा-पूरा आश्वासन दिया, “हुजूर, इस बार तो माफ कर दीजिए, अगर फिर कभी ऐसा मामला सामने आए तो दस जूते लगाइएगा। मैं तो कहता हूँ हुजूर, अगर कल आनंदजी मेरे पास आए होते तो यह मामला इतना बढ़ता ही नहीं।”

“अच्छा खैर, जो हुआ सो हुआ। आनंदजी, आपसे भी मेरा एक अनुरोध है। यदि भविष्य में आपको कोई परेशानी हो तो आप निश्चिंत होकर मेरे पास चले आइएगा। आई.जी. साहब को नाहक परेशान करने की कोई जरूरत नहीं है।”

“बहुत अच्छा,” कहकर आनंद उठ खड़ा हुआ। अधीक्षक ने एक बार फिर गर्मजोशी के साथ हाथ मिलाया और ज्यों ही आनंद बाहर की तरफ मुड़ा, थानेदार शर्मा ने एक सैल्यूट बजाकर एस.पी. के प्रति सम्मान प्रदर्शित किया।

बाहर बरामदे में वही सज्जन खड़े थानेदार के आने का इंतजार कर रहे थे जिन्हें अपना स्कूटर थाने में से बरामद करना था। ज्योंही वह थानेदार के नजदीक आए, उनके कंधे पर हाथ रखकर थानेदार साहब ने समझाया, “सुनिए श्रीमान, इस तरह मुँह उठाए अफसरों के दफ्तरों के चक्कर ना ही काटें तो अच्छा है। मैं तो खैर महसूस नहीं कर रहा हूँ पर कभी कोई तगड़ा-सा थानेदार पल्ले पड़ गया तो छठी का दूध याद करा देगा।”

जवाब में वह सज्जन कुछ नहीं बोले। उनका चेहरा दयनीय हो आया। लगा, वह अभी रो देंगे। लेकिन थानेदार ने उनके रो पड़ने का इंतजार नहीं किया। बोले, "अब आप घर जाइए और अपने भाई को लेकर थाने पहुँचिए। आपका स्कूटर वहीं रखा है। आकर ले जाइए···मैं आप लोगों के खिलाफ कोई कार्रवाई नहीं कर रहा हूँ यह मेरी शराफत है। वरना किसी का सामान हड़पना कितना बड़ा गुनाह है, यह आप समझते ही होंगे।"

थानेदार का यह तीर ठीक निशाने पर बैठा। उस नागरिक के चेहरे पर हवाइयाँ उड़ने लगीं। वह सकपका गया। बोला, "हमने न तो चुराया, न जबरन रखा। हाँ, वह अपनी इच्छा से वहाँ छोड़ गए थे, जब चाहे ले जाएँ। वह ज्यों-का-त्यों उसी कमरे में रखा है।"

"आपकी बात में उतना दम नहीं है जितना मेरी में है। सच क्या है, यह आपके मुँह से नहीं, कानून की भाषा में पुलिस की किताब से उजागर होता है, समझे? अब आप जाइए और जब अपने भाई साहब को लेकर थाने में आएँ तो उस फ्रिज को भी रिक्शे पर लाद ले आइएगा। हम उसे लावारिस मानकर थाने में जमा कर लेंगे और जब वह आदमी रिपोर्ट करने आएगा तो उसके हवाले कर देंगे।"

नागरिक को थानेदार की सलाह भली लगी। उसने आभार व्यक्त किया, "आपका बहुत-बहुत धन्यवाद। जैसा आपने कहा, हम वैसा ही करेंगे।" और थानेदार को नमस्कार कर वह बाहर चला गया।

उसे विदा करके थानेदार ने एक बार घड़ी देखी। फिर आनंद से बोले, "लगता है, एक भी मादरचोद नहीं आ रहा है। सब साले निकम्मे हैं। ऐसा करते हैं, हम लोग अपने थाने चलते हैं। मैं वहीं उन सबकी खबर लूँगा···आपने देखा इन हरामजादों को, साहब ने हुकुम दिया, इसके बावजूद यहाँ हाजिर नहीं हुए।"

आनंद चुप ही रहा। उसे अपने साथ लेकर थानेदार अधीक्षक

के दफ्तर से बाहर आए। सामने सड़क के दूसरी ओर खड़े एक दोपहिया स्कूटर पर बैठे और अपने पीछे आनंद को बैठाकर स्कूटर स्टार्ट किया। तभी अधीक्षक के कार्यालय से बाहर आए एक पुलिसकर्मी ने उन्हें रोक लिया। यह पुलिसकर्मी उन दो में से ही एक थे जो अभी एस.पी. के साथ बैठे बतिया रहे थे। स्कूटर की तरफ देखकर वह हैरानी के साथ बोले, "अरे शर्मा, तुमने स्कूटर कब ले लिया?"

"अरे लिया कहाँ यार, यह तो उसी आदमी के भाई का है जो अभी एस.पी. साहब के पास बैठा शिकायत कर रहा था।"

"उसका है? फिर तुम्हारे पास कैसे आया?"

"अब क्या बताऊँ यार...उसके भाई और उसके साथी के लेन-देन का झगड़ा तो तू सुन ही चुका है। एक दिन इसका भाई थाने आया था। उसने मुझे सारा किस्सा सुनाया। मैंने दूसरे ही दिन उस आदमी को बुलवा लिया। खूब डराया-धमकाया सो वह स्कूटर मेरे हवाले कर गया।"

"अच्छा, तो यह माजरा है! लेकिन अब तो स्कूटर गया तेरे हाथ से।"

"सो तो है," थानेदार ने मायूसी के साथ स्वीकार किया, "लेकिन यहाँ क्या फर्क पड़ता है, स्कूटर जाएगा तो फ्रिज आ जाएगा।"

"वह कैसे? मैं समझा नहीं!"

"मैंने अभी-अभी उससे कह दिया है कि जब थाने में आओ तो फ्रिज साथ लेते आना और अपना स्कूटर ले जाना। अब वह आदमी तो फ्रिज लेने आने से रहा। उसका तो सीधा-सा गणित है कि पाँच हजार किराया बनता था, उसके बदले अगर चार हजार में खरीदा फ्रिज और वह भी तीन-चार साल इस्तेमाल शुदा, चला गया तब भी सस्ते में छूटे। इधर इसका भाई भी कभी उससे बात नहीं छेड़ेगा, क्योंकि ये भी सोचेगा कि किराया मिल जाता तो ठीक

था, नहीं भी मिला तो कम-से-कम आठ हजार का स्कूटर तो हाथ से जाते-जाते बच ही गया। बस···और स्कूटर भी मैं इतनी आसानी से तो नहीं ही दूँगा। साला क्या लाजबाव चलता है।" कहने के साथ ही थानेदार ने स्कूटर को हसरत के साथ देखा।

"कैसी कट रही है आजकल, तेरा थाना तो तप रहा होगा इस गरमी में?" थानेदार को उदास होता देख उसने विषय बदला, "कैसे दिन काटता होगा तू वहाँ?"

यह विषय परिवर्तन थानेदार को अच्छा लगा। उनके चेहरे पर फिर से खुशी छा गई। रहस्यमयी मुद्रा बनाकर थानेदार बोले, "नहीं रे, मैं एक गरमीहरण ठंडक वशीकरण मंत्र जानता हूँ इसीलिए गरमी में तपें हमारे दुश्मन, हम तो ठाठ से कूलर की हवा में रहते हैं।"

"वह कैसे, क्या अपना महकमा कूलर सप्लाई करने लगा है?"

"अरे नहीं यार, मेरे इलाके में एक कूलर मरम्मत करनेवाले की दुकान है। मुझे खबर मिली कि उसके पास मार्च के शुरू में तकरीबन बीस सरकारी कूलर मरम्मत के लिए आए थे और उसके बीस कूलर सरकारी दफ्तरों में किराए पर गए थे। अब तू मरम्मत और किराए का किस्सा तो जानता ही होगा···?"

"कैसा किस्सा?" उन्होंने अनभिज्ञता प्रकट की।

"अरे भई, जो कूलर मरम्मत के लिए आते हैं उनमें मरम्मतवाली तो कोई बात ही नहीं होती। वे तो ज्यों के त्यों किसी दूसरे सरकारी दफ्तर में किराए पर भेज दिए जाते हैं और गरमी का मौसम टलते ही 'ठीक' होकर फिर वापस उसी दफ्तर में, जहाँ के वे हैं···बस, जैसे ही मुझे पता लगा, मैंने दुकानदार को खबर भिजवा दी थी कि इस बार बीस में से अठारह ही किराए पर उठाए और दो थाने में फिट कर जाए। दुकानदार समझदार

निकला सो दूसरे ही दिन लगा गया।"

"यानी दुकानदार के जो कूलर किराए पर गए हैं उनसे तो आमदनी हुई ही, जो मरम्मत के लिए आए हैं उनसे भी मुनाफा हो गया, पर लगे हाथ बीच में तेरे जो ठाठ हो गए सो अलग, कमाल है यार!"

"यह तो कोई बड़ा कमाल है भी नहीं। कई बार तो ऐसा होता है कि सरकारी कूलर ही दफ्तर में लगा रहता है और बिना वहाँ से हिले-डुले मरम्मत पर रवानगी और बिना दुकानदार से कोई कूलर लिए कूलरों का किराया भी दिया गया दिखा दिया जाता है। पर इतना जरूर है कि उस तरीके में झंझट ज्यादा है। कई दुकानदारों का हाल तो यह है कि न उनका एक भी कूलर कहीं सरकारी इमारत में लगता है और न उनके पास एक भी कूलर होता है, मगर किसी भी समय वे अपने सौ-सवा-सौ कूलर दफ्तरों में लगे गिनवा सकते हैं। बस, इस दफ्तर के बीस कूलर उस दफ्तर में लगा दिए, उसके इसमें, इस तरह सौ-सवा-सौ कूलरों की मरम्मत की रकम वसूल ली और इतने ही कूलरों का किराया भी।"

"अच्छा है भई, तू मजे किए जा।"

शरीर में और उससे कहीं अधिक आवाज में अकड़ लाकर थानेदार बोले, "सो तो कर ही रहा हूँ।"

उससे विदा लेकर थानेदार ने स्कूटर स्टार्ट किया और चल पड़े। रास्ते में कुछ दूर तक तो थानेदार उससे मिली शाबाशी को याद कर मन-ही-मन खुश होते रहे, फिर जैसे ही वह बातचीत उनकी स्मृति से ओझल हुई, वे आनंद से मुखातिब हुए, "आप कौन-से ब्लॉक में रहते हैं?"

"शिक्षक ब्लॉक में।"

"आपका पूरा नाम क्या है?"

"आनंद कुमार।"

"तभी⋯जब एस.पी. साहब के सचिव का फोन पहुँचा और

उसने पूछा कि मेरे इलाके में कोई पत्रकार रहता है क्या, तो मैंने उसे बताया कि दो पत्रकार रहते हैं। एक जैन साहब हैं नवभारतवाले और एक शर्माजी हैं टाइम्सवाले…उसने बताया, नहीं, कोई और हैं सागर पत्रिका के उप-संपादक। उनके घर चोरी हो गई है। कल वह थाने में रिपोर्ट लिखवाने आए थे। रिपोर्ट नहीं लिखी गई उनकी इसलिए आज सुबह आई.जी. साहब से भी मिले हैं। पर आनंदजी, आप इतनी दूर-दूर हो आए और मुझसे आकर मिले भी नहीं। आप कम-से-कम एक बार तो मेरे पास आते।"

आनंद ने उन्हें याद दिलाया, "मैंने बताया न, मुझे कहा गया था कि आप थाने में हैं ही नहीं और कभी यह कहा गया कि आप सो रहे हैं।"

"क्या बात करते हैं आप भी! पुलिस की नौकरी, वह भी बहैसियत थानेदार, और सोने का मौका मिल जाए, इससे बड़ा मजाक क्या हो सकता है। आप पत्रकार लोग तो बस आसमान में रहते हैं। जरा दो-चार दिन हमारे साथ रहकर तो देखिए। पता लग जाएगा आपको भी कि रात और दिन में कोई अंतर है या नहीं।"

जवाब में आनंद ने कोई प्रतिक्रिया व्यक्त नहीं की। हालाँकि थानेदार को उम्मीद थी, इसीलिए उन्होंने उसकी तरफ मुड़कर देखा। आखिर उन्होंने फिर अपनी बात का सूत्र सँभाला, "आप तब वहीं थे जब कुछ नेता टाइप लोग भूख-हड़ताल की खबर देने आए थे?"

"जी हाँ।"

"तब तो मैं भी थाने में मौजूद था। उन लोगों से मैं मिला भी था। आप उसी समय मेरे पास क्यों नहीं चले आए?"

"मेरे सामने तो उन लोगों को भी यही बताया गया था कि आप थाने में हैं ही नहीं।"

"अब आपसे क्या छिपाना आनंदजी, ऐसा तो कहना ही पड़ता है। असल में हमने थाने के पीछे एक मकान अपने कब्जे में कर

रखा है। वहाँ हम चोर-उचक्कों को बंद करके रखते हैं। मैं वहीं था। पर उस ठिकाने का पता सबको तो नहीं बताया जा सकता न, इसलिए आपसे ऐसा कहा गया होगा। पर आपसे एक भूल जरूर हो गई। आपको मेरे कमरे में आकर बैठ जाना चाहिए था।"

"जब मैं अपनी अर्जी लेकर थाने के पिछवाड़ेवाले क्वार्टरों की तरफ गया तब मैंने देखा था, आपके कमरे के दरवाजे बंद थे।"

"ऐसा कैसे हो सकता है?" थानेदार ने प्रतिवाद किया, "आपको गलतफहमी हुई है। हकीकत तो यह है कि मेरे कमरे के दरवाजे तो चौबीसों घंटे घुले रहते हैं..."

वे थाने में जा पहुँचे थे इसलिए थानेदार ने बातचीत वहीं समाप्त कर दी।

छः

थाने के प्रांगण में स्कूटर संतरी को थमाकर थानेदार ने आनंद के कंधे पर हाथ रखकर कहा, "आइए आनंदजी, हम भीतर चलकर बैठते हैं।"

वे ड्यूटी रूम के पिछवाड़े बने अपने कमरे की ओर चल पड़े। कमरे के बाहर नामपट्टिका लटकी हुई थी—प्रभातीलाल शर्मा, थाना-प्रभारी मीठापुर-मुद्रानगर थाना। कमरे के दरवाजे जो बकौल थानेदार चौबीस घंटे खुले रहते हैं, उसी तरह बंद थे जैसे आनंद ने कल देखे थे।

एक सिपाही ने आगे बढ़कर बंद दरवाजे खोल दिए। आनंद और थानेदार ने साथ-साथ कमरे में प्रवेश किया। एक कुर्सी की तरफ इशारा कर थानेदार ने आनंद को बैठने के लिए कहा। तब तक संतरी स्कूटर पार्क करके वहाँ आ खड़ा हुआ था।

थानेदार ने उसे आदेश दिया, "दो लस्सी तो बनवा ला दौड़कर, गरमी के मारे बुरा हाल हो रहा है।"

संतरी के जाते ही थानेदार इसी कमरे के भीतर बने एक और कमरे में चले गए। लगभग दो मिनट बाद वहाँ से वह जिस रूप में निकले, उसे देखते ही आनंद को यकीन हो गया कि उसने कल ड्यूटी रूम में जिस आदमी को कच्छा-बनियान पहने देखा था वह निश्चित रूप से कोई और नहीं, यही महान आत्मा प्रभातीलाल शर्मा, थानेदार मीठापुर-मुद्रानगर थाना थे।

थानेदार उस कमरे में पुलिसिया वर्दी उतारकर आए थे। अब वह अपनी चिरपरिचित वेशभूषा में थे। कमरे में आकर वह आसन पर आ विराजे। आनंद अब तक उन्हें आश्चर्य के साथ देख रहा था। उसकी भावभंगिमा को देखकर थानेदार को उसकी याददाश्त पर विश्वास हो चला। वह खिसियानी-सी हँसी हँसकर बोले, "आनंदजी, दरअसल कल आपने थाने में मुझी को देखा था। आजकल मुझे 'आई-फ्लू' ने परेशान कर रखा है इसीलिए यहीं भीतर के कमरे में बिछे एक तख्त पर पीठ टेक लेता हूँ कुछ देर। आइए, आपको वह तख्त दिखाऊँ।" कहने के साथ ही वह उठ खड़े हुए।

उनका निमंत्रण अस्वीकारते हुए आनंद ने कहा, "रहने दीजिए, इसकी कोई जरूरत नहीं है। मैं आपकी परेशानी और जिम्मेदारी अच्छी तरह समझ रहा हूँ।"

मगर थानेदार को लगा कि आनंद अभी पूरी तरह आश्वस्त नहीं हुआ है, इसीलिए वह पुनः कुर्सी पर बैठते हुए बोले, "अब क्या बताऊँ आनंदजी, आप सोच रहे होंगे, मैंने साहब के सामने झूठ बोला। पर आप ही सोचिए, मैं और क्या करता? वह मेरी परेशानी तो समझने से रहे थे। छुट्टी माँगता हूँ तो कहते हैं, पहले ही स्टाफ कम है तिस पर छुट्टी, न बाबा न।"

तभी चाय-लस्सी की दुकान का नौकर दो गिलासों में लस्सी लिए आ पहुँचा। दोनों जन लस्सी पीने लगे। नौकर ने वहीं खड़े रहकर गिलास खाली होने का इंतजार किया और गिलास खाली होते ही उठाकर चल दिया।

अभी वह दरवाजा पार करके कमरे के बाहर पहुँचा ही था कि थानेदार ने उसे डपटा, "अबे ओए पौवे, हरामजादे, दरवाजा क्या तेरी माँ बंद करेगी आकर? चल मुड़! दरवाजा बंद कर!"

चौबीसों घंटे खुले रहनेवाले उन दरवाजों को चंद क्षण खुला

छोड़ जाने के अपराधबोध से दबा वह लड़का सहमता-सहमता वापस आया और दरवाजा बंद करने लगा। तभी थानेदार ने नया आदेश दिया, "डी. ओ. को भेजता जाइयो।"

"अच्छा हुजूर" कहता हुआ वह लड़का चला गया।

एक भरपूर डकार लेकर थानेदार ने पूरे इत्मीनान से अपने पास टेलीफोन खिसकाया और कहीं का नंबर मिलाया। तभी बहुत आहिस्ते से दरवाजा खोलकर डी.ओ. सहमता हुआ-सा भीतर आया और दरवाजा ठीक से बंद करके सावधान की मुद्रा में खड़ा हो गया।

दूसरे छोर से किसी ने शायद अभी तक टेलीफोन नहीं उठाया था। टेलीफोन के चोंगे पर हाथ रखकर थानेदार डी.ओ. की ओर मुखातिब हुए, "क्यों पंडत, उन हड़तालियों ने दो बजे तक की भूख-पड़ताल करने की खबर दी थी न?"

"जी हुजूर!"

"उनकी हड़ताल बर्खास्त करवाने के लिए किसी को भेजा या नहीं?"

"साहब, रामतीरथ को सुबह से ही राशन दफ्तर पर तैनात कर रखा है। सांकेतिक भूख-हड़ताल का टाइम पूरा होने पर उन्हें उठाकर ही वह वापस थाने आएगा।"

"अब क्या बज रहा है तुम्हारी घड़ी में?"

अपनी कलाई पर बँधी घड़ी देखकर डी.ओ. ने बताया, "जी सवा तीन।"

"तो फिर रामतीरथ तो आ गया होगा थाने में अब तक?"

"अभी तो नहीं आया, साहब!"

"वह आएगा भी नहीं," थानेदार ने खीझकर कहा, "पंडत, तुममें अकल है या नहीं? अरे सुबह से सिपाही तैनात करने की क्या जरूरत थी? वे लोग न तो मरने की धमकी देकर गए थे, न दंगा-फसाद करने की। और तुमने भेजा भी किसे—रामतीरथ को!

वह साला लंबी तानकर सो रहा होगा वहाँ। जब नींद खुलेगी तो चला आएगा···अब तुम जल्दी से दो सिपाही रवाना करो। उनसे कह दो कि अगर वे हरामजादे हड़ताली मिलें तो उन्हें डंडे मार-मारकर भगा दें। चले आते हैं साले दो बजे तक की भूख-हड़ताल करने, गोया इनकी भूख-हड़ताल से सरकार कँपकँपा जाएगी। इधर साला हम रोज चार बजे से पहले अन्न का दाना मुँह में नहीं डालते, फिर भी हड़ताल पर नहीं माने जाते। गुदा में गू है नहीं और करेंगे नेतागीरी।"

थानेदार के प्रति-पल बदलते तेवर देखकर डी.ओ. के चेहरे पर कई भाव आते-जाते रहे। एक पिद्दी-से फरियादी के सामने अपमानित होने में उसे लज्जा महसूस हो रही थी। वह वहाँ से जल्द-से-जल्द चले जाने की फिराक में था।

जैसे ही टेलीफोन ने थानेदार का ध्यान बँटाया, "अभी भेजता हूँ साहब," कहता हुआ डी.ओ. कमरे से बाहर चला गया।

इधर टेलीफोन के दूसरे छोर पर अपेक्षित व्यक्ति आ पहुँचा था "क्यों, भूल गए क्या? तुमने आज तक बकाया नहीं पहुँचाया। आज एस.पी. साहब से डाँट खानी पड़ी मुझे तुम्हारी वजह से।" कुशल-क्षेम की औपचारिकता निभाए बिना थानेदार उस पर दहाड़े।

"···"

"मैं कुछ नहीं जानता। बीस में बात हुई थी। पाँच तुम दे चुके हो। आज ही शाम तक बाकी पंद्रह और भेज दो, वरना मुझे कुछ और सोचना पड़ेगा, समझे!"

और बिना प्रत्युत्तर सुने उन्होंने टेलीफोन रख दिया।

उनका गुस्सा टेलीफोन रखने के बाद भी शांत नहीं हुआ था। वे जाने किस बात पर भीतर-ही-भीतर अपने-आप से उलझ रहे थे। तभी कमरे का दरवाजा फिर खुला और एक कुर्ता-पाजामाधारी नेतानुमा व्यक्ति ने कमरे में प्रवेश किया। उनके पीछे दो व्यक्ति और थे जो संभवतः उनके पुछल्ले थे।

उन्हें देखते ही थानेदार अपनी ऊहापोह को भूलकर उनकी अगवानी के लिए कुर्सी छोड़कर उठ खड़े हुए, "आइए-आइए, रायसाहब, विराजिए।"

रायसाहब ने थानेदार के अनुराध पर कोई ध्यान नहीं दिया। उनके हाव-भाव से लग रहा था कि वे काफी जल्दी में हैं। वह बैठे नहीं, बल्कि खड़े-ही-खड़े उतावलेपन से बोले, "प्रभातीलाल, हमारी चीनी का क्या हुआ? तुम्हें पता है न, परसों बिटिया की शादी है और…"

"रायसाहब, मुझे सब याद है। भला यह भी भूल सकता हूँ मैं?" थानेदार ने चिरौरी की, "दो बोरी चीनी तो यहीं मँगवाकर रखी हुई है। मैं तो बस पहुँचानेवाला ही था मगर एस.पी. साहब ने बुला लिया था सो नहीं पहुँचा सका।"

"अरे उस असित सेन (एस.पी.) को इतना भाव देने की जरूरत ही क्या है। कह देते, मेरे यहाँ जा रहे हो इसलिए नहीं आ सकते।"

"वह तो ठीक है रायसाहब, पर असल में उनका फोन नहीं आया था बल्कि वायरलेस पर यह आदेश मिला था, इसलिए जवाब की गुंजाइश ही नहीं थी।" थानेदार ने फिर चिरौरी की।

"खैर, अब यह बताओ, आइसक्रीम, ठंडाई वगैरह का क्या हुआ?" प्रश्न करने के साथ ही रायसाहब ने कुर्सी खींची और मेज से थोड़ा अलग हटकर बैठ गए।

थानेदार बोले, "इनका इंतजाम भी मैंने कर लिया है। आप तो यह बताइए, कहाँ पहुँचाना होगा ये सब? जहाँ बारात ठहरेगी वहाँ या…"

रायसाहब ने मुँहजुबानी कुछ न कहकर एक कार्ड मेज पर रख दिया और थानेदार का ध्यान उस कार्ड की तरफ दिलाते हुए बोले, "देखो, यह उस होटल का कार्ड है जिसमें बारात ठहरेगी और इसके पीछे उस होटल का नाम-पता है जहाँ बारात का स्वागत

होगा। और ये सबसे नीचे 202021 टेलीफोन नंबर है जिस पर मैं मिलूँगा और नहीं मिला तो भी यहाँ मेरे लिए खबर छोड़ी जा सकती है।"

थानेदार ने कार्ड को एक बार उलट-पलटकर देखा और बिना पढ़े उसे मेज की दराज में रख दिया।

रायसाहब ने अपनी जेब से बटुआ निकाला और उसमें से काफी रुपए एक साथ बाहर निकालते हुए पूछा, "प्रभातीलाल, ये सब चीजें कितने में तय हुईं?"

"क्या गजब करते हैं आप भी रायसाहब!" थानेदार हड़बड़ाकर बोले, "आपकी बिटिया सो हमारी बिटिया। पैसे लेकर नरक में जाना है क्या? रहने दीजिए, रहने दीजिए। यों भी तो आप लोगों की कृपा से ही खा-पी रहे हैं।"

"अगर यह बात है तो ठीक है, पर हाँ, सामान समय पर पहुँच जाए।" रायसाहब ने ताकीद की और बटुआ जेब में रख लिया।

"आप निश्चिंत रहिए," थानेदार ने आश्वस्त किया, "आप तो इतना और बता दीजिए कि कितने बाराती होंगे? मेरा मतलब कितने पुलिसवाले भेजूँ निगरानी के लिए, क्योंकि भीड़भाड़ में जेबकतरे, उठाईगीरे हाथ साफ करने से बाज नहीं आते न।"

"हजार-डेढ़ हजार से तो ऊपर ही होंगे। वह तुम्हारा आई.जी., सारे डी.आई. जीण, सारे एस.पी., डी.एस.पी., मुख्यमंत्री, कई और मंत्री, कुछ सेंटर मिनिस्टर। इनके अलावा दर्जनों खास-खास लोग होंगे। अब तुम ही सोच लो, कितने सिपाही भेजने होंगे तुम्हें। और हाँ, वे दोनों बोरे जीप में तो रखवा दो।"

"अभी लीजिए," कहते हुए थानेदार स्वयं कमरे से बाहर गए और एक मिनट बाद दो सिपाहियों को साथ लेकर वापस आ गए। आते ही साथ आए सिपाहियों को भीतरी कमरे में रखी दोनों बोरियाँ दिखाकर उन्हें जीप में रखने का हुकुम दिया, तब कहीं जाकर फिर अपनी कुर्सी पर बैठे।

दोनों सिपाही मिलकर एक बोरी उठाकर बाहर ले गए। उनके जाते ही संतरी पाँच गिलासों में दही की लस्सी लिए आ पहुँचा। उसने पाँचों के सामने एक-एक गिलास रख दिया। एक गिलास आनंद के सामने भी आया। वह असमंजस में पड़ गया। उसने थानेदार की ओर देखा, "शर्माजी, अभी तो पी थी लस्सी ··फिर···"

"यह गाय के दूध की है आनंदजी, वह भैंस के दूध की थी। आप तो पी जाइए आँख बंद करके," आनंद का वाक्य पूरा हो, इससे पहले ही थानेदार ने सगर्व बताया।

"प्रभातीलाल, ये दोनों तरह के दूध का इंतजाम कहाँ से कर लेते हो?" रायसाहब अपने कुतूहल को दबा न सके।

"यहीं थाने के पीछे दो दूधिए हैं रायसाहब। एक के पास भैंसे ज्यादा हैं और दूसरे के पास गायें। मैंने दोनों को कह रखा है कि पाँच-पाँच किलो दूध चायवाले की दुकान पर पहुँचा दिया करो रोजाना।"

इस व्यवस्था के लिए रायसाहब और उनके दोनों पिछलग्गुओं ने थानेदार की सराहना की। रायसाहब की चीनी की बोरियाँ जीप में रख दी गई थीं इसलिए लस्सी पीकर वह चलने के लिए उठ खड़े हुए। थानेदार भी उनके पीछे-पीछे जीप तक गए और जब तक जीप आँखों से ओझल नहीं हो गई तब तक वहीं थाने के बाहर खड़े-खड़े धूल उड़ाती जा रही जीप को निहारते रहे।

रायसाहब के थाने में रहते तक थानेदार की काफी तौहीन हो चुकी थी। उन्हें जिस तरह उनकी चिरौरी करनी पड़ी और स्वयं जाकर अपने सिपाहियों को चीनी की बोरियाँ उठाने के लिए बुलाकर लाना पड़ा, इतना ही नहीं, रायसाहब को छोड़ने के लिए फाटक के बाहर तक आना पड़ा, इन सब हालात ने उन्हें काफी उद्विग्न कर दिया था। जब वह रायसाहब को विदा कर वापस थाने में प्रवेश

कर रहे थे तब उनके चेहरे पर बेचारगी साफ झलक रही थी।

अचानक उनकी भाव-भंगिमा में क्रांतिकारी परिवर्तन आया। भीगी बिल्ली बने आ रहे थानेदार शेर की तरह दहाड़ मारते हुए ड्यूटी रूम में आ पहुँचे और वहाँ मौजूद ड्यूटी अफसर पर गरजे, "मेवालाल, कल दिन के बारह बजे से छः बजे शाम के बीच जितने भी सिपाही, मुंशी, डी.ओ. और एस.आई. ड्यूटी पर मौजूद थे सबको कहो पंद्रह मिनट के अंदर-अंदर मेरे ऑफिस में हाजिर हों।"

"जो हुकुम!" डी.ओ. ने सैल्यूट बजाकर कहा। मगर तब तक थानेदार बड़बड़ाते हुए ड्यूटी रूम के बाहर आ चुके थे।

"हरामखोरों ने जीना मुश्किल कर रखा है। बदमाशी करते हैं ये और अफसरों के आगे जलील होना पड़ता है हमें......" इसी तरह और भी न जाने क्या-क्या बड़बड़ाते हुए वह अपने कमरे में आ पहुँचे।

"आनंदजी, मैंने इन सब सालों को तलब किया है। अभी आपके सामने इनकी सात पुश्तों की खोज-खबर लेता हूँ।"

आनंद को अपना भावी कार्यक्रम बताने के साथ ही वह अपनी मेज की दराजों में कुछ खोजने भी लगे थे। प्रायः बात के साथ-साथ उनकी खोज भी पूरी हो गई।

दराजों से छुट्टी पाकर जब वह आनंद की तरफ मुड़े तो उनके हाथ में सिगरेट का पैकेट और माचिस थी। सिगरेट की डिब्बी आनंद की ओर बढ़ाते हुए उन्होंने आग्रह किया, "तब तक आप शौक फरमाइए।"

अगले पाँच-सात मिनट में एक-एक, दो-दो करके तकरीबन बीस सिपाही कमरे में आ खड़े हुए। सिगरेट ऐश-ट्रे में बुझाकर थानेदार ने उनकी तरफ सरसरी निगाह से देखा। तसल्ली हो जाने पर हाथ से आनंद की तरफ इशारा करके बोले, "तुम लोगों ने इन साहब को आज से पहले भी कभी देखा है?"

सब पुलिसकर्मियों की निगाहें आनंद पर आ टिकीं।

"हाँ साहब, कल आप हमारे थाने में आए थे," सी.आई.डी. सहाय ने स्वीकारा।

थानेदार ने एक बार फिर सबकी तरफ बारी-बारी से देखा, "और किसी ने भी देखा है?"

"हाँ, हुजूर, कल यह साहब चोरी की रिपोर्ट दर्ज करवाने आए थे।" एक साथ चार-पाँच स्वर उभरे।

"किस-किससे मिले थे?"

"मुझसे," डी.ओ. रामरतन ने कहा।

"मुझसे भी," डी.ओ. कृपाराम ने जोड़ा।

"मुझसे भी," सब इंस्पेक्टर अर्जुनसिंह ने कुबूला।

"फिर क्या हुआ? इनकी रिपोर्ट लिख ली गई?"

थानेदार ने डी.ओ. रामरतन पर अपनी नजर टिकाकर संभवतः केवल उसी से जानना चाहा।

"हुजूर, जब यह थाने में आए, मैं बस-दुर्घटनावाला रोजनामचा लिख रहा था। अपनी ड्यूटी पूरी होने पर मैं इन्हें कृपाराम जी के सुपुर्द कर गया था।"

"किसलिए सुपुर्द कर गया था? इनके खिलाफ मुकदमा दर्ज करवाने के लिए?"

रामरतन क्षण-भर को हक्का-बक्का रह गया, पर दूसरे ही क्षण सँभलकर बोला, "मुकदमा काहे का हुजूर, इनके घर पर तो चोरी हुई थी। रिपोर्ट ही दर्ज होनी थी इनकी तो।"

"तो तुमने रिपोर्ट दर्ज कर ली होगी, क्यों कृपाराम?" थानेदार ने रामरतन को नजरअंदाज कर दूसरे डी.ओ. को घेरा।

"मैंने तो हुजूर, इन्हें एस.आई. अर्जुनसिंह के पास भेजा था। इनसे पूरी वारदात एक कागज पर लिखवा ली थी...."

"....और इन्हें कह दिया था कि जाकर घर बैठो। अभी हम सिपाही भेज रहे हैं। मगर फिर सिपाही नहीं भेजा और अर्जी भी शायद फाड़कर फेंक दी या अपनी जेब में रख ली। क्यों, यही

बात हैं न?" थानेदार ने कृपाराम का वाक्य पूरा किया।

फिर एस.आई. अर्जुनसिंह की तरफ मुखातिब हुए, "क्यों बे सरदार, शिक्षक ब्लॉक तेरा इलाका है या नहीं?"

"जी, मेरा ही इलाका है, साहब।"

"और कल तू ड्यूटी पर था या नहीं?"

"था, साहब।"

"फिर तूने बजाय इनकी मदद करने के इन्हें गाली-गलौज करके क्यों भगाया? यह तेरे पास तेरी बीवी उधार माँगने तो नहीं आए थे न?"

"मैंने कहाँ भगाया। मैंने तो इसे ड्यूटी रूम में जाकर बैठने को कहा था।"

"देख बे सरदार, पहली बात तो यह सुन ले कि 'इसे' 'उसे' मत कर, तमीज से पुकार इन्हें। दूसरे, मेरे सवाल का सही और ठीक-ठीक जवाब दे, समझा!"

"जी, समझ गया," कहकर एस.आई. अर्जुनसिंह ने गर्दन झुका ली।

"फिर तू ड्यूटी रूम में इनकी खोज-खबर लेने आया?"

"ध्यान नहीं रहा, साहब!"

"क्यों बे रामरतन, कृपाराम, सालो, कल मैं थाने में था या नहीं?"

"थे हुजूर," दोनों समवेत स्वर में बोले।

"इन साहब ने मुझसे मिलने की इच्छा जाहिर की थी या नहीं?"

"की थी हुजूर।"

"फिर तुम लोगों ने इन्हें मेरे पास क्यों नहीं पहुँचाया या मुझे खबर क्यों नहीं दी?"

दोनों एक-दूसरे की बगलें झाँकने लगे। तभी थानेदार ने नया सवाल किया, "कृपाराम, इनकी अर्जी थाने में दर्ज है या नहीं?"

कृपाराम ने जवाब न देकर कुछ याद करते हुए अपनी जेबों को टटोलना शुरू किया। बाईं जेब में हाथ डालते ही उसके चेहरे पर विजयी मुस्कान तैर गई। अगले ही पल उसने जेब में से एक कागज निकालकर थानेदार की मेज पर रख दिया।

यह कागज ही आनंद की अर्जी थी।

थानेदार ने उसे खोलकर पूरा पढ़ा फिर अपनी दराज खोलकर वह पत्र निकाला जो आनंद ने आई.जी. के नाम लिखा था। वह पत्र जोर-जोर से पढ़कर सबको सुनाया। पत्र पूरा पढ़कर उन्होंने और भी ज्यादा कोध्रित होने का स्वाँग रचा····

"क्यों बे सरदार, परसों तूने दो गोलियाँ फिजूल में ही चलाई थीं न?"

"जी साहब।"

"मैंने तुझे माफ कर दिया था न?"

"हाँ साहब।"

"फिर भी तू अपनी हरकतों से बाज नहीं आया! तूने कल गाली-गलौज करके इन्हें भगा दिया। जानता है, यह कौन हैं?"

"नहीं साहब।"

"कृपाराम, रामरतन, तुम जानते हो, यह कौन हैं?"

"नहीं साहब।"

"तुम्हें बताया तो होगा इन्होंने। पर तुम भला क्यों ध्यान देते। कोई रुपए-पैसे तो दे नहीं रहे थे ये कि तुम इनकी बात सुनते। तुमने सोचा होगा, साला पिद्दी भर का लौंडा, इसकी न अंटी में कुछ, न सूरत में, सो चलता कर दिया। क्यों, है न यही बात? अबे सालो, कम-से-कम इनकी दरख्वास्त ही पढ़ लेते····"

"साहब, आप कौन हैं? कल पाँच-छः घंटे चुपचाप थाने में बैठे रहे। मैंने दो-तीन बार इनकी रिपोर्ट लिख लेने को कहा। जब मैं बाजार से लौटा, आप यहाँ नहीं थे। मैंने सोचा, इनकी रिपोर्ट लिख गई होगी। तभी चले गए।" थानेदार के चुप होते ही सी.आई.डी.

सहाय ने पूरी मासूमियत के साथ जिज्ञासा प्रकट की।

सी.आई.डी. सहाय की मासूमियत थानेदार को और भी खिझा गई।

"सहाय के बच्चे, अब तू शरीफ बन रहा है! जब तूने कल इन्हें यहाँ बैठे देखा और इतनी देर तक बैठे देखा तो मुझे खबर क्यों नहीं दी? हरामखोरो, तुम लोगों ने इनके साथ जो बदसलूकी की उसका अंजाम तुम तो भुगतोगे ही, पर मैं खामखा मारा गया। आई.जी. साहब ने एस.पी. साहब को आदेश दिया है कि मुझ सहित इस थाने के तमाम मुलाजिमों को पदावनत करके कहीं और तब्दील कर दिया जाए। सबसे लिखित में माफीनामा माँगा जाए और दस दिन के अंदर इनके घर में चोरी करनेवाले का पता लगवाया जाए। समझे रामरतन! अर्जुनसिंह!

"तुम लोगों ने कल इन्हें भगा दिया था न—कि जाओ, थाने से बाहर निकल जाओ। अब यह आई.जी. साहब का डंडा लेकर आए हैं तुम्हारी···में डालने। अब जिसकी माँ ने दूध पिलाया हो वह इन्हें यहाँ से निकाल दे!"

थानेदार का प्रवचन असरदार रहा। वहाँ मौजूद सभी सिपाहियों के चेहरों पर हवाइयाँ उड़ने लगीं। सभी एक-दूसरे की ओर ताकने लगे। सी.आई.डी. सहाय ने फिर अपनी उत्सुकता जाहिर की, "पर साहब, आप हैं कौन जिनके प्रति हमसे इतनी बड़ी भूल हो गई कि आई.जी. साहब तक बात जा पहुँची?"

"सहाय की औलाद, बातें तो तू मीठी-मीठी बना लेता है, पर तेरी बातों का यहाँ कोई असर नहीं होनेवाला। आनंदजी पत्रकार हैं, पत्रकार। नौ भाषाओं की पत्रिकाओं के उप-संपादक हैं। तुझ जैसे दसियों को जेब में डाले घूमते हैं। तुम लोगों के साथ कल शराफत से पेश आए तो तुम सिर चढ़ गए।

अबे सालो, इनके आगे तो आई.जी. तक की हिम्मत नहीं पड़ती बढ़-चढ़कर बोलने की। वे तक इनसे डरते-डरते बात करते

हैं। अभी इंटरव्यू लिया था इन्होंने आई.जी. साहब का तो जवाब देना मुश्किल हो गया था उन्हें। और तुम लोगों ने इन्हें भगा दिया थाने से। आज ये आई.जी. के पास जवाब- तलब करने जा पहुँचे। आई.जी. ने एस.पी. की गर्दन पकड़ी, एस.पी. ने डी.एस.पी. की और मेरी गर्दन धर पकड़ी। यानी हम बेकसूर खामखा मारे गए जबकि बदमिजाजी की तुम लोगों ने। बोलो, अब तुम लोगों के साथ क्या सलूक करूँ मैं?"

थानेदार के प्रवचन का दूसरा दौर पूरा हो गया। अपने प्रवचन के दौरान वह बीच-बीच में आनंद को कनखियों से देख लेते थे। शायद यह जानने के लिए कि कहीं उनकी इस 'कठोर कार्रवाई' से वह अप्रभावित तो नहीं रह रहा है।

"अब तुम लोग फौरन आनंदजी से माफी माँगो और मुझे अपनी लापरवाही का स्पष्टीकरण लिखित रूप में दो। और कृपाराम, तुम अभी यहीं मेरे कमरे में एफ.आई.आर. की किताब लेकर आओ और आनंदजी ने इस अर्जी में जो-जो भी लिखा है वह सब कल की तारीख में दर्ज कर एफ.आई.आर. की एक कॉपी इनके हवाले करो। बाकी सब लोग यहाँ से चलते बनो। मगर शाम तक सबका माफीनामा मेरे पास लिखित में जरूर आ जाना चाहिए।"

एक-एक करके सभी पुलिसकर्मी वहाँ से चल गए। अगले ही पल डी.ओ. कृपाराम और एक अन्य सिपाही वापस आए और थानेदार के सामने बैठकर एफ.आई.आर. लिखने लगे।

अगले दस मिनट में यह कार्रवाई भी पूरी हो गई....

एफ.आई.आर. पूरी होने पर उस पर आनंद के हस्ताक्षर करवाकर एक प्रति उसे दे दी गई। उस एफ.आई.आर. को पढ़कर आनंद आश्चर्यचकित रह गया। बिल्कुल अभी यानी आज छः तरीख को जो एफ.आई.आर. उसके सामने लिखी गई, उसे चार तारीख में दर्ज दिखाया गया था। यानी जिस दिन उसके मकान में चोरी हुई—वही तारीख एफ.आई.आर. पर दर्ज की गई थी।

इतना ही नहीं, उसमें आनंद की पाँच तारीख को लिखी अर्जी की हूबहू नकल उतारी गई—यह समेत कि 'मैं कल तो थाने में नहीं आ सका था चूँकि में शहर से बाहर गया हुआ था, पर आज दूसरे दिन मैं थाने में आ पहुँचा हूँ और यह प्रार्थना कर रहा हूँ कि इस तरह के असामाजिक तत्त्वों की खोजबीन कर उनके खिलाफ सख्त-से-सख्त कार्रवाई की जाए।'

जितनी देर में आनंद ने एफ.आई.आर. पढ़ी, थानेदार दूसरे कमरे में जाकर पुलिसिया आवरण ओढ़ आए थे। आते ही उन्होंने एस.आई. अर्जुनसिंह, सी.आई.डी. सहाय, डी.ओ. रामरतन, मुंशी रामसेवक को बुलाया और उन्हें अपने साथ चलने को कहकर आनंद से बोले, "चलिए आनंदजी, आपके मकान का मुआयना करके मौका-ए-वारदात लिख ली जाए।"

आनंद उनके पीछे-पीछे कमरे से बाहर आ गया।

आँगन में खड़े स्कूटर पर बैठकर उन्होंने आनंद को पीछे बैठने का संकेत दिया। तब तक बाकी लोग पास खड़ी जीप में बैठ गए। स्कूटर स्टार्ट करके बाहर आते ही उन्हें कुछ याद आया। स्कूटर रोककर उन्होंने सी.आई.डी. सहाय को अपने पास बुलाया। वह जीप से उतरकर उनके पास आ पहुँचा।

थानेदार बोले, "कृपाराम से कहना कि अभी थोड़ी देर में दो आदमी एक फ्रिज लेकर थाने में आएँगे। उनसे कहे कि फ्रिज जमा कराकर वापस चले जाएँ, थानेदार साहब आनंदजी के घर गए हैं। शाम तक लौटेंगे।"

सहाय वापस थाने की ओर मुड़ गया। इस बीच संतरी थानेदार के एकदम करीब आकर खड़ा हो गया। थानेदार ने फिर स्कूटर स्टार्ट किया पर संतरी को कुछ कहने को आतुर देख उसे सवालिया निगाह से देखा। संतरी ने ससंकोच कहा, "हुजूर, मैं खाना गरम करवा लाया हूँ। आप पहले खाते जाइए...."

थानेदार ने मुँह बिचकाया, फिर एक आँख बंद करके बोले,

"अबे शेरा के बच्चे, कौन-से रास्ते से खाना खाऊँगा? आनंदजी ने तो सोर रास्ते बंद करवा दिए हैं।"

आनंद उनका यह करिश्मा नहीं देख पाया था। उसने सहानुभूतिवश कहा, "शर्माजी, आप पहले भोजन कर लीजिए, फिर चलिएगा मेरे घर।"

"हाँ, हुजूर, खाना खा लीजिए, वरना मेम साहिबा मुझे...." आनंद से शह पाकर संतरी ने भी अपना अनुरोध दोहराया।

"अबे, तू नौकरी सरकार की करता है या मेरी बीवी की? साला मुझसे तो बढ़-चढ़कर बतियाता है और मेरी बीवी के ख्याल तक से रूह काँपती है, क्यों?"

थानेदार साहब को लगा, उन्होंने बहुत मार्के की बात कह दी है, इसलिए वह स्वयं हो-हो कर हँस दिए।

संतरी मायूस-सा चेहरा बनाए थाने की ओर वापस मुड़ गया और पुलिस का यह कारवाँ आनंद के घर की तरफ चल पड़ा।

सात

सिपाहियों से भरी जीप और स्कूटर पर स्वयं थानेदार को गली में आता देख गली-मोहल्ले में खलबली मच गई। आनंद को थानेदार के साथ स्कूटर पर बैठा हुआ देखकर मुहल्लेवालों ने अनुमान लगाया— हो-न-हो, इसी लड़के ने कोई गड़बड़ की है। जिन लोगों को उसके घर में चोरी हो जाने की जानकारी थी, वे भी असमंजस में थे। वे सोच रहे थे कि चोरी होने के दो दिन बाद थाने जाने पर तो ऐसी मुस्तैदी पुलिस दिखाने से रही। जरूर आनंद ने या तो कोई बखेड़ा कर दिया है या इसके यहाँ आज फिर चोरी हो गई है।

सभी पुलिसकर्मी कमरे में आ बैठे। दो-चार मिनट पंखे की हवा लेने के बाद दो पुलिसकर्मी उठकर कमरे से बाहर चले गए। वे बाहर जाकर मकान, कमरे, गली आदि का नक्शा बनाने लगे। इधर आनंद ने थानेदार को वे पेटियाँ दिखाईं जिनका ताला तोड़कर सामान तितर-बितर किया गया था। वह ताला दिखाया जिसे परसों तक दरवाजे पर लगाया जाता रहा था और जिसे खोलकर ही चोर कमरे में घुसे थे। वह बक्सा दिखाया जिसमें उसकी पत्नी अपने गहने-जेवर रखा करती थी।

दो-चार बार उस बक्से को उलट-पलटकर एस.आई. अर्जुनसिंह ने पूछा, "क्या आप अपनी पत्नी से यह खबर नहीं मँगा सकते कि इसमें गहने थे या नहीं?"

“जी नहीं, चूँकि मेरी पत्नी गर्भवती हैं, इसलिए ऐसे मौके पर उन्हें चोरी की सूचना देना मैं ठीक नहीं समझ रहा हूँ।”

“इससे क्या फर्क पड़ता है। आप तो चिट्ठी डालकर पूछ ही लीजिए।” सरदार अर्जुनसिंह ने अपनी सलाह दोहराई।

“सरदार के बच्चे, तू अपनी अक्ल अपने पास रख, समझे!” थानेदार ने अर्जुनसिंह को डपटा, फिर आनंद से बोला, “आप जो ठीक समझें, वही करें। आपको अपनी पत्नी को सूचना देने की कोई जरूरत नहीं। हम तो वैसे ही दस दिन के भीतर-भीतर सब पता लगाकर चोर को आपके सामने ला खड़ा करेंगे। आप तो बस इतनी कृपा कीजिएगा कि आई.जी. साहब से मिलकर जरा हम लोगों के बारे में....”

“यह कोई कहने की बात है, शर्माजी! जब आप खोजबीन कर रहे हैं, यहाँ के लोगों के अमन-चैन की जिम्मेदारी ले रहे हैं, तो भला मुझे आई.जी. साहब से आप सबके संबंध में कुछ भी कहने में संकोच क्यों होने लगा?”

“सो तो है, सो तो है ही आनंदजी, पर अब आपसे क्या छिपाना! यहाँ दरअसल रहते ही ज्यादातर चोर-बदमाश हैं। आप न जाने कैसे इस चोर-उचक्कों के मुहल्ले में आ बसे!”

थानेदार के इस रहस्योद्घाटन पर आनंद क्षण-भर को चकरा गया। उसकी समझ में नहीं आया कि यह सहानुभूति है या धमकी।

समय की माँग को देखते हुए उसने थानेदार के मन में यह भ्रम बना रहते देना जरूरी समझा कि वह उन्हें अपना शुभचिंतक मान रहा है। इसलिए उनकी बात का बहुत हल्का-सा प्रतिवाद किया, “क्या कहते हैं आप! यह मोहल्ला तो निहायत शरीफ लोगों का है। आप जिन दो पत्रकारों को जानने की बात कह रहे थे, वे दोनों भी इसी मोहल्ले में रहते हैं, और फिर चोर-उचक्के कहाँ नहीं होते? उन्हीं से निबटने के लिए तो आप लोगों को तैनात किया गया है।”

"सो तो है, सो तो है," थानेदार ने उसके तर्क के समर्थन में तीन बार सिर हिलाया। फिर कुछ सोचने का-सा अभिनय कर बोले, "आनंदजी, आप आजकल भोजन कहाँ करते हैं, होटल में या स्वयं पका-थोपकर?"

"दोनों ही तरह से नहीं। मेरे एक पड़ोसी हैं श्री रमेशजी। उन्हीं के घर खाता-पीता हूँ।"

"वे खाना बनाकर भिजवा देते हैं या आप वहीं जाकर····"

"जब जैसा अवसर हो। कभी समय पर नहीं आता हूँ तो उनके पास मेरे कमरे की चाबी है सो वह कमरा खोलकर रख जाते हैं, और कभी मैं जब समय पर आ जाता हूँ तो उन्हीं के घर जाकर खाना खा लेता हूँ।"

यह सुनते ही थानेदार का चेहरा खुशी से खिल उठा। मगर अपनी खुशी को छुपाते हुए बोले, "कोई बात नहीं। मुसीबत में सब एक-दूसरे के काम आया ही करते हैं। वैसे आनंदजी, क्या मैं आपके पड़ोसी से मिल सकता हूँ?"

"क्यों नहीं, पर अभी तो वह शहर से बाहर गए हैं। हाँ, रात को मैं आपके पास उन्हें लेकर पहुँच जाऊँगा।"

"नहीं, नहीं, आप भला क्यों कष्ट करें! मैं स्वयं ही आ जाऊँगा।" थानेदार ने प्रतिवाद किया। फिर संकोच के साथ बोले, "उनकी श्रीमतीजी तो होंगी। उनसे मिलवाने में आपको कोई एतराज न हो तो····।"

"एतराज कैसा! मैं अभी बुला लाता हूँ उन्हें।" आनंद ने कहा और फौरन कमरे से बाहर निकल आया।

रमेशजी की पत्नी भी गली की अन्य महिलाओं की तरह आनंद के घर की तरफ टकटकी लगाए अपने दरवाजे पर खड़ी थीं। उनके पास पहुँचकर आनंद ने उनसे कमरे तक आने का आग्रह किया। वह क्षणभर को पशोपेश में पड़ गईं; बोलीं, "क्या मेरा जाना जरूरी या उचित होगा?"

उन्हें आश्वस्त करने के लिए आनंद ने जोर देकर कहा, “हाँ, दोनों ही।”

उन्होंने एक बार अपने पहरावे को देखा, फिर बोलीं, “आप चलिए, मैं जरा व्यवस्थित होकर आती हूँ।”

आनंद वापस अपने कमरे में आ पहुँचा। उसे अकेला आया हुआ देखकर थानेदार ने बुरा-सा मुँह बनाया। फिर पूछा, “आनंदजी, वैसे आपके पड़ोसी करते क्या हैं?”

“वह भी मेरे साथ ‘सागर’ में उप-संपादक हैं।”

“क्या ? ? ?” थानेदार अचानक तख्त पर से उठ खड़े हुए। तिलमिलाकर अपने सिपाहियों की तरफ देखकर हिदायत दी, “हरामजादो, नोट कर लो, इस गली में तीन नहीं, चार पत्रकार रहते हैं। कम-से-कम इस गली में दो सिपाहियों से चौबीसों घंटे गश्त लगवानी है। याद रखना!!” और वापस तख्त पर बैठ गए।

चारों सिर थानेदार की हिदायत समाप्त होते ही एकबारगी ‘हाँ’ की मुद्रा में झुके, फिर पूर्ववत् हो गए। तभी श्रीमती रमेश ने कमरे में प्रवेश किया।

उन्हें देखते ही थानेदार फिर तख्त पर से उठ खड़े हुए। नमस्कार की मुद्रा में झुककर बोले, “बहनजी, क्षमा कीजिएगा। आपको खामखा तकलीफ दी। आपसे कोई काम नहीं है। आप तो अपने घर जाकर आराम कीजिए।”

श्रीमती रमेश असमंजस में पड़ गईं। उन्होंने हैरानी से एक बार आनंद की तरफ देखा और आनंद से संकेत पाते ही वापस चली गईं।

उनके चले जाने पर थानेदार आनंद से मुखातिब हुए, “अच्छा जी, तो अब हमें इजाजत दीजिए। सब लिखत-पढ़त हो गई है। हम जल्दी-से-जल्दी चोर का पता लगाकर ही दम लेंगे। बस, आपसे एक निवेदन है। आगे जब भी कोई परेशानी हो, आप सीधे मेरे पास आइएगा। अधिकारियों के पास जाने की जहमत उठाने की

कोई जरूरत ही नहीं। आप तो जानते ही हैं, मेरे दफ्तर के दरवाजे चौंबीसों घंटे खुले रहते हैं। जैसे ही कोई सुराग मिलेगा, मैं आपको सूचित करूँगा।"

थानेदार के बाहर जाने से पहले बाकी पुलिसकर्मी बाहर जा चुके थे। थानेदार ने एक बार गर्मजोशी के साथ आनंद से हाथ मिलाया और कमरे से बाहर निकलते ही अपना स्कूटर स्टार्ट कर यह जा और वह जा····

आनंद ने राहत की साँस ली। दो-चार पड़ोसियों के पूछने पर उन्हें बताया कि कैसे पुलिस का आना हुआ।

सभी इस बात पर एकमत थे कि–ये पुलिसवाले ऐसे ही मानते हैं।

आठ

रात अभी आनंद सोने के लिए छत पर पहुँचा ही था कि किसी अपरिचित को अपने दरवाजे पर खड़े देखा। वह एक पड़ोसी से पूछ रहा था, "क्या आनंदजी यहीं रहते हैं?"

"हाँ, कहिए, क्या काम है?" उत्तर में स्वयं आनंद ने वहीं से पूछा।

आनंद की आवाज सुनते ही उसने ऊपर देखा और आनंद को देखते ही सैल्यूट की मुद्रा में हाथ उठाकर बोला, "आपको थानेदार साहब ने याद किया है अभी। बहुत जरूरी काम है।"

आनंद असमंजस में पड़ गया। सोचने लगा कि क्या कहना चाहिए—आ रहा हूँ अभी या सुबह पर टाल दूँ?

इससे पहले कि वह कुछ तय करके उत्तर दे, सिपाही बोला, "तो आप पहुँच जाइएगा। मैं जा रहा हूँ।"

आनंद को उसी असमंजस में छोड़ वह चला गया। आनंद भी छत से उतर आया। कपड़े बदले और थाने की ओर चल पड़ा। उसकी समझ में नहीं आ रहा था कि ऐसा क्या काम हो सकता है जिसके लिए थानेदार ने मुझे अभी हाल बुलाया है।

जब आनंद थाने में पहुँचा, थानेदार के कमरे के चौबीसों घंटे खुले रहनेवाले दरवाजे पिछली दोनों बार की तरह अब भी बंद थे। उन्हें खोलकर आनंद ने भीतर झाँका। वही चड्डी-बनियान पहने थानेदार बैठे थे। मुँह में सिगरेट दबा रखी थी। देखने से ऐसा लग रहा था, जैसे अभी-अभी कोई दंगल जीतकर आए हों। उन्हें

व्यस्त देखकर आनंद दरवाजे पर ही ठिठक गया। थानेदार ने सिर उठाकर देखा। आनंद को देखते ही मुँह से सिगरेट निकालकर बोले, "आइए आनंदजी, बैठिए।"

आनंद भीतर आकर एक कुर्सी पर बैठ गया। वह फिर उसी वस्तु को खोजने में मशगूल हो गए, जिसे उसके आने से पहले खोज रहे थे। काफी देर तक उस वस्तु की तलाश जारी रही। मगर जब वह नहीं ही मिली तो थानेदार प्रकृतिस्थ होकर उस गुमशुदा वस्तु और उससे संबंधित सभी अनुपस्थित लोगों की सात पुश्तों का लौट-फेर करने लगे।

उनकी वाणी से बार-बार 'रायसाहब' मय कई विशेषणों के सुन-सुनकर आनंद को लगा, कुछ रायसाहब से संबंधित चीज की ही तलाश हो रही थी अब तक।

आखिर उसने पूछ ही लिया, "शर्माजी, क्या खोज रहे हैं आप?"

"क्या बताऊँ आनंदजी, वह साला राय का बच्चा एक कार्ड दे गया था, जिस पर उसका पता और टेलीफोन नंबर लिखा हुआ था। वही खोज रहा हूँ।"

"मैं बताए देता हूँ। पर यह तो बताइए, यह रायसाहब हैं क्या बला?" उन्हें संकट से उबारने का आश्वासन देने के साथ ही आनंद ने अपनी जिज्ञासा प्रकट की।

"अब क्या बताऊँ आपको, क्या आप उन्हें नहीं जानते?" थानेदार ने प्रतिप्रश्न किया।

"अगर जानता तो आपसे क्यों पूछता।"

"फिर आपको उनका पता और फोन-नंबर कैसे मालूम हुआ?"

"आज ही दोपहर में आपको बताया था न उन्होंने। मैंने सुना था, सो याद रह गया।"

"कमाल है, जो खूबी हममें होनी चाहिए वह आप में···ओह, मैं तो भूल ही गया, भई पत्रकार हो न," और वह हँस दिए। फिर बोले, "अच्छा, जरा नंबर तो बताइए। बहुत जरूरी बात करनी है।"

"पर पहले मुझे भी तो कुछ अता-पता बताइए इनका।" आनंद

ने भी अपनी जिज्ञासा दोहरा दी।

"अब आपको क्या बताऊँ आनंदजी, साला पेशे से तो रद्दी का व्यापारी है, मगर है करोड़पति। सत्ता पार्टी में ऊपर तक पहुँच है। इस बार चुनाव में खड़ा हो रहा है पार्टी के टिकट पर। आप तो जानते ही हैं, हमें तो हर ऐरे-गैरे को खुश रखना ही पड़ता है। न जाने कब कौन-सा गीदड़ शेर की खाल ओढ़ आए। अच्छा, अब आप नंबर तो बताइए।"

आनंद ने नंबर बता दिया। थानेदार ने तुरंत फोन मिलाया। दूसरी तरफ से रायसाहब की आवाज सुनते ही बोले, "रायसाहबजी, मैं प्रभातीलाल शर्मा नमस्कार करता हूँ। साहब, आपकी आइसक्रीम, चाट, कोक वगैरह का इंतजाम हो गया है। सौ किलो चीनी भी तैयार है, कहिए तो भिजवा दूँ?····और मेरे लायक कोई सेवा हो तो हुकुम कीजिएगा····हम तो आपके ही ताबेदार हैं।"

फोन रखने के बाद थानेदार ने एक बार फिर शुद्ध साहित्यिक भाषा में रायसाहब की सात पुश्तों का लौट-फेर किया। उसके बाद आनंद की तरफ मुखातिब होकर बोले, "देखा आनंदजी, आपने? सालों का काम करो तब भी धन्यवाद तक नहीं देते। जैसे हम इन पर कोई एहसान नहीं कर रहे हैं बल्कि इनके बाप के ताबेदार होने की वजह से अपना फर्ज निभा रहे हैं। आज जबकि यह कुछ भी नही है तब तो इसका यह हाल है, अगर कल को कुछ मंत्री-संत्री बन गया तो शायद भूल ही जाएगा हमें। साला, हरामजादा, कमीना, नीच, बेईमान कहीं का!"

आनंद असमंजस में पड़ गया। समझ में नहीं आया कि थानेदार के प्रति सहानुभूति प्रकट करनी चाहिए या इन नेताओं, सेठियों की जी-हुजूरी करने की इनकी आदत की हँसी उड़ानी चाहिए।

इस विषम परिस्थिति में उसने किसी भी तरह की टिप्पणी न करके थानेदार से पूछा, "थानेदार साहब, मुझे किसलिए याद किया था आपने?"

"अरे हाँ, मैं तो इस ठग के चक्कर में भूल ही गया। ऐसा है आनंदजी, आपकी वारदात की बाबत एस.पी. साहब ने अपने इलाके के डी.एस.पी. से स्पष्टीकरण माँगा है। दोपहर में आपके सामने ही उन्होंने डी.एस.पी. के नाम शिकायत-पत्र भेज दिया था। डी.एस.पी. साहब ने मुझे बुलाया था। आपके मकान से आते ही मैं उनके दफ्तर चला गया था। मैंने उन्हें बताया कि अब आपको हमसे कोई शिकायत नहीं है। और हम दस दिन के भीतर-भीतर मय चोर के आपका सामान भी बरामद करवाने जा रहे हैं। पर उन्हें मेरी बात पर विश्वास नहीं हुआ। इसीलिए उन्होंने आपसे मिलने की इच्छा जाहिर की है। बहुत ही कानूनपसंद और सख्त आदमी हैं डी.एस.पी. साहब। अब आप बताइए, कल किस समय आप मेरे साथ चल सकेंगे?"

आनंद फिर उलझन में पड़ गया। यानी एक दिन और खराब होगा अभी। उसने कहा, "सुबह तो मुझे हर हाल में दफ्तर जाना होगा। चूँकि मैं बाहर से लौटने के बाद से अब तक नहीं गया हूँ। हाँ, दोपहर दो बजे मैं आपके साथ चल सकूँगा।"

"तो ठीक है, मैं खबर भिजवा दूँगा डी.एस.पी. साहब को। आप कल अपनी सुविधानुसार डेढ़-दो बजे तक यहाँ आ जाइएगा। यहीं से पुलिस की जीप में मैं आपको ले चलूँगा।"

"तो अब मैं चलूँ?" आनंद ने उठते हुए कहा।

"हाँ-हाँ...क्षमा कीजिए; आपको कष्ट दिया इतनी रात को।"

थानेदार को धन्यवाद दे आनंद थाने से बाहर आ गया। वह ज्योंही दरवाजे से बाहर निकला, प्रायः सभी सिपाही सतर्क

हो गए। मगर जैसे ही उनके और आनंद के बीच थोड़ा फासला बढ़ा, उन्होंने शुद्ध साहित्यिक भाषा में आनंद और उसके पेशे का स्मरण किया। उनके चंद मृदु संबोधन आनंद के कानों से भी टकराए, पर बिना कोई प्रतिवाद किए वहाँ से चले जाना ही श्रेयस्कर समझ वह घर की ओर चलता चला गया।

नौ

दिन के दो बजे थानेदार के पास पहुँचकर डी.एस.पी. के पास जाना तय हो चुका था इसलिए आनंद सुबह से ही दफ्तर पहुँच गया था। वहाँ पहुँचकर सबसे पहले अपनी पत्नी को एक पत्र लिखा कि घर में चोरी हो गई है। यदि यहाँ कोई गहना छोड़ गई थीं तो अब वह घर में नहीं है, और यदि नहीं छोड़ गईं थीं तो यह बुद्धिमानी का काम मान रहा हूँ मैं। पत्र में यह भी उल्लेख कर दिया कि घर में क्या-क्या खास सामान होना चाहिए, उसकी एक सूची अविलंब भेज दें ताकि मिलान करके जाना जा सके कि क्या-क्या चला गया है और कितने की चपत लगी है इस चोरी में।

आनंद घर से तो यही सोचकर चला था कि मध्यावकाश के बाद दफ्तर से चला आऊँगा। पर इस कार्यक्रम में व्यवधान आने पर थानेदार को सूचित करवा दिया कि बजाय दो बजे के शाम चार बजे उनके पास पहुँच रहा हूँ।

हुआ यह कि 'सागर' पत्रिका के ताजा अंक में जा रहे अग्रलेख की कुछ पूरक सामग्री अब तक उपलब्ध नहीं हो सकी थी। शेष अंक पूरी तरह तैयार था। यह पूरक सामग्री आने में जितना समय लगने की संभावना थी उतने समय तक अंक का प्रकाशन नहीं रोका जा सकता था। इसलिए संपादकजी ने यह नई व्यवस्था की थी कि आई.जी. से किया इंटरव्यू ताजा अंक में दे दिया जाए। जैसे ही आनंद संपादकजी से मिला, उन्होंने उसे आदेश दिया कि इंटरव्यू तीन बजे तक तैयार कर दें। आनंद ने उन्हें चोरी की घटना

बताई। पुलिस के साथ हुई तमाम मुठभेड़ भी। पूरा वाकया सुनने के बाद उसने इच्छा जाहिर की कि "यदि आपकी अनुमति हो तो मैं इस वाकये को भी इंटरव्यू के साथ आपबीती के रूप में देना चाहता हूँ।"

संपादकजी ने तुरंत कोई जवाब नहीं दिया। मगर दो-पाँच मिनट सोचने के बाद बोले, "ठीक है, आप वह भी लिखकर दे दीजिए····और हाँ, पुलिस को तहकीकात करने दो। तुम आज तो डी.एस.पी. से मिल आओ, मगर थानेदार को बता आना कि कल से एक सप्ताह तक तुम यहाँ नहीं रहोगे। तुम्हें कल ही दक्षिण भारत जाना है। वहाँ एक संप्रदाय बहुत बड़ा धार्मिक सम्मेलन करने जा रहा है। उसकी रिपोर्टिंग करनी है।"

अगले दो-तीन घंटे में आनंद ने सारी सामग्री तैयार करके संपादक को दे दी।

आनंद जब थाने में पहुँचा, थानेदार साहब के दोपहर के भोजन की तैयारियाँ हो रही थीं। वह अब भी प्राकृतिक वेशभूषा में थे। तीन-चार सिपाही दौड़-भागकर दही, लस्सी वगैरह जुटा रहे थे। आनंद को अपने कमरे की तरफ आता देख थानेदार स्वागत के लिए उठ खड़े हुए। उनकी मेज पर बर्तन रखे देखकर आनंद वापस मुड़ते हुए बोला, "आप भोजन कीजिए, मैं बाहर दूसरे कमरे में बैठता हूँ।"

मगर थानेदार ने उसे वैसा नहीं करने दिया। वह आजिजी से बोले, "भला आप कहीं और क्यों बैठें? आइए, यहीं बैठिए। आप भी तो देखिए हम क्या खाते-पीते हैं।"

उनके आग्रह पर आनंद भीतर आकर बैठ गया। थानेदार अपने कमरे के साथ बने भीतरी कमरे में गए। जब वह वापस लौटे, उनके हाथ में अखबार में लिपटी कोई चीज थी। अपने आसन पर विराजते ही उन्होंने इस चीज पर लिपटे अखबार को हटाया। भीतर से निकली रोटियाँ आनंद के सामने रखते हुए थानेदार बोले,

"देखिए आनंदजी, ये रूखे-सूखे टिक्कड़ सुबह के बने। हम लोग इन्हें खाकर पेट भरते हैं। और दुनिया समझती है, पुलिसवालों के मजे हैं। पुलिसवाले तो तर माल उड़ाते हैं।"

आनंद संकोच में पड़ गया। क्या कहे? उसका यह हाल देख थानेदार मन-ही-मन मुस्कराए और इत्मीनान से बैठकर दही, रायते के साथ धीरे-धीरे उन रोटियों को सप्रयास निगलते रहे।

वे भोजन समाप्त कर उठे और बाहर हाथ धोने चले गए। उनके जाते ही संतरी बर्तन समेटने आया। थानेदार ने जिस अखबार में से अभी रोटियाँ निकालकर खाई थीं, उस पर नजर पड़ते ही वह भौचक्का रह गया। स्वतः ही बोला, "अरे, मेरी रोटियाँ! अब मैं क्या खाऊँगा?"

उसने अखबार को उलट-पलटकर देखा। उसके चेहरे पर गुस्सा और झुंझलाहट स्पष्ट झलकी। इसी गुस्से में उसने अखबार मरोड़कर बगल में दबाया और मायूस-सा चेहरा बनाए बर्तन साथ लिए कमरे से बाहर चला गया।

बाहर पहुँचते ही थानेदार से उसका आमना-सामना हो गया। उन्हें अखबार दिखाकर उसने गुहार लगाई, "हुजूर, आपने तो मेरी रोटियाँ खा लीं, अब मैं..."

उसकी गुहार सुनकर थानेदार ने उसे ढाढ़स बँधाया, "अबे फिक्र क्यों करता है। मेरे टिफिन में से पराँठे निकालकर खा लेना।"

"पर हुजूर, आपने मेरी रोटियाँ क्यों खाईं?"

"अबे वक्त-जरूरत पर सब करके दिखाना पड़ता है। जा, बरतन रख आ। तू नहीं समझेगा।"

और वास्तव में संतरी की समझ में नहीं आया कि ऐसी क्या आफत आन पड़ी जो थानेदार टिक्कड़ खाने को मजबूर हुए!

संतरी की टोकाटाकी से थानेदार के मुँह का स्वाद एक बार फिर कसैला हो गया। कमरे में आते ही उन्होंने टेलीफोन पर किसी से कहा, "हाँ, जरा पता करो, डी.एस.पी. साहब हैं क्या? अगर

हों तो पूछना, मैं आनंदजी को लेकर आ जाऊँ?"

दो-चार मिनट बाद दूसरी तरफ से आवाज आई, "डी.एस.पी. साहब अभी सो रहे हैं।"

"अच्छा, अच्छा, मेरा संदेश नोट कर लो और समय लेकर मुझे बता देना," थानेदार ने कहा और इसी के साथ फोन रख दिया। फिर आनंद को बताया, "दरअसल आप दो बजे आनेवाले थे न। साहब ने तीन बजे तक आपका इंतजार किया और फिर दौरे पर चले गए हैं। अब जैसे ही आएँगे, मैं आपको लेकर चलूँगा। तब तक आप कुछ नाश्ता-पानी कर लीजिए।"

और उन्होंने फिर फोन पर किसी को आदेश दिया, "आनंदजी के लिए कुछ ठंडा, मीठा, गरम भेज भई रामकिशोर। तुम्हारे स्टाफ ने परसों इनके साथ जो सलूक किया है उसकी भरपाई के लिए।" और फोन पर ही-ही-हो-हो-हो कर हँसते रहे देर तक।

फिर फोन रखकर सिगरेट की डिब्बी और माचिस आनंद की तरफ बढ़ाकर सामने का दरवाजा निहारने लगे, जहाँ से एक नया व्यक्ति चला आ रहा था; संभवत उन्हीं से मिलने।

"आइए, रायजादा साहब," थानेदार ने उसकी अगवानी की।

रायजादा साहब भीतर आए। थानेदार के साथ हाथ मिलाया और एक कुर्सी पर विराजते हुए बोले, "कहिए थानेदार साहब, क्या हुआ, पता लगाया आपने?"

चेहरे पर सायास लापरवाही लाकर थानेदार ने कहा, "हाँ, हमारे ए.एस.आई. अर्जुनसिंह गए थे आपकी कॉलोनी में। वहाँ लोगों ने जो बताया, उसके बाद मुझे तो यही लगा कि मैं चाहकर भी आपकी कोई मदद नहीं कर सकता।"

"आप समझते क्यों नहीं थानेदार साहब, सब लोग मिलकर मेरे खिलाफ साजिश कर रहे हैं। लगता है, वे लोग मुझे बर्दाश्त नहीं कर पा रहे हैं।" रायजादा ने प्रतिवाद किया।

इसके बाद उन्होंने एक लंबा-सा भाषण दिया जिसका सार यह था कि—रायजादा साहब निहायत शरीफ, अमनपसंद और इज्जतदार आदमी हैं। खानदानी हैं, दकियानूस नहीं हैं, डरपोक नहीं हैं। अपने खानदान के एकमात्र होनहार चिराग हैं। फूहड़पन, बेईमानी उन्हें कतई बर्दाश्त नहीं। पर इन्हें ऑफीसर्स कॉलोनी रास नहीं आ रही। इन्हें लगता है, वहाँ ज्यादातर लीचड़, फूहड़, दकियानूस लोग ही रहते हैं। वहाँ से कहीं ज्यादा अच्छी तो ड्राइवरों की, चतुर्थ श्रेणी कर्मचारियों की कॉलोनी होती है।

फिर उन्होंने ड्राइवरों के साथ अपने मधुर, पारिवारिक संबंधों के कई किस्से सुनाए। फिर अपनी कॉलोनी के अफसरों के अंदरूनी कच्चे चिट्ठे बखाने। फिर उन अनुपस्थित पड़ोसी अफसरों को जी भरकर गालियाँ दीं। फिर अपनी पहुँच की ऊँचाई का माप बताया। फिर थानेदार साहब की तारीफ में कई पुल बाँधे और.. .फिर चुप्पी लगा गए।

उनका व्याख्यान सुनने के बाद थानेदार ने पुनः अपनी लाचारी प्रकट की, "मगर रायजादा साहब, मुझे अफसोस है कि मैं आप जैसे शरीफ, इज्जतदार, खानदानी और अमनपसंद आदमी की मदद नहीं कर पा रहा हूँ। मैं अभी डी.एस.पी. साहब के पास जा रहा हूँ। अगर कोई परेशानी न हो तो आप भी चले चलिए। उनसे सब कहिएगा। हो सकता है, वह कोई तरकीब निकाल दें।"

रायजादा को सुझाव पसंद आ गया। वे उत्साहित होकर बोले, "तो चलिए, मैं तैयार हूँ।"

"जरा ठहरिए।" थानेदार ने उनके उत्साह पर तुरंत पानी फेरा, "हमारी जीप आने में थोड़ा समय लगेगा अभी।"

रायजादा ने लापरवाही से कहा, "मैं भी जीप लाया हूँ, आप उसी से चले चलिए। मैं आपकों यहाँ वापस पहुँचा जाऊँगा।"

थानेदार को यह व्यवस्था भा गई। वह उठ खड़े हुए और आनंद

व रायजादा को लेकर जीप में सवार हो डी.एस.पी. कार्यालय की ओर निकल पड़े। ड्राइवर को रास्ता पता नहीं था। उसे दिशा-निर्देश देने के लिए थानेदार आगे की सीट पर बैठे थे। आनंद और रायजादा पीछे की सीटों पर।

थोड़ी देर चुपचाप चलने के बाद रायजादा ने थानेदार की तरफ देखकर रहस्यमयी मुद्रा बनाई और बोले, "आप तो यह बताइए, बात क्या है?"

इस पर थानेदार मुस्कराए मगर बोले कुछ नहीं। रायजादा ने यह वाक्य कई बार दोहराया। एक-दो बार तक तो आनंद ने समझा, यह इनका तकियाकलाम है। मगर जब थानेदार की मुखमुद्रा मनाही के संकेत में हिलती दिखी और बात कहने के साथ ही रायजादा के हाथ की उँगलियों को एक दूसरी उँगली पर रगड़ खाते हुए देखा, तब समझ में आया कि इनके बीच कैसी खिचड़ी पक रही है।

अभी वे आधा रास्ता भी तय नहीं कर पाए थे कि बूँदाबाँदी शुरू हो गई जो देखते-ही-देखते धुआँधार बरसात में बदल गई। ड्राइवर ने जीप की गति धीमी कर दी। उसे रास्ता मालूम नहीं था इसलिए थानेदार एकचित होकर रास्ता सुझाने लगे। यही क्रम डी.एस.पी. के दफ्तर में पहुँचने तक चला।

बरसात अब भी रुकी नहीं थी। जीप से उतरकर ये लोग दौड़कर डी.एस.पी. के दफ्तर में दाखिल हुए। सभी के कपड़ों से, सिर से पानी रिसने लगा था इसलिए थोड़ी देर को बाहर बरामदे में ही पंखों के नीचे रुके रहे।

कुछ देर बाद थानेदार प्रभातीलाल शर्मा दोनों को एक कमरे में ले गए। कमरे के बाहर लगी नामपट्टिका पर हिंदी वर्णमाला में लिखा था—रघुपति सिंह यादव, जिला उप-अधीक्षक पुलिस।

कमरे में कोई भी व्यक्ति मौजूद नहीं था। इन दोनों को कुर्सियों पर बैठने का इशारा कर थानेदार इस कमरे के भीतर बने एक

और कमरे में चले गए। वहाँ से कुछ लोगों में बातचीत होने की आवाजें आ रही थीं। थोड़ी देर बाद थानेदार वहाँ से बाहर आए और अपने साथ-साथ रायजादा को भी उसी कमरे में ले गए।

इस कमरे में आनंद अकेला रह गया। उस भीतरी कमरे से बातों का शोर उठ रहा था, पर इस कमरे तक दो व्यक्तियों के तो कभी तीन-चार व्यक्तियों के स्वर एक-दूसरे की आवाज में इस तरह गड्डमड्ड होकर पहुँच रहे थे कि आनन्द चाहकर भी यह अनुमान नहीं लगा सका कि चर्चा का विषय क्या है और बहस किस स्तर पर हो रही है—सुलह के स्तर पर या विरोध के या वैमनस्य के।

जैसे ही वाक्युद्ध थमा—चेहरे पर आक्रोश लिए रायजादा उस कमरे से बहुत तेजी से बाहर निकले और बजाय आनंद के पास आकर बैठने के दनदनाते हुए इस कमरे से भी बाहर चले गए। बूँदाबाँदी अब भी हो रही थी, मगर उसकी परवाह किए बिना वे सीधे अपनी जीप में जा बैठे। उनके बैठते ही जीप यह जा और वह जा···

रायजादा की इस अप्रत्याशित वापसी के कुछ ही देर बाद थानेदार भी उस कमरे से बाहर आए। आनंद के पास रायजादा को न पाकर एक बार चारों तरफ देखा, फिर उसी से पूछा, "आनंदजी, वह कहाँ गए?"

आनंद ने बताया, "वह तो अपनी जीप लेकर चले गए हैं।"

"साला झूठा, कहता था आपको थाने तक छोड़ने की जिम्मेवारी मेरी। अब आप ही बताइए आनंदजी, ऐसे आदमी पर भला कैसे विश्वास किया जाए?"

आनंद की समझ में नहीं आया कि थानेदार आखिर उससे क्या जानना चाहते हैं। उसे अब तक रायजादा, उनके केस और उनके प्रति थानेदार के रुख की ठीक-ठीक वजह समझ में नहीं

आई थी। सिवाय इसके कि लेन-देन तय नहीं हो पाया है।

उसने प्रतिप्रश्न किया, "कौन थे यह शर्माजी?"

थानेदार कुपित तो थे ही, आनंद के प्रश्न का उत्तर भी उसी रौ में दे गए, "अजी कचहरी में किसी ऊँचे ओहदे पर काम करता है। ऑफीसर्स कॉलोनी में मकान बनवाया है इसने। सरकारी मुलाजिम है इसलिए सरकारी माल को बाप की बपौती समझता है। मकान बनवाते समय स्ट्रीट लाइट के लिए लगे बिजली के चार खंभे उखड़वाकर नाली की जगह लगवा लिए। अभी कॉलोनी में सीवर लाइन चालू नहीं है सो सेफ्टी टैंक बनवाते समय दो सीवर पाइप भी टैंक में फिट करवा लिए। इसके एकदम पड़ोस में एक अवकाशप्राप्त आई.ए.एस. का मकान है। उसने और कॉलोनी के अन्य अफसरान ने थाने में आकर सरकारी संपत्ति की चोरी की नामजद रिपोर्ट लिखवा दी। थाने से एक एस.आई. ने जाकर पड़ताल की तो शिकायत सच निकली। जब इसे पता चला तो आकर कहने लगा, 'मुझे कुछ पता नहीं। मजदूरों ने नासमझी में ऐसा कर दिया होगा।' साला, यों तो ड्राइवरों, चपरासियों की तारीफ करता नहीं अघाता और जब इस मामले में फँस गया तो उन्हीं के सिर अपना अपराध मढ़कर साफ बच निकलना चाहता है।"

थानेदार ने क्षणभर को मौन साधा।

"आपने देखा नहीं, रास्ते-भर मुझे रिश्वत लेने के लिए उकसाता रहा। अब आप ही बताइए आनंदजी, मैं क्यों पड़ूँ इसके मामले में? अफसरों का झगड़ा, पता नहीं कौन खार खा जाए और रगड़ दे मौके-बे-मौके। सीधा-साफ मामला है। इसे तो झूठ बोलने के अपराध में जुर्माना देना होगा और सरकारी संपत्ति की चोरी के जुर्म में नौकरी से भी हाथ धोना होगा। इतना ही नहीं, जेल की हवा खानी होगी सो अलग। पर आपने तेवर देखे इसके? हरामजादा, साहब का मूड बिगाड़ गया। अब आपको थोड़ी देर इंतजार करना होगा। मैं पता लगाकर आता हूँ कि साहब कब

मिलेंगे आपसे।"

किस्सा सुनाकर थानेदार पुनः दूसरे कमरे में चले गए। एक मिनट भी नहीं बीता था कि वे फिर कमरे से बाहर निकल आए और आनंद के पास न रुककर सीधे बाहर चले गए।

कुछ देर बाद अपने साथ दो और व्यक्तियों को लेकर वह वापस आए और एक बार आनंद की तरफ देखकर व्यस्त भाव से फिर भीतर के कमरे में जाने लगे। आनंद भी कुर्सी से उठा और उनके पीछे हो लिया। उसे दरवाजे पर ही रोकते हुए थानेदार बोले, "आप अभी यहीं बैठिए, जब साहब बुलाएँगे तब चलिएगा। और हाँ...." अचानक थानेदार का स्वर काफी धीमा हो गया, "आप केवल यही कहिएगा कि अब आप हमारे व्यवहार से संतुष्ट हैं।"

"देखा जाएगा," कहकर आनंद उसी दरवाजे के बाहर रुक गया। थानेदार और वे दोनों जन परदा हटाकर कमरे के भीतर चले गए। दरवाजे से थोड़ा हटकर एक कुर्सी रखी थी। आनंद उसी पर बैठ गया।

कुछ देर तक सन्नाटा-सा छाया रहा। यकायक आनंद को थानेदार की आवाज सुनाई दी। वे बहुत धीमे स्वर में किसी को समझा रहे थे, "पर साहब, वह पत्रकार है। आई.जी. साहब का इंटरव्यू लिया है उसने। साहब बहुत महत्त्व दे रहे हैं उस इंटरव्यू के छपने को।"

आनंद के कान चौकस हो गए।

"तो क्या हुआ! अरे, ये पत्रकार किसी के सगे नहीं होते—सिवाय अपने पेशे के। ये साले खाएँगे पुलिस के घर पर और गू करेंगे सिविलियंस के घूरे पर!" यह डी.एस.पी. की टिप्पण ी थी।

"वह तो है, पर साहब...."

"हाँ, हाँ, ध्यान रहेगा...."

इसके बाद कोई स्वर द्वार पार कर आनंद के कानों तक नहीं

पहुँचा। काफी देर बाद तीन जन उस कमरे से निकलकर उसके सामने आ खड़े हुए। इनमें से एक तो हमारे चिर-परिचित थानेदार थे, दूसरे थानेदार के साथ भीतर गए दो व्यक्तियों में से एक था और तीसरा आनंद के लिए सर्वथा अपरिचित था। उसे वह पहली ही बार देख रहा था। पहरावे और व्यक्तित्व से भी उसकी कोई तस्वीर आँखों में नहीं उभर रही थी। वह बनियान और लुंगी पहने था। वृद्धावस्था की ओर बढ़ता शरीर, थुलथुल पेट, बड़ी-बड़ी मूँछें, अलसाया चेहरा, गौर से देखने पर दरबान का-सा आभास जरूर देता था समूचा व्यक्तित्व।

"साहब, यही हैं आनंदजी।" थानेदार ने आनंद का परिचय कराया। हठात् आनंद की समझ में आ गया...यही कांतिमय व्यक्तित्व हैं श्री रघुपतिसिंह यादव; उप पुलिस अधीक्षक।

आनंद ने उठकर उन्हें अभिवादन किया। डी.एस.पी. ने हैरानी से उसकी तरफ़ देखा। तब तक थानेदार ने एक कुर्सी लाकर वहीं रख दी। उस पर विराजते हुए उन्होंने कहा, "आप पत्रकार हैं, बैठिए।"

"जी हाँ।"

"आप ही ने आई.जी. साहब का इंटरव्यू लिया?"

"जी हाँ।"

"आप ही ने?"

"जी हाँ, आपको विश्वास नहीं हो रहा है क्या मेरे कथन पर?"

"नहीं, नहीं, दरअसल आपके हुलिए से तो लगता है, अभी आप बालिग भी नहीं हुए हैं।"

"साहब, यही तो मेरे स्टाफ ने समझा था।" अवसर देखकर थानेदार ने अपने स्टाफ के बचाव का प्रयास किया।

"आप आई.जी. साहब से भी मिले थे चोरी की बाबत?"

"जी हाँ।"

"कहिए, आपको पुलिस से अब भी कोई शिकायत है या...."

"शिकायत तो मेरी जहाँ की तहाँ है। न तो पुलिस ने चोर पकड़ा है, न अब तक तहकीकात शुरू की है, न सुरक्षा-व्यवस्था में कोई फर्क नजर आया मुझे। फिर भला शिकायत बरकरार क्यों न होगी?"

आनंद की बात पूरी होते ही डी.एस.पी. ने एक बार सगर्व थानेदार की तरफ देखा, मानो कह रहे हों–'देखो, मैं न कहता था, ये पत्रकार.......'

थानेदार ने शर्मिंदगी के साथ उनकी प्रतिभा का लोहा माना और अपनी नासमझी को कबूलते हुए गर्दन झुका ली। कुछ क्षण इसी मुद्रा में खड़े रहकर प्रायश्चित्त करने के बाद वह कमरे से बाहर चले गए।

थानेदार के जाते ही उस तीसरे व्यक्ति की ओर हाथ से संकेत कर डी.एस.पी. ने आनंद को सलाह दी, "ऐसा कीजिए, आप अपना बयान, शिकायत या सफाई जो कुछ भी लिखवाना चाहें इन्हें लिखवा दीजिए मेरी मौजूदगी में। आपके साथ पुलिस चौकी में जो बर्ताव हुआ और आपके घर में जब, जैसे चोरी हुई वह भी।"

आनंद ने आई.जी. के नाम लिखे पत्र की एक प्रति उनकी ओर बढ़ाकर कहा, "यह सब मैंने इस पत्र में लिख दिया है। आप इसी को मेरी शिकायत के रूप में रख लीजिए।"

उस प्रति को अपने ही पास रखे रहने का संकेत करते हुए डी.एस.पी. बोले, "इसे रहने दीजिए। यह तो मेरे पास एस.पी. के पत्र के साथ आ गई है। इससे काम नहीं चलेगा। आप कल आई.जी. साहब के पास गए। एस.पी. साहब से मिले। फिर से थाने में गए। पुलिस आपके घर गई। फिर भी तहकीकात शुरू नहीं की, यानी ऐसी कई बातें हैं जो इस पत्र में नहीं हैं। वह सब तो लिखना होगा न। इसलिए आप ऐसा कीजिए, पहले इस पत्र

की इबारत बोल दीजिए, फिर आगे की सब घटनाएँ भी बोलकर लिखवा दीजिए।"

"जैसा आप उचित समझें।" कहकर आनंद उस तीसरे व्यक्ति की ओर मुखातिब हो गया जो संभवतः नकलनवीस ही था और अब तक अपने लिए डेस्कनुमा कुरसी, कागज, कारबन, पैड वगैरह की व्यवस्था करके लिखने की मुद्रा में बैठ चुका था।

आनंद ने आई.जी. को लिखे पत्र की इबारत के बाद अब तक घटी तमाम घटनाएँ भी उसे लिखवा दीं।

बयान लिखकर नकलनवीस ने पूरा बयान पढ़कर सुनाया। ज्योंही बयान का पाठ समाप्त हुआ, एक व्यक्ति चाय-नमकीन लिए आया और आते ही उसने ट्रे एक तरफ रखकर नकलनवीस का कुरसीनुमा डेस्क उठाकर डी.एस.पी. के कमरे के भीतर बने उस कमरे में रख दिया जहाँ से कुछ देर पहले डी.एस.पी., थानेदार और नकलनवीस निकलकर सामने आए थे। फिर वापस आकर सबके बीचोंबीच एक मेज रखकर उस पर चाय रख दी।

जब सब चाय पी चुके तब वह व्यक्ति फिर हाजिर हुआ और चाय के लिए रखी मेज उठाकर जहाँ की तहाँ रखी और मेज हटाकर नकलनवीस का डेस्क भीतर से लाकर पहले की तरह उसके सामने रखा। फिर चाय की ट्रे लेकर वापस चला गया।

उसके जाते ही डी.एस.पी. ने आनंद से पूछा, "अब ठीक रहा न?"

"जी हाँ।"

आनंद की सहमति मिलते ही नकलनवीस ने बयान के नीचे डी.एस.पी. के हस्ताक्षर करवाए, फिर अपने किए और अंत में आनंद के करवाकर बयान की एक प्रति आनंद को सौंप दी।

"आनंदजी, आपको जो कष्ट हुआ, उसके लिए हमें अफसोस है। पर भविष्य में यदि आपको कोई परेशानी हो तो आप मेरे पास ही चले आइएगा। हम आप ही की सेवा के लिए बैठे हैं।

वैसे आपको आई.जी. साहब तक न जाना पड़े कभी ऐसी हमारी कोशिश रहेगी।" कहते हुए डी.एस.पी. उठ खड़े हुए। आनंद से हाथ मिलाया और कमरे के बाहर निकल लॉन में जा बैठे। उनके जाते ही नकलनवीस भी चला गया। चूँकि थानेदार अब तक नहीं लौटे थे, इसलिए आनंद उनके इंतजार में वहीं बैठा रहा।

थोड़ी ही देर में एक सरदार कुछ मजदूरों को साथ लेकर उस कमरे में आया और सीधा लॉन की तरफ चला गया जहाँ डी.एस.पी. किसी फाइल को पढ़ने में व्यस्त थे। सरदार ने मजदूरों को वहाँ रखे गमले उठाकर दूसरे बरामदे में रखने का आदेश दिया।

जब मजदूर काम में जुट गए तो सरदार आनंद के पास आकर बोला, "चल बे, यहाँ बैठा-बैठा कुरसी क्यों तोड़ रहा है! चलकर गमले उठवा!"

आनंद इस अप्रत्याशित आदेश से भौचक्का रह गया। उसने प्रतिवाद किया, "क्यों, मैं क्यों उठवाऊँ?"

"मैं कह रहा हूँ, इसलिए।"

"पर यह मेरा काम तो नहीं है। जिसका है वही करे।"

"अबे, कानून बघार रहा है! घर में काम नहीं करता क्या? कहाँ नौकरी करता है तू?"

"कहीं भी, पर तुम्हें इससे क्या?"

"उठता है या लगाऊँ दो! साला पिद्दी-भर का लौंडा और चपर-चपर किए जा रहा है! अब तक तो दो गमले उठाकर रख भी देता। चल उठ!"

वह जबरन बाँह पकड़कर आनंद को घसीटता हुआ कमरे से बाहर ले आया।

"सुखवंत के बच्चे....." अचानक डी.एस.पी. दौड़कर आए और सरदार का कॉलर पकड़कर उसे दूर धकेल दिया। उनके धक्के से कम, आवाज से कहीं अधिक घबराया सरदार दूर जा गिरा।

अभी उठकर वह सँभल भी न पाया था कि यकायक डी.एस.पी., उस पर झुके और उसकी पसलियों पर तड़ातड़ पाँच-छः घूँसे जड़ दिए। सरदार अकबकाया और मौका पाते ही वहाँ से नौ-दो-ग्यारह हो गया।

अपनी पकड़ से दूर जाते सरदार को डी.एस.पी. ने चार-छः गालियाँ दीं। फिर आनंद के पास आकर बोले, "आनंदजी, महसूस मत कीजिएगा। ये साले पुलिस में भर्ती होते ही अपने-आपको जाने क्या समझने लगते हैं!"

आनंद अब तक इस अप्रत्याशित शर्मनाक हादसे से उबर नहीं पाया था। उसने झुँझलाकर कहा, "जब आपके दफ्तर में हम सुरक्षित नहीं तो बाहर हमारी क्या हालत होती होगी, आप स्वयं ही कल्पना कर लीजिए······" और वहाँ से हटने के लिए बाहरवाले बरामदे में चला गया।

सरदार सुखवंतसिंह भी जाने कहाँ से निकलकर वहीं आ खड़ा हुआ। आनंद को वहाँ से हट जाना ही श्रेयस्कर लगा। तभी थानेदार दफ्तर की ओर आते दिखाई दिए। आनंद सीधा उनके पास चला गया।

थानेदार वहीं थम गए। तभी सरदार सुखवंतसिंह भी उनके बिल्कुल करीब आया और आनंद की तरफ उँगली से इशारा करके थानेदार से बोला, "पंडितजी, यह लौंडा कौन है आपके साथ?"

उसके प्रश्न का जवाब देने के बजाय थानेदार ने उसे डपटा, "सुखवंत, तमीज से बोलो।"

"अच्छा जी, पर पंडितजी, यह तो बताओ, ये हैं कौन? इनकी वजह से साहब ने अभी मेरे दस-बारह घूँसे जड़ दिए।"

"क्या?" थानेदार का मुँह खुला का खुला रह गया।

"हाँ जी, मैंने इसे गमले रखने को कहा। यह आनाकानी करने लगा तो मैं अपनी-सी पर आ गया। यह सब मैंने अपनी मर्जी से थोड़े ही किया······" यकायक अपनी बात अधूरी छोड़कर सुखवंत

ने भीतर लॉन की तरफ हाथ से संकेत किया, फिर धीमे से बोला, "उन्होंने कहा था, फिर भी जाने क्यों खुद साहब ने आकर तड़ातड़ घूँसे जमा दिए मेरी पसलियों में। अब तक दर्द हो रहा है।"

"हा-हा-हा-हा।" थानेदार ठहाका मारकर हँसे, "अबे सुखवंत, तूने भी वही गलती की जो मेरे थानेवालों ने की थी, खुद साहब करनेवाले थे, और मैं भी कर सकता था......सच पूछो तो कोई भी कर सकता है।"

"पर यह है कौन अफलातून यह भी तो बताओ?"

"अबे, तू साहब का मुँहलगा है न, इसलिए तेरा यहाँ रोबदाब है, और ये साहब वह हैं जो मुँह की बात छीनने की ताक में रहते हैं। पत्रकार हैं, पत्रकार। पर तू नहीं समझेगा। आगे कभी इन्हें देखे तो रोब गाँठने की बजाय सलाम बजाना, समझे!"

"भौत अच्छा पंडितजी!" सुखवंत ने मायूस होकर कहा और अविश्वास के साथ एक बार फिर आनंद को निहारा!

"अच्छा, आनंदजी, तो फिर चलें। आपको घर भी तो पहुँचाना है।" थानेदार ने व्यग्रता दिखाई और बरामदे में मौजूद डी.एस.पी. की जीप में जा बैठे।

जीप उन्हें थाने तक वापस पहुँचा गई।

थाने के बाहर ही जीप से उतरकर आनंद ने घर जाने की इजाजत चाही। थानेदार ने उसे रोकते हुए कहा, "ऐसे कैसे जाएँगे आप? आइए, बैठिए। चाय वगैरह पीकर जाइएगा।" और उसका हाथ पकड़कर थाने के भीतर ले गए।

जैसे ही थानेदार के साथ आनंद उनके कमरे में पहुँचा, संतरी चाय लेकर आ पहुँचा।

चाय के साथ-साथ थानेदार ने बातों का सिलसिला शुरू किया, "आनंदजी, मैंने कल भी आपको बताया था, यह चोर-उचक्कों का मोहल्ला है। आप कहाँ आ फँसे। आप तो किसी बढ़िया कॉलोनी में जाकर रहिए। वैसे तो हम आपकी सुरक्षा के लिए हैं, मगर

आपका काम ही ऐसा है कि न जाने कब, किससे बैर बँध जाए। या फिर कभी रात-बिरात आप आ रहे हों और कोई चोर-उचक्का मोटी असामी समझकर रास्ते में ही उलझ जाए....."

वह और भी कुछ सलाह देते कि तभी सी.आई.डी. सहाय एक पच्चीस-तीस साल के युवक का कॉलर उमेठे उसे घसीटता हुआ कमरे में ले आया।

देखते ही थानेदार गरजे, "क्या बात है, कौन है यह?"

"साहब, आनंदजी के घर में इसी ने चोरी की है।"

इस रहस्योद्घाटन ने आनंद को चौंका दिया। उसने युवक की तरफ गौर से देखा, फिर थानेदार की तरफ। वह सगर्व आनंद की ही तरफ़ देख रहे थे।

आनंद ने उस युवक से चंद सवाल किए जिनका उसने डरते-डरते, रुक-रुककर उत्तर दिया। उसके उत्तर सुनकर आनंद आश्चर्य में पड़ गया। उसे लगा, इसने तो मेरा घर भी सही ढंग से नहीं देखा, फिर भला चोरी कैसे की होगी?

हठात् आनंद के दिमाग में सवाल उभरा—'मैं थाने में आया किसलिए था? इसीलिए न कि हमारे यहाँ से चोर-उचक्कों को पुलिस भगा दे। या इसलिए कि पुलिस एक नया चोर पैदा कर दे?' वह सोचने लगा—'अगर पुलिस ने इसे चोर प्रमाणित कर दिया तो वह अभी चोरी के जुर्म में कुछ महीने की हवालात की सैर पर भेज दिया जाएगा और उस सैर के बाद जब बाहर निकलेगा तब वास्तव में चोर बन चुका होगा। और इस तरह सरासर मेरे ही कारण एक चोर तैयार हो जाएगा।'

आनंद का मन खिन्न हो आया। उसके लिए अब वहाँ बैठे रहना भी दूभर हो गया था। वह उठ खड़ा हुआ। जाते-जाते उसने थानेदार को समझाया, "शर्माजी, इस बेचारे ने चोरी नहीं की है, इसे छोड़ दीजिए। और हाँ, मैं कल शाम को एक सप्ताह के लिए शहर से बाहर जा रहा हूँ। इस बीच यदि आपसे संभव हो तो

असली चोर को पकड़ लीजिएगा और न हो तो कोई बात नहीं। पर इस इलाके में आगे चोरियाँ न हो पाएँ, ऐसी व्यवस्था जरूर कीजिएगा।"

अपनी बात पूरी करते ही बिना यह देखे कि थानेदार पर क्या प्रतिक्रिया हुई, आनंद वहाँ से बाहर चल दिया।

उसके बाहर जाते ही थानेदार ने उसकी शान में कई 'सूक्तियाँ' उच्चारीं......मगर उन्हें सुनकर भी अनसुना करता हुआ वह थाने से बाहर चला आया।

•

दस

एक सप्ताह की दक्षिण यात्रा के बाद आनंद जब वापस यहाँ पहुँचा तब बहुत खुश था। रास्ते में एक स्टेशन से उसने 'सागर' पत्रिका का ताजा अंक खरीद लिया था। अंक में आई.जी. से लिया गया अपना इंटरव्यू देखकर मन प्रसन्न हो गया....प्रोडक्शन विभाग ने बहुत ही मनोरम ढंग से प्रस्तुति की थी। पूरक सामग्री भी अक्षरशः इस्तेमाल की गई थी। ....आई.जी. को इंटरव्यू करते आनंद की तस्वीर भी प्रमुखता के साथ प्रकाशित की गई थी...... अलबत्ता आनंद की आपबीती का प्रकाशन नहीं किया था....यह देखकर मन में खिन्नता आई तो, मगर इंटरव्यू के अंत में प्रकाशित घोषणा पर नजर पड़ते ही खिन्नता का स्थान दोहरी प्रसन्नता ने ले लिया। लिखा था—'यह था पुलिस और आम जनता का पक्ष....अगले अंक में पढ़िए एक तीसरा पक्ष....यानी उक्त पत्रकार की आपबीती......'

इससे भी अधिक प्रसन्नता तब हुई जब आनंद से उसके पास बैठे यात्री ने पत्रिका माँगी और सबसे पहले इंटरव्यू पढ़ा। पढ़कर इंटरव्यू करनेवाले के प्रश्नों की प्रशंसा की....फिर तो पत्रिका इस हाथ से इस-उस हाथ जाती रही। इसी बीच एक यात्री ने इंटरव्यू लेते आनंद का चित्र पहचान लिया....और तब नए सिरे से आनंद की प्रशंसा का समा बँध गया। एक-दो लोगों ने उसकी आपबीती भी जाननी चाही। आनंद ने इस ओर कोई उत्साह नहीं दिखाया।

तब हर कोई पुलिस से संबंधित अपने-अपने कटु अनुभव सुनाने लगा। यह क्रम तभी टूटा जब आखिरी स्टेशन आ गया।

खुशी से सराबोर आनंद अपनी कॉलोनी के बाहर मेनरोड पर ही स्कूटर से उतर गया। स्टेशन पर ही स्कूटरवाले ने कह दिया था कि वह भीतर गलियों में नहीं जाएगा।

अपना सामान कंधे पर टाँग वह नदी के पुश्तेवाली सड़क पर मुड़ा ही था कि सामने से दो व्यक्ति आते दीखे। स्ट्रीट लाइट की हल्की रोशनी में उनको पहचानना तो कठिन था मगर आनंद ने अंदाजा—हो न हो, गश्ती सिपाही होंगे। अपनी उसी रफ्तार से चलता हुआ वह उन्हें पार कर आगे बढ़ता चला गया।

अभी वह मोड़ पर ही पहुँचा था कि अचानक किसी से पीछे से आकर उसका गला दबा दिया। घबराहट में आनंद का सब सामान जमीन पर गिर पड़ा।

आनंद पशोपेश में पड़ गया—कौन है?

गले पर दबाव लगातार बढ़ता जा रहा था····आनंद ने उस आक्रमणकारी के हाथ की लपेट में से अपनी गर्दन छुड़ाने के लिए दोनों हाथों से कोशिश की। तभी एक और व्यक्ति उसके ठीक सामने आकर खड़ा हो गया।

इस व्यक्ति ने खाकी ओवरकोट पहना हुआ था। हाथों में दस्ताने पहन रखे थे और सिर पर इस तरह हैट लगाया हुआ था कि आसानी से उसका चेहरा पहचानना कठिन था।

आनंद की समझ में नहीं आया कि आखिर उनका इरादा क्या है। घबराहट, छटपटाहट के मारे उसका बुरा हाल था······

तभी सामने आए व्यक्ति ने आनंद के शरीर पर लात-घूँसों से वार करना शुरू कर दिया और पीछेवाले व्यक्ति ने दूसरे हाथ से मुँह बंद कर लिया······

आनंद को जब होश आया, वह अस्पताल में था। उसके बेड के पास एक सिपाही बैठा था। इससे पहले कि आनंद अपनी

ओर से कुछ पूछे, वह सिपाही सैल्यूट बजाकर बोला, "जयहिंद साहब, कल रात मैं पुश्ते पर तैनात था। रात तकरीबन दो बजे मैंने देखा, पुश्ते के नीचे कोई चीज पड़ी है। जब टार्च की रोशनी में वहाँ पहुँचा तो देखा, आप हैं। आप उस समय बेहोश थे। मैं मीठापुर-मुद्रानगर थाना का सिपाही हूँ। आपको पहचानता था, इसलिए सीधा यहाँ अस्पताल ले आया था। यहीं से मैंने थानेदार साहब को इत्तला दी थी। कल रात से वे दो बार आपको देख गए हैं। उन्होंने मेरी ड्यूटी आपके पास लगाई है और कहा है कि जैसे ही आपको होश आए, मैं उन्हें खबर कर दूँ। अब आपकी तबीयत कैसी है? तो मैं जाऊँ इत्तला देने?" और बिना उत्तर की प्रतीक्षा किए वह चला गया।

उसके जाते ही आनंद ने एक बार अपने हाथों-पैरों की तरफ देखा। एड़ी से चोटी तक ढेरों जगह बँधी पट्टियाँ···कमरे में मौजूद पुलिसवाला···थानेदार की चिंता····उसकी समझ में नहीं आया कि आखिर यह सब हुआ क्या है····? कौन था वह अजाना शत्रु जिसे उसके हर पल का कार्यक्रम मालूम था····

वह कल रात उन हमलावरों के दस-बीस लात-घूँसे खाकर ही बेहोश हो गया था···मगर अपने क्षत-विक्षत शरीर को देखकर उसे लगा, उन्होंने उसे बेहोशी में भी बराबर पीटा होगा····

सिपाही टेलीफोन करके वापस आ गया तो आनंद ने उससे समय पूछा। जवाब में सिपाही बोला, "बस, डॉक्टर साहब आने ही वाले हैं।"

तभी सामने से डॉक्टर आते दीखे। उन्हें देखकर सिपाही कमरे से बाहर चला गया····डॉक्टर ने एक बार आनंद को सिर से पाँव तक निहारा। उनके चेहरे पर बेचारगी के भाव स्पष्ट दीख पड़ रहे थे।

ज्योंही वे निहारकर जाने लगे, आनंद ने जानना चाहा, "डॉक्टर, मुझे हुआ क्या था?"

डॉक्टर वापस मुड़े। कुछ कहने को उनके होंठ फड़फड़ाए, फिर

यकायक अपने को जब्त कर बोले, "रिपोर्ट के मुताबिक आप रात को शराब के नशे में नदी के पथरीले पुश्ते पर लुढ़ककर पचास फीट नीचे खड्ड में जा गिरे थे।"

"क्या·····?"

"ये सब उसी वजह से·····" डॉक्टर सहमकर बोले।

आनंद ने जिरह की, "यानी मुझ पर हमला नहीं किया गया····· किसी ने हाथों से, पैरों से, जूतों से मुझ पर प्रहार नहीं किए?"

"नहीं, ऐसा तो नहीं लगा।" डॉक्टर ने रटा-रटाया जवाब दिया। फिर धीरज बँधाते हुए बोले, "हिम्मत से काम लीजिए। जल्द ठीक हो जाएँगे।" और सिर झुकाए बाहर चले गए।

'तो यह पुलिस की करतूत थी!' आनंद ने मन-ही-मन सोचा। यानी 'इंटरव्यू के प्रकाशन पर बधाई दी गई है मुझे!

क्या इसका प्रतिकार संभव है? क्या मैं इसे प्रमाणित कर सकूँगा कभी?' ऐसे कितने ही सवालों ने उसे आ घेरा·····

उसने चाहा कि अभी तुरंत वह अपने संपादक को अपनी हालत की खबर दे दे·····मगर कैसे·····?

उसने बाहर खड़े सिपाही को आवाज दी।

मगर आवाज के जवाब में सिपाही के बदले भीतर आए मीठापुर-मुद्रानगर थाने के थानेदार प्रभातीलाल शर्मा।

उन्हें देखते ही आनंद के तन-बदन में आग-सी लग गई···पूरे शरीर में झनझनाहट- छटपटाहट-सी महसूस होने लगी·····

थानेदार से आनंद की यह छटपटाहट छिपी नहीं रह सकी।

आनंद के एकदम करीब पहुँचते ही बेड पर बैठकर उसने आनंद का हाथ दबाया और पूछा, "क्या बात है आनंदजी, आप इतने घबराए हुए क्यों हैं?"

थानेदार के चिंता-भरे सवाल में आनंद को व्यंग्य की बू नजर आई। उसकी छटपटाहट और भी बढ़ गई। मुँह से कुछ न कहकर

उसने थानेदार को घूरकर देखा।

थानेदार ने तुरंत अपनी निगाह हटा ली और बोला, "आनंदजी, मुझे सख्त अफसोस है····मगर आप इतनी पीते ही क्यों हैं? जाने आप पत्रकार लोग क्यों शराब के पीछे दीवाने हैं····खैर, मैं तो आपको खुशखबरी देना चाहता था····मगर मुझे क्या पता था कि आपसे अगली मुलाकात इस हाल में होगी·····"

अपनी छटपटाहट पर काबू पाकर आनंद ने कहा, "मेरी हालत पर तरस खाने की तकलीफ मत कीजिए। आप क्या खुशखबरी देना चाहते हैं, वह बताइए। हमारा तो पेशा ही ऐसा है—शेर को पकड़ेंगे तो पंजे तो लगेंगे ही।"

"सो तो है···· सो तो है·····" थानेदार ठहाका मारकर हँसता हुआ हिनहिनाया, फिर बोला, "आनंदजी, आपके घर में चोरी करनेवाले चोर का पता हमने लगा लिया····लगा क्या लिया है बल्कि यों समझिए कि चोर का पता हमें उसी दिन लग गया था जिस दिन हम आपके घर गए थे·····"

"क्या?" थानेदार के दावे पर यकायक विश्वास करने को मन नहीं माना आनंद का।

"फिर आपने उसे तभी पकड़ा क्यों नहीं····· और अब भी पकड़ा या नहीं?"

आनंद की उत्सुकता पर थानेदार रहस्यमय ढंग से मुस्कराए। दो-चार मिनट उसी मुस्कान के साथ उसे निहारने के बाद उन्होंने नया रहस्योद्घाटन किया, "उसे तो हम जब चाहे पकड़ लेंगे मगर उसे पकड़ने से पहले हमें आपकी इजाजत चाहिए····· ।"

"मेरी?"

"हाँ, आपकी।"

"क्यों?"

"क्योंकि चोर के साथ आपके घनिष्ठ संबंध हैं और मैं नहीं

चाहता था कि महज साढ़े चार सौ रुपयों की खातिर आपके संबंध बिगड़ें। आप तो बाहर चले गए, पर इधर आई.जी. साहब इस मामले में बराबर हमसे जवाब माँगते रहे थे। इसलिए एक दिन मैंने उन्हें असली चोर का नाम बता दिया। तब वे बेचारे भी दुविधा में पड़ गए। आप तो जानते ही हैं कितना भला और नेक आदमी है हमारा आई.जी.। खैर, उन्होंने मुझे यह सलाह दी कि मैं आपको चोर का नाम बता दूँ और अगर आप इजाजत दें तो आगे कार्रवाई करूँ, वरना इस मामले को यहीं दबा दूँ। अब यदि आप इजाजत दें तो मैं एक दिन में चोर को पकड़कर आपके और आई.जी. साहब के सामने अपनी काबलियत और वफादारी साबित कर सकता हूँ।"

थानेदार की बात ने आनंद को और भी खिझा दिया। वह झुँझलाकर बोला, "शर्माजी, आप भी कमाल करते हैं। चोर चोर है, न वह मेरा सगा हो सकता है, न किसी और का। यदि आपके पास प्रमाण हैं तो तुरंत उसे गिरफ्तार कीजिए। मुझे कोई आपत्ति नहीं होगी। और हाँ, यदि आपको अनुचित न लगता हो तो जरा मुझे भी उसका नाम बता दीजिए।"

"चोर हैं आपके पड़ोसी।"

"क्या?"

"मैंने कहा था न, आप हैरान रह जाएँगे। दरअसल यह चोरी की है आपके साथी रमेशजी की पत्नी ने या फिर उनकी मिलीभगत से किसी और ने। सीधी-साफ-सी बात है। उनके पास आपके कमरे की एक चाबी है और उन पर आपको पूरा-पूरा विश्वास है। सो उन्होंने सोचा कि आप उन पर तो शक करेंगे नहीं। देखिए आनंदजी, मैं मानता हूँ कि आपके साथी तो भले आदमी हो सकते हैं, पर आप इन औरतों के बारे में नहीं जानते। ये बड़ी चालाक होती हैं····आप कहें तो मैं दो मिनट में यह साबित कर सकता हूँ।"

"तो कीजिए फिर!" आनंद ने आवेश में आकर थानेदार को चुनौती दी।

"पर आपके संबंध......"

"उसकी चिंता आप छोड़िए। अगर मेरा सगा भाई भी उनकी जगह होता तो भी मैं आपको यही सलाह देता। यह कहाँ की नैतिकता हुई कि घर में चोर भी पालना चाहें और चोरी से भी डरें। आप बेखटके इसे प्रमाणित कीजिए। पर हाँ, यदि आपका दावा गलत निकला तो...."

"तो आपका जूता और मेरा सिर। आनंदजी, आप अभी पुलिस के पूछताछ, छानबीन करने के तरीके से वाकिफ नहीं हैं शायद। हम तो पत्थर से भी सच उगलवा लें, फिर आपके साथी की पत्नी तो यों भी.....ऊपर से दोषी भी। पर मेरी सलाह यही है कि आप एक बार अपने साथी से......"

"आप समझ लीजिए कि मेरी-उनकी मित्रता, साथ, सब इसी समय से खत्म। वह मेरा कट्टर शत्रु हुआ आज से। अब आप बेफिक्र होकर बिना किसी लिहाज के तहकीकात कीजिए।" आनंद ने जोर देकर कहा।

आनंद को आवेश में आया हुआ देखकर थानेदार फिर रहस्यमय ढंग से मुस्कराए। बोले, "आनंदजी, आप शायद जानते नहीं, शरीफ घर की औरत को थाने में आना पड़े इससे बढ़कर उसके लिए जलालत की कोई बात हो ही नहीं सकती। इसीलिए हम नहीं चाहते कि आपके साथी की पत्नी के सामने ऐसा मौका पेश आए। मेरी तो यही सलाह है कि आप तसल्ली से एक बार और सोच लीजिए और अगर तब भी आपका विचार न बदले तो कल, परसों या जब आपको सहूलियत हो, हमें इत्तला दे दीजिएगा। हम तो ताबेदार हैं आपके।" 'महाराजा' की मुद्रा में झुककर थानेदार ने कहा। फिर एक क्षण को आनंद की तरफ देखकर बोला, "तो मैं चलूँ?"

आनंद ने कोई उत्तर नहीं दिया। थानेदार बाहर जाने को मुड़े

मगर अगले ही कदम वापस आनंद की तरफ मुड़कर अपनी जेब में कुछ ढूँढने में व्यस्त हो गए। एकाध मिनट बाद अपनी जेब से एक कागज निकालकर आनंद को देते हुए बोले, "ये आपके उस बयान की प्रतिलिपि है जो आपने डी.एस.पी. साहब के सामने लिखवाया था। आप उस रोज जल्दबाजी में शायद वहीं छोड़ आए थे। इधर एक रोज मैं उनके पास गया तो उन्होंने मुझे दे दिया था।"

"हाँ, दरअसल उस सरदार के झमेले में मुझे याद ही नहीं रहा था कि मैं वहीं कुर्सी पर इसे भूल आया हूँ।"

"डी.एस.पी. साहब की इच्छा थी कि आप इसे एक बार पढ़ जरूर लें।" थानेदार ने आग्रह किया।

"क्यों? मैंने ही तो लिखवाया था। और जो लिखा गया, उसे सुना भी था। इतनी जल्दी थोड़े ही भूल गया हूँ मैं कि इसमें क्या लिखा है।"

"वह सब तो मैं नहीं जानता। पर चूँकि उन्होंने आपसे यह आग्रह करने को कहा था सो मैंने कह दिया।"

"ठीक है, आप लोग चाहते हैं तो......पर यह तो उर्दू में है।" आनंद ने अपनी लाचारी जाहिर की।

"तो क्या हुआ? आपके यहाँ से तो नौ भाषाओं में पत्रिकाएँ निकलती हैं। उनमें उर्दू भी तो एक है। किसी उर्दू वाले से पढ़वा लीजिएगा।"

"वही करूँगा।"

"अच्छा तो मुझे इजाजत दीजिए।" कहने के साथ ही थानेदार नमस्कार कर वहाँ से चला गया।

जिस समय थानेदार वहाँ से गया, दिन के बारह बजे थे। थानेदार के साथ-साथ सिपाही भी चला गया। बाकी पूरा दिन आनंद ने अकेले वहीं लेटे-लेटे बिताया। पूरे दिन न तो कोई देखने आया न मिलने।

रात तकरीबन दस बजे अपने सहकर्मी रमेशजी को अस्पताल में आया हुआ देखकर आनंद को हैरानी हुई। आते ही उन्होंने बताया, "आज मैं एक प्रेस कान्फ्रेंस में गया था। बाहर निकला तो

थानेदार प्रभातीलाल शर्मा ने आपकी सूचना दी। बस, सीधा वहीं से चला आ रहा हूँ। अब कैसी तबीयत है आपकी?"

उनकी चिंता की ओर ध्यान न देकर आनंद ने तकिए के नीचे से अपने बयान की प्रति निकालकर रमेशजी को देते हुए कहा, "वह सब बाद में बताऊँगा। आप तो उर्दू जानते हैं न! जरा इसे पढ़कर तो सुनाइए।"

"क्या है यह?" उसे खोलकर पढ़ने के बजाय रमेशजी ने प्रतिप्रश्न किया।

"यह मेरे उस बयान की प्रतिलिपि है जो मैंने डी.एस.पी. की उपस्थिति में उनके दफ्तर में दर्ज करवाया था और भूल से प्रति वहीं छोड़ आया था। आज दिन में थानेदार स्वयं यहाँ आकर यह प्रति मुझे देकर गया है और उसने कहा है कि डी.एस.पी. साहब का विशेष आग्रह है कि मैं इसे एक बार पढ़ जरूर लूँ।"

"कुछ और भी बताया क्या थानेदार ने?"

"हाँ, कह रहा था कि पुलिस ने चोर का पता लगा लिया है।"

"सच? कौन है? कहाँ है?"

आनंद ने उन्हें पूरा किस्सा सुना दिया।

"आपने ठीक कहा," रमेशजी उससे सहमत होकर बोले, "खैर, तो मैं इसे पढ़ूँ?"

"हाँ, पढ़िए।"

श्रीमान जिला उप-अधीक्षक साहब।

मैं नौ भाषाओं में छपनेवाली पत्रिका 'सागर' का उप-संपादक आनंद कुमार अपने एक कृत्य के लिए आई.जी. साहब से, आपसे और पूरे पुलिस महकमे से क्षमा माँगता हूँ। मैंने मीठापुर-मुद्रानगर थाने में अपने घर में चोरी हो जाने की मनगढ़ंत रपट लिखवाई थी। अपने झूठ को पुख्ता करने के लिए मैंने वहाँ के पुलिसकर्मियों के साथ जानबूझकर अभद्र व्यवहार किया था। फिर उनकी झूठी

शिकायत लेकर आई.जी. साहब के पास पहुँचा था। आई.जी. साहब ने मेरी शिकायत पर तुरंत कार्रवाई की और एस.पी. साहब को पुलिसकर्मियों के खिलाफ कार्रवाई करने का आदेश दिया। एस.पी. साहब ने थाना इंचार्च को डाँटा-फटकारा, थाना इंचार्ज ने अपने मातहतों को और इस तरह मैं अपने झूठ को पुख्ता करने में सफल हो गया।

मगर पुलिस ने काफी तहकीकात के बाद मेरा झूठ पकड़ लिया। अब मैं पुलिस को गुमराह करने के जुर्म में आपके सामने मौजूद हूँ। वास्तव में मैंने यह सारा प्रपंच अपनी पत्नी को धोखे में रखने के लिए किया था।

मैंन अपनी पत्नी की अनुपस्थिति में अपने कुव्यसन पूरे करने की खातिर उसके गहने बेचकर रकम खर्च कर ली थी। मगर पुलिस ने असलियत उजागर कर मेरी योजना का पर्दाफाश कर दिया। अब मेरी आपसे यही प्रार्थना है कि पुलिस को गुमराह करने का मुझसे जो घृणित अपराध हुआ, उसे मेरा पहला गुनाह समझकर मुझे माफ कर दें। भविष्य में यदि मुझसे पुलिस के प्रति कोई भी अपराध या गलतबयानी हो तो जो भी दंड आप देंगे, मैं उसे भुगतने का वचन देता हूँ।

क्षमाप्रार्थी

आनंद कुमार

उप-संपादक : 'सागर'

अपने बयान की यह इबारत सुनकर आनंद अवाक् रह गया। उसे लगा, जैसे वह बड़ी तेजी से पाताल की ओर लुढ़कता चला जा रहा है......

उसके बदन में बेइंतहा पसीना आने लगा....

एकटक दीवार को निहारने लगा वह....

उसे कल रात सरे राह पीटे जाने, पीटकर मरने के लिए छोड़ दिए जाने, थानेदार द्वारा आज ही बयान की प्रतिलिपि सौंपने और

रमेशजी की पत्नी पर शक जाहिर करने की वजह समझ में आ गई·····

यानी उसे धमकी दी जा रही है कि इसे पढ़कर अपने कलम हुए हाथ पहचान लो। और इसके बाद भी यदि बयानबाजी की या रमेशजी से करवाई तो·····

उसकी तंद्रा तब टूटी जब रमेशजी ने उसे टोका, "यह बयान कैसे, कब बदला होगा! कुछ याद पड़ रहा है आपको?"

"हाँ, सब याद आ रहा है मुझे।" आनंद बोला, "इसका मतलब जब थानेदार मुझे कमरे में अकेला छोड़कर और उस नकलनवीस को साथ लेकर डी.एस.पी. के कमरे में गया यह बयान तभी लिख लिया गया था। उसके बाद जानबूझकर मुझे दूसरे कमरे में बिठाकर मुझसे बयान लिखवाया गया। और मुझे बयान सुनाने के फौरन बाद चाय वगैरह इसीलिए मँगवाई गई ताकि सामान हटाने के बहाने दूसरे कमरे में रखे बयान से बदला जा सके। इसीलिए वहाँ एक आदमी को बैठा रहने दिया गया था और चाय के बाद इस पहले से तैयार बयान पर मेरे दस्तखत करवा लिए गए। कहीं मैं उसे तभी लेकर घर ना आ जाऊँ, इसीलिए उस सरदार को मुझसे उलझने के लिए भेजा गया ताकि मेरा ध्यान बँट जाए और बयान की प्रति वापस उनके हाथ लग जाए······"

"आनंदजी, अब मेरी भी समझ में आ गया है सब कुछ। यानी यह बयान भविष्य में ऊँट किस करवट बैठता है, यह तय हो जाने के बाद ही इस्तेमाल होना था।" आनंद के चुप होते ही रमेशजी बोले, "और यह ऊँट कौन है, यह शायद आपको नहीं मालूम। मुझे भी आज ही मालूम हुआ·····यह ऊँट था आप द्वारा किया गया आई.जी. का इंटरव्यू। यानी इंटरव्यू अगर उनके पक्ष में जाता तो यह बयान आपको कभी देखने को भी नहीं मिलता। चूँकि इंटरव्यू के साथ आई.जी. ने जो खुशफहमियाँ बाँधी थीं वे पूरी नहीं हुईं,

इसलिए.....”

“क्या मतलब?” रमेशजी की बात न समझने पर आनंद ने हैरानी से पूछा, “क्या कह रहे हैं आप?”

आनंद के प्रश्न का जवाब न देकर रमेशजी ने अपने साथ लाए लिफाफे में से पुलिस गजट का ताजा अंक निकालकर उसके सामने रख दिया।

“आज आई.जी. ने एक प्रेस कान्फ्रेंस बुलाई थी। उसमें मैं भी गया था। वहीं हमें गजट की एक-एक प्रति दी गई थी। इसमें आपसे संबंधित भी एक खबर है। आप खुद ही पढ़ लीजिए। तब सब कुछ समझ में आ जाएगा।”

आनंद ने गजट देखा—उसकी निगाह एक खबर पर अटक गई। खबर का शीर्षक था—पत्रकार की धोखाधड़ी—

पिछले दिनों पुलिस के पास एक विचित्र मामला आया। नौ भाषाओं में प्रकाशित होनेवाली ‘सागर’ पत्रिका के उप-संपादक आनंद कुमार ने अपनी पत्नी की गैर-मौजूदगी का लाभ उठाकर उसके गहने-जेवर बेचकर रकम रंडीबाजी में फूँक दी। इस बात को छिपाने के लिए उन्होंने घर में चोरी हो जाने की झूठी सूचना पुलिस को दी। सूचना पाते ही पुलिस हरकत में आ गई। तहकीकात के दौरान जब उक्त सच्चाई सामने आई तो उस पर स्वयं पुलिसवालों को यकीन नहीं हुआ। पर जब पूछताछ के दौरान पत्रकार ने इसे स्वीकारा तब पुलिस को भी उस पर विश्वास करना पड़ा।

उक्त पत्रकार ने अपना दोष स्वीकार कर अपने क्षेत्र के डी.एस.पी. से अपने कृत्य के लिए क्षमा-याचना की। डी.एस.पी. ने सारा मामला आई.जी. साहब के सामने रखा जिस पर आई.जी. साहब ने उदारतापूर्वक विचार किया। चूँकि उक्त पत्रकार का यह पहला अपराध था इसलिए उन्होंने उसे भविष्य में नेक चाल-चलन बनाए रखने की हिदायत देकर क्षमा कर दिया।

ज्ञातव्य हो, उक्त पत्रकार ने कुछ अर्सा पहले आई.जी.

साहब का एक इंटरव्यू भी लिया था जो 'सागर' पत्रिका में तोड़-मरोड़कर और मनगढ़ंत बातें, अर्थ और प्रसंग जोड़कर प्रकाशित किया गया था। मगर पत्रकार के संबंध में विचार करते समय आई.जी. साहब ने अपनी व्यक्तिगत शिकायत या रंजिश को कोई तरजीह नहीं दी और न ही किसी पूर्वाग्रह से प्रभावित होकर निर्णय लिया।

समाचार पढ़कर आनंद को लगा, जैसे उसके पैरों के नीचे जमीन ही नहीं है·····

वह अधर में लटका है······

या किसी ऐसे निर्जन टापू पर आ पहुँचा है जहाँ वह है और हैं चारों तरफ से उसे घेरे हुए गिद्ध—महाभोज के आदी गिद्ध·····

या उसके पैर कट गए हैं और बैसाखियाँ उन्हीं लोगों ने छीन ली हैं जिन पर उसकी हिफाजत का दायित्व है। वे अट्टहास कर रहे हैं। उसे दिखा-दिखाकर बैसाखियाँ उछाल रहे हैं। वह उन्हें पाने के लिए घिसटकर उनके पास तक जाने की कोशिश करता है तभी वे उसके रास्ते में बड़ा-सा पत्थर रख देते हैं।

ज्योंही वह उस पर चढ़ने के लिए हाथ बढ़ाता है····वे उसे आगे खिसका देते हैं·····वह धड़ाम से मुँह के बल जमीन पर गिरता है····उसे गिरता हुआ देखकर वे उसकी लाचारी पर अट्टहास करते हैं। उसे खिझलाते हैं·····

नीचे आग जल रही है जिसकी लपटें धीरे-धीरे तेज होती जा रही हैं और उसके काफी ऊपर एक भारी-भरकम चट्टान लटकी है जो बड़ी तेजी से ठीक उसके सिर की सीध में नीचे की ओर आ रही है और······

"आज केवल इसीलिए आई.जी. ने प्रेस कान्फ्रेंस बुलाई थी।" आनंद की छटपटाहट को भाँपते ही रमेशजी ने उसका ध्यान बँटाने के लिए नया प्रसंग छेड़ा, "वहाँ सभी पत्रकारों को प्रेस रिलीज के नाम पर एक सर्कुलर दिया गया जिसमें पुलिस विभाग ने उन सब

बातों का खंडन किया है जो आपने आई.जी. के संबंध में इंटरव्यू के साथ दी हैं। सुनाऊँ क्या?"

इस नई जानकारी ने आनंद का ध्यान बँटा दिया। अपनी छटपटाहट पर काबू पाते हुए उसने कहा, "सुना डालिए वह भी।"

"मैं केवल वे अंश सुनाऊँगा जो आपसे संबंधित हैं। वैसे पत्र तो बहुत लंबा है। इसमें यह अपील भी है कि इसे हम सब प्रमुखता के साथ अपने-अपने पत्र-पत्रिका में छापें। खैर, सुनिए–

पत्रकार आनंद कुमार ने कुछ नामों के उल्लेख के साथ यह आरोप लगाया है कि माननीय आई.जी. साहब जब से पुलिस महकमे में आए हैं तभी से इन जरायमपेशा लोगों से उनके आत्मीय संबंध रहे हैं।

जबकि सच्चाई यह है कि इन नामोंवाले व्यक्तियों से आई. जी. साहब कभी रू-ब-रू तक नहीं हुए। और ये नाम उन्हें पहली बार 'सागर' पत्रिका पढ़ने पर मालूम हुए।

पत्रकार ने आरोप लगाया है कि आई.जी. साहब हमेशा एक पार्टी विशेष के लिए पुलिस का इस्तेमाल करते रहे। इसीलिए जब वह पार्टी सत्ता में नहीं थी, उन्हें पुलिस की नौकरी से बर्खास्त कर जेल में डाल दिया गया था।

जबकि सच्चाई यह है कि आई.जी. साहब पर बेबुनियादी आरोप लगाकर उन्हें प्रताड़ित किया गया था और इसके पीछे आपसी रंजिश के सिवा कुछ नहीं था।

पत्रकार का आरोप है कि आई.जी. साहब यहाँ आने से पहले जिस प्रदेश में थे–वहाँ उन्होंने उस प्रदेश के एक विपक्षी दल के नेता के लड़के को डाकू करार देकर पुलिस मुठभेड़ के नाम पर जान से मार दिया था और दूसरे एक विपक्षी दल के नेता के पुत्र को एक हत्या के झूठे मामले में उलझाकर पहले तो जेल में डलवाया, फिर एक जेल से दूसरी जेल में ले जाने के बहाने

उसे भी जान से मारकर नदी में फेंक दिया और घोषणा कर दी कि वह जीप से निकलकर भागा था और अपनी भूल से नदी में गिर गया था।

इन दोनों आरोपों का उत्तर आप स्वयं जानते हैं। उन अपराधियों के आतंक से कौन नावाकिफ है! पुलिस की किताबों में उनके कारनामों के किस्से भरे पड़े हैं और वे सब एक दिन में दर्ज नहीं हुए। उनके सताए हुए लोग आज भी मौजूद हैं, जो उनके गुनाहों के जीते-जागते प्रमाण हैं।

पत्रकार ने संभावना व्यक्त की है कि निकट भविष्य में होनेवाले आम चुनावों में अपनी पत्नी को सत्ता पार्टी का टिकट दिलाने के लिए आई.जी. साहब दिन-रात एक कर रहे हैं।

इसका उत्तर भी जग-जाहिर है। माननीय आई.जी. साहब की पत्नी की समाज-सेवा की भावना, उनकी लगन, उनके क्रियाकलापों से कौन परिचित नहीं। ऐसी विदुषी, विख्यात महिला को भला आई.जी. साहब की सिफारिश या कोशिश की क्या दरकार!

पत्रकार ने यह भी संभावना व्यक्त की है कि आई.जी. साहब को निकट भविष्य में ऐसे प्रदेश में पुलिस-प्रमुख बनाकर भेजा जानेवाला है जहाँ पिछले दिनों तक एक क्षेत्रीय पार्टी सत्ता में थी और जहाँ आजकल राष्ट्रपति शासन है। पत्रकार को अंदेशा है कि आई.जी. साहब को वहाँ भेजे जाने की वजह है उनका केंद्रीय सत्ता पार्टी का 'खास' होना ताकि वहाँ पार्टी के पक्ष में माहौल तैयार हो सके।

इसके बारे में हमें यही कहना है कि पुलिस महकमा सरकार से बाहर की चीज नहीं है। सरकार अपने योग्य कर्मचारियों से अपेक्षाएँ रखती है तो इसमें अनुचित क्या है? और जो व्यक्ति अपनी योग्यता के बल पर यहाँ तक पहुँचा है वह आगे भी जायेगा ही। हमारी व्यवस्था में पुलिस कानून की हिफाजत और आम आदमी के अमन-चैन में मददगार होती है न कि राजनीतिक

माहौल बनाने में। ऐसा तो वे ही सोच सकते हैं जो इसके तंत्र से नावाकिफ हैं।

पत्रकार ने आरोप लगाया है कि आई.जी. साहब को डी.एस. पी. से सीधे आई.जी. बनाने के लिए 200 लोगों की वरिष्ठता को नजरंदाज किया गया है। इस संबंध में हमारा यही कहना है कि असाधारण योग्यतावाले कर्मचारियों को उनके अनुकूल पदोन्नति देना सरकार की नीति में शामिल है।

"तो सुना आनंदजी, यह है उनका स्पष्टीकरण। सच बताऊँ आनंदजी, मैं मन-ही-मन वहाँ बहुत घबरा रहा था, यह सोचकर कि कहीं इस प्रेस कान्फ्रेंस की सूचना मिलते ही आप आ न पहुँचें। मैं जानता हूँ कि यदि आप वहाँ होते तो इसे गलत और अपने लिखे को सही सिद्ध करने की कोशिश करते। और इस तरह नए सिरे से शेर की माँद में हाथ डाल बैठते।"

आनंद की छटपटाहट और बढ़ गई यह सुनकर। आवेश में आकर उसने घोषणा की, "मैं अब भी जवाब दूँगा इस स्पष्टीकरण का। फिर चाहे मुझे पेशे से हाथ धोना पड़े, चाहे परिवार से, चाहे समाज से और चाहे अब तक अर्जित प्रतिष्ठा से भी।"

रमेशजी ने प्रतिवाद किया, "मगर करेंगे किस तरह से? कौन प्रकाशित करेगा आपके पक्ष को? सच को? सच तो वही माना जाएगा जो पुलिस की डायरी में दर्ज है। जो आपके इस बयान में दर्ज है। जो इस गजट में छपा है……और फिर आपको सत्यता प्रमाणित करने देगा कौन? कौन सुनेगा आपकी सफाई? हो सकता है समाज भी बरकरार रहे, परिवार भी, पेशा भी, और ये सभी आपको प्रतिष्ठा भी दिए रहना चाहें, मगर आप ही न हों! इन पुलिसवालों के लिए कुछ भी असंभव नहीं। और फिर आपने अपने इस तथाकथित बयान में लिखा भी तो है—

यदि मैं भविष्य में पुलिस की जानकारी में कोई अपराध करूँ या पुलिस के खिलाफ कोई गलतबयानी करूँ तो पुलिस मेरे खिलाफ सख्त से सख्त कार्रवाई करने के लिए स्वतंत्र है……"

जवाब में आनंद से कुछ कहते नहीं बना। बस, एकटक रमेशजी के मुँह की ओर ताकता रहा देर तक······

"खैर, यह तो बताइए, आपकी यह हालत कैसे हुई? आप तो बाहर गए हुए थे न! फिर शराब पीकर····जाने थानेदार क्या कह रहा था! मुझे तो रत्तीभर यकीन नहीं हुआ उसकी बात पर·····"

"क्या करेंगे जानकर रमेशजी·····यहाँ तो जो न हो जाए सो कम है·····और सच तो वही माना जाएगा न जो उनके यहाँ दर्ज है···· ।" आनंद ने रूखेपन से कहा।

·····और रमेशजी इतने-भर से ही वह समझ गए जो बताया नहीं आनंद ने।

इस प्रसंग को आगे न बढ़ाकर रमेशजी ने अपनी जेब से एक चिट्ठी निकालकर आनंद की तरफ बढ़ाते हुए कहा, "आज ही दफ्तर में यह पत्र पहुँचा था आपके नाम से। शायद भाभीजी का है, इसीलिए मैं ले आया हूँ।"

पत्र लेकर आनंद ने उसे खोला। पत्र पत्नी का तो नहीं, पत्नी के पिता का था। आनंद पूरे पत्र को एक ही साँस में पढ़ गया।

रमेशजी ने देखा, पत्र पढ़ने के बाद आनंद और भी मायूस हो आया है। उन्होंने सकुचाते हुए पूछा, "क्या बात है आनंदजी, सब खैरियत तो है न?"

जवाब में मुँह से कुछ न बोलकर आनंद ने वह पत्र रमेशजी के सामने रख दिया।

रमेशजी ने संकोच के साथ पत्र उठा लिया। पत्र में आनंद के ससुर ने लिखा था—

यह जानकर दुःख हुआ कि तुम्हारे घर में चोरी हो गई है। मगर यह जानकर काफी चिंता हो आई कि तुम पुलिस में चोरी की रिपोर्ट लिखवाने गए थे। अब हो सके तो पुलिस के फेर में मत आना। हाँ, पत्र देर से इसलिए दे पा रहा हूँ क्योंकि बिटिया को यह खबर अब दे सका हूँ।

तुम्हें यह जानकर प्रसन्नता होगी कि आज से तीन दिन पहले तुम एक पुत्र के पिता बन गए हो।

चोरी की खबर सुनने के बाद बिटिया ने संयम से काम लिया है। उसकी चिंता मत करना। सामान तो बहुत बया है। उसके ज्यादातर गहने-जेवर वहीं रखे थे। जल्दबाजी में साथ लेकर नहीं आ सकी थी। और भी जाने क्या-क्या अगड़म-सगड़म सामान रखा था जो संभवतः सबका सब चोरी चला गया होगा। पर बिटिया की भी यही राय है कि तुम पुलिस से जरा दूर ही रहना।

पुलिस हमारे लिए दरअसल है ही नहीं। वह तो हमारे नाम पर......जो न साबित कर दे सो थोड़ा

......तुमने यह कहावत तो जरूर सुनी होगी—'बाप बड़ा ना भैया, सबसे बड़ा रुपैया!'

इस कहावत में हमारी तरफ के लोगों ने आवश्यक संशोधन कर लिया है। अब यहाँ के लोग कहने लगे हैं—'लोक बड़ा ना रुपैया, सबसे बड़ा सिपहिया!'

कोई अदृश्य शक्ति ही अब तुम्हें भी सहारा दे, यही कामना है।

❑❑

Alice Mara Serra

Archäologie des (Un)bewussten

STUDIEN ZUR PHÄNOMENOLOGIE UND PRAKTISCHEN PHILOSOPHIE

Herausgegeben
von
Hans-Helmuth Gander, Lore Hühn, László Tengelyi, Günter Zöller

BAND 19

ERGON VERLAG

Alice Mara Serra

Archäologie des (Un)bewussten

Freuds frühe Untersuchung der Erinnerungsschichtung und Husserls Phänomenologie des Unbewussten

ERGON VERLAG

Gedruckt mit Unterstützung des Deutschen Akademischen Austauschdienstes

Bibliografische Information der Deutschen Nationalbibliothek
Die Deutsche Nationalbibliothek verzeichnet diese Publikation in der Deutschen Nationalbibliografie; detaillierte bibliografische Daten sind im Internet über http://dnb.d-nb.de abrufbar.

Bibliographic information published by the Deutsche Nationalbibliothek
The Deutsche Nationalbibliothek lists this publication in the Deutsche Nationalbibliografie; detailed bibliographic data are available in the Internet at http://dnb.d-nb.de.

Gedruckt auf alterungsbeständigem Papier.
Umschlaggestaltung: Jan von Hugo
Satz: Matthias Wies, Ergon Verlag

www.ergon-verlag.de

ISSN 1866-4814
ISBN 978-3-89913-791-0

Haben wir aber ein Recht zur Annahme des Überlebens des Ursprünglichen neben dem Späteren, das aus ihm geworden ist?

Sigmund Freud

Die Erinnerung an einem Tizian versetzt mich in eine solche der Uffizien, aber nur besondere Linien aus der damaligen Gegenwart werden besonders geweckt und tauchen auf [...].

Edmund Husserl

Ne commençons pas au commencement, ni même à l'archive.

Jacques Derrida

Inhaltsverzeichnis

I. Einleitung

I. 1. Problematik und Vorhaben

Den Ausgangspunkt dieser Untersuchung bilden Sigmund Freuds Theorie der Erinnerungsschichtung, die in seiner so genannten ‚neurologischen Zeit' entwickelt wurde, und zwar zwischen 1891 und 1899 vor der „hermeneutischen Wende"[1] der *Traumdeutung* (1900). Im Begriff „Erinnerungsschichtung" sind frühste Auslegungen Freuds über die unbewusste Grundlage psychischer Phänomene zusammengefasst, die sich unter verschiedenen Bezeichnungen („Erinnerungsschichten", „Erinnerungsspur", „Bahnung" und „Niederschrift") im Frühwerk entwickeln und die in späteren metapsychologischen Theorien und vornehmlich im Begriff des „Unbewussten" überarbeitet und neu angeordnet wurden. Um die Bedeutung dieser Entwicklung zu verdeutlichen, soll das Thema der Erinnerungsschichtung zunächst chronologisch innerhalb des freudschen Frühwerks und unter Berücksichtigung seiner historischen Entstehungszusammenhänge untersucht werden. In diesem Kontext soll den Rezeptionsspuren der damals diskutierten wissenschaftlichen Konzeptionen in Freuds Texten nachgegangen und bestimmte neurophysiologische, psychologische und philosophische Traditionen nachvollzogen werden, mit denen sich Freud auseinandersetzte. Freuds frühere metapsychologische Überlegungen wachsen allerdings über diesen Entstehungszusammenhang hinaus und lassen sich nicht im „Geist der Zeit" restituieren.[2] Dennoch können sie aus den Perspektiven nachgehender philosophischer Diskurse gelesen werden, sodass ihre historische Bedeutung im gegenwärtigen Kontext neu situiert werden kann. Während die Darstellung des freudschen Denkens

---

1 Siehe P. Ricœur, *De l'interprétation: Essai sur Freud.* (Nachdr. der Ausg. 1965). Paris: Du Seuil, 2001, 75 ff. / *Die Interpretation: Ein Versuch über Freud.* Frankfurt: Suhrkamp, 1993, 79 ff. Neben anderen Autoren stellt vor allem Ricœur die These auf, dass in der *Traumdeutung* der Übergang von der neurologisch-ökonomischen Erklärung zur entstehenden Interpretationstheorie stattfindet.

2 Hier ist auf das von H.-G. Gadamer so bezeichnete historische Verstehen als Gegenrichtung zum Historismus hinzuweisen. Die Naivität des letzteren bestehe darin, dass der Abstand zwischen gegenwärtigem Verstehen und dem vergangenem Werksentstehungszusammenhang nicht als Ermöglichung zur Auseinandersetzung mit der Tradition gedeutet wird, sondern als Bemühung zur Abstandsüberwindung und Zeitneutralisierung. Das Vertrauen an eine solche Fähigkeit decke sich somit mit dem Vergessen der eigenen Geschichtlichkeit. Im Unterschied dazu ist von einem „wirklich historischen Denken" zu fordern, seine „eigene Geschichtlichkeit mitdenken [zu müssen]". Der historische Gegenstand ist darin nicht ein vorkonstituierter, sondern einer, der sich aus dem Verhältnis zwischen Wirkungsgeschichte und Wirklichkeit des Verstehens konstituieren lässt. (Siehe H.-G. Gadamer, „Vom Zirkel des Verstehens". In: GW 2: *Hermeneutik II: Wahrheit und Methode.* Tübingen: Mohr (Siebeck)^{2},1993, 57-65, 64.

in philosophischer Hinsicht bereits von verschiedenen Autoren geleistet wurde[3], soll der Deutungsansatz hier im Wesentlichen ein phänomenologischer sein.

Die psychischen Leistungen, die in Freuds Werk *Entwurf einer Psychologie* (1895) erstmals ausführlicher untersucht werden, nämlich Erinnern, Wahrnehmen, Aufmerksamkeit, Urteilen, Denken, Phantasie und Traum, bilden die Grundelemente einer seinem ganzen Werk impliziten Erkenntnistheorie und eignen sich für eine Deutung aus phänomenologischer Sicht. Obwohl der *Entwurf* von Freud selbst nicht veröffentlicht wurde – er erschien erst nach seinem Tod im Zusammenhang mit dem Wiederauftauchen vergessener Briefe an Wilhelm Fließ – ist dieses „verdrängte Werk" (Derrida) für die gesamte freudsche Theorie von Bedeutung.[4] Nachklänge lassen sich in einigen wenig später entstandenen Briefen an Fließ und in der *Traumdeutung* (1900) finden und tauchen in den metapsychologischen Texten der Jahre 1915-1917 und in der zweiten Topik wieder auf. In den früheren Überlegungen in der Theorie der Erinnerungsschichtung, die später auch in die Theorie des Unbewussten aufgenommen werden, werden Prozesse analysiert, die für die Phänomene des Bewusst-Werdens aus der unbewussten Grundlage und des Unbewusst-Werden von bewussten Akten konstitutiv sind. Von diesen Vorgängen sind zunächst zu erwähnen: Die Sedimentierungsmodi von Wahrnehmungen und bewussten Vorstellungen; die Konstitution der unbewussten Schichten und die Frage nach ihrem Zustand außerhalb des Bewusstseins; die Bedingungen für das Wieder-Auftauchen im Bewusstsein; die Rolle der Assoziation und der Aufmerksamkeit beim Bewusstwerden; die Verflechtung von Phantasieren und Erinnern bei solchen Phänomenen; die dabei grundlegende Rolle der Affektivität.

Diese Themen sollen in Auseinandersetzung mit der Phänomenologie Edmund Husserls dargelegt werden. Zum einen können die erwähnten Phänomene auf der Grundlage von Husserls Analysen weiter entfaltet werden. Zum anderen ist zu zeigen, wie Husserl selbst von denjenigen Problemen, die mit seinen Theorien der Zeitkonstitution und der Erinnerung verbunden sind – nämlich der passiven Synthesis in der genetischen Orientierung, der Endlichkeit bzw. Unendlichkeit der Retention, der Sedimentierung und schließlich der Affektion – zur Frage nach dem Unbewussten und zur Fundierung einer „Phänomenologie des Unbewussten" kommt.[5] Die Auseinandersetzung mit beiden Autoren, die sich al-

---

3 Dies wird in den Abschnitten 2. und 3. dieser Einführung eingehender berücksichtigt.

4 Siehe J. Derrida, „Freud et la scéne de l'écriture". In: *L'écriture et la différence.* (Nachdr. der Ausg. 1967). Paris: Éd. du Seuil, 1967, 293-340, 297 ff. („Freud und der Schauplatz der Schrift", in: *Die Schrift und die Differenz.* Frankfurt: Suhrkamp, 1972, 302-350, 306 ff.; *La carte postale: De Socrate à Freud et au-delà.* Paris: Flammarion, 1980, 289 f., 368 f. / *Die Postkarte. Von Sokrates bis an Freud und jenseits.* Bd. 2. Berlin: Brinkmann und Bose, 23 f., 107 f.; siehe auch J. Lacan, *Le moi dans la théorie de Freud et dans la technique de la psychanalyse, 1954 – 1955.* Texte établi par J.-A. Miller. Paris : Éd. du Seuil, 1978, 146.

5 Siehe E. Husserl, Hua XI, §§ 32-39; Mat. VIII, C 16, Nr. 87.

lein historisch auch dadurch empfiehlt, dass beide Franz Brentanos Vorlesungen in Wien besucht haben und von Brentanos und Johann Herbarts Lehre beeinflusst sind[6], soll sich ausgehend von dem Nachweis entwickeln, dass und inwiefern Husserls Untersuchungen zur Entfaltung wesentlicher, bei Freud skizzenhaft vorliegender Analysen beitragen können. Insofern wird bei dieser Vorgehensweise die Geschichtlichkeit der philosophischen Themen selbst berücksichtigt, die den unmittelbaren historischen Zusammenhang ihrer Entstehung überschreitet[7]. Dabei wird eine „archäologische" Perspektive[8] eingenommen, die die thematisierten Probleme stets auch im Lichte anderer Denkkonstellationen darlegt. Hier ist das bei Paul Ricœur artikulierte Bedürfnis einer anderen Rede bzw. einer „dezidiert philosophischen und reflexiven Erfahrung" gemeint, innerhalb derer Grundbestimmungen des freudschen Denkens gedeutet werden können.[9] Während aber in Ricœurs Archäologie die Demarche Freuds aus dem *Entwurf* aus der Perspektive einer Teleologie innerhalb der freudschen Formulierung einer Bedeutungstheorie gelesen wird[10], und Jacques Derrida seinerseits ansetzt bei der Bildung der Theorie der Schrift im freudschen Werk[11], zielt dieses Vorgehen darauf ab, Freuds frühere Ansichten über die Erinnerungsschichtung, welche von ihm selbst bereits im Rahmen einer Metapsychologie des Unbewussten bearbeitet wurden, aus einer phänomenologisch-transzendentalen Perspektive zu deuten.

In folgenden wird ausführlicher dargelegt, wie sich diese Untersuchung ausgehend vom frühen Werk Freuds begründen lässt und inwiefern das Thema zur Auseinandersetzung mit der Phänomenologie Husserls führt.

I. 2. Die metapsychologische Bedeutung Freuds früherer Werke

In der Sekundärliteratur hat sich die Unterteilung von Freuds Denken in eine erste und eine zweite Phase etabliert: Demnach stehen Freuds frühe, sogenannte vor-psychoanalytischen Arbeiten ausschließlich auf physiologisch-physikalischer Basis, während die zweite, mit der *Traumdeutung* (1900) beginnende Phase die systematische Grundlage für die Psychoanalyse gelegt habe. Diese Neuorientierung Freuds zeige sich erstmals nach seinem Pariser Aufenthalt 1885/86 bei Charcot, sofern er ab dann aufgehört habe, die Hysterie durch physiologische Gründe oder – wie es in seinem wissenschaftlichen Umfeld üblich war – als „anatomische

---

6 Siehe E. Holenstein, *Phänomenologie der Assoziation: Zu Struktur und Funktion eines Grundprinzips der passiven Genesis bei E. Husserl.* Den Haag: Nijhoff, 1972, 321 ff.

7 Vgl. H.-G. Gadamer, *Das Problem des historischen Bewusstseins.* Tübingen: Mohr (Siebeck), 2001, 54 f.

8 P. Ricœur, *De l'interprétation*, 367 / *Die Interpretation*, 385.

9 P. Ricœur, *De l'interprétation*, 367 / *Die Interpretation*, 385.

10 P. Ricœur, *De l'interprétation*, 79 ff. / *Die Interpretation*, 82 ff.

11 J. Derrida, „Freud et la scéne de l'écriture", 297 / „Freud und der Schauplatz der Schrift", 306.

Läsion" aufzuklären, und sie stattdessen psychologisch bzw. metapsychologisch mit den Begriffen „Vorstellung" und „Affekt" erläutert habe.[12] Mit dieser neuen Perspektive sei in der entstehenden Psychoanalyse die Psychologie anstelle der Anatomie und der Physiologie zu einer „nosologischen Alternative" geworden.[13]

Paul Ricœur zufolge ist erst in der *Traumdeutung* die radikale Wendung von der früheren, neurologisch-ökonomischen Erklärung zur entstehenden Interpretationstheorie zu finden. In diesem Werk gehe es um einen psychischen Apparat, dessen Leistungen ohne anatomische Referenz geklärt werden könnten, sowie um den Übergang von der früheren neurologischen Begrifflichkeit zu einer hermeneutischen Deutung.[14] Der Sinn sei demgemäß nicht mehr von den Mechanismen „Quantität" und „Besetzung" - zwei im *Entwurf* eingeführte und dort grundlegende Begriffe - her bestimmt, sondern als Traumbild und Bildassoziation dargestellt. Damit stehe jede Vorstellung in Bezug zu anderen Vorstellungen, deren Relationen untereinander aber nicht kausal, sondern durch Interpretation zu entschlüsseln seien. Diese Richtungsänderung nennt Ricœur „von Energetik zur Hermeneutik"[15], deren Voraussetzung in der Änderung der neurophysiologischen in die auf die Vorstellung bezogene Terminologie bestehe.[16] Somit sei zu unterscheiden zwischen einer realen (*réele*) Benennung im *Entwurf* und einer figurativen (*figurée*) Benennung in der *Traumdeutung*.[17] Nach dieser ersten Wendung sei Freud mit den späten Werken schließlich in eine dritte Phase übergegangen, in der er die Weltanschauung der Naturphilosophie revitalisiert habe und über die Wege der Medizin und der Psychologie zur Philosophie zurückgekehrt sei.[18] Darüber hinaus betont Ricœur, dass das Denken Freuds, trotz den spezifischen praktischen Methoden der Psychoanalyse, philosophische Objektivität besitze und sich als eigenständige philosophische Position bestimmen lasse.[19] Das Grundmotiv der freudschen Entdeckungen liege gerade auf der hermeneutischen Ebene der Sinneffekte, auch wenn es Freud nicht gelungen sei, diese mit seiner Terminologie der mechanischen Energetik angemessen zu erläutern.[20]

Ähnlich wie Ricœur begreift auch Jürgen Habermas die von Freud in der *Traumdeutung* eingeführte und therapeutisch weiterentwickelte Methode als her-

---

12 W. Leuschner, „Einführung". In: S. Freud, *Zur Auffassung der Aphasien*, 11.

13 W. Leuschner, „Einführung". In: S. Freud, *Zur Auffassung der Aphasien*, 11.

14 P. Ricœur, *De l'interprétation*, 75 ff. / *Die Interpretation*, 79 ff.

15 Siehe P. Ricœur, *De l'interprétation*, Livre II, Parties I-II.

16 P. Ricœur, *De l'interprétation*, 76 / *Die Interpretation*, 80.

17 P. Ricœur, *De l'interprétation*, 95 / *Die Interpretation*, 100.

18 P. Ricœur, *De l'interprétation*, 94 / *Die Interpretation*, 98 f.

19 „Die Lektüre des Freudschen Werkes bildet keine anderen Probleme mit sich als etwa die Lektüre der Werke Platos, Descartes', Kants; und die Objektivität, auf die sie Anspruch erheben kann, ist dieselbe." (P. Ricœur, *Hermeneutik und Psychoanalyse: Der Konflikt der Interpretationen II*. München: Kösel, 1974, 82; siehe auch ebd. 85).

20 P. Ricœur, *Hermeneutik und Psychoanalyse*, 90.

meneutische bzw. tiefenhermeneutische Methode, welche in der Tradition Diltheys stehe.[21] Die neurophysiologische Terminologie des ersten metapsychologischen Modells Freuds verweise allerdings weder auf dessen experimentellen Charakter noch auf dessen wissenschaftliche Kohärenz.[22] Stattdessen fungiere die Metapsychologie von Anfang an als Bedingung der Möglichkeit psychoanalytischer Erkenntnis und somit als deren „Metahermeneutik".[23] Im Unterschied zu den früheren Schriften seien diese Grundlagen in der *Traumdeutung* zunächst aus biographischer Sicht durchgeführt, die mit der Hermeneutik Diltheys darin übereinstimmt, dass in beiden mit der Unzuverlässigkeit und Verworrenheit der Erinnerung gerechnet wird. Gegen diese Bedrohung sei die hermeneutische Kritik von beiden Autoren formuliert worden. Indem aber Diltheys Kritik auf die Dimension des bewusst Intendierten fokussiert und er lediglich mit der Möglichkeit rechnet, dass der Sinn des Intendierten von externen Einwirkungen bedroht werden könnte, überschreite die psychoanalytische Deutung die intentionale Ebene und verorte jene Bedrohung eher in internen Einwirkungen der subjektiven Erinnerung.[24]

Auch Hans-Georg Gadamer hebt diesen hermeneutischen Zug der freudschen Erinnerungstheorie hervor. Auf der einen Seite – so Gadamer – berührt die Psychoanalyse die von Freud beanspruchten naturwissenschaftlichen Hypothesen, die als „methodische Verfremdung" auch innerhalb der Psychoanalyse selbst gelten. Auf der anderen Seite habe sie keineswegs pragmatischen und experimentellen Charakter, sondern komme eher einer hermeneutischen Sinnstiftung gleich, wobei sich die Dimension der Vergangenheit erst in der Gegenwart anordnen und neu bestimmen lässt.[25] Das geschehe vor allem, indem eine Geschichte erzählt, mit Sinn versehen und auf diese Weise vervollständigt würde, was aber nicht vor Lakunen und Vergessen auf der subjektiven Erinnerungsebene und in der geschichtlichen Konstellation der Überlieferung schütze.

Ricœurs, Gadamers und Habermas' Deutungen stimmen also darin überein, dass der freudschen Psychoanalyse erstens ein hermeneutischer Zug innewohnt, der sich aber erst bemerkbar machen konnte, als Freud seine frühe naturwissenschaftliche Orientierung überschritten und sich, vor allem in der *Traumdeutung*, den hermeneutischen Fragen nach der Bedeutung und der Wiederherstellung des Sinnes zuwandte. Zweitens liege der Hauptbeitrag der Psychoanalyse zur philosophischen Hermeneutik in der Berücksichtigung des unvollkommenen und fragmentarischen Charakters des Erinnerns, wobei die Deutung der Vergangen-

21 J. Habermas, *Erkenntnis und Interesse*. Frankfurt: Suhrkamp[11], 1994, 262 ff.

22 J. Habermas, *Erkenntnis und Interesse*, 308.

23 J. Habermas, *Erkenntnis und Interesse*, 310.

24 J. Habermas, *Erkenntnis und Interesse*, 263 ff.

25 H.-G. Gadamer, „Rethorik, Hermeneutik und Ideologiekritik: Metakritische Erörterungen zu ‚Wahrheit und Methode'." GW 2: *Hermeneutik II: Wahrheit und Methode*. Tübingen: Mohr (Siebeck)[2],1993, 232-250, 249 f.

heit die Dimensionen des Sinnverlustes, des Vergessens und der Abwesenheit des Anderen nicht unberührt lassen darf.[26]

Wenn man allerdings die vor der *Traumdeutung* erschienen Schriften betrachtet, ist gerade der Begriff „Vorstellung" – welchen Ricœur als Kennzeichen jenes Wendepunkts von der Psycho-Physiologie zur Hermeneutik ansetzt – bereits in *Zur Auffassung der Aphasien* (1891) grundlegend für die freudschen Überlegungen.[27] Er wird darin sowohl für die nicht-bewussten Erinnerungsspuren verwendet als auch als bewusster Vorstellungsakt derselben verstanden. In *Studien über Hysterie* (1893) und *Entwurf einer Psychologie* (1895) trifft Freud die Grundunterscheidung zwischen Erinnerungsspuren (bzw. den unbewussten Vorstellungen) und dem bewussten Vorstellen, die er hauptsächlich von der Problematik des Affektes her beleuchtet. Freud übernimmt den Begriff „Vorstellung" aus der philosophischen und der psychologischen Tradition, mit denen er sich bereits seit seiner Studienzeit auseinandersetzte. Dies waren vor allem die Theorien von Herbart und Brentano, in deren Werken jenem Begriff bekanntlich eine zentrale Bedeutung zukommt. Bei Brentano heißt es, dass die Vorstellung die Grundlage eines jeglichen psychischen Phänomens ist, sodass diese entweder Vorstellungen sind oder auf einer Vorstellung aufbauen.[28] Bei Herbart bedeutet es, dass sich jede Vorstellung in einem Kraftspiel mit anderen Vorstellungen befindet, wobei jede sich dynamisch aus der Assoziation mit anderen sowie aus den ihr entgegensetzten Wirkungen und Hemmungen bestimmen lässt. Dieser reziproke Einfluss findet sowohl statt, wenn die Vorstellungen als bewusste eintreten – d. h. für Herbart, wenn sie „an" oder „über" der „Schwelle des Bewusstseins" stehen –, als auch, wenn sie unbewusst „unter" dieser Schwelle bestehen.[29] Der dynamische Zug von Freuds Theorie der Erinnerungsspuren und des Unbewussten ist von Herbarts Lehre über die Vorstellung stark geprägt. Dies bezeichnet Freud in der brentanoschen Terminologie der „psychischen Phänomene" – auch wenn Brentano die Existenz von unbewussten Akten ablehnt[30] – als unbewusste Tätigkeit der psychischen Phänomene.[31]

Der Begriff „Vorstellung" erscheint zudem in der Hysterietheorie von Joseph Breuer[32] sowie in der neurologischen Theorie von Sigmund Exner[33], unter deren

---

26 Siehe auch M. de Certeau, *L'écriture de l'histoire.* Paris: Gallimard, 1975, 330 f.

27 Dies gilt ebenfalls für die frühere Analyse der Hysterie. Siehe S. Freud, „Die Abwehr-Neuropsychosen" (1892), GW I, 59-74.

28 Siehe F. Brentano, *Psychologie aus empirischem Standpunkt* (1874). Hamburg: Felix Meiner, 1973, 112.

29 Siehe J. F. Herbart, *Lehrbuch zur Psychologie.* Würzburg: Königshausen und Neumann, 2003, 15 ff.; *Psychologie als Wissenschat, neu gegründet auf Erfahrung, Metaphysik und Mathematik*, Sämtliche Werke VI: *Schriften zur Psychologie.* Leipzig: Leopold Voss, 1850, 341.

30 F. Brentano, *Psychologie aus empirischem Standpunkt*, 192 ff.

31 S. Freud, „Einige Bemerkungen über den Begriff des Unbewussten in der Psychoanalyse", Studienausgabe III, 33 f.; „Das Unbewusste", Studienausgabe III, 129 ff.

32 J. Breuer, „Theoretisches". In: J. Breuer und S. Freud, *Studien über Hysterie.* Frankfurt: Fischer, 1996.

Einfluss Freud während des Studiums und des Praktikums ebenfalls stand. Gemeinsam mit Freuds ehemaligem Professor für Neurologie Theodor Meynert erarbeitet Exner eine quantitativ-energetische Konzeption der psychischen Vorstellung, die auch Freuds Theorie von der Intensität unbewusster Phänomene und der Zusammengehörigkeit zwischen Vorstellung und Affekt prägen.

Aus den philosophischen und neurophysiologischen Einflüssen entwickelt Freud allerdings eine eigene Position zum Begriff der „Vorstellung", die er bis zur *Traumdeutung* mehrmals umarbeitet: Wie noch eingehender dargelegt werden wird, nennt er die Vorstellungen im Jahr 1891 „Vorstellungskomplexe"[34] und deutet sie sodann ab 1892 im Zusammenhang der affektiven Grundlage der Hysterie und der Theorie der Erinnerungsschichen um. Im Jahr 1895 treten die Vorstellungen im Rahmen der Theorie der „Bahnung"[35] bei der dynamischen Betrachtungsweise des Bewusstwerdens auf, während sie im Brief von 06.12.1896 an Fließ im Modell der „Umschrift" und „Niederschrift" gedacht werden. Schließlich, im Text „Deckerinnerung" (1899), werden die Vorstellungen im Blick auf verschiedene Stufen des bewussten Bildes bezogen, bevor sie 1900 der ‚Hermeneutik' der *Traumdeutung* und 1915 der Theorie des Unbewussten zugrunde gelegt werden. Die lang anhaltende Bearbeitung dieser Terminologie in frühen Schriften Freuds weist somit darauf hin, dass er seine metapsychologischen Spekulationen keineswegs plötzlich, zu einem bestimmten Zeitpunkt auf eine neue theoretische Grundlage stellte. Entsprechend lehnt Jacques Lacan die Einteilung des freudschen Denkens in hierarchisch gegliederte Phasen ab und sieht dessen Metapsychologie als Vervollständigung eines bereits in früheren Schriften verfolgten metaphysischen Schemas.[36] In diesem Sinne ist auch Adolf Grünbaum beizupflichten, der eine Kontinuität zwischen der *Traumdeutung* und den früheren Theorien hervorhebt: Obwohl in der *Traumdeutung* der Versuch des *Entwurfs* abgelehnt wird, psychische Vorgängen auf eine neurologische Grundlage zu stellen, werden in jenem Werk die neurologischen Begriffe des *Entwurfs* in einem „mentalistischen Sinne" verwendet.[37] Im Zuge einer weiteren Radikalisierung der Kontinuitätsthese betont Frank Sulloway, dass das dynamische Modell des *Entwurfs* eine heuristische Rolle in der gesamten Entwicklung Freuds in der Weise

---

33 S. Exner, *Entwurf zu einer physiologischen Erklärung der psychischen Erscheinungen* (1894). Leipzig und Wien: Franz Deuticke, 1894.

34 S. Freud, *Zur Auffassung der Aphasien*, 78 ff.

35 S. Freud, *Entwurf einer Psychologie*, GW: Nachtragsband, 392 ff.

36 J. Lacan, *Le moi dans la théorie de Freud et dans la technique de la psychanalyse,* 139 ff.

37 „Und während er (Freud) ostentativ [in *Traumdeutung*] die ursprünglichen neurologischen Nebenbedeutungen des Fachvokabulars, das er im *Projekt* [in *Entwurf einer Psychologie*] eingeführt hatte, vermied, benutzte er es nun häufig homonym in einem erklärtermaßen mentalistischen Sinne. Demgemäß wurde nun aus der ehemaligen Erregung oder *Besetzung* eines *Neurons* das Besetztsein einer *Vorstellung* oder einer *Erinnerung*." (A. Grünbaum, *Die Grundlagen der Psychoanalyse*: Eine philosophische Kritik. Stuttgart: Reclam, 1988, 15)

spielt, dass jedes seiner Motive in die späteren metapsychologischen Theorien und in die therapeutische Methode verschoben wird.[38]

Was nun spezifisch die Darstellung der in frühen Schriften erwähnten Theorien der Erinnerungsschichtung angeht, arbeitet auch Derrida im Sinne der Kontinuitätsthese heraus, dass Freuds spätere Theorien, wie etwa die von 1924 aus dem Text „Notiz über den Wunderblock“, in den früheren Schriften verwurzelt sind und sich als eine Art Vereinfachung früherer und komplexerer Ansichten verstehen lassen.[39] Freud entwickelt bereits vor der *Traumdeutung* fundamentale Überlegungen, die auf die von Gadamer, Ricœur und Habermas so genannte hermeneutische Grundlage des psychoanalytischen Erinnerungsbegriffs hinweisen. Den Fragen, wie im Erinnern erlebte Erfahrungen erkannt und vergessen werden können, in welchem Zusammenhang das Denken, das Erzählen und das Urteilen mit dem Erinnern stehen und welche Grundunterschiede und Stufen der Anschaulichkeit zwischen lakunären und halluzinatorischen Vorstellungen bestehen, widmete Freud seit seinen frühen Schriften große Aufmerksamkeit.[40] Derridas Deutung ist daher treffend, wenn er behauptet, dass die wichtigsten Theorien Freuds – für Derrida sind das die Theorien der Erinnerungsspur als „Schrift“ und die Zeitform der Nachträglichkeit als „*différance*“ – bereits und gerade in der ‚neurologischen Zeit‘ entstanden sind.[41]

Zwar lassen sich im gesamten Werk Freuds und besonders in seiner Metapsychologie Einflüsse der Psychophysik des 19. Jahrhunderts nachweisen. Dies impliziert aber nicht, dass Freud denselben Anspruch zur Bestimmung der psychischen Phänomene ausgehend von den physischen Phänomenen aufrechterhält. Vielmehr konzentriert er sich unter dem Einfluss von Brentanos Intentionalitätstheorie zunehmend eigenständig auf die Untersuchung der psychischen Phänomene. Dies gilt auch hinsichtlich der physiologischen Prozesse. Diese bezeichnet Freud 1891 als „parallele Vorgänge“ zu den psychischen Phänomenen, obwohl er zugleich behauptet, dass das Psychische als selbstständig gegenüber dem Physiologischen zu betrachten ist.[42]

---

38 F. Sulloway, *Freud, biologist of the mind: Beyond the psychoanalytic legend.* New York: Basic Books, 1979, 121 ff.

39 J. Derrida, „Freud et la scéne de l'écriture“, 297 ff. / „Freud und der Schauplatz der Schrift“, 306 ff.). Siehe auch Lacan, *Le moi dans la théorie de Freud et dans la technique de la psychanalyse*, 183 ff.

40 Siehe hauptsächlich J. Breuer und S. Freud, „Über den psychischen Mechanismus hysterischen Phänomene“ (1893), GW I, 81-98 und S. Freud: *Entwurf einer Psychologie* (1895); „Zum psychischen Mechanismus der Vergesslichkeit“ (1898), GW I, 519-527; „Über Deckerinnerungen“ (1899), GW I, 531-554.

41 J. Derrida, „Freud et la scéne de l'écriture“; *La carte postale*, 367 f. / *Die Postkarte*, Bd. 2, 106 f. Siehe auch M. Turnheim, „Über Unvoreingenommenheit: Freuds widersprüchliche Forderung“. In: F. Dirkopf, I. Härtel, C. Kirchhoff, L. Lippmann, K. Rothe (Hg.) *Aktualität der Anfänge: Freuds Brief am Fließ vom 6.12.1896.* Bielefeld: Transcript, 2008 (95-112), 95 f.

42 S. Freud, *Zur Auffassung der Aphasien*, 56 ff.

Diese Untersuchung der psychischen Phänomene als eine von den physischen und den physiologischen Vorgängen gesonderte Sphäre wird ersichtlicher, wenn die Frage nach dem anatomischen Zustand der Erinnerungsspuren bzw. der unbewussten Phänomene ausgeklammert wird.[43] Dabei verwendet Freud weiterhin verschiedene Modelle – das archäologische, das schriftliche, das energetische und das optische Modell –, um die Erinnerungsschichtung als unbewussten psychischen Vorgang zu konstruieren, ohne diese Deutungsarbeit jedoch als physiologische Strukturierung einzustufen. Vielmehr lassen sich diese Auslegungen im Sinne der unbewussten Grundlage der bewussten Phänomene verstehen.[44]

Während Freud zunächst unter dem Eindruck seines wissenschaftlichen Kreises von den früheren ‚metapsychologischen' Ansichten den Status der Naturwissenschaft hervorhebt, bezeichnet er 1910 in seiner „Selbstdarstellung" die Metapsychologie als „spekulative[n] Überbau der Psychoanalyse"[45]. Zudem beansprucht er von den psychoanalytischen Methoden, „auf den Beobachtungen der Tatsachen des Seelenlebens" zu stehen.[46] Dies verdeutlicht den in der freudschen Theorie erhobenen Anspruch auf Wissenschaftlichkeit, der Grünbaum zufolge in zwei Elemente unterschieden werden kann: zum einen in den früheren Rekurs auf die psychophysiologischen Lehren von Meynert, Hermann von Helmholtz, Ernst Brücke, zum anderen in die spätere klinische Theorie und ihre ‚sicherste' Begründung mithilfe klinischer Daten.[47] Auch wenn der Anspruch auf Wissenschaftlichkeit somit letztlich auf die klinische Ebene verschoben wird, fungieren Freuds früh eingeführte metapsychologische Überlegungen als Basis für spätere Gedanken.[48]

In diesem Zusammenhang stellt sich die spätere Metapsychologie im Vergleich zu früheren Positionen nicht als vollkommene Stufe dar, wie auch ein hermeneutisch-spekulatives oder figuriert-analogisches Denken nicht erst mit der *Traumdeutung* eingeführt wird und dann einer empirischen oder physio-biologischen Auffassungsweise entgegensteht. Obwohl im *Entwurf* eine neurophysiologische Terminologie verwendet und später die „Beobachtung der Tatsachen des Seelenlebens" gefordert wird, entwickeln sich Freuds metapsychologische Spekulationen – im Unterschied etwa zur Theorie des Ödipuskomplexes – in gewisser Selbststän-

---

43 Dies wird in der *Traumdeutung* deutlicher eingeführt (siehe S. Freud, *Die Traumdeutung*, Studienausgabe II, 512 f.), aber lässt sich in früheren Texten in der Art nachweisen, wie Freud den Bezug der Wahrnehmung zu den anderen psychischen Phänomenen darlegt.

44 Siehe dazu H.-D. Gondek, *Angst, Einbildungskraft, Sprache: Ein verbindender Aufriss zwischen Freud, Kant und Lacan*. München: Boer, 1990, 335.

45 S. Freud, „Selbstdarstellung", GW XIV, 58. Siehe auch Freud, „Psycho-Analysis", GW XIV, 303.

46 S. Freud, „Psycho-Analysis", GW XIV, 303.

47 A. Grünbaum, *Die Grundlagen der Psychoanalyse*, 18 ff.

48 Siehe P.-L. Assoun, *Freud: la philosophie et les philosophes*. Paris: Presses Universitaires de France, 1976, 75 f.

digkeit von in der Erfahrung konstatierbaren Erlebnissen.[49] Das erweist sich nicht nur darin, dass sich die Metapsychologie allmählich von einer frühen anatomisch-neurologischen Referenz entfernt, indem eine „mentalistische“ Terminologie verwendet wird, sondern bereits innerhalb der metapsychologischen Überlegungen im *Entwurf*, in den *Studien über Hysterie*, der Aphasie-Studie sowie in den Briefen an Fließ. Diese stehen zum Teil in einem historisch kontextualisierbaren Bezug zu den sich zeitgleich entwickelnden neurophysiologischen und psychophysischen Forschungen. Gleichzeitig aber unterscheiden sie sich von diesen dadurch, dass Freud die adaptierte wissenschaftliche Nomenklatur ‚logisch-metaphorisch‘ verwendet. Der Ausdruck logisch-metaphorisch, der aus Derridas Deutung stammt, soll eine besondere Denklinie andeuten, die von Anfang an in Freuds Überlegungen über die metapsychologische Grundlage der psychischen Phänomene erkennbar ist. Diese lässt sich, so Derrida, nicht auf eine reine Logik reduzieren.[50] Diese ambivalente Denkart, die Freud selbst „spekulieren“ anstatt ‚philosophieren‘ nannte, sei in seinem Gesamtwerk aufgrund der Orientierung am Kriterium der (Natur-)Wissenschaftlichkeit verdrängt worden.[51] Nur sporadisch habe er es sich erlaubt, jene Neigung offenbar werden zu lassen, wie es eine Passage aus seiner „Selbstdarstellung“ zeigt, in der er behauptet, in metapsychologischen Schriften jene Unterdrückung der Spekulation unterbrochen zu haben.[52] Hinweise darauf, dass Freud in den früheren Schriften das übte, was nachher bzw. zeitweise unterdrückt wurde, können in einigen Passagen seiner 1895 im Zusammenhang mit der Erscheinung des *Entwurfs* geschriebenen Briefe an Fließ gesehen werden:

> Wissenschaftlich bin ich übel daran, nämlich so in die „Psychologie für den Neurologen“ verrannt, die mich regelmäßig ganz aufzehrt, bis ich wirklich überarbeitet abbrechen muss. Ich habe nie so hochgradige Präokkupation durchgemacht. Und ob [es] etwas damit wird? Ich hoffe, aber es geht schwer und langsam. (27. April)[53]
> Ich teile Dir mit, dass ich nach langer Denkarbeit glaube, zum Verständnis der pathologischen Abwehr und damit vieler wichtiger psychologischer Vorgänge durchgedrungen zu sein. (6. August)[54]

---

49 Siehe G. Endrass, *Zur Geschichte und Systematik von Qualität und Quantität in Freuds Metapsychologie.* Clausthal-Zellerfeld: Bönecke, 1975, 6 f.

50 „Elle [la spéculation] ne se réduirait ni à une logique philosophique ni à une logique scientifique, qu'elle soit pure, *a priori*, ou empirique.“ (J. Derrida, *La carte postale*, 290 / *Die Postkarte*, Bd. II, 24).

51 J. Derrida, *La carte postale*, 281 ff. / *Die Postkarte*, Bd. II, 13 ff. Vgl. dazu E. Jones, *Das Leben und Werk von Sigmund Freud*, Bd. I: Die Entwicklung und die großen Entdeckungen (1856–1900). Bern / Stuttgart: Hans Huber, 1960, 443: „Vielleicht ließ Freud hier [im *Entwurf*] zum erstenmal seiner ursprünglichen, bisher stets in Zügel gehaltenen Neigung zum Philosophieren freien Lauf. Die Besessenheit, mit der er den *Entwurf* niederschrieb, deutet auf eine untergründige Tätigkeit hin, die er sofort missbilligte und ablehnte.“

52 S. Freud, „Selbstdarstellung“, GW XIV, 85 f. Siehe J. Derrida, *La carte postale*, 283 f. / *Die Postkarte*, Bd. II, 16 f.

53 S. Freud, *Briefe an Wilhelm Fließ, 1887-1904.* Frankfurt: Fischer, 1986, 129.

54 S. Freud, *Briefe an Wilhelm Fließ*, 138.

> Ich wollte ja weiter nichts als die Abwehr erklären, aber erklär' da etwas mitten aus der Natur heraus. Ich habe das Qualitätsproblem, den Schlaf, die Erinnerung, kurz die ganze Psychologie durcharbeiten müssen. Jetzt will ich nichts mehr davon wissen." (16. August)[55]
>
> Ich habe die psychologischen Manuskripte gepackt und in eine Lade geworfen, wo sie bis 1896 schlummern sollen. (8. November)[56]
>
> Den Geisteszustand, in dem ich die Psychologie ausgebrütet, verstehe ich nicht mehr; kann nicht begreifen, dass ich sie Dir anhängen konnte. (29. November)[57]

Von der Euphorie und Hartnäckigkeit gegenüber seiner „Denkarbeit" aus dem Jahr 1895 geht Freud also in eine Leugnung derselben über, begleitet vom Widerstand gegen seine Neigung zur Philosophie. Jene Schrift wurde länger verdrängt als die Tendenz, die, wie Derrida es andeutet, als „Spekulation" zeitweise wieder auftaucht, während der *Entwurf* nur nach dem Tod Freuds und dank des Wiederauftauchens von vergessenen Briefen an Fließ bekannt wurde. Welches Problem würde also die Veröffentlichung jener Schrift Freuds bedeuten? Angenommen, dass der *Entwurf* als theoretischer Kern für später eingeführte metapsychologische Begriffe dient und dass die darin eingeführte neurophysiologische Nomenklatur der Forderung nach Wissenschaftlichkeit nicht genügen konnte bzw. durch die neurophysiologischen Kenntnisse nicht festgelegt werden konnte, so würde eine solche unsichere Basis die Festigkeit psychoanalytischer Grundbegriffe ins Wanken bringen. Die Verwendung von wissenschaftlichen Termini fungiert in jener „Denkarbeit" eher als ‚Werkzeug' für Spekulationen über die psychischen Phänomene und deren metapsychologischen Grundlage denn als Hinweis auf naturwissenschaftliche Strenge und dementsprechende Verfahrensweisen.

Die Beschäftigung mit den frühen Schriften Freuds dient also nicht primär dazu, die dort zu findende neurophysiologische Konzeption am Maßstab der Naturwissenschaften zu beurteilen. Vielmehr handelt es sich hier darum, ausgehend von den früheren Schriften Freuds seine Theorie der Erinnerungsschichtung in ihrer philosophiegeschichtlichen Bedeutung zu enthüllen, und zwar in dreifacher Hinsicht: erstens in einer chronologisch-immanenten oder werkgenetischen Hinsicht, wobei ihre Entstehung, Entwicklung und Verschiebung innerhalb von Freuds frühem Werk untersucht wird; zweitens in einer Berücksichtigung des geschichtlichen Zusammenhangs, zumal der theoretischen Einflüsse und des wissenschaftlichen Kreises, von dem Freud eine spezifische Begrifflichkeit sowie bestimmte Prinzipien übernahm; und schließlich in einer Deutungsperspektive, die Freuds Ausführungen in die Auseinandersetzung mit zeitlich späteren Positionen bringt, namentlich mit denen Husserls. Hinsichtlich dieses letzten Punktes sollen im Folgenden vorhandene phänomenologische Deutungen des freudschen Den-

---

55 S. Freud, *Briefe an Wilhelm Fließ*, 139.
56 S. Freud, *Briefe an Wilhelm Fließ*, 153.
57 S. Freud, *Briefe an Wilhelm Fließ*, 158.

kens überblickt sowie die hier konzipierte Vorgehensweise ebenfalls eigenständig ausgelegt werden.

I. 3. Grundlinien einer Auseinandersetzung zwischen dem Denken Freuds und Husserls Phänomenologie des Unbewussten

Während sich Freuds metapsychologische Überlegungen im Sinne einer Verdichtung von grundlegenden Konzeptionen des 19. Jahrhunderts über die Intensität psychischer Phänomene sowie als Ausgangspunkt für philosophische Deutungen interpretieren lassen, so fehlt ihnen als Methode jedoch eine analytische Betrachtungsweise, mittels derer die in den Begriffen und Ideen enthaltenen Bedeutungsdimensionen hinreichend expliziert werden könnten. Die analytischen Kriterien zur Untersuchung der psychischen Phänomene, die Freud von Brentanos Philosophie erbt und die im *Entwurf einer Philosophie* – wenn auch unter Verwendung einer neurologischen Terminologie – erkennbar ist, wird bei ihm nicht kontinuierlich entwickelt. Im Rahmen der Abfassung seiner Theorie der Erinnerungsschichtung ist dies bereits im *Brief 52* (1896) sowie im späteren Text „Notiz über den Wunderblock" (1924) ersichtlich: Darin werden frühe metapsychologischen Auslegungen zusammengefasst, die gerade im Licht der früheren Formulierungen und im Horizont nachträglicher Deutungen erläutert werden könnten.

Obwohl Freuds Theorien der Erinnerungsschichtung teilweise mittels einer neuro-physiologische Terminologie und teilweise metaphorisch gemäß dem archäologischen Vorbild dargestellt wurden, bleibt deren Nähe zu einigen Analysen Husserls klar erkennbar. Inhaltliche Parallelen liegen besonders bei denjenigen Phänomenbereichen auf der Hand, die in Husserls Phänomenologie unter den Titeln „Vergegenwärtigung", „passive Synthesen", „Affektion" und „Sedimentierung" untersucht werden. Husserl selbst beschreibt diese im Rahmen seiner genetischen Phänomenologie entwickelten Analysen als „Phänomenologie des Unbewussten".[58] Eine Auslegung von Freuds Theorie der unbewussten Akte im Sinne einer Übertragung in das Konzept des Unbewussten aus phänomenologischer Sicht ist dabei insoweit möglich, als sie auf Bewusstseinsphänomene (Wahrnehmung, bewusste Erinnerung und Phantasie, Urteil, assoziative Weckung, Intensität der bewussten Akte u.a.) zurückverweist. Husserls Phänomenologie des Unbewussten entwickelt sich nun in einer Art von Rückfragen, wobei unbewusste Phänomene ausgehend von bewussten Gegebenheitsmodi untersucht werden. Ricœur spricht im Hinblick auf die Anreicherung der freudschen Theorien der unbewussten Akte durch den Diskurs der husserlschen Phänomenologie von einer „regressiven Orientierung":

[58] E. Husserl, Hua XI, § 133, 154.

> Wir wollen die freudschen Begriffe mit den Mitteln der Husserlschen Phänomenologie angehen; denn keine reflexive Philosophie ist dem Freudschen Unbewussten so nahe gekommen wie die Phänomenologie Husserls und einiger seiner Schüler [...][59]
> [...] Husserls Explikation wie Freuds Exegese haben aufgrund ihrer regressiven Orientierung eine unverkennbare Verwandtschaft. Mehr noch, indem Husserl die „Assoziation als das universale Prinzip der passiven Genesis" setzt, entdeckt er eine auf die der logischen Objekte nicht zurückführbare Art der Konstitution [...].[60]

Außer Ricœur und einigen anderen Interpreten hat bereits Eugen Fink von der Bedeutung der genetischen Methode Husserls sowie seiner Analysen zur passiven Synthesis hinsichtlich der Frage nach dem Unbewussten gesprochen.[61] Die Untersuchung der passiven Synthesen könnte insbesondere hinsichtlich der Schwierigkeiten, auf die Freud im Rahmen seiner philosophischen Fundierung der Metapsychologie stieß, einen wichtigen Beitrag leisten.[62] Eine Deutungsrichtung bezieht sich hier besonders auf eine phänomenologische Klärung des triebhaften Lebens.[63] In dieser Hinsicht wird die grundlegende Dynamik der Subjektivität nicht vom bewussten bzw. aktiven Ich bestimmt: Der Primat des lebendigen Bewusstseins wird von einer unbewussten, triebmäßigen Ebene dezentriert, die die Grundlage des psychischen Lebens sei.[64]

In einer anderen Richtung ist, wie Finks Auslegungen hervorheben, für eine Phänomenologie des Unbewussten derjenige methodische Weg geltend zu machen, demgemäß intentionale Elementaranalysen selbst zur intentionalen Theo-

---

59 P. Ricœur, *Die Interpretation*, 385 / *De l'interprétation*, 396.

60 P. Ricœur, *Die Interpretation*, 390 / *De l'interprétation*, 401.

61 Andere Autoren, wie Rudolf Bernet, Marc Richir, Anne Montavont, Dan Zahavi, Elmar Holenstein, Liangkang Ni, Laurent Perreau, Bruce Bégout heben gleichfalls die Wichtigkeit dieses Motivs hervor. Von diesen Autoren sind die Demarchen von Marc Richir und Rudolf Bernet in ihren eigenen philosophischen Ansätzen besonders von der Auseinandersetzung zwischen Husserl und Freud geprägt und dienen uns demgemäß als Referenzpunkte. Siehe dazu auch den von Gödde vorgeschlagenen Dialog – im weitesten Sinn – zwischen Phänomenologie und Psychoanalyse: „Aus dem Trennungsprozess zwischen Psychologie und Philosophie, an dem Freud als Antimetaphysiker und Husserl als Antipsychologist beteiligt waren, haben sich beide Disziplinen nach Nicole Schmidt eine ‚Reflexionsblockade' eingehandelt, an deren Folgen sie noch heute laborieren. Es gibt aber Anzeigen dafür, dass beide Disziplinen wieder in eine Bewegung der Annäherung gekommen sind. [...] Wichtig für die Zukunft wäre eine wechselseitig bereichernde Öffnung und Kommunikation zwischen diesen höchst bedeutsamen und doch so verschiedenen Denkwelten." (G. Gödde, „Das Unbewusste als Zentralbegriff der Freudschen Metapsychologie und seine philosophischen Wurzeln", in: U. Kadi u. a. (Hg.) *Traum, Geld, Logik: Freud, Husserl und Simmel zum Denken der Moderne*. Tübingen: Diskord, 2001, 56 f.)

62 Vgl. L. Perreau, Phänomenologie husserlienne et metapsychologie freudienne: la pulsion et l'inconscient. *Alter: Révue de Phénomenologie* 15, 2006, 12 f.

63 L. Perreau, Phänomenologie husserlienne et metapsychologie freudienne, 17.

64 „À l'idée d'un *ego* conçu comme centre fonctionnel de la subjectivité, dont la conception devait encore beaucoup au modèle cartésien, se substitue désormais l'idée d'une *vie transcendentale* qui comprend en elle une passivité fundamentale, qui est à la fois opacité à soi et dynamisme continu." (L. Perreau, Phänomenologie husserlienne et metapsychologie freudienne, 26)

rie des Unbewussten führen. Dabei geht es weder darum, das Unbewusste als „Vorstufe oder Nachgestalt des Bewusstseins" aufzufassen und Bewusstsein und Leben gleichzusetzen, noch darum, wie es die Vertreter einer reinen Tiefenpsychologie betrachten würden, das Unbewusste als das Wesen des Lebens zu bestimmen und die Dynamik der Triebe und Instinkte in den Vordergrund zu stellen.[65] Der letzten Auffassung des Unbewussten entspricht die von Günter Gödde so bezeichnete „triebhaft-irrationale" Traditionslinie des Unbewussten, eine Tradition, in die Gödde auch Freuds Konzept des Unbewussten einschließt.[66] In dieser Untersuchung soll das freudsche Denken dagegen innerhalb der von Gödde so genannten „kognitiven" Traditionslinie des Unbewussten gedeutet werden.[67] Dies setzt keinesfalls voraus, dass das Gewicht der Triebtheorie in Freuds Spätwerk geleugnet werden müsste, sondern ist deswegen gerechtfertigt, da dieser Begriff eine Geschichte innerhalb seines Werks hat und sich zunächst im Rahmen seiner Auseinandersetzung mit einer bestimmten Tradition entwickelt. Innerhalb dieser Tradition, von der Herbart der wichtigste Repräsentant war, stellte sich die erkenntnistheoretische Frage nach der Intensität der Empfindung und der psychischen Vorstellung als Ausgangspunkt zur Untersuchung der bewussten und unbewussten Phänomene. Auch Brentano bezog in diesem Kontext eine Position, indem er auf der Grundlage seiner Konzeption der Intentionalität psychischer Phänomene die Existenz und die Intensität von unbewussten Akten bestritten hat.[68] Ausgehend von einem anderen Begriff der Intentionalität nimmt Husserl dagegen in transzendentaler Perspektive die Untersuchung der Intensität unbewusster Phänomene und der Affektintentionalität wieder auf. Dabei führen zum einen die Sedimentierungsmodi der Retentionen und zum anderen die Intensitätsstufen der Affektionen zu einer Abgrenzung zwischen Bewusstheit und Unbewusstheit.

Mit Blick auf Husserls Vorgehen zur Untersuchung des Unbewussten hebt Fink in seinen Ideen zu einer „Phänomenologie des Unbewussten" hervor, dass die Analyse des Unbewussten eine Analyse der Bewusstheit voraussetzen muss, und zwar im Sinne einer Verweisung: Genetisch verweist Unbewusstheit auf Bewusstheit, so wie Erinnerungen auf vorgängigen Wahrnehmungen aufbauen.[69] Für die Analyse der Erinnerung heißt das, von den im Bewusstsein vollzogenen Erinnerungsakten her – d. h. von Vergegenwärtigungen und Affektionen – den Sinn der Konstitution der jeweiligen Inhalte oder Sinne (nach der Terminologie von *Ideen I*) zu untersuchen. Hinsichtlich der Unbewusstheit gilt es, dabei die Übergangsmodi von Wahrnehmungen und bewussten Akten zu unbewussten,

---

65 E. Fink, „Finks Beilage zum Problem des ‚Unbewussten'", in: E. Husserl, Hua VI, 473 f.

66 G. Gödde, *Traditionslinie des ‚Unbewussten'*: Schopenhauer, Nietzsche, Freud. Tübingen: Fuldaer, 1999, 11 f., 57-68, 70 ff.

67 G. Gödde, *Traditionslinie des ‚Unbewussten'*, 11, 29-34.

68 F. Brentano, *Psychologie vom empirischen Standpunkt*, 96 f., 170 f.

69 E. Fink, „Finks Beilage zum Problem des ‚Unbewussten'". In: Hua VI, 473.

sedimentierten Zuständen zu untersuchen, und so die Prinzipien herauszustellen, in denen das (Wieder)Bewusstwerden gründet. Erst in der genetischen Orientierung konnte Husserl diese Themen im Rahmen einer Phänomenologie des Unbewussten berücksichtigen.

Die genetische Methode, die sich bereits in jenen Texten abzeichnet, in denen Husserl sich der Frage nach der Zeitkonstitution zuwendet, und zwar insbesondere in den *Bernauer Manuskripte[n] über das Zeitbewusstsein* (1917-1918)[70], entwickelt sich in prominenter Weise im Kontext seiner Phänomenologie des Unbewussten in den *Analysen zur passiven Synthesis* (1918-1926)[71]. Husserls Untersuchungen werden dabei nicht im Ganzen genetisch, sondern die genetische Analyse ist eine Art „zweiter Schritt", der der statischen Analyse folgt.[72] Innerhalb der statischen Phänomenologie entwickelt Husserl die Beschreibung der noetisch-noematischen Korrelation zwischen dem Bewusstsein und seinen Gegenständen bzw. zwischen konstituierendem Bewusstsein und konstituierter Gegenständlichkeit. Davon ausgeschlossen bleibt die Thematisierung von noematischen Synthesen, die sich jenseits von noetischen Zusammenhängen abspielen, wie beispielsweise unbewusste Motivationen und Träume. Ebenso unanalysiert bleiben die affektiven Motivationen, die dem Phänomen der assoziativen Weckung (was meint, dass etwa eine Wahrnehmung oder eine bewusste Erinnerung die Vergegenwärtigung anderer Erinnerungen und Phantasien antreiben) zugrunde liegen. Beide Themen gehören zur genetischen Analyse.[73]

Im Unterschied zur statischen Deskription – so Husserl – könne die genetische Ausrichtung die zugrunde liegenden Konstitutionsmomente erst voll verständlich machen.[74] Eine regressive Methode sei geeigneter, die tiefsten Schichten des psychischen Lebens zu untersuchen. Dabei sei die wahrnehmungsmäßige Sinnlichkeit um eine „sekundäre Sinnlichkeit", eine Art zweiter hyletischer Schicht erweitert, „Ergebnis der Sedimentierung der spontanen Akte in der sinnlichen

---

70 R. Bernet, „Die neue Phänomenologie des Zeitbewusstseins in Husserls Bernauer Manuskripten". In: H. Hüni und P. Trawny (Hg.), *Die erscheinende Welt: Festschrift für Klaus Held.* Berlin: Duncker und Humblot, 2002, 539-555, 553.

71 R. Bernet, I. Kern und E. Marbach, *Edmund* Husserl: Darstellung seines Denkens. Hamburg, 1989, 181 f. Text von Iso Kern). Nach Donn Welton ist jedoch bereits in den *Ideen I* (1913) die genetische Methode in Unterschied zur statischen formuliert. (D. Welton, „The Systematicity of Husserl's Transcendental Philosophy: From Static to Genetic Method". In: D. Welton (Hg.), *The new Husserl: A critical reader.* Bloomington 2003, 255-288, 257 f.).

72 R. Bernet, I. Kern und E. Marbach, *Edmund Husserl*, 181 f. (Text von Iso Kern).

73 Siehe E. Hollenstein, *Phänomenologie der Assoziation*, 26 f.

74 E. Husserl, *Briefwechsel*, Bd. II: *Die Münchener Phänomenologen.* Dordrecht / Boston / London 1994, 260 (Brief an Gerda Walther, 2. Maihälfte 1920). Vgl. dazu den Husserls Brief an Roman Ingarden von 5. April 1918, wo Husserl bereits eine entstehende „radikale Phänomenologie" erwähnt, die jenseits einer „bloßen *Phänomenologie* der Zeit" liegen, den „tiefsten konstitutiven Problemen" zugewendet sein und im Sinne der „Begründung einer wahrhaft wissenschaftlichen Philosophie" zu betrachten sein soll. (E. Husserl, *Briefe an Roman Ingarden.* Den Haag: Nijhoff 1968, 9 f.).

Fundierung des Geistes“[75]. Den Theorien der Vergegenwärtigung und der Affektion, die zur Frage danach führen, wie die immanente Sedimentierung – die Husserl auch das Unbewusste nennt – wieder bewusst werden kann, kommt damit eine Wichtigkeit zu, die früher den Wahrnehmungsanalysen vorbehalten war.

In seinen *Analysen zur passiven Synthesen* vertritt Husserl hinsichtlich des Unbewussten also die Auffassung, dass sich jede Wahrnehmung aus dem stetigen Übergang der Impression in Retentionen in Form einer Sedimentierung ablagert.[76] Diese Sedimentierung nennt Husserl „Null“ oder „Unbewusstes“.[77] Unter Null versteht Husserl die Nullkraft der Affektion, wobei den im unbewussten Zustand befindlichen Sinnen die zureichende Kraft oder Merklichkeit hinsichtlich des Ich-Pols fehlt.[78] Dies betrifft ebenso bereits abgelaufene Vergegenwärtigungen (Phantasien und Erinnerungen) und andere bewusste Akte, die nach dem zeitlichen Modell der Vergegenwärtigung[79] in Schwächung der Anschaulichkeit ebenfalls retentional in den unbewussten Hintergrund zurücksinken und von diesem her protentional wiederum sich in ihrer Intensität steigern können. Die aktuell unbewusste Konstitution bzw. „die sekundäre Sinnlichkeit“ ist den ichlichen Betätigungen jedoch nicht unzugänglich, sofern Reize aus dem Unbewussten durch aktuelle Wahrnehmungen oder andere bewusste Akte assoziativ ebenfalls ins Bewusstsein übergehen können und auf das Ich als affizierende Kräfte wirken. Wie Husserl bereits in einem Bernauer Manuskript formuliert:

> Es kann nun auch eine Wiedererinnerung den Charakter des Auftauchens aus dem dunklen Vergangenheitshorizont haben, sie taucht als ein Stehendes und Bleibendes auf, sie wirkt als eine *sekundäre Sinnlichkeit*, übt einen Reiz zu spontanen Zuwendung und dann weiter, wenn wir uns in diese Intention ‚vertiefen‘, zur Herstellung einer wieder konstituierenden Erinnerung, als einer Erneuerung der Wahrnehmung in der Modifika-

---

75 A. Montavont, Le phénomène de l’affection dans les Analysen zur passiven Synthesis. *Alter: Revue de Phénoménologie II* (1994), 119-139, 125. Siehe E. Husserl, Hua XXXIII, 364. Siehe auch D. Welton, „The Systematicity of Husserl’s Transcendental Philosophy“, 280: „The final level to with active synthesis points is passive synthesis. This level might itself be the result of previous acts of active production that have become sedimented into the horizon and, as a result, form a ‘secondary sensibility’. Or it might be a level of embodied perception through which things are presented without active construction or interpretation, a level of ‘originary sensibility’.“

76 E. Husserl, Hua XI, 178. Siehe auch 183 f.

77 E. Husserl, Hua XI, 168, 177, 179.

78 E. Husserl, Hua XI, 168 ff.

79 „[…] in der Urgegenwart tritt die Erinnerung, treten verschiedene Erinnerungen als Diskretionen auf, als einzelne Erlebnisse, die wie andere Erlebnisse ihre stetige retentionale Abwandlung erfahren.“ (E. Husserl, Mat. VIII, C 7, Nr, 32, 132). Siehe R. Bernet, „Einleitung“. In: E. Husserl, *Texte zur Phänomenologie des inneren Zeitbewusstseins* (1893–1917). Text nach Hua Bd. X. Hamburg: Felix Meiner, 1985, lvii f.; A. M. Serra, Zum Phänomen der Deckerinnerung: Eine Auseinadersetzung zwischen Freud und Husserl. *Phänomenologische Forschungen* (2008), 23-41, 29.

tion des erinnernden Wieder-Bewusstseins, in der das Ereignis sich quasi-originär wieder konstituiert als Einheit eines Dauernden.[80]

Die Affektion wird daher als die aus dem Unbewussten sich abhebenden Reize begriffen, welche der Ich-Zuwendung und der Aufmerksamkeit vorausgehen und diese antreiben: „Wir verstehen darunter [unter dem Titel Affektion] den bewusstseinsmäßigen Reiz, den eigentümlichen Zug, den ein bewusster Gegenstand auf das Ich übt [...]".[81] Die Affektion kann als ein auf das Ich ausgeübter Reiz – so Elmar Holenstein – oder als ein rezeptives Vorbewusstsein – so Anne Montavont – begriffen werden, welches dem Bewusstseinsakt vorausgeht, die Aufmerksamkeit antreibt und insofern als Bedingung der Möglichkeit der Vergegenwärtigung zu verstehen ist.[82] Dieser Reiz ist seinerseits als „Uraffektion" zu bezeichnen, „wenn er von einer noch nicht vergegenständlichten, vorobjektiven intentionalen Einheit ausstrahlt."[83]

Mit seinen Analysen der Affektion und passiven Assoziation sucht Husserl nachzuvollziehen, inwiefern jeder bewusste Sinn auf eine jeweilige Konstitutionsgeschichte und vorhandene Gegebenheitsweisen zurückweist. Dabei können einzelne Stufen unterschieden werden, wobei jeweils eine passiv konstituierende Ebene von Vor-Gegebenheiten und Habitualitäten das intentionale Leben in einer ‚unbewussten' Weise stiftet und affektiert.[84] Darauf kann wiederum nachträglich in Urteilsakten und anderen noetischen Stufen Bezug genommen werden. Wenn Wahrnehmungen und Vergegenwärtigungen in die Sedimentierungsschichten übergehen, sobald sie bewusst auftreten, und wenn sie sich aus den unbewussten Schichten her mit anderen aktuellen bewussten Akten assoziativ zusammenschließen, so liegen diesen Vorgängen im wesentlichen folgende Strukturgesetze zugrunde: die passive Assoziation in der Vergegenwärtigung (bei Erinnerungen und Phantasien); die noetischen und noematischen Stufen der Vergegenwärtigung; die Zeitlichkeit des Sedimentierens; die Diskontinuität des Bewusstwerdens bzw. des Affizierens; die Unterschiede zwischen den passiven und den aktiven Schichten der Konstitution (Husserl) bzw. zwischen Primär- und Sekundärprozessen (Freud); die Rolle der affektiven Intentionalität.

Nach Ludwig Binswanger liegt jedoch die Grenze der Phänomenologie Husserls hinsichtlich der unbewussten Vorgänge und deren Erscheinungsmodi darin,

---

80 E. Husserl, Hua XXXIII, 364 (unterstrichen von mir A.M.S.).

81 E. Husserl, Hua XI, § 32, 148.

82 E. Holenstein, *Phänomenologie der Assoziation*, 37; A. Montavont, *Le phénomène de l'affection dans les Analysen zur passiven Synthesis*, 125.

83 E. Holenstein, *Phänomenologie der Assoziation*, 37.

84 Siehe D. Zahavi, *Self-awareness, Temporality, and Alterity: Central Topics in Phenomenology*. Dordrecht / Boston / London: Kluwer Academy Publishers, 1998. 208: „[...] Husserl concedes that the intentional activity of the subject is founded upon and conditioned by an obscure and blind passivity, by drives and associations, and that there are constitutive processes of an anonymous and involuntary nature taking place in the underground or depth-dimension of subjectivity that cannot be seized by direct reflection."

dass sie sich auf die Analyse der Bewusstseinsphänomene im Sinne des intentionalen (des gegenständlich gerichteten) Bewusstseins beschränkt, so dass ein großes Feld nicht-intentionaler Phänomene, wie etwa Angst und Liebe, davon ausgeschlossen bleiben.[85] Obwohl die Angst bei ihrem Auftreten bewusst wird, unterliege sie selbst nicht dem intentionalen Gerichtetsein auf eine Gegenständlichkeit: Die Angst sei gegenstandslos – „weder auf einen bestimmten Gegenstand noch auf Gegenständlichkeit überhaupt gerichtetes Sein" –, sodass sie „das eigentliche Negativum der Intentionalität, deren vollständige Verneinung" ausmache.[86] Anders ausgedrückt: Das brentanosche Intentionalitätsprinzip, demgemäß eine Vorstellung als Grundlage jedes anderen psychischen Akts vorausgesetzt werden muss, kann somit einigen oder sämtlichen Gemütsphänomenen nicht gerecht werden.[87] Vor diesem Hintergrund soll in den Kapiteln über Brentanos Ansicht der Intensität psychischer Phänomene und über Husserls Theorien der Affektion und der Affektintentionalität erörtert werden, inwieweit sich Husserls Intentionalitätstheorie von dem genannten Modell unterscheidet und inwiefern die Kritik Binswangers eben allenfalls auf Brentano und nicht unmittelbar auf Husserl angewendet werden kann. Dennoch berührt Binswangers Kritik freilich dieselbe Problematik, in dessen Rahmen sich auch Michel Henrys Auseinandersetzung mit der Psychoanalyse sowie der husserlschen Phänomenologie bewegt.

Henry hebt dabei die transzendentale Dimension des freudschen Ansatzes hervor und plädiert zugleich für deren Deutung im Sinne einer Überschreitung der Theorie der Vorstellung von Husserl und Brentano. Henry geht mit Freud davon aus, dass jede bewusste Vorstellung aus einem affektiven und einem vorstellenden Gehalt besteht, wobei zwischen Affekt und Vorstellung keine feste Verbindung angenommen werden kann. Der Affekt kann sich mit beliebigen Vorstellungen vereinigen und noetisch als ursprünglich verbunden mit einer bestimmten oder auch irgendeiner anderen Vorstellung angenommen werden. Bei den betreffenden bewussten Akten tritt der Affekt bewusst ein; seine Verknüpfung mit einer ursprünglichen Vorstellung kann jedoch verdrängt werden und so weiter bestehen, ohne für das Bewusstsein erreichbar zu sein.[88] Im Gegensatz zum bildlichen oder wörtlichen Gehalt der Vorstellung, der bewusst oder unbewusst bestehen kann – je nachdem, ob er verdrängt wird oder nicht, ob er verdrängt bleibt oder nicht –, zeigt sich der Affekt, den Freud im Kern des Unbewussten ansetzt, als nicht-unbewusst.[89] Daher fungiert der Affekt nicht als Repräsentant des Triebes, wie es die bewusste Vorstellung sein mag, sondern als dessen

---

85 L. Binswanger, *Grundformen und Erkenntnis menschlichen Daseins.* München / Basel: Ernst Reinhardt[3], 1962, 643.

86 L. Binswanger, *Grundformen und Erkenntnis menschlichen Daseins*, 643.

87 F. Brentano, *Psychologie vom empirischen Standpunkt*, 112.

88 M. Henry. *Généalogie de la psychanalyse: le commencement perdu.* Paris: PUF, 1985, 369 f.

89 „Ansi le fond de l'inconscient n'est-il, en tant qu'affect, rien d'inconscient." (M. Henry, *Généalogie de la psychanalyse*, 369).

Fundament. Im Zusammenhang damit bezeichnet Henry die doppelte Fähigkeit des ‚psychischen Apparates' bei Freud, Reize aus den zwei Richtungen anzunehmen – aus der Wahrnehmung und aus dem Unbewussten – als doppelte ontologische Rezeptivität. Dementsprechend unterscheidet er zwischen der transzendentalen Rezeptivität in Bezug auf die Welt und der transzendentalen Autorezeptivität oder Affektion. Diese ist – so Henry – als absolute Subjektivität oder immanente Selbstaffektion zu verstehen, da dass durch sie das strukturell erste Moment der Wahrnehmung zum immanenten selbst-affektiven Leben wird.[90]

Die Auslegungen von Binswanger und Henry heben also die Zentralität der Affektion und des Affekts hervor, was für eine phänomenologisch-transzendentale Deutung des Unbewussten nicht außer Betracht gelassen werden kann. In dieser Untersuchung soll zunächst gezeigt werden, inwiefern Freuds Motiv des Affekts seit seinen frühen Schriften grundlegend ist für die Theorien der Erinnerungsschichtung, worauf auch die später hervorgehobene affektive Fundierung des Unbewussten hinweist. Aus einer historischen Perspektive soll dabei ebenfalls erläutert werden, inwieweit dieses Motiv als Erbe der psycho-physiologischen Tradition angesehen werden kann, aus deren Prinzipien Freud auch Brentanos und Herbarts Theorien der Vorstellung umdeuten konnte. Die von Freud in psycho-physiologischen Termini und in ‚logisch-metaphorischer' (Derrida) Deutung entwickelte Theorie des Affekts ist schließlich aus einer phänomenologischen Sicht zu untersuchen, wobei vor allem die transzendentale Bedeutung der Vergegenwärtigung, der Affektion und der Triebintentionalität im Vordergrund steht. Die affizierenden Daten, die aus dem Unbewussten her das Ich zur Zuwendung oder Ablenkung motivieren, sind nicht bloß gleichgültige Stoffe. Den konstituierten Sedimentierungsschichten, die bewusstseinsmäßig als Affektionen wirken, wohnen nach Husserl vergangene affektive Motivationen und „triebmäßige Bevorzugungen" inne, die je nach dem Moment und der Weise des Bewusstwerdens von Stufen des erkenntnisorientierten Interesses und der affektiven Intentionalität überdeterminiert werden.[91]

Es lässt sich daher erstens thematisieren, inwiefern die unbewussten Phänomene auf der Grundlage ihrer affektiven Fundierung eine andere Art der Intentionalität besitzen, anstatt sich als bloßes „Negativum der Intentionalität" (Binswanger) auszuweisen. Zweitens soll die intersubjektive Dimension der unbewussten Affektion in Betracht gezogen werden, wobei die „immanente Selbstaffektion" (Henry) aus dem Anderen und aus dessen prinzipiellem Entzogenheit zu deuten ist. Dies ist zugleich eine Problematik, die hier zu Merleau-Pontys Deutung des freudschen Denkens führt.

Ähnlich wie Henry gelangt Merleau-Ponty im Rahmen seiner eigenständigen Weiterentwicklung der husserlschen Phänomenologie zu einer Neuinterpretation

---

[90] M. Henry, *Généalogie de la psychanalyse,* 372 f.

[91] E. Husserl, Hua XI, 150; Mat. 8, 318.

der freudschen Theorien in transzendentaler Hinsicht. Für Merleau-Ponty besteht die Hauptaufgabe darin, aus der psychoanalytischen Begründung eine Idee von Geschichte geltend zu machen, die von transzendentaler Bedeutung ist. Ihr entspricht keine kausale Kette von Ereignissen, sondern sie vollzieht sich eher als ‚ambivalente Stiftung', dessen Kennzeichen das Vergessen, das nicht-logische Verstehen, die diskontinuierliche Reaktivierung der Sedimentierung ausmachen. Diese Geschichte habe ihre Urstiftung nicht in ideell konstituierten und lediglich reproduzierbarem Sinn, wie es bei Husserl der Fall sei, sondern in einer Sinngebung, die sich als stetige Sinnverschiebung erweist.[92] In dieser Konzeption sei die Erinnerung als Wiederherstellung des Selben von der Bedrohung des Vergessens bestimmt. Obwohl das Vergessen scheinbar einen Akt-Charakter besitzt, der sich analog zur Ablehnung einer unerwünschten Wahrnehmung offenbart[93], sei das Vergessen gerade nicht als Abwendung von einem bestimmten Gegenstand zu bezeichnen, wobei ihm eine verkehrte Intentionalität entspräche, d. h. ein Nicht-Gerichtetsein-auf-Etwas. Im Vergessensphänomen handelt es sich vielmehr um ein mögliches, in der Wahrnehmung oder in vorhandenen Vergegenwärtigungen stattgefundenes Etwas, das nicht oder nicht mehr in der Anwesenheitsform vorliegt.[94] Insofern ist das Vergessensphänomen von denjenigen Motivationen her zu verstehen, die sich mittels einer Kausalitätserklärung nicht erschließen lassen und im Sinne eines besonderen Intentionalitätsmodus zu verstehen sind.[95] Eine echte transzendentale Begründung der Erinnerung sollte aber – so Merleau-Ponty – die subjektive Ebene bzw. das psychoanalytische Konzept des Unbewussten hinsichtlich seiner singulären Geschichten überschreiten. Solch eine Überschreitung des „ethnozentrischen Unbewussten" eröffne erst die Möglichkeit, der intersubjektiven Dimension des Unbewussten gewahr zu werden.[96]

In diesem Kontext ist anzumerken, dass Freud die Konstitution der Erinnerungsschichtung bzw. des Unbewussten als Mitkonstitution aus dem Bezug zum Anderen – wenn auch nicht explizit – auffasst. Bereits im *Entwurf einer Psychologie* hebt Freud den unzureichenden Charakter des eigenen psychischen Lebens hervor, sodass dieses sich aus dem Anderen und als auch im Sinne der intersubjekti-

---

[92] M. Merleau-Ponty, *Notes des cours au Collège de France: 1958-1959 et 1960-1961.* Texte établi par S. Ménasé. Paris: Gallimard, 1996, 380.

[93] „[…] in Vergessen halte ich eine Erinnerung auf Abstand, so wie ich an jemandem, den ich nicht zu sehen wünsche, vorbeisehe." (M. Merleau-Ponty, *Phänomenologie der Wahrnehmung.* Berlin: Walter de Gruyter und Co., 1966, 194).

[94] Siehe M. Merleau-Ponty, *Phänomenologie der Wahrnehmung*, 194 f.

[95] Siehe M. Merleau-Ponty, *Das Auge und der Geist: Philosophische Essays.* Hrsg. von Ch. Bermes. Hamburg: Felix Meiner, 2003, 26: „Die Psychoanalyse ist nicht dazu da, um uns wie die Naturwissenschaft über notwendige Beziehungen zwischen Ursache und Wirkung aufzuklären, sondern um uns auf Motivationszusammenhänge hinzuweisen, die prinzipiell immer bloß möglich sind."

[96] M. Merleau-Ponty, *Notes des cours au Collège de France*, 399.

ven Übertragung zutage tritt.[97] Die intersubjektive Deutung seiner Metapsychologie lässt sich außerdem dann bereichern, wenn diese an kulturell-geschichtlichen Themen ansetzt, wie man sie vor allem in Freuds Spätwerk findet.[98] Gerade in der intersubjektiven Dimension kann sich für Freud das, an was es dem Eigenen mangelt – die vollkommene Evidenz und Erkenntnis von sich selbst und der eigenen Geschichte – in dem von denselben Mängeln behafteten Anderen und seinen jeweiligen Geschichten widerspiegeln. In diesem Sinne erst lässt sich die Übertragung in einen intersubjektiven Kontext verwirklichen.[99] Gemäß den freudschen und husserlschen[100] Ansprüchen soll die Erinnerungskonstitution methodisch allerdings zunächst auf deren metapsychologischer (Freud) bzw. transzendentaler (Husserl) Grundlage betrachtet werden. Diese Vorgehensweise ist insofern weder mit einem Subjektivismus noch mit einer Begrenzung auf persönliche (narrative) Identitätskonstitution identisch: Gerade im transzendentalen bzw. metapsychologischen Sinn kann von der Mitkonstitution einer Sinngeschichte aus dem Anderen und aus dessen Abwesenheit gesprochen werden.

Die philosophische Beschäftigung mit dem freudschen Denken, wie sie sich etwa bei Henry, Merleau-Ponty, Habermas und Ricœur vollzieht, bestehe Hans-Dieter Gondek zufolge in einer „philosophischen Selbstverständigung" und somit in einer „Abwehr einer Bedrohung", und zwar der Abwehr der Möglichkeit, dass die jeweiligen vorgegebenen philosophischen Begrifflichkeiten, in denen Freuds Diskurs integriert wird, von der Psychoanalyse selbst in Frage gestellt werden. Gondek schlägt dagegen eine andere Art der Auseinandersetzung mit dem

---

97 Freuds Szene des Befriedigungserlebnisses betrifft die einer ursprünglichen Lusterfüllung nachfolgenden Erlebnisse, in denen derselbe Wunsch wiederauftaucht, ohne dass jedoch darauf die intendierte Erfüllung in der Wahrnehmung und durch die Teilnahme einer leibhaften Person folgen. Die Abwesenheit der tatsächlichen Wunscherfüllung fungiert daher nach Freud als Antrieb zur Entwicklung anderer psychischer Akte, wie des Phantasierens, des halluzinatorischen Erinnerns und des Traumes. Siehe S. Freud, *Entwurf einer Psychologie*, 410 ff., siehe hier den Abschnitt II. 3.7.

98 Siehe S. Freud, *Massenpsychologie und Ich-Analyse* (1921), GW XIII; „Das Unbehagen in der Kultur" (1930), GW XIV; „Warum Krieg?" (1933[1932]), GW XVI; „Zur Gewinnung des Feuers" (1932[1931]), GW XVI: *Der Mann Moses und die monotheistische Religion* (1939[1934-38]), GW XVI.

99 Vgl. dazu die von Merleau-Ponty zitierte Passage von Paul Valéry: „Niemand könnte frei denken, wenn seine Augen nicht imstande wären, andere Augen, die ihnen folgen, zu verlassen. Sobald die Blicke einander festhalten, ist man nicht mehr ganz und gar *zu zweit*, und es wird schwer, allein zu bleiben. Jener Austausch, das Wort ist treffend, verwirklicht in einer sehr kurzen Zeit eine Übertragung, eine Metathese: einen Chiasmus zweier ‚Schicksale', zweier Gesichtspunkte. Dadurch kommt es zu einer Art wechselseitiger simultaner Einschränkung. Du nimmst mein Bild, meine Erscheinung, ich nehme die deine. Du bist nicht *ich*, da du mich siehst und ich mich nicht sehe. Was mir fehlt, das ist jenes Ich, das du siehst. Und was dir fehlt, das bist du, den ich sehe. Und wie weit wir auch in der gegenseitigen Erkenntnis voranschreiten, in dem Masse, wie wir uns spiegeln werden, werden wir verschieden sein […]". (P. Valéry, *Tel Quel* I, 42, zitiert in: *Das Auge und der Geist*, 82).

100 Siehe E. Husserl, Hua XXXIII, 344.

freudschen Denken vor, wobei sowohl die Unantastbarkeit der Psychoanalyse gegenüber der Philosophie bewahrt bleibt als auch die argumentative Schwäche gewisser philosophischer Überlegungen Freuds hingenommen werden kann.[101] Der erste Aspekt erweise sich in der für die philosophischen Anfragen an die Psychoanalyse charakteristischen Entziehung ihres Objektes: Philosophische Deutungen haben keinen direkten Zugang zur praktischen Dimension der Psychoanalyse, d. h. man kann zwar die psychoanalytischen Theorien berücksichtigen, nicht aber die innerhalb einzelner analytischer Prozesse und „singulären Begehrens" situierte „Praxis-Theorie-Konstellation" der Psychoanalyse.[102] Hinsichtlich des zweiten Aspekts sei es nun die Aufgabe des Philosophen, „das von Freud Intendierte erst einmal philosophisch so stark wie möglich zu machen".[103] Bei dieser Vorgehensweise geht es darum, die jeweiligen philosophischen Distinktionen von den psychoanalytischen Provokationen in Frage stellen zu lassen, und zwar, indem die die Integrität des Philosophierens bedrohende Ichspaltung sowie Einfälle von unbewussten Gedanken, Lapsi und Fehlhandlungen in ihrem Recht ernst genommen werden.[104]

Derridas Begegnung mit dem freudschen Denken eignet sich als paradigmatische Darstellung dieses Vorgehens und unterscheidet sich somit wesentlich von der genannten philosophischen Abwehr der Psychoanalyse. Dies wird besonders in zweierlei Hinsicht deutlich: Erstens sei Derrida kein genuiner Repräsentant philosophischen Denkens und zweitens basiert seine Kritik an der Metaphysik auf einer psychoanalytischen Sicht bzw. auf seiner Interpretation von Freuds Denken.[105] Hier sind Derridas Motive der Schrift, der Spur sowie der Nachträglichkeit zu erwähnen, die er in eine Auseinandersetzung mit Freud bringt, ausgehend vom *Entwurf* (1895) bis zum späteren Text „Notiz über den Wunderblock" (1924).[106] Die Denkfigur der *différance* und die Zeitlichkeit als Nachträglichkeit werden dabei bereits als Grundformen des freudschen Denkens erfasst, wobei die unbewusste Schrift als eine sich nachträglich umschreibende und zugleich verhüllende Dimension eines selbst nicht anwesenden Sinns gelesen wird.[107] Bekanntermaßen sind dieselben Motive grundlegend für die Kritik Derridas an Husserls Philosophie der Präsenz und deren logozentrischer Verdrängung der Schrift.[108]

---

101 H.-D. Gondek, „La séance continue: Jacques Derrida und die Psychoanalyse". In: J. Derrida, *Vergessen wir nicht: die Psychoanalyse!*. Frankfurt: Suhrkamp, 1980, 190 f.

102 H.-D. Gondek, „La séance continue: Jacques Derrida und die Psychoanalyse", 192 f.

103 H.-D. Gondek, „La séance continue: Jacques Derrida und die Psychoanalyse", 192 (Fn. 27).

104 H.-D. Gondek, „La séance continue: Jacques Derrida und die Psychoanalyse", 191 f.

105 H.-D. Gondek, „La séance continue: Jacques Derrida und die Psychoanalyse", 194 f.

106 J. Derrida, „Freud et la scéne de l'écriture", 2006.

107 J. Derrida, „Freud et la scéne de l'écriture", 299 ff. („Freud und der Schauplatz der Schrift, 308 ff).

108 „Ce n'est pas un hasard si les *Leçons* sur la conscience intime du temps confirment la dominance du présent et rejettent à la fois l',après-coup' du devenir-conscient d'un

Dabei wird auch Husserls Phänomenologie der Erinnerung als Philosophie der Präsenz eingestuft, sodass die Vergegenwärtigung (Phantasie und Erinnerung) aufgrund ihrer idealisierenden Fundierung mit der Wiederherstellung des bereits Konstituierten bzw. der unendlichen Wiederholungsmöglichkeit des Selben gleichgesetzt wird.[109] Auf diese doppelte und reziproke Referenz Derridas auf Freud und Husserl bezieht sich Gondek folgendermaßen: „Man kann sagen, dass Derrida, wenn er Husserl liest, Freud im Hinterkopf hat und dass umgekehrt die Auseinandersetzung mit Freud nicht ohne Bezug zu Husserl (und Heidegger) vonstatten geht."[110] In ähnlicher Weise vertritt auch Rudolf Bernet die Position, dass in den derridaschen Auslegungen der husserlschen Phänomenologie Freud nach dem Modell der lacanschen Übertragung als eine dritte Person fungiert, die der zugrundeliegende Adressat der Deutung ist.[111]

Obwohl die Einbeziehung des derridaschen Ansatzes im Rahmen dieser Untersuchung einen unentbehrlichen Beitrag für die Deutung des frühen Denkens Freuds anbietet, wird Derridas Kontrastierung zwischen dem husserlschen und dem freudschen Denken nicht als primäre Deutungsrichtung vorausgesetzt, damit andere Arten der Auseinandersetzung mit beiden Autoren möglich bleiben. Wie Bernet hervorhebt, können Derridas Lektüren des freudschen und husserlschen Denkens nicht in erster Linie dazu führen, die Gegenüberstellung zwischen einem reinen, transzendentalen Bewusstsein einerseits und einem als Moment der *différance* zu bezeichnenden Unbewussten andererseits weiterhin hervorzuheben. Die derridasche *différance* sei vielmehr sowohl den Ansichten Freuds eigen, wie beispielsweise in seiner Theorie der Nachträglichkeit und seiner Unterscheidung zwischen Primär- und Sekundärvorgängen, als auch der husserlschen Auffassung der Affektion und der diskontinuierlichen Zeitlichkeit der Vergegenwärtigung.[112] Vor allem das Feld der passiven Assoziation sowie die aus der Sedimentierung als entfremdete „Fetzten"[113] auftauchenden Affektionen weisen auf vorausliegende Schichten der Konstitution zurück, die sich von den darauf aufbauenden noetischen Stufen nur nachträglich und angesichts einer mangelnden

---

‚contenu inconscient', c'est-à-dire la structurede la temporalité impliquée par tous les textes de Freud." (J. Derrida, *La voix et le phénomène: Introduction au problème du signe dans la phénoménologie de Husserl.* Paris: PUF, 1967, 71). Siehe auch ebd. zumal die Seiten 3 ff., 68 ff., 93 ff.

109 J. Derrida, *La voix et le phénomène*, 70 ff, *Die Stimme und das Phänomen.* Übers. von H.-D. Gondek. Frankfurt: Suhrkamp, 2003, 87 ff.

110 H.-D. Gondek, „La séance continue: Jacques Derrida und die Psychoanalyse", 197 f.

111 „[...] Derrida, wenn er sich mit Husserl auseinander setzt, [hat] dabei Freud im Sinn." (R. Bernet, „Derrida – Husserl – Freud: Die Spur der Übertragung". In: H.-D. Gondek und B. Waldenfels (Hg.), *Einsätze des Denkens: zur Philosophie von Jacques Derrida.* Frankfurt: Suhrkamp, 1997, 99-123, 100). Bernet zufolge sind die Spuren dieser Übertragung vor allem in *La voix et le phénomène*, „Freud et la scène de l'écriture" und „Spéculer – sur Freud" (in: *La carte Postale de Socrate à Freud und au-delà*, 275-437) deutlich. (ebd.).

112 R. Bernet, „Derrida – Husserl – Freud: Die Spur der Übertragung", 99.

113 E. Husserl, Hua XI, 184.

Übereinstimmung mit dem vermeintlich Konstituierten bzw. dem sich vorichlichen Konstituierenden thematisieren lassen. Derridas Auseinandersetzung mit der Theorie des transzendentalen Bewusstseins Husserls und der Theorie des Unbewussten Freuds kann darüber hinaus dazu beitragen – so Emil Angehrn –, diese supplementären und hinter der subjektiven Leistung zurückliegenden Moment der Konstitutionsanalyse zu betrachten: die unbewusste Sinnherstellung und den Sinnverlust.[114] Beide sind Momente einer „verborgenen Tiefenschicht" des Bewusstseins, einer Schicht der passiven Genesis, die den Ich-Leistungen nicht zu subsumieren sind.[115]

Schließlich ist gemäß Marc Richirs Auslegungen von der Problematik der passiven Synthesis her eine andere Herangehensweise an das Unbewusste zu initiieren, in der die Erinnerung nicht aus der Sicht einer Verdoppelung der lebendigen Gegenwart und die Ur-zeitlichkeit/Ur-räumlichkeit (*proto-temporalisation/proto-spatialisation*) nicht aus einer bereits konstituierten transzendentalen *Hyle*, sondern aus einer konstituierenden *Hyle* (*constituant*) her zu betrachten seien.[116] Dafür wäre es zunächst nötig, ein sich nicht der Identität zuwendendes Denken zu entwickeln, damit eine Affektion als solche aufkommen kann, ohne bereits in einen vorgegebenen Sinn eingeordnet oder zu einer identischen Gedanken- und Erlebensreihe umgestaltet und verunstaltet worden zu sein – und stattdessen als *différance* auftreten kann.[117]

Richirs und Derridas Plädoyer für eine Deutung des Unbewussten jenseits der Philosophien der Präsenz und deren idealisierender Fundierung wird in dieser Arbeit in zweifacher Hinsicht berücksichtigt. Erstens wird gezeigt, inwiefern und aus welchen strukturellen Gründen sich mit Freuds Theorie der Erinnerungsschichtung die Unmöglichkeit der reinen Wiederholung von ursprünglich auftretenden Wahrnehmungen und von vorherigen bewussten Akten feststellen lässt. Daran schließt sich eine Erörterung darüber an, in welchem Sinne Freuds Untersuchung der Erinnerungsschichtung den fragmentarischen Charakter der Konstitution und die Auslöschung der Wahrnehmungs- und Bewusstseinsgegebenheiten nachweisen kann. Zweitens ist zu thematisieren, ob in den Assoziationsprinzipien – die sowohl für die sich an die Wahrnehmung anschließende Ablagerung von Erinnerungsspuren als auch für das bewusste Erscheinen von unbewusstem

---

114 Siehe E. Angehrn, *Interpretation und Dekonstruktion: Untersuchung zur Hermeneutik.* Weilerwist: Velbrück, 2004, 315 f.

115 E. Angehrn, *Interpretation und Dekonstruktion*, 314 f.

116 M. Richir, „Monodologie transcendantale et temporalisation". In: S. Ijsseling (Hg.), *Husserl-Ausgabe und Husserl-Forschung.* Dordrecht / Boston / London: Kluwer Academic Publishers, 1990, 151-172, 171.

117 Siehe M. Richir, „Monodologie transcendantale et temporalisation", 1990, 171: „Autre régime de la pensée, non-identitaire, où l'eidétique elle-même doit changer de statut, puisque, derrière l'*eidos* identique à soi dans son concept, il doit y avoir des *Wesen* de monde pareillement 'affectés' de la non-identité."

Sinn grundlegend sind – die Zugehörigkeit einzelner Elemente umfassenderen konstituierten Sinnkontexten entbehrlich ist.

Wenn es bei einer Archäologie des phänomenologischen Unbewussten[118] grundsätzlich darum geht, zu verstehen, wie die bewussten Phänomene (vor allem die bewusste Erinnerung und Phantasie) auf unbewussten Konstitutionsschichten gründen, und wie diese umgekehrt von den bewussten Phänomenen her thematisiert werden können, benötigt gerade die Unterscheidung zwischen beiden Konstitutionsmomenten – der Bewusstheit und der Unbewusstheit – weitere systematische Untersuchungen, die in den folgenden Ausführungen entwickelt werden sollen.

I. 4. Zum Aufbau der Arbeit

Im ersten Teil dieser Untersuchung wird Freuds frühe Theorie der Erinnerungsschichtung sowohl in werkgenetischer Hinsicht als auch im Hinblick auf ihre zentralen philosophischen und psychologischen Einflüsse dargestellt. Daraus werden außerdem die Entwicklungen des Themas in einigen späteren Werken Freuds aufgezeigt. Wesentliche Konzeptionen Freuds werden dabei unter dem Blickwinkel von Derridas Deutungen sowie von Husserls eigenständigen phänomenologischen Analysen beleuchtet. Die im ersten Teil der Untersuchung zur Verdeutlichung der Freudschen Konzeption eingeführten Analysen Husserls werden dann im zweiten Teil hinsichtlich ihrer Situierung innerhalb von Husserls Werk eingehender und im Rahmen einer archäologischen Phänomenologie des Unbewussten dargestellt.

Die Untersuchung setzt sich schrittweise aus folgenden thematischen Bereichen zusammen:

1. Die Bedeutung der frühen Werke Freuds hinsichtlich seiner später entwickelten Metapsychologie;
2. Die werkgenetische Erforschung der frühen Theorie der Erinnerungsschichtung Freuds;
3. Die Weiterentwicklung dieser Theorie in einigen späteren Werken;
4. Die historischen Einflüsse in Freuds Theorien der Erinnerung und des Unbewussten;
5. Derridas Beitrag zur Deutung der freudschen Theorien;
6. Husserls Beitrag zur Entfaltung der freudschen Analysen;
7. Husserls Phänomenologie des Unbewussten im Kontext seiner passiven Intentionalitätsanalysen;

---

118 Vgl. E. Husserl, Mat. VIII, C 16, Nr. 80, 356 f (auch bei: K. Ebeling und S. Altekamp (Hg.), *Die Aktualität des Archäologischen.* Frankfurt a.M.: Fischer, 2004, 46).

8. Bestimmung der Reichweite der Phänomenologie Husserls hinsichtlich Freuds metapsychologischer Fundierung der Psychoanalyse;
9. Weiterführende Gedanken: Der Beitrag dieser Untersuchung für eine Archäologie des (Un)bewussten.

Die Punkte (2.) bis (5.) werden vor allem im ersten Teil der Arbeit thematisiert; die Punkte (6.) und (7.) hauptsächlich im zweiten Teil. Die Bedeutung des freudschen Frühwerks (Punkt 1.) sowie die Auseinandersetzungen zwischen dem freudschen und dem husserlschen Denken (Punkt 8.) wurden in vorherigen Einleitungen unter Berücksichtigung der entsprechenden Sekundärliteratur thematisiert und werden jeweils im ersten und im zweiten Teil der Arbeit ausführlicher begründet. Der Punkt 9. stellt den systematischen Rahmen der gesamten Untersuchung dar.

II. Erster Teil: Freuds Archäologie der Erinnerungsschichtung

Die im Folgenden untersuchten Werke Freuds entstanden im Zeitraum zwischen 1891 und 1899, also in seiner so genannten neurologischen, vor-psychoanalytischen Phase: Es sind Schriften, die gemäß der Deutung von Ricœur und anderen Autoren der hermeneutischen Wende der *Traumdeutung* (1900) vorangehen. Freuds metapsychologische Begründung des Traums sowie seine bekannten, in engerem Sinne später eingeführten Theorien des Unbewussten und der Verdrängung lassen sich aber auch in den früheren Texten vorweisen. Bei der Auslegung dieser frühen Texte geht es viel weniger darum, zu zeigen, wie Freud frühere spekulative Konzeptionen überschritten hätte, um die klinische Psychoanalyse unter neuer theoretischer Grundlage zu entwickeln, sondern darum, seine entworfenen metapsychologischen Auslegungen im Sinne einer transzendentalen Begründung der psychischen Phänomene zu rehabilitieren. Freuds metapsychologische Ausführungen über die Intensität psychischer Phänomene, die in seiner Auffassung der unbewussten psychischen Akte grundlegend wird, situiert sich von selbst im Rahmen einer philosophisch-psychologischen Debatte des 19. Jahrhunderts über die Intensität der Empfindung und der Vorstellung und lässt sich in phänomenologischer Sicht weiter begründen. In den früheren Texten legte Freud aber noch keine präzise Abgrenzung zwischen bewussten und unbewussten Akten fest. Auch in seinen späteren Arbeiten hat er übrigens noch Schwierigkeit mit dieser Abgrenzung. Zunächst wendet sich Freud der Untersuchung der quantitativen Faktoren bzw. der Intensivierungskräfte zu, die den Anschaulichkeitsstufen der bewussten Akte zugrunde liegen. Er analysiert dabei zum einen die Prinzipien der zeitlichen und räumlichen Übertragung von psychischen Reizen, die dem bewussten Vorstellen vorangehen, und zum anderen die Phänomene, die das Bewusstwerden zu verhindern vermögen. Beide Punkte wird er 1895 im *Entwurf einer Psychologie* begründen. Aber erst in seiner frühen Abhandlung über die Aphasien (1891) führt er ein metapsychologisches Schema ein, mittels dem er versucht, das Bewusstwerden der psychischen Vorstellungen und deren Bezug auf vorherige psychische Akte klarzulegen. Aus den Problemen, die daraus entstehen, sollte er dann in nachfolgenden Jahren zur Untersuchung der quantitativen Faktoren – wie er psychische Phänomene wie Affekt und Aufmerksamkeit einstuft – fortschreiten. Zunächst soll aber die früheste Abhandlung Freuds betrachtet werden.

II. 1. Zur Auffassung der Aphasien *(1891): Von den Gedächtniszellen zur Erinnerungsvorstellung*

Die Einordnung der Aphasie-Studie als physiologische Arbeit liegt nahe, weil Freud darin das Problem der Aphasie in physiologischer Terminologie und in Auseinandersetzung mit den damals wichtigsten Studien zu diesem Thema – vornehmlich mit denen von Paul Broca und Carl Wernicke – behandelt.[1] Die Art und Weise, mit der in dieser frühen Schrift die Sprache, die psychische Vorstellung, der Bezug zwischen dem Psychischen und dem Physiologischen sowie die Bildung von Erinnerungsspuren und Assoziationen erörtert werden, überschreitet allerdings den engeren physiologischen Rahmen. Denn sie weist auf das frühste Moment jenes ‚spekulativen' Anspruchs Freuds hin, zum einen eine metapsychologische Grundlage für psychische Störungen zu entwickeln und diese Grundlage zweitens wiederum ihrerseits mit anderen, gewöhnlichen psychischen Phänomenen konsistent zu verbinden.[2] Erst unter Berücksichtigung dieser werkgenetischen Auffassung der Metapsychologie können die in der Aphasie-Studie ausgeführten Assoziationskomplexe der Wort- und Objektvorstellung als die Ausgangspunkte verstanden werden, von denen her Freud in der Folgezeit ein Erinnerungs-, Denk- und Handlungsmodell formulieren konnte.[3] Die Beschäftigung mit dieser frühesten Schrift Freuds soll daher die Frage nicht vernachlässigen, inwieweit sie zur Herausbildung der der Psychoanalyse zugrunde liegenden Metapsychologie beitrug. Die aus der Aphasie-Studie stammenden Thesen zur Struktur der Assoziation, zur Verschiebung, Verdichtung und zu den Wort- und Sachvorstellungskomplexe gelten auch noch für die psychoanalytische Methode.[4] Auch der systematische Fokus der vorliegenden Arbeit, die Theorie der Erinnerungsschichten, wird ausgehend von diesem Werk und unter Berücksichtigung der nachfolgenden Texte untersucht.

Zum Einstieg wird auf den Entstehungszusammenhang der Aphasie-Studie eingegangen. Freud hatte sich, wie er selbst schreibt, beim physiologischen Labor seines Professors für Physiologie Ernst Brücke, unter dessen Betreuung er von 1876 bis 1882 forschte, mit der Histologie des Nervensystems beschäftigt. Seine von Brücke vorgeschlagene Aufgabe der Zergliederung des Rückenmarks des Fischs *Ammocoetes-Petromyzon* führte ihn zur Erforschung des menschlichen Nervensystems.[5] Nachdem er 1882 an das gehirnanatomische Labor des Neurologen Theodor Meynert gewechselt war, um das menschliche Nervensystem systematischer zu untersuchen, brach er seine Forschungen allerdings noch im selben Jahr

---

1 W. Leuschner, „Einführung". In: S. Freud, *Zur Auffassung der Aphasien*, 10.

2 Siehe H.-D. Gondek, *Angst, Einbildungskraft, Sprache*, 53 f.

3 Vgl. W. Leuschner, „Einführung". In: S. Freud, *Zur Auffassung der Aphasien*, 24.

4 W. Leuschner, „Einführung". ". In: S. Freud, *Zur Auffassung der Aphasien*, 28.

5 S. Freud, „Selbstdarstellung", GW XIV, 35.

aufgrund seiner schwierigen ökonomischen Lage und der geringen Chancen auf eine Anstellung als Professor ab und ließ sich als Arzt nieder.[6] Sein Interesse am menschlichen Nervensystem blieb gleichwohl ungebrochen, und darüber hinaus begann er nun auch Sprachstörungen und die psychischen Vorstellungen zu untersuchen, wie es seine Abhandlung *Zur Auffassung der Aphasien* von 1891 belegt.

Im Unterschied zu seinen empirischen Forschungen ist Freuds Vorgehensweise in diesem Werk vielmehr theoretisch-kritisch als anatomisch-experimentell. Seine Auseinandersetzung mit den damals allgemein anerkannten Aphasie-Theorien ist dadurch gekennzeichnet, dass neben den physiologischen Erörterungen (und zwar als deren Voraussetzung) die Strukturmomente psychischer Akte berührt werden. Freud arbeitete im Anschluss zudem als Sekundararzt im Allgemeinen Krankenhaus unter der Betreuung seines ehemaligen Professors Meynert, dessen Werk und Persönlichkeit ihn bereits als Student gefesselt hatte.[7] Meynert war auch derjenige, der Freud erstmals die Beschäftigung mit Gehirnanatomie empfahl:

> Eines Tages machte mir Meynert, der mir das Laboratorium eröffnet hatte, auch als ich nicht bei ihm diente, den Vorschlag, ich solle mich endgültig der Gehirnanatomie zuwenden, er verspreche, mir seine Vorlesungen abzutreten, denn er fühlte sich zu alt, um die neueren Methoden zu handhaben. Ich lehnte, erschreckt durch die Größe der Aufgabe, ab; auch mochte ich damals schon erraten haben, dass der geniale Mann mir keineswegs wohlwollend gesinnt sei.[8]

Einige Jahre später, in seiner Untersuchung zu den Aphasien, die den Untertitel *Eine kritische Studie* trägt, wird offensichtlich, dass Freud den Vorschlag Meynerts weiterhin nicht empirisch nachging; und auch den Theorien des alten „genialen" Professors stellte er sich kritisch gegenüber. Freud zufolge besagt Meynerts Theorie, dass jede Wort- und Erinnerungsvorstellung in einer Zelle des Gehirns enthalten und darin lokalisierbar sei.[9] Meynert erklärt zwar sowohl die Bildung von Erinnerungsvorstellungen durch die Bewahrung der Wahrnehmung in Gehirnzellen als auch das Bewusstwerden als einen physiologischen Vorgang, sofern die bewussten Erscheinungen die Erregung von Nervenzellen voraussetzen.[10] Meynert zufolge trifft jedoch die Ansicht nicht zu, dass auch die Wahrnehmungen

---

6 S. Freud, „Selbstdarstellung", GW XIV, 35. Siehe S. und S. Bernfeld, *Bausteine der Freud-Biographik*, Frankfurt: Suhrkamp, 1981; 62 ff.; E. Jones, *Das Leben und Werk von Sigmund Freud*, Bd. I, 75, 83, 87 f.; G. Gödde, *Traditionslinien des ‚Unbewussten'*, 119 ff.; L. A. Garcia-Roza, *Introdução à Metapsicologia freudiana. freudiana.* Bd. I: Sobre as afasias; O projeto de 1895. Rio de Janeiro: Jorge Zahar, 1996, 73 f. Im Jahr 1885 erhielt Freud jedenfalls aufgrund seiner histologischen und klinischen Arbeiten die Privatdozentur für Neuropathologie; diese Tätigkeit brach er aber bald wieder ab, nachdem er 1896 von seinem Pariser Aufenthalt bei Charcot nach Wien zurückkam. (S. Freud, „Selbstdarstellung", GW XIV, 37 ff.; E. Jones, *Das Leben und Werk von Sigmund Freud*, Bd. I, 97 ff.).

7 S. Freud, „Selbstdarstellung", GW XIX, 35.

8 S. Freud, „Selbstdarstellung", GW XIX, 36.

9 S. Freud, *Zur Auffassung der Aphasien*, 56.

10 T. Meynert, *Mechanik des Gehirnbaues*. Wien: Braumüller, 1874, 4.

und Erinnerungsvorstellungen im Gehirn Begriffe entstehen lassen, die daraufhin dort aufbewahrt werden. Nach Meynert gründet sich die Bildung von Begriffen nicht auf physiologische Erregungsprozesse, da Begriffe dem Sprachvermögen und somit letztlich der Abstraktionsfähigkeit zuzuordnen seien.[11] Freud hingegen setzt sich in der Aphasie-Studie über Meynerts anatomisch-physiologische Konzeption des Gedächtnisses und des Bewusstseins hinweg und versucht, die Bildung von Begriffen nicht ausschließlich auf das Wort, sondern auf das Verhältnis zwischen den „Komplexen" der Wort- und der Objektvorstellung zurückführen.[12] Dafür hält er an seinen Einwänden gegenüber den anatomischen Konzeptionen der psychischen Vorstellung weiter fest.

In Bezug auf die Theorie Meynerts bringt laut Freud Wernickes Theorie einen gewissen Fortschritt, da ihr zufolge psychische Vorstellungen nicht innerhalb von Zellen, sondern an den zentralen Endungen oder den sensorischen Zentren der peripheren Nerven lokalisierbar sind.[13] Jeder Wahrnehmungseindruck, beispielsweise optische oder akustische Eindrücke, würden nach Wernicke von den jeweiligen Nervenfasern empfangen, dann zum jeweiligen sensorischen Zentrum (optischen, akustischen usf.) geleitet und darin gespeichert. Die Zerstörung eines dieser Zentren begründe somit die Entstehung von Aphasien: Wird etwa das akustische Zentrum zerstört, geht zugleich damit die Fähigkeit verloren, ein Wortbild mit dem jeweiligen Klangbild zu assoziieren. Wernicke konnte eine solche These aufstellen, nachdem Broca 1861 den Grund für motorische Aphasien in der Schädigung eines Bereichs des linken Stirnlappens lokalisiert hatte. Ausgehend von den Hypothesen der Zentrenzerstörung (motorische Zentren bei Broca, sensorische bei Wernicke) zielten die damaligen Aphasie-Forschungen darauf, partielle sowie gemischte Formen solcher anatomischen Schädigungen zu erforschen.[14] Freud plädiert hingegen für eine „funktionelle Erklärung" der Aphasien, weil die schlichte anatomische Betrachtungsweise der Zerstörung von Zentren nicht zureichend sei, die verschiedenen Grade prozessualer und funktionaler Sprachstörungen zu erklären.[15] Um seine psychologisch-funktionelle Ansicht der Aphasien im Sinne von deren metapsychologischer Fundierung einführen zu können, muss Freud jedoch zunächst seine Auffassung der psychischen Vorstellung von den physiologischen Ansichten schlechthin abgrenzen.

Den Versuchen von Meynert und Wernicke, psychische Vorstellungen in Gehirnzellen zu lokalisieren bzw. sie aus der Nervenleitung abzuleiten, begegnet Freud mit der These, dass die Seelentätigkeit weder einheitlichen, lokalisierbaren

---

11 T. Meynert, *Mechanik des Gehirnbaues*, 4.

12 Meynerts Ansicht der „Quantität" wird aber Freuds Theorien der Intensität psychischer Phänomene beeinflussen, wie hier im Kapitel über die theoretischen Voraussetzungen von *Entwurf einer Psychologie* dargelegt wird.

13 S. Freud, *Zur Auffassung der Aphasien*, 56; siehe auch 3 f.

14 Siehe E. Jones, *Das Leben und Werk von Sigmund Freud*, Bd. I, 255 f.

15 Siehe E. Jones, *Das Leben und Werk von Sigmund Freud*, Bd. I, 256.

Beständen entspricht noch sich physiologisch bestimmen lässt.[16] Im Gegensatz zu Wernicke, der den in den Nervenfasern stattfindenden physiologischen Prozess als kausale Ursache für die Vorstellungsbildung gesetzt hatte, lehnte Freud die Möglichkeit ab, die Beziehung von Physiologischen und Psychischen als eine kausale zu verstehen.[17] Eine solche Relation ist dieser frühen Schrift Freuds zufolge als Korrelativität zu verstehen: „Das Psychische" – so Freud – ist „ein Parallelvorgang des Physiologischen".[18] Die psychischen Phänomene weisen für ihn auf nichtbewusste, teils somatische Prozesse hin, ohne jedoch zu implizieren, dass die „Kette der physiologischen Vorgänge in Nervensystem" als Ursache von psychischen Wirkungen und bewussten Erscheinungen oder „im Verhältnis der Kausalität" mit diesen zu setzten sei.[19] Freud zufolge gingen sowohl Meynert als auch Wernicke darüber hinaus von einer psychologischen Konzeption der Vorstellung als Einheit aus und gerieten auf einen Abweg, weil sie dementsprechend eine zelluläre bzw. physiologische Einheit suchten, die jeweils mit der psychologischen korreliert:

> In der Psychologie ist die einfache Vorstellung für uns etwas Elementares, das wir von seinen Verbindungen mit anderen Vorstellungen scharf unterscheiden können. Wir kommen so zur Annahme, dass auch deren *physiologisches Korrelat, die Modifikation* [...] etwas Einfaches ist, was sich an einen Punkt lokalisieren lässt. Eine solche Übertragung ist natürlich vollkommen unberechtigt; die Eigenschaften dieser *Modifikation* müssen für sich und unabhängig von ihrem *psychologischen Gegenstück* bestimmt werden.[20]

In bewusster Abgrenzung zu dieser Analogisierung von psychischer Vorstellung und physiologischem Korrelat als zwei Einheiten (als einzelliges beziehungsweise einheitliches psychisches Element) bezeichnet Freud also die psychische Vorstellung, die er auch „psychologisches Gegenstück" nennt, als „Vorstellungskomplexe" und das „physiologische Korrelat" demgegenüber als „Modifikation". Hinsichtlich der Vorstellungskomplexe unterscheidet Freud zunächst zwischen dem Komplex der Objekt- und dem der Wortvorstellung. Dies ist der Unterschied, der in der Aphasie-Studie mit Blick auf die Metapsychologie das wichtigste Motiv ausmacht. Im bedeutsamen späteren Text *Das Unbewusste* (1915) wird die Objektvorstellung (hier „Sachvorstellung" genannt) grundsätzlich der unbewussten Vorstellungsart entsprechen, während die Wortvorstellung dem Vorbewussten zugeschrieben wird. Für die bewusste Vorstellung wird schließlich die Verknüpfung zwischen Wort- und Sachvorstellung erforderlich.[21] Der erste Entwurf dieser Theorie lässt sich in der Aphasie-Studie bereits in folgender Weise ausmachen.

---

16 S. Freud, *Zur Auffassung der Aphasien*, 56 f.

17 Wie Gondek es ausdrückt: „Niemals wird es bei Freud eine vom Körper in die Psyche oder von der Psyche in den Körper ungebrochen durchreichende Kausalität geben." (H.-D. Gondek, *Angst, Einbildungskraft, Sprache*, 53)

18 S. Freud, *Zur Auffassung der Aphasien*, 57.

19 S. Freud, *Zur Auffassung der Aphasien*, 56 f. (von mir, A. M. S., unterstrichen)

20 S. Freud, *Zur Auffassung der Aphasien*, 57.

21 S. Freud, „Das Unbewusste", Studienausgabe III, 160.

Die Bildung von Wort- und Objektvorstellungen gründet Freud in dieser frühen Schrift auf eine assoziative Struktur, auf die auch die Bezeichnung der psychischen Vorstellungen als „Komplexe" hinweist. Die Struktur des Assoziationskomplexes der Wort- und Objektvorstellung übernimmt er vornehmlich von Lichtheim, aber im Unterschied zu diesem versteht er sie unabhängig von Wernickes Hypothese der sensorischen Zentren.[22] Wie Ludwig Lichtheim beansprucht auch Freud, Assoziationen als die Synthese aus Wahrnehmung und Erinnerungsspur erklären zu können. Im Unterschied aber zu Freud behauptet Lichtheim für Wörter, Wahrnehmungen und Erinnerungen eine einheitliche Speicherung und erklärt die Bildung von Begriffen weiterhin atomistisch, sodass Begriffe für ihn zur „Summe von Einzelwahrnehmungen respektive [von] deren Erinnerungsbilder[n]" werden.[23] Bei Freud handelt es sich nun weniger darum, wahrgenommene oder vorgestellte Einheiten zu untersuchen und mithilfe dieser die Begriffsbildung zu erklären, als vielmehr darum, ihre prozessuale Verknüpfung und die Umwandlung von einem Zustand der Vorstellung in einen anderen zu erklären, also die verschiedenen Weisen zu untersuchen, durch die Wahrnehmungen und bewusste Vorstellungen zu (unbewussten) Erinnerungsspuren werden, und wie umgekehrt Erinnerungsspuren zu bewussten Vorstellungen werden können. Freuds Ansicht nach lagern sich die Wahrnehmungen nicht als Einzelelemente ab, sondern als Assoziationskomplexe.[24] Diese bilden sich dadurch, dass Wahrnehmungen, sobald sie eintreten, sich sofort mit vorherigen Erinnerungsspuren assoziieren und in verschiedenen Schichten einordnen.[25] Die Erinnerungsschichten konstituieren sich einerseits dadurch, dass sie die jeweilige Reihenfolge beibehalten, in der sich Wahrnehmungen und bewusste Vorstellungen ablagern. Andererseits bilden sie sich in Reihen von sinnlichen Eindrücken – visuellen, taktilen, akustischen –, die auf verschiedene, zu unterschiedlichen Zeitpunkten abgelagerte Wahrnehmungen zurückweisen und Anziehungskräfte auf neue Eindrücke üben können. Empfindung und Assoziation bzw. Wahrnehmungsablagerung und Konstitution von Erinnerungsspuren sowie den jeweiligen Schichten seien daher – so Freud – „zwei Namen", die von einem „einheitlichen und unteilbaren Prozess abstrahiert sind".[26]

Wie Freud einige Jahre später darlegen wird, vollzieht sich diese Ablagerung – diese „Sedimentierung", um es mit dem husserlschen Terminus zu bezeichnen – in verschiedenen Anordnungen (gemäß den Kriterien Ähnlichkeit, Kontiguität, Sukzession und Kontrast), sodass sich Erinnerungsspuren teilweise durch neue Wahr-

[22] W. Leuschner, „Einführung". ". In: S. Freud, *Zur Auffassung der Aphasien*, 25 f.

[23] Siehe S. Freud, *Zur Auffassung der Aphasien* 102; K. Goldstein, *Über Aphasie*. Zürich: Orell Füssli, 1927, 4.

[24] S. Freud, *Zur Auffassung der Aphasien*, 78 ff.

[25] S. Freud, *Zur Auffassung der Aphasien*, 100, 78 ff.; siehe H.-D. Gondek, *Angst, Einbildungskraft, Sprache*, 54-9.

[26] S. Freud, *Zur Auffassung der Aphasien*, 58.

nehmungen und teilweise durch vergangenheitsgerichtete Assoziationen konstituieren.[27] Der Übergang von Wahrnehmungen und bewussten Vorstellungen in Erinnerungsspuren ist teils als kontinuierlich zu verstehen, weil mit ihm eine Sukzession und Kontiguität beibehalten wird[28], teils als Fragmentierung von Zusammenhängen von Wahrnehmungen und bewussten Vorstellungen: Die verschiedenen Teile bzw. Momente einer Wahrnehmung oder Vorstellung werden von mannigfaltigen assoziativen Richtungen angezogen und entfernen sich daher unter Umständen von ihren jeweiligen Kontexten. Diese Gesetzmäßigkeiten weisen somit auf die Grundfrage hin, wie die Wiederherstellung und die nachträgliche Deutung von vergangenen Wahrnehmungs- und Vorstellungskontexten möglich sein können. Dies ist eine Frage, die Freud in der Aphasie-Abhandlung nicht offen thematisiert und die in der vorliegenden Arbeit mehrmals wiederkehren wird.

Die Untrennbarkeit von Wahrnehmung und Assoziation bzw. von Wahrnehmungsablagerung und der Konstitution von Erinnerungsspurschichten markiert Freuds Bruch mit den damaligen neurophysiologischen und anatomischen Vorbildern.[29] Durch ihn kann Freud die Objektvorstellung als „ein Assoziationskomplex aus den verschiedenartigsten visuellen, akustischen, taktilen, kinästhetischen und anderen Vorstellungen" bezeichnen.[30] Insofern jede Objektvorstellung als eine aus mannigfaltigen Erinnerungsspuren bestehende Reihe zu verstehen ist, bildet sie keinen abgeschlossenen Komplex, sondern „einen der Erweiterung Fähigen".[31] Dieser Komplex erscheint als „Ding" mit Eigenschaften: ein „Komplex", der sich assoziativ weiter konstituiert und nachträglich in Form des Urteils, als Substrat und Prädikat, einbezogen wird. Die Konstitution der Erinnerungsspuren kann aus dem Eintritt neuer Wahrnehmungen und Vorstellungen sowie durch die Modi, in denen sie von Sekundärprozessen des Denkens und Urteils aufgefasst werden, erweitert werden.[32]

Was nun die Verknüpfung von der Wort- und der Objektvorstellung angeht, ist diese nicht als ein kontinuierlicher Übergang zu verstehen. Auf der einen Seite betont Freud eine solche Verknüpfung, damit die Wortvorstellung bedeutsam

---

27 Siehe Freuds Brief am Fließ vom 6.12.1896. Über die Deutungen dieses Briefs siehe das von F. Dirkopf, I. Härtel, C. Kirchhoff, L. Lippmann, K. Rothe herausgegebene Buch *Aktualität der Anfänge*: Freuds Brief am Fließ vom 6.12.1896. Bielefeld: Transcript, 2008.

28 Wie gezeigt werden wird, besteht in diesem Punkt eine Übereinstimmung mit Husserls Ansicht, dass im Unterschied zur Vergegenwärtigung der Übergang von der Impression zur Retention (auch primäre Erinnerung genannt) ein stetiger ist. (E. Husserl, Hua X: *Zur Phänomenologie des inneren Zeitbewusstseins*, 328 f.)

29 H.-D. Gondek, *Angst, Einbildungskraft, Sprache*, 315; E. Jones, *Das Leben und Werk von Sigmund Freud*, Bd. I, 255 f.

30 S. Freud, *Zur Auffassung der Aphasien*, 79 f.

31 S. Freud, *Zur Auffassung der Aphasien*, 80.

32 S. Freud, *Zur Auffassung der Aphasien*, 80. Die in der Aphasie-Studie entworfene Unendlichkeit der Konstitution des psychischen „Dings" wird im *Entwurf einer Psychologie* im Zusammenhang der Theorien des Urteils und des affektiven Kerns der Erinnerungsspuren dargelegt.

sein und als Begriff fungieren kann.[33] Auf der anderen Seite ist die Wahrnehmungsablagerung oder Bildung von Objektvorstellungen abzugrenzen von der Bildung von Wortvorstellungen. Die Wortvorstellung ist Freud zufolge ebenfalls als ein Komplex aufzufassen, da sie aus den verschiedenen Bestandteilen des Wortes – akustischem, visuellem usw. – besteht. Im Unterschied aber zum Objektvorstellungskomplex ist der Wortvorstellungskomplex ein „abgeschlossener Vorstellungskomplex"[34]. Obwohl Freud diese Formulierung nicht weiter erklärt, kann sie unter Zuhilfenahme nachfolgender Texte so verstanden werden, dass die Komplexe der Objektvorstellungen – die später als unbewusste Sachvorstellungen gedeutet werden – weiter sind als diejenigen der Wortvorstellungen. Letztere werden dem System des Vorbewussten zugeordnet: Dieses kennzeichnet sich als mögliche Umschrift von unbewussten Sachvorstellungen und breitet sich nicht von selbst aus, sondern dadurch, dass darin Sachvorstellungen bzw. unbewusste Erinnerungsspuren umgeschrieben werden.[35]

Im Kontext der frühesten Abhandlung Freuds dient die Unterscheidung zwischen Wort- und Objektvorstellung der Erklärung von Aphasien, denn mit ihrer Hilfe vermag Freud Aphasien als „Assoziationsunterbrechungen" bzw. „Leitungsunterbrechungen" zu bestimmen, ohne die Zerstörung von sensorischen Zentren postulieren zu müssen, wie es die damals anerkannten Aphasietheorien im Anschluss an Wernicke und Lichtheim taten.[36] Fehlt etwa die assoziative Verknüpfung zwischen zwei oder mehreren Komponenten des Wortvorstellungskomplexes (akustisch, visuell u.a.), dann handelt es sich um eine *verbale Aphasie.* Fehlt dagegen die Verknüpfung zwischen Wort- und Objektvorstellung, so spricht man von einer *asymbolischen Aphasie.*[37] Die Möglichkeit der Fehlleistung im Sinne einer Nichtübereinstimmung von einer bewussten Erscheinung und ihrer Benennung ist in dieser zweiten Aphasieform enthalten. Das Sprachvermögen und das Symbolisierungsvermögen werden von Freud nicht aus dem Bezug zwischen wirklichem, in der äußeren Welt bestehendem Objekt und seiner jeweiliger Wortvorstellung gedacht, wie Ferdinand Finklenburg[38] glaubt, sondern aus dem Bezug zwischen Wort- und Objektvorstellung. Eine objektive Referenz der Signifikation im Sinne der Referenz auf etwas Existierendes in der äußeren Welt ist für Freud nicht notwendig.[39]

---

33 S. Freud, *Zur Auffassung der Aphasien*, 79.

34 S. Freud, *Zur Auffassung der Aphasien*, 79.

35 Diese Punkte werden eingehender in der Analyse des *Briefs 52* erläutert.

36 S. Freud, *Zur Auffassung der Aphasien*, 69; siehe E. Jones, *Das Leben und Werk von Sigmund Freud*, Bd. I, 255 f.

37 S. Freud, *Zur Auffassung der Aphasien*, 122.

38 F. Finklenburg, „Beobachtungen über Aphasie", in: *Niederrheinische Gesellschaft in Bonn.* 1870, 67-78. Siehe S. Freud, *Zur Auffassung der Aphasien*, 80.

39 Siehe S. Freud, *Zur Auffassung der Aphasien*, 80.

Dies gilt auch für eine dritte Art der Aphasie, die *Agnosie*. Diese folgt aus der Unfähigkeit, Objekte (wieder) zu erkennen, wobei die Verknüpfung zwischen dem Ding und jeweiliger bewusster Vorstellung fehlt. Auch in diesem Fall darf aber weder das Ding mit dem physischen Ding noch die bewusste Vorstellung mit dem physiologischen Korrelat verwechselt werden. Die bewusste Vorstellung, die Freud später als Vorstellungsrepräsentant bezeichnen wird[40], weist nicht auf das physische Ding hin, sondern eben auf die unbewussten Erinnerungsspuren bzw. die Komplexe von Objektvorstellungen. „Das Ding" wird seit den frühen Theorien Freuds primär als Wahrnehmungsablagerungsform und von Assoziationsprinzipien her verstanden, sekundär auch unter der Berücksichtigung von Urteilsakten. Wie im *Entwurf* weiter erläutert wird, fasst Freud als „Ding" assoziativ konstituierte Erinnerungsschichten bzw. Schichten von Erinnerungsspuren auf, die noch nicht singularisiert sind. Erst durch das Urteil und die Verbindung mit Wortvorstellungen wird jene primäre Schichtung als singularisierte Gegenständlichkeit bestimmt. Um das Problem der Erkennung von vorhandenen Erlebnissen darzulegen, wird Freud in nachfolgenden Texten die Theorie der Erinnerungsschichten entfalten und dazu die Hypothese von Erinnerungskernen aufstellen, welche die Anziehung auf ablagernde Wahrnehmungen, bewusste Vorstellungen sowie die Möglichkeit ihres Bewusstwerdens und Wiederergreifens plausibilisieren sollen.[41] Darüber hinaus wird er klarer zwischen einer primären assoziativen Konstitution der Erinnerungsspuren und ihrer sekundären Überdeterminierung in Urteilsakten unterscheiden. Dadurch werden andere Aspekte des Problems der Begriffsbildung thematisiert, die Freud in dieser frühen Abhandlung noch nicht betrachtet, da ihm zu diesem Zeitpunkt noch nicht klar war, wie sich das Physiologische und das Psychische bei der Konstitution der Erinnerungsspuren voneinander abgrenzen lassen. Die Erinnerungsspuren sind in der Aphasie-Studie durch eine grundlegende Ambiguität gekennzeichnet: teils als assoziativ konstituierende Schichten (als Komplexe der Objektvorstellungen), teils als physiologisches Korrelat der bewussten Vorstellungen (als Modifikation). Dem Terminus „Modifikation" wird schrittweise die Konnotation „physiologisches Korrelat" entzogen, die er in dieser Abhandlung noch besitzt, und zunehmend metaphorisch verwendet im Sinne der dynamischen, unbewussten Erinnerungsspuren.

In der Aphasie-Studie bezeichnet Freud also das physiologische oder gedächtnismäßige Korrelat der psychischen Vorstellungen als „Modifikation" und hebt hervor, dass es unabhängig von dem psychischen Gegenstück (den bewussten Vorstellungen schlechthin) betrachtet werden soll. Die „Modifikation" sei nicht etwas „Ruhendes, sondern etwas von der Natur eines Vorgangs".[42] Freud weist

40 Siehe S. Freud, „Die Verdrängung", Studienausgabe III, 109 f.; „Das Unbewusste", Studienausgabe III, 136 f.

41 S. Freud, *Entwurf einer Psychologie*, 425 ff.

42 S. Freud, *Zur Auffassung der Aphasien*, 58.

damit erstens darauf hin, dass sich die Erinnerungsspuren stetig miteinander verbinden, und dies unabhängig davon, ob sie in den Modus von bewussten Vorstellungen übergehen. Zweitens verweist er damit auf die psychische Energie, der, wie es die nachfolgenden Texte hervorheben werden, der Wiederbelebung von Erinnerungsspuren zugrunde liegen muss. In der Aphasie-Studie sind zwar weder die Erinnerungsspuren innerhalb von Zellen zu lokalisieren noch die psychische Vorstellung als Folge von physiologischen Vorgängen zu deuten. Die „Modifikation" bzw. das unbewusste Korrelat der bewussten Vorstellung und der psychische Vorgang ihres Bewusstwerdens sollen aber dennoch als gleichzeitige „parallele" Vorgänge erfasst werden. Daher weisen die psychischen Phänomene auf nicht erscheinende, teils physiologische Prozesse hin, ohne jedoch zu implizieren, dass diese als ihre Ursache gesetzt werden.

> Dieser Vorgang [der Konstitution von Erinnerungsspurschichten] verträgt die Lokalisation, er geht von einer besonderen Stelle der Hirnrinde aus und verbreitet sich von ihr über die ganze Hirnrinde oder längs besonderer Wege. Ist dieser Vorgang abgelaufen, so hinterlässt er in der von ihm affizierten Hirnrinde eine *Modifikation*, die Möglichkeit der Erinnerung. Es ist durchaus zweifelhaft, ob dieser *Modifikation* gleichfalls etwas Psychisches entspricht; unser Bewusstsein weist nichts dergleichen auf, was den Namen ‚*latentes Erinnerungsbild*' von der psychischen Seite rechtfertigen würde.[43]

Die in der zitierten Stelle wesentliche Problematik des psychischen Charakters und der Lokalisation der Erinnerungsspur wird in verschiedenen Texten Freuds wieder auftauchen und im Zentrum seiner Theorie des Unbewussten stehen.[44] Während Freud dieses Problem hier aus dem Blickwinkel des Unterschieds zwischen Physiologischem und Psychischem betrachtet, wird er es später aus dem zwischen Bewusstsein und Unbewusstem behandeln. Spuren davon sind schon im obigen Zitat, insbesondere im Gegensatz von „Bewusstsein" und „latentem Erinnerungsbild" zu finden. Da Freud die Erinnerungsspuren bzw. die nichtbewussten Vorstellungen zugleich als assoziativ sich bildende Schichten und als „Modifikation" fasst, welche die Möglichkeit des Bewusstwerdens bieten und nur im Bewusstsein einen Bildcharakter haben, gibt es kein „latentes Erinnerungsbild" im engeren Sinne, sondern eher die unbewusste Erinnerungsspur als Möglichkeit von bewussten Erscheinungen.[45]

---

43 S. Freud, *Zur Auffassung der Aphasien*, 58 [auch in Studienausgabe III, 167]; von mir unterstrichen, A.M.S.

44 S. Freud, „Das Unbewusste", Studienausgabe III, 131 f.

45 Gondek lenkt von daher zu Recht die Aufmerksamkeit auf die seit den frühen freudschen Texten Kohärenz von Derridas Thesis der psychischen Schrift sowie von Lacans Priorität der Signifikant, insofern in diesen beiden Deutungen die Voraussetzung eines Vorbildes bzw. eines vorhandenen Signifikats für die bewusste Erinnerung nicht erfordert wird. Lacan würde dennoch die Theorie der Autonomie des Signifikanten radikalisieren. (H.-D. Gondek, *Angst, Einbildungskraft, Sprache*, 54, 316). Siehe auch B. Taurek (Hg.). *Psychoanalyse und Philosophie: Lacan in der Diskussion.* Frankfurt: Fischer, 1992, 23 f. Über den nichtbildlichen Charakter der freudschen Theorie der Erinnerungspur und deren Anpassung an

Freuds Ablehnung eines zellulär einheitlichen Substrats der Erinnerung gehört insofern in der Aphasie-Studie mit der Theorie der nicht-bewussten Modifikation zusammen. Die Hypothese von der Parallelität anstelle einer Kausalität zwischen dem nicht-bewussten und dem bewussten Zustand der psychischen Vorstellungen wird in der Folgezeit in der archäologischen Metaphorik der „Erinnerungsschichten" in *Studien über Hysterie* und ‚logisch-metaphorisch' in der neurologischen Terminologie des *Entwurfs* bearbeitet. In der Auffassung der Erinnerungsspur als „Modifikation", wie sie in der Aphasie-Studie gegeben ist, lässt sich eine Vorwegnahme des Begriffs der „Bahnung" sehen, ein wesentlicher Begriff, wie vor allem Derridas Deutung hervorhebt, den Freud im Rahmen der Auseinandersetzung mit Exner einführen wird, um die Erinnerungsvorgänge (Bildung, Assoziation, Wiederbelebung, Intensität, Affektbetrag) als dynamisch darzustellen.[46] Es wird darüber hinaus nötig, die Theorie der „Besetzung" zu entwickeln, mit der das Bewusstwerden von Vorstellungen durch die Intensivierungsstufen psychischer Energien (aus den jeweiligen Graden von Affekt und Aufmerksamkeit) erklärt werden kann. Dies wird vier Jahre später im *Entwurf einer Psychologie* im Zusammenhang der Theorie der „Quantität" erläutert. Die Grundbedeutung des Affekts im psychischen Leben – hinsichtlich der Intensität der bewussten Vorstellungen und der Bestimmung der unbewussten Erinnerungsspuren – tritt erstmals aber in der Theorie der Hysterie hervor, die daher im Folgenden dargelegt werden soll.

Derridas Deutung der Nachträglichkeit, siehe auch Iris Därmann, „Quand la mémoire devient image de souvenir: Husserl et Freud". *Cahiers de Philosophie de Paris XII* (2000), 271-293, 290 f: „[...] la mémoire conçu par Freud est non figurative, dérobée à la visibilité, étrangère à la présentation [...]. L'abîme entre l'inscription de la trace mémoriale et de sa présentation en image ne laisse débuter la trace de souvenir dans l'image de souvenir qu'après coup, avec du retard et au prix d'une infidélité fondamentale."

46 Die „Modifikation" macht in diesem Sinne eine erste Spur im freudschen Denken der derridaschen *différance* aus. Derrida hat diese frühere Schrift jedoch nicht berücksichtigt; seine Deutung des Denkens Freuds geht aus dem vier Jahre später erschienen *Entwurf einer Psychologie*, von dem Derrida der Begriff „Bahnung" im Sinne der *différance* und der Nachträglichkeit auslegt (Siehe J. Derrida, „Freud et la scéne de l'écriture", 297 ff.; „Freud und der Schauplatz der Schrift", 306 ff.). Die hier dargestellte Deutung dieses früheren Werkes gilt insofern als archäologische Enthüllung einer Theorie, die eben durch die darauf folgenden Texte ins Licht gebracht wurde.

II. 2. Studien über Hysterie *(1893): Die Archäologie der Erinnerungsschichten*

Wer sich der eigenen verschütteten Vergangenheit zu nähern trachtet, muss sich verhalten wie ein Mann, der gräbt.

Walter Benjamin[47]

Und in der täglichen analytischen Arbeit mit seinen Patienten und an sich selbst ist er dann wirklich einer geworden, der Ausgrabungen machte.

S. und S. Bernfeld[48]

Freuds Interesse an der Hysterie entwickelte sich vor allem während seines Pariser Aufenthalts bei Charcot (1895/96), als er feststellte, dass hysterische Symptome nicht nur auf somatische Ursachen zurückzuführen sind, sondern hauptsächlich auf Denkmotivationen und die Intensität gewisser Vorstellungen und Affekte. Daher sind nicht die Forschungsarbeiten von Brücke und Meynert und deren physiologische und neurologische Laboratorien Referenzpunkte seiner weiteren Beschäftigung mit diesem Thema, sondern vielmehr die Theorien von Charcot und Breuer. Erst durch Charcot wurde die Hysterie als Krankheit des Nervensystems mit ihrer psychologischen Tragweite in der klinischen Medizin anerkannt.[49] Und im Anschluss an die These Breuers, dass eine der Ursachen der Hysterie in nicht „abreagierten" Erinnerungen liege[50], konnte Freud erstens die Methode der Hypnose und zweitens die psychoanalytische Methode der freien Assoziation entwickeln.

Breuer geht von Möbius' Definition der Hysterie aus, nach der „hysterisch alle diejenigen krankhaften Erscheinungen [sind], die durch Vorstellungen verursacht sind".[51] Breuer fügt dieser Ansicht hinzu, dass hysterische Phänomene nicht nur durch bewusste Vorstellungen und Wahrnehmungsreize verursacht sein können, sondern auch durch psychische Reize und anormale Erregbarkeiten des Nervensystems.[52] Diese Beobachtung stimmt mit denjenigen Freuds und Breuers überein, dass psychische Erregungen im Normalfall abreagiert werden müssen.[53] Bereits 1892 stellen die Autoren die Hypothesen auf, dass „das Nervensystem bestrebt ist, etwas in seinen Funktionsverhältnissen, was man die *Erregungssumme* nennen mag, konstant zu erhalten, und dass es diese Bedingung der Gesundheit durchsetzt, indem es jeden sensiblem Erregungszuwachs assoziativ erledigt oder durch entspre-

---

47 *Ausgraben und Erinnern* (1932).

48 *Bausteine der Freud-Biographik*, 259.

49 E. Jones, *Das Leben und Werk von Sigmund Freud,* Bd. I, 270.

50 J. Breuer und S. Freud, *Studien über Hysterie.* Frankfurt: Fischer, 1996, 210 ff.

51 P. J. Möbius, „Über den Begriff der Hysterie". In: *Neurologische Beiträge*, Bd. I. Leipzig: Abel, 1894, 1-7, 2. Siehe J. Breuer und S. Freud, *Studien über Hysterie*, 204.

52 J. Breuer, „Theoretisches". In: J. Breuer und S. Freud, *Studien über Hysterie*, 206, 209. Siehe E. Jones, *Das Leben und Werk von Sigmund Freud,* Bd. I, 323.

53 J. Breuer, „Theoretisches". In: J. Breuer und S. Freud, *Studien über Hysterie*, 210.

chende motorische Reaktion abführt [...].“[54] Weckt nach dieser Ansicht ein Ereignis einen besonderen Affekt, etwa Zorn oder Leidenschaft, und wird dieser Affekt in der Aktualität des Geschehens nicht ausgedrückt bzw. nicht abreagiert, so bleibt die Affekterregung und muss einen anderen Weg finden, sich abzureagieren. Dies hängt damit zusammen, dass der Affekt als eine Art fließende Energie erfasst wird, die in irgendeine Richtung weiter abfließen muss, bevor er in einen anderen Zustand übergeht. Einer dieser Zustände besteht eben darin, dass der jeweilige Affekt durch das Bewusstsein und die Sinne ausgedrückt wird. Ein anderes mögliches Vorgehen ist nun – was Breuer unter Vorwegnahme der freudschen Sublimierung beschreibt – der von den Künstlern eingeschlagene Weg, bei dem sich ein nicht in einer anderen Form abreagierter Affekt im kreativen Schaffen ausdrückt.[55] Eine andere mögliche Folge besteht jedoch darin, dass die Affekterregung im genannten „Zurücklaufen“ ein somatisches Symptom hervorruft, das Freud als „hysterische Konversion“ bezeichnet.[56] In diesem Fall ist das Hysteriephänomen nicht als „ideogen“[57] zu verstehen, d.h., es verweist nicht auf bewusste Vorstellungen (wie bei Möbius), da die psychische Erregung das Bewusstsein nicht erreicht. Somit – so Breuer – „erscheint [es] als rein somatisches Phänomen, scheinbar ohne psychologische Wurzel.“[58] Bei jedem dieser Fälle (bewusstem und sinnlichem Affektausdruck, Sublimierung, Konversion) wird vorausgesetzt, dass eine intrapsychische Erregung – die Freud im *Entwurf* „innere Quantität“ nennen wird – wächst, wenn und solange der jeweilige „Reflex“ (verstanden als Übergang in die erwähnten Zustände) nicht stattfindet.[59] Die Erhöhung der intrapsychischen Erregung bringt Unlust mit sich, sodass sich die Erregungsauslösung als Unlustvermeidung vollzieht. Daraus leiten Freud und Breuer die psychische Tendenz zur Konstanz ab, also das Prinzip, dass ein Überschuss an affektiver Erregung danach strebt, sich aufzulösen, um eine Stabilität wiederherzustellen. Dieser Überschuss sei, so Breuer, gerade bei Hysterikern besonders auffällig, da bei ihnen nicht-bewusste Vorstellungen dazu neigen, als nicht-bewusste weiter zu bestehen, wenn sie assoziativ von anderen bewussten Vorstellungen zur Vergegenwärtigung angeregt werden. Der Affektüberschuss wird bei Hysterikern vorzugsweise in eine andere Richtung abgeleitet, oder er wird ihnen bewusst, während jedoch die Spu-

54 S. Freud und J. Breuer, „Zur Theorie des hysterischen Anfalles“ (1982), GW XVII, 12 f.
55 J. Breuer, „Theoretisches“. In: J. Breuer und S. Freud, *Studien über Hysterie*, 225.
56 S. Freud und J. Breuer, *Studien über Hysterie*, 188, 201, 224.
57 J. Breuer, „Theoretisches“. In: J. Breuer und S. Freud, *Studien über Hysterie*, 225.
58 J. Breuer, „Theoretisches“. In: J. Breuer und S. Freud, *Studien über Hysterie*, 225.
59 Den „Reflex“ versteht Breuer darüber hinaus als einen der „intrazerebralen Erregung“ korrelaten „Erregungsvorgang in peripheren Bahnen“. (J. Breuer, „Theoretisches“. In: J. Breuer und S. Freud, *Studien über Hysterie*, 225). Im *Entwurf* wird Freud diesen als innere Quantität in Kern-Neuronen und Quantität in Mantel-Neuronen bezeichnen. Um allerdings die Tragweite des freudschen Begriffs „Quantität“ im *Entwurf* ermessen zu können, sollen im folgenden Kapitel zunächst die Theorien anderer Autoren – und zwar die von Herbart, Fechner, Meynert und Exner – betrachtet werden.

ren von affektvollen Erlebnissen nicht unmittelbar als bewusste Vorstellungen ins Bewusstsein übergehen. Bei Nicht-Hysterikern und nicht-affektvollen Erlebnissen hingehen können nicht-bewusste Vorstellungen leichter ins Bewusstsein gelangen, so dass sich die Assoziation (zwischen einer bewussten und einer nicht-bewusst geweckten Vorstellung) als bewusstes Phänomen vollzieht und der mitassoziierte Affekt auf diesem Weg bewältigt wird:

> Beim normalen Menschen ruft eine Vorstellung eine große Menge anderer assoziativ ins Bewusstsein, welche zu der ersten z. B. unterstützend oder hemmend in ein Verhältnis treten, und nur maximal lebhafte Vorstellungen sind wohl so überstark, dass die Assoziationen unter der Schwelle des Bewusstseins bleiben. Bei den Hysterischen sei das immer der Fall. Jede Vorstellung nehme die ganze, geringe geistige Tätigkeit in Beschlag, das bedinge die übergroße Affektivität der Kranken.[60]

Dieser Ansicht zufolge entwickelt sich das Phänomen der assoziativen Weckung – in husserlscher Terminologie die „Weckung" von nicht-bewussten Vorstellungen durch eine bewusste[61] – bei den Hysterikern ebenso wie bei starken affektiven Vorstellungen gewöhnlich nicht als bewusstes Phänomen. Vielmehr besteht es „unter der Schwelle des Bewusstseins": Dabei lagern sich affektive oder mitassoziierte Vorstellungen als abgesonderte Schichten jenseits des Bewusstseins ab, und zwar in Form einer „dem Bewusstsein entzogenen psychischen Schicht, das Unterbewusstsein."[62] Unterbewusstsein bezeichnet somit für Breuer eine Art zweiter psychischer Schichtung[63], die sich aus den nicht unmittelbar ins Bewusstsein eintretenden affektvollen Erregungen konstituiert. Die Vergegenwärtigung von zunächst nichtbewussten Vorstellungen und die Intensität, mit der sie als bewusste erscheinen, sind insofern von der Intensität des daran anschließenden Affekts bestimmt. Ist der anschließende Affekt ein Unlustaffekt, so vermag die jeweilige Vorstellung nicht unmittelbar bewusst zu werden, sondern stattdessen in der „dem Bewusstsein entzogenen psychischen Schicht" weiter zu bestehen. Dies hindert jedoch nicht, dass Wahrnehmungen und bewusste Vorstellungen assoziativ Erinnerungsspuren wecken, die nachträglich auf ein vorheriges unlustvolles – meistens traumatisches – Erlebnis hinweisen, und dass der zugrunde liegende Affekt auf diese Weise aktualisiert wird. Weisen nun die geweckten Erinnerungsspuren auf ein ursprünglich affektvolles Lusterlebnis hin, so haben sowohl der Affekt als auch die anschließenden Erinnerungsspuren die Tendenz, lebhaft bewusst zu werden:

---

60 J. Breuer, „Theoretisches". In: J. Breuer und S. Freud, *Studien über Hysterie*, 249. Breuer verweist damit auf Herbarts Theorie der „Schwelle des Bewusstseins" und der Hemmung zwischen Vorstellungen. Diese Theorien werden im Kapitel über die theoretischen Voraussetzungen vom *Entwurf einer Psychologie* erörtert.

61 Das Phänomen der assoziativen Weckung in Husserls Phänomenologie des Unbewussten wird im zweiten Teil im Abschnitt III. 3. eingehender dargelegt.

62 J. Breuer, „Theoretisches". In: J. Breuer und S. Freud, *Studien über Hysterie*, 249.

63 Breuer bezeichnet dies als Spaltung der Psyche in zwei relativ unabhängige Teile. (Siehe J. Breuer, „Theoretisches". In: J. Breuer und S. Freud, *Studien über Hysterie*, 249 ff.).

> Taucht aber eine Vorstellung auf, die ursprünglich mit einem starken Affekte verbunden war, so erneuert sich dieser in größerer oder geringerer Intensität. Die so ‚affektiv betonte Vorstellung' tritt dann hell und lebhaft ins Bewusstsein. Die Stärke des Affektes, welchen eine Erinnerung auslösen kann, ist sehr verschieden, je nach dem Masse, in welchem sie den verschiedenen ‚usurierende' Einflüssen ausgesetzt war. Vor allem, je nachdem der ursprüngliche Affekt ‚abreagiert' worden war.[64]

Es sei nun dargelegt, wie Freud diesen Aspekt in seiner Erinnerungstheorie innerhalb der Untersuchung zur Hysterie entfaltet. Für Freud und Breuer ist im Allgemein nicht das Trauma schlechthin die Ursache hysterischer Symptome, wie es bei Charcot der Fall ist, sondern vielmehr die Erinnerung daran.[65] Wird die psychische Erregung in ein somatisches Symptom umgewandelt, so werden die auf ein jeweiliges traumatisches Ereignis verweisenden Erinnerungsspuren nicht direkt und affektvoll bewusst erscheinen, weil gerade der Affektgehalt bereits von ihnen ausgelöst worden sei. Da in diesem Fall die psychische Erregung vor ihrer somatischen Umwandlung nicht ins Bewusstsein gelangt, kann sich die Erinnerung an das traumatische Erlebnis nicht unmittelbar vollziehen. Ein traumatisches Erlebnis tritt erst mittelbar und nachträglich ins Bewusstsein: In der Analyse seiner hysterischen Patienten konstatierte Freud nämlich, dass ein traumatisches Geschehen – auch wenn es trivial erscheinen mag – erst erinnert und als solches erkannt werden kann, wenn sich ein zweites Erlebnis mit ihm oder seinen jeweiligen Symptomen assoziiert und so den anschließenden Affekt erweckt.[66] Die freie Assoziation vermag es, durch die Erzählung von später eintretenden Erlebnissen die Bahnen zur Deutung eines ursprünglich als traumatisch fungierenden Moments zu öffnen. Das traumatische Erlebnis wird damit aber nicht selbst ergriffen, sondern es wird nur mittelbar und nachträglich auf seine Spuren hingewiesen. Die Methode der freien Assoziation erwies sich daher geeigneter als die ersten Hypnoseversuche Freuds[67], weil eine halluzinatorische Erinnerungswiederbelebung und ihr nachfolgendes Vergessen keine therapeutische Wirkung erzeugt, sofern die Person die damit verbundene Geschichte nicht bearbeiten kann. Freud gibt allerdings zu, dass die von seinen hysterischen Patienten durch die freie Assoziation erzählten Geschichten eher phantasiert würden. Ge-

---

64 J. Breuer, „Theoretisches". In: J. Breuer und S. Freud, *Studien über Hysterie,* 223.

65 Siehe E. Jones, *Das Leben und Werk von Sigmund Freud,* Bd. I, 321.

66 Wie es Bernet ausdrückt: „[...] an affection deprived of representation does not become traumatic until after the fact, that is to say, when a second affection, which is indeed accompanied by a representation, comes to awaken it by giving it a traumatic meaning." (R. Bernet, „The unconscious between representation and drive: Freud, Husserl, and Schopenhauer". In: *The Truthful and the Good: Essays in Honor of Robert Sokolowski.* Hrsg. von J. Drumond und J. Hart. Dordrecht / Boston / London: Kluwer Academic Publishers, 1996, 81-95, 82.

67 Freud begann 1892 die hypnotische Methode durchzuführen und gab sie 1896 wieder auf. Sie bestand darin, vergessene Erinnerungen des Patienten wiederzubeleben durch wiederholtes Drücken seiner Stirn. Siehe E. Jones, *Das Leben und Werk von Sigmund Freud,* Bd. I, 333 f.

rade das Phantasieren bietet sich als möglicher Zugang zu dem an, was nicht schlechthin bewusst gewesen war. Dort, wo es das Bewusstwein von etwas nicht gegeben hat, wird es nicht durch ein reines intellektuelles Ergreifen erreicht. Der Zugang dazu kann nur durch die Aktualisierung des Affektes freigelegt werden. Wie Freud dies später beim Zurückgreifen auf die archäologische Metaphorik formuliert, ist der Affekt „das Wesentliche", das erhalten bleibt von Erlebnissen, die dem Erinnern nicht zugänglich sein können.[68] Es wird von daher nicht in erster Linie zu fragen sein, ob jene erzählten Erlebnisse tatsächlich erlebt wurden, ob sie falsch oder wahr sind, sondern vielmehr, inwiefern sie auf affektive Ereignisse hinweisen, die andere Wege der Bewältigung genommen haben.

Diese Frage schließt an Freuds spätere Deutung an, dass das Unbewusste kein Kriterium zur Unterscheidung zwischen Wirklichkeit und Phantasie - oder nach der früheren Terminologie, zwischen den via Wahrnehmung gebildeten Erinnerungsspuren und den bloß phantasierten Vorstellungen - bietet.[69] Diese Unterscheidung wird ohnehin dadurch erschwert, dass sowohl Phantasien als auch Erinnerungen an tatsächliche Erlebnisse in halluzinatorischer sowie in lebhafter Weise erscheinen können, sofern sie nur intensiv belebt werden.[70] Dies zeigt sich besonders an Psychosen, Träumen oder den Phantasien der Dichter. Nach Freuds Auslegung einige Jahre später setzt das Phantasieren voraus, dass ein aktuelles Erlebnis imstande ist, „einen der großen Wünsche der Person zu wecken".[71] Das bedeutet jedoch nicht unbedingt, dass das Ereignis, mit dem der Wunsch ursprünglich verbunden war, wieder aufgegriffen wird: Vielmehr bietet der reaktivierte Wunsch den Anlass für die Projektion einer „auf die Zukunft bezogene Situation", in der er als erfüllter dargestellt wird.[72] Der Affekt fungiert somit als Triebfeder des Phantasierens und ist zugleich die Scharnierstelle zwischen Vergangenheit und Zukunft. Freuds Überlegungen zur Zeitlichkeit psychischer Phänomene tauchen jedoch schon früher in seinem Werk auf, und zwar im Rahmen der für die Hysterie vorbildhaften archäologischen Erinnerungsanordnung.

Die archäologische Metapher der Erinnerungsschichten führt Freud im Rahmen seiner Theorie der Hysterie ein, um die Prinzipien der Erinnerungsanordnung und die pathogene Wirkung gewisser Erinnerungen im Fall der Hysterie zu verdeutlichen. Nach Bernfeld ist die in der Hysterie-Studie eingeführte Archäo-

---

[68] Siehe S. Freud, „Konstruktionen in der Analyse", GW XVI, 46; S. Freud, „Der Wahn und die Träume in W. Jensens *Gradiva*" GW VII, 118. Siehe M. Brumlik, „Archäologie als psychoanalytisches Paradigma der Geschichtswissenschaft". In: J. Rüsen und J. Straub (Hg.), *Die dunkle Spur der Vergangenheit*: Psychoanalytische Zugänge zur Geschichtsbewusstsein. Frankfurt: Suhrkamp, 1998, 71-81, 77.

[69] S. Freud, „Das Unbewusste", Studienausgabe III, 146.

[70] Siehe auch E. Mach, *Die Analyse der Empfindungen und das Verhältnis des Psychischen zum Psychischen.* Darmstadt: Wissenschaftliche Buchgesellschaft, 1991,166.

[71] S. Freud, „Der Dichter und das Phantasieren" (1907), GW VII, 217.

[72] S. Freud, „Der Dichter und das Phantasieren" (1907), GW VII, 217 f.

logie-Metapher für die Funktionsweise der Erinnerung auf das ursprüngliche Interesse Freuds an Geschichte und Archäologie zurückzuführen: „Freuds leidenschaftliches Interesse an der Schichtungsstruktur antiker Städte wie an derjenigen des psychischen Apparats geht vermutlich auf die frühen Anstrengungen des Kindes zurück, den komplizierten Aufbau der eigenen Familie zu durchschauen und die damit verbundenen affektiven Belastungen zu bewältigen."[73] Freud erwähnt auch später in seiner „Selbstdarstellung" (1935), dass seine Entscheidung für das Medizinfach auf seine Lektüre von Goethes Aufsatz über „Die Natur" zurückzuführen sei.[74] Demnach war er eigentlich, so Bernfeld, „über die Begeisterung für die Naturphilosophie zur ‚physikalistischen' Physiologie gelangt".[75] Am Beruf des Arztes hatte er aber kaum Interesse, sondern sah vielmehr darin die Möglichkeit, auf dem Gebiet der Naturwissenschaften seine psychischen Theorien zu entfalten.[76] Nun dient Bernfeld zufolge Freuds Beschäftigung mit der Naturwissenschaft als eine Art Widerstand bzw. Verschiebung seiner ursprünglichen Begehren der Kindheit, sich der Politik, Geschichte oder Archäologie zu widmen.[77] In der Tat fasst Freud in seiner „Selbstdarstellung" seine Hinwendung zu geschichtlichen Themen in späteren Werken als eine Rückkehr zu seinem kulturellen Interesse aus früherer Zeit: „Nach dem lebenslangen Umweg über die Naturwissenschaften, Medizin und Psychotherapie war mein Interesse zu jenen kulturellen Problemen zurückgekehrt, die dereinst den kaum zum Denken erwachten Jüngling gefesselt hatten."[78] In Freuds Erinnerungstheorie zeigt sich dieser zweifache Zug seines Denkens: Naturalistische bzw. neuro-physiologische Einflüsse sind darin mit solchen aus der Archäologie und Geschichte verbunden. Gerade letzteres wird ersichtlich im Vergleich der Arbeit des Analytikers mit jener des Archäologen und seiner Aufgabe, fragmentarisch auftauchende Erinnerungen aus verschiedenen Kontexten in eine Geschichte einzuordnen: „Angesichts der Unvollständigkeit meiner analytischen Ergebnisse blieb mir nichts übrig, als dem Beispiel jener Forscher zu folgen, welche so glücklich sind, die unschätzbaren wenn auch verstümmelten Reste des Altertums aus langer Begrabenheit an den Tag zu bringen."[79]

---

73 S. und S. Bernfeld, *Bausteine der Freud-Biographik*, 252.

74 S. Freud, „Selbstdarstellung", GW XIV, 34.

75 S. und S. Bernfeld, *Bausteine der Freud-Biographik*, 69 f.

76 S. und S. Bernfeld, *Bausteine der Freud-Biographik*, 70. In der „Selbstdarstellung" wörtlich: „Eine besondere Vorliebe für die Stellung und Tätigkeit des Arztes habe ich in jenen Jugendjahren nicht verspürt, übrigens auch später nicht." (Freud, „Selbstdarstellung", GW XIV, 34)

77 S. und S. Bernfeld, *Bausteine der Freud-Biographik*, 70, 237 f.

78 S. Freud, „Nachschrift zur ‚Selbstdarstellung'", GW XVI. 32.

79 S. Freud, „Bruchstücke einer Hysterie-Analyse" (1905), GW V, 169. Im späteren Werk wird das archäologische Vorbild eingeschränkt, was sich vor allem in „Konstruktion in der Analyse" (1937) zeigt: „Seine Arbeit [die des Psychoanalytikers] der Konstruktion oder, wenn man es so lieber hört, der Rekonstruktion, zeigt eine weitgehende Übereinstimmung mit

Ein erster Bezug zu diesem archäologischen Vorbild im Werk Freuds wird in der Hysterie-Studie sichtbar. Freud fasst darin die Erinnerungsanordnung jenseits des bewussten Erscheinens in Form von sedimentierten Schichten auf, in denen sich Erinnerungsspuren von einem bestimmten Erlebnis assoziativ mit den zu anderen Zeitpunkten entstandenen Stoffen verknüpfen. Demzufolge kann die Spur einer Erinnerungsschicht auf verschiedene Zusammenhänge hinweisen. Die Hypothese von ihrer Zugehörigkeit zu einem bestimmten Erlebnis kann nachträglich aufgestellt werden im Anschluss an das fragmentarische Wiederauftauchen von Erinnerungen, die als Anzeichen für andere mitassoziierte Momente fungieren. Freud setzt für die Erinnerungsschichten zudem die Existenz eines Erinnerungskerns voraus, um den herum sich nachträglich andere Erinnerungsspuren anordnen, so dass er zugleich als Bedeutungszentrum fungiert. Um diese Konzeption zu veranschaulichen, stellt Freud die Erinnerungsschichtungen als Analogie zu einem „mehrdimensionale[n] Gebilde von mindestens ‚dreifacher Schichtung'" dar.[80] Die erste Schichtung entspricht der chronologischen Strukturierung der Erinnerungen, die zweite hingegen deren konzentrischer Versammlung um einen Kern bzw. ein Kernthema:

> Es ist zunächst ein *Kern* vorhanden von solchen Erinnerungen (an Erlebnisse oder Gedankengänge), in denen das traumatische Moment gegipfelt oder die pathogene Idee ihrer reinste Ausbildung gefunden hat. Um diesen Kern herum findet man eine oft unglaublich reichliche Menge von anderem Erinnerungsmaterial, das man bei der Analyse durcharbeiten muss, in, wie erwähnt, dreifacher Einordnung. Erstens ist eine *lineare chronologische* Anordnung unverkennbar, die innerhalb jedes einzelnen Themas statthat. [....] Ich habe die Gruppierung gleichartiger Erinnerungen zu einer linear geschichteten Mehrheit, wie es ein Aktenbündel, ein Paket u. dgl. darstellt, als Bildung eines Themas bezeichnet. Diese Themen nun zeigen eine zweite Art von Anordnung; sie sind, ich kann nicht anderes ausdrücken, *konzentrisch um den pathogenen Kern geschichtet.* [...] je tiefer man geht, desto schwieriger werden die auftauchenden Erinnerungen erkannt, bis man nahe am Kerne auf solche stößt, die der Patient noch bei der Reproduktion verleugnet.[81]

Im Rahmen der Hysterie und ihres nachträglich bzw. ‚archäologisch' zu deutenden traumatischen Ursprungs erfasst Freud also die Erinnerungsspuren sowohl als chronologische Schichtungen wie auch als konzentrische Reihe, die einen „pathogenen Kern" umschließen. In chronologischer Hinsicht stehen demnach an den tiefsten Schichtungen alte, dem Bewusstsein am weitesten entfernte Erinne-

der Arbeit des Archäologen, der eine zerstörte und verschüttete Wohnstätte oder ein Bauwerk der Vergangenheit ausgrabt." (S. Freud, „Konstruktion in der Analyse", GW XVI, 45). Während aber das physische Objekt der Archäologie durch „mechanische Gewalt, Feuer und Plünderung" verloren gegangen sein kann, sei im psychischen Leben „alles Wesentliche erhalten, selbst was vollkommen vergessen scheint, ist noch irgendwie und irgendwo vorhanden, nur verschüttet, der Verfügung des Individuums unzugänglich gemacht." (Ebd., 46).

80 S. Freud, „Zur Psychotherapie der Hysterie", GW I, 291.

81 S. Freud, „Zur Psychotherapie der Hysterie", GW I, 291 ff.

rungsspuren, während sich die rezentesten näher am Bewusstsein sedimentieren. Sie reihen sich aber konzentrisch näher am Kern, je entfernter sie zum aktuell bewussten Leben stehen und je enger sie sich assoziativ an das jeweils zu deutende traumatische Erlebnis anschließen, wobei der Widerstand gegen das Erinnern zugleich anwächst. Somit kann die chronologische Erinnerungsreihung durch die Anziehungskraft des affektiven Kerns verändert und umgestellt werden: Für rezente sich sedimentierende Erinnerungsspuren, die vom „pathogenen Kern" angezogen werden, ist es ähnlich schwierig wie für alte Erinnerungsspuren, wieder in das Bewusstsein zu gelangen – ein Anzeichen für den unbewussten Widerstand.[82] Dazu gilt für Freud weiterhin das archäologische Vorbild: Wie in der archäologischen Stratigraphie sind nicht unbedingt die tiefsten und am weitesten von der Oberfläche entfernten Sedimentschichten die ältesten. Deren Reihenfolge kann von anderen Interferenzen wie etwa Erosionen oder Ausgrabungen umgestellt werden, sodass sich rezente Stoffe neben den tiefsten ablagern können.

In Analogie zur archäologischen Ausgrabung führt Freud auch die dritte Art von Erinnerungsanordnung ein, welche im Vergleich zur linearen und zur konzentrischen als „die wesentlichste" aufzufassen ist.[83] Haben die zwei anderen Anordnungen „morphologische" und „räumliche" Züge, so wohnt dieser dritten ein „dynamischer Charakter" inne.[84] Freud nennt sie „Anordnung nach den Gedankeninhalten" und stellt sie ebenfalls in bildlicher Analogie dar: Im Unterschied zu den „bogenförmigen und geraden Linien", die bildhaft die konzentrischen und chronologischen Schichtungen darstellen sollen, sei diese dritte „mit einem Stäbchen nach[zu]fahren, welches auf den verschlungensten Wegen aus oberflächlichen in tiefe Schichten und zurück, doch im allgemeinen von der Peripherie her zum zentralen Kerne vordringt und dabei alle Stationen berühren muss, also ähnlich wie das Zickzack [....]".[85]

Mit diesem Bild deutet Freud an, dass das Denken auf die Erinnerungsschichten zuzugreifen vermag, unabhängig vom Alter der Erinnerungsspuren und vom Widerstand, den die an traumatische Erlebnisse anschließenden Erinnerungsspuren dem Denken entgegensetzen. Die Bewegung im „Zickzack" soll sowohl auf die Vergegenwärtigung gewisser Erinnerungsspuren hinweisen, die nicht leicht vergegenwärtigt werden können, als auch den Seitenweg des Denkens durch leichter zu bahnende Assoziationswege anschaulich machen. Der „dynamische Charakter" liegt also am Nicht-Vorhandensein derjenigen Erinnerungsbahnen, die aus der aktiven Denkassoziation entstehen. Wird etwa absichtlich nach einer bestimmten Erinnerung A gesucht und stößt das Denken dabei auf einen Wider-

---

82 In einem Manuskript aus dem Jahr 1897, genannt „Architektur der Hysterie" (S. Freud, *Briefe an Wilhelm Fließ*, 262 f.), stellt Freud dieses Vorbild noch einmal dar, gefolgt von einer Zeichnung, die die Erinnerungsschichten darstellen soll.

83 S. Freud, „Zur Psychotherapie der Hysterie", GW I, 293.

84 S. Freud, „Zur Psychotherapie der Hysterie", GW I, 293.

85 S. Freud, „Zur Psychotherapie der Hysterie", GW 1, 293.

stand, so dass sich der jeweilige Erinnerungsakt nicht unmittelbar vollzieht, so kann die aktive Assoziation mittelbar durch eine andere, leichter zu vergegenwärtigende Erinnerung B und deren mitassoziierte Erinnerungsreihe den Weg zur Vergegenwärtigung von A bahnen.[86] Wenn aber A ein unangenehmes Erlebnis ist, dessen Wiederbelebung eine ursprüngliche Unlust zu aktualisieren beginnt, so führt jener „Seitenweg“ des Denkens nicht zu einer absichtlichen Suche nach A, sondern zur Vermeidung von A im Sinne der später explizit formulierten biologischen Regel der Unlustvermeidung.[87] Die Erinnerung an das traumatische Erlebnis A kann also aus zwei Gründen erschwert werden: sowohl, weil die betreffenden Erinnerungsvorstellungen nicht vorhanden sind (gemäß der Hypothese der hysterischen Konversion oder eines anderen Auslösungswegs anstelle des Bewusstwerdens), als auch, weil ein Widerstand gegen die Entfaltung der Unlustaktualisierung eintritt. Dieses Vermeiden geschieht jedes Mal während eines Assoziationsvorgangs, wenn das Denken auf die Spuren eines Unlusterlebnisses stößt: Daraus ergibt sich die Tendenz, dass eine Unlustaktualisierung auch dann entsteht, wenn die bildlichen Züge des betreffenden Erlebnisses gehemmt bzw. aus dem Bewusstsein verbannt bleiben. Das ist, wie sich gezeigt hat, vor allem bei Hysterikern der Fall: Ein traumatisches Erlebnis bleibt bei ihnen außerhalb des Bewusstseins – nach Breuer im „Unterbewusstsein“ – als eine „entzogene psychische Schichte“.[88] Diese Schichte wächst jedes Mal weiter an, wenn eine bewusste Vorstellung die an sie anschließenden Erinnerungsspuren assoziativ weckt und diese aber aufgrund einer möglichen anschließenden Unlust nicht ins Bewusstsein übergehen. Bei Husserl heißt es, dass anstatt der bewussten Assoziation zwischen dem „weckenden“ Akt und der „geweckten“ Vorstellung bzw. Affektion diese unbewusst bestehen bleibt und der möglicherweise mit ihr verbundene Affekt sich dann der aktuell weckenden Vorstellung anschließen kann, sodass diese intensiver wird.[89] Der sich erinnernden Person kann es daher befremdlich erscheinen, dass ein intensiver Affekt mit einer scheinbar unwichtigen bewussten Vorstellung verbunden wird. Ist dieser Affekt ein Unlustaffekt, so kann das ihn weckende aktuelle Erlebnis von der „entzogenen psychischen Schichte“ assimiliert werden und ebenfalls Schwierigkeiten beim künftigen Eintritt ins Bewusstsein bereiten.[90] An-

---

86 Freud hat dieses Phänomen etwa ausführlicher in der Theorie der „Bahnung“ in *Entwurf einer Psychologie* (410 ff.) und in „Zum psychischen Mechanismus der Vergesslichkeit“ (GW I, 519-527) dargelegt.

87 S. Freud, *Entwurf einer Psychologie,* 421 ff.

88 J. Breuer, „Theoretisches“. In: J. Breuer und S. Freud, *Studien über Hysterie,* 249.

89 E. Husserl, Hua XI, 78, 84 f. Auf dieses Phänomen wird in der Analyse des *Entwurfs* und im zweiten Teil dieser Arbeit zurückgegriffen.

90 Breuer erkennt selbst an, dass die genannte „Spaltung der Psyche“ auch durch die von Freud bezeichnete „willkürliche Abwendung des Bewusstseins von peinlichen Vorstellungen“ bedingt ist. (Breuer, „Theoretisches“. In: J. Breuer und S. Freud, *Studien über Hysterie,* 254). Im gerade erörterten Vorgang vollzieht sich dennoch nicht eine reine aktive Abwendung in der Art einer aktuellen Ich-Entscheidung, da die aktuelle Entwicklungsrichtung

statt traumatische Erinnerungen jedoch zu vermeiden oder auszuschließen, wird Freud mit der psychoanalytischen Methode den Weg der erzählenden Bearbeitung wählen, in der Erinnerungsschichten und Affekte der Ebene der Ich-Bekanntheiten (in *Entwurf* „Ich-Besetzungen" genannt) untergeordnet werden.[91] Dies geschieht, wie gesagt, nicht nur, indem solche Erlebnisse erinnert werden, sondern auch, indem sie phantasierend oder denkend gedeutet werden. Gerade in letzter Hinsicht verweist Freud in seiner Abhandlung auf die Grundrolle der dritten Erinnerungsanordnung – jene „dynamische" der „Denkinhalte" bzw. der denkenden Ausgrabung – zur Konstitution der Erinnerungsschichten.

Die dritte Art der Erinnerungsanordnung kann nach Freud nicht nur als „zickzackförmig geknickte Linie", sondern auch als „verzweigte", „konvergierende Liniensysteme" mit gewissen „Knotenpunkten" veranschaulicht werden.[92] In jedem Knotenpunkt treffen „zwei oder mehrere Fäden zusammen [...] und in den Kern münden in der Regel mehrere unabhängig voneinander verlaufende oder durch Seitenwege stellenweise verbundene Fäden ein."[93] Mit diesem Bild will Freud verdeutlichen, dass unter der dritten Art der Erinnerungsanordnung, die ihm als die wichtigste gilt, die lineare und die konzentrische zu subsumieren sind. Die Metapher von den „unabhängigen", aber zugleich „verbundenen Fäden" verweist auf die zwei möglichen Zustände der Erinnerungsspuren hinsichtlich der Ich-Zuwendung und -Aufmerksamkeit: Sie können entweder außerhalb dieser als eine Art „Fremdkörper" oder „pathogene psychische Gruppe[n]"[94] bestehen, sodass sie nicht oder kaum assimiliert werden, oder sie können „verbunden" werden, d. h. der „Ich-Besetzung" untergeordnet werden.[95] Diese beiden Zustände sind laut Freud jedoch nicht streng abzugrenzen, weil aus der ‚Ausgrabung' „bisher abgesperrtes Gebiet" geborgen werden kann.[96] Die durch das Denken angestoßenen Erinnerungsspuren sind aber eher als „Infiltrierende" denn als Fremdkörper zu bezeichnen, insofern sie das Denken sozusagen affektiert, die Ich-Aufmerksamkeit anruft und weder einfach ausgeschlossen werden können noch sollen:

> Die pathogene Organisation verhält sich nicht eigentlich wie ein Fremdkörper, sondern weit eher wie ein Infiltrat. Als das Infiltrierende muss in diesem Gleichnisse der Wider-

---

der Assoziation von vorherigen affektiven Erlebnissen mitbestimmt ist. Hier liegt die Wurzel von Freuds späterer Annahme, dass das Verdrängte unbewusst mitbestimmt.

91 Dementsprechend lautet auch Freuds spätere berühmte Aussage: „Wo Es war, soll Ich werden." (S. Freud, „Neue Folge der Vorlesungen zur Einführung in die Psychoanalyse", GW XV, 86).

92 S. Freud, „Zur Psychotherapie der Hysterie", GW I, 293 f.

93 S. Freud, „Zur Psychotherapie der Hysterie", GW I, 294.

94 S. Freud, „Zur Psychotherapie der Hysterie", GW I, 294.

95 Diese Deutung der zitierten Passage wird vor allem von der im *Entwurf* eingeführten Unterscheidung zwischen einem dem Primärprozess entsprechenden freien Zustand der Besetzungsenergie und ihrem verbundenen Zustand bei dem Sekundärprozess ermöglicht. Dies wird bei der Analyse des *Entwurfs* eingehender berücksichtigt (siehe II. 3.6).

96 S. Freud, „Zur Psychotherapie der Hysterie", GW I, 295.

stand genommen werden. Die Therapie besteht ja auch nicht darin, etwas zu exstirpieren [...], sondern den Widerstand zum Schmelzen zu bringen und so der Zirkulation den Weg in ein bisher abgesperrtes Gebiet zu bahnen.[97]

In dieser archäologischen Bildlichkeit erweisen sich sowohl das zeitliche Nacheinander schlechthin als auch die räumliche Analogie des Nebeneinander unzureichend für die Deutung der Erinnernsschichten, sofern sie nicht dynamisch aufgefasst werden. Die Grenze des räumlichen Zugs der Erinnerungsanordnung zeigt sich darin, dass dem Nacheinander des psychischen sowie des historischen Geschehens keine räumliche Reihe (wie bei physischen Objekten) entspricht, in der das Frühere und das Spätere nebeneinander stehen.[98] Freud ist der Ansicht, dass sich zunächst bei der Hysterie das Frühere und das Spätere zu einem thematischen Kern verbinden, dessen Analyse einen möglichen Hinweis auf ein traumatisches Geschehen gibt, aber nicht unbedingt das tatsächlich Erlebte preisgibt. Im Unterschied zur räumlichen Lokalisierung tritt die Zeitigung-Verräumlichung der psychischen Spur insofern ein, dass sich das Gegebene nicht mehr in der gegebenen Form wieder auffassen oder rekonstruieren lässt: Die Schichten der Erinnerungsspuren werden durch ihr fragmentarisches Auftreten in Form von bewussten Vorstellungen – Spuren der Spuren – und durch die Interferenz des Denkens bei der Auswahl der Bahnungswege und der auszugrabenden Schichten umgestellt. Die Erinnerungsschichten konstituieren sich nicht nur durch die stetige Sedimentierung von Wahrnehmungen und bewussten Vorstellungen, sondern werden auch dadurch konstituiert und stetig modifiziert, dass sie sich unter der wechselseitigen Einwirkung der Affekte (als Anregung oder Hemmung des Bewusstwerdens) und des Sekundärprozesses des Denkens (bzw. der aktiven Synthesen) befinden.

Weiterhin in Analogie zur archäologischen Ausgrabung fasst Freud die denkende Erinnerungsassoziation in einer zweifachen Bestimmung auf: eine „radiale Richtung“ und eine „peripherische Erweiterung“.[99] Die erste bezeichnet die von der Peripherie zum Zentrum einzuführende „Eröffnung innerer Schichten“[100], d. h. das bewusst gesteuerte Bahnen der Schichtungen aus den rezentesten und weniger widerstehenden Erinnerungsspuren in Richtung solcher Spuren, die älter sind oder sich dem Bewusstwerden stärker widersetzen. Das zweite Vorgehen nun – die „peripherische Erweiterung“ – will das Durchführen des jeweiligen Erinne-

---

97 S. Freud, „Zur Psychotherapie der Hysterie“, GW I, 295.

98 Das legt die spätere Überlegung Freuds noch einmal in archäologischer Sprechweise dar: „Wo jetzt das Coliseo steht, könnten wir auch die verschwundene Domus aurea des Nero bewundern; [...] ja, derselbe Boden trüge die Kirche Maria sopra Minerva und den alten Tempel, über dem sie gebaut ist. [...] /[...] Wenn wir das historische Nacheinander räumlich darstellen wollen, kann es nur durch ein Nebeneinander im Raum geschehen; derselbe Raum verträgt nicht zweierlei Ausfüllung.“ (S. Freud, „Das Unbehagen in der Kultur“, GW XIV, 428).

99 S. Freud, „Zur Psychotherapie der Hysterie“, GW I, 297.

100 S. Freud, „Zur Psychotherapie der Hysterie“, GW I, 297.

rungsakts innerhalb eines bestimmten zu erinnernden Themas veranschaulichen. Sei etwa ein weißes Haus das Erinnerungsmotiv, so werden gemäß dem ersten Vorgehen frühere Erinnerungen wieder belebt, mit denen sich das Thema meistens durch Ähnlichkeit assoziiert, bis jene assoziierten Erinnerungen erreicht werden, die beim Bewusstwerden mehr Widerstand leisten. Dem zweiten Vorgehen entsprechend wird sich das Thema nicht erst chronologisch und nach seinem Widerstandsgrad ausbreiten, sondern indem es andere, gleichzeitig stattgefundene Erlebnisse zur Vergegenwärtigung führt, und zwar in den meisten Fällen durch Assoziation per Kontiguität. Bei diesen beiden Vorgehensweisen können sich die Elemente ‚Haus' und ‚weiß' absondern, und es können assoziativ neue, unabhängige Erinnerungsreihen entstehen. Die Verknüpfung zwischen der radialen und der peripherischen Ausgrabung bzw. die in diachroner und synchroner Richtung verlaufende Ausgrabung vermag letztlich die Erweiterung der Kenntnis der Erinnerungsschichtungen zu veranschaulichen, die später im breiteren Sinne als das Unbewusste gedeutet werden.

Es bleibt zu beachten, dass Freud auf eine metaphorische Betrachtungsweise nicht verzichtet, sondern vielmehr versucht, ihre Unzulänglichkeit zu beheben und sie zudem weiterhin als mögliche Veranschaulichung des psychischen (bewussten und unbewussten) Lebens zu verwenden. Wie es auch seine späteren Darlegungen nahelegen, hält er an der metaphorischen Sprechweise fest, auch wenn er gleichzeitig einräumt, dass das psychische Leben nicht durch derartige Beschreibungen zu bewältigen ist.[101] Eine seine späteren diesbezüglichen Thesen lautet, dass das Bewusstsein – weiter in archäologischer Analogie zur Bodenfläche – in der Peripherie des psychischen Systems anzusetzen sei und dort eine entscheidende Rolle beim Wiederauftauchen von Erinnerungen spiele.[102] Eine andere, aus der analogischen Sicht herstammte Theorie unterscheidet zwischen dem dynamischen, dem topischen und dem ökonomischem Charakter des psychischen Lebens. Dieser Unterschied schließt sich der hier erörterten Darstellung der drei Erinnerungsschichtungen an und wird zur Grundbestimmung des Unbewussten.[103] Seinen radikalsten Versuch einer dynamischen und ökonomischen Darlegung der psychischen Phänomene entwickelt Freud zwei Jahre nach den *Studien über Hysterie* im *Entwurf einer Psychologie.* Die dritte Anordnung der Erinnerungsschichtung, die 1893 in *Studien über Hysterie* als Verknüpfung der chronologischen und der konzentrischen Schichtung bezeichnet wurde, wird 1895 im *Entwurf* im Rahmen der Hervorhebung der Rolle des Affektes und der Aufmerksamkeit beim Erinnern ins Zentrum gerückt. Die hier ohne neurologische Referenz aufgegriffenen Motive werden dann in neurologische Terminologie über-

---

[101] S. Freud, „Das Unbehagen in der Kultur", GW XIV, 428.

[102] S. Freud, *Jenseits des Lustprinzips*, Studienausgabe III, 234 f., 248; „Notiz über den Wunderblock", Studienausgabe III, 369.

[103] Siehe S. Freud, „Das Unbewusste", Studienausgabe III, 130 ff., 140.

setzt. Die gleichzeitige Anordnung nach Linearität und Konzentrizität sowie die Analogien zu Knotenpunkten, Liniensystem und Erinnerungskern werden in den Theorien des *Entwurfs* auf die Bahnungen, Mantelneuron und Kernneuron bezogen. Das weist darauf hin, dass Freud ab der *Traumdeutung* (oder auch später) nicht eine ‚frühere', neurologisch begründete psychische Theorie zugunsten einer hermeneutisch-spekulativen überwindet, wie Ricœur und andere es annehmen[104], sondern dass er 1895 vielmehr versucht, frühere metaphorische bzw. spekulative Ansichten der psychischen (bewussten und unbewussten) Phänomene neurologisch zu begründen. Dieser Versuch vollzieht sich ebenfalls im Rahmen der metaphorischen Tendenz seines Denkens. Der ‚spekulative', ‚logisch-metaphorische' Zug dieses Denkens und zwar im Sinne der später hervorgehobenen metapsychologischen Grundlage der Psychoanalyse, ist also grundlegender als eine ‚physioneurologische' Orientierung eines ersten Freud.

II. 3. Entwurf einer Psychologie *(1895): Die Intensitätsstufen psychischer Phänomene*

> *Rappelons d'abord brièvement les indications du* Projet *de 1895. Indications, oui, mais tracées d'un trait ferme comme l'est tout ce texte, véritable* souvenir-écran *de l'oeuvre freudienne où les lignes de développement futur sont déjà toutes dessinées.*
>
> J.-B. Pontalis [105]

Wie seine Briefe an Fließ belegen, bemühte sich Freud im Jahre 1895 darum, eine Theorie des psychischen Lebens zu entwickeln, in der die pathologische Abwehr untersucht werden sollte.[106] Voraussetzung dafür war, die ‚metapsychologischen' Themen, wie Erinnerung, Bewusstsein, Wahrnehmung, Denken u. a., zu durchdringen.[107] Motiviert von dem vorhandenen Briefwechsel und dem Gespräch mit seinem Freund Fließ, den er Anfang September 1895 in Berlin besuchte, skizzierte Freud während der Rückfahrt nach Wien die erste Fassung der nachträglich als *Entwurf einer Psychologie* bezeichneten Abhandlung. Circa einen Monat später wurde das unvollendete, aus drei Teilen bestehende Manuskript an Fließ geschickt und zudem einige Zeit später in zwei Briefen an ihn –

---

104 P. Ricœur, *De l'interprétation*, 75 ff. / *Die Interpretation*, 79 ff.

105 *Entre le rêve et la douleur*, 257.

106 Siehe Freuds Briefe an Fließ vom 6. und 16. August 1895, in: S. Freud, *Briefe an Wilhelm Fließ*, 138 f.

107 Freud bezeichnet diese Themen zwar zunächst als der Psychologie zugehörend, gleichzeitig beansprucht er aber deren metapsychologischen Charakter. Dies wird in der Aussage deutlich, dass er in deren Darlegung „etwas mitten aus der Natur heraus" berührt. (Brief an Fließ von 16. August 1895, in: S. Freud, *Briefe an Wilhelm Fließ*, 139). Deren metapsychologische Anordnung wird aus der späteren Bearbeitung in den metapsychologischen Texten aus den Jahren 1915-1917 deutlicher.

dem Brief 85 datiert vom 01. Januar 1986 und dem Brief 112 datiert vom 06. Dezember 1986 – weitere Bearbeitungen nachgereicht.[108] Freud selbst wünschte die Zerstörung des Manuskriptes. Erst elf Jahre nach seinem Tod wird es erstmalig dank seiner ehemaligen Analysandin und Prinzessin von Griechenland und Dänemark Marie Bonaparte veröffentlicht. Diese hat das Manuskript samt dem entsprechenden Briefwechsel von Freud und Fließ von dem Buchhändler Reinhold Stahl erhalten, der es der Witwe von Fließ abgekauft hatte.[109]

Am Anfang des *Entwurfs* bezeichnet Freud es als seine Absicht, die Psychologie als Naturwissenschaft zu begründen.[110] Freud zielte somit darauf ab, seine psychologische Untersuchung an die Forderung nach Genauigkeit und theoretischer Strenge anzupassen, die in seinem wissenschaftlichen Kreis ausschließlich von den Naturwissenschaften erwartet wurde.[111] Obwohl in Wien im Bereich der Geisteswissenschaften vor allem die Theorien von Dilthey rezipiert wurden, stand Freud aufgrund seiner medizinischen Studien und Praktika eher in der positivistischen Tradition, die auf Grundlage der von Fechner, Wundt und Helmholtz begründeten psycho-physiologischen Methoden eine quantitativ und experimentell orientierte Erforschung der psychischen Vorgänge in Deutschland und Österreich bevorzugte. Unter dem direkten Einfluss dieser Tradition standen der bereits erwähnte Professor für Neurologie Meynert sowie Freuds Professor für Physiologie Ernst Brücke.[112] Brücke war gemeinsam mit Helmholtz und Du Bois-Reymond einer der Begründer der „Berliner Physikalischen Gesellschaft", eine 1845 entstandene psychophysiologische Schule, deren wichtigstes wissenschaftliches Credo lautet, auf der physiologischen Ebene die Leistung der im Organismus – wie in der Natur – wirkenden Kräfte in deren physio-chemischer Konstitution und Messbarkeit zu bestimmen.[113] Die *Vorlesungen über Physiologie* von Brücke, der in Berlin als „unser Gesandter im Fernen Osten" bezeichnet wurde, hatten Freud stark beeinflusst.[114] Brückes Auffassung der Kräfte als Wirkung aus den „reellen Ursachen" im Organismus und gemäß dem helmholtzschen Prinzip als Bestimmungen der physikalischen Tendenz zur Konstanz ist

---

[108] S. Freud, *Briefe an Wilhelm Fließ*, 164 ff., 112 ff.

[109] Siehe R. Wollheim, *Sigmund Freud.* München: Deutscher Taschenbuch Verlag, 1972, 40 f., L. A. Garcia-Roza, *Introdução à Metapsicologia freudiana*, Bd. I, 69 f.

[110] S. Freud, *Entwurf einer Psychologie*, 387.

[111] Siehe L. A. Garcia-Roza, *Introdução à Metapsicologia freudiana*, Bd. I, 71 f., 78.

[112] Vgl. Meynerts Anspruch auf die Begründung einer Anthropologie nach dem Vorbild der Naturwissenschaften: „Die werdende Gesamtwissenschaft einer Anthropologie lässt sich an, alle Fragen der Wissenschaften und der Societät einheitlich nach naturwissenschaftlicher Methode zu behandeln." (T. Meynert, *Mechanik des Gehirnbaues*, 20).

[113] So schreibt Du Bois-Reymond 1842: „Brücke und ich haben uns verschworen, die Wahrheit geltend zu machen, dass im Organismus keine anderen Kräfte wirksam sind als die gemeinen physikalisch-chemischen [...]". (Bei E. Jones, *Das Leben und Werk von Sigmund Freud*, Bd. I, 61 f.).

[114] S. und S. Bernfeld, *Bausteine der Freud-Biographik*, 63.

noch in den späteren metapsychologischen Konzeptionen Freuds spürbar.[115] Freud hat außerdem die Dynamik der psychischen Kräfte später bei der Trieb- und der Libidotheorie überarbeitet. Die durch die psychophysischen Methoden untersuchten psychischen Kräfte beschreibt Freud nun aus der Grundlage von Herbarts Theorien, wobei die zunächst von diesem Autor vorgeführte Dynamik des Grundelementes des Psychismus, d. h. der Vorstellung, eine entscheidende Rolle spielt. Herbart stellt diese als Erster – noch bevor Freud es in der frühen Theorie der Erinnerungsschichten und in der später eingeführten Theorie des Unbewussten vollziehen wird – in einem dynamischen Zusammenhang von verschiedenen Kräften und Vorgängen wie Hemmung, Inhibierung, Konflikt und Kompromiss dar. Weil Herbart Freuds psychische Konzeption grundsätzlich prägte, soll hier ausführlicher auf dessen Vorstellungsdynamik eingegangen werden. Danach soll eine andere Theorie der Vorstellung und der psychischen Phänomene erörtertet werden, die auch unter Herbarts Einfluss stand und mit der sich Freud ebenfalls auseinandersetzte: nämlich die Ansicht seines Professors für Philosophie in Wien, Franz Brentano.

II. 3.1. Theoretische Voraussetzungen I: Vorstellung und Quantität bei Herbart

> *Gibt es nicht gesetzmäßig hemmende, schwächende Gegenpotenzen, welche, indem sie Affektion nicht mehr aufkommen lassen, auch das Zustandekommen für sich bestehenden Einheiten unmöglich machen, Einheiten, die also ohne die Affektion nicht zustande gekommen wären?*
>
> E. Husserl[116]

Herbarts Vorstellungstheorie gilt als die Theorie, die auf Freuds frühere metapsychologische Konzeption am einflussreichsten war.[117] Der Herbartismus war im 19. Jahrhundert in Österreich die vorherrschende Richtung in der Psychologie sowie äußerst einflussreich in der Philosophie und in den verschiedenen Geistes- und Naturwissenschaften. Herbart wendet sich gegen die idealistischen Traditionen in der Psychologie und Philosophie und entwirft das Programm, die Psychologie als Wissenschaft zu begründen, deren Grundprinzipien der Metaphysik und der Mathematik entnommen sind und zugleich in der Erfahrung nachgewiesen sein müssen. Die Psychologie ist vornehmlich auf der Grundlage einer „realistischen Metaphysik" zu entfalten, die auf den naturwissenschaftlichen Methoden basiert.[118] Dieser Grundsatz, der später ebenfalls sein Maßstab werden sollte, begegnete Freud sehr wahrscheinlich bereits während seiner Gymnasialzeit durch

---

115 S. und S. Bernfeld, *Bausteine der Freud-Biographik*, 64 f.

116 Hua XI, 153.

117 P.-L. Assoun, *Introduction à l' épistémologie freudienne*. Paris: Payot, 1981, 135.

118 Siehe G. Gödde, *Traditionslinien des ‚Unbewussten'*, 31 f., F. Träger, *Herbarts Realistisches Denken*. Amsterdam u. a.: Königshausen und Newman, 1982, 55 ff.

das von Gustav Adolf Lindner unter dem herbartischen Modell verfasste *Lehrbuch der empirischen Psychologie nach genetischer Methode.*[119] Herbarts Einfluss auf Freud sei zunächst – so Paul-Laurent Assoun – in der Übertragung eines Modells zu sehen.[120] Dieses Modell ist als „quantifizierbare Dynamik" in dem Sinne zu verstehen, dass die Grundlage der psychischen Theorien Herbarts, d. h. die Vorstellung, als ein Kräftespiel dargestellt wird, sodass jede Vorstellung aus dem reziproken Einfluss von anderen Vorstellungen stärker oder schwächer in ihrer Intensität wird und daher in verschiedenen Anschaulichkeitsstufen bewusst eintritt.[121]

Die Dynamik der Vorstellungen setzte Herbart dem idealistischen Ansatz entgegen, dem gemäß das Ich Grundlage des psychischen Lebens sei. Das Ich soll nach Herbart eher in dessen Bezug zu anderen Denkakten und Vorstellungen aufgefasst werden und sei es selbst eine Vorstellung.[122] Jede Vorstellung sei zunächst nicht in sich selbst eine Kraft, sondern sie verwirklicht sich als Kraft durch das Gegeneinanderwirken anderer Vorstellungen.[123] Wird einer Vorstellung ein Widerstand von einer anderen Vorstellung entgegengesetzt, so kann jene erste der Verdrängung unterliegen bzw. gehemmt werden. Die unter einer solchen widerstehenden Wirkung stehenden Vorstellungen werden dadurch aber nicht vernichtet: Sie verdunkeln sich vielmehr stetig und gehen in einen Zustand über, den Herbart „Streben" nennt.[124] Damit eine solche strebende Vorstellung in engerem Sinne bewusst werden kann, d. h. „an der Schwelle des Bewusstseins" stehen kann, muss sie sich außerhalb des Einflusses von anderen Vorstellungen befinden oder durch Assoziation mit anderen Vorstellungen jenen Widerstand überwinden.[125] Unter der „Schwelle des Bewusstseins" versteht Herbart „diejenige Grenze, welche eine Vorstellung scheint zu überschreiten, indem sie aus dem völlig gehemmten Zustande zu einen Grade des wirklichen Vorstellens übergeht".[126] Dabei sind drei Modalitäten von Vorstellungen zu unterscheiden: diejenigen, die sich im Übergang zur Schwelle des Bewusstseins befinden, diejenigen „unter" derselben Schwelle und diejenigen „über" derselben, wobei die Letzteren

119 E. Jones, *Das Leben und Werk von Sigmund Freud,* Bd. I, 432.

120 P.-L. Assoun, *Introduction à l'épistémologie freudienne,* 135.

121 P.-L. Assoun, *Introduction à l'épistémologie freudienne,* 132.

122 Siehe J. F. Herbart, *Psychologie als Wissenschaft, neu gegründet auf Erfahrung, Metaphysik und Mathematik,* 277.

123 J. F. Herbart, *Lehrbuch zur Psychologie,* 15 f.

124 J. F. Herbart, *Lehrbuch zur Psychologie,* 16.

125 J. F. Herbart, *Lehrbuch zur Psychologie,* 18.

126 J. F. Herbart, *Psychologie als Wissenschat, neu gegründet auf Erfahrung, Metaphysik und Mathematik,* 341. Anzeichen dafür, dass Freud und Breuer Herbarts Theorie der Vorstellung kannten und von daher den Unterschied zwischen Bewusstsein und Unbewussten bestimmen, sind den *Studien über Hysterie* zu entnehmen: „Ein großer Teil dessen, was wir Stimmung nennen, stammt aus solcher Quelle, aus Vorstellungen, die *unter der Schwelle des Bewusstsein* existieren und wirken. – Ja, unsere ganze Lebensführung wird fortwährend von *unbewussten Vorstellungen* beeinflusst." (J. Breuer und S. Freud, *Studien über Hysterie,* 241; Unterstrichen von mir, A.M.S.).

dem bewussten Vorstellen schlechthin entsprechen.[127] Aufgrund dieses Unterschiedes befinden sich die Vorstellungen „mehr oder weniger weit unter der Schwelle".[128] Das Bewusstsein bezeichnet in diesem Sinne „die Gesamtheit alles gleichzeitigen wirklichen Vorstellens" oder den Zustand, in dem sich die Vorstellungen „auf" bzw. „über" der Schwelle des Bewusstseins befinden.[129] Die Schwelle des Bewusstseins fungiert demgemäß als ideeller Übergangspunkt zwischen dem „wirklichen Vorstellen" und dem unbewussten Zustand der Vorstellungen. Diese haben Intensitätsstufen, deren Zuwachs sich ab einem bestimmten Punkt – nämlich der Schwelle – in Form von bewussten Erscheinungen entwickelt. Die Intensität der Vorstellung begrenzt sich insofern nicht auf den bewussten Vorstellungsakt, sondern geht diesem voraus. Dieser Ansicht wird Brentano seine Theorie der Intensität psychischer Phänomene entgegensetzen, dessen Einfluss für Freud ebenfalls entscheidend war.

Bei Freud wird ebenso jede Vorstellung eine Grenze oder Schwelle zwischen den bewussten und den unbewussten psychischen Instanzen überwinden müssen, um ins Bewusstsein gelangen zu können. In seiner frühen Theorie des *Entwurfs* begreift Freud dies als einen Übergang von der quantitativen, den Erinnerungssystemen entsprechenden Ebene des Psychismus, hin zum qualitativen Zustand der psychischen Inhalte bzw. Akte, sodass das Bewusstsein mit dem Erscheinen von Qualitäten übereinstimmt[130]. Später wird Freud diese Theorie umformulieren, ohne jedoch die Ansicht einer Schwelle oder Grenze zwischen den psychischen Instanzen aufzugeben: Zwischen dem Unbewussten und dem Bewusstsein wird er eine dritte Instanz einführen, nämlich das Vorbewusste, sodass die unbewussten Inhalte nun einen größeren Widerstand im Hinüberführen zum Vorbewussten überwinden müssen, als diejenigen, die vom Vorbewussten her ins Bewusstsein übergehen.[131] Freud stellt diesen Übergang zwischen den psychischen Instanzen sowohl von einem „topischen" und „dynamischen", als auch von einem „ökonomischen" Betrachtungspunkt aus dar[132], der in seinem späteren Werk als Erbe der im *Entwurf* dargelegten Theorie der „Quantität" fungiert.

---

[127] „So wie man gewohnt ist, vom Eintritt der Vorstellungen ins Bewusstsein zu reden, so nehme ich *Schwelle des Bewusstseins* diejenige Grenze, welche eine Vorstellung scheint zu überschreiten, indem sie aus dem völlig gehemmten Zustande zu einen Grade des wirklichen Vorstellens übergeht. [...] so nehme ich eine Vorstellung *unter der Schwelle*, wenn es ihr an Kraft fehlt, jene Bedingungen zu erfühlen. [...] Eben so ist eine Vorstellung *über die Schwelle*, in so fern sie einen gewissen Grad des wirklichen Vorstellens erreicht hat." (J. F. Herbart, *Psychologie als Wissenschaft, neu gegründet auf Erfahrung, Metaphysik und Mathematik*, 341). Aus diesem Unterschied können sich die Vorstellungen „mehr oder weniger weit unter der Schwelle" befinden. (Ebd.).

[128] J. F. Herbart, *Lehrbuch zur Psychologie*, 18.

[129] J. F. Herbart, *Lehrbuch zur Psychologie*, 18.

[130] S. Freud, *Entwurf einer Psychologie*, 400 f.

[131] S. Freud, „Einige Bemerkungen über den Begriff des Unbewussten in der Psychoanalyse", Studienausgabe III, 32 ff.; „Das Unbewusste", Studienausgabe III, 131 f.

[132] S. Freud: „Das Unbewusste". Studienausgabe III, 130 ff., 140.

Eine der Bedeutungen der ‚freudschen Quantität' betrifft gerade die Intensität im herbartschen Sinne, d. h. jene von den „unter" der bewussten Schwelle stehenden Vorstellungen zu erreichende Kraft oder Anschaulichkeit, sodass sie ins Bewusstsein (d. h. für Herbart „an" und „über" der „bewussten Schwelle") eintreten können. In Herbarts Erachten ist dennoch die Teilung zwischen Bewusstsein und Unbewussten nicht topisch aufzufassen, als ob zwei getrennte psychische Orte – das Bewusstsein und das Unbewusste – vorlägen, sondern eher als ein Zustand der Vorstellungen gemäß deren jeweiliger Intensität.

Diese Ansicht Herbarts steht im Einklang mit der Auffassung Husserls, der gemäß das bewusste Eintreten von affektiv gewordenen Inhalten aus der sedimentierten Ebene der Erinnerungen, auch Unbewusstes oder „Null" (Nullkraft der Affektion) genannt, als graduelle positive Intensivierung zu verstehen ist.[133] Diese Intensivierung oder der Zuwachs an Anschaulichkeit kann sich nicht nur stetig entfalten, sondern auch durch andere affektive Inhalte oder durch andere bewusste Akte gehemmt werden.[134] Dies geschieht in der Weise, dass etwa eine aus der Sedimentierung hervortretende Erinnerung als bewusst zu erscheinen beginnt und in deren Affektion eine andere Erinnerung assoziativ erweckt. Das Ich kann sich von daher anstatt der ersten Erinnerung – deren bewusstes Auftauchen dadurch gehemmt wird – der zweiten zuwenden und diese als erweiterten Vergegenwärtigungsakt entfalten, sodass andere Erinnerungen, die sich mit dieser zweiten assoziativ verbinden, ebenfalls vergegenwärtigt werden. Die Assoziation, die zwischen den zwei Erinnerungsinhalten – genauerer: zwischen zwei Erinnerungssinnen – entsteht, sobald ein von beiden beginnt, bewusst zu werden, kann sich demzufolge in Form von bewusster, vom Ich einzuführender Assoziation weiter entwickeln.[135] Bekanntermaßen unterscheidet Husserl in dieser Hinsicht zwischen einer passiven und einer aktiven Art der Assoziation, sodass die erste die Seite des Inhaltes bzw. die noematische Intentionalität betrifft, während die letzte als Ichakt bzw. als noetische Intentionalität einzustufen ist.[136] Die freudschen Primär- und Sekundärvorgänge grenzen sich ähnlicherweise dadurch ab, dass der erste die freie Assoziation zwischen den psychischen Inhalten betrifft, während der zweite im Rahmen der Ich-Hemmung und -Aufmerksamkeit durchgeführt wird. In erstem Sinne vollziehen sich Assoziationen außerhalb der Ich-Zuwendung oder mit relativ geringem Betrag der Ich-Aufmerksamkeit.[137]

Nach der Theorie Herbarts ist nun die Assoziation zunächst als bewusster Vorgang einzuordnen, weil die unter der bewussten Schwelle stehenden Vorstellungen nicht in Verbindung mit anderen treten können, sofern sie „ganz und gar

---

[133] E. Husserl, Hua XI, 154 f., 167 ff., 177 ff.
[134] E. Husserl, Hua XI, 155.
[135] E. Husserl, Hua XI, 166 f.
[136] E. Husserl, Hua XI, 84; Hua XXXI, 3 f.; Hua III, 253 f.
[137] Siehe S. Freud, *Die Traumdeutung*, Studienausgabe II, 563 ff.

in ein Streben wider bestimmte andere verwandelt und dadurch gleichsam isoliert (sind)".[138] Daraus folgt allerdings für Herbart nicht der Schluss, dass die „unter der Schwelle" stehenden Vorstellungen für den Assoziationsvorgang ohne Belang sind: Sie machen eher die unerlässliche Bedingung jeder Assoziation aus, da sie durch Verschmelzung oder Komplexion mit anderen bewussten Vorstellungen assoziativ verknüpft werden können. „Verschmelzung" ist Herbart zufolge die Assoziation zwischen Vorstellungen derselben Art, „Komplexion" hingegen die Verknüpfung zwischen Vorstellungen verschiedener Arten, wie etwa einem Ton und einer Farbe oder einem Ding und dessen jeweiliger Benennung.[139] Wenn eine neue Wahrnehmung auftritt, können somit mit ihr in Assoziationsmodi der Verschmelzung und der Komplexion strebende Vorstellungen in Verbindung treten, woraus sich nach Herbart eine gesamte Kraft ausformt. Aus den unter einer Assoziation befindenden Vorstellungen ergibt sich laut Herbart eine Totalkraft, die von anderen Prinzipien bestimmt ist als die Kraft einer einzigen Vorstellung.[140] Eine solche assoziationsmäßig entstehende Kraft kann nun auf andere mögliche strebende Vorstellungen eine gegenteilige Wirkung ausüben, wobei diese zurückgedrängt werden können.[141] Darüber hinaus kann die Wirkung der assoziativ ausgeformten Kraft die ablaufenden Vorstellungsreihen stören oder intensiver bewegen und es können außerdem Gemütszustände entstehen.[142] Insofern wird das Ziel einer Vorstellung jenseits von sich selbst mitbestimmt, d. h. je nach dem, ob sie etwa von anderen Vorstellungen bzw. Vorstellungsgruppen oder mächtigen Kräften gehemmt wird, sich für irgendeine Assoziation eignet oder die Wirkung von anderen affektiven Zuständen erfährt.[143] Assoun hebt in diesem Sinne mit Recht hervor, dass sich Herbarts Assoziationslehre von der klassischen Konzeption dadurch unterscheidet, dass bei ihm nicht der bildliche Zug des Ähnlichkeitsprinzips bestimmend ist, sondern eher jenes Kräftespiel, in dem jede Assoziation eine erweiterte Vorstellungskonstellation modifizieren kann.[144]

Für Freud sowie für Husserl steht ebenfalls der bildliche Zug nicht im Vordergrund des Assoziationsvorgangs, falls dieser als Ganzes betrachtet wird. Wenn nach Freuds Erachten im Traum und jedem anderen Primärvorgang zunächst der bildliche Charakter insbesondere die Assoziation per Ähnlichkeit antreibt, fungiert die Bildlichkeit nicht länger als Triebfeder, sobald die primäre Assoziation in eine sekundäre vom Ich geführte Assoziation mündet. Nach Pontalis weist die „fortschreitende Ablösung vom Bild" auf den von der freudschen Psychoanalyse

---

[138] J. F. Herbart, *Lehrbuch zur Psychologie*, 21.
[139] J. F. Herbart, *Lehrbuch zur Psychologie*, 21.
[140] J. F. Herbart, *Lehrbuch zur Psychologie*, 22.
[141] J. F. Herbart, *Lehrbuch zur Psychologie*, 24.
[142] J. F. Herbart, *Lehrbuch zur Psychologie*, 32.
[143] J. F. Herbart, *Lehrbuch zur Psychologie*, 33.
[144] P.-L. Assoun, *Introduction à l'épistémologie freudienne*, 135.

genommenen Weg hin.[145] Das zeigt sich in der späteren Hervorhebung des Todestriebs, dessen Kennzeichnen u. a. in der Auslöschung der Bildlichkeit besteht. Dies ist ebenfalls in Freuds Ablehnung der Hypnose ersichtlich, da der Patient bloß unreflexiv die „visuelle Wiederbelebung" der traumatischen Szene erlebt, anstatt sie erinnernd und erzählend zu bearbeiten.[146] Für Husserl nun folgt der Assoziation per Ähnlichkeit – wobei sich sowohl eine Wahrnehmung und eine Erinnerung als auch eine Retention und eine Erinnerung oder Phantasie verknüpfen können – die Ich-Zuwendung und -Teilnahme, sodass die bildliche Sicht dem Akt des Meinens bzw. des Urteilens untergeordnet wird. Darüber hinaus ersetzt Husserl ein erstes bildliches Modell der Vergegenwärtigung durch ein zweites, in dem die Intensivierungsstufen des Bewusstwerdens und die graduellen Bestimmungen der Ich-Zuwendung grundlegender werden.[147]

Von einem geschichtlichen Betrachtungspunkt aus weist dieses Motiv der Intensivierungsstufen psychischer Phänomene auf das genannte Problem der Quantität oder der Intensitätsgrade der Vorstellungen hin. Für Herbart handelte es sich gerade darum, das „Quantum" gemäß der psychischen Intensität etablieren zu können, aus welchem jede Vorstellung bestehen muss, um als bewusst, d. h. auf der bewussten Schwelle, eintreten zu können. Aus historischer Perspektive weist diese Problematik des Intensitätsgrads psychischer Phänomene darüber hinaus auf die Versuche der Psychophysik des 19. Jahrhundertes hin, die psychischen Phänomene unter einer analogen Messbarkeit und Gesetzmäßigkeit zu bestimmen, die Kant aus dem newtonschen Paradigma ausschließlich den Naturphänomenen zuschrieb.[148] Kant leugnet den wissenschaftlichen Charakter der Psychologie vor allem deshalb, weil die innere Anschauung psychischer Vorgänge zeitlich, aber nicht räumlich, vorstellbar sei und somit den newtonschen Prinzipien über die Bestimmung, Messbarkeit und Geschwindigkeit physischer Körper nicht unterliegen könne. Wundt zeigt allerdings, dass Wahrnehmungen und Vorstellungen intensive Größe sind und dadurch messbar werden können, dass sie in mehr als eine Variable der Zeit gegeben sind, wobei deren mathematische Bestimmung möglich sein sollte. Gibt es darüber hinaus Intensitätsunterschied zwischen verschiedenen psychischen Phänomenen, dann soll deren Messbarkeit bestimmt werden können.[149]

Dieses Problem der Intensität psychischer Phänomene, das sich in der Psychologie des 19. Jahrhundertes als unentbehrlicher Anspruch zur Fundierung einer

---

145 J.-B. Pontalis, *Die Macht der Anziehung: Psychoanalyse des Traums, der Übertragung und der Wörter*. Frankfurt: Fischer, 1992, 28.

146 Siehe J.-B. Pontalis, *Die Macht der Anziehung*, 28.

147 R. Bernet, „Einleitung". In: E. Husserl, *Texte zur Phänomenologie des inneren Zeitbewusstseins*, lvii f.

148 I. Kant, *Metaphysische Anfangsgründe der Naturwissenschaft*. In: GW V*: Kritik der Urteilskraft und Schriften zur Naturphilosophie*. Wiesbaden: Insel, 1957, 12 f.

149 Siehe P.-L. Assoun, *Introduction à l' épistémologie freudienne*, 147.

wissenschaftlichen Psychologie hervorhob, ist in der freudschen Konzeption des *Entwurfs* grundlegend. Wie Ricœur aber zu Recht bemerkt, handelt es sich bei Freud um eine „seltsame Quantität", die tatsächlich nie der Messbarkeit und mathematischer Bestimmung unterliegt.[150] In diesem Punkt entfernt Freud sich nicht von der Ansicht Herbarts, dergemäß das „Quantum" der Vorstellung ein nicht festgesetzter, experimentell zu beweisender Wert ist, sondern eher die in jedem einzigen Fall von der Stärke der zusammentreffenden Vorstellungen zu bestimmende Intensität.[151] Inwiefern sich Herbarts Dynamik der Vorstellung und die jeweiligen Ansichten der Hemmung, Assoziation und Intensität als grundlegende Inspirationsquelle der freudschen Metapsychologie kennzeichnen lassen, ist eine Aufgabe der weiteren Auseinandersetzung mit der freudschen Erinnerungstheorie.

Um Freuds Auffassung der Quantität im *Entwurf* und im Zusammenhang des Affektbetrags der Vorstellungen einordnen zu können, sollen aber auch andere in der Philosophie und in der Psychophysiologie des 19. Jahrhunderts wichtige Konzeptionen über die Quantifizierbarkeit bzw. Intensität psychischer Phänomene berücksichtigt werden, unter deren Einfluss Freud ebenfalls stand.

II. 3.2. Theoretische Voraussetzungen II: Brentanos Theorie der Intensität psychischer Phänomene und seine Kritik an Herbart und Fechner

Während des Medizinstudiums habe Freud zwar weiter unter Herbarts theoretischer Orientierung gestanden, sofern sich der Herbartismus auch in den Bereichen der Physiologie und Psychiatrie verbreitete und den Anstoß für die quantifizierbare Physio-Psychologie von Wundt und Fechner gab.[152] Andererseits ist auch auf den fundamentalen Punkt hinzuweisen, dass Herbart die Psychologie als Teil der Metaphysik anordnet. Diese Konzeption wird von der freudschen Metapsychologie übernommen. In diesem Punkt ist Freud sowohl von Herbart als auch von Franz Brentano beeinflusst, dessen philosophische Vorlesungen in Wien er regelmäßig von 1874 bis 1876 besuchte und auf den seine Ansichten über die bewussten Phänomene und die bewussten Vorstellungen hauptsächlich zurückgehen.[153] Darüber hinaus sind die freudschen Ansätze des Denkens und des Urteils von Brentanos Theorie des intentionalen Bewusstseins und der ihr

---

[150] P. Ricœur, *De l'interpretation*, 94 / *Die Interpretation*, 98.

[151] Siehe J. F. Herbart, *Psychologie als Wissenschaft, neu gegründet auf Erfahrung, Metaphysik und Mathematik*, 343.

[152] Siehe P.-L. Assoun, *Introduction à l' épistémologie freudienne*, 137: „Inutile donc de postuler quelque lecture personnelle de Herbart par Freud: la physiologie, la psychiatrie et la psychologie charriaient de l'herbartisme dans leur flux." Nach Assoun war Freuds Professor Meyner auch ein Herbartianer. In Rahmen der Physiologie sind hauptsächlich Johanes Müllers *Manuel de physiologie humaine* und Wilhelm Griesingers *Archiv für Physiologische Heilkunde* zu erwähnen. (Ebd., 136)

[153] Siehe P.-L. Assoun, *Introduction à l' épistémologie freudienne*, 137 f.

zugeordneten Urteilslogik stark geprägt.[154] Es darf außerdem nicht vergessen werden, dass Herbarts Lehre Brentano – sowie auch Husserl[155] – bekannt war und dessen Philosophie dauerhaft beeinflusste. In *Psychologie aus einem empirischen Standpunkt* (1874) legt Brentano mit Verweis auf Herbart seine berühmte These von der Vorstellung als Grundlage des Psychismus dar.[156] Brentanos Theorien dienen aber im Rahmen des freudschen Denkens weniger der Verstärkung der herbartschen Lehre, als vielmehr der Vermittlung anderer philosophischer Traditionen, sodass sich Freud auch mit der Metaphysik des Aristoteles und deren Neubegründung in Brentanos Intentionalitätstheorie auseinandersetzten konnte.

Das bekannteste Werk Brentanos in dieser Richtung – die *Psychologie aus empirischem Standspunkt* – erschien in demselben Jahr (1874), in dem Freud dessen philosophische Vorlesungen in Wien zu besuchen anfing. Diese Vorlesungen waren der Lehre von Aristoteles gewidmet, die bekanntermaßen auf das gesamte Werk Brentanos einen großen Einfluss ausübte. Die freudsche Metapsychologie wird den metaphysischen Anspruch der Lehren von Brentano und Herbart behalten und von daher auch Elemente der klassischen Metaphysik beinhalten. Brentanos Philosophie wird allerdings von Freud als radikale Bewusstseinsphilosophie verstanden, sofern er das Psychische mit dem Bewussten identifiziert und die Möglichkeit ablehnt, dass das Unbewusste Objekt der Psychologie sein kann.[157] Brentanos Erörterungen über das Problem des Unbewussten in der *Psychologie aus empirischem Standpunkt*[158] sind unter derjenigen Thematik der bereits bei Herbart dargelegten Frage nach der Intensität und Messbarkeit psychischer Phänomene einzuordnen. Insofern wird dieses Motiv ausführlicher bei der Erörterung dieses Werkes von Brentano betrachtet werden.

In *Psychologie vom empirischen Standpunkt* setzt Brentano sowohl der rationalistischen Psychologie als auch der Psycho-Physiologie seine als Wissenschaft der psychischen Phänomene konzipierte Psychologie entgegen. Dieses Projekt fügt sich in sein übergeordnetes Programm ein, die Philosophie wissenschaftlich zu begründen, und zwar indem die Fundierung der Metaphysik durch die Psychologie dargelegt werden sollte. Dieser 1874 hervorgehobene Anspruch unterscheidet sich von den früheren Aristoteles-Studien Brentanos, in denen der Bezug zwischen Psychologie und Metaphysik nicht im Sinne jener Fundierung, sondern als „gegenseitige Implikation" gedacht wurde.[159] Weiterhin geprägt von der objekti-

---

154 Siehe G. Kimmerle, *Anatomie des Schicksals: Zur Kritik des intentionalen Unbewussten in Freuds psychoanalytischen Aufklärung des Körpers.* Tübingen: Diskord, 1986, 86.

155 Siehe E. Holenstein, *Phänomenologie der Assoziation*, 118 ff.

156 F. Brentano, *Psychologie aus empirischem Standpunkt*, 113.

157 P.-L. Assoun, *Freud: la philosophie et les philosophes*, 35 f., Fn. 1.

158 F. Brentano, *Psychologie vom empirischen Standpunkt.* Buch I, Kap. 2: „Vom inneren Bewusstsein".

159 Siehe M. Antonelli, „Eine Psychologie, die Epoche gemacht hat". In: F. Brentano, *Psychologie vom empirischen Standpunkt.* Frankfurt u.a.: Ontos, 2008, vii-lxxxvi, xi f.

vistischen Tendenz des Aristoteles, den er „einen positiven Forscher“[160] nennt, sowie von den positivistischen Ansätzen der damaligen deutschen und österreichischen Philosophie und Psychologie, bemüht sich Brentano ab 1870 darum, in Auseinandersetzung mit der in jenem Zusammenhang sich ausbreitenden empirisch orientierten Psychophysiologie die Grundgesetze der psychischen Phänomene zu durchdringen. Durch diese notwendige Begründung kann sich Brentanos Psychologie von der Tradition rationaler Psychologie als Wissenschaft der Seele und ihren Vermögen distanzieren.[161] Hauptziel seiner *Psychologie* ist jedoch nicht, eine strikte empirische Untersuchung der Seele durchzuführen, sondern die methodische und theoretische Grundlage für die Psychologie verstanden als „Wissenschaft der Zukunft“ bereitzustellen.[162]

Wie Brentano etwas später erläutert, soll methodisch die Zweiteilung der Psychologie und deren jeweiligen Aufgaben dargelegt werden: Die erste Teilung, „deskriptive Psychologie“ genannt, widmet sich den Grundgesetzen der Erscheinungs- und Verbindungsbedingungen psychischer Phänomene. Bei der zweiten Teilung nun, der „genetischen Psychologie“, geht es darum, solche Phänomene unter Berücksichtigung von psycho-physiologischen Funktionen des Nervensystems ans Licht zu bringen.[163] Entsprechend steht Brentano jeder Psychologie, die jene strikte deskriptive Grundteilung nicht berücksichtigt, kritisch gegenüber. Obwohl Brentano annimmt, dass „der größte Teil, wenn nicht das Ganze der Psychologie einen halb und halb psychophysischen Charakter“[164] besitzt, impliziert das keine Fundierung der Psychologie durch die Physiologie. Die Psychologie solle eher als selbstständige Wissenschaft hinsichtlich der Physiologie und irgendeiner anderen Wissenschaft bestehen bleiben, wobei sie, wie auch alle anderen Wissenschaften, auf einer umfassenderen metaphysischen Basis beruht:

> Es gibt Tatsachen, welche aus dem Gebiete der äußern und innern Erfahrung in gleicher Weise nachweisbar sind. Und diese umfassenderen Gesetze werden, gerade wegen ihres weiten Umfanges, weder dem Gegenstande der Naturwissenschaft noch dem er Psychologie eigentümlich sein. Indem sie mit gleichem Rechte der einen wie der anderen Wissenschaft zugehören, zeigt es sich, dass sie vielmehr zu keiner von beiden zu rechnen sind. Auch sind sie zahlreich und bedeutsam genug, um für sich einen besonderen

---

[160] F. Brentano, *Die vier Phasen der Philosophie und ihr augenblicklicher Stand.* Leipzig: Felix Meiner, 1926, 132.

[161] M. Antonelli, „Eine Psychologie, die Epoche gemacht hat“, xii.

[162] F. Brentano, *Psychologie vom empirischen Standpunkt*, 36.

[163] Brentano hatte in einem 1895 verfassten Text die nötige Verknüpfung zwischen Psychologie und Physiologie folgenderweise dargestellt: „Da die Bedingungen wegen der unleugbaren Abhängigkeit der psychischen Funktionen von den Vorgängen im Nervensystem großteils physiologisch sind, so sieht man, wie hier die psychologischen Untersuchungen mit physiologischen sich verflechten müssen.“ (F. Brentano, *Meine letzte Wünsche für Österreich.* Stuttgart: Cotta, 1895, 34).

[164] F. Brentano, *Psychologie vom empirischen Standpunkt*, 67.

> Zweig der Forschung zu beschäftigen, und dieser Zweig ist es, den wir als Metaphysik von Naturwissenschaft und psychischer Wissenschaft zu unterscheiden haben.[165]

Es bestand zwar laut Brentano in jenem Zusammenhang der Ausbreitung der Psychophysik ein „wachsendes Bedürfnis nach Philosophie“[166], wobei diese ebenfalls darin die Möglichkeit fand, die „höchsten metaphysischen Fragen“ neu zu thematisieren.[167] Daraus lässt sich aber nicht ableiten, dass Brentanos Untersuchung über die psychischen Phänomene sich auf eine innere grundlegende Ebene beschränkten, sondern eher, dass alle anderen in der Psychologie beteiligten Faktoren – wie vornehmlich die psychophysischen, als deren besonderes Beispiel sich die Empfindungen darbieten – unter den allgemeinen Gesetzen des psychischen Lebens stehen.[168] Brentanos Erfordernisse grenzen sich somit eindeutig von denen der Repräsentanten psychophysischer Ansichten ab, bei denen etwa die Empfindungen der Messbarkeit und Formalisierung unterliegen sollen und das Bewusstsein aus den psychophysischen Bestimmungen thematisiert werden müsse, ohne jedoch zu implizieren, dass diese Motive eine letzte philosophische Begründung beanspruchen. Wie Courtine es bezeichnet, verzichtet Brentano vornehmlich in dem Sinne auf die „Psychologie ohne Seele“ der Psycho-Physiologie, da seine „Wissenschaft der psychischen Phänomene“ auffällig in der metaphysischen Tradition von Aristoteles verankert bleibt.[169] Die aristotelische Auffassung der Seele als Prinzips des Lebens wird allerdings von Brentano durch die Theorie des Bewusstseins und der psychischen Phänomene ersetzt.[170]

Die psychischen Phänomene bezeichnen für Brentano die weitgehende Gattung der psychischen Akte, wie Vorstellung, Urteil, Wille, Glaube usw. Diese lassen sich in drei Grundklassen anordnen: Vorstellungen, Urteile und Gemütsbewegungen.[171] Sie unterscheiden sich von den physischen Phänomenen dadurch,

---

165 F. Brentano, *Psychologie vom empirischen Standpunkt*, 9.

166 F. Brentano, *Über die Zukunft der Philosophie*. Hamburg: Felix Meiner, 1968, 99.

167 „Mag auch die Philosophie mehr von der Naturwissenschaft abhängen als umgekehrt. So ist doch hier wie überall, wo sich Wissenschaften berühren, zugleich die entgegensetzte Beziehung nicht ausgeschlossen. […] Und auch auf die Probleme der Metaphysik, wie auf die Frage über das allgemeine Gesetz der Wechselwirkung der Naturkräfte, führen sie bis an die Schwelle der höchsten metaphysischen Fragen.“ (F. Brentano: Über die Zukunft der Philosophie. A.a.O. 99). Was Brentanos Plädierung für die Neubestimmung der Philosophie hinsichtlich der Psychologie angeht, siehe J. Werle, *Franz Brentano und die Zukunft der Philosophie*. Amsterdam: Rodopi. 1989. 96-122.

168 M. Antonelli, „Eine Psychologie, die Epoche gemacht hat“, xxxviii.

169 J. F. Courtine, L'aristotélisme de Franz Brentano, *Études Phénoménologiques* XIV. N°s 27-28 (Husserl, lecteur de Brentano et de Frege), (1998), 7-50, 19 ff. Vgl. dazu M. Antonelli, „Eine Psychologie, die Epoche gemacht hat“, xxvi: „Trotz Ausklammerung des Seelenbegriffes und Annahme des positivistischen Paradigmas einer phänomenalen Wissenschaft bleibt Aristoteles das Vorbild, an dem sich Brentanos theoretisches Programm orientiert.“

170 M. Antonelli, „Eine Psychologie, die Epoche gemacht hat“, xviii; J. F. Courtine, L'aristotélisme de Franz Brentano, 22.

171 Siehe F. Brentano, *Psychologie vom empirischen Standpunkt*, 111 f.

dass diese Gegenstand der äußeren Wahrnehmung sind und ausschließlich mittelbar erscheinen und zwar, indem sie als Zeichen für etwas anderes fungieren, wobei deren eigene Erscheinung nicht die Grundlage von deren Erkenntnis ausmacht.[172] Die psychischen Phänomene hingegen sind „unmittelbar“ und in „untrüglicher Evidenz“ durch die innere Wahrnehmung gegeben, wobei diese „eigentlich die einzige Wahrnehmung im eigentlichen Sinne des Wortes“ ist.[173]

An dieser Stelle ist anzumerken, dass es im Gegensatz zu dieser Ansicht für Freud gerade nötig sein wird, auf die Existenz von unbewussten Phänomenen hinzuweisen: Anstatt in Evidenz und Klarheit gegeben zu sein, können die bewussten Phänomene Quelle der Täuschung und der Entstellung sein. Für Freud mangelt es den bewussten Phänomenen an Evidenz und sie sind nicht deswegen mittelbar, weil sie in Umkehrung von Brentanos Ansicht eine bloße irrige Repräsentation der physischen Phänomene seien: Bewusste Phänomene sind nicht unmittelbar evident, weil deren Sinndeutung auf die Existenz von unbewussten Vorstellungen, unbewussten Assoziationen und Affekten hinweist. Das wird Freud anhand von Phänomenen der Fehlleistung, der Deckerinnerung und des plötzlichen Vergessens besonders deutlich erörtern können, und zwar insofern sie veranschaulichen, wie die bewussten Akte bzw. das absichtliche Erinnern von der Interferenz nicht-absichtlicher, nicht-bewusster Akte gestört bzw. gehemmt werden kann. Unbewusste Phänomene lassen sich daher nicht in eine breite Konzeption des Bewusstseins integrieren; sie bestehen eher in einer Dimension des ‚Draußen‘ hinsichtlich des bewussten Lebens.[174] Ebenfalls lässt sich der Affekt hinsichtlich der bewussten Vorstellung in einer Dimension des ‚Draußen‘ fassen.

---

172 F. Brentano, *Psychologie vom empirischen Standpunkt*, 13 f.

173 F. Brentano, *Psychologie vom empirischen Standpunkt*, 128. „Die sogenannte äußere Wahrnehmung ist also streng genommen nicht eine Wahrnehmung; und die psychischen Phänomene können somit als diejenigen bezeichnet werden, in Betreff deren allein eine Wahrnehmung im eigentlichen Sinne des Wortes möglich ist.“ (Ebd. 129). Gerade in Hinweis auf Brentano bezeichnet Husserl in den *Logischen Untersuchungen* die innere Wahrnehmung als Erlebnis von adäquaten Gegenständen. Diese sind als solche anschaulich und evident gegeben und zwar in der Weise gegeben, wie sie sind. Dagegen tritt in der äußeren Wahrnehmung die Nicht-Identität zwischen dem intendierten Gegenstand schlechthin und dem Gegenstand, so wie er intendiert ist, ein. (E. Husserl, Hua XIX/1, 365 f.)

174 So deutet Derrida Freuds Dimension des ‚Draußen‘ innerhalb des psychischen Lebens: „[…] dieser ‚Wunderblock‘, dieses *äußerliche*, also archivarische Modell des *psychischen* Apparats der Aufzeichnung und der Memorisierung integriert nicht nur die inaugurierenden Begriffe der Psychoanalyse, vom *Entwurf* bis zu den Aufsätzen der *Metapsychologie* mit der *Traumdeutung* als Übergang, insbesondere all diejenigen, welche beispielsweise die Verdrängung, die Zensur, die Aufzeichnung (*Niederschrift*) in den beiden Systemen Ubw und Vbw, die drei Gesichtspunkte der Topik, der Dynamik und der Ökonomie betreffen. Indem er die Vielzahl der Orte *im* psychischen Apparat berücksichtigt, bezieht er gleichfalls innerhalb der *psyché* selbst die Notwendigkeit eines bestimmten Draußen, bestimmter Grenzen zwischen Drinnen und Draußen mit ein.“ (J. Derrida, *Dem Archiv verschrieben*. Berlin: Brinkmann und Bose, 1997, 38 f.).

Die Intensitätsstufen, in denen eine bewusste Vorstellung eintritt, sind von dem affektiven Gehalt bestimmt und nicht umgekehrt. Als letzte Quelle der Intensität bewusster Vorstellung, mit der er aber keine feste Verbindung eingeht, lässt sich der Affekt weder mit dem bewussten Phänomen decken noch von ihm ableiten. In diesem Punkt revidiert Freud gerade die Grundthese Brentanos bezüglich der Vorstellung als Grundlage der psychischen Phänomene.

Brentanos Ansicht zufolge sind nämlich die psychischen Phänomene entsprechend ihrer Wesensstruktur entweder eine Vorstellung, wie etwa das schlichte Vorstellen eines bestimmten Inhaltes, oder sie besitzen eine Vorstellung als Grundlage, wie die Affekte oder die Gemütsbewegungen, die Urteils- und die Glaubensakte, in denen eine Vorstellung von dem jeweiligen geliebten oder gehassten, beurteilten oder geglaubten Inhalten vorausgesetzt wird.[175] Vorstellung wird in dieser Hinsicht als Vorstellungsakt verstanden, wobei der vorgestellte Inhalt bzw. Gegenstand hinsichtlich des jeweiligen Aktes im intentionalen Bezug aufzufassen ist, den Brentano als „Richtung auf ein Objekt" bzw. „die immanente Gegenständlichkeit" bezeichnet.[176] Intentionale Gegenstände sind von daher weder als reale Dinge vorhanden, noch weisen sie unbedingt auf die entsprechenden physischen Phänomene hin, um sich bestimmen zu können. Sie sind eher in intentionalen Akten konstituiert bzw. darin reell gegeben – was im Übrigen der früheren Ansicht Brentanos entsprach (die Freud bekannt war), aber nicht mehr seiner späteren Ontologie, in der die als reell bezeichneten psychischen Phänomene auf die Existenz in der äußeren Welt hinweisen.

Wie es in der *Kategorienlehre* formuliert ist, gilt das vorgestellte Etwas oder Ding als *Reales*, d. h., alles, was vorgestellt wird, ist unabhängig davon vorgestellt, ob es in der äußeren Welt als Wirkliches vorhanden ist oder nicht.[177] Dem Realen werden sowohl die auf Wahrnehmung oder Erinnerung hinweisenden Vor-

---

[175] Brentano zufolge sind psychische Phänomene „die Vorstellungen, sowie auch alle jene Erscheinungen, für welche Vorstellungen die Grundlage bilden. Das wir unter Vorstellung wiederum nicht das Vorgestellte, sondern das Vorstellen verstehen, bedarf kaum der Bemerkung. Dieses Vorstellen bildet die Grundlage des Urteilens nicht bloß, sondern ebenso des Begehrens, sowie jedes anderen psychischen Aktes. Nichts kann beurteilt, nichts kann aber auch begehrt, nichts kann gehofft oder gefürchtet werden, wenn es nicht vorgestellt wird." (F. Brentano, *Psychologie vom empirischen Standpunkt*, 112).

[176] F. Brentano, *Psychologie vom empirischen Standpunkt*, 124 f.

[177] F. Brentano, *Kategorienlehre*. Hamburg: Felix Meiner, 1968, 18 f. Siehe auch den Brief Brentanos an Anton Marty vom 2.9.1906, in: F. Brentano, *Wahrheit und Evidenz*. Leipzig: Felix Meiner, 1930, 92 f.: „Es ist unmöglich, vorzustellen, ohne etwas vorzustellen. Und das ‚etwas' bedeutet Reales. Ist das Vorstellen ein zusammensetzendes Vorstellen, so setzt es Reales zusammen." Vgl. J. F. Courtine, L'aristotelisme de Franz Brentano, 39: „Ainsi, quand je (me) représente Pégase, je (me) représente un *Wesen*, un être ou un *Reales* qui n'est pas effectivement réel." Über die Entwicklung Brentanos Konzeptionen des Realen siehe E. Campos, *Die Kantkritik Brentanos*. Bonn: Bouvier. 1979. 83 ff.; O. Kraus, *Franz Brentano*. München: C.H. Beck'sche, 1919, 29 ff. und M. Antonelli, „Eine Psychologie, die Epoche gemacht hat", xlviii f., lx ff.

stellungen als auch die reine Phantasie zugeschrieben, denn indem man sich etwas vorstellt, ist es als möglich Existierendes vorgestellt. Den *Realia* steht demzufolge nicht das Nicht-Existierende gegenüber, sondern die *Nichtrealia*, ein Begriff, der die bloßen Denkinhalte umfasst, wie beispielsweise die Urteile oder die Relationen, d. h., alles, was nicht als möglich Existierendes vorgestellt wird. Dem neutralen Modus des Vorstellens (hinsichtlich der Annahme der Existenz des intentionalen Korrelates in der äußeren Welt) kann sich nun die bejahende oder die verneinende Modalität des Urteilens hinzufügen, welche also die Vorstellung (verstanden als das Korrelatenpaar Vorstellungsakt und intentionales Korrelat) voraussetzen und das Vorgestellte jeweils als existierend anerkennen oder als nicht existierend verwerfen können.[178] Brentanos spätere Ansicht wird jedoch die genannten Denkinhalte und Relationen bzw. alles, was nicht als möglich Existierendes vorgestellt wird, außer Betracht lassen, um eine ausschließlich aus *Realia* bestehende Ontologie zu begründen.[179]

Das nach der früheren Ansicht Brentanos bestehende Kennzeichen der psychischen Realität von psychischen Phänomenen wird von Freud übernommen und, wie im Rahmen der Problematik der Deckerinnerung ausführlicher gezeigt werden wird, ist zugleich die Voraussetzung seiner Erörterung des Unterschieds zwischen Erinnerung und Phantasie. Freuds Position steht jener Betrachtung Husserls nahe, nach der der Realitätscharakter von psychischen Erlebnissen unabhängig von der wirklichen Existenz zu betrachten ist.[180] Obwohl Freud zunächst ausgehend von den Wahrnehmungsreizen den Unterschied zwischen jenen psychischen Phänomenen festzulegen versucht, die wahrnehmungsmäßig gegeben und erinnerungsmäßig wiederherzustellen sind, und denjenigen, die halluzinatorischen oder phantasierten Charakter besitzen, bestätigt er, dass das bewusste Erscheinen schlechthin nicht die Grundlage für eine solche Unterscheidung anbie-

---

178 Siehe M. Antonelli, „Eine Psychologie, die Epoche gemacht hat", lx f.

179 Gerade in diesem Punkt wird die Sprachphilosophie von Anton Marty, eines Schülers von Brentano, ihre Triebfeder finden. Jener Abkehr Brentanos von den Nicht-Realia entgegengesetzt wird Martys Philosophie jedoch die von Brentano ausgeschlossenen Denkinhalte oder Relationen berücksichtigen und deren Grundprinzipien weiterhin untersuchen. Von daher wird er den Bezug zwischen Psychologie, Metaphysik und Linguistik anders begründen können. In Unterschied zu Brentano steht für Marty die Psychologie nicht im Ausgangspunkt zu metaphysischen Themen, sondern eher aus den Grundfragen der Sprachphilosophie soll die Rolle der Psychologie erläutert sowie die metaphysischen Fragen – wie jene nach der Wahrheit oder der Übereinstimmung zwischen Denken bzw. Aussage und Sein – thematisiert werden. Siehe A. Marty, *Grundfragen der Sprachphilosophie*: Eine Vorlesung A. Martys aus dem Jahr 190; *Untersuchungen zur Grundlegung der allgemeinen Grammatik und Sprachphilosophie*. Halle: Niemeyer, 1908.

180 „[...] Im Erlebnis gegeben sei die Intention mit ihrem intentionalen Objekt, das als solches ihr unabtrennbar zugehöre, also ihr selbst *reell* einwohne. Es sei und bleibe ja ihr vermeintes, vorstelliges u. dgl., ob das entsprechende ‚wirkliche Objekt' eben in der Wirklichkeit sei oder nicht sei, inzwischen vernichtet worden sei usw." (E. Husserl, Hua XI, 207).

tet. Durch die Erfahrung in seiner psychoanalytischen Praxis kann Freud anerkennen, dass die grundlegende Rolle, die gewisse Vorstellungen in einem psychischen Leben spielen, unabhängig davon ist, ob sie phantasierte Vorstellungen oder auf wirklich erlebte Erfahrung hinweisende Erinnerungen sind. Die Unterscheidung zwischen beiden wird namentlich dadurch erschwert, dass beide gleich intensiv im Bewusstsein erscheinen können und vom Ich sowohl als Phantasiertes sowie auch als wirklich Erlebtes hingenommen werden können. Der Bezug zwischen bewusster Erinnerung und Gedächtnisspuren sollte aber auch zunächst für Freud, wie es im Umkreis der Psychophysik des 19. Jahrhundertes der Fall war, ein Kriterium für diese Unterscheidung anbieten, und zwar insofern das Erinnern im Unterschied zum Phantasieren auf diejenigen durch äußere Wahrnehmungsreize konstituierte Erinnerungsspuren hinweisen müsse. Psychische Phänomene – d. h. für Freud bewusste und unbewusste Phänomene – haben dann letztlich für Freud eigene Intensitäten, und zwar vor allem eine affektive Intensität, die sich weder von den äußeren Reizen noch von den intentionalen Akten schlechthin her bestimmen lassen, sondern die diesen vorangehen.

Was dieses Problem der Intensität bzw. Quantität psychischer Phänomene angeht, hebt Brentano hervor, dass Herbart der Erste war, der deren Messbarkeit postulierte.[181] Herbarts Versuch, psychische Phänomene zu messen, sei aber – so Brentano – aufgrund falscher mathematischer Prinzipien misslungen. Erst mit Fechners Psychophysik schien eine erfolgsversprechendere Richtung eingeschlagen worden, sofern darin die Intensität der Empfindung tatsächlich zur Messbarkeit gebracht worden sei.[182] Insofern ist hier unser Blick auf Fechners Psychophysik zu richten, bevor Brentanos Ablehnung der Existenz von unbewussten Phänomenen berücksichtigt wird.

Der Grundanspruch der Psychophysik besteht für Fechner darin, die Beziehungen bzw. „Maßbeziehungen" zwischen der geistigen oder psychischen und der materiellen oder physischen „Seite der Existenz" zu bestimmen.[183] Die Psychophysik bestehe demnach aus einem äußeren und einem inneren Bestandteil: Der erste wendet sich den „sogenannten Reizen" zu; er thematisiert die Beziehungen zwischen den psychischen Vorgängen und deren jeweiligen äußeren Anregungsmitteln, vornehmlich der Wahrnehmungsreize. Der zweite Teil nun wendet sich dem Bezug der psychischen Phänomene zu ihren jeweiligen inneren „psychophysischen Tätigkeiten" zu, die auch als „körperliche" zu bezeichnen sind.[184] Während die physischen Größen durch äußere Maßstäbe bestimmbar seien, ließen sich die psychischen Größen nicht unmittelbar messen, sondern sich eher durch den Vergleich mit den physischen Größen oder sonst „innerlich

---

181 F. Brentano, *Psychologie vom empirischen Standpunkt*, 96.
182 F. Brentano, *Psychologie vom empirischen Standpunkt*, 96 f.
183 G. T. Fechner, *In Sachen der Psychophysik*. Leipzig: Breitkopf und Härtel, 1877, 2.
184 G. T. Fechner, *In Sachen der Psychophysik*, 3.

nach Gleichheit und Ungleichheit, größerer und geringerer Ungleichheit“ ermitteln.[185] Die Intensität eines psychischen Phänomens – sei es in der Erscheinung eines sinnlichen Inhalts, sei es in der Vergegenwärtigung einer Vorstellung, sei es noch unter Berücksichtigung auf die Stufen der Aufmerksamkeit – könne aber in einem durch die genannten Vergleiche (mit äußeren Größen und mit anderen inneren Phänomenen) bestimmbaren Wert ausschließlich festgelegt werden, wenn die jeweiligen psychischen Erscheinungen einen positiven Wert für das Bewusstsein erhalten.[186] Der bereits in der herbartschen Theorie erläuterte Schwellenwert steht in diesem Zusammenhang bei Fechner sowohl als Bedingung des Bewusstwerdens als auch als Bestimmung des Unbewussten. Eine Empfindung bzw. ein Unterschied zwischen Empfindungen wird nicht erst unmerklich für das Bewusstsein, wenn der jeweilige Empfindungsreiz auf einen Nullwert der Einwirkung herabfällt, sondern bereits bei dem Schwinden des Wertes des jeweiligen Reizes für das Bewusstsein. Dieser endliche Wert des Reizes oder Reizunterschiedes nennt Fechner „Schwellenwert“, welcher also einen höheren Wert als Null haben muss, damit eine Empfindung als bewusste eintreten kann.[187] Sinkt der Reiz unter den Schwellenwert, so nimmt die Empfindung hinsichtlich des Bewusstseins einen negativen Wert oder „unbewussten“ Zustand an.[188] Dem Bewusstsein gelten die negativen oder unbewussten Empfindungen als „Nullempfindungen“, was jedoch nicht impliziert, dass sie für das Seelenleben im Allgemeinen als Nullempfindung gelten oder wirkungslos sind.[189]

Fechner stellt nämlich die Grundfrage, welche Rolle die psychophysischen Tätigkeiten unter dem „Null“ im „sogen. Unbewussten Leben“ spielen.[190] Er nimmt an, dass unter der Reizschwelle die „unbewussten Empfindungen“ oder „negative Bewusstseinsphänomene“ fortbestehen und wirksam werden, sobald das bewusste Leben etwa durch den Schlafzustand unterbrochen wird.[191] Ähnlich wie dieser hebt Freud die besondere Bedeutung des Traumes als Offenbarung unbewusster psychischer Akte hervor, wenngleich die unbewussten Phänomene nicht nur

---

[185] G. T. Fechner, *In Sachen der Psychophysik*, 25.

[186] G. T. Fechner, *In Sachen der Psychophysik*, 85 f.

[187] G. T. Fechner, *In Sachen der Psychophysik*, 8.

[188] G. T. Fechner, *In Sachen der Psychophysik*, 8. Die formale Regel läutet: „Wenn die Größe des Reizes β oder der psychophysischen Tätigkeit, die durch den Reiz ausgelöst wird, unter den Schwellenwert b fällt, so nimmt nach der Massformel die Empfindung γ negative Werte an.“ (Ebd., 88). Siehe auch G. T. Fechner, *Elemente der Psychophysik.* Zweiter Teil. Leipzig: Breitkopf und Härtel, 1860, 38 f.

[189] G. T. Fechner, *In Sachen der Psychophysik*, 92.

[190] G. T. Fechner, *In Sachen der Psychophysik*, 91.

[191] G. T. Fechner, *In Sachen der Psychophysik*, 91. In der *Traumdeutung* gibt Freud folgenderweise an, die Theorie Fechners zu kennen: „Der große G. Th. Fechner spricht in seiner *Psychophysik* (1889) im Zusammenhange einiger Erörterungen, die er dem Träume widmet, die Vermutung aus, dass *der Schauplatz der Träume ein anderer sei als der des wachen Vorstellungslebens.* Keine andere Annahme gestatte es, die besonderen Eigentümlichkeiten des Traumlebens zu begreifen.“ (S. Freud, *Die Traumdeutung*, Studienausgabe II, 512).

durch den Traum ersichtlich werden. In diesem Zusammenhang richtet sich Freud nicht allein auf die psychischen Phänomene, die sich „an" oder „auf" die Schwelle des Bewusstseins befinden (Herbart) oder welche für das Bewusstsein einen positiven Wert annehmen und von daher im Bewusstsein erscheinen können (Fechner), sondern ihn beschäftigt vor allem die Untersuchung der psychischen Wirkung von denjenigen „Tätigkeiten" (Fechner), und zwar unabhängig davon, ob sie die Bedingung des bewussten Wertes erfüllen oder nicht.

Dass aber Fechner keine passende Erklärung für die psychischen unbewussten Phänomene anbieten konnte, zeigte zunächst Brentano: Fechners Triebfeder sei nicht die Untersuchung der psychischen Phänomene von deren eigenen Bestimmungen her; vielmehr subsumiert er diese unter den physischen Wirkungen. Dies zeigt sich nach Brentano insbesondere in Fechners Betrachtung des erwähnten Motivs der Quantifizierung bzw. Messbarkeit psychischer Phänomene.[192] Gemäß dem von Fechner überarbeiteten Webergesetz der Empfindungsintensität ist der Maßstab der Zunahme einer Wahrnehmung der physischen Ursache derselben verhältnismäßig. Das „psychophysische Grundgesetz" besagt, dass sich die Stärke der Empfindung proportional zum Logarithmus des Reizwertes verhält.[193] Das heißt: Wirkt ein äußerer Reiz mit einer bestimmten Intensität auf ein Sinnesorgan ein und nimmt diese Intensität stetig zu, so werden die jeweiligen Empfindungen, deren Wahrnehmung und Vorstellung, proportional in der bestimmten entsprechenden Größe zunehmen.

Brentano kritisiert diese Betrachtungsweise in der Hinsicht, dass hier in der Tat das, was gemessen wird, nicht die psychische Vorstellung oder die innere Wahrnehmung ist, sondern eher wiederum die Stärke des physischen Reizes.[194] Das psychophysische Grundgesetz erfasst damit nicht die psychischen Phänomene, die sich nicht in direktem Verhältnis zu den äußeren Reizen befinden. Fechners Theorie ist darüber hinaus laut Brentano auch dadurch unzureichend, da sich jener Maßstab auf den äußeren Reiz hinsichtlich der Sinnesorgane begrenzt, ohne die innerlichen Ursachen umfassen zu können, die etwa für psychische Phänomene, wie den Willen und den Glauben, bestimmend sind. Anstatt also Empfindung, innere Wahrnehmung und andere psychischen Tätigkeiten tatsächlich als psychische Phänomene aufzufassen, habe Fechner die Relation als eine äußerliche Kausalbeziehung definiert und demnach grundlegende Bestimmungen der Intensität psychischer Phänomene außer Betracht gelassen, wie vornehmlich die intensivierende Leistung der Aufmerksamkeit.[195] Gegenüber der Theorie Fechners hebt Brentano also hervor, dass bei den psychischen (d. h. für ihn bewussten) Phäno-

---

192 F. Brentano, *Psychologie vom empirischen Standpunkt*, 100.

193 G. T. Fechner, *In Sachen der Psychophysik*, 8. Freud verweist auf Fechners Gesetz in *Entwurf einer Psychologie*, 407 f.

194 F. Brentano, *Psychologie vom empirischen Standpunkt*, 100 f.

195 F. Brentano, *Psychologie vom empirischen Standpunkt*, 100.

menen die Intensität des Bewusstseins die Funktion seiner eigenen Intensität sein muss und nicht ein Derivat der äußeren Reize.[196] Brentano lehnt damit zugleich die für Fechner und Herbart geltende Hypothese ab, dass die Intensitätsstufen des Vorstellens von einem vorhandenen unbewussten Zustand der jeweiligen Vorstellung bestimmt werden könne. Bewusste Intensität weist für Brentano auf nichts anderes als auf den jeweiligen bewussten Akt des Vorstellens hin.[197]

Die These der Intensität des Bewusstseins als Funktion derselben bewussten Intensität stellte – so Brentano – zuerst Beneke auf, und zwar durch das Prinzip, dass die Intensität des Vorstellens der Intensität des Vorgestellten gleich ist.[198] Damit wird das Problem der bewussten Intensität, anstatt durch den objektiven oder inhaltsmäßigen Bestand des psychischen Aktes geklärt zu werden, auf den bewussten Akt schlechthin zurückgeführt. Das, was Brentano zufolge nämlich nicht vom bewussten Akt her bestimmt werden könne, ist die Relation zwischen der Intensität der bewussten Vorstellung und deren Intensität außerhalb des jeweiligen intentionalen Aktes. Vorausgesetzt, dass der Intensitätsgrad der Vorstellung ausschließlich vom Bewusstseinsgrad des entsprechenden bewussten Aktes bestimmt ist und dass dieser bestimmte Grad dem des vorgestellten Inhaltes entspricht, folgt also nach Brentano die Unmöglichkeit der Existenz von unbewussten psychischen Phänomenen.[199] In dieser Weise behauptet Brentano einen unendlichen Regress zu vermeiden, als dessen Ausgangspunkt eine Vorstellung mit einer gewissen Intensität postuliert werden müsse und von daher eine Vorstellung derselben Vorstellung usw.[200] Der Bezug zwischen dem psychischen Phänomen und dem Bewusstsein desselben – so Brentano und laut diesem zunächst gemäß Beneke – darf also nicht in dem Sinne verstanden werden, dass jenes zunächst vorgegeben sein müsse, damit ihm der bewusste Akt hinzugefügt werden könne, sondern eher dadurch, dass das psychische Phänomen schlechthin bereits als bewusst gegeben ist und zwar zugleich als bewusst vorgestellter Inhalt und als Bewusstsein des korrelaten Aktes.[201]

---

196 F. Brentano, *Psychologie vom empirischen Standpunkt,* 147 f

197 F. Brentano, *Psychologie vom empirischen Standpunkt,* 147, 168. Vgl. ebd. 192: „Wenn die Stärke einer bewussten Vorstellung steigt und sinkt, so steigt und sinkt die Stärke der darauf bezüglichen Vorstellung in gleichem Masse, und beide Erscheinungen stehen ihrer Intensität nach immer auf gleicher Höhe."

198 F. E. Beneke, *Lehrbuch der Psychologie.* Berlin / Posen / Bromberg: Mittler, 1833 § 57.; F. Brentano, *Psychologie vom empirischen Standpunkt,* 168 f.

199 „Es gibt keinen unbewussten psychischen Akt; denn wo immer er in einer größeren oder geringeren Stärke besteht, wird die gleiche Stärke einer mit ihm gegebenen Vorstellung zukommen, deren Objekt er ist." (F. Brentano, *Psychologie vom empirischen Standpunkt,* 170). Siehe auch ebd. 187: „Die eigentümlich innige Verbindung des psychischen Aktes mit der darauf bezüglichen Vorstellung, die ihn begleitet, machte es uns möglich, auch de letzte Art von Beweisversuchen für das Dasein unbewusster psychischer Akten zu entkräften."

200 F. Brentano, *Psychologie vom empirischen Standpunkt,* 172. Siehe D. Zahavi, Brentano and Husserl on self-awareness. *Études Phénoménologiques* 27/28 (1998), 127-168, 135 ff.

201 Siehe F. Brentano, *Psychologie vom empirischen Standpunkt,* 182. Vgl. ebd. 179 f.: „In demselben psychischen Phänomen, in welchem der Ton vorgestellt wird, erfassen wir zugleich

Das ergibt sich für Brentano erstens aus dem Wahrnehmungsbewusstsein, in dem der Wahrnehmungsakt und der jeweilige wahrgenommene Inhalt sich weder in zwei psychischen Auffassungen trennen lassen noch als zwei vorhandene Intensitäten bestehen: „[...] nur im Hören der Töne wird das Hören selbst mit erfasst."[202] Zweitens soll daher ebenfalls für das Erinnerungsbewusstsein das Prinzip gelten, dass dem aktuellen Vorstellungsakt und dem vorgestellten Inhalt eine einheitliche Intensität innewohnt: „[...] die Vorstellung des als vergangenen erscheinenden Geräusches ist [...] von einer gleich intensiven Vorstellung begleitet."[203] Im Unterschied aber zum Wahrnehmungsbewusstsein setzt ein Erinnerungsakt ein vorhandenes bewusstes Eintreten des jeweiligen intentionalen Inhaltes voraus, wobei dieser als primäres Objekt bezüglich des Erinnerungsbewusstseins fungiert:

> Einem früheren Hören dagegen, welches wir im Gedächtnisse betrachten, wenden wir als einem primären Objekte, und darum mitunter auch in ähnlicher Weise wie ein Beobachtender zu. Der gegenwärtig bestehende Akt der Erinnerung ist in diesem Falle das psychische Phänomen, das nur sekundär erfasst werden kann. Dasselbe gilt bei der Wahrnehmung aller anderen psychischen Erscheinungen.[204]

Dass das dem Erinnerungsbewusstsein vorausgesetzte primäre Objekt eine eigene Intensität im Gedächtnis bzw. außerhalb des gegenwärtigen Erinnerungsaktes besitzt, lehnt also Brentano ab: Wie bei jeder anderen Vorstellung ist jene Intensität als Funktion derselben bewussten Intensität bestimmt, d. h. in diesem Fall von dem bewussten auf einen vorhandenen Vorstellungsakt gegründeten Akt des Erinnerns.[205] Diesem wohnt also dieselbe Intensität des vorhandenen Vorstellungsaktes inne: „Die Intensität der Vorstellung des sekundären Objektes ist der Intensität der Vorstellung des primären Objektes in jedem Falle gleich, und dasselbe gilt von der Intensität, die dem begleitenden Urteile und dem begleitendem Gefühle zukommen, insofern eine Vorstellung ihre Grundlage ist."[206] Das Prinzip der einheitlichen Intensität des bewussten Aktes gilt also nicht nur für das Erinnern, sondern auch für Urteilsakte und Gefühle, und zwar gemäß der bereits erwähnten hierarchischen Teilung der psychischen Phänomene, wobei Urteile und Affekte oder Gemütsbewegungen eine Vorstellung – verstanden als Vorstellungsakt – als Grundlage besitzen müssen, durch welche ihre psychische Intensität bestimmt wird.[207] Als allgemeines Prinzip hält Brentano fest:

---

das psychische Phänomen selbst, und zwar nach seinem doppelten Eigentümlichkeit, insofern es als Inhalt den Ton in sich hat, und insofern es zugleich sich selbst as Inhalt gegenwärtig ist."

202 F. Brentano, *Psychologie vom empirischen Standpunkt*, 181.
203 F. Brentano, *Psychologie vom empirischen Standpunkt*, 190.
204 F. Brentano, *Psychologie vom empirischen Standpunkt*, 181.
205 F. Brentano, *Psychologie vom empirischen Standpunkt*, 192.
206 F. Brentano, *Psychologie vom empirischen Standpunkt*, 219.
207 F. Brentano, *Psychologie vom empirischen Standpunkt*, 193.

> So dürfen wir denn das funktionelle Verhältnis, welches wir bei der bewussten Vorstellung zwischen ihrer Intensität und der Intensität der darauf bezüglichen inneren Vorstellung gefunden haben, auf das ganze Gebiet der bewussten Seelenerscheinungen ausdehnen. Durchgehends haben die begleitende und die begleitete Erscheinung gleiche Stärke, und dieses beweist, dass niemals ein psychisches Phänomen in uns besteht, von welchem wir keine Vorstellung haben.[208]

Freuds Begründung der Existenz unbewusster Phänomene sollte sich daher auf die Kritik Brentanos an der These der Existenz von unbewussten Phänomenen beziehen. In historischem Sinne verweist Freuds Theorie der unbewussten Phänomene auf vorhandene Auslegungen über deren Intensität – sei es, dass sie als bewusste eintreten, sei es, dass sie als unbewusste weiter bestehen und das bewusste Leben mittelbar beeinflussen. Im Anschluss an Brentanos, Fechners und Herbarts Lehre über die Vorstellungsintensität, das Schwellengesetz und die Schwelle des Bewusstseins wird Freud seine eigene Ansicht über den Unterschied zwischen bewussten und unbewussten Vorstellungen oder eher zwischen bewusstem und unbewusstem Zustand der Vorstellung entwickeln und begründen. Die energetische Konzeption des Freudismus wird die Vorstellungsdynamik Herbarts radikalisieren und sich in wichtigen Punkten von Brentanos Dreiteilung der psychischen Akte (Vorstellung, Urteil und Gemütsbewegung, wobei eine Vorstellung als Grundlage von den zwei anderen bestehen muss) unterscheiden. Dem Begriff „Vorstellung" fügt Freud zunächst jenen des „Affektes" hinzu, und zwar in der Weise, dass Vorstellung und Affekt die zwei Komponenten jeder psychischen Vorstellung ausmachen.[209] Um diese doppelte Bestimmtheit des Terminus „Vorstellung" zu vermeiden (d. h. einerseits Vorstellung verstanden als wörtlicher bzw. bildlicher Bestandteil jeder Vorstellung neben dem Affekt und anderseits Vorstellung verstanden als Einheit zwischen diesen beiden Bestandteilen), unterscheidet Freud später zwischen Vorstellung und Vorstellungsrepräsentant. Während der Vorstellung u. a. die Bedeutung des unbewussten Zustandes eines psychischen Inhaltes zugeschrieben wird, fasst Freud mit dem Begriff des Vorstellungsrepräsentanten die bewusste Erscheinung einer (unbewussten) Vorstellung.[210] In seiner frühen Theorie des *Entwurfs* hingegen stellt Freud dies als Unterschied zwischen den unbewussten Erinnerungsspuren, die auch „Bahne" bzw. „Bahnungen" ge-

---

[208] F. Brentano, *Psychologie vom empirischen Standpunkt*, 193 f.

[209] Siehe z. B. die folgende Passage aus dem Werk *Die Traumdeutung* (1900): „[...] Affektentbindung und Vorstellungsinhalt [bilden] nicht diejenige unauflösbare organische Einheit, als welche wir sie zu behandeln gewöhnt sind, sondern [...] beide Stücke [können] aneinandergelötet sein, so dass sie durch Analyse voneinander lösbar sind. Die Traumdeutung zeigt, dass dies in der Tat der Fall ist." (S. Freud, *Die Traumdeutung*, Studienausgabe II, 445). Diese Trennung zwischen Affekt und Vorstellung ist in den der *Traumdeutung* nachfolgenden Texten immer wieder aufgenommen worden und kann bereits in der dargestellten Theorie der „Besetzung" in *Entwurf einer Psychologie* (1895) festgestellt werden.

[210] Siehe „Vorstellung" und „Vorstellungsrepräsentanz", in: J. Laplanche und J.-B. Pontalis, *Das Vokabular der Psychoanalyse*. Frankfurt: Suhrkamp, 1972, 615-619.

nannt werden, und den bewussten Vorstellungen dar. Somit wird im *Entwurf* der Terminus Vorstellung für die bewussten Phänomene beibehalten. Der Affekt gewinnt nun in den freudschen Theorien die grundlegende Bedeutung als „Quantum der Besetzung der Vorstellung“[211], sodass er als energetischer Faktor zur Bestimmung der Intensität der Vorstellung im Bewusstwerden fungiert. Der Affekt ist für Freud somit nicht das, was das bewusste Vorstellen voraussetzt, um sich diesem hinzuzufügen, wie bei Brentano, sondern das, was dem bewussten Vorstellen vorangeht und dessen jeweilige Intensität teilweise bestimmt. Teilweise in dem Sinne, dass diese ebenfalls von der nachträglichen Ich-Zuwendung und Ich-Ablehnung mitbestimmt wird. Weil der Affekt, im Unterschied zum wörtlichen oder bildlichen Bestandteil des Vorstellungsaktes, nicht verdrängt wird, kann ein bestimmter Affekt sowohl mit einer ursprünglichen (unbewussten) Vorstellung verknüpft bestehen, als auch sich im Phänomen der Verschiebung von dieser abtrennen und mit anderen nicht unbedingt damit assoziierten psychischen Inhalten in Verbindung kommen. Tritt etwa der bildliche oder wörtliche Gehalt einer Vorstellung nicht ins Bewusstsein ein, wie es beim Phänomen des Vergessens oder der Erinnerungshemmung geschieht, so wird deren affektiver Gehalt nicht unbedingt gehemmt: Er kann sich einer anderen Vorstellung anschließen, die in der Intensität der verdrängten Vorstellung erscheinen wird, wie es das Phänomen der Verschiebung bezeugt. Eine andere mögliche Folge besteht darin, dass sich der Affekt etwa in Angst umwandelt und ohne den entsprechenden Vorstellungsrepräsentanten im Bewusstsein auftaucht. Der Grad der psychischen Intensität einer Vorstellung bzw. des Mangels einer gezielten bzw. ‚intendierten‘ Vorstellung ist darin von dem affektmäßigen Gehalt der Vorstellung her bestimmt, was Freud im *Entwurf* mit Hilfe der Begriffe „Besetzung“ und „Quantität“ erklärt. Um die Deutung dieser Aspekte weiter zu führen, sollen aber außer den bereits erörterten Ansichten der Quantität bzw. Intensität psychischer Phänomene (von Herbart, Fechner und Brentano) jene von zwei weiteren Autoren berücksichtigt werden, und zwar von dem bereits erwähnten Professor und Betreuer Freuds Theodor Meynert und von Freuds ehemaligem Kollegen im Labor Brückes Sigmund Exner, der ab dem Jahr 1891 als Nachfolger von Brücke zum Professor für Physiologie an der Universität Wien ernannt wurde. Der theoretische Einfluss von diesen Autoren auf Freud und deren jeweilige Lösungen für das Problem der Quantität psychischer Phänomene dürfen vor allem deshalb nicht vernachlässigt werden, weil sie zunächst in einer neuro-physiologischer Terminologie eine energetische bzw. „ökonomische“ Konzeption der psychischen Phänomene formulieren, die grundlegend für die freudsche Theorie der Erinnerungsschichten und deren Überarbeitung innerhalb des Konzeptes des Unbewussten ist.

---

211 S. Freud, *Entwurf einer Psychologie*, 390 ff.

II. 3.3. Theoretische Voraussetzungen III: Meynerts Ansicht der Quantität *und die Theorie der* Bahnung *von Sigmund Exner*

Wie in der Analyse von *Zur Auffassung der Aphasien* dargelegt wurde, lehnt Freud die Ansicht von seinem Professor für Neurologie Theodor Meynert ab, demgemäß die psychische Vorstellung als „einzellige Einheit" zu verstehen ist. Stattdessen fasst Freud in jenem Werk die psychische Vorstellung als „Vorstellungskomplex" und deren gedächtnismäßigen oder unbewussten Zustand als „Modifikation" auf. Die Vorstellung ist insofern weder als physiologisches Element noch als einheitliches psychisches Substrat zu verstehen. Wäre Letzteres der Fall, so entspräche jeder Vorstellung eine einheitliche Bewahrung von einer einmaligen Wahrnehmung, diese würde zu einer fest konstituierten Erinnerungsspur werden, die zur wiederholten Vergegenwärtigung bereit stünde. Nach Freuds Erachten hingegen konstituieren sich die Vorstellungen in einem dynamischen Vorgang, in dem sich die neu eintretenden Wahrnehmungseindrücke mit den vorhandenen Erinnerungsspuren oder gedächtnismäßigen „Modifikationen" assoziieren. Aus dem bewussten Erinnerungsakt her ist es dann möglich auf einen jeweiligen spezifischen Wahrnehmungszusammenhang hinzuweisen, da dieser sich in den Formen der Sukzession und der Kontiguität als ein bestimmter konstituiert. In demselben Moment aber, in dem eine Wahrnehmung eintritt, spalten sich die in der Sukzession und in der Kontiguität gegebenen Züge, indem sie sich beispielsweise durch Assoziation per Ähnlichkeit mit vorhandenen, aus anderen Zusammenhängen herstammenden Erinnerungsspuren assoziieren. In dieser Weise ermöglichen die assoziativen Vorgänge die Vergegenwärtigung in gleicher Weise wie sie die identische Wiederherstellung von vorhandenen, d. h., bereits vollzogenen psychischen Akten verunmöglichen. Eine Vergegenwärtigung weist nicht ausschließlich auf ein einmaliges, zu wiederholendes Erlebnis zurück, sondern auf verschiedene, die sich assoziativ verknüpfen und einen breiten Sinnhorizont anzeigen. Freud stellt daher in verschiedenen Texten den Status der gedächtnismäßigen „Modifikation" oder die Form, in der die Erinnerungsspuren außerhalb des bewussten Vorstellens vorliegen, in Frage. Schließlich wird er kein physiologisches oder neurologisches Substrat für die Untersuchung der Erinnerung fordern.[212]

Weil aber den bewussten Vorstellungen eine Grundstruktur vorangeht, die das Bewusstwerden durch bestimmte Assoziationsprinzipien und Intensitätsstufen verständlich machen soll, sah Freud sich genötigt, die vorhandenen Bedingungen des Bewusstwerdens zu untersuchen. Insbesondere im *Entwurf einer Psychologie* erforscht er die quantitativen Bedingungen, die die Erinnerungsspuren im unbewussten Zustand erfüllen müssen, um ins Bewusstsein überzugehen. Vor allem durch die Untersuchungen über die Hysterie sieht Freud darin bestätigt, dass nicht jede Vorstellung die „Schwelle des Bewusstseins" (nach den Theorien von

---

[212] S. Freud, *Die Traumdeutung*, Studienausgabe II, 512.

Herbart und Fechner) überwinden kann. Ebenso erkennt er an, dass sich nicht jede bereits erlebte Erfahrung durch die Ich-Zuwendung vergegenwärtigen lässt. Freud nimmt daher an, dass das Bewusstwerden nicht allein als Intensivierung von nicht-bewussten Vorstellungen bis zur Überwindung der „Schwelle des Bewusstseins" verstanden werden kann. Die Erklärung des intentionalen Aktes, wie Brentano diesen darstellt, ist in diesem Kontext im Hinblick auf das Bewusstwerden ebenfalls unzureichend. Jenseits der korrelativen Struktur des intentionalen Aktes (Ich-Zuwendung und intendierter Inhalt) untersucht Freud demzufolge die energetischen und assoziativen Prinzipien, die das Bewusstwerden letztlich ermöglichen sowie auch verhindern können.

In diesem Zusammenhang übernimmt er im *Entwurf* von der Lehre Meynerts die Auffasung, dass die Intensität psychischer Vorstellungen durch das Prinzip der „Summation" zu begründen ist. Allgemein gesagt, lautet das Prinzip, dass sich psychische Reize zunächst „summieren" oder wiederholen müssen, um in der des bewussten Vorstellens angemessenen Intensität erscheinen zu können. Dies setzt aber nicht voraus, dass alle mitassoziierten Eindrücke ebenfalls ins Bewusstsein übergehen. Auf die Lehre Meynerts verweist darüber hinaus die im *Entwurf* eingeführte Unterscheidung zwischen den psychischen Vorstellungen, die als Ich-Vorstellungen bzw. „Ich-Besetzungen" einzuordnen sind, und den psychischen Erregungen, die sich frei bzw. außerhalb der Ich-Zuwendung entfalten. Diese beiden Motive sollen im Folgenden ausführlich hinsichtlich ihrer Tragweite in der Lehre Meynerts erläutert werden.

Auf der Lehre von Ernst Mach[213] beruhend, besteht nach Meynerts Ansicht die physische Welt aus atomischen Punkten, die psychisch als quantitative Kräfte wirken und ins Bewusstsein in Form von qualitativen Erscheinungen übergehen. Die aus der Außerwelt kommenden Reize gelangen zu bestimmten Nervenzellen, deren Erregung bewusste Erscheinungen bewirken.[214] Auch die Erinnerungsvermögen fasst Meynert als Eigenschaft der Gehirnzelle auf, sofern deren molekularer Zustand durch die äußeren Reize in eine andauernde „Veränderung" versetzt wird.[215] Obwohl Meynert somit den Einfluss der physischen Reize auf die Intensität der psychischen Phänomene hervorhebt, erklärt er dieselbe Intensität nicht ausschließlich durch das Vorhandensein von Wahrnehmungsreizen und deren jeweiliger Stärke. In Meynerts Erachten sei die Intensität psychischer Vorstellungen weniger von deren einmaligem Vorkommen und einer darauffolgenden Bewahrung im Gedächtnis bestimmt, als von deren wiederholtem Auftreten im bewussten Leben.[216] Die Individualität eines psychischen Lebens gestaltet sich nach Meynert gerade aus den durch Wiederholung verstärkten Vorstellungen und Ver-

---

213 E. Mach, *Die Analyse der Empfindungen und das Verhältnis zum Psychischen*, 254 f.
214 T. Meynert, *Mechanik des Gehirnbaus*, 3 f.
215 T. Meynert, *Mechanik des Gehirnbaus*, 7.
216 T. Meynert, *Mechanik des Gehirnbaus*, 14.

bindungen, sodass sich ein Zentralbild des Ich als Einheitspunkt der habituellen Vorstellungen formt.[217] Dieses Ich-Zentrum wirke als Quellpunkt der Aufmerksamkeitsrichtung und könne sich dadurch verbreiten, dass eintretende psychische Reize zu Ich-Vorstellungen werden.[218]

In Unterschied zu Meynert erklärt Freud die psychischen (bewussten und unbewussten) Phänomene schrittweise aus deren eigenen Eigenschaften, anstatt beispielsweise deren Intensität von den äußeren physischen Reizen abzuleiten. Dabei steht Freud vor allem unter dem Einfluss von Brentanos Intentionalitätstheorie. Freud übernimmt aber von Meynert jene Ansicht des Ich als „Einheitspunkt der habituellen Vorstellungen": Weder situiert Freud das Ich im bewussten System noch setzt er es mit dem Bewusstsein gleich. Das „Ich" bezeichnet im *Entwurf* einen Grundteil des Erinnerungssystems, der gerade aus der wiederholten „Besetzung" von einer Gruppe von Vorstellungen entsteht und die Habitualitäten des jeweiligen psychischen Lebens umfasst.[219] Mit dem Begriff „Besetzung" bezeichnet Freud nämlich die Zuwendung des Ich zu (bewussten) Vorstellungen oder (unbewussten) Erinnerungsspuren, die sich dadurch als bewusste Akte entwickeln können: Daher bestehen die aufgefassten Vorstellungen nicht als freie psychische Erregungen weiter, sondern werden zu einer Art von Ich-Besitz, der dem Ich zur absichtlichen Vergegenwärtigung zur Verfügung stehen. In erkenntnistheoretischem Sinne fasst Freud diesen Vorgang als „Interesse" auf, der im Allgemeinen mit der Leistung der Aufmerksamkeit verbunden sein soll, sodass psychische Inhalte durch die Ich-Zuwendung und das intensivierende Aufmerken „deutlicher" erscheinen können und eventuell zur Evidenz gebracht werden.[220] Die vom Ich „besetzten" Vorstellungen unterscheidet Freud von den psychischen Erregungen, die freie Abfuhrenergie haben. Letztere formen die Grundelemente des Primärvorgangs aus, die ersteren hingegen die des Sekundärvorgangs.

Meynert unterscheidet darüber hinaus zwischen einem „primären" und einem „sekundären Ich" dadurch, dass das „primäre Ich" zum „sekundären" wird, „indem dauernde intensive Vorstellungen zu Bestandteilen desselben [des Ich] werden".[221] Die dem sekundären Ich zuzuordnende „Zentralgruppe von Vorstellungen" unterscheide sich von „nicht-besetzten" Eindrücken und Erinnerungsspuren dadurch, dass diese nicht im Aufmerksamkeitsmodus bewusst sind oder waren. Ausgeschlossen von der „Zentralgruppe von Vorstellungen" ist sowohl das, was noch nicht wahrgenommen wurde, als auch alle andere psychischen Leistungen,

---

[217] T. Meynert, *Mechanik des Gehirnbaus*, 16.

[218] „Diese primäre Individualität steht durch vorherrschende Intensität ihres Bildes fast stets im Lichte der Aufmerksamkeit; Beeinträchtigung ihres Bestandes erweckt die höchste Unlust, die Förderdung Lust". (T. Meynert, *Mechanik des Gehirnbaus*, 316).

[219] S. Freud, *Entwurf einer Psychologie*, 416 ff. Siehe J. Lacan, *Le séminaire II: Le moi dans la théorie de Freud et dans la technique de la psychanalyse*, 174.

[220] S. Freud, *Entwurf einer Psychologie*, 435, 425 f.

[221] T. Meynert, *Mechanik des Gehirnbaus*, 16.

die sich nicht im Aufmerksamkeitsmodus vollziehen. Dementsprechend besteht nach Meynert die Tragweite des zentralen Ich aus den Aufmerksamkeitsausstrahlungen, durch die die Wahrnehmungen intensiver erscheinen können, deren Erinnerungsspuren zu Ich-Vorstellungen werden und schließlich die bereits wahrgenommenen Inhalte absichtlich vergegenwärtigt werden können.

Bis zu seiner späteren Darlegung behält Freud dieses Motiv bei, demgemäß ein subjektives Leben nicht von Anfang an besteht, sondern sich durch Vergegenwärtigung konstituiert, durch die Fähigkeit, „etwas einmal Wahrgenommenes durch Reproduktion in der Vorstellung wieder gegenwärtig zu machen“.[222] In welchen Stufen die Vergegenwärtigung bzw. die bewusste Erinnerung die Aufmerksamkeitsintensivierung beansprucht, wird von Freud in seiner Analyse der Relation von Aufmerksamkeit und Erinnerung im *Entwurf* thematisiert. An dieser Stelle soll aber zunächst ein anderer wichtiger Beitrag Meynerts zur freudschen Konzeption der Erinnerung dargelegt werden, und zwar das Motiv der „Summation“ des Affekts in der Erinnerung.

Meynert bezeichnet den Affekt als Bestandteil jedes psychischen Eindrucks. Seine beiden Qualitäten, die Lust und die Unlust, seien „nicht gesonderte Vorgänge im Bewusstsein, sondern den Eindrücken und ihren Resten anhaftende Intensitäten“[223]. Die affektive Intensität der Vorstellung sei vom Prinzip der „Summation“ her bestimmt, das sowohl für die Empfindung als auch für die Erinnerung gültig sei. In Meynerts physiologischer Terminologie: Nach diesem Prinzip ist die Affektintensität proportional zu der Zahl der an den jeweiligen Vorgängen des Empfindens oder des Erinnerns beteiligten Nerven. Wenn etwa an einer bestimmten Erinnerung mehr Eindrücke oder, nach Meynerts Terminologie, mehr Gedächtnisnerven beteiligt sind als an einer anderen, so wird die erste Erinnerung aufgrund dem Prinzip der „Summation“ affektmäßig intensiver erscheinen, wenn sie bewusst eintritt. Dies sei ebenfalls für die Empfindung gültig, wie Meynert mit folgendem Beispiel deutlich machen will: Ein Finger allein empfindet das Wasser mit der Temperatur von 50 Grad Celsius als warm; taucht aber die ganze Hand in dasselbe Wasser ein, so wird aufgrund der Zunahme der betreffenden Nerven die Unlust bis zum Schmerz erhöht. Analog geschehe dies bei den affektmäßigen Intensitätsstufen der Erinnerung: Eine Erinnerungsvorstellung etwa einer geliebten Person wird um so intensiver erscheinen, desto mehr an sie „mit Hilfe der Assoziations-Systeme [...] einen höchst umfangreichen Vorgang summierter Eindrücke [anknüpft], der die Intensität eines Affekts gewinnt“.[224] Obwohl in diesem Fall der betreffenden bewussten Erinnerung zahl-

[222] S. Freud, „Die Verneinung“, GW XIV, 14.
[223] T. Meynert, *Mechanik des Gehirnbaus*, 16.
[224] T. Meynert, *Mechanik des Gehirnbaus*, 16. Exner fasst in ähnlicher Weise diese Regel wie folgt auf: „[...] der durch einen Reiz erzeugte Reflex [ergreift] eine um so größere Anzahl von Muskeln, je intensiver er ist.“ (S. Exner, *Entwurf zu einer physiologischen Erklärung der psychischen Erscheinungen*, 49).

reiche assoziierte Eindrücke zugrunde liegen, wobei gerade die bewussten Erinnerungsvorstellungen intensiv belebt werden, impliziere dies nicht, dass alle dahinterliegenden Eindrücke schlechthin im Bewusstsein auftauchen müssen.[225]

Freuds Ansicht basiert in dieser Hinsicht eindeutig auf der oben dargestellten Konzeption, nach der die den bewussten Phänomenen zugrunde liegenden unbewussten Vorgänge nicht unbedingt bewusst erscheinen müssen, damit die jeweilige mitassoziierte bewusste Vorstellung (Vorstellungsrepräsentant) eine hohe Intensität erreicht. Eine bewusste Erinnerung tritt gemäß dieser Theorie um so ‚intensiver' ein, je mehr sich an ihr andere Erinnerungsspuren und der jeweilige Affektgehalt anschließen, und dies unabhängig davon, ob die darunter liegenden unbewussten Vorgänge ebenso bewusst erscheinen oder ob sie als solche erkannt werden. Um aber die Modi darzustellen, in denen sich die den bewussten Vorstellungen innewohnenden Affekte und die mitassoziierten Erinnerungsspuren strukturieren, wird Freud die energetische bzw. die quantitative Darlegung der psychischen Phänomene weiter entfalten. Dafür findet er weiterführende Anregungen in der psychischen Theorie von Sigmund Exner.

In seinem *Entwurf zu einer physiologischen Erklärung der psychischen Erscheinungen* (1894), der ein Jahr vor dem *Entwurf* Freuds erschien, zielt Exner darauf ab, die psychischen Phänomene den Naturphänomenen zuzurechnen, insofern sie in Berücksichtigung der Verbindungsprozesse zwischen den Bestandteilen des Nervensystems und den allgemeinen Bewegungsgesetzen darzustellen sind, die letztlich auf Gesetze physischer Vorgänge zurückverweisen.[226] Zur Erklärung der bestimmten Gesetze und Ordnungsprinzipien, die die psychischen Vorgänge stiften, entwickelt Exner die oben dargelegte Theorie der „Summation" Meynerts weiter und führt die für Freuds *Entwurf* und für dessen Deutung von Derrida[227] grundlegenden Begriffe „Bahn" und „Bahnung" ein. Obwohl Exner, wie Freud ein Jahr später, psychische Phänomene teils als Naturphänomene betrachtet und sie in neurophysiologischer Terminologie beschreibt, wird hier hervorgehoben, inwiefern mittels den Begriffen „Summation", „Bahn", „Bahnung" sowie unter den psychophysischen Termini „Reiz", „Reflex" u. a. Vorgänge thematisiert werden, die für eine Darlegung des Bewusst- und Unbewusstwerden von Bedeutung sind.

Die „Summation" der Reize betrifft nach Exner physische und psycho-physiologische Vorgänge, die dadurch gekennzeichnet sind, dass die Reflexbewegung nicht unmittelbar dem jeweiligen Reiz folgt, da eine gewisse Dauer zwischen dem

---

225 T. Meynert, *Mechanik des Gehirnbaus*, 16.

226 S. Exner, *Entwurf zu einer physiologischen Erklärung der psychischen Erscheinungen*, 2 f.

227 J. Derrida, „Freud et la scène de l'écriture", 297 ff., 316 f. / „Freud und der Schauplatz der Schrift", 306 ff., 326 f. Das der Erinnerungstheorie Freuds im *Entwurf* wesentliche Konzept der Bahnung spielt in Derridas Deutung eine zentrale Rolle, da es auf die konstitutive Zeitigung-Verräumlichung des Erinnerungsvorgangs hinweist und sich somit als prägnante Darstellung der Schrift und der Spur bietet. Siehe E. Angehrn, *Interpretation und Dekonstruktion*, 315 f.

Stimulus und der Reaktion sowie die Wiederholung der jeweiligen Reize erforderlich wird, damit der Reflex eintreten kann.[228] „Reflex" bezeichnet hinsichtlich der bewussten Erinnerung den Übergang der psychischen Reize bzw. der Erinnerungsspuren in Form von bewussten Erscheinungen. Das Bewusstwerden setzt für Exner zunächst voraus, dass die psychische Erregung eine ausreichende Größe bzw. Intensität erreicht.[229] Während sich die „starken Reize", wie die Wahrnehmungsreize bezeichnet werden, in einer kleineren Reflexzeit übertragen, beanspruchen die „schwachen Reize", wie die psychischen Reize aus dem Gedächtnis genannt werden, eine größere Reflexzeit.[230] Dieser Zeitunterschied ist wechselseitig mit dem räumlichen Unterschied zu erklären, was auf neurologischer Ebene die jeweilige zellartige Ausbreitung der Reize miteinschließt: Weil bei wahrnehmungsmäßigen „starken Reizen" die Übertragungszeit bis zur Entladung (in Form des Übergangs ins Bewusstsein) sehr klein ist, hat der jeweilige Übertragungsraum eine geringere Ausbreitung. Hingegen erreichen die gedächtnismäßigen „schwachen Reize" aufgrund deren „Summation" und ihrer notwendigen Wiederholung einen breiteren Übertragungsraum, wobei eine längere Zeit bevor der Entladung (in Form des Bewusstwerdens) stattfindet.[231] Dies bringt mit sich, dass die Reize, die eine geringere Strecke vor dem Bewusstwerden durchlaufen müssen, das Bewusstsein mit größerer Intensität erreichen, als diejenigen, die erst eine größere Strecke überwinden müssen. Eine Wahrnehmung erschiene somit im Allgemeinen intensiver als eine Erinnerung, weil sich die sinnliche Erregung unmittelbar als bewusste Erscheinung entwickeln kann, während die bewusste Erinnerung in der Regel aus der Erregung von „schwachen Reizen" herstamme. Das Bewusstwerden von psychischen Reizen bzw. Erinnerungsspuren kann sich dann erst vollziehen, wenn sich eine der folgenden Bedingungen erfüllt: Die „schwachen Reize" müssen sich zunächst wiederholen oder eine gewisse Stärke entweder aus der Affektsummation oder aus der Aufmerksamkeitsintensivierung erreichen, um als bewusste eintreten zu können.

Ausgehend von dieser Theorie wird Freud im *Entwurf* das Erinnerungssystem von dem Bewusstseinssystem abgrenzen: Im Erinnerungssystem herrschen die Prinzipien der „Quantität", der „Summation" der schwachen Reize und des langsamen bzw. „monotonen"[232] Abfließens, solange sich die summierten psychischen Erregungen nicht in Form von bewussten Qualitäten entwickeln. Dies hängt damit zusammen, dass die aus der Wahrnehmung und dem Bewusstsein her eintretenden psychischen Eindrücke hinsichtlich der vorhandenen Erinnerungsspuren eine „Veränderung" (Meynert, Exner[233]) bzw. eine „Modifikation"

---

228 S. Exner, *Entwurf zu einer physiologischen Erklärung der psychischen Erscheinungen,* 49 f.
229 S. Exner, *Entwurf zu einer physiologischen Erklärung der psychischen Erscheinungen,* 54.
230 S. Exner, *Entwurf zu einer physiologischen Erklärung der psychischen Erscheinungen,* 45 f.
231 S. Exner, *Entwurf zu einer physiologischen Erklärung der psychischen Erscheinungen,* 55.
232 S. Freud, *Entwurf,* 402.
233 S. Exner, *Entwurf zu einer physiologischen Erklärung der psychischen Erscheinungen,* 54.

(Freud) hervorbringen, die anstatt eines unmittelbaren „Reflexes" (Exner) bzw. eines unmittelbaren Übergangs ins Bewusstsein bereit liegt. Diese „Veränderungen" oder „Modifikationen", d. h., die Art, wie sich die Erinnerungsspuren jenseits des Bewusstseins befinden, sind nicht „qualitativ", wie die bewussten Erscheinungen, weil sie nicht in der des Bewusstseins angemessenen Anschaulichkeit vorhanden sind.[234] In dieser Hinsicht wirkt die gedächtnismäßige „Veränderung" als „vorbereitende Entladung", wobei Entladung als der Übergang ins Bewusstsein zu verstehen ist.[235]

Mit seiner neurologischen Terminologie beschreibt Exner die „Veränderung" nämlich als die gedächtnismäßige kortikale Spur, die von den vorhandenen (sinnlichen und psychischen) Reizen in der grauen Substanz des Gehirns hinterlassen wird.[236] Freud wird auf einen solchen Versuch verzichten, der die psychischen Spuren in einer neurophysiologischen Topologie beschreibt. Bis zu seinen späteren metapsychologischen Theorien behält Freud aber die Idee bei, dass Erinnerungsspuren oder „Modifikationen" – was Derrida als *différance* bzw. „psychische Schrift" deutet – jenseits des Bewusstseins vorhanden sind und in anderer Ausprägung als die bewussten Phänomene vorliegen.[237] Sie sind weder als solche erfassbar, noch in einer physiologischen Topologie gelagert. Vielmehr weisen die bewussten Phänomene auf die unbewussten Erinnerungsspuren und deren Ordnungsprinzipien mittelbar hin. Die bewussten Phänomene werden daher nicht bloß als gradueller Zuwachs an Anschaulichkeit aufgefasst, sondern als nachträgliche „Übersetzung" von unbewussten Spuren.[238] An diesem Punkt der freudschen Theorie stellt Exner bereits vor Freuds Auseinandersetzung mit diesem Thema die Grundfrage, ob der Zustand der gedächtnismäßigen „Veränderung" vor der zu erreichenden Intensität für das bewusste Erscheinen und der Zustand, bei dem die Intensität erreicht ist, die das Bewusstwerden ermöglicht, Stufen eines graduellen Prozesses sind, oder ob der zweite Zustand ein wesentlich anderer als der erste sein muss, wie dies etwa bei der elektrischen Ladung der Fall ist.[239]

Die frühe Unterscheidung Freuds zwischen dem Bewusstseins- und dem Erinnerungssystem sowie die spätere zwischen Bewusstsein und Unbewussten weisen auf die zweite von diesen Erklärungsmöglichkeiten hin. Einerseits tritt der Übergang von Wahrnehmungen zur Erinnerungsspuren teils stetig und teils diskret ein: Die Assoziationsvorgänge sind sowohl dafür zuständig, dass eine Wahrneh-

---

[234] S. Freud, *Entwurf*, 402 f.
[235] S. Exner, *Entwurf zu einer physiologischen Erklärung der psychischen Erscheinungen*, 55.
[236] S. Exner, *Entwurf zu einer physiologischen Erklärung der psychischen Erscheinungen*, 53.
[237] S. Freud, „Notiz über den *Wunderblock*" (1924); Siehe J. Derrida, „Freud et la scène de l'écriture".
[238] Siehe Freuds Brief an Fließ vom 6.12.1896, in: S. Freud, *Briefe an Wilhelm Fließ*, 217-219. Siehe J. Derrida, „Freud et la scène de l'écriture", 306 ff. / „Freud und der Schauplatz der Schrift", 315 ff.
[239] S. Exner, *Entwurf zu einer physiologischen Erklärung der psychischen Erscheinungen*, 54 f.

mung in bestimmter Sukzession und Kontiguität behalten wird, als auch für ihre Fragmentierung. Dieses Motiv wurde hier bereits im Kapitel über *Zur Auffassung der Aphasien* erörtert, in welchem die These von der Zusammengehörigkeit zwischen Empfindung und Assoziation aufgestellt wird. Andererseits aber tritt diskontinuierlich das Phänomen ein, dass die Erinnerungsspuren in einen bewussten Modus übergehen. Freud unterscheidet von Anfang an streng zwischen dem bewussten Zustand der Erinnerung und dem Zustand vor ihrem Bewusstwerden (auch wenn dieser nicht in Abstraktion von einer Darlegung des Bewusstseins beschrieben werden kann). Diese beiden Zustände sind nicht lediglich als graduelle Intensivierung von einer und derselben Art psychischer Vorgänge zu verstehen, als ob es sich nur um die Gewinnung von Klarheit und Anschaulichkeit handeln würde. Vielmehr geht es hier um einen qualitativen Unterschied, um die Erscheinung einer anderen Gattung psychischer Phänomene – um einen ‚Sprung' letztlich, wie Hegel es formulieren würde, von einem Systemniveau zum anderen.[240] Bevor aber dieses Motiv des Unterschieds zwischen kontinuierlichen und diskontinuierlichen psychischen Phänomenen im Licht der freudschen Darlegungen sowie der husserlschen Unterscheidung zwischen Retention und Vergegenwärtigung eingehender erörtert werden wird, soll hier der Beitrag von Exner zur freudschen Theorie der Erinnerung weiter dargestellt werden.

Zentrale von der Theorie Exners im *Entwurf* übernommene Begriffe sind „Bahn" und „Bahnung". Wie Derrida darlegt, besteht die Anschaulichkeit der Begriffe „Bahn" und „Bahnung" viel weniger in deren neurologischer Konnotation als in der Möglichkeit durch sie das Gedächtnis bzw. das genannte Erinnerungssystem – verstanden als das „Wesen des psychischen Lebens" – differenziert darzustellen.[241] Eine solche Darstellung schließt die grundlegenden Motive des Ursprungs der psychischen Spur und des ursprünglichen Widerstands hinsicht-

---

240 Vgl. R. Bernet, „The unconscious between representation and drive", 83: „[...] it [the unconsciousness] appears under the form of a distance, a rupture, or foreignness. Its irruption in consciousness is signaled by an interruption in the continuity an the coherence of conscious life."

241 „Refusant la distinction, courante à son époque, entre ‚cellules de perception' et ‚cellules de souvenirs', Freud construit alors l'hypothèse des ‚grilles de contact' et du ‚frayage' (*Bahnung*), de la percée du chemin (*Bahn*). Quoi qu'on pense de la fidélité ou des ruptures à venir, cette hypothèse est remarquable, dès lors qu'on la considère comme un modèle métaphorique et non comme une description neurologique. Le frayage [*Bahnung*], le chemin tracé [*Bahn*] ouvre une voie conductrice. Ce qui suppose une certaine violence et une certaine résistance devant l'effraction." (J. Derrida, „Freud et la scène de l'écriture", 298 / „Freud und der Schauplatz der Schrift", 307 f. „La mémoire n'est donc pas une propriété du psychisme parmi d'autres, elle est l'essence même du psychisme. Résistance et par là même ouverture à l'effraction de la trace." (Ebd. fr. 299; dt. 308). „L'égalité des résistances au frayage [*Bahnung*] ou l'équivalence des forces de frayage réduirait toute *préférence* dans le chois des itinéraires. La mémoire serait paralysée. La différence entre les frayages [*Bahnungen*], telle est la véritable origine de la mémoire et donc du psychisme. Seule cette différence libère la ‚préférence de la voie' (*Wegbevorzugung*) [...]." (Ebd. fr. 299 / dt. 308)

lich deren Fixierung und der Unterschiede zwischen den zu verschiedenen Zeitpunkten entstandenen Bahnen ein.

„Bahn" bezeichnet nach Exner die Breite der von den sinnlichen und den psychischen Reizen hinterlassenen „Veränderung", wenn sie sich gedächtnismäßig ablagern. Exner verwendet den Begriff „Bahn" ebenso für den Weg, den die psychischen Reize durchlaufen, bevor sie bewusst in qualitativer Hinsicht in Erscheinung treten. Vor Freud stellt Exner die Hypothese auf, dass die Reize einen gewissen „Widerstand" überwinden müssen, damit eine „Veränderung" in Form von Bahnen entsteht und sich das Bewusstwerden schließlich vollziehen kann.[242] Dieser Ansicht folgt Freud, wenn er annimmt, dass im Erinnerungssystem eine zweite psychische Erregung (was er gerade eine „strömende Quantität" nennt), die in derselben Bahn einer ersten Erregung folgt, einen geringeren Widerstand oder sogar keinen – wenn ihre Größe kleiner als die der ersten ist – überwinden muss.[243] Tritt in dieser Hinsicht eine bestimmte psychische Erregung ein, so wird sie voraussichtlich eher durch eine bereits vorhandene breitere Bahn A, wo sie keinen oder nur einen winzigen Widerstand überwinden muss, als durch eine engere, in anderen Bahnen geteilte Bahn B abgeführt.[244] Diese Tendenz, dass psychische Erregungen unmittelbarer und schneller durch breitere bereits entstandene Bahnen, anstatt engeren, ins Bewusstsein übergehen, setzt Freud mit den Primärvorgängen gleich. In psychischen Vorgängen wie Träumen, Halluzinationen oder unerwarteten intensiven Vorstellungen (leibhaftigen Erinnerungen und Phantasien) gelangen die psychischen Reize gerade in freier bzw. ungehemmter Form ins Bewusstsein, was deren unmittelbares Abfließen durch bereits stattgefundene breitere Bahnen impliziert. Bei dem Traum – so Freud im *Entwurf* – folgen die psychischen Erregungen meist „alten Bahnungen", sie erzeugen daher „keine Veränderung".[245] Anders ausgedrückt: Ihr unmittelbarer Übergang ins Bewusstsein geht also damit einher, dass sie keine neue „Bahne" hervorbringen. Die psychischen Erregungen im Traum gelangen demzufolge nicht durch Summation, Widerstand und Wiederholung (wie es gewöhnlich bei den unbewussten Erinnerungsspuren der Fall ist) ins Bewusstsein, sondern in unmittelbarer und ungehemmter Form, wie die Wahrnehmungseindrücke. In dieser Form können sie so intensiv erscheinen, als ob sie sinnliche Empfindungen wären, wie es gerade bei den Traumvorstellungen geschieht. Diese unmittelbare Tendenz des psychischen Lebens wird allerdings von den Sekundärvorgängen gehemmt. Diese bezeichnen psychische Akte, wie das Denken und das Urteil, die zunächst dadurch gekennzeichnet sind, dass sie eine „Bahnungsbevorzugung" einführen,

---

242 S. Exner, *Entwurf zu einer physiologischen Erklärung der psychischen Erscheinungen*, 57.
243 S. Freud, *Entwurf*, 409.
244 S. Exner, *Entwurf zu einer physiologischen Erklärung der psychischen Erscheinungen*, 58. Vgl. S. Freud, *Entwurf*, 412.
245 S. Freud, *Entwurf*, 435.

wobei die unmittelbare Reizentladung (der Übergang ins Bewusstsein) nicht stattfindet oder verzögert wird.[246]

Unter „Bahnung“ versteht Exner nämlich den Beeinflussungsvorgang zwischen zwei oder mehreren zu verschiedenen Zeitpunkten entstandenen Bahnen, sodass eine erste die nachfolgenden mitbestimmen kann.[247] Dies wohnt Freuds Beschreibung der Primärvorgänge, der Theorie der Wiederholung und der Konstitution der Erinnerungsspuren inne. „Bahnung“ bezeichnet im weiteren Sinne die assoziative Tendenz zwischen den aktuellen psychischen Akten und Spuren von vorhandenen Akten. Diese üben eine Anziehungskraft auf die nachfolgenden, sich konstituierenden Bahnen aus und beeinflussen deren assoziative Richtung. Dies betrifft die Zusammengehörigkeit zwischen Wahrnehmung und Erinnerung in der Weise, dass eintretende Wahrnehmungseindrücke, anstatt jedes Mal neue Bahnen entstehen zu lassen, von anderen, bereits bestehenden Bahnen angezogen werden und sich an diese anschließen. Daher bringen die eintretenden Eindrücke zugleich Veränderungen in den vorhandenen Erinnerungsschichten. Gerade dadurch tritt eine „Bahnung“ zwischen vorhandenen Bahnen und den aktuell sich konstituierenden zutage. Sind aber bestimmte Bahnen von der Ich-Aufmerksamkeit bereits „besetzt“ (d. h., sie stehen im Horizont des Ich-Interesses), wenn sich neue Wahrnehmungen vollziehen, so besteht die Tendenz, dass sich die neu eintretenden Eindrücke an bestimmten vom Ich bevorzugten Bahnen, anstatt unmittelbar an den anderen freien „nicht-besetzen“, anschließen.

Eine erste Form des Hemmungsphänomens wird dadurch verwirklicht, dass die Aufmerksamkeit eine freie Reizabfuhr verzögert oder verhindert.[248] Daher können die gehemmten Reize in einer anderen vom Ich bevorzugten Richtung abfließen. Phänomenologisch übersetzt heißt das, dass das Ich den Kurs einer passiven Assoziation modifizieren kann und dadurch diese in eine aktive Assoziation umwandelt. Eine andere mögliche Folge besteht nun darin, dass sich der assoziative Prozess nicht weiter entwickelt, indem er vom Ich angehalten wird: Dazu folgt nach Exner und Freud, dass die psychische Energie nicht weiter strömt und dem Ich als „Besetzungsenergie“ für andere künftige Akte zur Verfügung steht.[249] Eine Hemmung erfolgt darüber hinaus dadurch, dass verschiedene Erregungen gleichzeitig strömen, sodass der Ablauf der einen die andere blockieren kann.[250] In diesem Fall ist die Hemmung als ein passives Phänomen zu klassifizieren, das auf den Einheitsbildungen und den Gegeneinanderwirkungen zwi-

---

246 S. Freud, *Entwurf*, 416 ff.

247 S. Exner, *Entwurf zu einer physiologischen Erklärung der psychischen Erscheinungen*, 76, 79.

248 S. Exner, *Entwurf zu einer physiologischen Erklärung der psychischen Erscheinungen*, 69. In Analogie mit anderen physiologischen Vorgängen erläutert Exner: „[...] wenn wir mit gespannter Aufmerksamkeit den Eindrücken eines Sinnesorganes folgen, die Eindrücke anderer Sinnesorgane schwerer oder gar nicht in unser Bewusstsein treten.“ (Ebd., 71)

249 S. Freud, *Entwurf*, 416.

250 S. Exner, *Entwurf zu einer physiologischen Erklärung der psychischen Erscheinungen*, 69.

schen den Bahnen selbst basiert, während es sich im ersten Fall um einen absichtlichen Aufmerksamkeitsakt handelt. Freud kehrt später zu diesem Erklärungsmodell zurück, um damit darzustellen, dass eine Hemmung oder auch eine Verdrängung nicht ausschließlich als absichtliche bewusste Akte ablaufen müssen.[251] Diese, für die Psychoanalyse grundlegende Theorie, ist mit Exners Konzeption eng verwandt, was bisher in der Sekundärliteratur unzureichend hervorgehoben wurde. Exners Darlegungen der Bahnungsvorgänge lassen sich ebenso phänomenologisch deuten.

Eine Hemmung kann vornehmlich passiv geschehen, wenn ein stärkerer Reiz, wie jener des Schmerzes, den Ablauf von anderen schwächeren Reizen unterdrückt.[252] Im *Entwurf* wendet sich Freud aus diesem Grund dem Phänomen des Schmerzes bzw. der Erinnerung an schmerzhafte Erlebnisse zur Bestimmung von anderen psychischen Akten und vor allem hinsichtlich deren Intensität zu. Auf Grundlage von Exners Überlegungen wird darin eine dieser Bestimmungen entwickelt: Im erwähnten Fall des Schmerzreizes ist die Aufmerksamkeit nicht als willkürlicher Akt zu verstehen, weil es ihr nicht gelingt, sich vom jeweiligen Reiz abzuwenden.[253] Daher stellt Exner die Hypothese auf, dass die dem Bewusstsein zuzuordnenden Vorgänge nur teilweise der Aufmerksamkeit unterliegen. Ein psychischer Reiz – was in husserlscher Phänomenologie als eine „Affektion" zu verstehen ist[254] – beginnt in der Regel unbemerkt und kann sich im Aufmerksamkeitsmodus weiter entwickeln. Aufmerksamkeit und Bewusstsein stimmen nicht in dem Sinne überein, dass ein Wahrnehmungseindruck in das Bewusstsein gelangen kann, ohne die Aufmerksamkeit zu wecken oder von dieser intensiviert zu werden.[255]

Diese Ansicht vertritt auch Husserl in seiner Darlegung der passiven Assoziationen: Sowohl die aus dem Unbewussten auftauchenden Affektionen als auch ein retentionaler Wahrnehmungsablauf fordern kein auffassendes Ich und kein vorhandenes Sich-Richten der Aufmerksamkeit, um sich als psychische Akte konstituieren zu können. Erst nachträglich aus der Ich-Zuwendung gehen sich passiv vollziehende Wahrnehmungen und Vorstellungen in den Aufmerksamkeitsmodus über.[256]

---

[251] S. Freud, „Die Verdrängung", Studienausgabe III, 107 f.

[252] Unter Hemmung ordnet Exner „Verzögerung des Auftretens", „Verlangsamung des Verlaufes" und „vollständige Unterdrückung" ein. (S. Exner, *Entwurf zu einer physiologischen Erklärung der psychischen Erscheinungen*, 70)

[253] S. Exner, *Entwurf zu einer physiologischen Erklärung der psychischen Erscheinungen*, 72.

[254] „Wir verstehen darunter [unter dem Titel Affektion] den bewusstseinsmäßigen Reiz, den eigentümlichen Zug, den ein bewusster Gegenstand auf das Ich übt." (E. Husserl, Hua XI, § 32, 148). Darüber hinaus stellt Husserl die Affektion, die der Vergegenwärtigung (den Erinnerungs- und Phantasieakten) vorangeht, als „affizierender Reiz eines sich aus der Versunkenheit des Gedächtnisses abhebenden retentionalen Niederschlags" dar. (E. Husserl, Hua XI, § 25, 112 ff.)

[255] S. Exner, *Entwurf zu einer physiologischen Erklärung der psychischen Erscheinungen*, 71 f.

[256] E. Husserl, Hua XI, 90, 121 f.

Während die Wahrnehmungen von der Aufmerksamkeit intensiviert werden können oder nicht, ist für Exner bei der bewussten Vorstellung „ein gewisser Grad attentioneller Bahnung“ nötig, damit sie sich als solche entfalten kann.[257] Unter „attentionaler Bahnung“ beschreibt Exner einen ähnlichen Vorgang, den Husserl als „attentionale Wandlung in der Erinnerung“[258] bezeichnet: Nämlich die Ich-Zuwendung auf bestimmte Inhalte oder Phasen des Verlaufs einer Vergegenwärtigung. Hier werden Inhalte oder Phasen durch die aktuelle Richtung der Aufmerksamkeit hervorgehoben, ohne dass dies impliziert, dass sie die entsprechende Hervorhebung in vorherigen Wahrnehmungs- oder Vorstellungsakten erfahren hatten. Durch die Interferenz der „attentionalen Bahnung“ (Exner, Freud) bzw. der „attentionalen Wandlung in der Erinnerung“ (Husserl) kann sich der aktuelle Erinnerungsakt von dem korreliertem vergangenen Erlebnis unterscheiden. ‚Phänomenologisch‘ gesehen tritt eine „attentionale Bahnung“ ein, wenn das Ich sich nicht nur den ins Bewusstsein passiv eintretenden Vorstellungen zuwendet, sondern diese als ausbreitende Vergegenwärtigungsakte, wie Erinnerungsakte, sich entfalten lässt, indem es absichtlich andere mitassoziierten Erlebnisse vergegenwärtigt. Daher bezeichnet die „attentionale Bahnung“ darüber hinaus die absichtliche Suche nach den jeweiligen zu vergegenwärtigenden mitassoziierten Vorstellungen. Dieser Vorgang wurde hier bereits im Zusammenhang des archäologischen Vorbilds der Erinnerung als ‚aktive Denkassoziation‘ beschrieben, und zwar als jene ‚Ausgrabung‘, wodurch eine bewusste Erscheinung als Zugang zu ihrer dahinter liegenden Konstitutionsschichten fungiert.

Die „attentionale Bahnung“ ist nach Exner in der Wahrnehmung entbehrlich, weil sich die Wahrnehmungseindrücke unmittelbar von selbst ablagern, wenn sie bewusst eintreten. Im Fall eines stärkeren Reizes, wie dem des Schmerzes, kann hingegen die Aufmerksamkeit geweckt werden, ohne dass damit zugleich impliziert wäre, dass das bewusste Erscheinen der jeweiligen auf den Schmerz bezogenen Vorstellung auftaucht. Bei Freud heißt es: Wenn nur die Schmerzempfindung ohne die entsprechende Vorstellung bewusst auftritt, so ist dies als Hemmung der jeweiligen Vorstellung, aber nicht als die des Schmerzreizes bzw. des Unlustaffekts aufzufassen. Wie bereits ausgeführt, spricht Freud von der Verdrängung des (wörtlichen oder bildlichen) Vorstellungsrepräsentanten, aber nicht von der des Affekts. Auch Exner verwendet den Begriff „Hemmung“ in diesem Sinne ausschließlich im Bezug auf jene psychischen Reize, die nicht ins Bewusstsein gelangen. Bei den ans Bewusstsein gelangenden Erregungen ist hingegen von Entladung zu sprechen, unabhängig davon, ob sie Gegenstand der Aufmerksamkeit waren.

Geht eine psychische Erregung ins Bewusstsein über, so hinterlässt sie nach Exner ein Zeichen, ein sogenanntes „primäres Gedächtnisbild“; richtet sich die Aufmerksamkeit auf ein primäres Gedächtnisbild, dann wird das primäre Ge-

---

[257] S. Exner, *Entwurf zu einer physiologischen Erklärung der psychischen Erscheinungen*, 268 f.
[258] Siehe E. Husserl, Hua XXXVIII, Beil. XVII, 294.

dächtnisbild „kontinuierlich" in ein „sekundäres" Gedächtnisbild umgewandelt.[259] „Primäres" und „sekundäres" Gedächtnisbild unterscheiden sich demnach darin, dass das zweite im Unterschied zum ersten der Aufmerksamkeit unterliegt.[260] Nach dieser Auslegung sind zwei Gruppen von Erinnerungsspuren abzugrenzen: Diejenigen, die sich von selbst jenseits der Ich-Zuwendung ablagern, und diejenigen, die aus der Ich-Zuwendung und den Aufmerksamkeitsrichtungen besondere Anschaulichkeit erhalten und als Ich-Vorstellungen einzuordnen sind. Wie zu erkennen ist, erhält diese Thematik bei Freud eine große Bedeutung in der Unterscheidung zwischen primär- und Sekundärvorgang.

An dieser Stelle soll nun dargelegt werden, inwiefern Exners Theorien jene bereits in *Zur Auffasung der Aphasien* dargelegte Frage nach dem Wesensunterschied zwischen Wahrnehmung und Vorstellung (jenseits von deren bewusstem Modus als Erinnerungsspur und in ihrem bewussten Modus als bewusstes Vorstellen bzw. als Erinnerungsakt) berührt. In diesem Text wurde gezeigt, dass Freud Vorstellungen als „Vorstellungskomplexe" auffasst. Diese sind nicht festgelegt, sondern konstituieren sich weiterhin aus den eintretenden Wahrnehmungseindrücken und sich ablagernden bewussten Vorstellungen, die sich mit vorhandenen „Modifikationen" oder Erinnerungsspuren assoziieren. Daher weist jeder im Bewusstsein als Dingvorstellung erkannte Inhalt auf einen dahinter liegenden „Vorstellungskomplex" hin. Für Exner nun bezeichnen die gedächtnismäßigen „Veränderungen", die von ihm auch als „Komplex von Rinderregungen" bezeichnet werden, vor allem das, was von den Wahrnehmungseindrücken bestehen bleibt, nachdem sie nicht mehr perzipiert sind. Die Wahrnehmung etwa eines Tons hinterließe akustische, optische und motorische Spuren in Form der bereits beschriebenen „Bahnen", deren Erregung auch zu bewussten Vorstellungen führen kann. In diesem bewussten Zustand und nur in diesem sind nach Exner die Bahne als „Vorstellungen" zu bezeichnen.[261] Die Entstehung und Ausbreitung einer Gedächtniserregung geschieht hingegen jenseits des Bewusstseins und kann in dieser Form weiter bestehen, wenn sie durch das Prinzip der „Summation" oder von der „attentionalen Bahnung" nicht genügend Intensität erlangen, um ins Bewusstsein überzugehen.[262]

Die psychischen Erregungen, die jenseits des dem Bewusstwerden vorausgesetzten Intensitätsgrades liegen, sind dementsprechend als ‚Potenzialität der Vor-

---

[259] „So nenne ich das Gedächtnisbild, welches gleich nach Entfernung des sinnlichen Reizes von diesem zurückbleibt, und das sich durch besondere Lebhaftigkeit auszeichnet. Bei Eindrücken, auf welche die Aufmerksamkeit gerichtet war, geht das primäre Gedächtnisbild kontinuierlich in das gewöhnliche sekundäre über; Eindrücke, auf welche die Aufmerksamkeit nicht gerichtet war, haben nur ein primäres und gar kein sekundäres Gedächtnisbild." (S. Exner, *Entwurf zu einer physiologischen Erklärung der psychischen Erscheinungen*, 72).

[260] S. Exner, *Entwurf zu einer physiologischen Erklärung der psychischen Erscheinungen*, 268 f.

[261] S. Exner, *Entwurf zu einer physiologischen Erklärung der psychischen Erscheinungen*, 269 f.

[262] S. Exner, *Entwurf zu einer physiologischen Erklärung der psychischen Erscheinungen*, 273.

stellung‘ zu bezeichnen und im Rahmen der Verflechtung mit anderen sich konstituierenden „Bahnungen“ aufzufassen. In diesem Sinne definiert Exner sie als „zu Vorstellungen geordnete Erregungen“.[263] Diese Potenzialität zeigt, dass jede bewusste Vorstellung als mehr oder weniger vollkommen aufgefasst werden kann, je nach dem, inwieweit der Sinn ihrer Mitkonstitution von anderen unbewussten Bahnen enthüllt wird.[264] In dieser Hinsicht hebt bereits Exner den dynamischen und nicht fixierbaren Charakter der jenseits des Bewusstseins bestehenden ‚Vorvorstellungen‘ hervor. Die „zu Vorstellungen geordneten Erregungen“ lassen sich ‚Vorvorstellungen‘ nennen, weil sie die intrinsische Möglichkeit besitzen, zu bewussten Vorstellungen zu werden. Ob und in welchen Modi sich ein solcher Werdensprozess entfalten und unterbrechen lässt, wird erst von Freud in seinen Untersuchungen über die unbewussten Akte eingehender thematisiert.

Schließlich wird Freud im *Entwurf*, sehr wahrscheinlich unter dem Einfluss der Bahnungstheorie Exners, die in der Aphasie-Studie grundlegende Terminologie des „Vorstellungskomplexes“ ausarbeiten. Freud bezeichnet 1895 die unterhalb der Bewusstseinsschwelle liegenden Erregungen nicht mehr als „Vorstellungen“ oder „Vorstellungskomplexe“ schlechthin, sondern gerade als „Bahnen“ bzw. „Bahnungen“ im „Psy“, wobei „Psy“ für das System der Erinnerungsspuren und der „Quantität“ steht.[265] Damit gewinnt er eine Terminologie, mit der er die Gradualitäten der Erregungsabläufe bestimmen kann, vom fließenden Erregungsablauf bis hin zum lähmenden Zustand. Daher können gleichzeitig die Gründe für das Bewusstwerden geklärt werden. Mit der Bahnungstheorie wird es ihm gelingen, den dynamischen und potenziellen Zustand der Erinnerungsspuren vor deren Bewusstwerden herauszuarbeiten, insbesondere, wenn sie sich nicht im Modus der bewussten Erscheinungen befinden. Dieses Motiv erlangt eine noch prominentere Rolle im Rahmen der später genannten „unbewussten Tätigkeit des Seelenlebens“ und wurde hier zunächst bezüglich der Hysterie bei der Erörterung über die möglichen Schicksale der „psychischen Erregungen“ thematisiert.

Ob Freud allerdings tatsächlich erst nach der Abfassung der Aphasie-Studie mit der Bahnungstheorie Exners vertraut geworden ist, lässt sich nicht genau validieren, weil beide sich seit der Praktikumszeit im Labor Brückes persönlich kannten. Wie aber bereits erwähnt, erschien Exners Studie drei Jahre nach der Aphasie-Studie und ein Jahr vor dem *Entwurf*, was auf die zweite Möglichkeit hinweist, d. h. Exners Bahnungstheorie dürfte Freud erst 1894 bekannt geworden sein. In seiner Theorie der Hysterie spricht Freud jedenfalls bereits 1892 von der

---

263 S. Exner, *Entwurf zu einer physiologischen Erklärung der psychischen Erscheinungen*, 273.

264 Vgl. S. Exner, *Entwurf zu einer physiologischen Erklärung der psychischen Erscheinungen*, 273: „[...] falls dieselben [die zu Vorstellungen geordneten Erregungen] vom Bewusstsein erfasst würden, [würden] sie mehr oder weniger vollständige Vorstellungen darstellen.“

265 S. Freud, *Entwurf einer Psychologie*, 391 ff.

„Erregungssumme", und zwar in dem Sinne, dass psychische Eindrücke, die nicht die adäquate Abfuhr durch assoziative Denkarbeit oder motorische Reaktion erfahren, zum psychischen Trauma werden können.[266] Darüber hinaus lässt sich Exners Einfluss auf Freud bereits in *Zur Auffassung der Aphasien* nachweisen. In einer Anmerkung zu diesem Werk erwähnte Freud, sein Interesse am Thema Aphasien sei zunächst durch die Arbeiten von Exner und Paneth geweckt worden.[267] Im Unterschied zum *Entwurf*, wo das Erbe von Exners Theorien eindeutiger ist, kann in der Aphasie-Studie in bestimmten Punkten eine Übereinstimmung festgestellt werden; es werden aber zugleich Widersprüche zwischen den beiden Forschern sichtbar. Wie bereits erwähnt wurde, unterschied Freud darin die „Objekt-" von der „Wortvorstellung" dadurch, dass die erste sich auf einen nicht-abgeschlossenen „Vorstellungskomplex" bezieht, sofern jede Wahrnehmung durch neue Eindrücke erweitert werden kann. Die Wortvorstellungen hingegen formen einen abgeschlossenen, aus den Bestandteilen des Wortes (akustisch, optisch, visuell) bestehenden „Vorstellungskomplex" aus. Laut Exner hingegen erregen die Wörter einen breiteren Bahnungskomplex als andere Empfindungsarten, da Wörter sowohl von der Sinnlichkeit her betrachtet akustisch, optisch und motorisch gekennzeichnet seien, als auch gemäß ihrer Bedeutungsmöglichkeiten assoziativ mannigfaltige andere Bahnungen miteinschließen.[268] Gelingt es dem Ich-Interesse und der -Aufmerksamkeit nicht, eine auf eine bestimmte Art von sinnlichem Gehalt hinweisende Bahn zu beleben, so wird der jeweilige Vorstellungsakt nicht im Ganzen vollzogen werden, wie etwa die Erinnerung an eine bestimmte Uhr, von der der Schlag – der akustische Zug – nicht erinnert werden kann.[269] Obwohl Freud später die Ebene der Bedeutungsentstellung und des Sinnverlustes bei den Erinnerungs- und Sprachstörungen hervorheben wird, stimmen Exners Theorie und Freuds frühe Betrachtungsweise der Aphasien darin überein, weil beide von der Störung bestimmter Erinnerungs- und Ausdrucksfähigkeiten ausgehen. Sie erläutern die Entstehung der Aphasien weder durch den Verlust von motorischen und sinnlichen Zentren noch durch innerhalb einzelner Zellen lokalisierbare psychische Vorgänge, wie es jeweils durch Broca/Wernicke und Meynert vertreten wird.

Mit der Theorie der „Bahnung" ermöglicht Exner Freud schließlich, das genannte Problem der Quantität bzw. Intensität psychischer Phänomene anders zu thematisieren, anders vor allem hinsichtlich der physiologischen Ansicht Meynerts sowie der brentanoschen Begrenzung der psychischen Intensität auf die

---

266 S. Freud, „Zur Theorie des hysterischen Anfalles", GW XVII, 12 f.

267 „[...] die Anregung zu dieser Arbeit erwuchs mir vielmehr aus den Arbeiten Exners mit meinem verstorbenen Freunde Josef Paneth in Pflügers Archiv." (S. Freud, *Zur Auffassung der Aphasien*, 110, Fn. 2). Siehe E. Jones, *Leben und Werk von Sigmund Freud,* Bd. I, 254; W. Leuschner, „Einleitung". In: S. Freud, *Zur Auffassung der Aphasien*, 36.

268 S. Exner, *Entwurf zu einer physiologischen Erklärung der psychischen Erscheinungen*, 270.

269 Vgl. S. Exner, *Entwurf zu einer physiologischen Erklärung der psychischen Erscheinungen*, 271.

bewussten Phänomene bzw. präziser: auf den Vorstellungsakt. Was den ersten Punkt betrifft, sind die ,Topologie' der Vorstellung und deren Bezeichnung als individualisierter einzelliger Inhalt auch in dem Sinne problematisch, dass jede Assoziation auf verschiedene Lebenszeiten eines psychischen Lebens hinweist, wobei die potenzielle Verbreitung jeder Vorstellung auch zeitmäßig variiert.[270] Jede Vorstellung hat demzufolge – so Exner – „[keine] scharfe Grenze".[271] Weckt etwa die Erinnerung an ein Haus aus der Kindheit zuerst die Vorstellung von den Fernstern und den Türen und nur nach einer Reihe von anderen Vorstellungen einen im Herbst von einem bestimmten Baum neben dem Hauseingang hinterlassenen Geruch, so ist die Geruchvorstellung hinsichtlich der Hauserinnerung im Ganzen als eine fernere Bahn aufzufassen, die, wenn sie seltener erregt wird, sich allmählich von der bewussten Hauserinnerung entfernt. Dient aber jene Geruchvorstellung in der entsprechenden Hauserinnerung als eine wichtige und breite Bahnung, so wird die bewusste Erinnerung eine „merkbare Erregung"[272] erfahren, sogar wenn darin die Geruchvorstellung nicht explizit bewusst wird. Dies erklärt sich dadurch, dass sich der an die Hausvorstellung anschließende Bahnungskomplex zur Intensität der bewusster Erscheinung beitragen wird, sogar wenn dabei nicht jede Bahn als gesonderte bewusste Vorstellung eintritt. Mannigfaltige Bahnungen können hinsichtlich der jeweiligen Vorstellung im Hintergrund bzw. verdeckt bestehen und dennoch für deren bewusste Intensität bestimmend sein. Das jenseits des Bewusstseins sich vollziehende Phänomen der „schwachen Erregungen von Bahnen", dem die Vorstellungen letztlich „ihren Ursprung verdanken"[273] und das sogar, wenn jede Bahn nicht als gesonderte Vorstellung ins Bewusstsein eintritt, ist somit die wesentliche Quelle für die Intensität bewusster Phänomene.

In diesem Zusammenhang unterscheidet Exner früher als Freud die verschiedenen Bahnungen gemäß deren Teilnahmestufen am bewussten Leben: Auf der einen Seite gibt es Bahnungen, die aufgrund ihrer häufigen Erregbarkeit und Teilnahme am bewussten Leben der „Vorstellung des Ich" entsprechen, und auf der anderen Seite gibt es die Bahnungen, deren seltene Erregbarkeit in Folge der Hemmung durch die erste Art der Bahnungen als „dunkle Vorstellungen" zu bezeichnen sind.[274] Mit der herbartischen Terminologie „dunkle Vorstellung" benennt Exner also das sich jenseits des Bewusstseins vollziehende Phänomen der

---

270 Siehe S. Exner, *Entwurf zu einer physiologischen Erklärung der psychischen Erscheinungen*, 272; vgl. ebd. 279, wo Exner die Ausbreitung des Erregungskomplexes einer Vorstellung „nicht eine räumliche" nennt, weil eine Vorstellung „die Bahnen von weit auseinander gelegenen Windungen umfassen kann".

271 S. Exner, *Entwurf zu einer physiologischen Erklärung der psychischen Erscheinungen*, 273.

272 S. Exner, *Entwurf zu einer physiologischen Erklärung der psychischen Erscheinungen*, 273.

273 S. Exner, *Entwurf zu einer physiologischen Erklärung der psychischen Erscheinungen*, 273.

274 S. Exner, *Entwurf zu einer physiologischen Erklärung der psychischen Erscheinungen*, 279. Siehe auch ebd. 273.

„schwachen Erregungen von Bahnen", die meist nicht in das Bewusstsein gelangen.[275] Indem aber schwache bzw. alte Bahnen durch Assoziation mit anderen bewussten Erscheinungen belebt werden können und sich dadurch an jeweilige bewusste Akte anschließen lassen, auch wenn sie nicht sichtbar werden, fungiert die Bahnungsstruktur letztlich als Horizont zur Erkenntnis und zur aktuellen Deutung von vorhandenen Erlebnissen.

Gerade in dieser Hinsicht sieht Freud als Grundziel seiner psychoanalytischen Methode die affektmäßig intensiv erscheinenden und scheinbar unwichtigen bewussten Erinnerungen seiner Patienten durch die Erweckung von „verdrängten Inhalten", wie sie später genannt wurden, zu deuten. Für seine früheren Ansichten, die unter dem Einfluss von Exners Bahnungstheorie standen, war die Hypothese der Verdrängung schlechthin entbehrlich. Man kann diesen Punkt aber so verstehen, dass die später eingeführte Terminologie der „Verdrängung" auch die Bedeutung der intensiven ‚Vorvorstellungen' (der potenziellen Vorstellungen) im psychischen Leben umfassen wird, die Freud seit seinen früheren Auseinandersetzungen insbesondere mit den Theorien von Breuer, Herbart und Exner berücksichtigte. Nach der Auseinandersetzung mit Exners Ansicht ergibt sich für Freud eine andere Sicht auf die Theorien von Meynert, Herbart und Brentano. Er kann insbesondere die metapsychologische Frage nach dem Wesen der Vorstellung als Grundlage des Psychismus (gemäß Herbarts und Brentanos Thesen) anders thematisieren. Es geht in erster Linie nicht darum, dass Freud diese These revidiert, sondern vielmehr darum, dass er sich den Bedingungen der Möglichkeit des bewussten Vorstellens zuwendet. Im Zentrum seiner Untersuchungen steht somit nicht die bewusste Vorstellung schlechthin, sondern die vorhandenen, der Vergegenwärtigung ermöglichenden, unbewussten Vorgänge. In diesem Kontext spielt der Affekt bei der Intensität psychischer Phänomene eine grundlegende Rolle. Geht man davon aus, dass für Exner und Freud die Bahnungsstruktur und deren affektive Grundlage letztlich als psychische Bewahrung von vorhandenen Wahrnehmungen und bewussten Akten und als letzte Grundlage ihrer erinnerungsmäßigen Reaktivierung fungiert, so ist diese Problematik mit der philosophischen Frage nach der *adaequatio rei et intelectus* eng verbunden. Im Kontext der Erinnerung geht dies einher mit der Frage nach den Stufen, in denen einem Erinnerungsakt bzw. einer Vergegenwärtigung ein vorhandenes Erlebnis entsprechen kann. Im *Entwurf einer Psychologie* führt Freud in dieser Hinsicht wichtige Unterscheidungen ein, die eine Abgrenzung zwischen den Bestimmungen der psychischen Phänomene und der Unbestimmtheit der physischen Welt schaffen wird. Obwohl Freud keine ‚Reduktion' im husserlschen Sinne hätte einführen können, begrenzen sich seine Grundthesen auf die psychischen Phänomene, während seine Aussagen über die physischen Phänomene hingegen einen hypo-

275 S. Exner, *Entwurf zu einer physiologischen Erklärung der psychischen Erscheinungen*, 273.

thetischen Charakter haben.[276] In diesem Sinne unterscheiden sich seine Untersuchungen wesentlich von denjenigen der Repräsentanten psychophysischer Ansichten, bei denen, wie erörtert, die Untersuchung der psychischen Phänomene jene der physischen Phänomene voraussetzt und sich auf diese gründet. Die notwendige Begrenzung auf die psychischen Phänomene bedeutet aber für Freud zugleich, im Unterschied zu Brentano, sowohl die bewussten als auch die unbewussten psychischen Phänomene zu untersuchen. Hinsichtlich beider Phänomene wird er die Realitätsstufen der Erinnerung thematisieren. Die etwa in Hysteriefällen seiner Patienten und im Phänomen der Deckerinnerung konstatierte Mischung zwischen Phantasie und Erinnerung, Fiktion und erlebter Erfahrung wird die Unterscheidung zwischen den aus der Wahrnehmung herstammenden Bahnen und denen im inneren psychischen Leben entstandenen erschweren.

Exner achtet ebenso auf diese letzte erwähnte Problematik, wenn er beschreibt, wie er sich in einer gelesenen und daraus phantasierten Geschichte so vertieft hatte, dass sich ihm seine Erinnerungen an die Geschichtenfiguren und deren Handlungen als Erinnerungen an sich selbst darboten.[277] Dadurch sei – so Exner – zwischen den Eindrücken zu unterscheiden, die mit intensiver Aufmerksamkeit gebannt werden und einen besonderen Bezug auf das eigene Erlebnis annehmen, und denjenigen, die sich in abgelehnter oder abwesender Aufmerksamkeit bahnen und in winzigem Grad als Selbsterlebnisse anordnen lassen.[278] Dies impliziert allerdings keine scharfe Grenze zwischen Phantasie und Erinnerung; damit wird vielmehr darauf hingewiesen, dass das, was man als subjektive Erinnerung bezeichnet, sich durch mannigfaltige Identifikationen und Projektionen konstituiert, die in der Ebene des Symbolischen intersubjektiv überdeterminiert werden. Dieser intersubjektive Charakter kann durch ein Beispiel Exners bezüglich des Schmerzes veranschaulicht werden.

Im Unterschied zum Schmerz des Anderen, der von der betreffenden Person nicht unmittelbar empfunden werden kann, hinterlassen die eigenen von der Aufmerksamkeit intensivierten Schmerzerlebnisse tiefe und breite Bahnen – je tiefer und breiter sie sind, desto heftiger und länger wird das jeweilige Schmerzerlebnis empfunden, wenn es von anderen aktuellen Erlebnissen reaktiviert wird. Erinnert man sich an ein Schmerzerlebnis dieser intensiven Art, so haben die dadurch miteinbezogenen mannigfaltigen Bahnen durch die Aufmerksamkeitszuwendung die Tendenz, intensiviert zu werden, solange die Aufmerksamkeit nicht in eine andere Richtung gelenkt wird. Diese Art schmerzhafter Erinnerung betrifft in diesem Zusammenhang ein subjektives Geschehen. Wird aber der betreffenden Person ein ähnlicher Schmerz von einem Anderen mitgeteilt oder angezeigt, dann besteht die Tendenz, dass durch die „attentionelle Bahnung" – so

[276] S. Freud, *Entwurf*, 397.

[277] S. Exner, *Entwurf zu einer physiologischen Erklärung der psychischen Erscheinungen*, 274 f.

[278] S. Exner, *Entwurf zu einer physiologischen Erklärung der psychischen Erscheinungen*, 275 ff.

Exner – der jeweilige Bahnungskomplex des eigenen Schmerzerlebnisses ebenso belebt wird. Somit wird in der eigenen Schmerzerinnerung der Schmerz des Anderen „wahrhaft mitempf[u]nden"[279].

Phänomenologisch betrachtet, wäre es in diesem Zusammenhang sinnvoll, die subjektiven und intersubjektiven Dimensionen der Bahnungstheorie aus den husserlschen Motiven der Vergegenwärtigung und der Einfühlung zu analysieren. Diese Untersuchung wird, wie besprochen, den ersten Punkt hervorheben. In dieser Hinsicht wird zu zeigen sein, in welcher Weise Freud das Thema weiter untersucht, inwiefern es möglich ist, zwischen den auf Wahrnehmungen hinweisenden Bahnungen und denjenigen von bedeutsamem affektiven Gehalt zu unterscheiden, die beispielsweise phantasiemäßig entstehen. Letztere können wegen eines erhöhten Grades an Aufmerksamkeit oder am affektiven Gehalt und in ihrem unmittelbaren Bewusstwerden so intensiv wie die erste erscheinen. Ihnen wird Freud schließlich den Wert psychischer Realitäten zuschreiben, was für die Deutung ihrer ‚wirklichen' Rolle in der Entstehung und Entwicklung der psychosomatischen Symptome seiner Patienten geltend gemacht wird.[280] Diese ‚spekulative' Metapsychologie entfaltet Freud im *Entwurf* und in den nachfolgenden Schriften ausführlicher, etwa in seinen Untersuchungen über Erinnerung, Wahrnehmung, Bewusstsein, Urteil, Deckerinnerung und Traum.

II. 3.4. Die zwei Grundprinzipien des Entwurfs: Quantität *und* Neuron

Die allgemeine Absicht seines *Entwurfs einer Psychologie* besteht für Freud darin, „psychische Vorgänge als quantitativ bestimmte Zustände aufzeigbarer materieller Teile [darzustellen]".[281] Insofern im *Entwurf* die beiden Begriffe „Quantität" und „materielle Teile" die erste Grundlage für die Analyse psychischer Phänomene bilden, soll zunächst dargelegt werden, was Freud unter ihnen versteht und wie sie sich auf die bereits erörterten theoretischen Voraussetzungen beziehen.

Was den Begriff „Quantität" angeht, haben wir gesehen, dass Herbart und Fechner ihn im Zusammenhang der Theorie von der „Schwelle des Bewusstseins" verwenden: Die bewussten Erscheinungen sind diejenigen, die sich „an" bzw. „auf" der Schwelle des Bewusstseins befinden (Herbart) oder einen „positiven Wert" (Fechner) für das Bewusstsein erhalten. Die „unbewussten Tätigkeiten" oder „negativen Bewusstseinsphänomene" (Fechner) hingegen liegen unter derselben Schwelle bzw. dem entsprechenden „positiven Wert", der die bewusste Anschaulichkeit gewährleistet (Fechner). Die Quantität ist dabei kein festgelegter Maßstab, sondern bezieht sich auf die Intensität, die nötig ist, damit nicht-

---

279 S. Exner, *Entwurf zu einer physiologischen Erklärung der psychischen Erscheinungen*, 278.

280 Siehe M. Kettner, Das Konzept der Nachträglichkeit in Freuds Erinnerungstheorie. *Psyche: Zeitschrift für Psychoanalyse und ihre Anwendungen* (1999), Heft IV, 309-342, 314.

281 S. Freud, *Entwurf*, 387.

bewusste Vorstellungen bewusst werden. Die Intensität der psychischen Vorstellung beschränkt sich somit nicht auf die Intensität des bewussten Vorstellungsaktes, wie in Brentanos Theorie, sondern geht diesem voran.

Hinsichtlich der Darlegung der „Quantität" bei Meynert und Exner wurde gezeigt, dass jede bewusste Erscheinung eine psychische Erregung voraussetzt, welche einen Quantitätszuwachs bzw. eine „Erregungssumme" erfahren muss, um als bewusste Qualität eintreten zu können. Für beide Autoren bezeichnet die psychische „Quantität" zum einen die „Summation" und Wiederholung psychischer Reize, zum anderen die aus dem Affekt und der Aufmerksamkeit stammende „psychische Energie", die an Erinnerungsspuren anschließt und diese intensiviert, sodass sie sich zu bewussten Vorstellungen entwickeln können. Wenn die Erinnerungsspuren nicht jenseits des bewussten Zustandes erfassbar sind, wie Freud hervorheben wird, bezeichnen diese Autoren doch das, was von den bereits abgelaufenen Wahrnehmungs- und Vorstellungsakten weiter besteht, als die auf der grauen Substanz des Gehirns hinterlassene „Veränderung" oder „Bahn". Während diese beide Begriffe hauptsächlich im Sinne der kortikalen Gedächtnisspur verwendet werden, bezeichnet Exner mit dem Begriff „Bahnung", der für Freuds *Entwurf* grundlegend wird, nicht einen physiologischen Zustand, sondern die Beeinflussung von aktuellen Akten durch die vorherigen.[282] Dies lässt sich phänomenologisch bei jeder Assoziation zwischen Wahrnehmung und Erinnerung sowie bei allen Formen von Habitualität erkennen. Schließlich legt Exner das Bewusstwerden gemäß Grundprinzipien der Bahnungsbildung (Intensivierung, Widerstand, Assoziation, „attentionale Bahnung") und der Geschwindigkeit gemäß der zeitlichen und räumlichen Ausbreitung dar, was Freud für seine Theorie der Intensität psychischer Phänomene übernimmt.

Vor dem *Entwurf* hebt Freud 1894 die Grundbedeutung der „Quantität" für das psychische Leben auf folgende Weise hervor: An den psychischen Funktionen soll „etwas" unterschieden werden, das als „Affektbetrag" oder „Erregungssumme" zu bezeichnen ist, und „alle Eigenschaften einer Quantität hat – wenngleich wir kein Mittel besitzen, dieselbe zu messen".[283] Diese „Quantität" – so Freud – ist „etwas, das der Vergrößerung, Verminderung, der Verschiebung und der Abfuhr fähig ist und über die Gedächtnisspuren der Vorstellungen verbreitet, etwa wie eine elektrische Ladung über die Oberflächen der Körper."[284] Die „Quantität" wird hier als strömende psychische Energie verstanden. Als „Erregungssumme" weist sie zunächst auf den Prozess der „Summation" (Meynert, Exner) von psychischen Reizen hin, auf dem das Bewusstwerden gründen soll. Die andere Bedeutung der „Quantität" hinsichtlich der psychischen Energie be-

---

[282] Der Unterschied zwischen den Begriffen „Bahn" und „Bahnung" wird im nachfolgenden Abschnitt eingehender dargelegt.

[283] S. Freud, „Die Abwehr-Neuropsychosen" (1894), GW I, 74.

[284] S. Freud, „Die Abwehr-Neuropsychosen" (1894), GW I, 74.

steht im „Affektbetrag“, der sich auf den Erinnerungsspuren „verbreitet“ bzw. sie „besetzt“ und intensiviert. Die Affektbesetzung findet sowohl statt, wenn die Erinnerungsspuren in bewusste Vorstellungen übergehen, als auch, wenn sie unbewusst bestehen und je nach Intensität und Anschluss an den bewussten Vorstellungen das bewusste Leben mittelbar beeinflussen. Zwar ist in der Hysterietheorie Freuds bereits 1892 die Konzeption der energetischen Vorgänge bestimmend, die den psychischen Phänomenen und deren Intensität zugrunde liegen. Allerdings verwendet Freud zu diesem Zeitpunkt weder Exners Terminologie der „Bahnung“ noch die Prinzipien der „Quantität“ und „Qualität“ als Grundbestimmungen der unbewussten Erinnerungsspuren sowie der bewussten Phänomene. Denjenigen Vorgang, bei dem Erinnerungsspuren die Intensität erreichen, die ihr bewusstes Erscheinen ermöglicht, ohne jedoch in diesen Zustand überzugehen, erläutert er dabei auf folgende Weise: „Die Erinnerung, welche den Inhalt des hysterischen Anfalles bildet, ist eine unbewusste […]. Demgemäß fehlt sie auch dem Gedächtnis des Kranken in seinem Normalzustande gänzlich oder ist summarisch in demselben vorhanden.“[285] Die unbewussten Erinnerungsspuren, die sich potenziell als bewusste Erinnerungsakte entwickeln können, werden somit aus affektiven Gründen ganz oder teilweise aus dem Bewusstsein verbannt. In diesen unbewussten Zustand, der damals auch als „zweiter Bewusstseinszustand“[286] bezeichnet wurde, schließt Freud sowohl die Erinnerungen ein, die durch absichtliches Vergessen „gehemmt“ oder „unterdrückt“ werden, als auch die auf affektvolle Ereignisse hinweisenden Erinnerungsspuren. Unter affektvollen Ereignissen versteht Freud ungewöhnliche Zustände wie etwa ein traumatisches Vorkommnis, eine Ekstase oder eine Autohypnose, bei denen „das Nervensystem der Aufgabe der Erledigung unfähig“ ist.[287] In dieser Überlegung lassen sich der von Herbart eingeführte Terminus „Hemmung“ und die Theorie der Reizentladung (im Sinne des Übergangs ins Bewusstsein) erkennen. Freud fordert 1892 aber noch nicht, die Entfaltung der psychischen Erregungen und die Unterbrechungen in ihrem Ablauf bis zum Bewusstsein durch allgemeine Grundprinzipien zu begründen, die sowohl für die bewussten Erinnerungsakte als auch hinsichtlich anderer psychischer Phänomene gültig sein sollen. In den erwähnten Schriften wird ebenfalls die Grundbedeutung des Affekts für das psychische Leben unterstrichen, ohne dass allerdings die weiteren Implikationen des Affektbetrags (was im *Entwurf* als „quantitativer Charakter“[288] bezeichnet wird) für die Intensitätsstufen der psychischen (bewussten und unbewussten) Phänomene her-

[285] S. Freud, „Zur Theorie des hysterischen Anfalles“ (1982), GW XVII, 11.

[286] S. Freud, „Zur Theorie des hysterischen Anfalles“, GW XVII, 11.

[287] S. Freud, „Zur Theorie des hysterischen Anfalles“, GW XVII, 12 f. „Zum psychischen Trauma wird jeder Eindruck, dessen Erledigung durch assoziative Denkarbeit oder motorische Reaktion dem Nervensystem Schwierigkeit bereitet.“ (S. Freud, „Zur Theorie des hysterischen Anfalles“, GW XVII, 13).

[288] S. Freud, *Entwurf*, 388.

ausgearbeitet werden. Erst im Jahr 1895 zielt Freud darauf ab, verschiedene psychische Phänomene wie Erinnerung, Bewusstsein, Wahrnehmung, Denken, Aufmerksamkeit oder Traum aus zwei Prinzipien – dem der „Quantität" und dem der „materiellen Teile" – zu begründen.

Die „materiellen Teile" bezeichnet Freud auch als „Neuronen".[289] Zu dieser Zeit steht die neurologische Theorie an ihrem Anfang; der Terminus „Synapse" wurde erst zwei Jahre nach der Verfassung des *Entwurfs* von Foster und Sherrington eingeführt. Freud fasst aber bereits die psychischen Vorgänge als Energieübertragung durch besondere, sich berührende Zellen aus, die er eben als Neuronen bezeichnet. Wie bereits erörtert[290], sollen die neurologischen Hinweise im *Entwurf* – durch Termini wie „Neuron", „Gedächtnisneuron" oder „Wahrnehmungsneuron" – unter Berücksichtigung ihres „spekulativen" Sinns und nicht schlichtweg in wissenschaftlicher, neurologischer Bedeutung verstanden werden.[291] Treffend zeigt etwa Jacques Derrida, dass die grundsätzliche Leistung des *Entwurfs* in der Einführung einer theoretischen Basis besteht, die bis zu den späteren metapsychologischen Theorien beibehalten wird, unabhängig davon, ob sie bereits auf neurowissenschaftliche Konzepte hinweist.[292] Die späteren metapsy-

289 S. Freud, *Entwurf*, 387.

290 Siehe Einführung: I. 2.

291 Wie E. Jones darlegt, vertrat Herbart die Ansicht, dass in der Psychologie die Induktion und die Deduktion zu vereinbaren seien, während Meynert die Schlussfolgerungen auf Erfahrung stützt. Obwohl die neurologische Terminologie des *Entwurfs* an die Ansicht Meynerts angeschlossen zu sein scheint, scheitern dort die metaphorische Verwendung der neurologischen Terminologie und die logisch-philosophische Grundlage der Überlegungen auf empirischer Basis: „[...] Freud selber hatte gelernt, dass alle Schlussfolgerungen sich auf Erfahrung – und nur auf diese – stützen müssen. Im *Entwurf* tut er dies jedoch fast nie. Hier benützt er Axiome und Annahmen – ob sie plausibel sind oder nicht, ist hier nebensächlich – als Ausgangspunkte für weitreichende Gedankengänge und etwas dogmatische Schlussfolgerungen. Man würde daher hinter dem Verfasser eher einen Philosophen als einen Pathologen vermuten." (E. Jones, *Leben und Werk von Sigmund Freud*, Bd. I, 443).

292 „Le *Wunderblock* [„Notiz über den Wunderblock", Text aus dem Jahr 1924] en chacune de ses pièces, réalisera l'appareil que Freud, dans l'*Esquisse*, jugeait ‚pour le moment inimaginable' [...] et qu'il avait alors suppléé par une fable neurologique dont il n'abandonnera jamais, d'une certaine manière, ni le schéma ni l'intention." (J. Derrida, „Freud et la scène de l'écriture", 298 / „Freud und der Schauplatz der Schrift", 307). „La distinction entre les catégories de neurones ‚n'a aucune assise reconnue, du moin quant à la morphologie, c'est à dire à l'histologie'. Elle est l'index d'une description topique que l'espace extérieur, familier et constitué, le dehors des sciences naturelles, ne saurait contenir." (J. Derrida, „Freud et la scène de l'écriture", 303 / „Freud und der Schauplatz der Schrift", 312). Über die Deutung Derridas der neurologischen Terminologie Freuds siehe in dieser Arbeit auch im Abschnitt II. 3.3. die Fn. 359. Siehe dazu auch die folgende Anmerkung von Endrass: „Wenn Freud später immer wieder verneint, dass sein psychischer Apparat neuroanatomisch gelagert oder neurophysiologisch interpretiert werden darf, so nicht um seine Entlehnung der Bilder von dorther zu verleugnen, sondern um angesichts des fehlenden präzisen empirischen Bezuges ihren schematisch-hypothetischen Charakter hervorzuheben." (G. Endrass, *Zur Geschichte und Systematik von Qualität und Quantität in Freuds Metapsychologie*, 7).

chologischen Theorien Freuds gehen über das Feld der Neurologie hinaus und stehen mit den im *Entwurf* dargestellten ‚logisch-metaphorischen' Prinzipien in einem kontinuierlichen Zusammenhang. Freud sieht in den neuronalen Theorien die Möglichkeit, seine seit *Zur Auffassung der Aphasien* sich entfaltenden Auslegungen über die psychischen Phänomene mit einer Begrifflichkeit zu beschreiben, in der sie von seinem wissenschaftlichen Kreis rezipiert werden konnten. In der neuronalen Theorie sah er eine Möglichkeit, psychische Vorgänge dynamisch darzustellen, die ihm die psychophysischen Ansichten nicht anboten. Da Freud aber eine spekulative bzw. ‚logisch-metaphorische' Arbeit und keine neurologische Untersuchung schlechthin entwickelt, in der die empirisch anerkannten Vorgehen berücksichtigt und die neuronale Terminologie im strengen Sinne verwendet werden, verzichtet er letztlich auf die Veröffentlichung der „Psychologie für Neurologen", wie er den *Entwurf* ursprünglich betitelt hat. Die Auffassung von der Übertragung psychischer Energie und von den Verbindungs- und Unterbrechungsvorggen zwischen Neuronen ermöglichen es ihm aber, die Übergangs-, Assoziations-, Übertragungs- und Unterbrechungsvorgänge zwischen verschiedenen psychischen Akten per Analogie darzustellen. Hinsichtlich der Theorie der Erinnerung kann er vor allem die Vorgänge beschreiben, in denen sich Wahrnehmungen in Erinnerungsspuren verwandeln und von diesen wiederum in bewusste Erscheinungen im Kontext des Affekts und der Aufmerksamkeit. Erst im *Entwurf* wird das Erinnerungssystem als ‚Wesen des Psychismus'[293] bestimmt und durch die Anordnung seiner Bestandteile und Eigenschaften von den zwei anderen eingeführten psychischen Systemen – dem Wahrnehmungs- und dem Bewusstseinssystem – abgegrenzt. Im Unterschied zu den früheren Schriften wird im *Entwurf* das psychische Leben gerade als ein System von Systemen aufgefasst. Ein erstes Kriterium zur Differenzierung zwischen den drei „psychischen Systemen" des *Entwurfs* stellt Freud eben durch den Begriff der „Quantität" bereit.

So wie Herbart versteht Freud unter der psychischen „Quantität" gerade nicht eine festgelegte und messbare Größe, sondern psychische Funktionen, vor allem jene der „Besetzung", wie Ricœur treffend herausstellt:

> [...] was seine Natur [des Begriffs Quantität] betrifft, so beschränkt sich Freud darauf, sie als eine der physikalischen Energie homologe Summation von Reizen zu charakterisieren: sie ist eine ‚Strömung', die fließt, Neuronen ‚besetzt', ‚erfüllt' oder ‚entleert'. Der so wichtige Begriff der ‚Besetzung' wurde zuerst innerhalb dieses neuronischen Systems erarbeitet, als Synonym für Okkupation und Erfüllung [...].[294]

Im *Entwurf* bezeichnet die „Quantität" im Allgemeinen die psychische Energie oder die psychische Kraft, die auf verschiedene Weise die Entfaltung psychischer Phänomenene, ihre Intensität und Intensivierung beim Bewusstwerden be-

293 Siehe S. Freud, *Entwurf*, 392.
294 P. Ricœur, *De l'interprétation*, 83, *Die Interpretation*, 86.

stimmt.[295] Insofern die Quantität als „fließende Quantität"[296] bzw. als (potenziell) sich bewegende psychische Energie aufzufassen ist, sah Freud sich zunächst genötigt, „d[as] allgemeine Bewegungsgesetz" darzulegen, das die psychischen Vorgänge in Stufen der Tätigkeit bis hin zur Ruhe umfasst.[297] Da sein „allgemeines Bewegungsgesetz" direkt an Exners Gesetze der psychischen Reize und der „Quantität" anschließt, soll zunächst noch einmal auf die bereits dargestellten Formulierungen Exners eingegangen werden:

I. Wahrnehmungsreize gehen unmittelbar ins Bewusstsein über. Es sind vor allem „starke Reize", die unabhängig von der Aufmerksamkeitsintensivierung bewusst erscheinen.
II. Innere Reize oder „Bahnerregungen" hingegen gehen nicht unmittelbar ins Bewusstsein über. Als „schwarze Reize" müssen sie sich zunächst „summieren" oder wiederholen, bevor sie sich in der entsprechenden Intensität, die das bewusste Erscheinen ermöglicht, auftreten können.
III. Wahrnehmungsreize benötigen eine kürzere Übertragungszeit bis zum bewussten Zustand als innere Reize. Diese übertragen sich langsamer und durch einen breiteren Raum als die Wahrnehmungsreize.
IV. Entfalten sich die psychischen Erregungen in Form von bewussten Vorstellungen, so können diese durch die Zuwendung der Aufmerksamkeit intensiver erscheinen. Die Aufmerksamkeit im Modus des „Interesses" kann dem jeweiligen Vorstellungsakt vorangehen oder erst von der bewussten Vorstellung her geweckt werden und sich ihr als Intensivierung hinzufügen.
V. Die ins Bewusstsein eintretenden psychischen Reize hinterlassen ein Zeichen, das sich in Assoziation mit den vorhandenen „Bahnen" ablagert. Wird auf diesen Vorgang fokussiert, so unterliegt er der „Ich-Besetzung". Fängt er hingegen als unabsichtlicher bzw. freier (nicht vom Ich geführter) Akt an und wird erst nachträglich fokussiert, geht er in die „Ich-Besetzung" über. Die habituell unter der Ich-Zuwendung vollzogenen psychischen Akte werden zu „Ich-Vorstellungen".
VI. Die Intensität von nicht-bewussten Vorstellungen kann sich auf die bewussten Vorstellungen übertragen und dadurch deren Intensität erhöhen. Dies ist unabhängig davon, ob jene ebenfalls ins Bewusstsein übergehen und als gesonderte Vorstellungen oder Bestandteile einer Vorstellung eintreten.

Mit diesen ‚Gesetzen' zielt Exner darauf ab, psychische Vorgänge zu erklären, die sich im Ablauf einer fließenden „Quantität" bis zum Bewusstsein und jenseits

---

[295] Laut Endras: „Quantität [steht] für Freud im allgemeinen synonym für Kraft, Energie oder Größe der Erregungssumme." (G. Endras, *Zur Geschichte und Systematik von Qualität und Quantität in Freuds Metapsychologie*, 5).

[296] S. Freud, *Entwurf*, 388.

[297] S. Freud, *Entwurf*, 387.

von diesem entfalten. Von diesen Vorgängen sind folgende hervorzuheben: die assoziative Verknüpfung zwischen den zu verschiedenen Zeitpunkten entstehenden Bahnen (1.); die willkürliche und unwillkürliche Hemmung (2.); die Rolle der Aufmerksamkeit als „attentionale Bahnung“ (3.); die affektive Intensivierung bewusster Vorstellungen durch nicht-bewusste Bahnungen (4.).

1. Die assoziative Verknüpfung zwischen den zu verschiedenen Zeitpunkten entstehenden Bahnen ist eine der Bedeutungen von „Bahnung“ in Exners Theorien. Weil die Bahnen als Wege psychischer Reize zu verstehen sind, deren Erregungen ins Bewusstsein übergehen können oder nicht, beeinflussen und assoziieren sich die Bahnen auch jenseits des Bewusstseins. Die andere Bedeutung der „Bahnung“ nun, die assoziative Verknüpfung zwischen aktuellen Wahrnehmungen oder aktuellen bewussten Vorstellungen mit vorhandenen unbewussten Bahnen, verläuft hingegen als teilweise bewusstes, teilweise nichtbewusstes Phänomen.
2. Die Hemmung kann sich als willkürliches sowie als unwillkürliches Phänomen vollziehen. Eine willkürliche Hemmung tritt ein, wenn das Ich einen fließenden Ablauf der Quantität willentlich hemmt und so die Fortsetzung der assoziativen Richtung bestimmt. Die unwillkürliche Hemmung tritt in Form der Vorherrschaft einer Bahnung über eine andere, schwächere Bahnung auf, wodurch diese von erster gehemmt wird. Dies geschieht hauptsächlich im Fall des Schmerzes und der unter großem affektiven Betrag entwickelten Vorstellungsakte.
3. Tritt eine Vorstellung zunächst von selbst bewusst ein und unterliegt sie nachträglich der intensivierenden Kraft der Aufmerksamkeit, so kann diese „attentionale Bahnung“ durch die Auswahl assoziativer Richtungen die Fortsetzung des jeweiligen Erinnerungsaktes bestimmen.
4. Die Bahnungen bezeichnet Exner als „zu Vorstellungen geordnete Erregungen“, weil sie potenzielle Vorstellungen sind. Nicht alle miteinbezogenen Bahnungen, die sich an den bewussten Akt anschließen, werden bewusst als abgesonderte Vorstellungen. Der Vorstellungsakt ist somit zu unterscheiden von der psychischen Kraft, die seiner Intensität zugrunde liegt. Diese Unterscheidung zwischen der Potenzialität der Vorstellung und dem Akt des Vorstellens selbst drückt Freud im *Entwurf* durch den Unterschied zwischen „Qualität“ und „Quantität“ aus, wie im Folgenden gezeigt werden wird.

Die oben beschriebenen Theorien wurden bereits eingehend im vorangegangenen Abschnitt dargelegt. Die Absicht dieser Synthetisierung ist es, ihren Einfluss auf die freudschen Analysen im *Entwurf* zu präzisieren. Im Anschluss an Exner unterscheidet Freud zunächst zwischen der aus den Wahrnehmungsreizen herstammenden „Quantität“ (im *Entwurf* als *Q* bezeichnet), und der „inneren Quantität“ (als *Qή* bezeichnet). Letztere tritt als Summation sowie als Wiederholung von psychischen Reizen, der Ich-Aufmerksamkeit, des Affekts und der Wunschzustände[298] auf.

Die Analyse der psychischen Vorgänge hinsichtlich der inneren Quantität (*Qή*) – also die Analyse der Bahnungsvorgänge, der Bezüge von Erinnerung, Aufmerksamkeit und Affekt sowie des Traums, der Phantasie, des Denkens und des Urteils – ist nicht abhängig von der Untersuchung der vom Wahrnehmungssystem aufgenommenen „Quantität" (*Q*). Die Beziehung der erwähnten psychischen Phänomene zur der Wahrnehmung kann ohne Bezugnahme auf die äußere Quantität (*Q*) thematisiert werden. Freud untersucht schrittweise die psychischen Phänomene innerhalb ihrer eigenen Bestimmungen, anstatt sie von Prinzipien der physischen Phänomene abzuleiten. Dies betrifft auch die Analyse der Wahrnehmung, die in späteren metapsychologischen Theorien nicht als ein im Kontakt mit der äußeren Welt bestehendes System bestimmt wird, sondern in Verknüpfung mit dem Bewusstsein als Wahrnehmungs-Bewusstsein-System.[299] Diese Umarbeitung folgt vor allem einem Prinzip, das Freud von Brentano übernimmt und dem er immer mehr Bedeutung beimisst, nämlich dem, dass die psychischen Phänomene in Unabhängigkeit von den physischen zu untersuchen sind. Anzeichen dieser Orientierung lassen sich im *Entwurf* erkennen. Obwohl Freud darin die Aufnahme der äußeren Quantität (*Q*) durch das Wahrnehmungssystem (*φ*) als eine der Funktionen dieses Systems bezeichnet, wirkt die Annahme der Existenz einer physischen Energie (äußere Quantität *Q*) als Ausgangspunkt zur Differenzierung und Analyse der inneren Quantität (*Qή*) bzw. der Modi der psychischen Kraft. Die Frage nach der Entstehung der Quantität und auch der Qualität lässt Freud unbeantwortet.[300] Seine Verwendung dieser Begriffe betrifft – so Endrass – nicht das Wesen der „Qualität" und der „Quantität" als solches, sondern gerade ihre psychische Funktionen.[301] Obwohl Freud diese Begriffe sowie die Termini „Reiz" und „Anregung" hauptsächlich von den psychophysischen Positionen übernimmt, verwendet er sie für die Darstellung bestimmter psychischer Phänomene. Die von Fechner[302] dem „äußeren Bestandteil" der Psychophysik gewidmete Aufgabe der Untersuchung der psychischen Phänomene unter Beachtung ihrer „äußeren Anregungsmittel" oder „physischen Reize" ist daher einzuklammern. Dies ermöglicht es vor allem, die psychischen Phänomene und ihren Be-

---

298 Diese werden auch „endogene Reize" bzw. „endogene *Q*" genannt und betreffen vor allem die grundlegenden Bedürfnisse wie Nahrungsbedürfnisse und Sexualität. (S. Freud, *Entwurf*, 389).

299 Siehe S. Freud, „Metapsychologische Ergänzung zur Traumlehre", Studienausgabe III, 188; „Notiz über den Wunderblock", Studienausgabe III, 366 ff.

300 S. Freud, *Entwurf*, 401.

301 Siehe G. Endrass, *Zur Geschichte und Systematik von Qualität und Quantität in Freuds Metapsychologie*, 4 ff.

302 G. T. Fechner, *In Sachen der Psychophysik*, 3. Siehe den Abschnitt II. 3.2. von dieser Arbeit.

zug auf die Wahrnehmung ausschließlich aus einer immanenten Betrachtung darzustellen (also ohne Berücksichtigung der physischen Phänomene).

Eine erste Unterscheidung führt Freud zwischen Wahrnehmungssystem und Erinnerungssystem ein. Wie Breuer[303] hebt Freud hervor, dass die Aufnahme und die Bewahrung von neuen Eindrücken in einem einzigen Bestandteil des psychischen Lebens zugleich nicht möglich ist. Die „Unveränderlichkeit" und Bereitschaft für die Aufnahme neuer Eindrücke zum einen sowie ihre dauerhafte Bewahrung und stetige Beeinflussung zwischen den zu verschiedenen Zeitpunkten ablagernden Akten zum anderen drückt Freud in der neurologischen Terminologie als Inkompatibilität der Funktionen des Wahrnehmens und des Gedächtnisses in ein und derselben Art von Neuronen aus.[304] Obwohl Freud diese auch als „Wahrnehmungsneuronen" und „Gedächtnisneuronen" bezeichnet, hebt er hervor, dass diese Unterscheidung nicht „morphologisch" bzw. „histologisch" ist.[305] Sie wirkt vielmehr als Differenzierungskriterium zwischen zwei Grundeigenschaften des psychischen Lebens: zwischen der „Durchlässigkeit", die das Bewusstsein und die Wahrnehmung charakterisieren soll, und der „Undurchlässigkeit", die zur Leistung des „Widerstands" gehört.[306] Das Erinnerungssystem, welches Freud als ψ unter Berücksichtigung seiner Bedeutung für das gesamte psychische Leben bezeichnet, hat dabei zunächst die Funktion, den freien Abläufen der $\underline{Q}\acute{\eta}$ „Widerstand" zu leisten und von dieser, die nicht unmittelbar ins Bewusstsein übergeht, „dauernd verändert zu werden".[307] Den „Veränderungen" oder „Unterschieden"[308] im Erinnerungssystem (ψ) tritt die Eigenschaft einer anderen „Materie" entgegen, „die eine Wellenbewegung durchlässt und darauf in ihren früheren Zustand zurückkehrt".[309] Das Wahrnehmungssystem (φ) hat insofern die Funktion, neue Eindrücke stetig aufzunehmen, sie durchzulassen, ohne Spuren von denselben zu bewahren. Im Erinnerungssystem (ψ) werden aber weder die äußere Quantität ($\underline{Q}$) noch die Wahrnehmungsreize aufbewahrt: Ähnlich wie es in der Theorie von Ex-

303 J. Breuer, Theoretisches (1895). In: *Studien über Hysterie.* GW: Nachtragsband, 247 (Fn.).

304 „Die Neuronen sollen also sowohl beeinflusst sein als auch unverändert, unvoreingenommen. Einen Apparat, der diese komplizierte Leistung vermöchte, können wir vorderhand nicht ausdenken; die Rettung liegt also darin, dass wir die dauernde Beeinflussung durch die Erregung einer Klasse von Neuronen zuschreiben, die Unveränderlichkeit dagegen, also die Frische für neue Erregungen einer anderen." (S. Freud, *Entwurf*, 391 f.).

305 „Morphologisch wenigstens, d. h. histologisch, ist keine Unterstützung dieser Sonderung [zwischen den zwei Klassen von Neuronen] bekannt." (S. Freud, *Entwurf*, 395).

306 S. Freud, *Entwurf*, 392, 395. „Es gibt also *durchlässige* (keinen Widerstand leistende und nichts retenierende) Neurone, die der Wahrnehmung dienen, und *undurchlässige* (mit Widerstand behaftete und $\underline{Q}\acute{\eta}$ zurückhaltende) Neurone, die Träger des Gedächtnisses, wahrscheinlich also der psychischen Vorgänge überhaupt sind." (S. Freud, *Entwurf*, 392).

307 S. Freud, *Entwurf*, 391.

308 „Das Gedächtnis sei dargestellt durch die Unterschiede in den Bahnungen zwischen den Psy Neuronen." (S. Freud, *Entwurf*, 393).

309 S. Freud, *Entwurf*, 391.

ner dargestellt ist, wenn auch mit Unterschieden bezüglich der physiologischen Elemente, stellt Freud die psychischen Zustände der Erinnerungsspuren und der *Qή* im *ψ* durch die Bildungsvorgänge der „Bahnungen" dar.[310]

II. 3.5. Erinnerungsspuren, Erinnerungsschichten: Die Archäologie der Bahnungen

> *[...] dans la* première fois *du contact entre* deux *forces, la répétition a commencé. La vie est déjà menacée par l'origine de la mémoire qui la constitue et par le frayage* (Bahnung) *auquel elle résiste, par l'éfraccion qu'elle ne peut contenir qu'à le répéter.*
>
> J. Derrida[311]

Im Unterschied zum Wahrnehmungssystem (*φ*) setzen die dauerhaften Spuren im Erinnerungssystem (*ψ*) einen „Widerstand" voraus, damit sie sich zunächst als Bahnen einer Wegstrecke bzw. als die durchlaufenden Wege der psychischen Reize differenzieren können. Nach Derrida: „Im System Wahrnehmung-Bewusstsein gibt es weder Spur noch Widerstand, sondern freie Zirkulation von Energie, ohne Hindernis noch Bindung."[312] Derrida bezieht sich hier auf die spätere Verknüpfung in Freuds Metapsychologie zwischen dem Wahrnehmungs- und dem Bewusstseinssystem zu einem einzigen „Wahrnehmungs-Bewusstseinssystem".[313] Obwohl im *Entwurf* das Wahrnehmungs- und das Bewusstseinssystem als zwei verschiedene psychische Systeme dargestellt werden, ist ihnen – im Unterschied zum Erinnerungssystem (*ψ*) – die Abwesenheit des Widerstands und demzufolge auch der Bahnungen gemeinsam, sofern diese beiden zusammen gehören. Mit Derridas Worten: „Die Bahnung, die vorgezeichnete Bahn öffnet einen Leitungsweg. Das setzt aber eine gewisse Gewalt und einen gewissen Widerstand voraus. Der Weg ist unterbrochen, gebrochen, *fracta*, gebahnt."[314] Die „Bahnung" wird hier als Synonym für „vorgezeichnete Bahn" verwendet. Der bahnenden Kraft steht eine widerstehende Kraft gegenüber: Gerade durch dieses Gegeneinanderwirken bringt die „Bahnung" eine „Differenzierung" in vorhandenen Bahnen bzw. in vorhandenen Spuren im *ψ* hervor. Derrida unterscheidet nicht weiter

---

[310] S. Freud, *Entwurf*, 392 f. „Die Bahnung hängt ab von der *Qή*, die im Erregungsvorgang durch das Neuron läuft, und von der Wiederholungszahl des Vorganges. Dabei zeigt sich also *Qή* als das wirksame Moment, die *Quantität* und die *Bahnung* als Erfolg der *Qή*, gleichzeitig als das, was die *Qή* ersetzen kann." (S. Freud, *Entwurf*, 393).

[311] „Freud et la scène de l'écriture", 301.

[312] J. Derrida, *La carte postale*, 367 f. / *Die Postkarte*, Bd. II, 107.

[313] Siehe S. Freud, „Metapsychologische Ergänzung zur Traumlehre", Studienausgabe III, 188: „Dieses dort [in der *Traumdeutung* und in früheren Schriften] *W* [Wahrnehmung] genannte System bringen wir zur Deckung mit dem System *Bw* [Bewusstsein], an dessen Arbeit in der Regel das Bewusstwerden hängt."

[314] J. Derrida, „Freud et la scéne de l'écriture", 298 / „Freud und der Schauplatz der Schrift", 308.

zwischen den Begriffen „Bahn“ und „Bahnung“ und verwendet in seiner Deutung ausschließlich den Ausdruck „Bahnung“.

Freud bezeichnet mit „Bahnung“ hauptsächlich den assoziativen Vorgang, durch den sich aktuelle Akte (Wahrnehmungs- und Vorstellungsakte) in den Spuren von vorherigen aufbauen und im Anschluss an die Besetzungsenergie (die aus dem Affekt, den Wunschzuständen und der Aufmerksamkeit stammt) konstituieren. Die „Bahn“ hingegen betrifft den nicht topologisch vorhanden, aber doch als einen psychischen Topos aufzufassenden Weg der psychischen Reize im Erinnerungssystem (ψ). Wie erwähnt, betont Freud bereits im *Entwurf*, dass die „Differenzierungen“ in ψ keine „histologischen“ sind.[315] Sie dienen funktionell zur Darstellung der unbewussten Vorgänge, die dem bewussten Vorstellen vorangehen und sich unabhängig von der bewussten Anschaulichkeit entwickeln. Dafür aber ist wirksamer als das Konzept „Bahn“ jenes der „Bahnung“: Als der zeitmäßig sich konstituierende und nicht festgelegte Raum der Assoziation verstanden, bietet die „Bahnung“ die Möglichkeit, die unanschaulichen Erinnerungsspuren sowie diejenigen Intensivierungsfaktoren, die ihr Bewusstwerden bewirken können, darzustellen. Hierbei bezeichnet die Bahn die assoziativen Wege, die nicht als solche erfassbar sind, aber deren Wirkung sich dadurch erkennen lässt, dass sich die aktuell bewussten Akte im Anschluss an die früheren gemäß der assoziativen Prinzipien bilden. Der Begriff „Bahnung“ veranschaulicht dabei die doppelte Funktion des Erinnerungssystems, also zum einen, Spuren von einmaligen Erlebnissen zu bewahren und zugleich neue Wahrnehmungen und bewusste Akte mit vorherigen Konstitutionsschichten zu assoziieren.[316] Diese simultane Doppelleistung beschreibt Freud in *Zur Auffassung der Aphasien* mit der so genannten Kontinuität zwischen Empfindung und Assoziation. Kontinuität bedeutet hier jedoch nicht, dass die Wahrnehmung sowie die Konstitution von Erinnerungsspuren als dieselbe Art von psychischen Vorgängen zu verstehen sind, was Freud im Rahmen der Unterscheidung zwischen den psychischen Systemen innerhalb des *Entwurfs* unterstreicht. Vielmehr bedeutet „Kontinuität“ hier, dass die Auffassung von aktuellen Wahrnehmungen untrennbar ist von der Anziehungskraft und dem Einfluss vorhandener Akte. Die ursprüngliche Bahn eines einmaligen Erlebnisses ist daher unerreichbar: sowohl, weil die Erinnerung in Form der neurologischen Spur unerfassbar ist, als auch, weil eine Bahn sich nur anhand einer aktuellen Assoziation deuten lässt. Deshalb ist die „Bahn“ tatsächlich als „Bahnung“ zu betrachten. Ausschließlich retrospektiv von dem aus, was von einer Bahnung bewusst eintritt, können die Fragen nach den Entstehungspunkten der jeweiligen ursprünglichen Bahn und der darauf gebauten assoziativen Reihe gestellt werden.

In diesem Zusammenhang ist für die Deutung der „Bahn“ und der „Bahnung“ die von Emil Angehrn entwickelte Unterscheidung zwischen „Anfang“ und „Ur-

---

315 S. Freud, *Entwurf*, 395.
316 S. Freud, *Entwurf*, 392.

sprung" sinnvoll.[317] Während der „Anfang" das erste Glied einer Reihe bezeichnet, ist der „Ursprung" retrospektiv zu denken; im Unterschied zum „Anfang" steht der Ursprung nicht als „Erstes" außerhalb der darauffolgenden Zeitmomente, sondern vielmehr wohnt er diesen als deren Wesengrund inne: „Der Anfang ist ein Erstes, von dem etwas ausgeht, mit dem etwas beginnt; der Ursprung ist ein Erstes, zu dem wir zurückgehen, das Späterem voraus- und zugrunde liegt. Der Anfang ist prospektiv, als Initialpunkt des von ihm Gesetzten oder aus ihm Entstehenden, der Ursprung retrospektiv, als Grund und Herkunft des Gewordenen bestimmt."[318] Aus dieser Perspektive ist die Frage nach dem Entstehungspunkt der Bahn die Frage nach dem Anfang. Das heißt aus archäologischer Sicht die Thematisierung der Arche als Anfangspunkt. Dieser beträfe das ‚Wann' der ersten „Brechung" (*éfraccion*)[319] eines einmaligen Erlebnisses, wodurch die jeweiligen Bahnen als Erinnerungsspuren entstanden seien. Eine „Bahnung" hingegen hat ihren Ursprung im aktuellen assoziativen Vorgang, bei dem eine Bahn eine Anziehungskraft auf die darauffolgenden Bahnen ausübt. Es sind darin zwei oder mehrere zu verschiedenen Zeitpunkten eintretende Quantitätsabläufe enthalten, „zwei psychische Kräfte"[320], wie Derrida es ausdrückt, die sich verknüpfen, aber auch gegen einander wirken können. Nach dem von Freud angenommenen Grundsatz der Nachträglichkeit, demzufolge Hinweise auf das Frühere ausschließlich im Späteren zu finden sind, ist die archäologische Sicht als die Frage nach dem Ursprung zu verstehen. Die bewussten Akte verweisen auf teils bewusste, teils unbewusste Bahnungsvorgänge, die ihre Intensitätsstufen sowie einen möglichen Mangel an Anschaulichkeit verständlich machen können – ähnlich wie beim Vergessen. Dabei liegt der Ursprung in keinem Zeitpunkt und in keiner Topologie, die als von aktuellen psychischen Akten ausgelöst aufzufassen wären. „Im Rückblick" – so Angehrn – „bildet der Anfang einen Ausgangspunkt, der in der Vergangenheit zurücksinkt, von dem sich die Gegenwart entfernt, der Ursprung einen Wesengrund, der im Jetzt erhalten, fundierend bleibt."[321]

Im *Entwurf* präzisiert Freud die Differenzierungen im Erinnerungssystem (ψ) mit dem Begriff „Grad der Bahnung".[322] Mit „Grad" bezeichnet er die unterschiedlichen Intensitätsstufen, die von dem Maß an psychischer Energie abhängen, mit der die Bahnen „besetzt" sind. Dieses Modell lässt sich als ein Fluss mit

[317] E. Angehrn, *Die Frage nach dem Ursprung: Philosophie zwischen Ursprungsdenken und Ursprungskritik.* Fink: München, 2007, 23 ff.

[318] E. Angehrn, *Die Frage nach dem Ursprung*, 23.

[319] Derrida hebt hervor, dass „die Bahnung bricht" (*le frayage fracture*). (J. Derrida, „Freud et la scéne de l'écriture", 301 / „Freud und der Schauplatz der Schrift", 310).

[320] Ich beziehe mich hier auf den diesem Abschnitt vorangestellten Satz: „*[...] dans la* première fois *du contact entre* deux *forces, la répétition a commencé.*" (J. Derrida, „Freud et la scène de l'écriture", 301 / „Freud und der Schauplatz der Schrift", 308).

[321] E. Angehrn, *Die Frage nach dem Ursprung*, 23.

[322] S. Freud, *Entwurf*, 392.

einem Hauptarm vorstellen, der sich je nach Wasserstand und Zahl der Abflüsse verbreitert oder verschmälert. Ist der Strom sehr groß, weitet sich der Hauptarm aus oder bildet neue Nebenflüsse. Diese Metapher ist allerdings insofern unzureichend, als das, was Freud mit der „Bahnung" bezeichnet, sich nicht ohne weiteres dem physischen Raum analogisieren lässt.[323] Nach Derrida: „Die Spur als Gedächtnis ist keine reine Bahnung, die man sich stets wieder in einer einfachen Präsenz aneignen könnte. Sie ist die unfassbare und unsichtbare Differenz (*différence*) zwischen den Bahnungen."[324] *Différence* lässt sich hier im Sinne der aktuellen „Unterschiede"[325] denken, die jede „Bahnung", jede aktuelle Assoziation in der jeweiligen Bahnungsreihe hervorbringt. Weil eine ursprüngliche Bahn nicht außerhalb der assoziativen Reihen vorhanden ist, durch die sie sich weiter konstituiert, sind die ihr nachfolgenden Erlebnisse keine Wiederholung im engeren Sinne. Denn eine Wiederholung setzt etwas voraus, das wiederholt wird. Die bahnungsmäßige Wiederholung hingegen bezieht sich auf die ursprüngliche Tendenz des psychischen Lebens, dass sich das Neue auf dem Weg des Vorhandenen verräumlicht und dabei weitere „Veränderungen" hervorbringt. Die psychische Kraft verräumlicht sich in den untereinander differenzierten, wenn auch vom Bewusstsein her unsichtbaren Bahnungen. Dies weist nach Derrida auf den Anspruch Freuds hin, den Raum und die Kraft sowie den Raum und die Zeit gleichzeitig zu denken.[326] Die Bahnungen treten als die von Zeit zu Zeit sich bildende und nachträglich zu deutenden Konstitutionsschichten der bewussten Vorstellungen ein. Weil die Tragweite der bewussten Akte nicht auf ihr aktuelles Erscheinens begrenzt ist, wird ein archäologisches Vorgehen benötigt, das die jeweiligen unsichtbaren Schichten zu deuten vermag. Die Metapher der Archäologie führt hierbei zum Motiv der ‚Ausgrabung', bei der man von dem ausgeht, was bewusst eintritt und von dort aus weiter in Richtung der tieferen Schichten vordringt. Die „Nachträglichkeit" gilt in den freudschen Theorien gerade nicht ausschließlich im Rahmen der traumatischen Ereignisse, die unerreichbar bestehen und sich erst durch die nachfolgenden assoziierenden Erlebnisse deuten lassen.[327] Sie gilt ebenso und sogar

[323] Siehe J. Derrida, „Freud et la scène de l'écriture", 303 / „Freud und der Schauplatz der Schrift", 312 f.

[324] J. Derrida, „Freud et la scène de l'écriture", 299 / „Freud und der Schauplatz der Schrift", 308 f. Nach E. Angehrn: „Die Spur weist zurück auf den entschwundenen, nicht mehr in Gegenwart zu überführenden – in radikaler Lesart: nie präsent gewesenen – Ursprung." (E. Angehrn, *Die Frage nach dem Ursprung*, 21).

[325] S. Freud, *Entwurf*, 393.

[326] J. Derrida, „Freud et la scène de l'écriture", 303, 324 f. / „Freud und der Schauplatz der Schrift", 312, 334.

[327] Wie Derrida es zeigt: „[...] les concepts de *Nachträglichkeit* et de *Verspätung*, concepts directeurs de tous les autres concepts, sont dejà présents et appéles par leur nom dans l'*Esquisse*." (J. Derrida, „Freud et la scène de l'écriture", 303 / „Freud und der Schauplatz der Schrift", 312). Freud schreibt im *Entwurf*: „Überall [bei der Hysterie] findet man sich, dass eine Erinnerung verdrängt wird, die nur *nachträglich* zum Trauma geworden ist." (S. Freud, *Entwurf*, 448).

hauptsächlich hinsichtlich der Erinnerungsspuren.[328] Diese sind assoziativ an die psychischen Phänomene angeschlossen und stiften diese. Anstatt als fixierte Topologie festgelegt zu sein, ändern sich die Erinnerungsspurschichten ständig, indem sie sich vom Aktualitätshorizont her differenzieren.

Diese Dynamik zwischen dem Aktualitätshorizont und dem Vorhandensein ist das, was Freud vorrangig mit dem Begriff „Bahnung" ausdrücken möchte. Während eine „Bahn" zu einem nicht aktuell erreichbaren Zeitpunkt entstanden ist, lassen sich die „Bahnungen" weiter konstituieren. Dies versucht Freud bereits in *Zur Auffassung der Aphasien* mit der Wendung „Unendlichkeit des Vorstellungskomplexes" ans Licht zu bringen. Insofern ständig neue Wahrnehmungseindrücke und bewusste Akte eintreten und zu Erinnerungsspuren werden, wird es möglich, eine Vorstellung weiterhin durch andere Perspektiven zu erfassen, indem andere Bestandteile des jeweiligen Assoziationskomplexes miteinbezogen werden. Im Anschluss an das im Zusammenhang der Hysterietheorie entwickelte archäologische Vorbild, zeigt Freud nun, dass sich die Erinnerungsspuren von selbst sowohl „sukzessiv" hinsichtlich des Moments, zu dem sie eintreten, als auch „konzentrisch" hinsichtlich ihrer Anziehung von und Assoziation mit vorhandenen Erinnerungsspuren eingliedern. Nach demselben archäologischen Vorbild lassen sich die Erinnerungsschichten darüber hinaus von der aktiven Assoziation her bestimmen. Diesen dritten Zug des archäologischen Vorbilds der Erinnerung stellt Freud als die vom Ich in die Erinnerungsschichten eingebrachte ‚Ausgrabung' dar. Diese vollzieht sich sowohl in Richtung der zeitlichen Tiefe, wodurch die zu verschiedenen Zeitpunkten konstituierten, aufeinander verweisenden Erlebnisse ins Bewusstsein gerückt werden können, als auch in horizontaler Richtung als Versuch, denjenigen Zusammenhang, in dem die jeweiligen Wahrnehmungen eintraten, wieder aufzugreifen.

Subtil wohnt der metaphorischen Neurologie des *Entwurfs* die archäologische Metaphorik inne. Diese vermag die Potenzialität der Bahnungen im Erinnerungssystem (ψ) im Unterschied zum Vorstellungsakt im Bewusstseinssystem zu deuten. ‚Potenzialität' betrifft hier erstens die Möglichkeit, im Ausgang von den bewussten Phänomenen die darunterliegenden Konstitutionsschichten ‚auszugraben'. Zweitens weist ‚Potenzialität' auf ‚Potenz' im Sinne von Kraft hin, als die sich die innere „Quantität" verstehen lässt: die gegeneinanderwirkenden, sich miteinander assoziierenden oder einander widerstehenden Kräfte, die das Bewusstwerden von etwas sowohl ermöglichen als auch verunmöglichen können. ‚Potenzialität' meint daher auch die intrinsische Möglichkeit der Erinnerungsspuren, in tief abgelagerten Schichten unbewusst weiter zu bestehen und dort langsam in Vergessenheit zu

[328] Siehe J. Derrida, „Freud et la scène de l'écriture", 314 / „Freud und der Schauplatz der Schrift", 323 f.; M. Kettner, Das Konzept der Nachträglichkeit in Freuds Erinnerungstheorie, 336 f.

geraten.[329] Die Potenzialität des Erinnerns ist insofern ebenfalls eine Potenzialität des Vergessens. Beide Pole – Erinnern und Vergessen – lassen sich aber nicht voneinander trennen, da jedem Erinnerungsakt Züge zu eignen sind, die das Zu-Erinnernde weder bloß verstecken noch wiederholen: Sie gehören auf irgendeine Weise zu dessen Bahnungsnetzen. Das Erinnern, wie Freud hervorhebt[330], ist daher keine schlichte Wiederholung: Von der Aktualität her lässt sich das gegenwärtig nicht vorhandene Vergangene attentional, assoziativ und affektiv als Sinnkontext bilden. Attentional, assoziativ und affektiv: Diese sind im *Entwurf* die Vollzugsmodi der „Quantität", der psychischen Kraft in Form von Bahnungen. In dieser Form treten – um es mit den Worten Richirs auszudrücken – die „sich in der Gegenwärtigkeit konstituierenden Sinne" teilweise bewusst, teilweise mitbewusst als die dem Bewusstsein zugrunde liegenden Schichten, auf.[331] Das macht die *scène* (den Schauplatz) aus, wie Derrida es in Bezug auf die Schrift nennt[332], in der die Bahnung, die Potenzialität der Spur auftritt.

II. 3.6. Die Potenzialität der Spur: Quantität, Qualität *und das* Ich

> *La métaphore du chemin frayé* (gebahnten Weges), *si fréquente dans les descriptions de Freud, communique toujours avec le thème du* retardement supplémentaire *et de la reconstitution du sens après-coup* (nachträglich), *après un cheminement de taupe, après le labeur souterrain d'une impression. Celle-ci a laissé une trace travailleuse qui n'a jamais été perçu, vécue dans son sens au présent, c'est à dire en conscience.*
>
> J. Derrida[333]

Zur Präzisierung der Potenzialität der Bahnungen muss Freud die Modi der „Quantität" (*Qή*) im Erinnerungssystem (*ψ*) von der „Qualität" im Bewusstseinssystem unterscheiden. Dazu muss er die vermittelnde Funktion des „Ich" im Er-

---

329 Die Unterscheidung zwischen ablagernden und abgelagerten Schichten wird in dieser Arbeit noch einmal im Anschluss an Husserls Unterscheidung zwischen „sedimentierenden" und „sedimentierten" Schichten berücksichtigt. Während „sedimentierend" auf die Unendlichkeit der Konstitution hinweist, bezeichnet „sedimentiert" den konstituierten Zustand vorhandener Akte. Im letzteren Fall hört das Retentionale auf; im ersten hingegen strömt es weiter, allerdings ohne affektive Kraft und Anschaulichkeit auf das Ich auszuüben. Siehe in dieser Arbeit den Abschnitt III. 5.

330 S. Freud, „Erinnern, Wiederholen und Durcharbeiten", Studienausgabe: Ergänzungsband, 209 ff.

331 Siehe M. Richir, „Phänomenologisches und symbolisches Bewusstsein und Unbewusstes. Der Primärvorgang im Traum". In: J. Trinks (Hg.), *Bewusstsein und Unbewusstes.* Wien: Turia und Kant, 2000, 11-41, 36; „Affekt und Zeitigung". In: M. Staudigl und J. Trinks (Hg.), *Ereignis und Affektivität: Zur Phänomenologie sich bildenden Sinnes.* Wien: Turia und Kant, 2006, 247-258, 247 f.

332 „L'écriture alors entrera en scène. La trace (*die Spur*) deviendra le gramme; et le milieu du frayage (*der Bahnung*), un espacement chiffré." (J. Derrida, „Freud et la scène de l'écriture", 305 / „Freud und der Schauplatz der Schrift", 315).

333 „Freud et la scéne de l'écriture", 317.

innerungssystem (ψ) und hinsichtlich der bewussten Vorstellungen darstellen. Seine Argumentationsstrategie wird im Folgenden weiter erläutert.

Bei der die Quantität betreffenden Grundunterscheidung beschränkt sich Freud auf die innere Quantität (*Qή*), die er in zwei Zustände einteilt, die ihrerseits als zwei Pole fungieren, zwischen denen sich die psychische Energie in verschiedene Intensitätsgrade differenziert: die eine nennt er „fließende *Qή*" oder „Erregungsablauf", die andere gehemmte oder „gebundene" Form der *Qή*. Erstere betrifft die freie Energie der Primärvorgänge, während der gebundenen *Qή* der Zustand entspricht, in dem die Bahnungen unter der „Ich-Besetzung" und -Aufmerksamkeit steht.[334] Mit anderen Worten: Bei den als Sekundärvorgängen einzuordnenden psychischen Akten wird die fließende *Qή* des Primärvorgangs zur gehemmten oder gebundenen Form der *Qή* unter dem „Besitz" des Ich.

Die primäre Tendenz des psychischen Lebens besteht für Freud darin, das Niveau der *Qή* „möglichst niedrig zu halten und sich gegen Steigerung zu wehren, d. h. konstantzuhalten."[335] Wäre Freuds Metapsychologie teleologisch konzipiert, bestünde das Telos im Bewusstwerden, in der freien Abfuhr der psychischen Reize bis zum bewussten Modus von ihnen. Gerade aber weil dem Bewusstwerden von etwas bestimmte psychische Kräfte entgegenwirken, ist diese Abfuhr weder linear noch unmittelbar: Eine intensivere Bahnung (sei diese von der Summe psychischer Eindrücke, der Aufmerksamkeit oder vom Affekt erzeugt) kann die Vorherrschaft über eine weniger intensive oder „nicht-besetzte" Bahnung ausüben, wodurch sie an deren Stelle ins Bewusstsein übergehen wird. Bestimmend ist hier, dass es sich in jedem aktuellen Kräftespiel neu entscheidet, welche Bahnungen bewusst verwirklichen werden. Damit folgt Freud Herbart, demzufolge die bewusste Vorstellung von der Stärke der zusammentreffenden Kräfte bestimmt wird.[336] Eine Instanz, die sich der ‚Teleologie' des Bewusstwerdens widersetzen kann, ist jedoch das „Ich".

Die „Besetzung" oder „Okkupation" (Ricœur) der vorhandenen Bahnungen durch die Ich-Aufmerksamkeit kann erst durch den zweiten Zustand der *Qή* ermöglicht werden: die „gebundene Quantität". Diese stammt nicht ursprünglich vom Ich her, sondern wird dem Ich zugeordnet, wenn es die freie Abfuhr der psychischen Reize auf dem Weg zum Bewusstwerden hemmt und ihre Energie als „Besetzungsenergie" für künftige Akte bewahrt.[337] Das Ich kann daher „wechselnde Besetzungen" auf Erinnerungsspuren und bewussten Vorstellungen rich-

---

334 S. Freud, *Entwurf*, 390 f., 421 f., 459. In „Das Unbewusste" hebt Freud hervor, dass erst J. Breuer zwischen zwei verschiedenen Zuständen der Besetzungsenergie unterschied, und zwar zwischen einer „tonisch gebundenen" und einer „frei beweglichen, der Abfuhr zustrebenden" psychischen Energie. (S. Freud, „Das Unbewusste", Studienausgabe III, 147).

335 S. Freud, *Entwurf*, 390.

336 Siehe J. F. Herbart, *Psychologie als Wissenschaft, neu gegründet auf Erfahrung, Metaphysik und Mathematik*, 343.

337 S. Freud, *Entwurf*, 391, 416 f.

ten.[338] Das „Ich“ besteht somit nicht von Anfang an als psychische Instanz, sondern entwickelt sich zu einer besonderen „Organisation“[339] im ψ, indem es sich den passiven Bahnungen zuwendet und somit deren Verlauf bestimmen kann. Der Teil der psychischen Vorgänge, die sich unter der Ich-Zuwendung habituell als bewusste entwickeln, werden zu „Ich-Vorstellungen“ und können absichtlich vergegenwärtigt werden. Letztere grenzen sich dann von den Vorgängen ab, die „frei“, ohne den Aufmerksamkeitsbetrag verlaufen wie etwa Träume oder unerwartete, intensive Vorstellungen beim Phantasieren. Als Primärvorgänge ordnet Freud im *Entwurf* diejenigen Phänomene ein, die hauptsächlich halluzinatorischen Charakter haben und durch ihren Übergang ins Bewusstsein Qualitäten oder „Realitätszeichen“ herstellen.[340] Dies setzt voraus, dass eine große fließende $Q\acute{\eta}$ ungehemmt aus dem Erinnerungssystem (ψ) ins Bewusstsein gelangt. Bessere Beispiele für derartige Primärvorgänge sind Träume, da die psychischen Reize bei diesen ganz außerhalb der widerstreitenden Leistung des Ich stehen, also sowohl der Ich-Zuwendung als auch der Ich-Hemmung.[341] Im wachen Leben hingegen sind im Normalfall die bewussten Phänomene nur zu einem geringen Grad Primärvorgänge, weil sich in diesem Zustand die psychischen (bewussten und unbewussten) Phänomene unter der Ich-Zuwendung oder der Möglichkeit des Übergangs zur Ich-Zuwendung befinden. Dazu gehört die entgegengesetzte Möglichkeit, dass das Ich den von ihm bereits besetzen psychischen Phänomenen seine Zuwendung entzieht. Diese sich in zweierlei Richtung entfaltende Ich-Leistung – der Übergang der fließenden Quantität ($Q\acute{\eta}$) in die gehemmte und umgekehrt[342] – die erst Ricœur mit den korrelativen Begriffen „Erfüllung“ und „Entleerung“ aus der husserlschen Intentionalitätstheorie verbindet, ist als Bekräftigung und Entkräftung der Erfüllungsintention durch die Aufmerksamkeit zu verstehen.[343] Durch diese können die Bahnungen mehr oder weniger intensiv, und dementsprechend beim Bewusstwerden entweder gefördert oder gehemmt werden. Die Aufmerksamkeit kann als Entkräftung wirken, wenn durch ihre Zuwendung ein sich abhebender Vorstellungsakt von einem anderen abgehalten wird. Daraus unterscheiden sich die Bahnungen nach verschiedenen Intensitäts- und Intensivierungsstufen, was Freud als „Grad der Bahnung“ bezeichnet.[344] Diese Abwandlung findet ebenfalls hinsichtlich des Affekts statt. Wird beispielsweise ein Haus wahrgenommen oder vorgestellt, so kann es als ein bereits bekanntes

---

338 S. Freud, *Entwurf*, 451.

339 S. Freud, *Entwurf*, 416.

340 „Die Traumvorstellungen sind halluzinatorischer Art, erwecken Bewusstsein und finden Glauben.“ (S. Freud, *Entwurf*, 434).

341 S. Freud, *Entwurf*, 435.

342 S. Freud, *Entwurf*, 390.

343 P. Ricœur, *Hermeneutik und Psychoanalyse,* 202. Siehe E. Husserl, Hua XI, 66, 95; Hua XXXVIII, 294.

344 S. Freud, *Entwurf*, 392.

oder teilweise bekanntes aufgefasst werden, insofern andere Häuser bereits wahrgenommen worden sind, deren Spuren durch die aktuellen Akte assoziativ evoziert werden. Nach dem Assoziationsprinzip durch Ähnlichkeit ordnen sich die bereits erkannten Eigenschaften in assoziativen Reihen an, wie etwa ‚weiße Wand', ‚blaues Fernster' usw. Wird das Merkmal ‚blaues Fernster' intensiver als die anderen wahrgenommen bzw. vorgestellt oder wird die mit ihm assoziierten Vorstellungen mit großem Aufmerksamkeitsbetrag vorgestellt, so hat das jeweilige Vorstellungsmoment ‚blaues Fenster' die Tendenz, intensiver als andere bewusst zu erscheinen. Am Limes der Anschaulichkeit erscheint eine Vorstellung in ähnlicher Qualität und Lebendigkeit wie einer Wahrnehmung. Das Erscheinen ‚als ob es sich um eine Wahrnehmung handelt' wird jedoch Freud zufolge vom Ich gehemmt, und zwar aufgrund des biologischen Prinzips der Unlustvermeidung: Das halluzinatorische Erscheinen bringt Unzufriedenheit mit sich, da es sich um keine wirkliche Erfüllung handelt.[345] Eine Hemmung wird vom Ich im Allgemeinen eingeführt, wenn eine beginnende Vorstellung Unlust erweckt, sodass der weitere Vergegenwärtigungsablauf gesperrt wird.[346] Das „Ich" wird im *Entwurf* demnach als eine psychische Instanz verstanden, die sich im Erinnerungssystem (ψ) bildet, als Aufmerksamkeitszentrum fungiert und durch besondere Motivationen (Lust und Unlust, aktuelles Interesse usw.) die Richtung der Bahnungsvorgänge bis zu deren Bewusstwerden und Verwirklichung als Akte beherrschen kann. Phänomenologisch gesprochen kann sich das Ich intentional auf eine bestimmte Vorstellung bzw. Vorstellungsreihe richten ebenso wie sein intentionales Gerichtet-Sein (seine „Besetzung") von dieser zurückziehen. Das Bewusstsein ist für Freud daher nicht deckungsgleich mit den Ich-Akten[347], sondern vielmehr eine „Zutat" zu den quantitativen Vorgängen im ψ, die sich unabhängig von ihm als psychische Phänomene entwickeln: „[…] Bewusstsein [haftet] nicht am Ich, sondern [kann] Zutat zu allen ψ Vorgängen werden."[348]

Das Bewusstsein bezeichnet im *Entwurf* somit das dritte psychische System, das Freud als ω symbolisiert und das sich von den beiden Systemen der „Quantität" (ψ und φ) durch die Funktion des Erscheinens von „Qualitäten" unterscheidet. Freud verwendet die Begriffe „Qualität" und „Quantität" wechselseitig, um die Erscheinungsweise der bewussten Vorstellungen vom Zustand und den Ordnungsprinzipien der Bahnungen abzugrenzen. Die „Qualität" bezeichnet zunächst die Weise, in der die unterschiedlichen Inhalte psychischer Erlebnisse angeordnet

345 S. Freud, *Entwurf*, 420, 434, 461.

346 S. Freud, *Entwurf*, 415.

347 S. Freud, *Entwurf*, 435.

348 S. Freud, *Entwurf*, 435. In diesem Sinne kann Freud in der *Traumdeutung* formulieren, dass „das Unbewusste der größere Kreis [ist], der den kleineren des Bewussten in sich einschließt; alles Bewusste hat eine unbewusste Vorstufe, während das Unbewusste auf dieser Stufe stehen bleiben und doch den vollen Wert einer psychischen Leistung beanspruchen kann" (S. Freud, *Die Traumdeutung*, Studienausgabe II, 580).

werden.[349] Sie betrifft die Hervorhebung von Sinnesempfindungen und bewussten Vorstellungen beispielsweise in Reihen von ähnlichen Eigenschaften, die sich von anderen abheben.[350] Endrass erläutert dies am Beispiel der Farbeempfindung: Während sich die Empfindung der Farbe blau und die der Farbe rot im Bewusstsein qualitativ unterscheiden, sind sie quantitativ mehr oder weniger intensiv.[351] Bewusste Vorstellungen unterscheiden sich somit auch dadurch voneinander, dass sie in verschiedener Klarheit oder Lebendigkeit erscheinen, ohne jedoch in der Regel eine der Wahrnehmung entsprechende Leibhaftigkeit zu erreichen. Im Erinnerungssystem differenzieren sich nun die Bahnungen gemäß den Assoziationsprinzipien der Ähnlichkeit und des Kontrasts, aber nicht in sichtbarer Weise. Während im bewussten System (ω) unterschiedliche Qualitäten der Wahrnehmungen und Vorstellungen erscheinen, die mehr oder weniger intensiv hervortreten können, sind die sich unterhalb des Bewusstseins entfaltenden Vorgänge ausschließlich durch ihre Intensität (Intensivierung und Schwächung) bestimmt.[352]

Innerhalb des für die bewussten Inhalte geltenden Differenzierungskriteriums „Qualität" unterscheidet Freud darüber hinaus eine besondere Art der „Qualität", die die bewusste Anschaulichkeit der Wahrnehmungsinhalte betrifft. Laut Freud wird das Bewusstseinssystem (ω) „miterregt", wenn eine Wahrnehmung eintritt, sodass diese den Charakter einer „bewussten Empfindung" erhält.[353] Eine Wahrnehmung kann von einer Erinnerungsvorstellung unterschieden werden, weil letztere in der Regel keine „Art der Wahrnehmungsqualität"[354] hat – es sei denn, dass der Übergang der endogenen Quantität ($Q\acute{\eta}$) ins Bewusstsein (ins bewusste System ω) weder durch einen großen Affektbetrag bewirkt wird noch sich vollkommen ungehemmt vollzieht, wie es vor allem in Träumen geschieht. Das Bewusstwerden bzw. der Übergang der „Quantitäten" in „Qualitäten" lässt sich daher folgenderweise zusammenfassen:

A. Hinsichtlich des Affektbetrags:

A. 1. Eine Wahrnehmung kann unmittelbar als bewusste Erscheinung eintreten, und zwar in Form von bewussten Empfindungen. Dies geschieht intensi-

---

[349] G. Endrass, *Zur Geschichte und Systematik von Qualität und Quantität in Freuds Metapsychologie*, 23.

[350] S. Freud, *Entwurf*, 401.

[351] G. Endrass, *Zur Geschichte und Systematik von Qualität und Quantität in Freuds Metapsychologie*, 4.

[352] Siehe G. Endrass, *Zur Geschichte und Systematik von Qualität und Quantität in Freuds Metapsychologie*, 3 f.

[353] S. Freud, *Entwurf*, 401.

[354] „Die Erinnerung bringt de norma nichts von der besonderen Art der Wahrnehmungsqualität zustande. So schöpft man Mut zur Annahme, es gäbe ein drittes System von Neuronen, *W* etwa, welches bei der Wahrnehmung miterregt wird, bei der Reproduktion nicht, dessen Erregungszustände die verschiedenen Qualitäten ergeben, d. h. bewusste Empfindungen sind." (S. Freud, *Entwurf*, 401). Siehe auch ebd., 421.

ver bei denjenigen Wahrnehmungseindrücken, die Lust oder Unlust wecken oder auf die besonders aufgemerkt wird.

A. 2. Erinnerungsspuren bzw. Bahnen im ψ, die auf solche Wahrnehmungen hinweisen, die ursprünglich Lust oder Unlust hervorriefen, werden ebenfalls den jeweiligen Affekt wecken, wenn sie vergegenwärtigt werden.

A. 3. Wenn das Auftauchen einer Erinnerung Unlust hervorruft, so hat der jeweilige Vergegenwärtigungsakt die Tendenz, vom Ich gehemmt zu werden. Der inhaltliche Bestandteil der jeweiligen bewussten Vorstellung kann somit verdrängt werden. Für das Ich ist es aber unvermeidlich, die daran anschließende Unlust ebenfalls zu verdrängen. Der Affekt taucht also auf, bevor das Ich ihn hemmen kann.

B. Hinsichtlich der Aufmerksamkeit:

B. 1. Ein Wahrnehmungsablauf kann von der Aufmerksamkeit begleitet werden oder nicht. Wird er von der Aufmerksamkeit begleitet oder wird retrospektiv auf ihn fokussiert, treten die jeweiligen Erinnerungsvorstellungen, die auf ihn hinweisen, ebenfalls intensiver ein.

B. 2. Ein Wahrnehmungsablauf, der nicht von der Aufmerksamkeit begleitet wird bzw. nicht der Ich-Zuwendung unterliegt, lagert sich von selbst im Erinnerungssystem (ψ) ab und ordnet sich dort gemäß bestimmter Assoziationsprinzipien (Ähnlichkeit, Kontiguität, Sukzession) in bereits bestehende Bahnen ein.

B. 3. Ein von der Aufmerksamkeit begleiteter Wahrnehmungsablauf lagert sich im Erinnerungssystem (ψ) jedoch nicht einfach gemäß den Gesetzen der passiven Assoziation ab: Die Ich-Aufmerksamkeit leitet die assoziative Richtung und modifiziert die freie assoziative Tendenz, wodurch sich der betreffende Wahrnehmungsablauf in Ich-Besetzung umwandelt.

B. 4. Ein gesamter Wahrnehmungsablauf kann teilweise aufmerksam fokussiert werden, teilweise nicht. Dies geschieht, wenn ein Wahrnehmungsbestandteil oder mehrere dem Fokus der Aufmerksamkeit unterliegen, die anderen Bestandteile hingegen nicht. Die Wahrnehmungsmomente, die nicht besonders fokussiert werden, lagern sich dann in Form von Bahnen ab, die nicht vom Ich als bewusste Inhalte singularisiert wurden. Sie gehören daher dem fernen Horizont oder dem Hintergrund der singularisierten Gegenständlichkeit an.

B. 5. Der Hintergrund einer Wahrnehmung wird mitvergegenwärtigt, wenn seine besonders fokussierten Bestandteile erinnert werden. Im Erinnerungsakt kann das Ich sich über die Vergegenwärtigung der hervorgehobenen Vorstellungsmomente den zugehörigen Konstitutionskontexten zuwenden. Diesen Vorgang fasst Freud im Sinne der erstmals von Exner als „attentionale Bahnung" bezeichnete Ich-Leistung.[355] Die attentionale Bahnung bezeichnet die

---

355 Siehe S. Freud, *Entwurf*, 451 f. In ähnlicher Weise bezeichnet Husserl die Änderung der Aufmerksamkeitsstrahlen in der Erinnerung als „attentionale Wandlung in der Erinnerung". Durch die Art der Ich-Zuwendung auf die mannigfaltigen vergegenwärtigten Mo-

vom Ich gerichtete Assoziation, deren Ausgangspunkt in einem aktuellen Vorstellungsmoment liegt und sich in Richtung der darunterliegenden Bahnungen entwickelt, wodurch es möglich wird, vorherige Wahrnehmungs- und Vorstellungszusammenhänge zu vergegenwärtigen.

C. Hinsichtlich des Affekts und der Aufmerksamkeit:

C. 1. Erinnerungsspuren oder Bahnungserregungen erscheinen, wenn sie bewusst werden, nicht im gleichen Anschaulichkeitsgrad wie eine Wahrnehmung. Im Limes der Anschaulichkeit können sie aber eine ähnliche Lebendigkeit und Klarheit wie eine Wahrnehmung erreichen. Dies geschieht, wenn ihre Intensität sehr hoch ist. Das setzt allerdings voraus, dass sie von einem hohen Betrag der fließenden *Qή* besetzt werden, die vor allem aus den Wunschzuständen und dem Affekt stammt. Dies findet vorzugsweise innerhalb des Traumes statt, da dieser ausschließlich als freie Abfuhr der inneren *Qή* auftritt, die nicht der Hemmung unterworfen ist.

Für die Analyse der psychischen Phänomene, die sich zum großen Teil unbewusst entwickeln – d. h. alles, was die Anordnung der Erinnerungsspuren, die psychische Quantität (*Qή*) und deren jeweilige Modi der Wünschzustände, des Affekts und der Aufmerksamkeit betrifft – geht Freud also von Prinzipien aus, die nicht von den äußeren Reizen bestimmt werden. Diese Prinzipien sind mittelbar, über gewisse Erscheinungsmodi der bewussten Phänomene zugänglich. Die Ebene der bewussten Phänomene ist jedoch streng zu unterscheiden von den transzendentalen Möglichkeitsbedingungen ihrer Erscheinung: Als Bedingung der Möglichkeit bewusster Erscheinungen ist die unbewusste Strukturierung der Bahnungen weder von den physischen Phänomene noch von den Anordnungsweisen bewusster Phänomene abhängig. Diese hingegen werden auf der Grundlage von unbewussten Vorgängen bestimmt, aus denen sie sich mehr oder weniger affektiv, mehr oder weniger intensiv konstituieren durch die Anziehung von Spuren vorheriger Sinnkontexte und der dabei wirkenden Intensivierungskräfte. Das rechtfertigt die Unterscheidung zwischen Quantität und Qualität: Die Tatsache etwa, dass ein blauer Gegenstand mit einem größeren Affektbetrag als ein roter vorgestellt wird, ändert nichts an den Qualitäten der beiden Farben, obgleich beide sich deutlich voneinander unterscheiden, vielmehr ändert sich dadurch die Intensität, mit der sie erscheinen. Wird aber etwa ein bestimmtes Fenster vorgestellt, das ursprünglich blau war, obwohl es in der aktuellen Vorstellung einfach als ein Fenster mit dessen anderen Eigenschaften, beispielsweise rechteckig, aus Holz bestehend usw. eintritt, so erscheint es in einem gewissen Intensitätsgrad, der vom jeweiligen Bahnungskomplex, also einschließlich dem Moment ‚blaue Farbe' bestimmt wird. Dies ist unabhängig davon, ob sich die Farbe als abgeson-

mente kann der jeweilige Erinnerungsakt unterschiedlich gestaltet werden (E. Husserl, Hua XXXVIII, Beil. XVII, 294). Siehe in dieser Arbeit: III. 3.

derte bewusste Vorstellung oder als Bestandteil der Fenster-Vorstellung eintritt. Es lässt sich demzufolge fragen, ob die Fenstervorstellung ohne ihr Element ‚blaue Farbe' als diese bestimmte Fenstervorstellung immer noch erkennbar wäre. Das Thema berührt also die Frage der Individuation psychischer Inhalte, der Bestimmtheit eines ‚Etwas' hinsichtlich seiner Eigenschaften bzw. eines Ganzen hinsichtlich seiner Teile. Im *Entwurf* behandelt Freud dieses Thema im Kontext des „vergleichenden Denkens" und der Assoziationsprinzipien. Durch die Gegenüberstellung dessen, was als bleibender Kern von zwei oder mehr psychischen Akten (einer Wahrnehmung und einer Erinnerung, einer Erinnerung und einer Phantasie usw.) eintritt und dem, was darin als Bestandteil enthalten ist, werden Möglichkeiten thematisiert, ein Einzelnes zu bestimmen, und mit ihnen das Begriffspaar Identität und Differenz.

II. 3.7. Die Spuren des Selbst: Kontrast, Deckung, Spaltung, Stufen

La mémoire est donc pas une accumulation, mais une construction. Le contenu de la mémoire est acte – événement actuel. Ce n'est pas son contenu qui est conservé. C'est un chemin de moindre résistance.

P. Valéry [356]

Wie Derrida darlegt, betreffen Freuds Darstellungen der Spur innerhalb verschiedener Modelle der Erinnerungsschichten sowohl das archäologische Motiv der Fragmentierung ursprünglicher Gegebenheiten (Wahrnehmungen und Vorstellungen), wobei die Fragmentierung mit der Bedrohung des Sinnverlustes und der Möglichkeit des Vergessens zusammengehört, als auch umgekehrt mit der Möglichkeit des Erinnerns.[357] In dieser zweiten Hinsicht kann die Archäologie als Ermöglichung der Archivierung und ihres „nomologischen"[358] Strebens verstanden werden: Ein Archiv ist nach bestimmten Kriterien organisiert, die ermöglichen sollen, dass das, was einmal archiviert wurde, auch wiedergefunden werden kann. Das Archivierte kann jedoch zerstört oder an einen anderen Ort gebracht werden: Beispielsweise können archivierte Dokumente verbrannt, in Wasser aufgelöst, gestohlen oder in ein anderes Archiv transportiert werden. Dies sind äußere Einwirkungen in dem Sinne, dass sich die archivierten Dokumente nicht von selbst archivieren oder umstellen können. Bei den psychischen Inhalten hingegen sind das Archivieren und die Umstellungen des Archivierten nicht nur von äußeren Einwirkungen her zu verstehen, sondern von Ordnungsprinzipien, die von den Inhalten selbst bestimmt werden. Es sind hier „Konstitutionsprozesse" im Spiel, die „vor der ichlichen Erfassung und der gegenständlichen

---

356 *Cahiers*, 1921-22.

357 J. Derrida, *Mal d'archive*. Paris: Galilée, 2008, 11 ff.

358 „L'archive" – so Derrida – „renvoie à l'*arché* dans le sens nomologique". (J. Derrida, *Mal d'archive*, 12).

und sinnstiftenden Auffassung liegen".[359] In husserlscher Terminologie entspricht diesen Prozessen die Ebene der passiven Assoziation: Jede Ich-Aktivität setzt, so Husserl, „notwendig als unterste Stufe voraus eine vorgegebene Passivität, und dem nachgehend stoßen wir auf die Konstitution durch passive Genesis".[360] Es handelt sich mit anderen Worten um die „Tiefensicht einer Genese […], die hinter der intentionalen Tätigkeit zurückliegt, eine Sicht der ‚passiven Genesis', in welche das subjektive Tun involviert ist und in der es gründet".[361] Im Zusammenhang der Analyse der passiven Einheitsbildungen in der Reproduktion bemerkt Husserl, dass diesem Thema auch ein „berühmter Titel gegeben werden kann", und zwar jener des „Unbewussten": Es handelt sich bei der passiven Konstitution „um eine Phänomenologie des Unbewussten".[362] In den *Ideen II* spricht Husserl nun von den für das Bewusstsein unmerklichen Vorgängen in der Sphäre der Passivität, die „oft tief verborgen, aber durch Psychoanalyse zutage zu fördern" sind.[363] Das, was Husserl hier in Betracht zieht, sind gewisse Assoziationsprinzipien und unbewusste Motivationen, die die Erscheinungsmodi der bewussten Akte und die Reproduktion von bereits vollzogenen Akten verständlich machen können, wie es auch bei der psychoanalytischen Methode der freien Assoziation ersichtlich ist. Freud hat im *Entwurf*, noch vor der Einführung des „Unbewussten", die ‚Nomologie' der Assoziation im Zusammenhang mit der Beschreibung des sogenannten Erinnerungssystems (ψ) und der Bahnungsvorgänge berücksichtigt. An dieser Stelle soll daher Freuds Deutung der Assoziationsprinzipien berücksichtigt werden, die er im Zusammenhang der affektiven Grundlage der Erinnerung einführt. Dieses Thema wird im folgenden Abschnitt über den *Brief 52* weiter erörtert und im zweiten Teil dieser Arbeit in Auseinandersetzung mit den husserlschen Beschreibungen der passiven Konstitutionsleistungen im Kontext seiner „Phänomenologie des Unbewussten" ein weiteres Mal behandelt.

Bekanntlich fasst Lacan die von Freud hervorgehobenen zwei grundlegenden Assoziationsmodi des Unbewussten – die „Verdichtung" und die „Verschiebung" – aus linguistischer Perspektive als „Metapher" und „Metonymie" auf, sodass die „Verdichtung" mit der Ähnlichkeitsassoziation gleichgesetzt wird, die „Verschiebung" hingegen mit der Kontiguitätsassoziation.[364] Außer diesen beiden Assoziationsprinzipien thematisiert Freud zunächst im *Entwurf* die Assoziationen durch Sukzession, Gleichzeitigkeit und Kontrast. Da er diese Gesetzmäßigkeiten der Assoziation im Zusammenhang des affektiven Fundaments der Erinnerungsspur darstellt, betreffen sie primär nicht-bewusste Vorgänge, was im *Entwurf* noch als

---

359 E. Hollenstein, *Phänomenologie der Assoziation*, 322.
360 E. Husserl, Hua I, 112.
361 E. Angehrn, *Interpretation und Dekonstruktion*, 314 f.
362 E. Husserl, Hua XI, 154.
363 E. Husserl, Hua IV, 222.
364 J. Lacan, „L'instance de la lettre dans l'inconscient ou la raison depuis Freud", in: *Écrits I*. Paris: Seuil, 1999, 506 ff.

„Bahnungsvorgänge" mit ihren quantitativen Grundlagen im Erinnerungssystem (ψ) gefasst wird. Sekundär beziehen sie sich dann auf die Assoziation zwischen bewussten Vorstellungen untereinander sowie auf die Synthesen zwischen bewussten Akten (Wahrnehmung und Vorstellung) und unbewussten Bahnungen. Wie im zweiten Teil dieser Arbeit gezeigt wird, kann dieser letzte Modus phänomenologisch im Ausgang von Husserls Analysen der assoziativen Weckung bei den Affektionen dargelegt werden.

Werden zwei beliebige Inhalte A und B gleichzeitig wahrgenommen oder vorgestellt, so hat B gemäß dem Gesetz der Assoziation durch Gleichzeitigkeit die Tendenz, ebenso bewusst zu werden, wenn A wieder bewusst wird.[365] Dieses Gesetz betrifft nach der Terminologie des *Entwurfs* die Abfuhr der *Qή* (psychische Energie) von einer bewussten Vorstellung zu einer Bahnung. Ist dabei Aufmerksamkeit im Spiel oder fügt sie sich der Bahnung hinzu, so kann die unmittelbare assoziative Tendenz zwischen der bewussten Vorstellung A und der unbewussten Bahnung B von der „Seitenbesetzung" des Ich modifiziert werden.[366] Dies geschieht vor allem, wenn der Bahnungsvorgang B einen Unlustaffekt zu wecken beginnt, oder wenn das Ich aus aktuellen Motivationen anstelle von B die Vergegenwärtigung einer anderen Bahnung fördert. Durch die Interferenz der Aufmerksamkeit kann es daher geschehen, dass B nicht unmittelbar bewusst wird, wenn das mitwahrgenommene A bewusst wird. Anstatt B kann eine andere Bahnung C besetzt werden, wobei sich die Bahnung B durch die Interferenz der Aufmerksamkeit nicht als bewusster Akt entwickelt bzw. verdrängt wird. Die Verdrängung von B kann aber auch allein aufgrund der passiven Assoziation verursacht werden. Dies geschieht etwa, wenn drei Bestandteile (X, Y, Z) einer gesamten Wahrnehmung gleichzeitig eintreten (in husserlscher Terminologie: gleichzeitig retiniert werden). Taucht dann X im Bewusstsein auf, so hätten Y und Z nach der Assoziation per Kontiguität die gleiche Möglichkeit, besetzt zu werden wie die Tendenz darauf, bewusst zu werden. Ist aber Z bereits von einem Lustaffekt besetzt oder steht es im Horizont eines anderen aktuellen Aktes, so wird wohl Z anstatt Y in der bevorzugten Stellung sein, um ins Bewusstsein überzugehen.[367] Weckt hingegen Y einen Unlustaffekt, so besteht die Tendenz, dass Y verdrängt wird, auch wenn keine andere Bahnung an seiner Stelle bewusst auftritt. Die Assoziation und die Verdrängung sind hier psychische Phänomene, die sich zum großen Teil unbewusst, passiv und auf affektiver Grundlage vollziehen.

Im Zusammenhang der Assoziationsprinzipien durch Ähnlichkeit, Sukzession und Kontrast legt Freud nun die Unterschiede zwischen dem Zustand dar, in dem sich die Bahnungen jenseits der Wirkung der aus dem Affekt und den Wunschzuständen bestehenden *Qή* befinden, und dem Zustand, in dem sie sich

365 S. Freud, *Entwurf*, 411 f.
366 S. Freud, *Entwurf*, 422.
367 S. Freud, *Entwurf*, 412. Siehe auch ebd., 436 f.

aus der Grundlage von affektiver Besetzung bestimmen. Im Kontext der Assoziationsprinzipien durch Kontrast und Ähnlichkeit unterscheidet Freud zwischen dem, was beim Vergleich zwischen zwei psychischen Akten als bleibender Kern bestehen bleibt, und dem, was sich ändert.[368] Den bleibenden Kern bezeichnet Freud als „das Ding", seine wechselnden Bestandteile als „Eigenschaft[en]" oder „Prädikat[e]".[369] Unter dem bleibenden Kern versteht er allerdings weder eine substanzielle Grundlage der bewussten Vorstellungen noch der Erinnerungsspuren; der Kern ist vielmehr der „Sinnkern"[370], der sich passiv konstituiert, affektiv mitbestimmt und nachträglich urteilend intendiert wird. Der Sinnkern ist in erster Linie ein affektiver Kern: Er betrifft die affektive Intention insofern, als dass die Wahrnehmungs- oder Vorstellungsinhalte in den entsprechenden Formen gegeben werden, in denen sie affektiv intendiert sind. Es besteht jedoch kein Maßstab für diesen Vergleich, sodass der Urteilsakt sich solange weiter entwickeln wird, wie keine Identität zwischen affektiver Intention und Anschauung erreicht wird: „[...] das ursprüngliche Interesse an der Herstellung der Befriedigungssituation ist, welches in einem Falle das *reproduzierende Nachdenken*, im anderen Fallen das *Beurteilen* als Mittel erzeugt hat, aus der real gegebenen Wahrnehmungssituation auf die gewünschte zu gelangen."[371]

Die Zweiteilung zwischen bleibendem Kern und veränderten Eigenschaften erläutert Freud am Beispiel des Befriedigungserlebnisses, in dem ein ursprünglicher Wunsch gegeben ist. Hier wird ‚ursprünglich' im Sinne des ersten Auftauchens des entsprechenden Wunsches verstanden, und ‚Wunsch' im Sinne der grundlegenden Wünsche nach Nahrung und Sexualität (im weiteren Sinne von Lusterlebnis) verwendet. Das „Befriedigungserlebnis" betrifft dann das jeweilige Erlebnis, bei dem der betreffende Wunsch erstmals erfüllt wurde.[372] Weil es sich um ein erstes Mal der Befriedigung handelt, muss dieses Erlebnis in der frühen Kindheit situiert werden, und zwar zu einem Zeitpunkt, zu dem das Kind allein noch unfähig ist, das betreffende Bedürfnis durch eine „spezifische Aktion" zu erfüllen:

> Der menschliche Organismus ist zunächst unfähig, die spezifische Aktion herbeizuführen. Sie erfolgt durch ‚fremde Hilfe', indem durch die Abfuhr auf dem Wege der inneren Veränderung ein erfahrenes Individuum auf den Zustand des Kindes aufmerksam gemacht [wird]. Diese Abfuhrbahn gewinnt so die höchst wichtige Funktion der Verständigung und die anfängliche Hilflosigkeit des Menschen ist die ‚Urquelle aller moralischen Motive'.[373]

---

368 In der metaphorisch-neurologischen Terminologie des *Entwurfs* bezeichnet Freud diese Unterscheidung als die zwischen „Kern-Neuron" und „Mantel-Neuron" bzw. „Palium-Neuron". (S. Freud, *Entwurf*, 408).

369 S. Freud, *Entwurf*, 423.

370 Ich übernehme den Ausdruck „noyau de sens" von B. Bégout, *La généalogie de la logique: Husserl, l'antéprédicativ et le catégorial.* Paris: Vrin, 2000, 208.

371 S. Freud, *Entwurf*, 427.

372 S. Freud, *Entwurf*, 410 ff.

373 S. Freud, *Entwurf*, 410 f.

Die „innere Veränderung" gehört hier mit der „spezifischen Aktion" zusammen: Verspürt das Kind ein Bedürfnis, so schreit es beispielsweise, weil es die eigene Nahrung nicht selbst besorgen kann. Wie Freud erklärt, bezeichnet die „Abfuhrbahn" die Weise, wie sich für das Erinnerungssystem (ψ) das ganze Erlebnis konstituiert: Erstens wird der als Unlust gespürte Drang durch das Schreien ausgedrückt; zweitens wird die Wunscherfüllung mit der Wahrnehmung der jeweiligen Person identifiziert, der „fremden Hilfe", durch die dem Drang ein Ende bereitet wurde. Daher bildet sich eine „Bahnung" zwischen den Erinnerungsspuren des Erlebnisses im Ganzen (der helfenden Person, dem angebotenen Nahrungsmittel, dem wahrgenommenen Kontext) und dem jeweiligen Lustaffekt bzw. der Umwandlung des Unlustaffekts in einen Lustaffekt.[374] Taucht der gleiche Wunsch wieder auf, besteht die Tendenz, dass – ausgelöst durch das Ziel, den Wunsch zu erfüllen – die jeweiligen Erinnerungsspuren des Befriedigungserlebnisses besetzt werden. Dazu kommt die Erwartung, dass sich die Wunscherfüllung noch einmal wahrnehmungsmäßig gibt. Taucht aber der Wunsch wieder auf und findet keine Erfüllung, so bieten sich das Erinnern, das Phantasieren, das Urteil und der Traum als Möglichkeiten der Wunscherfüllungen bzw. als Ersatz für die tatsächliche Wunscherfüllung an. Wie Husserl dies im Zusammenhang seiner Analyse der Triebintentionalität darlegt, tritt im Kontext des aktuellen Wunsches und der Anwesenheit seiner Wahrnehmungserfüllung eine „Motivation zu anschaulicher Erinnerung" ein, wobei Teile eines vorherigen Befriedigungserlebnisses assoziativ erweckt werden und aus der Grundlage der affektiven Intention sehr intensiv im Modus einer „Quasi-Wahrnehmung" erscheinen können: „Der ungestillte Hunger weckt assoziativ, weckt den vergangenen und seine Erfüllung, schafft Anschauung als Quasi-Wahrnehmung und Quasi-Befriedung als Ersatz, der alsbald Aktivität des Suchens etc. in Bewegung setzt."[375]

Folgende Möglichkeiten ergeben sich hieraus:

1. Gleichzeitig mit der Wunschbesetzung des Befriedigungserlebnisses (in Husserls Terminologie: mit der Aktualisierung der vergangenen Erfüllungsintention) ist die korrelate Wahrnehmung gegeben und beide stimmen überein.[376] Dies ist als Identität oder Deckung[377] der Intention mit der intendierten Wahrnehmung zu klassifizieren.

---

374 S. Freud, *Entwurf*, 411.

375 E. Husserl, Mat. VIII, 253.

376 S. Freud, *Entwurf*, 422.

377 Siehe E. Husserl, Hua XIX/2, 610 ff.; Hua XIX/1, 56 f.; Hua XI, 78 f.; A. M. Serra, „Deckung". In: H-H. Gander, *Husserl-Lexikon*. Darmstad: WGB, 2010, 55-57. Ich verwende hier den husserlschen Begriff „Deckung" in Sinne von Adäquation zwischen der Intention und der Erfüllung derselben. Wie gezeigt werden wird, verwendet Freud den Begriff „Deckerinnerung" auch im Sinne von Adäquation oder Deckung zwischen einem vergangenen intendierten Erlebnis und einer aktuellen Erscheinung sowie zwischen einer affektiven Intention und einer möglichen Erfüllung (in einer Wahrnehmung, einer Phantasie oder Erinnerung oder im Traum).

2. Die Wunschbesetzung ist vorhanden und die Wahrnehmung deckt sich nur teilweise mit ihr.[378] Dieser Fall, den man im Anschluss an Husserl als „partielle Deckung" bezeichnen kann[379], lässt sich folgendermaßen vorstellen: Der Wunsch betrifft die Vorstellungen A und B; in der Wahrnehmung erscheint ein Inhalt, der mit der intendierten Vorstellung A identifiziert wird, aber anstatt der intendierten Vorstellung B tritt der Inhalt C ein. Daher entwickelt sich nach Freud das Urteil in Form des Vergleichs, dessen Ziel die Identität zwischen dem Wahrgenommen und dem Wunsch ist, der sich seinerseits aus der Erinnerungsintention speist. Da A dasselbe Element ist, das in beiden Komplexen – im Wahrnehmungs- und im Erinnerungskomplex – vorliegt, fungiert es als bleibender Bestandteil des Vergleichs, als „das Ding".[380] Hingegen zeigen sich B und C als wechselnde Bestandteile. „Das Ding" ist insofern keine substanzielle Einheit, sondern das aktuell intendierte Etwas, das beim aktuellen Urteil als Substrat der Prädikationen auftritt.

3. Der Wunsch ist vorhanden, aber in der Wahrnehmung wird nichts ihm Ähnliches gefunden.[381] Hier liegt eine „Inadäquatheit"[382] vor: Die affektive Intention und die inadäquate Wahrnehmung stehen in vollem Kontrast, wobei die erste vollkommen unerfüllt weiter besteht. Beim Beispiel des Befriedigungserlebnisses bedeutet dies, dass sich der an den Drang anschließende Unlustaffekt nicht in einen Lustaffekt umwandelt. Die Unlust besteht also weiter und beansprucht einen anderen Weg zu ihrer Beseitigung, beispielsweise in Form des Phantasierens oder des Traums. Steigert sich die Unlust weiter ohne eine passende Erfüllung zu finden, so ist nicht mehr von einem Befriedigungserlebnis die Rede, sondern von einer Schmerzerfahrung.

Tritt also im Beispiel des Befriedigungserlebnisses nach dem wiederhergestellten Wunsch und jeweiligem Ausdruck (dem Schreien, etc.) ein Wahrnehmungserlebnis ein, das Ähnlichkeitszüge mit dem intendierten Befriedigungserlebnis hat, aber von dem es sich ebenso unterscheidet (etwa wenn eine andere Person vor das Kind tritt oder ihm andere Nahrung angeboten wird), so werden beide Erlebnisse verglichen. In der husserlschen Terminologie ausgedrückt, handelt es sich hier um das Phänomen der „Weckung"[383] im Zusammenhang mit der Affektion: Mit der aktuellen Wahrnehmung assoziiert sich qua Ähnlichkeit ein unbewusstes, grundlegendes Erlebnis, das daraufhin bewusstseinsmäßig als erinnertes Erlebnis eintritt. Die Assoziation zwischen beiden ist durch die „Gesetzmäßigkeit der immanenten Genesis" zu bezeichnen, bei der ein „reiner immanenter Zu-

378 S. Freud, *Entwurf*, 423.

379 E. Husserl, *Erfahrung und Urteil*, 77; Hua XI, 410 f.; Hua XXIII, 158 ff.

380 S. Freud, *Entwurf*, 423.

381 S. Freud, *Entwurf*, 425.

382 Ein weiteres Mal verwende ich hier die Terminologie Husserls. Siehe E. Husserl, Hua III/1, 327; Hua XI, 114 f.

383 E. Husserl, Hua XI, 74 ff., 84.

sammenanhang des ‚etwas erinnert an etwas, etwas weist auf das andere hin'" zutage tritt.[384] Die weckende Wahrnehmung und die geweckte Erinnerung können vom höchsten bis zum niedrigsten Grad übereinstimmen, wobei die Gleichheit oder die identifizierende Deckung zwischen beiden dem Limes der Ähnlichkeit entspricht.[385] Sie können sich auch ganz unterscheiden, wenn sie sich nicht per Ähnlichkeit, sondern per Kontrast assoziieren. Der Antrieb zum Vergleich hängt dabei mit der Suche nach Ähnlichkeitszügen zusammen, wie Freud es ausdrückt: „Das Auseinanderfallen gibt den Anstoß zu Denkarbeit, die wieder mit dem Zusammenfallen beendet wird."[386] Das, was sich in der aktuellen Wahrnehmung mit der affektiven Intention deckt, wird als bleibender Kern oder „das Ding" identifiziert. Dieses fungiert also als Sinnkern für aktuelle Urteilsakte und ist weder mit dem physischen Ding noch mit dem substanziellen Gehalt der Vorstellungen gleichzusetzen. Hingegen wird das, was sich in der eingetretenen Wahrnehmung von deren intendierten Form unterscheidet, im aktuellen Urteilsakt als verändernde Merkmale eingestuft.

In jenem Beispiel des Befriedigungserlebnisses handelt es sich um einen hypothetischen Vergleich, da das Kind noch unfähig ist zu urteilen. In der Entwicklung des psychischen Lebens findet aber laut Freud stets ein ähnlicher Prozess statt, wenn erscheinende Wahrnehmungen und Vorstellungen auf der Grundlage einer affektiven Intention verglichen werden: „Die Sprache wird später für diese Zerlegung [zwischen bleibenden und variierenden Bestandteilen] den Terminus Urteil aufstellen [...]".[387] Um zum Beispiel des blauen Fensters zurückzukehren: In der Wahrnehmung ist ein Haus mit den Kennzeichnen ‚weiße Wand', ‚graue Fenster', ‚spitzes Dach' gegeben. Intendiert war das Haus mit entsprechender Farbe der Wand und Dachform, allerdings mit blauen Fenstern. Das, was in der aktuellen Wahrnehmung fehlt – das blaue Fenster – fungiert als Triebfeder zum Erreichen der erwünschten Identität in anderen Wahrnehmungs- oder Vorstellungszusammenhängen (in Form von Erinnerung, Phantasie oder Traum). Phantasien und Träume entfalten sich nach Freud vor allem dadurch, dass der Wunsch intensiv wird, die jeweiligen Erinnerungsspuren „ausgiebig besetzt", zugleich keine passende Wahrnehmung getroffen wird und die daraus gebildete intensive Bahnung (zwischen dem Affekt und den Erinnerungsspuren) nicht der Einwirkung des Ich unterliegt, wobei das Bewusstwerden ungehemmt abläuft:

> Wird das Wunschobjekt ausgiebig besetzt, so dass es halluzinatorisch belebt wird, so erfolgt auch dasselbe Abfuhr- oder Realitätszeichen wie bei äußeren Wahrnehmung. Findet aber die Wunschbesetzung unter *Hemmung* statt, wie es bei besetztem Ich möglich

---

[384] E. Husserl, *Erfahrung und Urteil*, 78. Dieses Phänomen – so Husserl – ist „phänomenlogisch aufweißbar. Es gibt sich selbst als Genesis; das eine Glied ist bewusstseinsmäßig charakterisiert als weckendes, das andere als gewecktes." (E. Husserl, *Erfahrung und Urteil*, 78).

[385] E. Husserl, Hua XI, 133.

[386] S. Freud, *Entwurf*, 423.

[387] S. Freud, *Entwurf*, 423.

wird, so ist ein quantitativer Fall denkbar, dass die Wunschbesetzung, als nicht intensiv genug, kein *Qualitätszeichen* ergibt, während die äußere Wahrnehmung es ergeben würde."[388]

Freud vertritt demnach die Ansicht, dass der Zuwachs an psychischer Energie (*Qή*) dann aufgrund eines Wunschzustandes mit der Intensität einer Wahrnehmung erscheinen kann, wenn der jeweilige Ablauf bis zum Bewusstsein nicht gehemmt wird. Dieser Vorgang ist die primäre Tendenz des psychischen Lebens. Der Sekundärprozess des Urteils entwickelt sich durch die Hemmung von „ausgiebigem" Wunschzuwachs, wodurch sich die angestrebte Wunscherfüllung nicht in unmittelbar vollzieht, obwohl auf sie nicht verzichtet wird. In diesem Sinne merkt Lacan an, dass die sekundäre prädikative Leistung die Herrschaft der beiden Prinzipien Qualität und Quantität unterbricht.[389] Durch die Konfrontation mit der Wahrnehmung, die sich mit der affektiven Intention kontrastiert, unterbricht sich die Zuwendung zu Qualitätszeichen und breiten sich die prädikativen Leistungen aus. Dabei wird „das Ding" – so Lacan – zum „*Wiederfinden*"[390], weil sich beim Urteil die Suche nach einer Wahrnehmungsidentität auf die Tendenz zur Suche begrenzt: Die analytische Urteilsleistung ist nicht zur Wiederherstellung der intendierten Synthesis geeignet. „Das Ding", der „bleibender Kern", lässt sich dabei als ein affektiv nicht festgesetztes bzw. als aktuell bestimmbares Etwas bezeichnen, das ein anderes Mal als „veränderter Zug" fungieren kann.[391]

Obwohl im psychischen Leben ‚das Ursprüngliche' als erstes Erlebnis unerreichbar besteht, kann für Freud die Intensität des Einmaligen nochmals erreicht werden („Das Auseinanderfallen gibt den Anstoß zu Denkarbeit, die wieder mit dem Zusammenfallen beendet wird."[392]). Die Wiederholung ist hier keine Wiederherstellung einer ersten ‚brechenden' Bahn im *ψ*, sondern sie ist vom aktualisierten Affekt angetrieben und ein mögliches Korrelat der affektiven Intention in entsprechenden Akten (Wahrnehmung, Vorstellung, Urteil, Traum). Gemäß dem bereits erörterten Sinn des Ursprungs besteht dieser nicht als Anfangspunkt einer Reihe von ähnlichen aufeinander folgenden Erlebnissen; vielmehr ist er der aktuelle affektive Kern, der einer Reihe von sich partiell deckenden Erlebnissen innewohnt. Der affektive Kern tritt jedoch nicht nur als Lusterlebnis und der dazu

---

[388] S. Freud, *Entwurf*, 421.

[389] J. Lacan, *Le séminaire VII: L'éthique de la psychanalyse, 1959 – 1960.* Texte établi par J.-A. Miller. Paris: Du Seuil, 1986, 59.

[390] J. Lacan, *Le séminaire VII: L'éthique de la psychanalyse*, 72. Auf Deutsch im Original. Freud verwendet diesen Ausdruck im Sinne der Realitätsprüfung in „Die Verneinung", GW XIV, 14.

[391] Vgl. d. die Definition von M. Safouan von „das Ding" als „zentrale Leere": „[...] un vide central autour duquel gravite le mouvement des re-présentations selon le principe du plaisir." (M. Safouan, „De la structure en psychanalyse: Contribution à une théorie du manque." In: O. Ducrot und F. Wahl (Hg.), *Qu'est-ce que le structuralisme?*. Paris: Du Seuil, 1968, 239-298, 259 f.).

[392] S. Freud, *Entwurf*, 423.

gehörenden Suche nach seiner sich korrelierenden Anschaulichkeit ein, sondern auch als Schmerz, der im *Entwurf* als Intensivierung der Unlust verstanden wird. Dies wird im nächsten Abschnitt erörtert.

II. 3.8. Die Intensivierungsstufen der Quantität, *die Entstellungsmodi der* Qualität

Nach Jean Laplanche ist das Unbewusste im *Entwurf* zugleich „ptolemäisch" und „kopernikanisch" inspiriert. Zunächst ptolemäisch, weil Freud den psychischen Apparat gewissermaßen hierarchisch darstellt, indem er das Unbewusste als Zentrum und als Voraussetzung für alle psychischen Vorgänge versteht.[393] Was Laplanche darin als das „Unbewusste" identifiziert, bezeichnet Freud als das Erinnerungssystem (ψ): das hinter dem Wahrnehmungs- und Bewusstseinssystem liegende und durch seine dauerhafte Differenzierung von Erinnerungsspuren gekennzeichnete System. Es ist das System, das Lacan als *„prédécesseur de l'inconscient"* bezeichnet.[394] Gemäß dem *Entwurf* bestehen die Erinnerungsspuren innerhalb dieses Systems in unbewusst und assoziativ sich konstituierenden Schichten, bevor sie ins Bewusstsein übergehen und unabhängig davon, ob dies überhaupt geschieht. Das Bewusstwerden ist demzufolge sekundär oder nachträglich gegenüber den unbewussten und quantitativen Konstitutionsmomenten. Nach Laplanche: „Die Formel *„alles, was bewusst ist, war zunächst unbewusst,* die die ganze Metapsychologie vergiften wird, ist hier sofort gegenwärtig, parallel zur These des verdrängten Unbewussten [...]."[395] Die im *Entwurf* nach dem ptolemäischen Vorbild dargestellte innere Fremdheit – das Unbewusste – wird aber dezentriert durch die Einführung der „äußeren Fremdheit, was darauf hinweist, dass sich das Ich nicht selbst genügt, sondern des Anderen bedarf.[396] Im Sinne dieser Dezentrierung spricht Laplanche von der „kopernikanischen Revolution" in der freudschen Theorie, welche aber „unvollendet" bleibt, weil der Andere, als Zentrum gesetzt, zugleich dem Eigenen die Zentralität zurückgibt.[397]

In diesem Sinne begreift Freud in seinem Beispiel des Befriedigungserlebnisses die ursprüngliche „Hilflosigkeit des Menschen" als „Urquelle" der „moralischen Motive"[398]: Die „fremde Hilfe", die zunächst dem Einzelnen das bringt, was er

---

[393] J. Laplanche, *Die unvollendete kopernikanische Revolution in der Psychoanalyse.* Frankfurt: Fischer, 1996, 15.

[394] J. Lacan, *Écrits I.* Paris: Seuil[2], 1999, 45.

[395] J. Laplanche, *Die unvollendete kopernikanische Revolution in der Psychoanalyse*, 16.

[396] J. Laplanche, *Die unvollendete kopernikanische Revolution in der Psychoanalyse*, 32.

[397] J. Laplanche, *Die unvollendete kopernikanische Revolution in der Psychoanalyse*, 32. „Kopernikanisch darin, dass sie sofort ihr Gravitationszentrum im Anderen findet; und zwar gleichzeitig in der Beachtung der Grundregel – die dazu bestimmt ist, diese Anziehung durch die Sonne und die unbewussten Sterne, die auf verborgene Weise den sichtbaren Zusammenhang unseres Diskurses nach dem Mittelpunkt streben lässt, offensichtlich zu machen – und in der Übertragung." (Ebd., 36).

[398] S. Freud, *Entwurf*, 410.

sich selbst nicht besorgen kann, besteht für die darauffolgenden Erlebnisse nicht als ein partikularisiertes einmaliges Moment. Vielmehr stiften die Erinnerungsspuren des unerinnerbaren Ereignisses den Antrieb zur aktuellen Umwandlung des Unlustaffekts in einen Lustaffekt, und zwar ebenso hinsichtlich des Anderen. „Am Nebenmenschen" – so Freud – „lernt darum der Mensch erkennen."[399] Der Andere, der am Befriedigungserlebnis teilnimmt, stellt als Ermöglichung der Befriedigung bzw. als „erstes Befriedigungsobjekt" und zugleich „erstes feindliche Objekt" die „helfende Macht" dar, aber auch denjenigen, der mit Ablehnung reagieren kann.[400] Ausgehend vom Befriedigungserlebnis, das sich mittelbar erinnern lässt, kann der Eine von der Wahrnehmung der Hilflosigkeit des Anderen zu demselben Anspruch auf Unlustvermeidung und zur „spezifischen Aktion" motiviert werden. Es handelt sich hier um die Aktualisierung eines zum aktualisierten Affekt passenden Handelns im intersubjektiven Kontext. Wie Michael Theunissen erläutert, wird die Erinnerung, die nicht unbedingt in einem meiner eigenen Erlebnisse fundiert sein muss, zu meiner Erinnerung, indem mich das Leiden des Anderen, und zwar meiner Zeitgenossen und Vorfahren, berührt und mich dazu bringt, mir dieses fremde Ereignis anzueignen.[401] Im Rahmen der im *Entwurf* entwickelten Überlegungen folgt daraus, dass sich eine Bahnung zwischen der aktuellen Wahrnehmung oder Vorstellung des Leidens des Anderen und dem eigenen aktualisierten Affekt bildet. Daher kann der aktualisierte Affekt die Unlustvermeidung oder -verminderung in Form des Handelns antreiben. Somit geht es im *Entwurf* um eine Art der Fremderfahrung, die nicht auf erkenntnistheoretischer Grundlage oder kollektiven Vorstellungen ruht, sondern auf dem affektiven Fundament der Erinnerung.

Bei der Umdeutung des Befriedigungserlebnisses in einem psychoanalytischen Zusammenhang wird der Andere, der an der Konstitution des Eigenen teilnimmt, von diesem zuerst „kopernikanisch" als Zentrum, als Besitzer der Bedeutungen gesehen. Der Andere fungiert somit als ideelles Zentrum, indem er bei der Übertragung die Aktualisierung der affektiven Grundlage ermöglicht. Sein Schweigen und sein Nicht-Handeln gibt aber dem Einzelnen seine Zentralität bei der Sinnkonstitution im analytischen Prozess zurück. Durch die in der Auslegung über die eigene Geschichte vermittelten Sinne sind die Abfuhrwege für den aktualisierten Affekt zu finden. Die psychoanalytische Situation ist demgemäß weder als ptolemäisch noch als kopernikanisch zu bezeichnen: Die Brechung mit der Zentralität des Anderen bedeutet nicht unbedingt, dass das System wieder ptolemäisch wird. Vielmehr kann es sich auf die Vermittlung eines Dritten als

[399] S. Freud, *Entwurf*, 426.
[400] S. Freud, *Entwurf*, 426.
[401] „Die echte, gewaltlose Aneignung ist, recht verstanden, *keine* Aufhebung von Fremdheit. [...] Ein vom Systemzwang befreites Er-Innern aber ist gerade deshalb auf sie [die Aneignung] angewiesen, weil es sich mit Fremdem konfrontiert." (M. Theunissen, *Rechtweite und Grenzen der Erinnerung*. Übers. Von B. Allen. Tübingen: Mohr Siebeck, 2001, 63).

Stelle des Symbolischen öffnen: Mögliche Sinnrichtungen können bestehen, wenn sich das Erlebte nicht rekonstituieren lässt oder wenn traumhafte Erscheinungen keinen Sinn ergeben.[402] Die traumatischen Erfahrungen schließen sich auch darin an: an der Stelle, an der der Eine und der Andere schweigen und sich die nachträgliche Sinnvermittlung als mögliche Bahnung der bedrohenden Schmerzaktualisierung darstellt.

Der Schmerz – so Freud im *Entwurf* – hinterlässt tiefe und breite Bahnungen im Erinnerungssystem ψ, sodass dessen Leitungswege ähnlich wie die Leitungen vom Wahrnehmungssystem φ werden.[403] Dies bringt mit sich, dass eine Schmerzerfahrung Widerstände im Erinnerungssystem aufhebt und Assoziationen unterbindet. Darüber hinaus erschwert sie die Fixierung und das Erinnern von partikularisierten Erlebnissen, da diese sich gerade durch die Differenzierungen zwischen den Bahnungen konstituieren.[404] Dass das Erinnerungssystem ψ ähnlich wie das System φ wird, bedeutet, dass es den Charakter der Durchlässigkeit erhält. Das heißt nicht, dass es zur Differenzierung und dauernden Fixierung von Erinnerungsspuren unfähig wird, sondern, dass die Erinnerungen, die ein traumatisches Ereignis evozieren, die Lebendigkeit von Empfindungen erhalten und zugleich nur schwer in Worte gefasst werden können. Bei der Vergegenwärtigung von solchen Konstitutionsmomenten tritt meist der Affekt oder der an ein Bild gebundene Affekt auf, ohne dass sie kontinuierlich den Sekundarvorgängen zugerechnet werden.

In Entgegensetzung zum Befriedigungserlebnis stuft Freud im *Entwurf* das Schmerzerlebnis ein: „Aus dem Wunschzustand folgt geradezu eine *Attraktion* nach dem Wunschobjekt respektive dessen Erinnerungsbild, aus dem Schmerzerlebnis resultiert eine Abstoßung, eine Abneigung, das feindliche Erinnerungsbild besetzt zu halten. Es sind dies die primäre *Wunschanziehung* und die primäre *Abwehr*."[405] Das Befriedigungs- und das Schmerzerlebnis wirken im *Entwurf* als die Grundformen, mit denen Freud einerseits die psychische Tendenz zur Wiederbelebung vergangener Erlebnisse sowie andererseits die Tendenz zur Abwehr und Verdrängung erklärt.[406] In beiden Fällen fungiert der Affekt (verstanden als Lust und Unlust) als *Grundlage* der bewussten Erinnerungsakte und nicht ungekehrt.

---

402 Wie R. Bernet bezeichnet: „En faisant intervenir des symboles dont la signification est générale, la parole introduit une séparation entre le sujet et *son* fantasme. Elle crée donc une division au sein du sujet, en sorte que toute coincidence du sujet parlant avec son propre désir se trouve perpétuellement différée." (R. Bernet, „Imagination et fantasme". In: J. Florence (Hg.), *Psychanalyse: l'homme et ses destins*. Louvain: Peeters, 1993, 206).

403 S. Freud, *Entwurf*, 400.

404 „Das Gedächtnis sei dargestellt durch die Unterschiede in den Bahnungen zwischen den Psy Neuronen." (S. Freud, *Entwurf*, 393).

405 S. Freud, *Entwurf*, 415.

406 Nach Pontalis gibt es zwei Grundmomente im freudschen Werk, in denen das Schmerzerlebnis eine zentrale Bedeutung erhält: Im *Entwurf* wird „eine eigenständige Theorie des Schmerzes" eingeführt und später, in *Hemmung, Symptom und Angst* (1926) noch ein Mal

Ebenso wie das Befriedigungserlebnis stellt Freud im *Entwurf* auch das Schmerzerlebnis in Zusammenhang mit den Gesetzen der Assoziation und der affektiven Grundlage der Erinnerung: Ein Schmerz kann erstens durch Intensivierung der sinnlichen Eindrücke eintreten. Als psychisches Erlebnis ist er mit der größten Niveausteigerung psychischer Energie (*Qή*) im Erinnerungssystem (*ψ*) verbunden, was als große Unlust empfunden wird.[407] Wie erwähnt (siehe 3. oben) kann der Schmerz gerade aus der Steigerung des Unlustaffekts folgen, wenn dieser nicht beseitigt wird – sei es in der Wahrnehmung, der Vorstellung, im Denken oder Handeln. Die Unlust ist hier als „Modifizierung der Spannungsquantität" aufzufassen: Sie ist nicht nur ein Bewusstwerden der Spannung, sondern – so Bernet – „ein Gefühl, das den Organismus dazu drängt, sich um eine Verminderung seines Spannungszustands zu bemühen".[408] Besteht die Unlust weiter oder steigert sie sich bis zur Empfindung des Schmerzes, so können nach Freud im *ψ* bestehende Bahnungsassoziationen und Widerstände zwischen den Bahnungen aufgehalten werden, und zwar solange das System keine adäquaten Abfuhrwege für die jeweilige *Qή* findet.[409] Beim sinnlichen Schmerz besteht jedoch eine Möglichkeit zur Unlustvermeidung, und zwar durch die Flucht oder Distanzierung von seiner jeweiligen Ursache. Hinsichtlich der Steigerung der inneren Unlust ist die Flucht dagegen erfolglos: Der steigende innere Drang, dessen Intensivierung als Schmerz empfunden wird, erfordert zunächst eine Reaktion, die ihn zu beseitigen oder wenigstens zu mindern vermag. Tritt eine solche nicht ein oder findet die affektive Intention in keiner Wahrnehmung oder Vorstellung ihren adäquaten Ausdruck, so kann der Drang innerhalb einer bestimmten Grenze zeitlich verschoben werden. Die zeitliche Verschiebung gehört meist mit einer anderen Art der Verschiebung zusammen: Die steigende psychische Energie *Qή* (als Steigerung des Unlustaffekts) kann auf anderen Wegen abgeführt werden. Dies geschieht auch bei tatsächlichem oder eingebildetem Schmerz, der beim Auftreten gewisser Erinnerungen empfunden wird. Es sind vor allem Erinnerungen an traumatische Vorkommnisse, traurige Erlebnisse oder an das mit einem Schmerz assoziierte Objekt. Letzteres bezeichnet Freud als „feindliches Objekt", dessen Erinnern er folgendermaßen beschreibt: „Wird das Erinnerungsbild

---

hervorgehoben. Im Unterschied zum Schwerpunkt des Befriedigungserlebnisses in der *Traumdeutung* besteht nach Pontalis die Besonderheit der Darstellung des *Entwurfs* darin, Schmerzerlebnis und Befriedigungserlebnis einander gegenüber zu stellen. (J.-B. Pontalis, *Zwischen Traum und Schmerz*. Frankfurt: Fischer, 1998, 223 f.).

407 S. Freud, *Entwurf*, 413.

408 R. Bernet, „Trieb, Lust und Unlust: Versuch einer philosophischen Grundlegung psychoanalytischer Begriffe". In: U. Kadi und G. Unterthurner (Hg.), *Sinn macht Unbewusstes, Unbewusstes macht Sinn*. Würzburg: Königshausen und Neumann, 2005, 102-118, 104.

409 Laut Pontalis: „Der Schmerz ist Einbruch; es setzt die Existenz von Grenzen voraus: Grenzen des Körpers, Grenzen des Ichs; es führt eine innere Abfuhr herbei, was man eine *Implosion*swirkung nennen könnte." (J.-B. Pontalis, *Zwischen Traum und Schmerz*, 225).

des Objektes (feindlichen) irgendwie neu besetzt, z.B. durch neue W[ahrnehmung], so stellt sich ein Zustand her, welcher nicht Schmerz ist, aber doch Ähnlichkeit mit ihm hat. Er enthält *Unlust* und die Abfuhrneigung, die dem Schmerzerlebnis entspricht."[410]

Freud vertritt also die Ansicht, dass die Erinnerung an ein Schmerzerlebnis ähnlich wie der Schmerz selbst empfunden wird. Zur Erklärung stellt er die bereits erwähnte Hypothese auf, dass die Schmerzerlebnisse „ausgiebige Bahnungen" im Erinnerungssystem (*ψ*) hinterlassen.[411] An die Schmerzerlebnisse schließen sich somit zunächst folgende zwei Modalitäten der psychischen Energie (*Qή*) an: die Intensität, mit der die sinnlichen Eindrücke empfunden wurden, und der dazu gehörende Affektbetrag (in Form des Unlustaffekts). Auch die dritte Modalität der psychischen Energie (*Qή*), der Aufmerksamkeitsbetrag, schließt sich an dieses Erlebnis an, was sich dadurch erklären lässt, dass man auf einen erstmaligen, eindrücklichen Schmerz nur schwerlich unmittelbar mit Ablenkung reagieren kann. Wie bei der Erörterung von Exners Theorie bereits dargelegt wurde, ist die Aufmerksamkeit auf eine Schmerzempfindung keine willkürliche Leistung oder gar Entscheidung. Nach Husserl hat der Vorzug „eines stärkeren affektiven Reizes stärkere Abhebung für uns."[412] Je stärker der „Reiz" bzw. die „Affektion" ist, desto schwieriger wird es somit, sich nicht affizieren zu lassen. Dies betrifft sowohl die Lust- als auch die Schmerzerfahrung. Nachträglich aber, sobald angezeichnet wird, dass eine Wahrnehmung oder eine Vorstellung Ähnlichkeit mit einem traumatischen Ereignis hat, können Freud zufolge die Abstoßung und die „primäre Abwehr"[413] unmittelbar auftreten. Daraus folgt die Neigung zur Verdrängung der jeweils mitassoziierten Vorstellungen. Dies vollzieht sich zunächst nicht durch eine Überlegung, also nicht durch ein vergleichendes Urteil, sondern unmittelbar, als biologisch fundierte Abwehr:

> Schwieriger zu erklären ist die primäre ‚Abwehr' oder ‚Verdrängung', die Tatsache, dass ein feindliches Erinnerungsbild stets so bald als möglich von der Besetzung verlassen wird. Indes dürfte die Erklärung darin liegen, dass die primären Schmerzerlebnisse durch reflektorische Abwehr zu Ende gebracht wurden. Das Auftauchen eines anderen Objektes anstelle des feindlichen war das Signal dafür, dass das Schmerzerlebnis beendet sei, und das *ψ* System versucht, *biologisch* belehrt, den Zustand in *ψ* zu reproduzieren, dass das Aufhören des Schmerzes bezeichnete. Mit dem Ausdrucke *biologisch belehrt* haben wir einen neuen Erklärungsgrund eingeführt, der selbstständige Geltung haben soll, wenngleich er eine Zurückführung auf mechanischen Prinzipien (quantitative Momente) nicht ausschließt, sondern erfordert. Im vorliegenden Falle kann es leicht die bei Besetzung

[410] S. Freud, *Entwurf*, 413.

[411] „Da die Unlustentbindung bei ganz geringfügiger Besetzung des feindlichen Er[innerungsspuren] eine außerordentliche sein kann, darf man schließen, dass der Schmerz ganz besondere ausgiebige Bahnungen hinterlässt." (S. Freud, *Entwurf*, 414).

[412] E. Husserl, Hua XI, 154.

[413] S. Freud, *Entwurf*, 415.

von feindl[ichen] Er[innerungsspuren] jedesmal auftretende *Qή*-Steigerung sein, die zur gesteigerten Abfuhrtätigkeit, somit zum Abfluss auch von Er[innerungsspuren] drängt. [414]

Das psychische Leben, das schon einmal nach einem traumatischen Ereignis einen Abfuhrweg zur Schmerzbeseitigung oder -verminderung gefunden hat, bewahrt und aktualisiert die Neigung zur Unlustvermeidung. Das unvermeidliche erste Mal eines traumatischen Geschehens wird dann zur wiederholten Vermeidung seiner Wiederholung. Wo die Unlust aufzutauchen beginnt, setzt das Selbsterhaltungssystem der Unlustintensivierung, der Potenzialität des Schmerzes, die widerstehende Kraft entgegen. Wie Bernet erläutert, ist in diesem quantitativen Modell des Schmerzes die „zunehmende Spannung" vom „Streben nach Verminderung dieser Spannung" untrennbar.[415] Diesem entspricht jedoch die ideale Situation, in der das psychische Leben lediglich vom Prinzip der Selbsterhaltung – später Lebenstrieb genannt – bestimmt wäre. Mit der zitierten Nicht-Beschränkung auf biologische Prinzipien und der Forderung nach der Berücksichtigung von „quantitativen Momenten" weist Freud bereits auf Bestimmungen des psychischen Lebens hin, die die Tragweite der Unlustvermeidung und der Lustneigung überschreiten.[416] Jedes „quantitative Moment" tritt nicht allein, in Abstraktion von den anderen auf, sondern steht mit den übrigen „quantitativen Momenten" in einer Wechselbeziehung. Zunächst hat die innere Quantität unterschiedliche Modalitäten: die Summation und die Wiederholung von psychischen Eindrücken, der Affekt- und der Aufmerksamkeitsbetrag oder die Wunschzustände. Jede dieser Modalitäten der *Qή* hat wiederum Modalitäten. Die Affektmodalitäten (Lust und Unlust) und ihre wechselnden Intensitäten können demgemäß jeweils nicht nur in Einklang mit den entsprechenden Ich-Leistungen als Ich-Zuwendung bzw. Aufmerksamkeitsbesetzung und Abstoßung bestehen, sondern es können sich vielmehr auch Konflikte bilden. Dieselbe Vorstellung oder Vorstellungsreihe kann ebenso Anziehung und Aufmerksamkeitsbesetzung hervorrufen wie auch Abstoßung, woraus die Besetzungsunterbindung und die Verdrängung der jeweils mitassoziierten Vorstellungen folgen kann oder auch nicht. Dies geschieht, weil ein psychischer Inhalt (als bewusste Vorstellung und als Erinnerungsspur) nicht isoliert vorliegt, sondern ein „Komplex"[417] von verschiedenen Erlebnissen ist, wie Freud es bereits in der Aphasie-Studie beschreibt. Innerhalb dieses Komplexes sind die Affektmodalität (der Lust- und der Unlustaffekt) und die darauf gerichtete Weise der Ich-Einstellung (die Aufmerksamkeit und die Abstoßung) meistens nicht in Reinform vorhanden. Wenn sie jedoch in

---

414 S. Freud, *Entwurf*, 415.

415 R. Bernet, „Trieb, Lust und Unlust. Versuch einer philosophischen Grundlegung psychoanalytischer Begriffe", 104.

416 Bekanntlich wird diese These später vor allem in *Jenseits des Lustprinzips* (1920) entwickelt.

417 S. Freud, *Entwurf*, 423, 473.

Reinform bestehen, ist der Kontrast zwischen dem Primär- und dem Sekundärvorgang stärker: „Die Wunschbesetzung bis zur Halluzination, die volle Unlustentwicklung, die vollen Abwehraufwand mit sich bringt, bezeichnen wir als ‚psychische Primärvorgänge', hingegen jene Vorgänge, welche allein durch gute Besetzung des Ich ermöglicht werden und Mäßigung der obigen darstellen, als ‚psychische Sekundärvorgänge'."[418]

Die Sekundärvorgänge hemmen hier die Entwicklung des Lust- und Unlustaffekts bis zu deren Grenze, also bis zur Halluzination von Befriedigungserlebnissen sowie der Erhöhung des Unlustaffekts bis zur Schmerzempfindung. Dadurch, dass das Ich passiv affiziert wird, wird es zum aktiven Ich, zu einem Ich, das mit Zuwendung (bzw. „Besetzung") oder Ablenkung (bzw. „Seitenbesetzung") reagiert. Unter der „Seitenbesetzung"[419] ist der Nebenweg des Denkens der Bahnungen, deren Vergegenwärtigung mit Unlust verbunden werden kann, zu verstehen. Andere Assoziationswege können somit aktiv gebahnt werden. Dem entspricht die primäre Tendenz des Denkens, des „praktisches Denkens", dessen Ziel die Unlustvermeidung ist.[420] Bei der sekundären, theoretischen Orientierung des Denkens hingegen wird das Erkennen von allen Assoziationswegen angestrebt.[421] Diese werden insofern zur psychoanalytischen Methode der freien Assoziation, als gerade die affektvollen, vermeidbaren Erinnerungen möglicherweise umgearbeitet werden sollen. Es geht in diesem Zusammenhang nicht um ihre Wiederholung schlechthin, sondern darum, dem aktualisierten Affekt einen Sinn zu verleihen. Aus dieser Perspektive konstituiert sich das Erinnern aus dem Zusammenwirken von Primär- und Sekundärvorgängen: Als Primärvorgang entwickelt es sich mittels der Förderung durch den Analytiker zur ungehemmten Assoziation bis zum Erreichen der Kernpunkte des Affekts; als Sekundärvorgang vollzieht es sich durch die darauffolgende Denkarbeit und mögliche sprachliche Bearbeitung. Man spricht hier von einer ‚möglichen' Bearbeitung, weil sowohl dem „Nichtrepräsentierten" – das was weder als bildliche Vorstellung noch als Wort bewusst eintrat – als auch dem „Unrepräsentierbaren" des Schmerzes und der unbestimmten Befriedigung aktuelle Sinngebungen zugeschrieben werden können.[422]

Würde sich die bewusste Erinnerung jedes Mal als reiner Primärvorgang ereignen, so würden das Trauma und der dabei empfundene Schmerz jedes Mal empfunden, die ursprüngliche Befriedigung jeweils leibhaftig erinnert. Eine solche Wiederbelebung ist aber für Freud nicht zunächst eine Funktion der bewussten Erinnerung schlechthin, die gewöhnlich aus geringen Quantitätsbesetzungen be-

---

418 S. Freud, *Entwurf*, 422.
419 S. Freud, *Entwurf*, 422.
420 S. Freud, *Entwurf*, 472.
421 S. Freud, *Entwurf*, 472.
422 Siehe N. C. Marucco, Zwischen Erinnerung und Schicksal: die Wiederholung. *Psyche – Z Psychoanal* 61 (2007), 322-344, 342.

steht.[423] Das bedeutet, dass im wachen Leben die affektive Belebung von Erinnerungsspuren in der Regel innerhalb bestimmter Intensitätsgrenzen gehalten wird. Dabei bringt die Affektsteigerung meistens weder die intendierten noch die vermeidbaren Anschauungen, nicht einmal die halluzinatorischen, zu einem Grad der Selbstgegebenheit, der dem in der Wahrnehmung gleichkommt. Während sich in früher Kindheit das Erinnern nach der halluzinatorischen Tendenz richtet bzw. als ausgiebige Besetzung der Erinnerungsspuren der Befriedigungserlebnisse verwirklicht[424], wird in der Entwicklung des psychischen Lebens das Erinnern zum Sekundärvorgang oder zur Kombination zwischen Primär- und Sekundärvorgang. Der Traum aber ist eine Form des Erinnerns[425], insbesondere insofern, als der aktualisierte Affekt nach seiner Erfüllung strebt, die in den Erinnerungsakten und im bewussten Leben insgesamt gehemmt wird. Weil der Traum keine reine Wiederherstellung von vorhandenen Erlebnissen ist, sondern die „Entstellung"[426] des nicht mehr als anwesend Erfassbaren, findet in ihm das affektive Fundament, d. i. der aktualisierte Affekt, seinen aktualisierten Ausdruck.[427]

Die Entstellung geschieht allerdings nicht ausschließlich im Traum, sondern auch in anderen psychischen Akten wie etwa beim Phantasieren, bei der Deckerinnerung und beim Erinnern selbst. Vor allem bei der Erinnerung an früheste Erlebnisse wird die Entsprechung zwischen dem aktuell Erinnerten und dem Vergangenen dadurch verhindert, dass es sich bei letzterem um rein affektive Erlebnisse handelt, die keinen sprachlichen Ausdruck fanden.[428] Aber nicht nur deswegen ist das reine, unmittelbare Erinnern gefährdet: Bei jedem Erinnerungsakt, aber auch beim Phantasieren und der Deckerinnerung, verhindern die Interferenzen von anderen vorherigen Erlebnissen, aktualisierten Affekten und der

---

423 S. Freud, *Entwurf*, 401 ff. Freud unterscheidet eine „primäre Erinnerung" (im Sinne des erstmaligen Erinnerns an ein affektgeladenes Erlebnis) von den darauffolgenden Erinnerungen dadurch, dass erstere „stets Halluzination" ist, während bei den nachfolgenden das Ich „gelernt" hat, die affektive Besetzung zu hemmen. (S. Freud, *Entwurf*, 434).

424 „[...] die primäre Wunschbesetzung [war] auch halluzinatorischer Natur." (S. Freud, *Entwurf*, 435).

425 „Träumen ist ja auch ein Erinnern". (S. Freud, „Aus der Geschichte einer infantilen Neurose" (1918), GW XII, 80).

426 Über die „Entstellung" als Grundform des Vorstellens und der Vergegenwärtigung in freundschen Denken siehe U. Hock, *Das unbewusste Denken: Wiederholung und Todestrieb.* Frankfurt: Fischer, 2000, 51 ff.; Die Zeit des Erinnerns, *Z Psychoanal*, 2003 (812-840), 817 ff.

427 In diesem Zusammenhang führt Freud im *Entwurf* seine berühmte These der *Traumdeutung* ein: „[Die Träume] sind *Wunscherfüllungen*, also Primärvorgänge nach den Befriedigungserlebnissen." (S. Freud, *Entwurf*, 435).

428 Wie Freud es später auslegt: „Szenen [...] aus so früher Zeit und mit solchem Inhalt, die dann eine so außerordentliche Bedeutung für die Geschichte des Falles beanspruchen, werden in der Regel nicht als Erinnerungen reproduziert, sondern müssen schrittweise und mühselig aus einer Summe von Andeutungen erraten – konstituiert werden." (S. Freud, „Aus der Geschichte einer infantiler Neurose". GW XII, 80). Vgl. A. Green, Zeitlichkeit in der Psychoanalyse: zersplitterte Zeit. *Z Psychoanal* 57 (2003), 789-811, 789 f.

Aufmerksamkeit (als „attentionale Bahnung") eine vollständige Deckung mit dem ‚wirklichen' Erlebten. Demgemäß ist ebenso die Weise, in der Erlebnisse, die durch die passive Assoziation auftauchen, als Erinnerungen gedeutet werden, als eine Form der Entstellung zu denken. Wie André Green es ausdrückt: „Sich seiner eigenen historischer Wahrheit bewusst zu sein bedeutet nach Freud einzugestehen, dass die Wahrheit nur durch ihre Entstellungen erreicht werden kann – vielleicht das letzte Wort im analytischen Prozess."[429]

Mit der Theorie der Intensitätsstufen und Modalitäten der psychischen Quantität (*Qή*) entwirft Freud somit eine Typisierung der psychischen Phänomene, der verschiedene Stufen der Entstellung zugeordnet werden können. Im Allgemeinen sind der Traum, die Phantasie, die Erinnerung und die Deckerinnerung durch die aktualisierten Affekte sowie die Interferenzen der Aufmerksamkeit und der aktuellen Motivation als Modalitäten der „sich in der Gegenwärtigkeit konstituierenden Sinne"[430] aufzufassen. Sie können aber mehr oder weniger der Entstellung unterliegen. Im Unterschied zu den anderen Akten kennzeichnet sich das Erinnern gerade als dasjenige psychische Phänomen, bei dem der Glaube an eine Entsprechung zwischen aktuell Erscheinendem und bereits Erlebtem besteht. Wie Husserl darlegt, macht dies die Positionalität der Erinnerung im Vergleich zur Neutralität des Phantasierens aus.[431] Beim Phantasieren wird keine Entsprechung zwischen dem aktuell Erscheinenden und einer bereits erlebten Erfahrung gesetzt. Bei der Erinnerung besteht dagegen der Glaube an eine solche Adäquation, unabhängig davon, ob sich das Aktuelle und das Vergangene tatsächlich entsprechen.[432] Es handelt sich hier um einen Glauben, weil die erlebte Erfahrung nicht als gegenwärtige gegeben ist, wodurch der Vergleich und der Glaube erst fundiert werden könnten. In diesem Sinne bietet sich die Deckerinnerung als bestes Beispiel für diejenigen psychischen Phänomene an, die sich teilweise als Primär-, teilweise als Sekundärvorgänge entfalten sowie teilweise als positional, teilweise als neutral aufzufassen sind. Denn die Deckerinnerung kann weder nur positional sein (wie die reine Erinnerung) noch ganz neutral (wie das reine Phantasieren), weil in ihr gerade bezweifelt wird, ob dem aktuell Erinnerten eine tatsächliche Erfahrung entspricht, oder ob es sich vielmehr um ein phanta-

429 A. Green, Zeitlichkeit in der Psychoanalyse, 807.

430 M. Richir, „Phänomenologisches und symbolisches Bewusstsein und Unbewusstes", 36.

431 E. Husserl, Hua XXIII, 247 f. Husserls „Positionalität" entspricht dem, was M. Kettner „Etwas-erlebt-haben-Überzeugung" nennt. Siehe M. Kettner, Das Konzept der Nachträglichkeit in Freuds Erinnerungstheorie, 320. Siehe auch R. Britton, *Glaube, Phantasie und psychische Realität.* Stuttgart: Klett-Cotta, 2001, 23 ff.

432 Laut A. Green: „Es handelt sich dabei [bei der historischen Wahrheit nach Freuds Erachten] nicht um eine historisch belegte, d. h. beweisbare Wahrheit. Im Gegenteil, sie ist historisch in dem Sinn, dass es sich bei Überzeugungen, die ungeachtet ihrer geschichtlichen Bedingtheit für ewige Wahrheiten gehalten werden, eigentlich um alte, vergessene Ereignisse oder Glaubensinhalte handelt, die in neuer Form wiederauferstanden sind." (A. Green, Zeitlichkeit in der Psychoanalyse, 799).

siertes Erlebnis handelt.[433] Dies impliziert bereits, dass das Erinnern nicht als bloße Wiederherstellung des Vergangenen verstanden werden, dafür aber unendlich entstellt werden kann, je nach der Aktualisierung des Affektes.

Der Wert des *Entwurfs* für die darauffolgenden Untersuchungen über Erinnerung, Traum, Phantasie und Deckerinnerung liegt vor allem darin, dass mit der psychischen „Quantität" (*Qή*) und ihren jeweiligen Modalitäten insbesondere die affektive Fundierung psychischer Phänomene hervorgehoben wird. Ausgehend von dieser Grundlage untersucht Freud sodann die Rolle des Ich, des Bewusstseins und der aktiven Assoziation im psychischen Leben. Auch im Hinblick auf die affektive Intentionalität untersucht er im *Entwurf* die Assoziationsprinzipien, die die „Nomologie" (Derrida) des Bewusst- und Unbewusstwerdens bestimmen und diese eigenständig bestimmen können, sofern sich das psychische Leben nicht im Aufmerksamkeitsmodus befindet. Mit der breiten Bedeutung des Begriffs „Bahnung" stellt Freud schließlich ein assoziatives, affektives und zugleich Ich-bezogenes System auf, auf das die bewussten Akte zurückweisen. Dieses System wurde als Erinnerungssystem (ψ) bezeichnet, in dem sich die Erinnerungsspuren als Potenzialität befinden. Als nicht festgelegter Raum der Konstitution, als Schauplatz der vorhandenen und der aktuell sich konstituierenden Sinne bahnt sich dieses als Entwurf des Unbewussten eingeführte System stetig aus den Anziehungs- und den Abstoßungspunkten zwischen den Horizonten der Aktualität und des Vorhandenseins.

In diesem Zusammenhang ist nun die im *Entwurf* dargestellte kontinuierlich-diskontinuierliche Weise der Konstitution sowie der Zeitlichkeit psychischer Phänomene im Lichte der derridaschen Auslegung der Zeitigung-Verräumlichung zu berücksichtigen.

II. 3.9. Zeitigung-Verräumlichung: Kontinuität des Bahnens, Diskontinuität der Spur

> *Les traces ne produisent donc l'espace de leur inscription qu'en se donnant la période de leur effacement. Dès l'origine, dans le* présent *de leur première impression, elles sont constituées par la double force de répétition et d'effacement, de lisibilité et d'illisibilité.*
>
> J. Derrida [434]

Bereits im *Entwurf* deutet Freud die erst dreißig Jahre später in der „Notiz über den Wunderblock" ausgearbeitete Ansicht an, das Bewusstsein sei das Ergebnis einer diskontinuierlichen Besetzung, aus der unsere Zeitauffassung resultiert.[435]

---

[433] S. Freud, „Über Deckerinnerungen" (1899), G.W. 1, 546 ff.

[434] „Freud et la scène de l'écriture", 334.

[435] S. Freud, *Entwurf*, 402 f. „Notiz über den Wunderblock" (1925 [1924]), Studienausgabe III, 369. Siehe auch S. Freud, *Jenseits des Lustprinzips*, Studienausgabe III, 238 und „Die Verneinung", Studienausgabe III, 376.

Demgemäß heißt es in jenem späteren Text: Besetzungsinnervationen [werden] in raschen periodischen Stößen aus dem Inneren in das völlig durchlässige System *W-Bw* [Wahrnehmung-Bewusstsein] geschickt und wieder zurückgezogen. [...] Ich vermutete ferner, dass diese diskontinuierliche Arbeitsweise des Systems *W-Bw* der Entstehung der Zeitvorstellung zugrunde liegt."[436] In der Begrifflichkeit des *Entwurf* ausgedrückt, als das Bewusstsein und die Wahrnehmung noch nicht als ein einziges psychisches System *W-Bw* eingestuft wurden, bedeutet dies, dass sich die Bahnungen aus dem Erinnerungssystem (ψ) in diskontinuierlicher Weise zu bewussten Akte entwickeln, wenn sie die Bedingungen des Bewusstwerdens erfüllen, wobei das Bewusstseinssystem (ω) ständig zur Durchlässigkeit zurückkehrt. Diese dem Bewusstseinssystem (ω) inhärente Diskontinuität bildet insofern den Ursprung der Idee der Zeit, als ausgehend vom Auftauchen einer Vorstellung bis zu ihrem Verschwinden bzw. ihrem Zurückkehren ins Erinnerungssystem ein bestimmter Zeitraum eingenommen wird. Dies geschieht ebenso im Falle der Wahrnehmungen, deren Dauer vom beginnenden Auftauchen im Wahrnehmungssystem (φ) bis zum Unanschaulich-Werden als Erinnerungsspuren im ψ verläuft. Wird bei Erinnerungsakten die Wiedererscheinung früherer Wahrnehmungskontexte intendiert, tritt die Vergegenwärtigung als fragmentarische Ergebnis eines Gewebes von unbewussten Spuren auf, die von selbst im Bewusstsein auftreten wie auch aus diesem verschwinden können. Die Zeitigung der bewussten Phänomene ist daher nicht zu trennen von ihrer Verräumlichung im ψ. Nach Bernet:

> Das Bewusstsein entstammt der Verräumlichung, und *Verräumlichung* ist ein anderes Wort für die Vergegenwärtigung im Derridaschen Sinne. Das bedeutet zugleich, dass Verräumlichung nicht von Verzeitlichung getrennt werden kann. Vergegenwärtigendes Bewusstsein ist somit die Erfahrung des Abstandsnehmens und Aufschiebens.[437]

Bewusste Erinnerungsakte sind hierbei weder von der ursprünglichen Gegenwärtigkeit, noch von der ursprünglichen Wiederherstellung von vorhandenen Akten her zu verstehen. Von der Nachträglichkeit her gedacht, sind sie Vergegenwärtigungen von sich in Verschiebung einschreibenden Erinnerungsspuren, ohne dass dies aber impliziert, dass diese anderswo erfasst werden können. Diese Zeitlichkeit des Bewusstseins in Bezug auf die dazu gehörende Verräumlichung der Erinnerungsspur soll im Folgenden näher thematisiert werden. In diesem Kontext wird auch Derridas Beitrag zur Deutung der freudschen Auffassung der Zeitlichkeit psychischer Phänomene berücksichtigt. Dazu gehört die Infragestellung der Ansicht, dass sich das Denken der *différance* und eine phänomenologische Sicht des Bewusst- und Unbewusstwerdens ausschließen.

Freud fasst also in jenem späteren Text aus dem Jahr 1924 die Zeitstrecke zwischen dem beginnenden Erscheinen einer Wahrnehmung oder einer Vorstellung

---

[436] S. Freud, „Notiz über den Wunderblock", Studienausgabe III, 369.
[437] R. Bernet, „Derrida – Husserl – Freud: Die Spur der Übertragung", 120.

und ihrem Verschwinden aus dem System Wahrnehmung-Bewusstsein als ein und denselben Konstitutionsvorgang einer Dauer auf. Obwohl im *Entwurf* das Wahrnehmungs- und das Bewusstseinssystem als zwei getrennte psychische Systeme dargestellt werden, weisen beide Texte auf dieselbe Konzeption hin, dass Vorstellungen und Wahrnehmungen eine Dauer haben, sei es die kurze Dauer des plötzlichen Erscheinens einer Vorstellung, seien es die Verlaufsmomente einer Wahrnehmung oder einer Vorstellungsreihe. Vorstellungsakte und Wahrnehmungen vollziehen sich also schneller oder langsamer und lagern sich zugleich im Erinnerungssystem – später als „das Unbewusste" bezeichnet – ab oder sinken darin zurück: Wahrnehmungen lagern sich ab, Vergegenwärtigungen von Erinnerungsspuren sinken zurück.

Bekanntlich stellt Freud 1915 in der Beschreibung des Unbewussten die These auf, dass die unbewussten Vorgänge insofern „zeitlos"[438] sind, als ihr Verlauf unbemerkt bleibt: Unbewusste Vorgänge entfalten sich unabhängig davon, ob sie ins Bewusstsein übergehen. Demzufolge ist das, was man bewusst als Anfangs- und Endpunkt der erscheinenden Vorstellungsakte auffasst, die ideelle Grenze von Prozessen, die lediglich für das Bewusstsein einen Anfangs- und einen Endpunkt haben. Für das Bewusstsein entsteht eine Diskontinuität oder qualitative Änderung, wenn zuvor unbewusste Phänomene anschaulich werden. Diese sind nicht als solche erfassbar, sondern lediglich sofern sie die Bedingungen des Bewusstwerdens erfüllen. Erste Bedingung ist ein bestimmter Intensitätsgrad, was Herbart mit dem Begriff der „Schwelle des Bewusstseins" als denjenigen ideellen Punkt bezeichnete, an dem der bewusste Vorstellungsakt beginnt. Um einen ideellen Punkt geht es für Herbart deshalb, weil dem Bewusstwerden die Steigerung der Klarheit und der Merklichkeit von unbewussten Kräften entspricht, nicht aber deren Entstehungspunkt. Auch Husserl vertritt – wie sich im zweiten Teil dieser Untersuchung zeigen soll – in seinen späteren Arbeiten zur Zeitkonstitution die Position, dass sich die unbewussten Phänomene unterhalb des Nullpunkts, auf dem sie für das Bewusstsein anschaulich werden oder affektive Kraft auf das Ich üben, konstituieren.[439] Den unbewussten Phänomenen fehlt nämlich ein apperzeptives Bewusstsein, das etwa den Anfangs- und Endpunkt einer passiven Assoziation festsetzen könnte.

Außer der Bedingung der Intensität vertritt Freud die Ansicht, dass das Bewusstwerden ebenso von quantitativen Vorgängen bestimmt ist, die mit dem Affektbetrag, der Aufmerksamkeit und den Wünschzuständen zusammengehören. So kann etwa durch die Ich-Zuwendung zu entfaltenden Bahnungen oder durch die Reaktion auf die an den Vorvorstellungen (potenziellen Vorstellungen) anschließenden Affekte bestimmt werden, welche Vorvorstellungen ins Bewusstsein übergehen werden und mit welchem Intensitätsgrad. Die Aufmerksamkeit, die Freud

---

[438] S. Freud, „Das Unbewusste", Studienausgabe III, 145 f.

[439] E. Husserl, Mat. VIII, 98 f., 376. Siehe in dieser Arbeit den Abschnitt: III. 5.

im *Entwurf* als „eine beständige, wenngleich verschiebbare Besetzung“[440] bezeichnet, betrifft somit die wechselnde Ich-Zuwendung auf die in jedem Moment erscheinenden Wahrnehmungen und Vorstellungen und auf die zu vergegenwärtigenden Bahnungen. Dabei ist die Aufmerksamkeit diskontinuierlich, sie „besetzt“ und intensiviert in sprunghafter Weise verschiedene Arten psychischer Phänomene. Jenseits der Aufmerksamkeit verbinden sich aber die Vorvorstellungen miteinander und werden vor beziehungsweise unabhängig von ihrem bewussten Erscheinen stärker oder schwächer affektiv besetzt. Solche unbewussten Vorgänge sind demzufolge nicht „zeitlos“ in dem Sinne, dass sie sich nicht ändern. Nach Derrida ist vielmehr vom Gegenteil auszugehen: „Die Zeitlosigkeit des Unbewussten wird zweifellos nur in Opposition zu einem geläufigen Zeitbegriff bestimmt, einem traditionellen Begriff, einem Begriff der Metaphysik, der Zeit der Mechanik oder der Zeit des Bewusstseins.“[441] Dies zeigt sich im *Entwurf* bei denjenigen Motiven, deren Ausarbeitung später als das „Unbewusste“ bezeichnet werden wird: Die Bahnung ist als ursprüngliche Zeitigung-Verräumlichung zu betrachten, wobei die psychische Kraft durch ihre zeitliche Erstreckung räumliche Differenzierungen im Erinnerungssystem (ψ) herstellt. Derrida beschreibt dies folgendermaßen:

> Genauestens wäre also all zu untersuchen, was Freud uns über die Kraft der Schrift als *Bahnung* in der ‚psychischen‘ Wiederholung dieses ehemals *neurologischen* Begriffs zu denken gibt […]: Eröffnung ihres eigenen Raums, Aufbruch [*effraction*], ein durch Widerstände hindurch geschlagener Weg, ‚wegbahnender‘ (*rupta, via rupta*) Bruch [*rupture*] und Einbruch [*irruption*], gewaltsame Einschreibung einer Form, Niederschrift [*tracé*] einer Differenz in einer Natur oder Materie […]. Die Route tut sich in einer Natur oder Materie, einem Wald oder Gehölz (*hyle*) auf, und verursacht eine Umkehrbarkeit von Zeit und Raum. […] Die Metapher des gebahnten Weges, die in den Beschreibungen Freuds häufig vorkommt, steht stets mit dem Thema der ‚nach-träglichen (bzw. -tragenden) Verspätung‘ und mit der, auf die Vorwärtsbewegung eines Maulwurfs, auf das unterirdische Werk eines Eindrucks folgenden Rekonstitution des Sinns im Nachherein in Verbindung.[442]

An dieser Stelle zeigt sich, dass Derrida über den Begriff der Bahnung die Grundmotive seiner Deutung des freudschen Denkens entfaltet: die *différence* und die *différance*, die Erinnerungsspur als „Schrift“, die Auffassung von deren nachträglicher Konstitution, die Zusammengehörigkeit von Zeit und Raum. Zunächst weist die Deutung von Derrida, dass es sich bei der Konstitution der Erinnerungsspur um das Zusammenfallen von Raum und Zeit bzw. der Zeitigung und der Verräumlichung handelt[443], auf den Anspruch von Freud selbst hin, die Bah-

[440] S. Freud, *Entwurf*, 432.

[441] J. Derrida, „Freud et la scène de l’écriture“, 318 / „Freud und der Schauplatz der Schrift“, 327.

[442] J. Derrida, „Freud et la scène de l’écriture“, 316 f. / „Freud und der Schauplatz der Schrift“, 326 f.

[443] Siehe J. Derrida, „Freud et la scène de l’écriture“, 315 f. / „Freud und der Schauplatz der Schrift“, 324 f.

nungsvorgänge im Rahmen der Bewegungsprinzipien und insofern in räumlichen und zeitlichen Dimensionen darzustellen. In dieser Hinsicht unterscheidet Freud zwischen den zeitlichen Bewusstseinsphänomenen und den zeitlich-räumlichen Bahnungsvorgängen, was in Derridas Deutung jeweils als Differenz und als *différance* gedacht wird. Im Folgenden wird zunächst unterstrichen, wie sich dies innerhalb des *Entwurfs* konfiguriert.

Nach Freud gehen die aus den Bahnungen hervorgegangenen „Unterschiede" im Erinnerungssystem (ψ) allen weiteren Unterschieden zwischen bewussten Phänomenen voraus. Diese beiden Modi, in denen sich die psychischen Phänomene unterscheiden (im ψ und im Bewusstseinssystem ω), erklärt Freud durch die zwei Grundprinzipien der Quantität und der Qualität: Die quantitativen Vorgänge, die sich im Erinnerungssystem (ψ) vollziehen (und zwar vor allem die Assoziation zwischen den Bahnungen, ihre affektive Grundlage und ihre attentionale Besetzung), gehen nicht als solche ins Bewusstseinssystem ω über. Freud bezeichnet das, was von ihnen ins Bewusstsein übergeht, als Qualität bzw. qualitative Differenzierungen, die auch ebenfalls „Periode"[444] genannt werden. Weil die Bahnungen im Rahmen der Bewegung (der zeitlichen Entfaltung und der räumlichen Übertragung) der psychischen Energie (der inneren Quantität *Qή*) zu verstehen sind, müssen sie in allgemeinen Bewegungsprinzipien gründen, die eine zeitliche und eine räumliche Variable haben. Die bewussten Phänomene hingegen sind zwar in sich differenziert, aber sie hinterlassen im Bewusstsein keine Spur und sind somit nicht als räumlich im besonderen Sinne des ‚psychischen Raums' der Bahn zu verstehen, d. h. im Sinne einer psychischen Topologie, die sich weder gemäß der Physiologie noch des physischen Raums auffassen lässt. Die bewussten Phänomene sind aber zeitlich und haben insofern eine „Periode", als es eine Dauer der Erscheinung – zwischen dem Auftauchen einer Vorstellung im Bewusstsein und deren Verschwinden aus dem Bewusstsein – gibt. Darüber hinaus differenzieren sich die bewussten Phänomene dadurch von einander, dass sie verschiedene Geschwindigkeiten und Intensitäten besitzen. Dass das Bewusstwerden mit der „Verräumlichung" zusammengehört (Derrida), lässt sich demzufolge dadurch erklären, dass das vorübergehende Erscheinen der bewussten Phänomene zugleich ihr Übergang zur Unsichtbarkeit (für das Bewusstsein) und zur Ablagerung in Form des (unbewussten) Bahnens ist. Freud stellt daher die These auf, dass sich die Unterschiede zwischen den bewussten Vorstellungen auf die unsichtbaren Unterschiede zwischen den Bahnungen und ihren Bewegungsprinzipien gründen. Während die Bahnungen im ψ als Bewegungsprozesse in verschiedenen Geschwindigkeiten je nach dem Zustand der inneren Quantität *Qή* (als gebundene, teilweise gebundene oder fließende) verlaufen und in ihren zeitlichen Abläufen räumliche (für das Bewusstsein allerdings unsichtbare) Differenzierungen hervorbringen, haben die bewussten Phänomene lediglich zeitliche

[444] S. Freud, *Entwurf*, 402.

Unterschiede beziehungsweise Differenzen der „Periode".[445] Die Bahnung der Erinnerungsspuren jenseits ihrer bewussten Anschaulichkeit ist hingegen als ihr ursprüngliches Sich-Differenzieren aufzufassen. Dieser von Derrida als *différance* bezeichnete Prozess liegt den Differenzen im Bewusstsein zugrunde: So kann Derrida formulieren, dass die Differenzen in der *différance* gründen.[446] Dies lässt sich wie folgt erläutern.

Wie anhand der freudschen Theorie gezeigt wurde, wohnt den Bahnungen das Zusammenfallen des aktuellen Sich-Bahnens und der Beeinflussung durch vorherige assoziative Wege inne. Die assoziative Richtung der Bahnungen oder ihr Sich-Konstituieren kann jedoch nur nachträglich und mittelbar aus den bewussten Phänomenen her gedeutet werden. Obwohl die Bahnungsvorgänge den bewussten Phänomenen vorangehen und sie stiften, verweisen diese also nachträglich und mittelbar auf jene. All diese verschiedenen Facetten (die aus den aktuellen Bahnungen entstandene Differenzierung; der dialektische Bezug zwischen den aktuellen und den bereits vollzogenen Bahnungen; die Nachträglichkeit der Deutung) entsprechen den Grundbedeutungen der derridaschen *différance* und werden durch den Begriff der Bahnung erfasst. Die Bahnung ist sowohl das *différer* im Sinne von „nicht identisch sein" oder „anders sein" als auch das *différer* in zeitlicher Hinsicht, und zwar als zeitlich-räumliches Sich-Konstituieren und Aufschub[447]:

> Die zwei anscheinend verschiedenen Bedeutungen von *différance* verbinden sich in der Freudschen Theorie: das *différer* als Unterscheidbarkeit, Unterscheidung, Abweichung, Diastema, *Verräumlichung* [*espacement*], und das *différer* als Umweg, Aufschub, Reserve, *Temporisation* [*temporisation*].[448]

Diese beiden Modi der *différance* gehören zusammen. Als „Temporisation" oder „Temporisieren" (*temporiser*) bezeichnet die *différance* den Rekurs auf „die zeitliche und verzögernde Vermittlung eines Umwegs [...], welcher die Ausführung oder Erfüllung des Wunsches oder Willens suspendiert und sie ebenfalls auf eine Art verwirklicht, die ihre Wirkung aufhebt oder temperiert".[449] Im *Entwurf* ist die *différance* als „Temporisieren" bei denjenigen Vorgängen anzusehen, bei denen die Erinnerungsspuren unabhängig von ihrer Intensität nicht unmittelbar ins Bewusstsein übergehen. Stattdessen differenzieren bzw. verräumlichen sie sich weiter in Form der Bahnungen im ψ. Die Verräumlichung betrifft hierbei die Art,

---

445 Freuds These lautet, dass das Bewusstseinssystem (ω) unfähig ist, *Q$\acute{\eta}$* (innere Quantität) aufzunehmen, und dass es sich lediglich von der *Periode* der Erregungen aneignet. (S. Freud, *Entwurf*, 402). Wie Derrida es ausdrückt: „[...] ici [sont] les différences, les intervalles, la discontinuité enregistrés, ‚appropriés' sans leur support quantitativ." (J. Derrida, „Freud et la scène de l'écriture", 305 / „Freud und der Schauplatz der Schrift", 314).

446 „Les différences sont donc ‚produites' – différées – par la différance." (J. Derrida, „La différance", in: *Marges de la philosophie.* Paris: Minuit, 1972. 1-29, 15 /„Die Différance", in: *Die Différance*: Ausgewählte Texte. Stuttgard: Reclam, 2004, 110-149, 128.

447 J. Derrida, *La différance*, 8 / *Die Différance*, 117.

448 J. Derrida, *La différance*, 19 / *Die Différance*, 134.

449 J. Derrida, *La différance*, 8 / *Die Différance*, 117.

wie sich der psychische Raum der Erinnerungsspuren als Raum von Intervallen und Diskontinuitäten konstituiert. Durch die Anziehungskräfte von bereits vollzogenen Akten sedimentieren sich Wahrnehmungen und bewusste Akte nicht nur einheitlich in ihrer jeweiligen Reihenfolge; vielmehr fragmentieren sie sich hinsichtlich ihrer Kontexte gemäß der Anziehungskraft vorheriger Bahnungen. In diesem Sinne ist der Aufschub oder die Temporisation „auch Temporalisation [Zeitigung] und Verräumlichung, Zeit-Werden des Raums und Raum-Werden der Zeit; ‚originäre Konstitution' von Zeit und Raum".[450]

Die Bahnung, die sich weder im Sinne des physiologischen noch des physischen Raums verstehen lässt, ist auch nicht nach dem Vorbild der gewöhnlichen Gegenwart zu denken. Ihre Zeitlichkeit und Räumlichkeit lässt sich mittelbar durch die Erscheinungsweise der bewussten Phänomene erfassen. Die Diskontinuität, in der bewusste Vorstellungen (Erinnerungen und Phantasien) auftauchen, das Sich-Auslöschen in der vorübergehenden Dauer ihres Erscheinens, gehört mit dem unsichtbaren Status der ihnen zugrunde liegenden Verräumlichung zusammen. Die Zeit-Räumlichkeit der Bahnung nimmt die des Unbewussten vorweg: Obwohl das Bahnen jenseits des Bewusstseins aktuell zutage tritt, ist diese Aktualität zugleich die Nichtübereinstimmung mit sich selbst als nicht unmittelbar erfassbarer Akt. Es geht um eine nur nachträglich, vom Bewusstwerden her denkbare Aktualität. Die Zweitrangigkeit bzw. die Supplementarität des Bewusstseins hinsichtlich der Bahnungskonstitution ist daher nicht im gewöhnlichen Sinne sekundär, weil die Bahnungen nicht in Form der Anwesenheit daliegen, wodurch die Relation zwischen einem ersten und einem zweiten Glied einer zeitlichen oder räumlicher Reihe begründet werden könnte.[451] Nach Derrida: „Weil der Übergang zum Bewusstsein keine abgeleitete und wiederholende Schrift, keine die unbewusste Schrift verdoppelnde Umschrift ist, erzeugt sie sich in ursprünglicher Weise und ist in eben ihrer Sekundarität ursprünglich und irreduzibel."[452]

Die Art der Supplementarität der bewussten Phänomene gegenüber den unbewussten Bahnungsvorgängen bezeichnet Freud im *Entwurf* mit seiner Konzeption des Bewusstseins als möglicher „Zutat" zu den ψ-Vorgängen.[453] Auf die Zeit-Räumlichkeit der unbewussten Bahnungen gegründet, ist das bewusste Erscheinen ebenso keine reine Anwesenheit: Es ist immer Verweis auf ein Anderes, das sich

---

450 J. Derrida, *La différance*, 8 / *Die Différance*, 117.

451 Wie E. Angehrn es formuliert: „Die psychoanalytische Figur der Arbeit des Unbewussten als einer ‚Übersetzung ohne Original' und Derridas Vorstellung des unbewussten Textes als eines ‚nirgendwo gegenwärtigen Texten, gebildet aus Archiven, die immer schon Transkriptionen sind', insistieren auf dem Fehlen eines Ersten wie auf dem Rückbezug auf ein je schon im Gang befindliches Schreiben [...]." (E. Angehrn, *Interpretation und Dekonstruktion*, 316).

452 J. Derrida, „Freud et la scène de l'écriture", 314 / „Freud und der Schauplatz der Schrift", 324.

453 S. Freud, *Entwurf*, 435.

aber nicht außerhalb dieses Verweises greifen lässt. Daher sind der Verweis auf das Andere und die Unvollkommenheit der bewussten Akte keine provisorischen und überwindbaren Modi des Erscheinens. Wäre dies der Fall, so würde das Erscheinen sich teleologisch auf eine volle Deckung mit dem von ihm intendierten Anderen richten. Das Andere, auf das hingewiesen wird, ist kein in der Form der Präsenz wiederherstellbares Anderes, weil es sich selbst nicht in Form der Anwesenheit gibt.[454] Dabei haben die bewussten Phänomene in ihrer Nachträglichkeit, ihrer Supplementarität und ihrer Art von „Verweis-Sein-von-Anderen", mit denen sie sich nicht übereinstimmen können, ihre Ursprünglichkeit:

> Der unbewusste Text ist schon aus reinen Spuren und Differenzen gewoben, in denen Sinn und Kraft sich vereinen; ein nirgendwo präsenter Text, der aus Archiven gebildet ist, die ‚immer schon' Umschriften sind. Ursprüngliche Stiche. Alles fängt mit der Reproduktion an. Immer schon, dass heißt, Niederschlag eines Sinns, der nie gegenwärtig war, dessen bedeutete Präsens immer ‚nachträglich', im Nachherein und zusätzlich (*supplémentaire*) rekonstituiert wird.[455]

In dieser Hinsicht gravieren sich die Bahnungen in den Hintergrund des Bewusstseins ein, wie ein altes Buch, dessen wenige Kopien verloren gegangen sind, aber dessen Spuren in darauffolgenden Schriften abgelagert werden. Die alte Schrift braucht dafür nicht erwähnt zu werden. Für den Verweis auf sie reicht es, dass ihre Motive oder ihre übertragende, entstellte Kraft implizit den nachträglichen Texten innewohnen. Damit befänden wir uns wie in jener teniersschen Bildgalerie, die erstmals Husserl erwähnt und die Derrida übernimmt, wo ein Bild bzw. ein Zeichen ein anderes zurückruft, dieses andere wiederum ein anderes.[456] Jedes trägt in sich eine Mannigfaltigkeit von Anderen im Modus des ‚auf Anderes hinzuweisen'. Dem ungreifbaren ersten Glied des Hinweises steht die Ursprünglichkeit des aktuellen Verweisens auf eine Mannigfaltigkeit von Anderen gegenüber. Somit ist das, was erscheint, zugleich Ursprung und Spur, Spur des Anderen und Andersheit der Spur: Wahrnehmungs-, erinnerungs-, phantasiemäßig auftretend, dissoziieren sich die Spuren im gleichen Moment, in dem sie bewusst auftauchen; zugleich assoziieren sie sich in den unwiederherstellbaren Akten der Bahnungen. Unwiederherstellbar, weil jede Reproduktion aktuelle Interferenz mit dem ist, was sich einmal in einer gewissen Art konstituiert. In diesem Sinne ist das Bewusstwerden der Bahnungen, als aktuelle Konstitution und Entstellung von vorhandenen Akten verstanden, ursprünglich. Es trägt in

---

[454] Vgl. F. Ciamarelli: „Die originäre Vergegenwärtigung [...] bildet das ursprüngliche Supplement zum Mangel des Ursprungs, eines Ursprungs, der niemals gegenwärtig war." (F. Ciamarelli, „Jacques Derrida und das Supplement des Ursprungs". In: H.-D. Gondek und B. Waldenfels, *Einsätze des Denkens*. Frankfurt: Suhrkamp, 1997, 124-152, 149.

[455] J. Derrida, „Freud et la scène de l'écriture", 313 / „Freud und der Schauplatz der Schrift", 323.

[456] E. Husserl, Hua III, 253 (Hua III/1, 236 [211]); J. Derrida, *La voix et le phénomène*, 116 f / *Die Stimme und das Phänomen*, 139 f.

sich die Potenzialität des Bahnens: *Transpossible* Sinngebung der Kraft und nachträglicher Horizont ihrer Sinnmöglichkeiten.

Die Phänomenalität dessen, was erscheint, ist daher so irreduzibel und ursprünglich wie das Konstituieren der Bahnungen. Für eine Untersuchung der Modi und Stufen des Bewusstwerdens ist eine phänomenologische Sicht von Bedeutung, ebenso wie für die Bahnungen und das Unbewusstwerden das Denken der *différance*: Etwas erscheint im Bewusstsein. Diese Erscheinung hat eine kürzere oder längere Dauer, dann verschwindet sie aus dem Bewusstsein und kann, wie Freud es bezeichnet, nach einer Weile wieder auftauchen.[457] Sie erscheint nicht als dieselbe wieder, aber sie trägt Züge, die ihr ursprüngliches Erscheinen sowie andere Erlebnisse zurückruft. Dafür braucht sie nicht einer „noetischen Intentionalität" zugeschrieben zu werden: Es reicht, dass eine Vorstellung auf eine andere hinweist. Dieses Phänomen stuft Husserl als „noematische Intentionalität" ein, wie etwa bei einer sich konstituierenden Kette von Erinnerungen, welche sich dadurch bildet, dass eine Erinnerung an eine andere erinnert.[458] Das ereignet sich unabhängig davon, ob die betreffenden Erinnerungen noetisch intendiert oder unter der Ich-Zuwendung konstituiert werden. Damit aber die jeweilige Vorstellungsreihe als eine Erinnerungsreihe hingenommen wird, muss sie nachträglich der noetischen Setzung, Überzeugung und Bewährung unterliegen. Die Überzeugung, dass die jeweiligen Vorstellungen Erinnerungen sind, kann aber auch außer Geltung gesetzt bzw. modalisiert werden, wobei der bereits bestehende Glaube an die Wirklichkeit des Vergangenen (die Setzung der Vorstellungsreihe als Erinnerungsreihe setzt zugleich eine Vergangenheit als Gewesen-Seiendes) aufgehoben wird.[459] Aus der Änderung der Ich-Einstellung kann dieselbe Vorstellungsreihe als „freie Phantasie", als Quasi-Erinnerung usw. hingenommen werden.[460] Die so entstehende Vergegenwärtigungsreihe (Erinnerungs- oder Phantasiereihe) erscheint dann mehr oder weniger intensiv, das Ich wendet sich ihr mit mehr oder weniger Interesse zu. Eine ‚Ausgrabung' dieser Vergegenwärtigungen in Richtung der hinter ihnen liegenden Schichten kann daher eingeführt werden. Dadurch treten „idealiter in infinitum"[461] andere mitassoziierten Erlebnisse im Bewusstsein auf. Es stellt sich hierbei die Frage, ob den so entstehenden Reihen Ordnungsprinzipien zugrunde liegen, oder ob sich die Vorstellungen zufällig miteinander assoziieren. Es sind also Fragen nach der Zeitlichkeit des Erscheinens, nach dem Zustand des Erscheinenden außerhalb der Vergegenwärtigung, nach der Gesetzmäßigkeit oder Zufälligkeit der Assoziation. Sie lassen sich ausgehend von den bewussten Er-

---

[457] S. Freud, „Einige Bemerkungen über den Begriff des Unbewussten in der Psychoanalyse", Studienausgabe III, 29.

[458] E. Husserl, Hua III, 253 f.

[459] Über die Modalisierung in der Erinnerung siehe E. Husserl, Hua XI, 25-116. Siehe in dieser Arbeit: III. 2.3.

[460] E. Husserl, Hua III, 252.

[461] E. Husserl, Hua III, 252.

scheinungsmodi und zugleich jenseits des vorübergehenden und diskontinuierlichen Bewusstwerdens stellen. Archäologisch bietet sich das Erscheinende als Ausgangspunkt zur Thematisierung der hinter ihm liegenden, nicht aktuell bewussten Schichten. Der Gedanke, dass das Bewusstsein von der *différance* und der Nachträglichkeit her verstanden werden soll, ist für diese Thematisierung fruchtbar: Er hebt hervor, dass jede bewusste Leistung ein Hinweis auf eine gegenwärtig nicht auffassbare unbewusste Strukturierung ist. Andererseits aber erweist sich das Denken der *différance* für die Betrachtung der bewussten und unbewussten Strukturierung als unzureichend hinsichtlich der Beschreibung der Modi, in denen sich beide Ebenen kreuzen und wechselseitig konstituieren.

Der Beitrag der husserlschen Phänomenologie zu einer Archäologie des (Un)bewussten wird im zweiten Teil dieser Arbeit weiter erörtert. Dadurch kann die Beschreibungsrichtung, die Freud im Jahr 1895 in Form erster Entwürfe und noch mit neurologischer Terminologie verfolgt, analytisch weiter entfaltet werden. In diesem Zusammenhang wird außerdem näher erörtert, ob das Denken der *différance* im Gegensatz zu einigen Analysen Husserls stehen muss: Husserls Auffassung der Vergegenwärtigung im Rahmen der Affektion und der passiven Synthesen scheinen sich nicht als Philosophie der Präsenz schlechthin benennen zu lassen. Dies betrifft ebenso seine Konzeption der unbewussten Zeitigung und der Zeit-Räumlichkeit der Sedimentierung.[462]

Schließlich ist bei den im *Entwurf* dargestellten Motiven, auf die Freud in seinen Texten zurückgreifen wird, der Gedanke von der Zeitlichkeit als Nachträglichkeit wirksam. Wir haben gesehen, dass dem *Entwurf* grundlegende Themen der vorhandenen Texte innewohnen, insbesondere das in den *Studien über Hysterie* entwickelte archäologische Vorbild der Erinnerungsschichtung und das in *Zur Auffassung der Aphasien* eingeführte Schema der Unendlichkeit der Konstitution. In den nachfolgenden Abschnitten zum Frühwerk Freuds wird berücksichtigt, wie die Theorie der Erinnerungsschichtung vor der *Traumdeutung* umgearbeitet wird, und inwiefern die hier dargestellte dynamische Fundierung psychischer Phänomene in einige seiner späteren Texte einbezogen wird. Wenn Pontalis den *Entwurf* als „eine wahrhafte Deckerinnerung des freudschen Werkes“[463] bezeichnet, hebt er damit hervor, dass sich in diesem Text zahlreiche Grundmotive sowohl des frühen als auch des späteren Denkens Freuds versammeln. Auch wenn Freud diese Schrift niemals explizit in seinem ‚offiziellem Werk‘ erwähnt und sich ihre Zerstörung gewünscht hat, ist ihre Wirkung unzweifelhaft bedeutsam.

---

462 Siehe hier: III. 5. und III. 6.

463 J.-B. Pontalis, *Entre le rêve et la douleur*, 257.

II. 4. Freuds Brief an Fließ vom 6.12.1896: Die transzendentalen Niederschriften

Wenn ich die psychologischen Charaktere der Wahrnehmung und der drei Niederschriften vollständig angeben könnte, hätte ich damit eine neue Psychologie beschrieben.

S. Freud[464]

Et quand il renoncera à la neurologie et aux localisations anatomiques, ce ne sera pas pour abandonner mais pour transformer ses préoccupations topographiques. L'écriture alors entrera en scène. La trace deviendra le gramme; et le milieu du frayage (Bahnung), *un espacement chiffré.*

J. Derrida[465]

Freud greift in seinem gesamten späteren Werk auf das Schrift- und Umschriftmodell zurück, das in einem kurzen, im Dezember 1896 an Fließ geschickten Brief, *Brief 52 [112]* genannt, beschrieben wurde.[466] Laut Lacan stellt Freud in diesem Brief erstmals seine Konzeption der unbewussten Sprache dar, die er als Abfolge von sich differenzierenden Erinnerungsspuren im Modell von „Umschriften" darlegt.[467] Während noch im *Entwurf* vor allem der Begriff „Bahnung" zur Bezeichnung des unbewussten Zustands der Erinnerungsspuren verwendet wird, tritt nun im *Brief 52* die Kategorie der Schrift und deren jeweilige Unterscheidungen - als „Zeichen", „Umschrift" und „Niederschrift" - auf.[468] Die Entwicklung der Theorie der Erinnerungsspur in Richtung zu ihrer vollendeten Transposition als „Schrift" erfolgt laut Derrida vom *Entwurf* (1894) bis zur „Notiz über den Wunderblock" (1924). Die erste ausdrückliche Ausführung der Theorie der Schrift im freudschen Werk situiert Derrida gerade im *Brief 52*, wo die neurologische Sprache der kortikalen Spur, der „Quantität" usw. in die aus der Metaphorik der Schrift abgeleitete Terminologie „Zeichen", „Umschrift", „Niederschrift" übertragen wird.[469] Darüber hinaus sieht Derrida den wesentlichen Mo-

---

464 Brief 52 [112], in: S. Freud, *Briefe an W. Fließ*, 218.

465 „Freud et la scène de l'écriture", 305.

466 Siehe E. Löchel „Spuren lesen und Schreiben". In: F. Dirkopf. u. a. (Hg.), *Aktualität der Anfänge*, 40 f. Ich werde in der Folge den Brief ausschließlich als „Brief 52" bezeichnen. Obwohl er in der ungekürzten Ausgabe des von J. Masson herausgegeben Bands *Briefe an Wilhelm Fließ 1887-1904* als „Brief 112" angeordnet wird, ist dieser Brief vor allem aufgrund von dessen Bezeichnung in der englischen Übersetzung von A. Strachey als „Brief 52" bekannt geworden.

467 J. Lacan, *Le séminaire. Livre VII: L'éthique de la psychanalyse*, 63.

468 E. Löchel „Spuren lesen und Schreiben", 45.

469 „Un peu plus d'un an après, la trace commence à devenir écriture. Dans la lettre 52 (6-12-96) tout le système de l'*Esquisse* est reconstitué dans une conceptualité graphique encore inédite chez Freud." (J. Derrida, „Freud et la scéne de l'écriture", 306 / „Freud und der Schauplatz der Schrift", 315 f.). Nach Löchel tritt im *Brief 52* die Schrift als „inaugurierendes, bahnbrechendes Moment" auf, das nicht als „Stellvertreterin des Wortes" aufzufassen ist. (E. Löchel „Spuren lesen und Schreiben", 43).

dus der freudschen Zeitlichkeit, die Nachträglichkeit, als „eine nicht konstituierte Präsenz, die ursprünglich durch die *Zeichen* des Gedächtnisses rekonstituiert wird", gerade in diesem Brief in den Vordergrund gerückt.[470]

Freud geht im *Brief 52* davon aus, dass die Erinnerungsspuren „von Zeit zu Zeit" eine „Aufeinanderschichtung" oder eine „*Umordnung* nach neuen Beziehungen" erfahren.[471] Diese „Umordnung" oder „Aufeinanderschichtung" bezeichnet Freud als „Umschrift", während die Erinnerungsspuren „Zeichen" genannt werden: „Das wesentlich Neue in meiner Theorie ist also die Behauptung, dass das Gedächtnis nicht einfach, sondern mehrfach vorhanden ist, in verschiedenen Arten von Zeichen niedergelegt."[472] Die Erinnerungszeichen werden nun gemäß verschiedenen Prinzipien – wie Synchronie, Sukzession, Kausalität usw. – in vielfältige unbewusste Schichten umgeschrieben, die „Niederschriften" genannt werden.[473] Mit diesem Modell will Freud einerseits hervorheben, dass sich nicht nur die Erinnerungsspuren (die Zeichen) dem Bewusstsein in neuen Vorstellungskonstellationen in Verschiebung, Mittelbarkeit und Nachträglichkeit zu lesen geben. Wenn Freuds Kategorie der Erinnerungsspur im Modell der Schrift zu denken ist, so impliziert dies nicht, dass ein festgelegter und unbeweglicher Text vorhanden ist, der dann im Bewusstsein umgeschrieben wird.[474] Die Möglichkeit der Nicht-Übersetzung besteht schon für Zeichen der einen hinsichtlich

---

470 „Au centre de cette lettre, les mots ‚signe' (*Zeichen*), inscription (*Niederschrift*), transcription (*Umschrift*). Non seulement la communication y est explicitement définie de la trace et du retardement (c'est-à-dire d'un présent non constituant, originairement reconstitué à partir des ‚signes' de la mémoire), mais le site du verbal y est assigné à l'intérieur d'un système d'écriture stratifiée qu'il est fort loin de dominer." (J. Derrida, „Freud et la scéne de l'écriture", 306 / „Freud und der Schauplatz der Schrift", 316).

471 S. Freud, *Briefe an W. Fließ*, 217.

472 S. Freud, *Briefe an W. Fließ*, 217.

473 S. Freud, *Briefe an W. Fließ*, 217 f.

474 Wie Derrida es ausdrückt: „Ici encore, le concept métaphorique de traduction (*Übersetzung*) ou de transcription (*Umschrift*) n'est pas dangereux en ce qu'il fait référence à l'écriture mais en ce qu'il suppose un texte déjà là, immobile, présence impassible d'une statue, d'une pierre écrite ou d'une archive dont on transporterait sans dommage le contenu signifié dans l'élément d'une autre langage, celui du préconscient ou du conscient. Il ne suffit donc pas de parler d'écriture pour être fidèle à Freud, on peut alors le trahir plus que jamais." (J. Derrida, „Freud et la scène de l'écriture", 312 f. / „Freud und der Schauplatz der Schrift", 322). In dieser interpretativen Richtung hebt ebenso Michel Turnheim hervor, dass im *Brief 52* „Freuds Bezug auf Schrift nicht die Auswirkungen symbolischer Strukturen [...] [betrifft], sondern das beständige Wirken eines dem Konstituierten vorausgehenden Moments." (M. Turnheim, „Über Unvoreingenommenheit: Freuds widersprüchliche Forderung", 106). Durch die Kategorie der Schrift wendet sich Freud grundsächlicher auf die Konstitutionsvorgänge der Erinnerungsspuren als auf deren konstituierten Zustand. Dies liegt vor allem darin, dass das Niederschreiben der psychischen Spur mit ihrem Erlöschen zusammengehört. Diese Dynamik zwischen dem Niederschreiben der Spur und ihrem gleichzeitigen Auslöschen wird Freud im „Notiz über den Wunderblock" (1924) hervorheben. Sie lässt sich aber zunächst bei den Begriffen der „Bahnung" und der „Umschrift" zeigen.

der nachfolgenden Niederschrift.[475] Dass eine solche Nicht-Übersetzung möglich ist, weist darauf hin, dass der dem Bewusstwerden vorausgesetzten, aber unbewussten Konstitution der Niederschriften ein Widerstand zur Anschaulichkeit innewohnt, wie vor allem Derrida betont. Neben der Berücksichtigung dieses lakunären Charakters will aber Freud mit der Strukturierung der unbewussten Niederschriften auch die Möglichkeitsbedingungen des Bewusstwerdens begründen.

Aus dieser letzten Perspektive steht Freuds Schriftmodell im Einklang mit dem bereits im *Entwurf* formulierten Ziel, verschiedene psychische Phänomene wie Wahrnehmen, Erinnern, Denken und Urteilen in metapsychologischer Hinsicht gemäß ihrer fundierenden Möglichkeitsbedingungen darzustellen. Dieses Programm lässt sich als ‚Analytik der unbewussten transzendentalen Grundlage der psychischen Phänomene' bezeichnen, obwohl Freud selbst diesen Titel nicht verwendet. Gondek zufolge stellt Freud im *Brief 52* die Grundprinzipien der „transzendental-unbewussten Konstitutionsleistung" dadurch dar, dass er die Ordnungsmodi der unbewussten Niederschriften als Prinzipien *a priori* in erkenntnistheoretischer Hinsicht gelten lässt.[476] Auf sie verweisen die bewussten Phänomene, insofern sich deren Erscheinungsweise und Ablagerungsmodi (in husserlscher Terminologie die „Sedimentierung") gemäß bestimmten Regeln vollziehen. Als bestimmte Ordnungsmodi der Ablagerung von Wahrnehmungen und bewussten Vorstellungen sowie des Bewusstwerdens von bereits abgelaufenen Akten müssen die Niederschriften allgemeine Gültigkeit unabhängig von den inhaltlichen Bestandteilen der betreffenden Akte haben. Freud kennzeichnet beispielsweise eine Niederschrift als „reine Synchronie"[477], eine andere hingegen wird in dieser Arbeit als Sukzession zu klassifizieren sein, sodass Synchronie und Sukzession als Prinzipien *a priori* des Systems der Niederschriften gelten müssen. Im Kontext der Zeit-Räumlichkeit der Bahnung, die nun im *Brief 52* im Zusammenhang der Theorie der unbewussten Niederschriften abgehandelt wird, bedeutet dies nicht, dass das Prinzip der Sukzession losgelöst von dem Prinzip der Kontiguität betrachtet wird. Die Unterscheidung von Ordnungsmodi der Niederschriften kann als eine analytische Betrachtungsweise der dynamischen Konstitution verstanden werden, die die psychischen Phänomene fundiert. Dies lässt sich

---

475 S. Freud, *Briefe an W. Fließ*, 219.

476 H.-D. Gondek, *Angst, Einbildungskraft, Sprache*, 335. Gondek übernimmt die Terminologie „transzendental-unbewusste Konstitutionsleistung" von Wilhelm Lütterfelds's Interpretation von Kants *Kritik der Reinen Vernunft*. Nach Lütterfelds ist die transzendentale Konstitution als „unbewusste Synthesis" zu verstehen, die zugleich Bewusstseinstranszendenz und transzendentale Handlung ist. (W. Lütterfelds, *Kants Dialektik der Erfahrung: Zur antinomischen Struktur der endlichen Erkenntnis*. Meisenheim am Glan: Hain, 1977, 76 ff.).

477 H.-D. Gondek, *Angst, Einbildungskraft, Sprache*, 335 f. Im Unterschied aber zu unserer Interpretation, der gemäß Freud das diachronische und das synchronische Konstitutionsprinzip wechselseitig darstellt, hebt Gondek ausschließlich die synchronische Konstitutionsleistung der Niederschriften hervor.

durch eine weitergehende Darlegung der Niederschriften, ausgehend von Freuds summarischer Beschreibung, nachweisen.

Freud stellt das Erinnerungssystem im *Brief 52* als ein sich aus verschiedenen Arten von Zeichen konstituierendes und in verschiedenen „Niederschriften" eingegliedertes System dar. Es gibt „mindestens drei" unbewusste Niederschriften, die „Wahrnehmungszeichen" *(Wz)*, „Unbewusstsein" (*Ub*) und „Vorbewusstsein" (*Vb*) genannt werden und die sich von den Sphären der Wahrnehmung (*W*) und des Bewusstseins (*Bw*) abgrenzen. Dies skizziert Freud folgendermaßen:

W ____ Wz I ____ Ub II ____ Vb III ____ Bw[478]

Dieses Modell ist von demjenigen des *Entwurfs* insofern geprägt, als sich zwischen das erste Niveau der Wahrnehmung (*W*) und das letzte des Bewusstseins (*Bw*) die Niederschriften der Wahrnehmungszeichen (*Wz*), des Unbewusstseins (*Ub*) und des Vorbewusstseins (*Vb*) als Bestandteile des von der Wahrnehmung und dem Bewusstsein abgesonderten Systems der Erinnerungsschichten einreihen.[479] Diese Sonderstellung der Niederschriften als ein autonomes organisierendes System hinsichtlich der Wahrnehmung und des Bewusstseins folgt zunächst aus dem Grundsatz, dessen Geltung Freud in diesem Brief noch einmal hervorhebt, dass sich Bewusstsein und Gedächtnis sowie Wahrnehmung und Gedächtnis in ein und demselben System ausschließen, da die Funktion der Aufnahme neuer Eindrücke und die der Bewahrung derselben in einem einzigen System inkompatibel seien.[480] Die zentrale Verortung des Erinnerungssystems im *Brief 52* weist der Wahrnehmung und dem Bewusstsein jeweils die Rolle von Voraussetzung und Umwandlungszustand der Erinnerungszeichen zu. Insofern weder das Bewusstsein noch die Wahrnehmung dauerhafte Spuren bewahren, werden sie nicht als „Niederschriften" bezeichnet, sondern als psychische Leistungen verstanden, die auf die zugrunde liegende Konstitution der unbewussten Niederschriften zurückweisen.

Die erste Niederschrift *Wz* („Wahrnehmungszeichen") ist in Freuds kurzer Beschreibung durch zwei Haupteigenschaften gekennzeichnet: durch die Assoziation nach der Gleichzeitigkeit und durch die Unzugänglichkeit auf das Bewusstsein.[481] In dieser Schicht herrscht das Prinzip der räumlichen Einordnung gemäß der Kontiguität bzw. das zeitliche Prinzip der Gleichzeitigkeit.[482] Elemente, die

---

478 S. Freud, *Briefe an Wilhelm Fließ*, 218.

479 Siehe H.-D. Gondek, *Angst, Einbildungskraft, Sprache*, 337.

480 S. Freud, *Briefe an Wilhelm Fließ*, 218.

481 S. Freud, *Briefe an Wilhelm Fließ*, 218.

482 Lacan nun fasst die Niederschrift der „Wahrnehmungszeichen" (*Wz*) als primitive Synchronie des signifikanten Systems auf. (J. Lacan, *Le Seminaire VII*, 80). Wie Lacan selbst an einer anderen Stelle festlegt, ist aber die Synchronie wechselseitig mit der Diachronie zu verstehen: „Mais nous, nous pouvons tout de suite leur donner, à ces *Wahrnehmungszeichen*, leur vrai nom de *signifiants*. Et notre lecture s'assure encore de ce que Freud, quand il revient sur ce lieu dans la *Traumdeutung*, en désigne encore d'autres couches, où les traces se constituent cette fois par anologie. Nous pouvons retrouver là ces fonctions de contra-

nebeneinander bestehen und gleichzeitig wahrgenommen werden, lagern sich im Erinnerungssystem (in der Niederschrift *Wz*) nach der Gleichzeitigkeit und der Kontiguität ab. Darauf weisen nachträglich die bewussten Erinnerungsakte hin: Ein bestimmtes Element B hat die Tendenz, ins Bewusstsein ebenfalls jedes Mal einzutreten, wenn das mitwahrgenommene Element A vergegenwärtigt wird. Husserl formuliert es so: „Was als gleichseitig seiend und als folgend ursprünglich bewusst wird, ist also aus ursprünglich synthetischer Einheit als gleichzeitig und sukzessiv seiend konstituiert."[483] Die Geltung des Prinzips der Gleichzeitigkeit sowie desjenigen der Sukzession ist unabhängig davon, ob die jeweiligen Elemente aktuell bewusst sind. Das Modell des *Briefs 52* legt nahe, dass die Mittelbarkeit und die Nachträglichkeit der bewussten Phänomene gegenüber der unbewussten Konstitution der Niederschriften damit zusammenhängt, dass die transzendentale Geltung der letzteren unabhängig von den inhaltlichen Bestimmungen der bewussten Akte ist. In diesem Sinne charakterisiert sie Freud als dem Bewusstsein unzugänglich bzw. als unbewusst. Hinsichtlich der Wahrnehmungszeichen bedeutet das nicht, dass Wahrnehmungen nicht zugleich bewusste Erscheinungen sind: Laut Freud erregen die Wahrnehmungen das Bewusstsein, sobald sie in Erscheinung treten.[484] Mit ‚Unzugänglichkeit für das Bewusstsein' ist vielmehr gemeint, dass den bewussten Erscheinungsweisen selbst weder die Einordnung nach der Gleichzeitigkeit noch nach anderen assoziativen Prinzipien zugeschrieben wird. Der Tatsache, dass „das Gegenwärtige an das Vergangene [erinnert]"[485] und daher ein gleichzeitig (oder auch ein ähnliches oder sukzessives usw.) wahrgenommenes Vergangenes ins Bewusstsein ruft – sogar wenn sich das Vergangene als Ganzes nicht rekonstituieren lässt –, liegen Grundprinzipien zugrunde, als deren Urheber Freud das Bewusstsein nicht ansieht.

Auch die zweite Niederschrift, „Unbewusstsein" (*Ub*) genannt, hat die Eigenschaft, dem Bewusstsein unzugänglich zu sein. Im Unterschied aber zur ersten Niederschrift (*Wz*) schreibt Freud der *Ub*-Niederschrift die Strukturierung „etwa nach Kausalbeziehungen" und die Bildung von „Begriffserinnerungen" zu.[486] Die Kausalbeziehung setzt voraus, dass sich Wahrnehmungen und Vorstellungen nicht nur gleichzeitig, sondern auch sukzessiv in Form von Erinnerungszeichen

---

ste et de similitude si essentielles dans la constitution de la métaphore, qui s'introduit, elle, d'une diachronie." (J. Lacan, *Le séminaire XI: Les quatre concepts fondamentaux de la psychanalyse, 1964.* Texte établi par J.-A. Miller. Paris: Du Seuil, 1973, 46). Nach meiner Deutung ist das diachronische Ordnungsprinzip sowie die Assoziation per Ähnlichkeit und Kontrast bei der nächsten Niederschrift „Unbewusstsein" eingeführt. Dies gründet sich darauf, dass Freud der Niederschrift „Unbewusstsein" die Bildung der Begriffe und die Assoziation per Kausalität widmet, was die erwähnten Assoziationsprinzipien (per Sukzession, Ähnlichkeit und Kontrast) impliziert, wie in der Fortsetzung der Analyse des Briefs gezeigt wird.

483 E. Husserl, Hua XI, 127.

484 S. Freud, *Briefe an Wilhelm Fließ*, 218.

485 E. Husserl, Hua XI, 118.

486 S. Freud, *Briefe an Wilhelm Fließ*, 218.

niederschreiben. Wie die Gleichzeitigkeit gilt die Sukzession als Ordnungsprinzip *a priori*, auf das die Verkettung zwischen den bewussten Vorstellungen hinweist. Dies zeigt sich beispielsweise, wenn zunächst ein Stück eines Gedichts vergegenwärtigt wird und dann die darauf folgenden Verse erinnert werden können. Das ist möglich, weil die Verse in einer aufeinanderfolgenden Ordnung gelesen oder gehört wurden und sich nun in dieser bestimmten Reihenfolge vergegenwärtigen lassen. Die Sukzession reicht jedoch nicht hin zur Begründung einer Kausalbeziehung, obwohl in jeder Kausaubeziehung entweder die Wirkung der Ursache sukzessiv folgen muss oder beide zugleich bestehen.[487] Wenn in der Vergegenwärtigung eines bestimmten Elementes B seine Ursache in einem Element A gesetzt wird, wobei B als Wirkung gilt, so muss A in zeitlicher Hinsicht B vorangehen oder zugleich mit B existieren. Die Wirkung B kann aber nicht vor der Ursache A eintreten. Im Zusammenhang mit der Methode der freien Assoziation wird Freud allerdings konstatieren, dass ein Erlebnis nicht notwendig nur auf eine Ursache zurückgeht, sondern mit möglichen Gründen und Motivationszusammenhängen in Verbindung stehen kann, die auch als Projektion in die Zukunft verstanden werden. Diese Ansicht wird im *Brief 52* dadurch zum Ausdruck gebracht, dass Freud die Kausalität gerade der Niederschrift „Unbewusstsein" zuordnet. Im psychoanalytischen Vorgehen der freien Assoziation bedeutet dies Folgendes: Wird in einem Erinnerungsakt eine Kausalbeziehung zwischen einem Erlebnis A und einem Erlebnis B gesetzt, wobei B als Wirkung und A als Ursache gelten, so kann diese Kausalbeziehung auch dann als gültig angenommen werden, wenn bewusstseinsmäßig keine wirkliche Kausalität zwischen den jeweiligen Erlebnissen nachgewiesen oder wiederhergestellt werden kann. Sie fungiert gerade als eine der möglichen Deutungen eines bestimmten Vorkommnisses, dessen Gründe oder Motivationen aber auch anderen Erlebnissen zugerechnet werden können. Freuds Klassifizierung der Kausalität als unbewusstes Prinzip verhindert also nicht, dass bewusste Vorstellungen bzw. Erinnerungsreihen ebenfalls nach dem Kausalitätsverhältnis eingegliedert werden können. Es ist allerdings unmöglich, den aktuell im Zusammenhang eines Erinnerungsaktes bzw. einer Erzählung hergestellten vermeintlichen Kausalitätsbezug zwischen den Erlebnissen durch diese selbst zu beweisen. Weil es sich bei der unbewussten Konstitution um ein Netz von in sich verflochtenen Zeichen handelt, ist es beim Rekonstitutionsversuch eines Erlebnisses ferner möglich, dessen Kausalbeziehungen zu erweitern: Durch die Fortsetzung der freien Assoziation und die darauf aufbauenden Urteile werden einem Vorkommnis andere mögliche Gründe bzw. motivierende Faktoren zugerechnet.

Was nun das andere Kennzeichen der Niederschrift „Unbewusstsein" (*Ub*), die Bildung der Begriffserinnerungen, betrifft, lässt sich seine Einstufung als unbewusste Leistung folgendermaßen erklären: Wie Freud bereits in seinem archäolo-

---

[487] Vgl. I. Kant, *Kritik der reinen Vernunft*, B 248-249.

gischen Modell der Erinnerungsschichten in der Hysterie-Studie darlegt, lagern sich verschiedene Erinnerungen von selbst und vor allem durch Assoziation per Ähnlichkeit um einen Sinnkern bzw. einen affektiven Kern herum ab. Dieses Phänomen ist als „Verdichtung verschiedener Szenen in bestimmten Punkten, eine *Synchronisierung* mehrerer Zeitmomente“[488] zu bezeichnen. Die einander anziehenden Erlebnisse haben Züge der Ähnlichkeit, stimmen daher in anderen Punkten nicht überein, und rufen, wenn sie vergegenwärtigt werden, einen ähnlichen Affekt hervor. Wird nicht zuerst eines der miteinander assoziierten Erlebnisse vergegenwärtigt, sondern der spezifische Affekt, der ihnen innewohnt, so kann durch die Aktualisierung des Affektes auf eine Reihe von verknüpften Erlebnissen zurückverwiesen werden. Es kann also sowohl die Vergegenwärtigung eines der miteinander assoziierten Erlebnisse die Vergegenwärtigung der anderen anregen als auch der aktualisierte Affekt die Vergegenwärtigung der betreffenden Erlebnisreihe bzw. einiger ihrer Momente. Zu diesem Punkt ist der Hinweis im *Brief 52* relevant: Die Sinnkerne, die der Verknüpfung zwischen verschiedenen Erlebnissen zugrunde liegen, konstituieren sich unbewusst und werden nachträglich durch die bewussten Assoziationen überdeterminiert. Die sich zwischen verschiedenen Erlebnissen konstituierenden Verbindungspunkte, die bewusst durch freie Assoziation oder durch Aktualisierung des Affektes auftauchen, beschränken sich somit weder auf die aktuellen bewussten Akte schlechthin noch werden sie ausschließlich von den vorhandenen Assoziationsrichtungen bestimmt. Vielmehr bilden sich die aktuellen Assoziationsrichtungen unter dem Einfluss der vorherigen, wie es Freud mit der „Bahnung“ zeigte. Bewusste Vorstellungsverbindungen sind zugleich Ursprung, als sich in der Aktualität konstituierende Assoziationswege, und Spur, als Verweis auf vorherige Assoziationsrichtungen.

Die Charakterisierung der Begriffsbildung als unbewusste Konstitutionsleistung im *Brief 52* stimmt mit der Annahme überein, dass die Erinnerungszeichen nicht allein innerhalb singularisierter Kontexte bestehen: Sie lagern sich gleichzeitig und sukzessiv ab und assoziieren sich durch Ähnlichkeit und Kontrast, wodurch sich Verbindungspunkte zwischen verschiedenen Erlebnissen bilden. Dass Freud die Begriffsbildung als eine unbewusste, unabhängig von der Ich-Teilnahme sich vollziehende Leistung bezeichnet, erklärt sich daraus, dass sie zunächst die Verbindungen und Kontrastierungen zwischen den Erinnerungszeichen selbst angeht. Nachträglich aber wird durch das Urteil bzw. das vergleichende Denken die Anordnung der Begriffe geprüft und umgestellt. Diese sekundären Leistungen schreibt Freud jedoch nicht der zweiten unbewussten Niederschrift zu, sondern der dritten Niederschrift, die er als „Denkbewusstsein“ bezeichnet und deren Grundeigenschaft die Verbindung mit Wortvorstellungen ist.

---

[488] U. Hock, *Das unbewusste Denken*, 121.

Die sich auf dem Niveau der ersten beiden Niederschriften entfaltenden Vorgänge schreiben sich nicht kontinuierlich in die dritte Niederschrift um. Innerhalb von Freuds Einteilung des Erinnerungssystems in verschiedenen Niederschriften besteht eine Distanz oder ein Intervall vor allem zwischen der passiven Konstitution, die die Assoziationsprinzipien der zwei ersten Niederschriften betrifft, und der aktiven, vom Ich geleiteten Bildung der dritten Niederschrift. Eine noch radikalere Diskontinuität ist zwischen der Sphäre des Bewusstseins und den Schichten der Niederschriften zu verzeichnen. Diskontinuität meint hier vor allem den Widerstand bei der Umschreibung der Wahrnehmungs- und der Unbewusstseinszeichen im Vorbewusstsein und im Bewusstsein.

Die dritte Niederschrift nennt Freud also „Vorbewusstsein" (*Vb*) oder auch „Denkbewusstsein". Ihr Grundkennzeichen ist es, mit „Wortvorstellungen" verbunden zu sein und „unserem offiziellen Ich" zu entsprechen.[489] Sie unterscheidet sich dadurch grundsätzlich von den anderen Niederschriften, die ursprünglich keine Verbindung mit Wortvorstellungen finden und Assoziationsprinzipien umfassen, die jenseits der Ich-Teilnahme wirksam sind. In husserlscher Terminologie sind die ersten Niederschriften als „Feld von Vorgegebenheit[en]" zu bezeichnen: Dieses Feld ist „noch kein Feld von Gegenständlichkeiten", sondern die Sedimentierung von „sinnlichen Gegebenheiten".[490] Während dies als „ein Feld von bestimmter Struktur, von Abgehobenheiten und gegliederten Einzelheiten" aufgefasst wird, ist ein Gegenstand „Produkt einer vergegenständlichen, ichlichen Leistung, und im prägnanten Sinne einer prädikativ urteilenden Leistung."[491]

Für Freud wird in einer ähnlichen Weise die unbewusste, vor-ichliche Konstitution der ersten Niederschriften nachträglich beim Urteil thematisiert und singularisiert. Diese Leistungen rechnet Freud nicht dem Bewusstseinssystem zu, sondern der dritten Niederschrift des „Vorbewusstseins" (*Vb*). Freud nimmt somit seine Ansicht aus dem *Entwurf* zurück, der zufolge das Ich nicht mit dem Bewusstsein gleichzusetzen ist: Das Ich sieht er vielmehr als eine spezifische Instanz, die sich bildet, indem sie sich im Erinnerungssystem dem bereits Vorhandenen gegenüberstellt, die sich den Erinnerungszeichen zuwendet, passive Assoziationen „besetzt", deren Übergang ins Bewusstsein fördern oder verhindern kann und sekundäre prädikative Leistungen ausführt.[492] In diesem Sinne legt

---

489 S. Freud, *Briefe an Wilhelm Fließ*, 218.

490 E. Husserl, *Erfahrung und Urteil*, § 16, 74 f.

491 E. Husserl, *Erfahrung und Urteil*, § 16, 75.

492 Während William Kerrigan die These aufstellt, dass Freud von der Realität des Ich ausgeht, ist es hingegen in Freuds früheren Schriften deutlich, dass das Ich als eine sekundäre Strukturierung zu verstehen ist, die eine – in husserlscher Terminologie – passive Konstitution voraussetzt und sich auf diese baut. (Vgl. W. Kerrigan, Husserl's Epoché and the Genesis of Imagination in Psychoanalysis, *Psychoanalysis and contemporary thought*, 1980, vol. 3, n. 2 (1980), 55-83). Für Freuds Einführung des Ich gilt diese Darlegung von A. Montavont hinsichtlich der passiven Fundierung des Ich bei Husserl: „C'est en effet en affrontant la *hylè* qu'il pose comme non-moi que le moi constitue son ipséité. C'est peut-être cela

Freud im *Brief 52* fest, dass das Ich oder das Vorbewusstsein (*Vb*) den anderen Niederschriften gegenüber zeitlich „nachträglich" ist.[493] Werden die Erinnerungszeichen (Wahrnehmungs- und Unbewusstseinszeichen) assoziativ konstituiert, so können sie nachträglich bei der Umschreibung in der dritten Niederschrift als Substrat zu Prädikationen und als Prädikate mit ihren möglichen Bestimmtheiten in aktiven Synthesen wirken.

Freud unterscheidet darüber hinaus innerhalb der *Vb*-Niederschrift zwischen einem primären „Denkbewusstsein" und einem sekundären, wobei das erste die Denkvorgänge schlechthin umfasst und das zweite mit der „halluzinatorischen Belebung der Wortvorstellungen geknüpft" ist.[494] Diesem Gesichtspunkt gemäß ist nicht jeder Gedanke, sind nicht alle Glieder einer Gedankenreihe dem Bewusstsein zugänglich: Nur einige davon werden „nach gewissen Regeln bewusst".[495] Diese Formulierung ist schwer zu verstehen, wenn man gewöhnlich das Gedachte mit dem Bewusstsein desselben gleichsetzt. Freud vertritt aber die Ansicht, dass die auf diesem Niveau der Niederschriften stattfindenden Vorgänge, und zwar einschließlich des Denkens, weder unmittelbar noch unbedingt im Bewusstsein umgeschrieben werden. Diese potenzielle Unübersetzbarkeit, wie gesagt, betrifft nicht nur die Umschreibung der Niederschriften ins Bewusstsein, sondern ist schon bei der Umschreibung der Zeichen von einer Niederschrift in die nachfolgenden vorhanden. Diesen Mangel an Übersetzung bezeichnet Freud im *Brief 52* als „Fueros", also als weiter bestehende Ordnungsmodi, die nicht den nachträglich gebildeten psychischen Instanzen unterworfen werden.[496] Dies ist ein Gesichtspunkt, der später in Freuds Theorie der Verdrängung hervorgehoben wird, wonach verdrängte Inhalte nicht nur deswegen unbewusst sind, weil sie eine unzureichende Intensität für den Übergang ins Bewusstsein haben, sondern auch weil sie, vor allem aus affektiven Gründen und infolge unbewusster Konflikte, der Ich-Besetzung nicht unterworfen werden. Wie Freud bereits im *Brief 52* im Sinne der später bekannten Verdrängungstheorie formuliert: „Die Versagung der Übersetzung, das ist das, was klinisch ‚Verdrängung' heißt. Motiv derselben ist stets eine Unlustentbindung, die durch Übersetzung entstehen würde, als ob diese Unlust eine Denkstörung hervorriefe, die die Übersetzungsarbeit nicht gestattet."[497]

Freud weist damit erneut auf die affektive Grundlage der psychischen Phänomene hin: Der Lust- und der Unlustaffekt gehen dem Bewusstwerden voran und

---

l'auto-constitution du moi, cette traversée de soi par l'autre: par la *hylè* temporelle au niveau le plus originaire, par le monde déjà constitué aux niveaux constitutifs supérieurs." (A. Montavont, *De la passivité dans la phénoménologie de Husserl*, 239.)

[493] S. Freud, *Briefe an Wilhelm Fließ*, 218.

[494] S. Freud, *Briefe an Wilhelm Fließ*, 218.

[495] S. Freud, *Briefe an Wilhelm Fließ*, 218.

[496] *Fueros* (Span.) bezeichnet das Bestehen von älteren Lokal- oder Sonderrecht, die auch nach der Durchsetzung einer zentralen Gesetzgebung weitere Geltung hatten.

[497] S. Freud, *Briefe an Wilhelm Fließ*, 219.

können die Entfaltung von Denkassoziationen unterbrechen oder stören. Dies geschieht vor allem bei der Vergegenwärtigung von Erinnerungszeichen, die Unlust erwecken und aufgrund dessen die Tendenz haben, als unübersetzte Schichten, als ein der Ich-Organisation fremder Kern bestehen zu bleiben. Der Widerstand gegen die Übersetzung macht in diesem Sinne eine Art Intervall zwischen dem aus, was von den unbewussten Spuren nicht sichtbar wird, und dem, was von ihnen nicht gedacht wird.[498] Im gleichen Zug aber, in dem Freud diese lakunäre, dem Denken und der Deutung sich entziehende Dimension der Erinnerungsspuren bzw. der Zeichen anerkennt, fordert er, dass sie beim psychoanalytischen Vorgehen der Ich-Organisation zugeschrieben werden, und zwar in einer Art von Teleologie, nach der die Ebene der passiven Konstitution sprachlich zu bearbeiten ist. Diese Teleologie gilt aber als eine Idee im kantischen Sinne, als eine nicht zu vollendende Aufgabe: Erstens, weil sich die passive Konstitution weiter zeitigt-verräumlicht, indem die vorbewusste und bewusste Thematisierung nur nachträglich, in Nicht-Übereinstimmung mit der unerreichbaren Gegenwärtigkeit des unbewussten Konstituierens eintritt. Zweitens wird daher der Hiatus zwischen der prädikativen Ebene und der unbewussten, vor-prädikativen Konstitution ersichtlich. Die Deutung von Derrida ist in diesem Sinne zutreffend, als sich die unbewusste Konstitution weder in Form der Präsenz noch als „versteckte" oder „potenzielle" Gegenwart auffassen lässt.[499] Im *Brief 52* heißt dies, dass sich die Niederschriften, das Vorbewusstsein und das Bewusstsein der Form der Präsenz entziehen:

> Dass die Präsenz im allgemeinen nicht ursprünglich, sondern rekonstituiert ist, dass sie nicht die absolute, vollauf lebendige und konstituierende Form der Erfahrung ist, und dass es keine Reinheit der lebendigen Präsenz gibt, das ist das für die Geschichte der Metaphysik ungeheure Thema, dass Freud uns durch eine dem Gegenstand selbst unangemessene Begrifflichkeit zu denken auffordert.[500]

---

498 Vgl. J. Derrida, *La différance*, 13 / *Die Différance*, 126.

499 J. Derrida, „La différance", 21 / *Die Différance*, 137.

500 J. Derrida, „Freud et la scène de l'écriture", 314 / „Freud und der Schauplatz der Schrift", 324. In *La voix et le phénomène* nimmt Derrida das freudsche Konzept der Zeitlichkeit als Nachträglichkeit zurück und setzt es der husserlschen Philosophie der Präsenz sowie der Vergegenwärtigung als Wiederholung der Präsenz entgegen. (J. Derrida, *La voix et le phénomène*, 70 f. / *Die Stimme und das Phänomen*, 87). Husserl legt jedenfalls vor allem im Rahmen seiner Analysen der passiven Synthesen und in den späteren Untersuchungen der Zeitkonstitution Phänomene dar, die der Ansicht der Vergegenwärtigung als bloße Wiederholung von ursprünglich gegebenen Präsenzen nicht entsprechen. Husserls Analysen von Phänomenen, wie der Spaltung und der Nicht-Deckung in der Vergegenwärtigung, der Verflechtung zwischen Phantasie und Erinnerung in der Vergegenwärtigung, den Interferenzen von passiven Assoziationen und Affektionen in Rahmen von bewussten Akten, stehen der Idee entgegen, dass die Vergegenwärtigung als bloße Wiederherstellung von ursprünglichen Wahrnehmungsgegebenheiten bzw. als Wiederherstellung der Form der Präsenz zu verstehen sei. Die erwähnten Phänomene werden im zweiten Teil dieser Arbeit (III. 2.2.; III. 4., III. 6.) ausführlicher dargelegt.

Bei dieser Konzeption der Nachträglichkeit ist ein aktuell bewusster Akt weder auf dessen Gegenwärtigkeit reduzierbar noch von den vorhandenen Konstitutionsmomenten bestimmt. Er ist von einer unbewussten Konstitution mitbestimmt, die „in einem sehr umfassenden Sinne [...] ‚vorgängig' (*antérieur*) [ist]".[501] Die Nachträglichkeit steht einem sukzessiven Modell der Zeit schlechthin entgegen und kann als diskontinuierliche Zeitlichkeit durch die von der Räumlichkeit geprägten Figuren der Interruption, Pause, Leerstelle und Intervall gedacht werden.[502] Die bewussten Akte situieren sich, hinsichtlich ihres Hinweisen auf vorherige Schichten der Konstitution, in einer unerreichbaren Gegenwärtigkeit: Die Gegenwärtigkeit des Hinweises ist zugleich ein nachträglicher Hinweis auf nicht unmittelbar erfassbare und potentiell nicht übersetzbare Erinnerungszeichen. Dies ist erstens kein direkter Hinweis, weil sich Zeichen durch Zeichen aus anderen, nicht mehr vorhandenen Zusammenhängen konstituieren. Zweitens steht jedes Zeichen in einem aktuellen Bezug zur Abwesenheit dessen, von dem es Zeichen ist, bzw. im Bezug zu einer Gegenwärtigkeit, die sich aber nur nachträglich und mittelbar anzeigen lässt.

Wie Freud in der Aphasie-Studie darlegt, ist die unbewusste Konstitution, dort „Komplex" der „Sachvorstellungen" genannt, eine unendliche Konstitution, die sich durch andere Assoziationswege weiter ausbreitet und den „Komplex" der „Wortvorstellungen" sprengt. Die „Sachvorstellungen" machen einen breiteren „Vorstellungskomplex" als der „Wortvorstellungskomplex" aus. Im Schriftmodell des *Briefs 52* ist die in jener Studie dargestellte Konzeption implizit. Die Sach- und Wortvorstellungen sind hier zwar nicht mehr als solche genannt, im weiteren Sinne entsprechen aber die Niederschriften des Wahrnehmungszeichens (*Wz*) und des Unbewusstseins (*Ub*) den früher so genannten „Sachvorstellungen", während die Niederschrift des Vorbewusstseins (*Vb*) eine Umarbeitung des „Wortvorstellungskomplexes" ist. Im *Brief 52* wird bei der impliziten Zugehörigkeit zwischen der Niederschrift des Wahrnehmungszeichens (*Wz*) und der des Unbewusstseins (*Ub*) auf die in der Aphasie-Studie hervorgehobene Zugehörigkeit zwischen Impression und Assoziation bei der unendlichen Konstitution der Sachvorstellungen zurückgegriffen. Während sich die *Wz*- und die *Ub*-Niederschriften wechselseitig konstituieren, ist die *Vb*-Niederschrift eine mögliche Umschrift von ihnen. Als Prinzip *a priori* der *Vb*-Niederschrift besteht somit die Möglichkeit und nicht die Notwendigkeit, dass die vor-ichliche Konstitution vom Denkbewusstsein aufgefasst wird. Als Prinzip *a priori* des Bewusstseins besteht demgemäß ebenso die Möglichkeit und nicht die Notwendigkeit, dass die Vorgänge, die bei den unbewussten Niederschriften ablaufen, ihm zugänglich werden. Die

---

[501] J. Derrida, *De la grammatologie.* Paris: Éditions de Minuit, 1967, 98 / *Die Grammatologie.* Übers. von H.-J. Rheinberger und H. Zischler. Frankfurt: Suhrkamp, 1974, 117.

[502] J. Derrida, *De la gramatologie*, 99 / *Die Gramatologie*, 118.

Tragweite der ersten Niederschriften ist daher größer als die der Niederschrift des Vorbewusstseins (*Vb*), wie auch die Tragweite des Vorbewusstseins größer ist als diejenige des Bewusstseins: Dieses ist, wie Freud im *Entwurf* darlegt und mit diesem Schriftmodell bestätigt, eine mögliche „Zutat"[503] zu den unbewussten Phänomenen. Später werden schließlich die Sachvorstellungen bzw. die *Wz*- und die *Ub*-Niederschrift als das „Unbewusste" umgearbeitet, während die Wortvorstellungen bzw. die *Vb*-Niederschrift nun das „Vorbewusste" genannt werden.[504] In dieser späteren Formulierung grenzen sich somit das Unbewusste und das Vorbewusste vom Bewusstsein ab. Spuren dieser berühmten Einteilung der freudschen Metapsychologie lassen sich also bereits im *Brief 52* erkennen. Dies gilt sowohl für die drei Niederschriften, von denen im weiteren Sinne den zwei ersten „das Unbewusste" und der dritten „das Vorbewusste" entsprechen werden, als auch für die Schichten der Wahrnehmung und des Bewusstseins.

Obwohl Freud die Wahrnehmung und das Bewusstsein in der Skizze im *Brief 52* als zwei abgesonderte psychische Sphären darstellt, lässt sich in seiner Beschreibung derselben die spätere Verknüpfung zwischen Wahrnehmung und Bewusstsein in ein und demselben psychischen System – später Wahrnehmungs-Bewusstseinssystem genannt – anzeigen. Erstens stellt Freud im *Brief 52* das Bewusstsein (*Bw*) nicht als ein abgesondertes Niveau dar, wie er es für die Niederschriften und die Wahrnehmung tut. Zweitens wird gerade bei der Beschreibung der Wahrnehmung (*W*) auf das Grundprinzip der Einteilung der psychischen Systeme zurückgegriffen: „Bewusstsein und Gedächtnis schließen sich nämlich aus".[505] Drittens wird ebenso im Rahmen der Darstellung der Wahrnehmung festgelegt, dass sich das Bewusstsein an die Wahrnehmungen knüpft.[506] Schließlich wird im Zusammenhang mit den Modi des Übergangs von Zeichen aus der *Vb*-Niederschrift ins Bewusstsein die Hypothese aufgestellt, dass sich ein primäres, dem Vorbewusstsein entsprechendes Denkbewusstsein in ein „sekundäres Denkbewusstsein" umwandelt. Dies geschieht bei der „halluzinatorischen Belebung von Wortvorstellungen": Die bewusste Erscheinung von gedachten Wör-

---

503 S. Freud, *Entwurf*, 435.

504 „Das System *Ubw* [Unbewusstsein] enthält die Sachvorstellungen der Objekte, die ersten und eigentlichen Objektbesetzungen; das System *Vbw* [Vorbewusstsein] entsteht, indem diese Sachvorstellung mit den ihr entsprechenden Wortvorstellungen überbesetzt wird. Solche Überbesetzungen, können wir vermuten, sind es, welche eine höhere psychische Organisation herbeiführen und die Ablösung des Primärvorganges durch den im *Vbw* herrschenden Sekundärvorgang ermöglichen." (S. Freud, „Das Unbewusste", Studienausgabe III, 163). Siehe auch ebd. 132.

505 Freud, *Briefe an Wilhelm Fließ*, 218. Vgl. M. Turnheim, „Über Unvoreingenommenheit: Freuds widersprüchliche Forderung", 95: „Insofern es in dem dieser Formel [„Bewusstsein und Gedächtnis schließen sich nämlich aus"] vorausgehenden Satz heißt, dass das Bewusstsein sich an die Wahrnehmung knüpft, gelangen wir zu der These, wonach *Wahrnehmung und Gedächtnis unverträglich sind.*"

506 S. Freud, *Briefe an Wilhelm Fließ*, 218.

tern ist nach Freud „wieder“ Wahrnehmung und „an sich ohne Gedächtnis“.[507] Dies lässt sich wie folgt erklären.

Der Übergang vom primären zum sekundären Denkbewusstsein ist zunächst mit dem diskontinuierlichen Übergang von Zeichen aus der *Vb*-Niederschrift in den Leistungsmodus des Bewusstseins verbunden. Freud setzt aber auch das sekundäre Denkbewusstsein mit der Wahrnehmung oder mit ‚dem Erscheinen als ob in der Wahrnehmung‘ gleich: Das sekundäre Denkbewusstsein ist „wieder“ Wahrnehmung, wenn die Wortvorstellungen in gesprochener Sprache bzw. in mitteilender Funktion als sinnlicher Lautkomplex wirken. Sie können darüber hinaus als solche fungieren, wenn gedachte Wörter als sinnliche Anschauungen im Sinne der genannten „halluzinatorischen Belebung von Wortvorstellungen“ auftreten. Gemäß der im *Entwurf* dargestellten und hier impliziten Theorie müssen bei dem letzten Phänomen die Wortvorstellungen entweder von einem großen Betrag des Affekts oder von der Aufmerksamkeit oder auch von beiden intensiviert werden: Dies ist die Voraussetzung dafür, dass die Erinnerungsspuren (d. h. nach dem *Brief* 52: die unbewussten Zeichen) bewusst in der Intensität einer Wahrnehmung erscheinen. Freud zeigt somit eine Art von Zirkularität zwischen den Sphären des Bewusstsein (*Bw*) und der Wahrnehmung (*W*) auf: Erstens knüpfen die Wahrnehmungen an das Bewusstsein an, wenn sie anschaulich sind; zweitens kehrt das sekundäre Denkbewusstsein zur Wahrnehmung zurück, und zwar in Form von Sprechzeichen und anschaulichen Wortvorstellungen. Diese Zusammengehörigkeit von Wahrnehmung und Bewusstsein bedeutet jedoch nicht, dass alle bewussten Vorstellungen zugleich als Wahrnehmungen erscheinen, wie es in der umgekehrten Richtung gilt: Alle Wahrnehmungen sind mit dem Bewusstsein verknüpft, wenn sie anschaulich sind.

Diese Zusammengehörigkeit zwischen Wahrnehmung und Bewusstsein impliziert eine wichtige Folgerung für die freudsche Einstufung der psychischen Phänomene: Als psychische Phänomene werden Wahrnehmungen nicht ausgehend von den physischen Phänomenen untersucht, sondern vielmehr aus sich heraus, insofern sie auf der Grundlage der unbewussten Niederschriften und der Verknüpfung mit dem Bewusstsein konstituieren. Würde die Wahrnehmung als ein ganz eigenständiges psychisches System aufgefasst, so müssten ihre Intensitätsstufen sich auf die Intensität der Wahrnehmungsreize bzw. gemäß dem *Entwurf* auf die „äußere Quantität“ gründen. Freud benötigt aber in seiner Darstellung des Wahrnehmung-Bewusstseins und der Niederschriften keine Bezugnahme auf die physischen Phänomene: erstens, weil die psychische Konstitution der Wahrnehmungszeichen zugleich die Verknüpfung am Bewusstsein und die Ablagerung in Form von Niederschriften miteinschließt; zweitens, weil gerade das Bewusstwerden und die Konstitution der Niederschriften als zureichende Basis für die Untersuchung der Erscheinungs- und Ablagerungsmodi der Wahrnehmung dienen. So wird ver-

[507] S. Freud, *Briefe an Wilhelm Fließ*, 218.

ständlich, dass Freud im *Brief 52* nicht die Begriffe „Reize" oder „Eindrücke" für die Wahrnehmungsinhalte verwendet. Wie Lacan schreibt, besteht die Ursprünglichkeit der Darstellung in diesem Brief darin, dass die Wahrnehmung nicht mit Begriffen wie „Prägung" und „Eindruck" bezeichnet wird, sondern „im Sinne von etwas, das Zeichen macht und von der Ordnung der Schrift ist".[508]

Es stellt sich aber die Frage, wie nun der Aufbau der bewussten Phänomene auf der Basis der unbewussten Konstitutionsleistung zu verstehen ist, wenn sich die Wahrnehmungszeichen nicht nur als unbewusste Niederschrift ablagern, sondern auch die Verknüpfung mit dem Bewusstsein mit einschließen. Nach der von Freud im *Brief 52* vertretenen Ansicht kann diese Frage so beantwortet werden, dass die Konstitution der Wahrnehmung als eine weder ausschließlich bewusste noch unbewusste Konstitution zu bezeichnen ist: Wenn eine Wahrnehmung eintritt, konstituiert sie sich zugleich als Wahrnehmungszeichen (also als Niederschrift) und als vorübergehende bewusste Erscheinung (zumindest als vergängliches bewusstes Phänomen). Bewusstheit und Unbewusstheit bestehen aus dieser Perspektive in der ursprünglichen Konstitution nicht als zwei getrennte psychische Ebenen, sondern konstituieren sich zum einen wechselseitig durch das Übergehen von der einen in die andere.[509] Diese Ansicht taucht also in Freuds Theorien nicht erst 1924 im Text „Notiz über den Wunderblock" auf, sondern bereit im *Brief 52*.[510] Es ist hier „eine ursprüngliche Kontaminierung"[511] zwischen Bewusstheit und Unbewusstheit, zwischen Erinnerungsspuren und Wahrnehmung ersichtlich. Dies gilt nicht nur für die Sedimentierung der Wahrnehmungen, sondern auch für die der Vorstellungen, wie im Folgenden erläutert werden wird.

Die Konstitution der Niederschriften „Wahrnehmungszeichen" (*Wz*) und „Unbewusstheit" (*Ub*) hat reziproken Charakter, wenn es sich um die Konstitution der Wahrnehmung handelt: Erinnerungszeichen konstituieren sich nach den assoziativen Prinzipien der Kontiguität, der Gleichzeitigkeit, der Sukzession, der Ähnlichkeit und des Kontrastes. Daher stellt sich die Frage, ob der Ablagerung (bzw. der Sedimentierung) der bewussten Vorstellungen bzw. der bewussten Erinnerung ebenfalls diese assoziativen Modi innewohnen. Diese Frage ist zu bejahen: Obwohl Freud die Wahrnehmungszeichen nicht zugleich ‚Vorstellungszeichen' nennt, müssen sich auch die bewussten Vorstellungen nach den Prinzipien der Gleichzeitigkeit und Kontiguität (den betreffenden Ordnungsprinzipien der *Wz*-Niederschrift) ablagern, so wie sie sich auch gemäß den Prinzipien der Sukzession, der Ähnlichkeit und des Kontrastes (den Ordnungsprinzipien der *Ub*-Niederschrift) konstituieren. Wenn man sich beispielsweise einen Raum mit ver-

---

508 J. Lacan, *Le séminaire. Livre VII: L'éthique de la psychanalyse*, 63.

509 Husserl wird diese Ansicht in späteren Texten über die Zeitkonstitution vertreten, wie im Abschnitt III. 5. dargestellt wird.

510 Vgl. J. Derrida, „Freud et la scéne de l'écriture", 305 ff. / „Freud und der Schauplatz der Schrift", 316 ff.

511 R. Bernet, „Derrida – Husserl – Freud. Die Spur der Übertragung", 113.

schiedenen Elementen vorstellt, werden diese Elemente als nebeneinander und gleichzeitig bestehend vorgestellt. Wird diese Vorstellung (des bestimmten Raums mit den bestimmten Elementen) ‚Vorstellung A' genannt und wird diese Vorstellung A in einem nachträglichen Erinnerungsakt intendiert, so können die Elemente der Vorstellung A in der vorherigen Gleichzeitigkeit und Kontiguität vergegenwärtigt werden. Was einmal in einer bestimmten Anordnung wahrgenommen oder vorgestellt worden ist, kann sich als solche in einem nachfolgenden Erinnerungsakt vergegenwärtigen. Nur ist die originalgetreue Reproduktion eines vorhandenen Aktes (Wahrnehmungs- oder Vorstellungsaktes) in einem zweiten Akt (in einem Erinnerungsakt) nicht gewährleistet. Nehmen wir im Beispiel des Raums an, das eines der vorgestellten Elemente ein Bleistift ist, ein anderes ein Stuhl und wiederum ein anderes ein Fotoapparat. Im Raum stehen aber auch viele andere Elemente: andere Stühle, ein Tisch, Gläser, Bücher usw. Die Vergegenwärtigung eines dieser Elemente, etwa des Bleistiftes, kann assoziativ die Vergegenwärtigung der anderen Elemente anregen. Dies erklärt sich daraus, dass die Kontiguität und die Gleichzeitigkeit auch als Ordnungsprinzipien der bewussten Vorstellungen gelten. Die Vergegenwärtigung etwa des Bleistiftes kann die Vergegenwärtigung des Buches oder der anderen mitvorgestellten Elemente hervorrufen. Durch die Assoziation per Kontiguität und Gleichzeitigkeit könnte schließlich die ganze Vorstellung A in einem Erinnerungsakt reproduziert werden. Die Einstufung dieses Aktes als reine Reproduktion ist aber nicht möglich: Es kann geschehen, dass die Vergegenwärtigung des Bleistiftes nicht die Vergegenwärtigung von den weiteren, ursprünglich nebeneinander bestehenden Elementen veranlasst, sondern stattdessen die Vergegenwärtigung von anderen Bleistiften oder von einer Zeichnung, die mit dem Bleistift hergestellt worden ist. Durch die Vergegenwärtigung von einem bestimmten Element kann sich also die Vergegenwärtigung von anderen Elementen sowohl in einer räumlichen Richtung (bei nebeneinander, gleichzeitig wahrgenommenen oder vorgestellten Elementen) als auch in einer zeitlichen Richtung entfalten (bei ähnlichen, zu verschiedenen Zeitpunkten wahrgenommenen oder vorgestellten Elementen). Die räumliche und die zeitliche Richtung können sich auch kreuzen: Der Bleistift kann *zugleich* die Vergegenwärtigung des mitvorgestellten Stuhls und die der in einem anderen Kontext hergestellten oder vorgestellten Zeichnung bewirken. Gerade in dieser Hinsicht wird Freud den Wert der freien Assoziation und des Phänomens des Lapsus hervorheben: In diesem Fall ist es nicht ‚falsch', dass beim Rekonstruktionsversuch der Vorstellung A anstatt des Buches oder des Stuhls die Zeichnung vergegenwärtigt wird. Die Interferenz mit anderen Erlebnissen ist für Freud nicht zu vermeiden, um die Reinheit der Reproduktion zu bewahren: Ein Sinn entsteht nicht und wird reproduziert, sondern er besteht und lässt sich aktualisieren und entstellen.

Die oben erörterten Punkte bestätigen also, dass Freud im *Brief 52* implizit die später eingeführte Verbindung zwischen Wahrnehmung und Bewusstsein in ein und demselben System vorwegnimmt. Ist dies der Fall, so müsste die eingangs dargestellte horizontal Reihe der psychischen Schichten in folgender, geänderter Form abgebildet werden:

W-Bw
/ \
Wz^{I} - Ub^{II} - Vb^{III}

Diese Skizze wäre aber auch problematisch, weil sich die *Vb*-Niederschrift nicht in demselben Bezug zum System Wahrnehmungs-Bewusstsein (W-BW) befindet wie die *Wz*- und *Ub*-Niederschriften. Diese sedimentieren sich passiv und assoziativ, während sich das Vorbewusstsein nachträglich bildet. Daher wäre die *Vb*-Niederschrift nicht in derselben Horizontalität wie die anderen Niederschriften vorzustellen. Wenn man jedoch in einer neuen Skizze das Vorbewusstsein (*Vb*) zwischen den zwei anderen Niederschriften und dem System Wahrnehmungs-Bewusstsein ansiedelt[512], entsteht das Problem, dass die Niederschriften *Wz* und *Ub* nicht in Verbindung mit dem Wahrnehmungs-Bewusstsein stehen. Diese Art von Problemen bei der Schematisierung der psychischen Schichten sind in der gesamten Metapsychologie Freuds anzutreffen und haben zugleich als die Triebfeder für deren Umformulierung gewirkt. Auch in seinen späteren Texten wird Freud nicht auf Skizzen zur Darstellung der psychischen Schichten verzichten. Der nächste dieser Versuche findet sich in der *Traumdeutung*, wo die Theorie der Erinnerungsschichten in das ‚optische Modell' übertragen wird: Ist sie im Schriftmodell des *Briefs 52* zum großen Teil von dem ‚archäologischen Modell' geprägt, wird sie dann im Kontext der Untersuchung der Traumvorstellungen im Lichte der Virtualität des Bildes umgearbeitet.[513]

Im nächsten Abschnitt wird – im Sinne der chronologischen Darstellung – die Weiterentwicklung von Freuds früher Theorie der Erinnerungsschichten in der bedeutenden Schrift „Über Deckerinnerung" (1899) verfolgt. Aus diesem Text werden vor allem die Grundmotive der passiven und aktiven Assoziationen, der affektiven Grundlage der psychischen Vorstellungen und der Unterscheidung bzw. Verflechtung zwischen Phantasie und Erinnerung erörtert. Diese Themen werden uns dann weiter zu Husserls Analyse der Vergegenwärtigung, der Affektion und des Unbewussten führen.

---

[512] Dies ließe sich wie folgt darstellen:
W-Bw
\ /
Vb
/ \
Wz - Ub

[513] Siehe S. Freud, *Die Traumdeutung*, Kap. VII, B: „Die Regression", Studienausgabe II, 514 ff.

II. 5. *„Über Deckerinnerung" (1899): Erinnerungsschichten, Vergegenwärtigungsstufen*

> *Die Evidenz der Erlebniserinnerung stößt jedoch auf Schranken. Eingeschränkt ist zunächst einmal die Verlässlichkeit des fundierten Erlebnisses. Wir setzen ein wirkliches Erlebnis voraus. Aber was haben wir wirklich erlebt?*
>
> M. Theunissen[514]

In Freuds Theorien der Erinnerungsschichten wurden zwei Grundbausteine der Erscheinungsweisen und Intensitätsstufen bewusster Phänomene identifiziert: einerseits ein dynamisches Gegeneinanderwirken von unbewussten Kräften und andererseits einige den bewussten Akten vorangehenden Ordnungsprinzipien. Der zweite Punkt wurde vor allem im vorigen Kapitel bei der „transzendental-unbewussten Konstitutionsleistung"[515] der psychischen Phänomene berücksichtigt. Der erste Punkt wurde nun insbesondere bei den im *Entwurf einer Psychologie* dargestellten Bahnungsvorgängen thematisiert, und zwar im Hinblick auf 1) die dynamisch-quantitative Grundlage der psychischen Phänomene; 2) die affektive und die attentionale Intensivierung der Vorvorstellungen; 3) die Hemmung beim Bewusstwerden; 4) die Zusammengehörigkeit zwischen den konstituierten und den sich aus den aktuellen Akten her konstituierenden Assoziationswegen. Alle diese Faktoren ordnet Freud zunächst nicht als bewusste Phänomene ein, auch wenn ein Teil von ihnen bewusst eintritt. Sie sollen im Sinne der im vorherigen Kapitel dargelegten Strukturierung der Niederschriften als transzendental-unbewusste Dynamik der psychischen Phänomene gelten: eine Gültigkeit, die aber nur aus der Analyse der bewussten Phänomene bewiesen werden kann. An dieser Stelle ist ein Überblick zu geben über die angesprochenen Faktoren im Zusammenhang mit ihrer Bearbeitung in einigen späteren Texten Freuds, um ihre Geltung für die Analytik der psychischen Vorgänge aus phänomenologischer Sicht – wie diese beispielsweise bei der „Deckerinnerung" ausgeführt werden kann – nachzuweisen.

II. 5.1. *Die Erinnerungsschichtung: transzendental-(un)bewusste Dynamik der psychischen Phänomene*

1. Gemäß Freuds Konzeption im *Entwurf einer Psychologie* weisen die Intensitätsstufen der bewussten Vorstellungen sowie ihr möglicher Mangel an Anschaulichkeit (etwa beim Vergessensphänomen) auf nicht erscheinende unbewusste Konflikte bzw. auf das Gegeneinanderwirken von Vorvorstellungen hin. Unter „Vorvorstel-

---

514 M. Theunissen, *Reichweite und Grenzen der Erinnerung*, 15.
515 H.-D. Gondek, *Angst, Einbildungskraft, Sprache*, 335.

lung" wird hier der unbewusste Zustand der Erinnerungsspuren verstanden: Diese sind jenseits der bewussten Akte nicht erfassbar und gelten als potenziell bewusste Phänomene. Sie sind als Kräfte zu bezeichnen, da sie zur bewussten Anschaulichkeit tendieren, sich von dieser heraus in ihrer Intensität schwächen und (hinsichtlich der Anschaulichkeit) bis zum Nullwert zurücksinken. Diese Konzeption wird in Freuds späterer Einführung des Begriffs „Trieb" gefestigt. Im Sinne der im *Entwurf einer Psychologie* dargestellten „Quantität" oder Intensität der psychischen Phänomene bezeichnet der Trieb diejenigen psychisch als innere Reize wirkenden Kräfte, die einen Zustandswandel beim Übergang ins Bewusstsein erfahren und als Vorstadium jedes bewussten Aktes zu erfassen sind.[516] Wie im zweiten Teil dieser Arbeit gezeigt wird, haben diese Begriffe (Quantität und Trieb) eine ähnliche Bedeutung wie in Husserls Auffassung der Affektion im Sinne von inneren Reizen aus dem Unbewussten, die zur Anschaulichkeit streben und zur ichlichen Zuwendung und Abwendung antreiben. Husserl selbst geht in späterem Werk von der Analyse der Affektion zur Fundierung der Triebintentionalität über.[517]

2. Die Intensitätsstufen der psychischen Phänomene erklärt Freud dadurch, dass auf sie Intensivierungskräfte einwirken: jene des Affekts, der Wunschzustände und der Aufmerksamkeit. Wohnt einer Vorvorstellung ein Lustaffekt inne und wird sie darüber hinaus von der Aufmerksamkeit beim Bewusstwerden intensiviert, so hat sie die Tendenz, sehr intensiv im Bewusstsein aufzutreten. Hingegen bewirkt in der Regel eine an einen Unlustaffekt geknüpfte Vorvorstellung die Ablenkung der Aufmerksamkeit, wodurch das jeweilige Bewusstwerden gehemmt werden kann. Der Lustaffekt und die Aufmerksamkeit wirken im Allgemeinen im wachen Leben als „Bekräftigungen" beim Bewusstwerden, der Unlustaffekt und die Ich-Hemmung dagegen als „Entkräftigungen".[518] Die Aufmerksamkeit kann aber auch als Entkräftigung hinsichtlich des Bewusstwerdens einer Vorvorstellung fungieren, wenn sie dieses dadurch hemmt, dass sie eine andere Vorvorstellung oder einen anderen Gedankengang zur Vergegenwärtigung bringt. Wie Freud dies in der *Traumdeutung* beschreibt, kann ein „begonnene[r] und [von der Aufmerksamkeit] verlassene[r] Gedankengang sich dann fortspinnen, ohne dass sich ihm die Aufmerksamkeit wieder zuwendet, wenn er nicht an einer Stelle eine besonders hohe Intensität erreicht, welche die Aufmerksamkeit erzwingt."[519] Die aus der Aufmerksamkeit herstammende Besetzung kann in diesem Fall vom ersten „verlassenen Gedankengang" zu einer „Zielvorstellung" bzw. zu einem anderen bevorzugten Gedankengang verschoben werden, wobei die Fortsetzung des er-

---

516 Freud, *Trieb und Triebschicksale*, Studienausgabe III, 82 ff.

517 Siehe den Abschnitt III. 7.

518 Ich übernehme die Begriffe „Bekräftigung" und „Entkräftigung" von Husserls Darlegungen der Modalisierung und Affektion im Kontext seiner Phänomenologie des Unbewussten. Siehe die Abschnitte III. 2.3., III. 4. Siehe Hua XI, 66, 95.

519 S. Freud, *Die Traumdeutung*, Studienausgabe II, 564.

sten Gedankengangs unter der Schwelle des Bewusstseins verläuft.[520] Ein im wachen Leben von der Aufmerksamkeit verlassener Gedankengang bleibt aber im Horizont des aktuellen Bewusstseinsfelds strömend und kann entweder durch eine nachträgliche Zuwendung der Aufmerksamkeit oder durch die Affektbesetzung anschaulich werden. Beim Schlafzustand nun ist die Wirkung der Aufmerksamkeit abwesend, wobei die Intensitätsstufen der Traumvorstellungen ausschließlich von den Wunschzuständen und dem Affekt bedingt sind. Gerade die im wachen Leben von der Aufmerksamkeit verlassenen Gedankengänge wirken im Schlafzustand bei der Traumbildung mit. Bedingung dafür ist, dass sie sich an unbewusste Wünsche und andere affektmäßige Zielvorstellungen knüpfen, die ebenfalls während des Tages aufgrund der Hemmung durch die Aufmerksamkeit nicht bewusst auftauchen.[521] Im Traum werden die verdrängten Gedankenreihen aber nicht als solche wiederhergestellt; vielmehr werden sie durch die passive Assoziation mit anderen verdrängten Vorstellungsreihen und unter Einwirkung der Wünschzustände und des Affektes (als Lust und als Unlust) entstellt.[522]

Ein ähnlicher Vorgang lässt sich bei der Bildung von Deckerinnerungen erfassen: Dabei handelt es sich um sehr intensiv erscheinende Vorstellungen oder Vorstellungsreihen, die nachträglich sowohl als Phantasien wie auch als Erinnerungen eingestuft werden können und die zunächst einen ähnlich lebhaften Charakter wie die Traumvorstellungen besitzen.[523] Die sinnfälligen Vorstellungen

---

520 „Wir glauben, dass von einer Zielvorstellung aus eine gewisse Erregungsgröße, die wir ‚Besetzungsenergie' heißen, längs der durch diese Zielvorstellung ausgewählten Assoziationswege verschoben wird. Ein vernachlässigter Gedankengang hat eine solche Besetzung nicht erhalten […]." (S. Freud, *Die Traumdeutung*, Studienausgabe II, 564).

521 „Es lauern […] in unserem Vorbewussten andere Zielvorstellungen, die aus den Quellen unserer unbewussten und immer regen Wünsche stammen. Diese können sich der Erregung in dem sich selbst überlassenen Gedankenkreise bemächtigen, stellen die Verbindung zwischen ihm und dem unbewussten Wunsche her, *übertragen* ihm die dem unbewussten Wunsch eigene Energie, und von jetzt an ist der vernachlässigte oder unterdrückte Gedankengang imstande, sich zu erhalten […]" (Freud, *Die Traumdeutung*, Studienausgabe II, 564).

522 Wie Samuel Weber diesen Kontext deutet, stünde das „Sinnvolle" des Traums nicht im „verdeckten" oder „*latenten* Sinn", sondern in der Traumarbeit selbst, die sich stets als Entstellung vollzieht. (S. Weber, „Tertium datur". In: F. A. Kitteler (Hg.), *Austreibung des Geistes aus den Geisteswissenschaften.* München / Wien / Zürich: Ferdinand Schöningh, 1980, 206). Die Traumarbeit – so Weber – „lässt sich mit keinem ‚Inhalt' oder ‚Sinn' identifizieren, vor allem weil sie ein Vorgang der Entstellung, nicht der Darstellung ist: sie operiert nicht um Sinn oder Inhalt zu erzeugen oder darzustellen, sondern schon bestehende Sinngebilde zu entstellen (durch Verschiebung, Verdichtung, Rücksicht auf Darstellbarkeit und sekundäre Bearbeitung, die vier Techniken der Traumarbeit)." (Ebd., 206). Weber stellt nämlich die These auf, dass die Entstellungsdynamik bei der freudschen Ansicht die grundlegende Struktur der psychischen Phänomene im weiteren Sinne ist. (Ebd., 211).

523 Siehe S. Freud, „Erinnern, Wiederholen und Durcharbeiten" (1914), Studienausgabe: Ergänzungsband, 208: „In manchen Fällen habe ich den Eindruck empfangen, dass die bekannte, für uns theoretisch so bedeutsame Kindheitsamnesie durch die Deckerinnerungen vollkommen aufgewogen wird. In diesen ist nicht nur einiges Wesentliche aus dem Kind-

(im Traum und in der Deckerinnerung) treten als „Knotenpunkte" oder als „Endergebnisse ganzer Gedankenketten" auf.[524] Da sie sich zunächst jenseits der Leistung der Aufmerksamkeit vergegenwärtigen, ist ihre Intensität von der affektiven Grundlage abzuleiten. Freud erklärt die Konstitution von Knotenpunkt-Vorstellungen (d. h. Vorstellungen, die intensiver als andere derselben Reihe auftreten) durch die gemeinsame Wirkung des Affekts, des Verdichtungs- und des Verschiebungsvorgangs: Wenn eine assoziativ sich konstituierende Gedankenreihe von einem großen Affektbetrag besetzt wird, kann die Intensität von einzelnen Vorstellungen in andere übergehen, „so dass einzelne mit großer Intensität versehene Vorstellungen gebildet werden."[525] Die Verschiebung bezeichnet dabei die Ersetzung einer Vorvorstellung durch eine andere bzw. die Übertragung der Intensität einer Vorvorstellung in eine andere, wobei sich letztere zu einem bewussten Phänomen entwickelt, während erstere unter der Schwelle des Bewusstseins bestehen bleibt. Im Zusammenhang der Assoziationsprinzipien ist die Verschiebung vor allem als Kontiguitätsassoziation gedacht, was Freud als „Ersetzung durch etwas Benachbartes" bezeichnet.[526] Bei der Verdichtung nun können verschiedene Elemente, die sich per Ähnlichkeit assoziieren, zu einer Einheit verschmolzen werden, sodass ein einziges Element intensiv erscheinen kann, während die anderen im Hintergrund bestehen mögen.[527] Beide Vorgänge weisen auf eine affektive Fundierung zurück, die schließlich die Tatsache zu erklären vermag, dass sich eine beliebige Vorstellung in einer Reihe von anderen deswegen hervorhebt, weil die Intensität der anderen nicht erscheinenden Vorvorstellungen auf sie übertragen wurde.

Phänomenologisch lässt sich dies am deutlichsten bei der Erinnerung an einen Traum erkennen: Bei der bewussten Erinnerung an einen Traum werden meistens einzelne intensive Elemente vergegenwärtigt, andere Elemente derselben Traumvorstellungsreihe hingegen können im Hintergrund bestehen und als vergessene Stücke des Traums bzw. als Lakunen innerhalb der Traumerinnerung erscheinen. Dies ist auch bei der Vergegenwärtigung von einzelnen Erinnerungen und Phantasien der Fall, die von selbst (jenseits der Ich-Zuwendung) sehr intensiv bewusst auftauchen: Die jeweiligen Vorstellungsreihen, in denen sie sich in vorherigen Akten eingeschlossen haben, werden dabei meistens nicht in derselben Intensität wie die von selbst hervorgehobenen Vorstellungen mitvergegenwärtigt und können entfallen scheinen. Ein vorheriger Kontext jener vergegenwärtigten Elemente lässt sich dann erst durch einen nachträglichen Rekonstruktionsversuch festsetzen. Weil aber ein vergegenwärtigtes Element auf Reihen von vorherigen Verge-

heitsleben erhalten, sondern eigentlich das Wesentliche. [...] Sie repräsentieren die vergessenen Kinderjahre so zureichend wie der manifeste Trauminhalt die Traumgedanken."

524 S. Freud, *Die Traumdeutung*, Studienausgabe II, 565.

525 S. Freud, *Die Traumdeutung*, Studienausgabe II, 565.

526 S. Freud, „Über Deckerinnerungen", GW I, 537.

527 Siehe S. Freud, „Vorlesungen zur Einführung in die Psychoanalyse", GW XI, 174 ff.

genwärtigungen hinweist, kann es nicht nur als Bestandteil eines bestimmten, sondern von mannigfaltigen Kontexten festgesetzt werden. In diesem Sinne wird die Schwierigkeit, durch ein aktuell vergegenwärtigtes Element seine jeweilige Bildung und Situierung hinsichtlich der Konstitutionsschichten zu präzisieren, in Freuds späterem Werk wiederum unter Rückgriff auf das archäologische Modell der Erinnerung berücksichtigt.[528]

3. Das oben beschriebene Phänomen der Hemmung eines Vorstellungsaktes oder Gedankengangs durch die Bekräftigung eines anderen ist als positive und negative Zuwendung zu bezeichnen: Unter positiver Zuwendung versteht sich die Zuwendung des Ich auf eine Vorvorstellung oder einen Gedankengang, der bereits zum Bewusstwerden tendiert. Als negative Zuwendung (hinsichtlich derselben Vorvorstellung oder desselben Gedankenganges) gilt nun das Sich-Richten des Ich auf eine andere Vorvorstellung oder auf einen anderen Gedankengang, die als Hemmungskraft (hinsichtlich jener) wirkt. Dass ein unbewusster Akt eine einem anderen Akt entgegengesetzte Kraft auszuüben vermag, erklärt sich somit für Freud nicht nur daraus, dass die Vorstellungen von selbst als Kräfte unmittelbar wirken, wie in Herbarts Konzeption, sondern vor allem daher, dass sich Vorvorstellungen unter der Einwirkung des Affektes (in den Modalitäten des Lust- und des Unlustaffektes) und der Ich-Zuwendung (als positive und negative Zuwendung) befinden. Ist aber das Ich nicht aufmerksam, kann ebenso eine intensive Vorstellung oder Vorstellungsreihe anschaulich werden, sodass das Ich nicht mehr deren Bewusstwerden hemmen kann, sondern vielmehr nur noch das Bewusstwerden jener Vorstellungsreihe, an die sie sich assoziativ anschließt. Ein anderes Phänomen in diesem Kontext hat nun seinen Grund darin, dass sich ein Affekt aktualisiert, ohne dass zugleich ein zugehöriger bildlicher oder wörtlicher Gehalt bewusst auftaucht. Wie Freud dies in der Verdrängungstheorie darlegt,

---

528 „Eine der heikelsten Aufgaben der Archäologie ist bekanntlich die Bestimmung des relativen Alters eines Fundes, und wenn ein Objekt in einer bestimmten Schicht zum Vorschein kommt, bleibt es oft zu unterscheiden, ob es dieser Schicht angehört oder durch eine spätere Störung in die Tiefe geraten ist. Es ist leicht zu erraten, was bei den analytischen Konstruktionen diesem Zweifel entspricht." (Freud, *Konstruktionen in der Analyse* [1937], 46). Der Analytiker arbeitet aber nach Freud unter besseren Bedingungen als der Archäologe, weil, im Unterschied zur Möglichkeit der endgültigen Zerstörung von Gebäuden durch Gewalt, Feuer usw., vom „psychischen Objekt" das Wesentliche erhalten bleiben würde. (Ebd., 46 f.). Das, was Freud hier das Wesentliche nennt, soll aber nicht als inhaltliche Bestimmung von vergangenen Kontexten verstanden werden, die als solche vollkommen in der Wiedererinnerung reproduziert werden könnten, sondern vielmehr als grundlegende affektive Ereignisse und Reaktionen aus frühester Kindheit, die von selbst in nachfolgenden ähnlichen Kontexten zur Wiederholung tendieren. Wie Freud dies in „Erinnern, Wiederholen und Durcharbeiten" formuliert: „[…] der Analysierte *erinnere* überhaupt nichts von dem Vergessenen und Verdrängten, sondern er *agiere* es. Er reproduziert es nicht als Erinnerung, sondern als Tat, er wiederholt es, ohne natürlich zu wissen, dass er es wiederholt." (S. Freud, „Erinnern, Wiederholen und Durcharbeiten", Studienausgabe: Ergänzungsband, 209 f.).

haben Vorstellungen und Gedankenreihen, deren Erscheinung einmal einen Unlustaffekt weckte, die Tendenz, in nachfolgende Akte verdrängt zu werden, bevor die jeweiligen bildlichen oder wörtlichen Gehalte bewusst eintreten. Dies impliziert jedoch nicht, dass der an diejenigen Vorstellungen anknüpfende Affekt ebenfalls verdrängt wird: Zwar gelten Affekte als unbewusste Grundlage der physischen Phänomene, können aber ihrem Grundcharakter nach nicht unbewusst bestehen bleiben.[529] Zwei Phasen werden daher in der Verdrängungstheorie unterschieden: Die erste, als „Urverdrängung" bezeichnet, betrifft einen ersten, vorausgesetzten Moment, in dem ursprünglich einer bestimmten Vorvorstellung oder einer Gedankenreihe das Bewusstwerden versagt worden ist. Die „eigentliche Verdrängung" betrifft nun die Tendenz, dass Abkömmlinge eines ersten, aus dem Bewusstsein entfernten wörtlichen oder bildlichen Elements verdrängt werden.[530] Da sich eine Urverdrängung nicht als solche erfassen lässt, kann ihr hypothetisches Vorhandensein nur durch aktuelle Hemmungstendenzen erwiesen werden: Je stärker die assoziative Verknüpfung zwischen einer zu vergegenwärtigten Vorstellung mit einem vermutlichen urverdrängten Element ist, desto beherrschender wäre die Tendenz, erstere beim Bewusstwerden zu hemmen. Weil aber kein früher verdrängtes Element nachgewiesen werden kann, wenn man von einer aktuellen Tendenz zur Hemmung eines Vorstellungsaktes oder von einem auftretenden Unlustaffekt ohne eine korrelate Vorstellung ausgeht, wird es dann bei den jeweiligen Akten lediglich möglich, Inferenzen auf vorherige Hemmungen und Verdrängungsmotivationen festzustellen.

4. Die oben erwähnte Möglichkeit der Beeinflussung aktueller Akte durch vorherige weist auf die im *Entwurf einer Psychologie* dargestellte Zusammengehörigkeit von den konstituierten und den sich aus den aktuellen Akten her konstituierenden Assoziationswegen hin. Freud ist in seiner Bahnungstheorie der Ansicht, dass die Ablagerungsform von aktuellen Wahrnehmungen und bewussten Vorstellungsakten durch bereits verlaufene (nicht aktuell bewusste) Akte mitbestimmt ist. Daher ist es bei einem Erinnerungsakt möglich, zusammengehörende Vorstellungen eines bereits ausgeführten Aktes in einem anschaulichen Kontext zu vergegenwärtigen, wenn eine der Vorstellungen wieder erinnert wird. Wahrnehmungen und vorherige Vorstellungsakte bleiben aber nicht lediglich in ihrer Besonderheit bewahrt: Verschiedene Erlebnisse reihen sich um einen Sinnkern von meist affektiver Art herum vor allem durch Assoziation per Ähnlichkeit ein. Wenn der zugrunde liegende Affekt aktualisiert wird, der verschiedenen assoziier-

---

[529] S. Freud, „Die Verdrängung", Studienausgabe III, 113 ff. Nach Freud gibt es streng genommen „keine unbewussten Affekte, wie es unbewusste Vorstellungen gibt. [...] Der ganze Unterschied rührt daher, dass Vorstellungen Besetzungen – im Grunde von Erinnerungsspuren – sind, während die Affekte und Gefühle Abführvorgängen entsprechen, deren letzte Äußerungen als Empfindungen wahrgenommen werden." (S. Freud, „Das Unbewusste", Studienausgabe III, 136 ff.).

[530] S. Freud, „Die Verdrängung", Studienausgabe III, 109 f.

ten Erlebnissen innewohnt, können daher diese vergegenwärtigt werden und sich als Momente einer aktuellen Vergegenwärtigungsreihe darstellen. Ist der betreffende Affekt ein Unlustaffekt, so haben die wörtlichen oder bildlichen Gehalte die Tendenz, gehemmt oder jedenfalls nicht leicht vergegenwärtigt zu werden. In diesen Fällen ist der Affekt nicht ein bloßer Bestandteil der bewussten Vorstellung, oder anders gesagt: er ist kein der bewussten Vorstellung sekundär hinzugefügter Faktor, wie in Brentanos Theorie. Vielmehr ist er die Triebfeder zur Vergegenwärtigung oder zur Verdrängung der sich assoziierenden Erlebnisreihe. Von der affektiven Grundlage her kann beispielsweise anstatt einer angestrebten Erinnerung eine andere Vorstellung oder Vorstellungsreihe auftauchen und sich vor einem Hintergrund besonders kontrastierend abheben. Die gesondert auftretende Vergegenwärtigung spricht daher die Aufmerksamkeit an und wird nachträglich durch diese intensiviert, wenn keine Hemmungstendenz besteht. In der Fortsetzung des jeweiligen Aktes unter der Ich-Teilnahme wirken wiederum die Verdichtungs- und die Verschiebungstendenz: Herrscht bei dem jeweiligen Vergegenwärtigungsakt die Tendenz zur Verdichtung, so entwickelt er sich in zeitlicher Hinsicht als gegenseitige Anziehung verschiedener zu unterschiedlichen Zeitpunkten ausgeführten Akten. Wenn hingegen die Verschiebungstendenz überwiegt, veranlasst die geweckte Vorstellung die Vergegenwärtigung von anderen Vorvorstellungen, die in einem vorherigen Kontext mitvorgestellt wurden. Diese beiden Richtungen der Vergegenwärtigung sind jeweils als räumliche und als zeitliche Achse darzustellen: Ausgehend beispielsweise von der aktuellen Vergegenwärtigung eines Hauses besteht bei der räumlich-horizontalen Richtung die Tendenz, die Hausumgebung oder das Nachbarhaus zu vergegenwärtigen. Evoziert aber die Hausvorstellung gleichzeitig die Vorstellung eines ähnlichen, bereits wahrgenommenen Hauses oder andere Vorvorstellungen, mit denen sie sich durch den bildlichen oder wörtlichen Gehalt assoziiert, so wird diese zeitlich-vertikale Richtung der Vergegenwärtigung jene erste Entwicklungsrichtung (die Rekonstruktion eines früheren Wahrnehmungs- oder Vergegenwärtigungskontextes) stören oder unterbrechen. Sind nun die Tendenzen zur Verschiebung und zur Verdichtung zugleich vorhanden, so wird eine Spannung zwischen der räumlichen Ausbreitung und der Anziehung zwischen den zu unterschiedlichen Zeitpunkten wahrgenommenen oder vorgestellten Elemente fasslich: Die jeweilige Vergegenwärtigung kann sich zum einen in einer synchronisch-horizontalen Richtung – durch die Weckung von mitwahrgenommenen, koexistenten Elementen – und zum anderen in einer diachronisch-vertikalen Richtung entwickeln, wenn Züge der Ähnlichkeit zwischen den zu unterschiedlichen Zeitpunkten konstituierten Erlebnissen den Ausschlag geben. Bei der Ausbreitung auf horizontaler Ebene werden beispielsweise von der Vorstellung ‚Haus' her die nebenbei wahrgenommenen Elemente Baum, Fluss und Berg mitvergegenwärtigt. Eines von diesen Elementen, wie etwa der Baum, könnte von dort die Vergegenwärtigungsreihe in einen anderen Kontext verschieben: Die Vorstellung ‚Baum' könnte die Vergegenwärtigung anderer koexistenter Elemente hervorrufen, wie etwa einer Garage und einer bestimmten Straße. Wird nun die Vorstellung ‚Haus' aus der neuen Reihe (Haus – Baum – Garage – Straße) heraus etwa durch das Element ‚Garage' erneut erweckt und mit dem zuvor vorgestellten Haus in Verbindung gebracht, so vollzieht sich eine Verdichtung (des Elements ‚Haus') über den Umweg der Verschiebung. Die Verdichtung kann aber auch auf kürzerem Weg erfolgen, indem nämlich die Vorstellung ‚Haus' unmittelbar die Vergegenwärtigung eines anderen vorgestellten Hauses oder auch einer bildlich oder wörtlich ähnlichen Vorstellung bewirkt, ohne dass dafür zuerst andere koexistente Elemente vergegenwärtigt werden. Wenn in dieser Art die per Ähnlichkeit sich anziehenden Vorstellungen partiell übereinstimmen (sie assoziieren sich per Ähnlichkeit und sind daher nicht identisch), können in der Fortsetzung derselben Vergegenwärtigung die kontrastierenden Züge die Tendenz zur Verschiebung wiederum veranlassen.[531]

In dieser Weise kann jene Ansicht Freuds verstanden werden, die schon seinen früheren Theorien der Erinnerungsspur implizit ist, nach der die Rekonstruktion von vergangenen Erlebnissen im Sinne der Adäquation zwischen einem aktuellen Erinnerungsakt und einem vermutlichen Vergangenen als ein Ideal für die Vergegenwärtigung gilt: Durch die reziproke Interferenz zwischen den erwähnten Vergegenwärtigungsrichtungen wird die Möglichkeit von rein reproduktiven Erinnerungsakten gefährdet. Taucht aber eine als dieselbe identifizierte Vergegenwärtigung mehrmals auf, dann bewirkt nach Freud die Häufigkeit des jeweiligen Vorstellungsaktes eine Intensivierung der Anschaulichkeitsstufen.[532] In dieser Hinsicht ist der Faktor „Quantität" – die aus drei ‚Intensitätsquellen' der bewussten Phänomene besteht, und zwar aus dem Affektgehalt in den jeweiligen Modalitäten, aus den Wunschzuständen sowie aus der Aufmerksamkeit in den jeweiligen Stufen – schließlich von der Häufigkeit der Wiederholung[533] mitbestimmt. Hinsichtlich dieses letzten Punktes stellt sich die Frage, wie sich verstehen lässt, dass eine beliebige Vorstellung bzw. eine Vorstellungsreihe mehrmals bewusst wird, als dieselbe angenommen wird und nicht nur als eine mehrmals hervorgehobene Er-

---

531 An diesem Beispiel lassen sich schematisch die folgenden Vergegenwärtigungsrichtungen darstellen: I) Haus – Fluss – Berg – Baum. Diese Art betrifft die Tendenz zur Rekonstruktion eines vorhergingen Wahrnehmungs- oder Vergegenwärtigungskontextes durch die Verschiebung ausgehend von dem Element ‚Haus'. II) Haus – Baum – Garage – Strasse – Haus. Dies ist eine Verschiebung jener ersten Vergegenwärtigungsreihe in eine zweite durch die Vermittlung des Elements ‚Baum'. III) Haus – Baum – Haus. Hier stellt sich die Verdichtung des Elements Haus' dank der vermittelnden Verschiebung des Elements ‚Baum' dar. IV) Haus (a) – Haus (b). In dieser Art vollzieht sich die Vergegenwärtigung zunächst durch den Vorzug der Verdichtung gegenüber der Verschiebung. Daher kann die Nichtübereinstimmung zwischen den zwei Hausvorstellungen (a) und (b) die Verschiebung wieder veranlassen.

532 S. Freud, *Entwurf einer Psychologie*, 393.

533 S. Freud, *Entwurf einer Psychologie*, 393.

scheinung eintritt, sondern auch den Charakter einer Erinnerung oder einer erinnerten Phantasie erhält. Paul Ricoeur hat diese Problematik so formuliert:

> Vergegenwärtigen: Heißt das erneut vorstellen? Dasselbe noch einmal? Oder ist es etwas völlig anderes als eine Wiederholung der ersten Begegnung? Eine Rekonstruktion? Aber worin unterscheidet sich eine Rekonstruktion von einer imaginären oder gar frei erfundenen Konstruktion, das heißt letztlich von einer Fiktion? Wie wird die Setzung des vergangenen Wirklichen, der wirklichen Vergangenheit in der Rekonstruktion erhalten?[534]

Diese Fragen, die auch für Husserls Phänomenologie der Vergegenwärtigung grundlegend sind, liegen Freuds Überlegungen zur Deckerinnerung zugrunde. Unter Deckerinnerung verstehen sich intensive, von selbst sich vergegenwärtigende Vorstellungen, die sich weder genau als reproduktive Erinnerungen noch als bloß phantasierte Bilder bezeichnen lassen. Bei den von selbst sich vergegenwärtigenden Vorstellungen besteht Zweifel, ob und inwiefern sie tatsächlich erlebten Erfahrungen entsprechen können. Im Folgenden wird das Thema ausgehend von seiner Begründung in einem Text Freuds aus dem Jahr 1899 erörtert, unter besonderer Berücksichtigung der Frage, inwiefern es uns zu Husserls Untersuchungen über die Vergegenwärtigung und die Affektion im Rahmen seiner Phänomenologie des Unbewussten führt.

II. 5.2. Die Deckerinnerung *zwischen Affekt, Phantasie und Erinnerung*

In seinem Text *Über Deckerinnerungen* (1899) beschäftigt sich Freud, vermutlich auf der Grundlage eines analytischen Gesprächs – nach Bernfeld handelt es sich in der Tat um eine autobiographische Erzählung[535] – mit dem Problem der Deckung zwischen Erlebtem und Erinnertem unter der Einmischung der Phantasie. In dem im Text erwähnten Vorkommnis mögen zwei vergegenwärtigte Vorstellungen – nämlich das „Brot" und die „gelbe Blume" – für zwei phantasierte Motive stehen, die in der Herstellung der Vergegenwärtigung aufeinander bezogen werden: und zwar (gemäß Freuds Interpretation) das Motiv, das Brot von der Natur zu erhalten, ohne darum durch Studium und Arbeit kämpfen zu müssen, und das andere Motiv, die Cousine zu heiraten und von ihr geliebt zu werden. Diese Motive wirken in der jeweiligen Vergegenwärtigung als „Knotenpunkt-Vorstellungen" bzw. „Signifikanzzentrum": Dies sind Zentren sinnlicher Intensität, die insofern als „Wegmarken des Deutungsprozesses" dienen, als sich um sie

---

[534] P. Ricoeur, *Das Rätsel der Vergangenheit: Erinnern – Vergessen – Verzeihen*. Göttingen: Wallstein[4], 2004, 31.

[535] Siegfried und Suzanne Bernfeld (Bausteine der Freud-Biographik. Frankfurt a.M. 1981. 93-111) haben in ausführlicher Weise anhand der Freudschen Biographie gezeigt, dass es sich eben um eine autobiographische Erzählung handeln soll. Siehe auch Élisabeth Roudinesko und Michel Plon: Dictionnaire de la Psychanalyse. Paris 1997. 1001.

herum mannigfaltige Assoziationswege bilden.[536] Aufgrund eines aktualisierten Affektes, der die aktuelle Vergegenwärtigung veranlasst, wird eines der auf diejenigen Motive bezogenen Kindheitserlebnisse erweckt, wodurch eine Erinnerungsszene (wieder-) hergestellt worden sei. Es geht dabei eben um die Frage, ob es sich bei der aktuellen Vergegenwärtigung um eine bloße Phantasie oder um eine erinnerte Szene handelt. Das, was für Freud das Wichtigste in der Vergegenwärtigung ist, liegt aber weder in den bildlichen Inhalten in sich noch in dem darunter liegenden vergangenen Erlebnis, das auch ein anderes sein könnte, sondern eben in dem, was sich darin auf einen affektiven Kern bezieht, der sich zu verschiedenen Zeitpunkten bei den Vergegenwärtigungsbildungen aktualisiert. Dazu spielt eine besondere Dynamik der Zeit eine grundlegende Rolle, die hier bereits bei der Analyse der Hysterie betrachtet wurde: „[...] die Phantasien [sind] Produkte späterer Zeit, die sich von der damaligen Gegenwart bis in die erste Kindheit zurückprojizieren [...].“[537] Bei der Rückprojektion aus dem aktualisierten Wunsch oder Affekt wird eine Kindheitsszene mit einer aus späterer Zeit modifizierten Deutung aufgeladen, während bei der Projektion in die Zukunft eine ‚nach vorne bedingte‘ Kindheitserinnerung bestimmte Wirkungen auf spätere Situationen ausübt.[538] Daher stellt sich die Frage, inwiefern Erinnerungs- und Phantasieakte abzugrenzen sind, wenn sich beide unter der Einwirkung aktualisierter Affekte und aktueller Motivationen bilden, die ein vermutliches intendiertes Vergangenes von der höchsten bis zu niedrigeren Stufen modifizieren können. Freud bezieht dieses Problem mit ein, als er für seinen – vermeintlichen oder tatsächlichen – Analysanden den Entstehungsprozess der Deckerinnerung folgendermaßen zusammenfasst:

> Für die Angaben unseres Gedächtnisses gibt es überhaupt keine Garantie. Ich will Ihnen aber zugeben, dass die Szene echt ist; dann haben Sie sie aus unzählig viel ähnlichen oder anderen hervorgesucht, weil sie sich vermöge ihres – an sich gleichgültigen – Inhaltes zur Darstellung der beiden Phantasien eignete, die für Sie bedeutsam genug waren. Ich würde eine solche Erinnerung, deren Wert darin besteht, dass sie im Gedächtnisse Eindrücke und Gedanken späterer Zeit vertritt, deren Inhalt mit dem eigenen durch symbolische und ähnliche Beziehung verknüpft ist, eine *Deckerinnerung* heißen.[539]

Kurz zuvor sagt Freud jedoch, dass „die beiden Phantasien aufeinander projiziert [würden] und eine Kindheitserinnerung *daraus gemacht*“[540] werde. Später im Text nimmt er dann die Position des obigen Zitats wieder ein, wonach die Vergegenwärtigungsszene nicht aus der Phantasie stamme, sondern es hier eher um eine gelebte Erfahrung gehe, die nach der Aktualisierung des Affektes entstellt wurde: „Die

---

536 U. Hock, Die Zeit des Erinnerns, 822 f.; *Das unbewusste Denken*, 55.

537 S. Freud, *Briefe an Wilhelm Fließ*, 370.

538 Siehe S. Freud, „Der Dichter und das Phantasieren“, Studienausgabe IX, 174. Siehe auch U. Hock, Die Zeit des Erinnerns, 823.

539 S. Freud, „Über Deckerinnerungen“ (1899), GW I. Frankfurt ^{2}1964. 546.

540 S. Freud, „Über Deckerinnerungen“, GW I, 546. (Unterstreichungen von mir, A. M. S.).

Phantasie deckt sich also nicht ganz mit der Kindheitsszene, sie lehnt sich nur in einigen Punkten an sie an. Das spricht für die Echtheit der Kindheitserinnerung"[541]. Freud zögert also, sich zwischen der Echtheit der Erinnerung gegenüber der Phantasie, durch welche die Kindheitserinnerung bei deren aktuellen Vergegenwärtigung und Erzählung verändert worden wäre, und der Priorität der Phantasie zu entscheiden, wodurch die erzählte Erinnerung erst als jene bestimmte Szene erschaffen worden wäre. Vor dem Hintergrund von Freuds Zögern und im Zuge des Versuchs, den Zusammenhang zwischen Phantasie und Erinnerung andeuten zu können, sollen im Phänomen der Deckerinnerung unterschieden werden:

1. *Der affektive Kern.* Dieses Thema spielt bei Freud in die Problematik des Wunsches und des Affekts hinein und soll darin analysiert werden gemäß Freuds Trennung zwischen den affektmäßigen und den vorstellungsmäßigen konstitutiven Komponenten einer Vorstellung. Diese Theorie steht in einem Gegensatz zu Brentanos Unterscheidung zwischen vorgestellten, urteilenden und affektiven psychischen Akten, wobei beide letzteren einen Vorstellungsakt voraussetzen müssen.[542] Da der Affekt – so Freud – nicht der Verdrängung unterliegen kann, wirkt er hier als Motor bzw. ist er der Kern der zur Affektion neigenden Vorvorstellungen. Er gründet also nicht auf der bewussten Vorstellung, sondern stiftet diese. Kommt eine betreffende Vorvorstellung nicht zur Erscheinung, was sich phänomenologisch auch in den Phänomenen des Vergessens und der bewussten Erinnerungshemmung zeigt, dann kann aus dem affektiven Kern heraus eine andere Vorstellung in Erscheinung treten. Wenn diese Verschiebung zwischen beiden Vorvorstellungen dem Ich unbemerkt bleibt, kann es schließlich zur Frage kommen, ob es sich bei der jeweiligen Vergegenwärtigung wirklich um eine Erinnerung handelt. Allerdings kann das auch ohne weiteres Hinterfragen hingenommen werden, wodurch sich die Vorstellung, die anstelle der gehemmten Vorvorstellung erscheint, dem Ich als eine wirkliche Erinnerung präsentiert, wie dies bei der Deckerinnerung geschieht. Zu fragen ist aber, ob ein Assoziationsgesetz zwischen den beiden jeweiligen Vorvorstellungen stehen muss oder ob die Vergegenwärtigung jener zweiten als etwas Zufälliges gedeutet werden soll. Steht beispielsweise bei der Verschiebung die gehemmte Vorvorstellung in einer Kontigui-

---

541 S. Freud, „Über Deckerinnerungen", GW I, 549.

542 Siehe z.B. die folgende Passage aus dem Werk *Die Traumdeutung* (1900): „[...] Affektentbindung und Vorstellungsinhalt [bilden] nicht diejenige unauflösbare organische Einheit, als welche wir sie zu behandeln gewöhnt sind, sondern [...] beide Stücke [können] aneinandergelötet sein, so dass sie durch Analyse voneinander lösbar sind. Die Traumdeutung zeigt, dass dies in der Tat der Fall ist." (In: Studienausgabe, Bd. II, Frankfurt a.M. 2000, 445). Diese Trennung zwischen Affekt und Vorstellung ist in den der *Traumdeutung* nachfolgenden Texten immer wieder aufgenommen und kann bereits in der dargestellten Theorie der „Besetzung" in *Entwurf einer Psychologie* (1895) betrachtet werden. Zu Brentanos Theorie siehe Franz Brentano: Psychologie vom empirischen Standpunkt. Leipzig 1874. Erster Band. Zweites Buch: Kap. I, § 2 und Kap. VI.

tätsassoziation mit dem auftauchenden Erinnerungsteil oder -moment,[543] wäre dann noch zu behaupten, dass es sich nicht um eine Erinnerung handelt, dass diese die ‚wahre' Erinnerung ersetzt? Das ist die Interpretation, die durch die Übersetzung von „Deckerinnerung" in „souvenir-écran" oder „de couverture" angeregt wurde. Laplanche und Pontalis kommentieren: „Solche Erinnerungen, soweit sie verdrängte sexuelle Erfahrungen oder Phantasien decken, nennt Freud Deckerinnerungen [...]."[544] In der freudschen Definition der Deckerinnung ist aber ersichtlich, dass er das Thema nicht darauf beschränkt, sondern sich der Frage nach der erkenntnistheoretischen Deckung oder Adäquation zuwendet – erstens der Deckung zwischen Kindheitsszene und erinnerter Szene und zweitens der Deckung als allgemeiner Möglichkeit für die Phantasie (bezüglich des phantasierten Sinns) und die Erinnerung (bezüglich eines Erlebten). Obwohl er die Rolle des Ichs in der Deckerinnerung überbewertet, hat Otto Fenichel bereits 1927 auf diesen Deckungscharakter hingewiesen: „Das Ich sucht seinen Erinnerungsschatz nach Bildern, die es dem Bewusstsein anbieten kann, bis es das geeignete gefunden hat."[545] Auch Elmar Holenstein hat in seinem Buch über die Assoziation bei Husserl die doppelte Bestimmtheit des Titels ‚Deckerinnerung' gekennzeichnet: „Da die gegebenen Erinnerungen über ein assoziatives Band sich mit den verdrängten zugleich decken und sie verdecken, nennt sie Freud ‚Deckerinnerung'."[546] Das Grundproblem besteht hier also nicht in einer Art Fälschung der Erinnerung. Auch löst es sich nicht durch die Enthüllung des Verdeckten auf. Vielmehr geht es um die Frage nach den Entstellungsstufen eines Erlebnisses bei seinen nachfolgenden Vergegenwärtigungen, indem diese sich unter bedeutsamen Einflüssen ausführen, wie eben die assoziative Verschmelzung mit anderen Erlebnissen, die aus dem affektiven Kern her aktuellen oder aktualisierten phantasierten Motive und die ichliche Interferenz.

---

543 S. Freud, „Über Deckerinnerungen", GW I, 536.

544 J. Laplanche und J.-B. Pontalis, *Das Vokabular der Psychoanalyse.* Frankfurt: Suhrkamp, 1972, 113.

545 Otto Fenichel, Zur ökonomischen Funktion der Deckerinnerungen. In: *Internationale Zeitschrift für Psychoanalyse.* Band XIII. Nendeln / Liechtenstein (1969), 58-60, 59. Siehe auch Han Groen-Prakken: Gegenseitige Beziehung zwischen Deckerinnerung und Trauma. In: R. Berna-Glantz und P. Dreyfus (Hg.): Trauma, Konflikt, Deckerinnerung. Stuttgart-Bad Cannstatt 1984. 17: „Eine Art von Kompromissbildung kommt zustande, wenn das Ich aus seinem sehr reichen Besitz an Erinnerungen einige aussucht, die assoziativ mit den Kindererfahrungen, geladen mit sehr wichtigen und lebendigen Affekten, der Verdrängung unterliegen, verbunden sind – aber doch so weit von ihnen entfernt, dass man mit dieser Erinnerung beschäftig sein kann, ohne dass das psychische Gleichgewicht zu sehr gestört wird." Im Blick auf die *Verdrängungsnotwendigkeit* und die gleichzeitige Unmöglichkeit, alles zu verdrängen, ist hier zu folgern, dass eine Verknüpfung zwischen den aus der Verdrängung ausfallenden Affekten, die – so Freud – nicht der Verdrängung unterliegen können, und den den erinnerten Inhalten zugrundeliegenden Affekten, zustande kommt.

546 E. Holenstein, *Phänomenologie der Assoziation*, 338.

2. *Die durch den affektiven Kern geweckte Erinnerung.* Damit ein Erinnerungsakt überhaupt als solcher gekennzeichnet werden kann, muss gemeinsam mit ihm eine Behauptung oder ein Glaube entstehen, damit man überhaupt angeben kann, dass es sich eben um ein vergangenes Erlebnis und seine Vergegenwärtigung handelt.[547] Die Frage ist aber, ob die Vergegenwärtigung Stufen besitzt. So fragt man sich beispielsweise: Entspricht dem erinnerten Erlebnis im Ganzen oder mindestens teilweise eine bestimmte vergangene Erfahrung? Oder stimmen das frühere Erlebnis und die als seine Vergegenwärtigung fungierenden nicht überein? Wenn in diesem Vergleich eine der beiden Seiten fehlt – nämlich das frühere Erlebnis außerhalb seiner Vergegenwärtigung –, bleibt nur die Möglichkeit übrig, das frühere Erlebnis mittels der Vergegenwärtigung zu untersuchen. Hier sind Husserls und Ricœurs Darstellung der Kluft zwischen dem Diskurs über den topischen Aspekt des Gedächtnisses und dem Diskurs über das Psychische zu berücksichtigen.[548] Holenstein kommentiert in dieser Hinsicht: „Eine Theorie der voraffektiven Konstitution ist nur soweit phänomenologisch, als sie ihre Motive ‚aus den Evidenzen der ersten Stufe' […] zu schöpfen vermag. Von ihnen muss jede Theorie der Konstitution von ‚Unbewusstem' ihren Ausgang nehmen."[549] Bei der Analyse der Vergegenwärtigung als psychisches Phänomen müssen also die lokalisationistischen Theorien des Gedächtnisses und die von Freud in dem Text *Das Unbewusste* gestellte Frage, ob bei den psychischen Vorstellungen zwei Existenzen – eine unbewusste und eine bewusste – postuliert werden müssen, ausgeklammert werden.[550] Von einer Reduktion der Untersuchung auf bewusstseinsmäßige Phänomene im ‚Wie' ihres Bewusstwerdens kommen wir zum dritten Punkt.

3. *Die aktuell erinnerte Szene.* Diese kann sich mit einem vermutlichen früheren Erlebnis ganz, teilweise oder gar nicht decken, weil in der jeweiligen Vergegenwärtigung verschiedene Momente interferieren können: A) Andere Erlebnisse können von selbst mit dem intendierten Erlebnis assoziativ verknüpft werden. B) Im Vollzug des jeweiligen Aktes kann das intendierte Erlebnis gegenüber der affektiven Grundlage und der Stufen der Hemmung entstellt werden. C) Durch die Aufmerksamkeitsrichtung und aktuelle Motivationen können nach den Momenten der Vergegenwärtigung verschiedene Aspekte abgehoben werden sowie auch der Fokus von einem zunächst vergegenwärtigten Kontext zu anderen verschoben werden.

Diese Punkte (A, B, C) werden im folgenden zweiten Teil der vorliegenden Arbeit im Zusammenhang mit Husserls Theorie der Vergegenwärtigung und Phänomenologie des Unbewussten ausführlicher dargestellt. Als Untersuchungs-

---

547 Siehe auch F. Brentano, „Vom Gedächtnis". In: *Philosophische Untersuchungen zu Raum, Zeit und Kontinuum.* Hamburg: Felix Meiner, 1976, 86 f.

548 P. Ricoeur, *Gedächtnis, Geschichte, Vergessen.* Übers. von H.-D. Gondek, H. Jatho und M. Sedlaczek, München: Wilhelm Fink, 2004, 651.

549 E. Holenstein, *Phänomenologie der Assoziation*, 38.

550 S. Freud, „Das Unbewusste", Studienausgabe, Bd. III, 132 f.

schritte werden zunächst Husserls Analysen zu den Stufen der Vergegenwärtigung dargelegt. Dann wird erörtert, inwiefern dies zur Erforschung der unbewussten Konstitutionsschichten zurückführt, was Husserl in seiner Theorie der Sedimentierung gelingt. Wenn in Freuds Archäologie des Unbewussten die Untersuchung der unbewussten Erinnerungsschichtung – als transzendental-unbewusste Konstitutionsleistung und als dynamisch-quantitative Grundlage der psychischen Phänomene verstanden – schließlich eine eingehende Analytik des Bewusstwerdens bzw. der bewussten Phänomene (mindestens der bewussten Erinnerung) mitimpliziert, weist nun die Untersuchung der letzteren auf eine zugrunde liegende, in engerem Sinne unbewusste Konstitutionsgeschichte zurück. Diese reziproke Begründung ist an der folgenden Nahtstelle zu Husserls Analysen im Hinblick auf die sowohl von Freud als auch von Husserl ausgeführten Deutungen des „archäologischen Zickzacks" auszulegen.

III. Zweiter Teil: Husserls phänomenologische Archäologie des Unbewussten

III. 1. Das archäologische Zickzack

Wie im erstem Teil dieser Untersuchung gezeigt wurde, versucht Freud von Anfang an und in den ‚spekulativen Momenten' eine metapsychologische Fundierung des psychischen Lebens anzubieten. Seine metapsychologischen Darlegungen weisen Bezüge zu bedeutsamen wissenschaftlichen und philosophischen Konzeptionen des 19. Jahrhunderts auf, insbesondere zu der Intentionalitätstheorie Brentanos, Herbarts dynamischer Ansicht der Vorstellung und im Allgemeinen zum Problem der Intensität psychischer Phänomene. Freuds Theorien sind darüber hinaus die Grundlage herausragender philosophischer Deutungen.[1] Zu diesem Punkt wurde vor allem dargelegt, inwiefern sich Derridas Denkfiguren der *différance* bzw. der Zeitigung-Verräumlichung und der Nachträglichkeit im Zusammenhang mit Freuds Ansichten über die Erinnerungsschichtung in ihren betreffenden Darstellungen als „Vorstellungskomplex", „Bahnung", „Niederschrift" und „Umschrift" verstehen lassen. Aus einer anderen Perspektive wurde begründet, dass einige von Freud betrachtete Vorgänge – wie die assoziative Konstitution der Erinnerungsschichten, die Leistung der Aufmerksamkeit bei der Bewusstwerdung, die Möglichkeitsbedingungen des bewussten Vorstellens, der Unterschied zwischen Primär- und Sekundärprozessen – Gemeinsamkeiten mit einigen Analysen Husserls haben, und daher in phänomenologische Begriffe ‚übersetzt' werden können. Husserls Analysen wurden jedoch noch nicht eingehender dargestellt, was gerade die Aufgabe dieses zweiten Teils der Untersuchung im Rahmen einer phänomenologischen Archäologie des Unbewussten ist.

Der erste Schritt einer „phänomenologischen Archäologie" besteht nach Husserl im Zurückfragen ausgehend von den in der Erfahrungswelt gegebenen Seienden und Seinsgeltungen bis zu letzten dem Seinssinn stiftenden Ursprüngen.[2] Innerhalb des archäologischen „Zickzack" geht es in dieser ersten Richtung um das „Ausgraben der in ihren [in den der Natur bzw. der Erfahrungswelt] Bauglie-

---

1 Vgl. d. diese Anmerkung Lacans: „[...] Freud ist ein außergewöhnlicher, wirklich genialer Beobachter. In dem, was er uns gegeben hat, haben wir immer, um uns zu orientieren, mehr von dem, was man, um's kurz zu machen, *Material* nennt, mehr als das, was er davon selbst begrifflich gefasst hat, was ein Ausnahmefall in der Geschichte der wissenschaftlichen Literatur ist." (J. Lacan, *Das Ich in der Theorie Freuds und in der Technik der Psychoanalyse*, 161 / fr. 152). Siehe auch P. Ricoeur, *Hermeneutik und Psychoanalyse*, 82, 85.

2 E. Husserl, Mat. VIII, C 16, Nr. 80, 356 f. (auch bei K. Ebeling und S. Altekamp (Hg.), *Die Aktualität des Archäologischen*, 46).

dern verborgenen konstitutiven Bauten", in der anderen Richtung hingegen darum, „aufwärts wieder im Geist die selbstverständliche Einheit der so vielfach fundierten Seinsgeltungen mit ihren relativ Seienden [entstehen zu lassen]."[3] Das „Verstehen im ‚Zickzack'" bezieht sich dazu auf die psychologische, eidetische und transzendentale Reduktion: Das, was uns unmittelbar als Erfahrungswelt und ihren zugehörigen Feldern vorliegt, ist erstens gemäß seinem anschaulichen Charakter für ein wahrnehmendes und sinnstiftendes Bewusstsein zu untersuchen, zweitens im Bezug auf seine ideellen Möglichkeitsbedingungen zu begründen und schließlich gemäß seiner strukturellen Konstitutionsmomente darzulegen.[4] Das archäologische Verfahren wird daher nicht als Enthüllung von Entstehungspunkten der in der Erfahrungswelt für gültig genommenen Konstrukte verstanden, sondern vielmehr im Sinne der möglichen Klarlegung ihres Grunds bzw. ihres Ursprungs im Horizont eines aktuellen Bewusstseins.[5]

Aus anderer Perspektive nun, wie bei der archäologischen Metaphorik der Erinnerungsschichten dargelegt wurde, bedeutet für Freud das archäologische Zickzack die durch das Denken ausgeführte Ausgrabung „aus oberflächlichen in tiefe [Erinnerungs]Schichten und zurück" bzw. aus den rezentesten sich konstituierenden Schichten bis zu denjenigen, die entweder älter sind oder der Bewusstwerdung mehr Widerstand leisten.[6] Ein auf Widerstände stoßender Vergegenwärtigungsakt kann daher dadurch vollzogen werden, dass das Ich einen Umweg durch leichter zu erinnernde Erlebnisse ausführt, um einen mittelbaren Zugang zu den affektvollen, nicht in direkter Weise erinnerbaren Ereignissen zu erlangen. In diesem Kontext bezeichnet die Bewegung im Zickzack die vom Ich ausgeführte ‚Ausgrabung', wobei die unbewussten Erinnerungsschichten sowohl in Hinsicht auf die chronologische Folge ihrer Bildung als auch bezüglich der auf sie ausgeübten Anziehung durch die affektiven Kerne überblickt werden können. Die Bewegung im Zickzack deutet dazu die horizontal-synchronischen und die vertikal-diachronischen Ausgrabungsrichtungen an, wodurch vorherige Erlebnisse zum einem in der Singularität ihrer jeweiligen Konstitutionsmomente und zum anderem im Hinblick auf die zu einer betreffenden Sinnkonstellation gehörenden Grundmomente analysiert werden können, wenn der Widerstand nicht unüberwindbar ist.

Im Unterschied dazu verwendet Husserl die Metaphorik des „Verstehens im ‚Zickzack'" zwar nicht in erster Linie im Rahmen der unbewussten Schichten der Sedimentierung, sondern im Sinne des Zurückkehrens aus der natürlichen Einstel-

---

3 E. Husserl, Mat. VIII, C 16, Nr. 80, 356 f.

4 Hua IX, 260 ff. Siehe R. Boehm, *Vom Gesichtspunkt der Phänomenologie.* Husserl-Studien. Bd. 26. Den Haag u. a.: Martinus Nijhoff, 1968, Kap. V.

5 Siehe S. Günzel, „*Zick-Zack*: Edmund Husserls phänomenologische Archäologie". In: K. Ebeling und S. Altekamp (Hg.). *Die Aktualität des Archäologischen: Kulturwissenschaften, Medien, Künste.* Frankfurt: Fischer, 2004, 98-117, 107.

6 S. Freud, „Zur Psychotherapie der Hysterie", GW 1, 293.

lung in der Welterfahrung zu den „verborgenen konstitutiven Bauten“[7], d. h. zur transzendentalen Fundierung: Die unmittelbar gegebenen Konstrukte und angenommenen Seinsgeltungen führen zu einer tieferen Analyse der Möglichkeitsbedingungen einer intersubjektiven Welt für eine sinnverleihende Subjektivität, die seinerseits stets eine in intersubjektiven Kontexten Daseiende ist. Daher wird die Bewegung im Zickzack ausgehend von bewusstseinsmäßigen Gegebenheiten in Richtung zum transzendentalen konstituierenden Bewusstsein und umgekehrt vom transzendentalen Ich zur Einstellung des handelnden Subjektes in der Lebenswelt gedeutet. In einem abgeleiteten Sinn ist aber auch die husserlsche Deutung des archäologischen Zickzacks im Zusammenhang seiner Ansicht des Unbewussten tauglich: Husserl bezeichnet die vorherigen sedimentierten, nicht aktuell bewussten Akte als das Unbewusste oder die „sekundäre Sinnlichkeit“[8]. Hinsichtlich seiner nicht aktuell bewussten Erlebnisse, die von selbst affizierend werden können, befindet sich das Ich in der Position des transzendentalen Zuschauers, der mehr oder weniger an der betreffenden Konstitutionsgeschichte teilnimmt. Diese Teilnahme kann sich nachträglich dadurch erhöhen, dass der transzendentale Zuschauer sich den aus dem Unbewussten her auftretenden Affektionen (im Sinne von psychischen Reizen aus der sekundären Sinnlichkeit) zuwendet und ihre Kenntnis durch die Untersuchung von anderen an den Erscheinenden anschließenden Konstitutionsmomenten erweitert. Wie in späten Schriften über die Zeitkonstitution formuliert ist: „Zur Urgegenwärtigung (urtümlicher Strom) in der Wahrheit gehört schon das Ich in Ich-Affektion und -Aktivität. Das Affizierende [sind] die schon konstituierten Einheiten (In der Rückfrage werden wir geführt auf die letzte Affektion, die der immanenten Daten).“[9]

Die phänomenologische Archäologie des Unbewussten wird hier als das Rückfragen aus den bewusstseinsmäßigen Affektionen und jeweiligen Anschaulichkeitsstufen her in Richtung zu den tieferen Konstitutionsschichten verstanden, die dem Erscheinenden innewohnen und nicht unbedingt als singularisierte Vorstellungsakte auftreten. Dabei vollzieht sich allerdings die zurückkehrende Richtung des Zickzacks meistens nicht im Sinne des Zurückführens zu der „im Geist […] selbstverständliche[n] Einheit der so vielfach fundierten Seinsgeltungen“[10]: Die Ebene der passiven Konstitution, die für eine Archäologie des Unbewussten unentbehrlich ist, betrifft diejenigen konstituierten und sich konstituierenden Sedimentierungsschichten, die erst aus der nachträglichen Ausgrabung als eine der jeweiligen Subjektivität zugehörende Sphäre zugeordnet werden. In diesem Zusammenhang ist das archäologische Verfahren nicht geschützt vor dem disper-

7 E. Husserl, Mat. VIII, C 16, Nr. 80, 356.

8 Hua XXXIII, 364. Siehe A. Montavont, Le phénomène de l'affection dans les *Analysen zur passiven Synthesis*, 125.

9 E. Husserl, Mat. VIII, 183.

10 E. Husserl, Mat. VIII, C 16, Nr. 80, 356 f.

siven Charakter der auftretenden Fragmente und der möglichen Unzugänglichkeit bestimmter Schichten. Von den Sedimenten ausgehend wird es vor allem schwierig, die früheren Momente einzuholen, aus denen sie geworden sind und die nicht außerhalb ihrer Abkömmlinge bestehen.[11]

Der Versuch, den Bezug zwischen den in verschiedenen Intensitätsstufen und Modi Erscheinenden und den dazu gehörenden „verborgenen konstitutiven Bauten" darzulegen, schließt demgemäß das Problem mit ein, wie sich die zurückkehrende Richtung des Zickzacks verstehen lässt: Der Tatsache, dass die erscheinenden Erlebnisse und die nicht bewusst werdenden Erinnerungsakte im Rahmen einer bestimmten Geschichte eingestuft werden können, ganz wie eine Erfahrungswelt als meine Erfahrungswelt angenommen wird, folgt nicht unmittelbar das Zurückgreifen eines letzten sinnverleihenden Ich-Pols. Diese ‚mäßige' Reichweite des phänomenologischen Ich-Blicks wird im Folgenden im Zusammenhang der passiven Synthesen, der vor-ichlichen, unbewussten Zeitigung-Verräumlichung und der Affektintentionalität eingehender situiert werden können.

Zunächst soll ausführlicher dargelegt werden, wie Husserl aus der Problematik der Vergegenwärtigung her zur Fundierung einer Phänomenologie des Unbewussten kommt. Nach diesem Vorgehen wird berücksichtigt, wie Husserls Ansicht des Unbewussten in späteren Texten über die Zeitkonstitution umgedeutet wird. Es wird hierbei die Frage erörtert, inwiefern eine Analytik der Bewusstheit bzw. der bewussten Akte (hier begrenzt auf Erinnerung und Phantasie) für gewisse Probleme, mit denen sich Freud hinsichtlich seiner Theorie der Erinnerungsschichtung konfrontiert sieht, von Bedeutung sein kann. Dazu werden einige Punkte zu behandeln sein, bei denen sich der phänomenologische Diskurs und die freudsche Begründung der unbewussten Grundlage des psychischen Lebens entfernen. Die Untersuchung der Gemeinsamkeiten und die dazu gehörende Hervorhebung des Unterschiedes zwischen diesen beiden Diskursen wird eine neue Situierung der Probleme ermöglichen, die sich aus der Analytik der Bewusstheit und der Unbewusstheit ergeben und die von beiden Autoren einbezogen werden. Im Rahmen einer Archäologie des (Un)bewussten können schließlich auf der Grundlage dieser Auseinandersetzung weitere Erörterungsmöglichkeiten aufgezeigt werden.

III. 2. Die Vergegenwärtigung: Zeichen, Bild, Stufen

In seiner Theorie der Erinnerungsschichtung geht Freud, wie dargelegt, zunächst nicht von der Untersuchung der psychischen Phänomene schlechthin aus, so dass daher die zugrunde liegenden Konstitutionsschichten untersucht werden. Dies ist der von Husserl bevorzugte Weg. Freud wendet sich hingegen zunächst der Untersuchung der dem Bewusstsein unzugänglichen Vorgänge zu: Diese

---

[11] Siehe S. Freud, „Das Unbehagen in der Kultur", GW XIV, 423; J. Derrida, *Résistances de la psychanalyse*. Paris: Galilée, 1996, 41 f.

wurden in seiner frühesten Abhandlung teils als somatische Vorgänge und später als unbewusste Phänomene schlechthin eingestuft. Erst nach der Untersuchung der unbewussten Erinnerungsschichten wird dann die Möglichkeit des Bewusstwerdens thematisiert und die Frage nach der Wiedererkennung von erlebten Erfahrungen gestellt. In seiner klinischen Arbeit als Psychoanalytiker befindet sich der Begründer der Metapsychologie jedoch in der umgekehrten Situation: In der freien Assoziation seitens des Analysanden tritt ihm das lückenhafte Auftauchen von Vorstellungen entgegen. In einer jeweiligen spezifischen Deutungskonstellation weisen die so auftretenden Vorstellungsreihen auf bereits vergegenwärtigte Erlebnisse hin, so wie künftige Vergegenwärtigungen auf sie zurückweisen können. Manche der auf vorherige Erlebnisse hinweisenden Vorstellungen lassen sich als Erinnerungen schlechthin, andere als Phantasien, wieder andere als entstellte Erinnerungen oder als Verflechtung zwischen Phantasien und Erinnerungen einstufen, wie es bei der „Deckerinnerung" der Fall ist. Durch die freie Assoziation treten sich miteinander assoziierende Erlebnisreihen auf, die vom Analytiker wiederum im Rahmen von bereits thematisierten Reihen eingegliedert werden können, ohne dass es aber dabei möglich wäre, vergangene Kontexte im Ganzen zu rekonstruieren. Die Arbeit des Psychoanalytikers wird mit jener des Archäologen in dem Sinne verglichen, dass beide sich mit fragmentarischen vergegenwärtigten Momenten beschäftigen. Die Ausgrabung und das Auftauchen von Fetzen aus verschiedenen Epochen wirken einerseits als Hinweise einer Konstitutions- bzw. Sedimentationsgeschichte und andererseits als Umstellung derselben. Wenn in der psychoanalytischen Praxis Affekte und sich assoziierende bewusste Vorstellungen als Ausgangspunkt zur Untersuchung von anderen zugrunde liegenden Schichten fungieren, werden sie im Rahmen der metapsychologischen Theorien als Ausdruck unbewusster Konflikte und einer entstellten Art des Bewusstwerdens gedacht. Vor einem vergegenwärtigten Moment einer Erlebnisreihe befindet man sich phänomenologisch gesehen in der virtuellen Position eines Psychoanalytikers, der die Aufgabe übernimmt, die Vergegenwärtigung – als reines Phänomens verstanden – zu betrachten, deren jeweilige Konstitutionsstufen zu unterscheiden, um sich dann schließlich den zugrunde liegenden nicht erscheinenden Schichtungen zuwenden zu können. Die Untersuchung der Vergegenwärtigung und der jeweiligen Stufen ist in der Phänomenologie des Unbewussten Husserls gerade die erste Voraussetzung.

Vergegenwärtigungen, deren Grundformen Erinnerung und Phantasie bilden, sind in Husserls Phänomenologie durch eigene Intentionalitäten geprägt. Gegenwärtigende Akte wie die Wahrnehmung sind diejenigen einfachen Akte, deren intentionales Korrelat die „leibhaftige Selbstanwesenheit" ist und die als sich selbst im Urmodus der Selbstgegebenheit erscheinen.[12] Vergegenwärtigende Akte

[12] E. Fink, „Vergegenwärtigung und Bild". In: *Studien zur Phänomenologie* (1930-1939). Den Haag: Martinus Nijhoff, 1966, 1-78, 20; Hua XI, 96.

hingegen modifizieren vorhandene Wahrnehmungs- und Vorstellungsakte. Sie verweisen auf vorherige noematische Zusammenhänge, die ebenso bei aktuellen Vergegenwärtigungen modifiziert werden.[13] Ein Erinnerungsakt ist somit weder als gegenwärtiges noch als schlichtes reproduktives Bewusstsein zu bezeichnen, sondern als modifizierendes inneres Zeitbewusstsein von bereits abgelaufenen Wahrnehmungen oder Vorstellungsakten. Noetisch erhält ein Erinnerungsakt den Charakter der Positionalität dadurch, dass das Vorgestellte als Hinweis auf vorhandene Gegenwärtigungs- und Vergegenwärtigungsakte wirkt. Im Unterschied dazu gestaltet sich ein Phantasieakt zunächst als neutralisiertes Bewusstsein, für welches keine vorhergehende korrelierende Wahrnehmung oder Vorstellung vorausgesetzt wird. Erinnerungsakte können sich aber innerhalb der Phantasie abspielen.[14] Ebenso können Phantasien den Charakter der Positionalität oder der Quasi-Positionalität erhalten.[15]

Betrachten wir aber zunächst, wie Husserl beide Akte schrittweise in der statischen und in der genetischen Orientierung unterscheidet und wie sich diese Unterscheidung im Rahmen seiner Phänomenologie des Unbewussten situieren wird.

III. 2.1. Erinnerungszeichen

In den *Logischen Untersuchungen* wurde die Phantasieerscheinung, bei deren Analyse auch die Problematik der Erinnerung als Vergegenwärtigung behandelt wurde, gemäß Brentanos Vorbild als uneigentliche Vorstellung gegenüber der Selbstgegebenheit der Wahrnehmung gekennzeichnet.[16] Im Hintergrund steht hier die Unterscheidung zwischen sinnlicher und kategorialer Anschauung, wobei Phantasie und Erinnerung als Modifikationen der äußeren Wahrnehmung aufgefasst werden.[17] Darüber hinaus stuft Husserl in diesem Werk das Erinnerungszeichen als „Anzeige" ein.

Husserl unterscheidet in jenem grundlegenden Kapitel der *Logischen Untersuchung* „Ausdruck und Bedeutung" innerhalb der Gattung „Zeichen" zwischen „Anzeige" und „Ausdruck" und innerhalb der Species „Anzeige" wiederum zwi-

---

13 E. Fink, „Vergegenwärtigung und Bild", 21.

14 Hua XXXIII, 335 f.

15 Hua XXIII, 571 f. Letzteren Fall analysiert M. Richir eingehender in seiner Unterscheidung zwischen der Nicht-Positionalität der Phantasie und der Positionalität oder Quasi-Potitionalität der Imagination. Siehe M. Richir, *Phantasie, Imagination, Affectivité: phénoménologie et anthropologie phénoménologique*. Grenoble: Millon, 2004, 42 ff.

16 F. Brentano, *Grundzüge der Ästhetik*. Hrsg. von F. Mayer-Hillebrand. Bern: Francke, 1959, 84 ff. Husserl unterscheidet zwischen dem Ideal der Adäquation der Wahrnehmung, deren Synthesis sich durch „sachliche Identität" erfüllt, und dem der Imagination, die durch „Bildähnlichkeit" zu erfüllen ist. (Hua XIX/2, 588 f.).

17 Siehe Hua XXIII, Einleitung des Hrsg. E. Marbach, xxxvii.

schen „Anzeige“ im Sinne von Merkmal oder Spur und „Anzeige“ im eigentlichen Sinne.[18] Der erste Fall (das Zeichen im Sinne von Merkmal oder Spur) liegt z.B. bei Denkmälern vor, die auf das von ihnen Dargestellte verweisen, bei Erinnerungszeichen, die für das Erinnerte stehen, oder bei Ruinen, die das Vorhandensein von alten Städten oder Bauten anzeigen. Die Anzeige im eigentlichen Sinne ist nun für Husserl dort gegeben, wo ein gedachtes Zeichen als Indiz für ein anderes Zeichen oder eine Vorstellung eintritt. „Im eigentlichen Sinn ist etwas nur Anzeichen zu nennen, wenn es und wo es einem denkenden Wesen tatsächlich als Anzeige für irgendetwas dient.“[19] Als Gedachtes überschreitet das Zeichen hier das einfache Anzeigen, nimmt eine logische Wirkung an und nähert sich der Funktion des Bedeutens. Sind etwa zwei Erinnerungszeichen A und B gegeben, von denen das eine als Motiv „erlebt wird für die Überzeugung oder Vermutung vom Sein [der] anderen“[20], so zeigt A in diesem Fall nicht bloß B im Bewusstsein an, sondern A und B sind durch ein Sinnverhältnis verbunden, das der Anzeige im eigentlichen Sinne zugrunde liegt. „Ruft *A* das *B* ins Bewusstsein, so sind beide nicht bloß gleichzeitig oder nacheinander bewusst, sondern es pflegt sich auch ein *fühlbarer* Zusammenhang aufzudrängen, wonach eins auf das andere hinweist, dieses als zu jenem *gehörig* dasteht.“[21]

Der Assoziation zwischen den Zeichen liegt also eine logische Struktur des Hinweises zugrunde, nach der eine aktuelle Assoziation als Indiz von einer vorherigen Assoziation wirkt und von nachträglichen Assoziationen zurückgewiesen werden kann. Das, was einmal in einem bewussten Akt mitvorgestellt bzw. als zugehörendes Moment eines vorgestellten Kontextes eintritt, kann noch einmal in einem anderen bewussten Akt mitvorgestellt werden. Daher kommt es vor, dass ein aktuell vorgestelltes Zeichen ein beliebiges vorheriges mitvorgestelltes Zeichen aufruft. Der Zeichenassoziation wohnt also das Grundprinzip der Sinnkonstitution inne, nach dem eine aktuelle Assoziation als ein Moment einer Erlebnisreihe eingestuft werden kann, obwohl die „Anzeige“ (das Hinweisen eines Zeichens auf ein anderes) nicht ohne weiteres eine Sinn- oder Bedeutungsbestimmung besitzt: „Das Bedeuten ist nicht eine Art des Zeichenseins im Sinne der Anzeige.“[22]

Die Bedeutung oder der Sinn ist eigentlich das, was den Unterschied zwischen den Zeichenspecies Anzeige und Ausdruck ausmacht.[23] Das Anzeigen von oder Verweisen auf etwas allein stattet ein Zeichen noch nicht mit Bedeutung aus. Diese Fähigkeit behält Husserl den Zeichen im Sinne von „Ausdruck“ vor, wenn sie die Rolle von bedeutsamer Sprache spielen. In dieser Funktion tritt das Zei-

---

18 Hua XIX, 30 ff.
19 Hua XIX/1, 31.
20 Hua XIX/1, 32.
21 Hua XIX/1, 36.
22 Hua XIX/1, 30.
23 Im Unterschied zu Frege verwendet Husserl die Ausdrücke „Sinn“ und „Bedeutung“ als Synonyme. (Hua XIX/1, 58).

chen als sinnverleihender Akt auf, wodurch die Adäquation zwischen einer Anschauung und einer Intention ausgedrückt werden kann. Dafür formuliert Husserl anstatt des Gegensatzes „Anwesenheit“ (dessen, was anzeigt) und „Abwesenheit“ (dessen, was angezeigt wird) und der logischen Beziehung zwischen beiden eine neue „strukturelle Dyade“, die auch in der genetischen Phänomenologie und in der Theorie der Wiedererinnerung immer wieder aufgenommen wird: die von Bedeutungsintention und Bedeutungserfüllung.[24] Im erkenntnistheoretischen Sinne handelt es sich dabei um die Übereinstimmung des vermeinenden Bewusstseins bzw. irgendeines Aktes mit dem in ihm in gewisser Bestimmtheit gemeinten bzw. synthetisch konstituierten Etwas, das dadurch zur Evidenz gebracht werden kann.[25] Angesichts des Unterschiedes zwischen den bloß intendierenden oder signitiven Momenten eines Aktes und den intuitiven Momenten desselben, entspricht die volle Adäquation dem Grenzfall einer reinen Anschauung, die in sich nichts mehr von bloßen signitiven Komponenten enthält oder in welcher diese ausnahmslos erfüllt sind.[26] Da diese korrelativen Momente nicht von Anfang an zusammengehören, sondern stufenweise im jeweiligen Auffassungsablauf in Deckungssynthesis gebracht werden können, ist die Spannung zwischen Intention und Fülle eher als mögliche Steigerung der Erfüllung zu betrachten.[27] Zwischen den Polen der vollen Inadäquatheit und der vollen Adäquation üben die Zeichen in der Funktion von Ausdruck eine vermittelnde Position als „Bedeutungsträger“[28] oder „sinnverleihende Akte“[29] aus, d. h. sie übertragen Bedeutungen beispielsweise auf eine Wahrnehmung oder einen erlebten Sachverhalt, der etwa ein Erinnertes oder Phantasiertes sein kann.

Insofern der Ausdruck in seiner mitteilenden Funktion zugleich als Anzeige, klangliches Zeichen und bedeutsames Zeichen fungiert, soll nach Husserl dieses letztere als die Bezeichnung des Ausdrucks im eigentlichen Sinne hervorgehoben werden, gemäß den „[…] psychischen Erlebnissen, die, an den Ausdruck assoziativ geknüpft, ihn hierdurch zum Ausdruck von etwas machen“[30]. Das, was das Wort ursprünglich ausmacht, liegt in dieser sinnverleihenden Funktion also weder in seinem sinnlichen Gehalt noch darin, dass es geäußert wird: „Nur hört das Wort auf, Wort zu sein, wo sich unser ausschließliches Interesse auf das Sinnliche richtet, auf das Wort als bloßes Lautgebilde. Wo wir aber in seinem Verständnis leben, da drückt es aus und dasselbe aus, ob es an jemanden gerichtet ist oder nicht.“[31]

---

24 Siehe G. Heffernan, *Bedeutung und Evidenz bei Edmund Husserl.* Bonn: Bouvier, 1983, 35 ff.
25 Hua XIX/2, 653 f.
26 Hua XIX/1, 56 f.; Hua XIX/2, 610 ff.
27 Hua XIX/2, 614 f.; siehe auch Hua XXVI, 182 ff.
28 Hua XIX/2, VI, 546.
29 Hua XIX/1, 39.
30 Hua XIX/1, 38.
31 Hua XIX/1, 41 f.

Deshalb ergibt es aus dieser Perspektive keinen Sinn, von einer Autonomie der erscheinenden Zeichen (als Anzeige und als Ausdruck) hinsichtlich der Bedeutung zu sprechen: In ihrer Anzeigefunktion verweisen die Zeichen auf eine zugrunde liegende Ebene von konstituierten Bedeutungen, die unabhängig davon bestehen und gültig sind, ob sie ihren adäquaten Ausdruck finden. Zeichen objektivieren sich nicht als Signifikanten schlechthin, sondern sind Objektivierungsmodi von zugrunde liegenden konstituierten Sinnen. Ohne an dieser Stelle die weiteren Implikationen des husserlschen Verständnisses der Signifikation zu vertiefen,[32] ist hier hinsichtlich des Erinnerungszeichens im Rahmen der statischen Beschreibung der *Logischen Untersuchungen* herauszustellen, dass Husserl das Thema vom Vorrang der Bedeutung her behandelt, bei der die bewussten Assoziationen und die anschaulichen Gehalte der Vorstellungen (Erinnerungen und Phantasien) zurückzuweisen sind. Später wird Husserl aus genetischer Sicht und durch die Analyse von passiven Synthesen die Möglichkeiten der Inadäquatheit und der Unterbrechung innerhalb der synthetischen Erfüllung in Betracht ziehen.[33] Dabei werden die Phänomene der Hemmung und der diskontinuierlichen Synthese bei der Vergegenwärtigung auf der Grundlage einer umformulierten Logik analysiert, die sich als geeigneter für eine Phänomenologie des Unbewussten erweist. Wenn die späteren Analysen der Vergegenwärtigung dem Vorzug der Idealität der Bedeutung auch nicht widersprechen werden, berücksichtigen sie jedoch eine Sphäre der Intentionalität, die zum Teil unbewusste Phänomene miteinschließt.

III. 2.2. Vergegenwärtigungsbild

> *‚Könnte nicht alle Wiedererinnerung Täuschung sein', könnte sie uns nicht gleichsam versichern, es sei früher einmal etwas gegeben gewesen, während es nie und nimmer etwas gab?*
>
> E. Husserl [34]

In Texten, die auf die *Logischen Untersuchungen* folgten, wurden Phantasie und Erinnerung zu Themen ausführlicher Untersuchungen, die sich zunächst unter dem bildlichen Paradigma der Vergegenwärtigung entwickeln. Diese Analysen wurden durch die Betrachtung des Zeitbewusstseins in seiner reproduktiven Leistung und vor allem durch die Theorien der Positionalität und Neutralität durchgeführt.[35]

---

32 Vgl. J. Derrida, *La voix et le phénomène*, 65 ff. / *Die Stimme und das Phänomen*, 81 ff.

33 Hua XI, 28 f., 114 f.; Hua III/1, 327.

34 Hua X, 350.

35 Siehe R. Bernet, I. Kern und E. Marbach, *Edmund Husserl*, 133 f.; S.-H. Hong, *Phänomenologie der Erinnerung*. Würzburg: Königshausen und Neumann, 1993, 62 f.; C. Calì, *Husserl e l'immagine*. Palermo: Centro Internazionale Studi di Estetica, 2002, hauptsächlich Kap. II und III.

In Texten aus den Jahren 1904/05, die vom Herausgeber E. Marbach nachträglich in den Husserliana-Band *Phantasie, Bildbewusstsein, Erinnerung* eingeordnet wurden, dient die Analyse der Bildauffassung als Voraussetzung für die Erforschung der Vergegenwärtigung (Erinnerung und Phantasie). Husserl unterscheidet hier zunächst zwischen drei Modi, wie ein Bild aufgefasst werden kann: erstens als physisches Bild, zweitens als Bildobjekt oder repräsentierendes Bild und schließlich als Bildsujet oder repräsentiertes Bild. Während das physische Bild dem hyletischen Gehalt entspricht, der auf die materielle Existenz, z.B. auf die Oberfläche eines Gemäldes, verweist, gehört das Bildobjekt, auch *Fiktum* genannt, zu einer imaginativen Auffassung.[36] Dieses soll nicht als etwas für sich selbst gelten, sondern „als Repräsentant für ein anderes, ihm gleiches oder ähnliches"[37]. Das, was durch das analogische Bildobjekt repräsentiert wird, nennt Husserl das Bildsujet, den Ursprung der Bedeutung.

In einem abgeleiteten Sinn geschieht dies ebenso in einer reinen Phantasieauffassung, in welcher lediglich das erste Moment, das physische Bild, fehlt, und das Bildobjekt auch auf das Bildsujet, das in der Phantasievorstellung aufzufassen ist, verweist.[38] Das erscheinende Bildobjekt muss zunächst gemäß seiner Funktion betrachtet werden, das Sujet sichtbar zu machen. Bei dem Hinweis des Bildobjekts (im Bild und in der Vergegenwärtigung) auf das Bildsujet lässt sich demnach eine ähnliche Struktur erkennen, wie sie in den *Logischen Untersuchungen* für den Bezug des Ausdrucks zur Bedeutung dargestellt wurde. Im bildlichen Modell der Vergegenwärtigung fungiert das Erscheinende, das Bildobjekt, als Repräsentant eines anderen. Dieses, das Bildsujet, vergegenwärtigt sich in jenem.

Husserl unterscheidet dabei zwischen einer auf Gegenwärtiges gerichteten Auffassung, die bei der Wahrnehmung des physischen Bildes stattfindet, und dem vergegenwärtigten Charakter des Phantasiebildes, das auch Nichtgegenwärtigkeitsbewusstsein genannt wird und in einem modifizierten Modus wirkt.[39] Diese doppelte untrennbare Gegenständlichkeit des Phantasiebildes korreliert daher mit seiner doppelten Zeitlichkeit: Das aktuell erscheinende Bildobjekt ist zugleich mit dem nicht aktuell Erscheinenden (aber als eine anwesende, durch das Erscheinende aufzufassende Bedeutung) zu betrachten. Obwohl das Erscheinende schlechthin dabei eine sekundäre Rolle spielt, setzt der Bezug auf das Bildsujet den phänomenologischen Gehalt des Bildobjekts voraus.[40]

36 Hua XXIII, 18 f.
37 Hua XXIII, 20.
38 Hua XXIII, 21 f.
39 Hua XXIII, 28 f. Nach Ricœur liegt der Akzent der im Band *Phantasie, Bildvorstellung, Erinnerung* gesammelten Analysen eben darauf: auf den Differenzen zwischen den einzelnen Mitgliedern der Familie der Vergegenwärtigung, wo die Erinnerung, die Phantasie und ihre Modalitäten jeweils als Modifikationen des gegenständlichen Korrelats der Gegenwart aufgefasst werden. (P. Ricœur, *Das Rätsel der Vergangenheit,* 80 f., 86).
40 Siehe dazu C. Calí, *Husserl e l'immagine*, 49 ff.

Bei Husserl gehört dieser Prozess, bei dem eine aktuelle Erscheinung als Hinweis auf ein Nichtgegenwärtiges steht, mit der symbolischen Funktion der Imaginationsvorstellung zusammen.[41] Diese wird im Text von 1908 zusammen mit dem Glauben als Grundlage der Erinnerung angesetzt,[42] und zwar in einem doppelten Sinne: Genauso, wie ein Phantasma (das auf die Gegenwart bezogen ist, ohne unmittelbar in ihr angesiedelt zu sein) zu einer reproduktiven Vergegenwärtigung führen kann, können Wahrnehmungen (die als gegenwärtiger Erscheinungsmodus einzuordnen sind) per Analogie auf eine Nichtgegenwart hinweisen und dadurch deren Vergegenwärtigung antreiben. Wenn in diesen Fällen geglaubt wird, dass eine Übereinstimmung zwischen dem Phantasma bzw. der vergegenwärtigten Vorstellung und einem früheren Erlebnis besteht, so wird der jeweilige Akt als Erinnerung gesetzt. Ein Erinnerungsakt demgemäß setzt zugleich ein Vergangenes als Gewesensein. Das macht den setzenden oder positionalen Charakter der Erinnerung aus: „Im Jetzt – so Husserl – schaue ich das Nicht-Jetzt. Das Erinnern ist intuitives Glauben, *geglaubt* ist nicht das Jetztsein, sondern das Gewesensein.“[43] Das heißt, dass beim reinen Phantasieren die Setzung oder die Positionalität der Korrelation zwischen Gegenwart und Vergangenheit fehlt, wodurch es den Charakter der Neutralität erhält und weshalb es als „aufgehobene Erinnerung“ zu bezeichnen ist.[44]

Das Phänomen nun, bei dem sich ein setzender Akt in einen neutralen Akt umwandeln kann, begreift Husserl als „Neutralisierung“: Dies bezeichnet die Modifikation der Ich-Einstellung, die sich aus dem Kontrast zur Modalität der Setzung oder Positionalität bestimmt. Während in positionalen oder setzenden Akten, wie der Wahrnehmung und der Erinnerung, der Sinnbestand ihrer gemeinten oder geurteilten Gegenstände als wirklicher gesetzt ist, wird in nichtsetzenden oder neutralisierten Akten, wie der Phantasie, der Gegenstand „bloß vorgestellt“, selbst wenn er wirklich existiert.[45] Innerhalb Husserls früherer Terminologie wurde diese Unterscheidung bei der Untersuchung der Aktqualitäten entwickelt und fixiert: Im Beispiel mit dem Menschen und der Waschpuppe wird dieselbe Materie – die wahrgenommene menschliche Figur – bald im Modus einer lebendigen Wirklichkeit, bald als eine Fiktion aufgefasst.[46] Diese beiden Auffassungsmodi stehen notwendigerweise in einem bestimmten Verhältnis zueinander, sowohl bei der Neutralisierung als Modifikation einer vorgegebenen positionalen Aktqualität, als auch beim Übergang zu einem positionalen Akt: „Zu jedem setzenden Akte gehört ja überhaupt ein möglicher nichtsetzender Akt von

41 Hua XXIII, 34 f.
42 Hua XXIII, 218 f.
43 Hua X, 180.
44 Hua XXIII, 247 f.
45 Hua III/1, 247 ff.; siehe auch Hua XIX/1, 483 f.
46 Hua XIX/1, 458 ff.

derselben Materie und umgekehrt."[47] Auch später bleibt dieser Unterschied in der noetischen Sphäre situiert: Im Falle eines bestimmten und als wirklich gesetzten Noema tritt die Neutralisierung als Aufhebung der doxischen Modalitäten bzw. Einklammerung des setzenden Modus des Urteilens auf.[48]

Ein Phantasieakt schlechthin ist also dadurch gekennzeichnet, dass ein Noema in Form des „Als-ob" vorgestellt bzw. das Wirklichkeitsbewusstsein außer Kraft gesetzt wird, wobei keine Deckung der aktuellen vergegenwärtigten Erscheinung mit einer vergangenen vollzogen wird. Im Unterschied zur Phantasieintention, deren Korrelat nicht als seiend vermeint wird, ist für die Erinnerung schlechthin der Seinsglaube konstitutiv, d. i. der Glaube an die Wirklichkeit des nicht mehr in Form einer leibhaften Wahrnehmung Gegebenen.[49] Erinnerungsakte können sich aber innerhalb der Phantasie abspielen: So wie in einer Erinnerung eine frühere Wahrnehmung intendiert wird, kann zunächst ein in einem vorhandenen Akt als Phantasiertes eingestufter Sinn beim zweiten Mal, wenn er als derselbe erinnert wird, an einer anderen Phantasie teilnehmen.[50] Ebenso kann eine besondere Art der Setzung innerhalb eines Phantasieaktes vorliegen, wenn das Ich seine Phantasiewelt nicht bloß neutral hinnimmt, sondern so, als ob sie wirklich wäre, wobei es sich selbst auch in der Phantasiewelt als Mittätiges vorstellen kann.[51]

Wie es auch bei der freudschen Deckerinnerung der Fall ist, kann sich die Phantasiewelt dem Ich als eine wirkliche darstellen, so dass sich das Ich erst nachträglich entscheiden kann, ob der jeweilige Akt als eine Phantasie oder eine Erinnerung eingestuft werden soll. In diesem Fall kann gemäß den Analysen Husserls eine besondere Art der Neutralisierung als Epoché folgen: Genauso wie das Ich, als phänomenologischer Zuschauer seiner jeweiligen Akte, die als wirklich geltenden Seinsobjekte einklammert, wird eine phänomenologische Epoché in einer Phantasie vollzogen, wenn die Geltung „Als-ob" eingeklammert wird. Das bedeutet, dass das Ich sich als Betrachter der phantasierten Erscheinungen jede Geltung des jeweilig Phantasierten ausschalten kann. Dadurch kann phänomenologisch die reine korrelative Objektivität der Akte und Aktobjekte gewonnen werden.[52]

Innerhalb eines psychoanalytischen Kontextes bedeutet dies, einerseits die Objektivität der Phantasie als psychische Realität hervorzuheben, so dass ihre Wirkung in einer Deutungskonstellation unabhängig davon thematisiert werden kann, ob ihr ‚wirkliche' Erfahrungen entsprechen. Andererseits können dabei die Bestandteile des jeweiligen Aktes im Kontext von anderen damit assoziierenden Phantasien, Erinnerungen und Träumen analysiert werden, die auf gemeinsame

---

47 Hua XIX/1, 483; siehe Hua XXIII, 277 f.
48 Hua III/1, 247 f.
49 Hua VIII, 112 ff.; siehe Hua X, 50 f., 184 f.; Hua XXIII, 368 f.; Hua IX, 203 f.
50 Hua XXXIII, 335 f.
51 Hua XXIII, 572.
52 Hua VIII, 114 ff.; Hua XXIII, 571 ff.; Hua XXXIII, 333 ff.

Sinnkerne hinweisen. Dies betrifft also eine analytische Unterscheidung der noematischen Modalitäten, in denen sich ein Sinnkern offenbart, d. i. als Erinnerung, Phantasie, Traum, erinnerte Phantasie und ihrer jeweiligen Momente. Die noetische Anordnung dieser Modalitäten und Momente kann sich als schwierig erweisen, wenn sich die miteinander assoziierenden bzw. aufeinander verweisenden Akte als Kombinationen von verschiedenen noematischen Stufen bilden, wie es übrigens häufig geschieht. Etwa kann dasselbe Noema als ein Wirkliches und ein Phantasiertes, als ein Neutrales und ein Neutralisiertes hingenommen werden. Bei der Änderung der noetischen Einstellung, wodurch diese verschiedenen Einstufungen eingereiht werden, „streiten" diese Modalitäten miteinander; die Annahme einer Modalität bedeutet nach Husserl die Verdrängung oder Hemmung der anderen.[53] Holenstein zufolge dokumentiert sich hier der Einfluss von Herbart, der auf Husserl gleichermaßen wie auf Freud wirkte.[54] Die Phänomene der Hemmung und Verdrängung analysiert Husserl eingehender gerade im Kontext seiner Phänomenologie des Unbewussten in den Untersuchungen über die „Modalisierung" und die Intensitätsstufen der Vergegenwärtigungen.

III. 2.3. Stufen der Modalisierung

> *[...] das Streben geht auf ein endgültig gesichertes Urteil bzw. nach einem Urteil, das das Ich rechtfertigend begründen und damit subjektiv sicher sein kann, nicht wieder in die Peinlichkeit der Modalisierungen zu verfallen.*
>
> E. Husserl [55]

Die Änderungen der Geltung in der Vergegenwärtigung, wobei dasselbe Noema als Phantasiertes und als Erinnertes, als „Als-ob" und als Wirkliches, als teils Phantasiertes und teils Erinnertes, als phantasierte Erinnerung, als gesetzte Phantasie usw. hingenommen werden kann, wirken als „Modalisierungen" der jeweiligen Vergegenwärtigungsintention. Sie benötigen hinsichtlich der noetischen Stufen weitere Unterscheidungen. In der genetischen Orientierung berücksichtigt Husserl das Thema in der Tragweite einer Logik der Modalitäten bzw. der „Modalisierungen", welche als logische Fundierung seiner „Phänomenologie des Unbewussten" dient.[56]

Diese Darlegungen wurden durch eine Orientierungsänderung möglich, die sich ab den Jahren 1906/07 abzeichnet, und zwar durch die Einführung der Terminologie des absoluten inneren Zeitbewusstseins, der gemäß die Vergegenwärti-

---

53 Siehe Hua XXIII, N. 1, § 22, § 26, § 32 sowie die Beilagen VII, VIII und Hua XI, 35. Siehe auch E. Holenstein, *Phänomenologie der Assoziation*, 324 f.

54 E. Holenstein, *Phänomenologie der Assoziation*, 323.

55 Hua XI, 59.

56 Siehe Hua XI, 25-116.

gung auch hinsichtlich der impressional-retentional-protentionalen Zeitstruktur betrachtet wird. Husserls Übergang vom bildlichen zum zeitlichen Paradigma der Vergegenwärtigung lässt sich von seiner Unzufriedenheit mit dem bildlichen Paradigma her erklären. Im letzteren können zwar die hervorgehobene Erscheinung und die darauf gerichtete Auffassungsart analysiert werden, nicht aber die Stufen der zur Erscheinung kommenden Inhalte bzw. Affektionen und die Stufenkombination des jeweiligen Aktes, da dieser in seinem synthetischen Verlauf, wie oben gezeigt wurde, aus mehr als einer noetischen Schicht bestehen kann. Das Schema Inhalt-Auffassung steht von nun an nicht mehr im Vordergrund, vielmehr geht es um den Bezug von Konstituiertem und Konstituierendem.[57] Ein unbewusster Erwerb von früheren passiv-retentionalen und aktiv-prädikativen Synthesen fungiert dabei als ermöglichende Basis für neue Synthesen sowie für die Unterbrechung von Synthesen, wie es bei den Modalisierungen und Affektionen geschieht.

Setzende Akte schlechthin (Wahrnehmung und Erinnerungsakt) können im Sinne der stetigen Bestätigung des Seinsglaubens verlaufen: Die Erwartungsintentionen werden im zeitlichen Verlauf der jeweiligen Akte ohne Unterbrechung erfüllt, das „Wie" des Erscheinenden tritt in ein Verhältnis der Deckung oder der Näherbestimmung hinsichtlich des „Wie", in dem es intendiert wird. Diese Art wird als „unmodalisiertes Seinsbewusstsein" beschrieben, dessen kontinuierliche Erfüllung von dem „modalisierten Seinsbewusstsein" zu unterscheiden ist.[58] Bei diesem ereignet sich ein „Bruch" oder „mögliches Gegenvorkommnis der Erfüllung", so dass der bestehende Glaube in Unglauben, die bestehenden Erwartungen in Enttäuschungen übergehen.[59] Der Zweifel und die Negation folgen somit einer vorhandenen Meinung oder einem bejahenden Urteil hinsichtlich einer für gültig gehaltenen Seins-Setzung. Umgekehrt kann auch ein als möglich Existierendes oder ein als Phantasiertes hingenommenes Noema in die Seinsgeltung übergehen: „Jedes noematisch als seiend (gewiss), als möglich, vermutlich, fraglich, nichtig usw. Charakterisierte kann ‚gültiger'- oder ‚ungültiger'weise so charakterisiert sein, es kann ‚in Wahrheit' sein, möglich sein, nichtig sein usw."[60]

Diese Modalitäten (als Seiendes, Nicht-Seiendes, Mögliches, Vermutliches usw.) bestehen weder als negierte Momente, die durch die nachfolgenden Einstufungen lediglich ausgeschlossen werden, noch als Teile des gesamten modalisierten Aktes, welche nebeneinander bestünden. Sie gelten vielmehr als Momente, die sich synthetisch an eine Gesamtintention und entsprechende Aktverläufe anschließen: „Modalisierung gehört zu Intention und vollzieht sich an Intentionen,

57 Siehe G. A. de Almeida, *Sinn und Inhalt in der genetischen Phänomenologie E. Husserls*, 10 f.; E. Holenstein, *Phänomenologie der Assoziation*, 217.
58 Hua XI, 29.
59 Hua XI, 25 f., 29; siehe auch Xua I, 93 f.
60 Hua III, 266.

aber nicht isoliert an den elementaren, sondern [an] den konkret in synthetische Gesamtintentionen eingefügten."[61] Momente des Zweifels, der Negation und der Hemmung gehören also zur Konstitutionsgeschichte eines Sinns und lagern sich zusammen mit den Bewährungen, Überzeugungen und erreichten Evidenzen ab: Es ist ein „Schicksal des Bewusstseins" – so Husserl –, dass „all das, was es an Wendungen und Wandlungen erfährt, in ihm selbst nach der Wandlung als seine Geschichte niederschlagen bleibt."[62]

Übereinstimmung und Nichtübereinstimmung, Gehemmtheit und Ungehemmtheit wohnen also den jeweiligen Aktverläufen inne und werden als solche als ihre retentionalen Momente bewahrt.[63] Wenn demzufolge eine beliebige Wahrnehmung oder Erinnerung vergegenwärtigt wird, die in frühen entsprechenden Akten modalisiert wurde, so gehören auch die vorhandenen Modalisierungen zum Horizont der Vergegenwärtigung und können aktualisiert werden. Dies bedeutet eine Aktualisierung des Zweifels und des Konfliktes, die in vorherigen modalisierten Akten auftauchten. Zielt die Erinnerungsintention auf die Bewährung oder Wiederherstellung der Evidenz einer vorherigen Wahrnehmung ab, so wird dieses Ziel dadurch gefährdet, dass auch die Momente des Zweifels, der Verleugnung, der Enttäuschung usw., die für die Gewinnung der Evidenz gehemmt oder außer Geltung gesetzt wurden, vergegenwärtigt werden können. Diese verdrängten Momente gehören dem Horizont des intendierten Noemas an und können im Verlauf der Vergegenwärtigung unabhängig davon auftreten, ob das Ich sich auf sie richtet. Wird beispielsweise in einem absichtlichen Erinnerungsakt ein bestimmtes Noema intendiert, so kann es sich aufgrund einer vorherigen Modalisierung genau in kontrastierender Form hinsichtlich der Art vergegenwärtigen, wie es intendiert wird: „Denn auch der Widerstreit, die Spaltung eines Bewusstseins in wechselseitige Hemmung schafft eine Einheit, noematisch ist es die Einheit des Gegeneinander, der damit aneinander gebundenen Möglichkeiten."[64] Dies ist der Fall einer Assoziation per Kontrast innerhalb der Vergegenwärtigung eines modalisierten Aktes; ein passives Phänomen, das der Änderung der Ich-Einstellung und dem Übergang zum Zweifel vorangeht. Husserl unterscheidet in diesem Kontext gerade zwischen der „passiven Modalisierung" und der „aktiven Modalisierung": Erstere geht der Änderung der noetischen Einstellung voran und tritt meistens als kontrastierende Form der Erfüllung bzw. als „Negat der Deckung" ein. Die „aktive Modalisierung" hingegen weist genetisch

61 Hua XI, 100.

62 Hua XI, 38.

63 „[...] für das Bewusstsein retentional auch erhalten bleibt das System der alten Wahrnehmungsauffassung, die partiell mit den neuen sich durchdringt. Diese alte ist noch bewusst, aber in Charakter der aufgehobenen. Der frühere normale Bewusstseinssinn ist in angegebener Weise durchstrichen, und ihm ist der neue Sinn auferlegt." (Hua XI, 32)

64 Hua XI, 44.

auf passive hin und wird beim Übergehen in Zweifel, beim verleugnenden Urteil usw. ausgedrückt.[65]

Während das Phänomen der Modalisierung in der Wahrnehmung seltener ist, sofern es sich in ihrem retentionalen Sich-Konstituieren um eine „durchgängige Einstimmigkeit" handelt, tritt es gerade in der Vergegenwärtigung und vor allem in der Vergegenwärtigung derjenigen tief sedimentierten Erinnerungen sehr häufig auf, sofern diesen die Möglichkeit von „Unstimmigkeitsverbindungen" innewohnt: „[...] apodiktische Evidenz haben wir nur für die Wiedererinnerungen der retentionalen Nahsphäre in einiger Vollkommenheit hinsichtlich des konkreten Gehaltes des Wiedererinnerten, nämlich Sicherheit gegen Überschiebungen und Verwechselungen."[66]

Dass für Husserl die Erinnerungskonstitution auf eine „lebendige, ursprünglich konstituierende Gegenwart"[67] zurückzuführen ist, impliziert deshalb nicht, dass Momente der Unstimmigkeit und der Brechung des Bewusstseinsflusses nicht in Betracht kommen. Modalisierungen treten gerade dort ein, wo die Dimension der lebendigen Konstitution von den sich konstituierenden, nicht primär vom Ich intendierten Sinnen unterbrochen wird. Das Unerwartet-Sein und die Interferenzen von passiv vollzogenen Vergegenwärtigungen entzieht dabei einer Sicht der Intentionalität, die, wie in Brentanos Auslegungen, als schlichtes Gerichtet-Sein auf Etwas verstanden wird:

> Zu den in durchgängiger innerer Kontinuität verbundenen, also gar nicht isolierbaren Einzelanschauungen dieser lebendigen Erfahrung treten jetzt Wiedererinnerungen wie *abgerissene Fetzen* aus einer verlebendigten früheren Gesamterfahrung. Durch die Assoziation mit der aktuellen Gegenwart in gewisser Weise vereinigt, haben sie mit ihr doch keinen direkten Erfahrungszusammenhang, sie treten in einem prägnanten Sinn *zusammenhanglos* auf. [...] in der Kontinuität ursprünglicher Erfahrung [kann] das Phänomen der Modalisierung nicht auftreten – sie ist in absoluter Notwendigkeit ein Zusammenhäng durchgängiger Einstimmigkeit. Erst mit der Wiedererinnerung [...] erwächst die Möglichkeit von Unstimmigkeitsverbindungen, von Modalisierungen.[68]

„Fetzen" von verlaufenen Vergegenwärtigungen können also „zusammenhangslos" auftreten und wie ein „Fremdkörper" oder ein „Infiltrat" – um es mit Freud zu bezeichnen – den kontinuierlichen Bewusstseinsfluss unterbrechen. Sowohl innerhalb einer Retention als auch im Ablauf einer Vergegenwärtigung können andere Erinnerungs- oder Phantasiezusammenhänge von selbst sich assoziativ verknüpfen, affektiv werden und bestehende Setzungen der sich vollziehenden Akte als Wahrnehmungs- und Erinnerungsakte fragwürdig machen. Modalisierungen sind insbesondere bei der Vergegenwärtigung von Erinnerungen und erinnerten Phantasien der Fernsphäre der Sedimentierung häufig: Diese treten

---

[65] Hua XI, 98.
[66] Hua XXXV, 146 f.; siehe auch Hua XI, 184.
[67] Hua XI, 184.
[68] Hua XI, 184; von mir (A. M. S.) unterstrichen.

nicht erst durch die aktuelle retentionale Sphäre auf, sondern diskontinuierlich als affektiver Reiz aus der unbewussten, sedimentierten Sphäre. Gerade von der Möglichkeit der Täuschung bei der Wiedererinnerung und der Verschmelzung von Erinnerungen miteinander her wendet sich Husserl in seiner Phänomenologie des Unbewussten der Logik der Modalitäten zur Untersuchung der Evidenz bei der Wiedererinnerung und daher den Analysen der passiven Assoziationen und der Affektion zu.[69] Um die passive Intentionalität der Affektion besser erfassen zu können, soll an dieser Stelle zunächst der Bezug zwischen Aufmerksamkeit und Erinnerung berücksichtigt werden.

III. 2.4. Stufen des Aufmerkens

Bei Husserl finden sich grundsätzlich drei Modalitäten der Relation zwischen Erinnerung (als Vergegenwärtigung verstanden) und Aufmerksamkeit:

I. Wie bereits der Heilige Augustinus dargelegt hat, kann man sich an Etwas durch ein vorhandenes intentionales Sich-Richten erinnern. Nach Husserl: „[...] kann reproduziert sein ein aufgemerktes Erlebnis und reproduziert ein nichtaufgemerktes. Im ersteren Fall gehört der Modus der Aufmerksamkeit zum Erlebnis selbst, das reproduziert ist [...]“[70]. Die Aufmerksamkeit ist in jener ersten Konzeption als absichtliche Suche bei dem jeweiligen zu reproduzierenden vergangenen Erlebnis beteiligt. Beim jeweiligen Erinnerungsakt wird darüber hinaus darauf abgezielt, eine vorhandene Richtung der Aufmerksamkeit zu reproduzieren, die bei dem erinnerten Erlebnis vollzogen wurde und diesem als noetische Stufe angehört.

II. Bei der Reproduktion eines „nichtaufgemerkten Erlebnisses“ geschieht es nun, dass der Ich-Zuwendung und -Aufmerksamkeit eine bewusste Erscheinung bzw. Affektion vorangeht und diese erst nachträglich zum aufgemerkten Erlebnis wird. Dieses wird daher ebenso nachträglich und je nach der Ich-Einstellung als Erinnerung oder Phantasie eingestuft. In diesem Fall kann, wie Prousts *mémoire involontaire* veranschaulicht, die von dem Erscheinenden überraschte Aufmerksamkeit den jeweiligen Vergegenwärtigungen zugewendet bleiben und diese durch die Weckung von anderen mitassoziierten Erlebnissen als breitere Vergegenwärtigungsakte (Phantasien und Erinnerungen) entfalten lassen.

III. Bei einem anderen möglichen Vorgehen nun stößt sich die Aufmerksamkeit an einer unerwünschten Erinnerung oder Phantasie und wendet sich daher davon ab, so dass der Verlauf der jeweiligen Vergegenwärtigung in Richtung des Bewusstwerdens gehemmt wird. Die Hemmung kann in diesem Kontext auch dadurch zutage treten, dass sich die zur Erscheinung neigende Affektion an an-

69 Siehe Hua XI, 63-116.
70 Hua XXIII, 325.

deren unbewussten Erinnerungen oder erinnerten Phantasien (beispielsweise per Ähnlichkeit oder Kontrast) anschließt und diese zur Vergegenwärtigung antreibt. Infolgedessen kann es geschehen, dass Letztere (die geweckten Erinnerungen oder Phantasien) ins Bewusstsein übergehen, während die Erstere (die als weckend fungierende Vorstellung) ins Unbewusste zurücksinkt. Diese Phänomene, die in Freuds Auslegungen der Verdrängung und der affektiven Fundierung der Erinnerung grundlegend sind, betrachtet Husserl im Rahmen seiner Analysen der Affektion und der passiven Synthesen.

Eine erste Grundunterscheidung besteht also zwischen der Modalität I und den Modalitäten II und III hinsichtlich des Bezugs zwischen der Erinnerung und der Aufmerksamkeit: Es sind einerseits die Vergegenwärtigungen abzugrenzen, die durch die Ich-Zuwendung zutage treten und sich als Erfüllung von Erinnerungsintentionen erweisen, und andererseits diejenigen, die sich erst durch passive Assoziationen vollziehen. Diese können sich nachträglich von der Ich-Zuwendung her als Ich-Akte weiter entwickeln und als Erinnerungsakte (sowie auch als Phantasien, als erinnerte Phantasien usw.) eingestuft werden. Sie können ebenso im Bewusstwerden gehemmt werden und unbewusst bzw. verdrängt weiter bestehen.

Im ersten Sinne (der absichtlichen Suche nach einer Erinnerung) ist das Verhältnis zwischen Aufmerksamkeit und Erinnerung anhand der Definition der Aufmerksamkeit als „Lust am Bemerken“ zu verstehen – eine Definition von Carl Stumpf, die Husserl als „Interesse“ neu fasst.[71] Husserl unterscheidet zwischen dem Interesse, das die Aufmerksamkeit bezeichnet, und dem Interesse, das der Aufmerksamkeit vorangeht, das also erst aufmerksam macht.[72] So stellt sich gemäß der ersten Auffassung die Aufmerksamkeit bei einer aktuellen Suche nach einer Erinnerung als das Interesse selbst an dem Ziel dar, als das Sich-Richten auf die Wieder-Erscheinung des jeweiligen intendierten Erlebnisses. Beim Vollzug des jeweiligen Aktes in Richtung der Intentionserfüllung bestimmt sich dann die Aufmerksamkeit als „Lust an den Bestätigungen des Interesses“[73]. Gemäß der zweiten Konzeption nun ist die Aufmerksamkeit als eine intensivierende Kraft zu verstehen, die sich an das primäre Sich-Richten der Vergegenwärtigungsintention bindet. Anders ausgedrückt: Besteht ein aktuelles Bestreben, sich an ein bestimmtes Erlebnis zu erinnern, so fügt sich die Aufmerksamkeit der jeweiligen Intention als intensivierende Kraft zu. Aus dieser Perspektive grenzen sich nicht nur das Zugewendet-Sein und das Nicht-Zugewendet-Sein zu einer Erinnerung ab, sondern die Intensität des Interesses, wie sich das Ich einem intendierten Erlebnis oder einer Tendenz zur Erscheinung (bzw. einer Affektion) zuwendet. Die Aufmerksamkeit wird in dieser Hinsicht mit dem „Interesse an dem erkenntnis-

---

71 Hua XXXVIII, 103, 114.
72 Hua XXXVIII, 118.
73 Hua XXXVIII, 114.

mäßigen Besitz oder Erschauen des Gegenstandes selbst“[74] gleichgesetzt. Hinsichtlich der Erinnerung bedeutet dies, dass sich das Interesse als Streben nach Evidenz bzw. Wiederherstellung einer bereits erreichten Evidenz bestimmt, so dass das Erscheinende als adäquate Anschauung einer vermeintlichen Vergangenheit gesetzt werden kann. Wie Husserl in seinem Entwurf zum Bezug zwischen Erinnerung und Aufmerksamkeit darlegt,[75] ist die Aufmerksamkeit in diesem Sinne als Streben nach einem Wieder-im-Bewusstsein-Haben zu sehen: „Wieder auf das achten, worauf ich damals geachtet habe“[76]. Daher stellt sich die Frage, ob dieses Streben als ein nach der Wiederherstellung der vergangenen Richtung der Aufmerksamkeit, in der eine vorherige Wahrnehmung oder ein Vorstellungsakt konstituiert wurden, zu betrachten ist, oder als ein Streben nach der Wiederherstellung des vergangenen Erlebnisses selbst.

Nach der schon vom Heiligen Augustinus formulierten Idee, der gemäß sich die Aufmerksamkeit primär auf die Gegenwart richtet, achtet man nicht unmittelbar auf ein Vergangenes selbst, sondern auf ein aktuell intendiertes Vergangenes, sei es, dass die Intention unerfüllt besteht, sei es, dass sie in dem jeweiligen Vergegenwärtigungsverlauf erfüllt wird.[77] Wenn Letzteres der Fall ist, lässt sich aber die Vergegenwärtigung nicht als reine Wiederholung einer vorhandenen Wahrnehmung oder eines früheren Erinnerungsaktes verwirklichen, weil im Vollzug derselben Vergegenwärtigung die Aufmerksamkeit als eine modifizierende Interferenz wirkt. Anders ausgedrückt: Die Aufmerksamkeit als Interesse verlangt nach der Wiedererscheinung von einer bestimmtem intendierten Vergangenheit („wieder auf das achten, worauf ich damals geachtet habe“); wenn aber die jeweilige Vergegenwärtigung eintritt, dient die Aufmerksamkeit als modifizierenden Faktor, der die reine Wiederherstellung des vorhergehenden Aktes verhindert. Dies ist ein Phänomen, das Husserl als „attentionale Wandlung in der Erinnerung“ beschreibt:

> Ich habe eine Erinnerung. Wenn ich mit dieser Erinnerung die attentionale Modifikation vollziehe, so gehören diese doch nicht zum Erinnerten; aber ich kann mich doch erinnern, dass ich soeben gerade auf das a aufmerksam war, und das gehört mit zum Inhalt der Erinnerung. Wende ich nun meine Aufmerksamkeit auf das mitwahrgenomme-

74 Hua XXXVIII, 115.

75 Hua XXXVIII, 294.

76 Hua XXXVIII, 294.

77 Bei Augustinus ist in *Confessiones XI* der Modus der *intentio* auf die Gegenwart die *attentio*, so wie die *expectatio* der Modus der Hinwendung zur Zukunft und die *memoria* der Modus der Hinwendung zur Vergangenheit ist. Wendet man sich aber aus der Gegenwart her ganz einer erscheinenden Erinnerung zu, so ist das Streben nach dieser Wiedererscheinung auch eine *expectatio* (gerade nach dem Wiedererscheinen des noch nicht Gegenwärtigen, das sich deswegen als künftig auszeichnet) und eine *attentio* (als intensiviertes Gerichtet-Sein auf die zu erscheinende Erinnerung). Siehe Augustinus, *Confessiones*, Liber XI, 28, 37 f.

ne b, *so bewege ich mich in der Erinnerung* oder in der Sphäre der erinnerten Objekte, ähnlich wie ich mich in der Wahrnehmungssphäre bewege.[78]

Ein bestimmtes vergangenes Erlebnis kann also bei der jeweiligen Vergegenwärtigung durch die Aufmerksamkeit in der Art modifiziert werden, dass, je nachdem welche Momente eines vergangenen Aktes aufgrund aktueller Motivationen in ihrem Fokus stehen, eine vorhandene Anordnung verändert wird: Das, was beispielsweise am Rand oder im Hintergrund einer Wahrnehmung oder eines vorherigen Erinnerungsaktes stand, kann nun durch die attentionale Modifikation in den Vordergrund der aktuellen Vergegenwärtigung gerückt werden. Durch diese attentionale Hervorhebung kann ein in einem vorherigen Akt für insignifikant gehaltenes Moment zur Triebfeder bei der Vergegenwärtigung von anderen mitassoziierten Erlebnissen werden. Geschieht dies, wird der Fokus der betreffenden Vergegenwärtigung vom zunächst intendierten Kontext in Richtung anderer wahrgenommener oder bereits vergegenwärtigter Kontexte verschoben. Dies ist ein Phänomen, das Freud gerade als „Verschiebung" bezeichnet: Eine beliebige Vorstellung, die zur Erscheinung kommt oder die diese Tendenz verfolgt, wird von einer anderen Vorstellung verschoben, wenn beide sich von selbst vor allem durch eine Kontiguitätsassoziation anschließen und die zweite Vorstellung die Zuwendung der Aufmerksamkeit intensiver als die erste hervorruft, so dass die erste nicht im Vordergrund des jeweiligen Vorstellungsaktes steht. Die attentionale Modifikation wirkt dabei im *modus praesens*, selbst wenn bei der jeweiligen Vergegenwärtigung eine vorhandene, bestimmte Aufmerksamkeitsrichtung intendiert wird.

Diese aktuell modifizierende Wirkung der Aufmerksamkeit wird von der diesbezüglichen zweiten Definition erfasst. Wie bereits gezeigt wurde, bezeichnet Husserl die Aufmerksamkeit zunächst als Interesse, das hinsichtlich der Erinnerung sowohl als das erkenntnistheoretische Interesse an der Wiedererkennung einer intendierten Vergangenheit als auch als die Intensivierung einer vorhandenen Erinnerungsintention gedeutet wird. In der zweiten Definition der Aufmerksamkeit nun, die auch in Husserls Analysen zu diesem Thema häufig vorkommt, wird sie als „Meinen" bezeichnet: Dieses soll „nicht mit dem theoretischen Interesse identifiziert werden und [hat] doch auch einen gewissen Rechtsanspruch darauf, Aufmerksamkeit zu heißen"[79]. In ihrer Funktion als Meinen gewinnt die Aufmerksamkeit die Rolle, die in den *Logischen Untersuchungen* das vorgängige Bemerken in Bezug auf das nachträgliche Aufmerken spielte:

> Das Meinen erschien uns als ein abgrenzender, der Auffassung ihre Selbstständigkeit verleihender Charakter. Erst dadurch steht uns ein Gegenstand *für sich* da; in der Wahrnehmung, die sich nun erst als ein eigener Akt darstellt, ist in abgeschlossener Weise gerade dieser und kein anderer Gegenstand gemeint. Meinend können wir auch mehrere Objekte befassen; ein für sich gemeinter (Gegenstand) kann mit einem anderen für sich

[78] Hua XXXVIII, 294.
[79] Hua XXXVIII, 116.

gemeinten in einer kollektiv-einheitlichen und einigenden Meinung befasst sein. Es kann aber auch eine Meinung ein Objekt für sich haben und dabei auf dem Grund dieser Meinung zugleich ein Ausschluss irgendeines Teiles oder eines Moments dieses Objektes erfolgen.[80]

Die Aufmerksamkeit im Modus des Meinens bewirkt also, dass sich das, was aktuell erinnert wird, verändert: Als mitvergegenwärtigtes Moment (im Sinne des im vorherigen Zitat genannten „mitwahrgenommenen b") kann irgendein Moment oder Teil des erlebten oder wahrgenommenen Kontextes hervorgehoben und in anderen Bezügen zu den anderen Momenten des vergegenwärtigten Aktes gestellt werden. Soweit das ‚mitvergegenwärtigte b' seinerseits als weckendes Moment fungieren kann, das die Vergegenwärtigung von anderen Erlebnissen und miterlebten Momenten antreibt, ist das Erinnerte nicht ein bloßes Erinnertes, das genauso erinnert wird, wie es erlebt oder wahrgenommen worden ist, vielmehr ist es ein von der aktuellen Richtung der Aufmerksamkeit Modifiziertes. Angesichts dieser „Attention", die die Vergegenwärtigung nicht nur als Interesse begleitet oder intensiviert, sondern auch als Meinung bestimmt, wird diese Definition der Erinnerung verständlich: „Die Erinnerung ist eine meinende Beziehung, die sich entweder auf einen Teil der kompletten Vergegenwärtigung richtet oder auf das Ganze".[81]

Ein Erinnerungsakt ist daher als vollkommene Intentionserfüllung zu betrachten, wenn die jeweilige Vergegenwärtigung die vergangene Aufmerksamkeitsrichtung ohne die beschriebene attentionale Modifikation mit sich bringt. Im diesem Fall decken sich die Aufmerksamkeit des aktuellen Erinnerungsaktes und die des erinnerten Erlebnisses, d. h. der *modus praesens* der Aufmerksamkeit und ein vermeinter *modus praeteritus* stimmen überein, was eigentlich bedeutet, dass die vergangene Aufmerksamkeitsrichtung zur Evidenz bzw. die Wiederholungsintention („wieder auf das achten, worauf ich damals geachtet habe") zur Erfüllung gebracht wird. Dies gilt aber als ein Ideal der Erinnerung, eine Idee im kantischen Sinne: Außer der attentionalen Wandlung sind bei jeder Erinnerung die „Vermischungen" von anderen Erinnerungen unvermeidlich, so dass „reine Erfüllung des Sinnes und reine Auseinanderlegung der einstimmigen Erinnerungslinie eine im Endlichen liegenden Idee ist."[82]

In diesem Sinne zwar kann diese Behauptung Derridas im Kontext seiner These in *La voix et le phénomène* – der gemäß Husserls Phänomenologie der Erinnerung auf die Idealität der Bedeutung gründet und somit die Möglichkeit der unendlichen Wiederholung des Identischen in der Vergegenwärtigung sichern mag – verstanden werden: Jedes Mal, so Derrida, wenn diese Möglichkeit der Wiederholung bedroht wird, rekurriert Husserl gerade auf die „Gestalt des Telos, das heißt

80 Hua XXXVIII, 116 f.
81 Hua XXIII, 196.
82 Hua XI, 275.

der Idee im Kantischen Sinne"[83]. Dies fungiert demnach als die Form, „in der die Gegenwart eines Gegenstandes im allgemeinen endlos als die *selbe* wiederholt werden kann"[84]. Die aktuelle Modifikation setzt voraus, dass eine Konstitution des identischen Sinns bereits stattgefunden hat und dass die Möglichkeit seiner Wiederholung gesichert ist: Gerade das, was einmal in einem bestimmten ‚Wie' gegeben war, kann in einem nachfolgenden Akt anders vorgestellt werden.[85]

Von der Vergegenwärtigung her betrachtet lässt sich allerdings das vermeintlich Konstituierte nicht als solches erfassen: Vergegenwärtigungen verwirklichen sich unter dem Einfluss verschiedener Interferenzen, die die Wiederherstellung einer vermeintlichen Vergangenheit bzw. die Wiederholung eines vermeinten Selben verhindern. Neben der attentionalen Modifikation fungieren als Interferenzen bei der Vergegenwärtigung die aktuellen Ich-Motivationen, die bereits vollzogenen und assoziativ geweckten Erinnerungen und Phantasien, die der Affektion vorangehenden passiven Assoziationen und schließlich die zugrunde liegende affektive Intentionalität. Diese Faktoren können am deutlichsten bei denjenigen Modalitäten der Vergegenwärtigung beobachtet werden, bei denen keine Wiederholungs- oder Vergegenwärtigungsintention vorausgesetzt ist, aber trotzdem etwas vergegenwärtigt und Aufmerksamkeit erregt wird (was oben unter den Punkten II und III eingeordnet wurde). Husserl thematisiert diese Faktoren eingehender im Kontext der Affektion im Rahmen seiner Phänomenologie des Unbewussten.

III. 3. Stufen des Affizierens

> *Ich brauche nicht zu sagen, dass diesen ganzen Betrachtungen, die wir durchführen, auch ein berühmter Titel gegeben werden kann, der des ‚Unbewussten'. Es handelt sich also um die Phänomenologie dieses sogenannten Unbewussten.*
>
> E. Husserl [86]

Nach Bernet geht es bereits bei der Thematik der anschaulichen Vergegenwärtigung in Phantasie und Erinnerung um die Frage nach dem Unbewussten, d. h. darum, wie es dem Bewusstsein möglich sein kann, etwas Unbewusstes und Abwesendes zur aktuellen Erscheinung zu bringen. Was die noetische Modifikation in der Vergegenwärtigung anbetrifft, so lässt sich nun ein Zusammenhang herstellen zwischen der Frage, wie sich die Erfahrung aus einem ursprünglichen Konflikt aufbauen lässt (was Freud an gewissen Phänomenen wie den *Lapsi Linguae*

---

83 J. Derrida, *La voix et le phénomène*, 8 / *Die Stimme und das Phänomen*, 17.

84 J. Derrida, *La voix et le phénomène*, 8 / *Die Stimme und das Phänomen*, 17.

85 J. Derrida, *La voix et le phénomène*, 75 / *Die Stimme und das Phänomen*, 92. Sogar die neutralisierte Phantasie ist nach Derrida in diesem Sinne nicht neutral schlechthin, weil sie die Referenz auf eine originäre Präsentation impliziert. (Ebd. Fr: 62 / Dt.: 77).

86 Hua XI, 154.

und der Verdrängung untersucht), und dem Problem, das Husserl im Widerstreit zwischen Bildobjekt und Bildsubjet, zwischen Phantasie- und Erinnerungssetzung sieht, herstellen.[87]

Wenn man an die freudsche Theorie des Unbewussten denkt, ist es jedoch des Weiteren nötig, die Vergegenwärtigungen zu betrachten, die zunächst unabhängig von der Ich-Zuwendung zur Erscheinung kommen. Die Darstellung dieses Themas erreicht in den *Analysen zur passiven Synthesis* ihren ersten Höhepunkt, wo sich – so Bernet – „im Rahmen des umfassenden Projekts einer ‚transzendentalen Ästhetik' […] wertvolle Ausführungen z.B. zur schrittweisen Entleerung der Anschaulichkeit des retentionalen Bewusstseins, zur assoziativen Weckung einer fernen bzw. ‚toten' retentionalen Vergangenheit und zur Frage der Täuschung in der Wiedererinnerung"[88] finden.

Demgemäß werden in den *Analysen zur passiven Synthesis* Erinnerung und Phantasie nicht bloß als bildliche Auffassungen gedeutet, sondern im Rahmen des zeitlichen Paradigmas der Vergegenwärtigung gemäß ihrer affektiven Kraft hinsichtlich des bewussten Bemerkens und Aufmerkens eingestuft. Unter dem Titel „Wiedererinnerung" unterscheidet Husserl zunächst drei Intensitätsstufen der Vergegenwärtigungen: Erstens gibt es die klaren Erinnerungen, die als „intensive Selbstgebung" nahe dem Limes der Lebendigkeit einer Wahrnehmung erscheinen und die, falls dieser Limes erreicht wird, als Anschauungen zu bezeichnen sind. Zweitens befinden sich die weniger klaren oder „weniger gesättigten" Erinnerungen in einem „Nebel der Unklarheit". Schließlich gibt es die leeren Erinnerungen, wobei diese eigentlich nicht als Wiedererinnerungen, sondern als Möglichkeit der „Weckung" einer unbewussten Erinnerung (oder auch einer erinnerten Phantasie usf.) zu beschreiben sind, als „affizierender Reiz eines sich aus der Versunkenheit des Gedächtnisses abhebenden retentionalen Niederschlags".[89] Letztere sind zunächst außerhalb der Sphäre der Intention und der Aufmerksamkeit situiert. Indem sie aber assoziativ von anderen gegenwärtigen Erlebnissen geweckt werden und somit zur Erscheinung tendieren, kann das Ich von den affektiv geweckten Vorstellungen, die dann noematisch über den gegenwärtig affektiven Reiz hinaus gehen, zu aktiver Thematisierung und Aufmerksamkeit gelangen: „Eine Hintergrundvorstellung, eine gerichtete, affiziert das Ich – darin liegt, es geht eine Tendenz auf das Ich – dieses reagiert mit der Zuwendung, die Vorstellung nimmt die Gestalt der erfassenden an, in der der Ichblick auf das Gegenständliche gerichtet ist."[90] Die geweckte „Hintergrundvorstellung" kann infolgedessen zur anschaulichen Vergegenwärtigung übergehen oder nicht, so dass die

---

87 R. Bernet, „Unconscious consciousness in Husserl and Freud". In: D. Welton (Hg.), *The new Husserl: a critical reader*. Bloomington: Indiana University Press, 2003, 199-219, 200.

88 R. Bernet, „Einleitung". In: E. Husserl, *Texte zur Phänomenologie des inneren Zeitbewusstseins*, lviii.

89 Hua XI, 112 ff. Eine ähnliche Unterscheidung findet sich in Hua XXIII, 317.

90 Hua XI, 84.

eigentliche Tendenz zur Anschaulichkeit bzw. die Affektion als bewusstseinsmäßiger Reiz zu beschreiben ist, während die Tendenz zur Affektion als leere Vorstellung weiter bestehen kann: „Wir finden allerdings, dass die Weckung oft nicht zu anschaulicher Erinnerung führt, aber dann zu einer Leervorstellung, die bestimmt ganz gerichtet ist, die als das eine bestimmte, nur nicht immer sich auswirkende Tendenz hat, zur Wiedererinnerung zu werden [...].“[91]

Diese Phänomene der Weckung und der Affektion sind im Bezug zur Tragweite der passiven Intentionalität zu betrachten, so dass eine aus dem Unbewussten als affektiver Reiz auftauchende Erinnerung oder Phantasie erst nachträglich als Intentionalität im brentanoschen Sinne (als Gerichtet-Sein auf eine Gegenständlichkeit) gekennzeichnet werden kann. Ein erstes Phänomen, bei dem nicht unbedingt ein intentionales und gleichzeitig aufmerksames Ich mitwirkt, ist nämlich die Retention:

> Ein Bewusstsein von etwas braucht nicht notwendig in sich die ausgezeichnete Form des Gerichtet-seins auf dieses Was, auf seine Gegenständlichkeit zu haben. Das zeigte sich an den Retentionen, die ursprünglich an jede Wahrnehmung sich anschließen. Erst wenn von anderwärts, von einer anderen Vorstellung her ein assoziativer Strahl, eine *Weckung* in dieses Bewusstsein hineinstrahlt und es auf sein Gegenständliches richtet, hat es eben in sich ein Gerichtet-sein. Damit kann Hand in Hand gehen ein anderes, nämlich das aufmerkende Sich-richten des Ich [...].[92]

Die Retention ist weder als Intention schlechthin („Retentionen, wie sie in ihrer Ursprünglichkeit auftreten, haben keinen intentionalen Charakter“[93]), noch als ursprüngliche Assoziation zu bezeichnen, wie Brentano sie genannt hatte.[94] Was den zweiten Punkt betrifft, setzt eine Assoziation zwei Glieder voraus, von denen mindestens eines sich abheben muss und die beide gerade dadurch in Verbindung kommen können, dass sie sich zunächst als unselbstständig erweisen. In diesem Sinne kann Husserl feststellen, dass „Affektion vor allem Abhebung voraus[setzt]“[95]: Ein abgehobenes bewusstes Glied weckt ein anderes unbewusstes Glied bzw. ein Moment weist auf ein anderes hin, ohne dass sie dafür als unselbstständige Momente zusammengehören müssen.[96] Bei der assoziativen Weckung tritt zunächst das abgesonderte Moment ein, das assoziativ auf ein anderes bezogen wird, wobei beide in einen „anschaulichen Zusammenhang der Erinnerung eingefügt werden“[97] können. Als stetiger Übergang von einem Jetztpunkt zu einem anderen sind die Retentionen hingegen kontinuierliche Vorgänge, bei denen keine Absonderung oder Abhebung der Momente aufkommen muss, damit

91 Hua XI, 122.
92 Hua XI, 90.
93 Hua XI, 77.
94 Hua XI, 77.
95 Hua XI, 149.
96 Hua XI, 121, 270 f.
97 E. Husserl, *Erfahrung und Urteil*, 208.

der gesamte retentionale Ablauf bewahrt wird.[98] Ebenso werden hierfür keine Ich-Zuwendung und keine Ich-Aufmerksamkeit vorausgesetzt, wie es beim Hören von Musik oder beim Behalten der Momente eines Wahrnehmungszusammenhangs in dessen synthetischen Verlauf geschieht: Hier wird nicht unbedingt ein aufmerksames Ich erfordert, damit sich die retentionale Kette ausbreitet. Diese im Hinblick auf das Ich zunächst passiv eintretenden Phänomene können nachträglich der Ich-Zuwendung und -Aufmerksamkeit unterliegen. Regt beispielsweise eine besondere Farbe eines Gegenstandes oder ein affizierendes Stück einer Musik die Ich-Zuwendung an, so richtet sich die Aufmerksamkeit retrospektiv auf den ganzen Gegenstand bzw. die vorhandenen, bereits retinierten Momente der Musik. Husserl beschreibt das zweite Phänomen folgendermaßen:

> Eine Melodie ertönt, ohne erhebliche affektive Kraft zu üben, oder gar, wenn das möglich sein sollte, ganz ohne affektiven Reiz auf uns. Wir sind etwa mit anderem beschäftigt, und es sei nicht so, dass uns die Melodie etwa durch den Titel ‚Störung' affiziert. Nun kommt ein besonders schmelzender Ton, eine die sinnliche Lust oder auch Unlust besonders erregende Wendung. Diese Einzelheit wird nicht bloß für sich lebhaft affizieren, vielmehr hebt sich nun mit einem Male die ganze Melodie, soweit sie im Gegenwartsfeld noch lebendig ist, heraus; die Affektion also strahlt ins Retentionale zurück [...]. Die Besonderheit des Tones hat mich aufmerksam gemacht.[99]

Die Retention ist aber nicht die einzige Art passives Phänomen, bei dem ein apriorisch tätiges Ich keine offensichtliche Rolle spielt. Beim Sich-Richten auf eine Erinnerung – hier ist die sekundäre Erinnerung oder Wiedererinnerung im Unterschied zur Retention gemeint, die primäre Erinnerung genannt wurde[100] – kann es passieren, dass eine andere Erinnerung oder Phantasie „dazwischenkommt", auf die man nicht gerichtet war, die aber daraufhin besonders beachtet wird. Husserl beschreibt das Phänomen so:

> Das Gegenwärtige erinnert an das Vergangene. Ebenso kann, während eine Wiedererinnerung abläuft, eine zweite Wiedererinnerung auftreten, mit ihr in dem Zusammenhang, der sich noematisch darin charakterisiert, dass der erste erinnerte Vorgang an den zweiten erinnerten erinnert. Ein wahrnehmendes, also originär konstituierendes Bewusstsein kann danach charakterisiert sein als weckendes Bewusstsein, weckend ein reproduktives

---

98 Hua X, 33 ff.

99 Hua XI, 155.

100 Hua X, 325. Im Kontext der frühen Analysen des Zeitbewusstseins (1908) erklärt Husserl, dass die Retention als „intentionale Beziehung" verstanden werden soll: „‚Erinnerung' ist ein Ausdruck, der immer nur Beziehung hat auf ein konstituiertes Zeitobjekt; ‚Retention' aber ein Ausdruck, der verwendbar ist, um die intentionale Beziehung (eine grundverschiedene) von Bewusstseinsphase auf Bewusstseinsphase zu bezeichnen, wobei Bewusstseinsphasen und Bewusstseinskontinuitäten selbst nicht wieder angesehen werden dürfen als Zeitobjekte." (Hua X, 333). Später, im Rahmen der genetischen Auffassung, wird die Retention nicht als eigentliche Intentionalität eingestuft, weil ein retentionaler Ablauf nicht unbedingt ein Gerichtet-Sein-auf-Etwas voraussetzt, wie es im eben dargestellten Zusammenhang geschieht. Im Letzteren ist die Retention als passive Intentionalität zu verstehen.

Bewusstsein, und dieses kann abermals in ebensolcher Weise als weckend, als eine Bewusstseinsvergangenheit gleichsam heranholend fungieren.[101]

In den obigen Beispielen der affizierenden Farbe und des Musikstückes wird das wahrnehmende Ich geweckt. Hier kommt es aber vor, dass das Ich als Zuschauer seiner Vorstellungsakte von einer unerwarteten Erinnerung oder Phantasie abgelenkt wird bzw. sich ihr plötzlich zuwendet. Genetisch lässt sich dieses Phänomen durch eine doppelte Wechselseitigkeit bestimmen: Erstens durch die passive Assoziation zwischen einem als weckenden Glied fungierenden bewussten Akt (einer aktuellen Wahrnehmung oder Vorstellung) und einer von ihm geweckten Erinnerung oder Phantasie. Husserl bezeichnet dieses Phänomen als eine „Genesis", bei der „das eine Glied als weckendes, das andere als gewecktes" auftritt.[102] Der passiven Genesis folgt dann ein anderes dem Phänomen der Affektion im Ganzen zugehörendes Moment, nämlich die Ur-Gegenseitigkeit zwischen einem *terminus a quo* – der geweckten Erinnerung oder Phantasie – und dem *terminus ad quem* – dem affizierten Ich, das dadurch aufmerksam wird.[103] Daher kennzeichnet sich das ichliche Moment der Affektion ebenso durch eine doppelte Bestimmtheit, und zwar die Fähigkeit des Ich zum passiven Empfangen eines affektiv gewordenen Reizes (aus der retentionalen oder aus der sedimentierten Sphäre) und zugleich seine Tätigkeit, sich dem Weckenden als motiviertes bzw. interessiertes Ich in erkenntnistheoretischer Hinsicht zuzuwenden: „[...] Affektion [wirkt sich] zur Aufmerksamkeit, zur Erfassung, Kenntnisnahme, Explikation aus."[104]

Im Sinne des berücksichtigten Verhältnisses zwischen Vergegenwärtigung und Aufmerksamkeit sind dabei mögliche Übergangsmodi von einem unaufmerksamen zu einem aufmerksamen Zustand zu betrachten. Eine erste hat als Prämisse eine vom Ich unbeachtete Retention, als *terminus medius* einen aus der Retentionsreihe aufgehobenen Reiz und als Schluss eine Wiedererinnerung, die nun besonders beachtet wird:

> Ich kann einen verklingenden Ton aufmerksam im Griff behalten, ja noch fest zugreifen. Hier ist etwas von primitivster Aktivität. Es kann aber sein, dass ich gar nicht aufmerksam bin, nicht ihm und der Tonreihe tätig zugewendet, und doch übt er den besonderen Reiz. Vermöge einer assoziativen Weckung erhält er den Charakter einer Intention. Im einen und andern Fall und ganz unwillkürlich entlädt sich diese Reizung möglicherweise (diese Affektion) in einer Wiedererinnerung, die nicht nur überhaupt auftritt, sondern als Erfüllung der Intention. [...] Tritt nun im Anschluss an eine so eben Reiz in sich bergende Retention eine solche Wiedererinnerung ein, so tritt sie notwendig ein in Sinnes- und Seinsdeckung mit der Retention".[105]

[101] Hua XI, 118.
[102] Hua XI, 121.
[103] Hua XI, 84.
[104] Hua XI, 151.
[105] Hua XI, 111 f.

Ein bestimmtes Moment einer Tonreihe wirkt hier als ein Stück, das die Erinnerung der vorherigen Momente antreibt. Es unterscheiden sich der Anfangspunk der Melodie selbst und derjenige Punkt innerhalb derselben, der besondere affizierende Ton, der das Ich aufmerksam gemacht hat. Von diesem letzten Punkt her fängt sozusagen ein Erinnerungsakt innerhalb der Retention an, so dass sich parallel eine neue Reihenfolge konstituiert. Diese intendiert die erste, gleichzeitig verlaufende, aber früher begonnene Reihenfolge. Wenn dieser Zusammenhang nicht mehr bewusst ist bzw. sedimentiert wird, konstituiert sich derjenige auffällige Ton sowohl als abgesondertes weckendes Stück als auch als Moment der gebildeten Reihenfolge. Er hebt sich in der Gegenwärtsebene auffallender als die andere ab und erscheint intensiver als die Reihenfolge, in die er einbegriffen war. Dieses weckende Moment kann aber auch bereits ein Moment einer anderen Erinnerung sein sowie auch Ähnlichkeitszüge mit anderen Erinnerungen haben. Eben durch diesen Bezug auf andere Erlebnisse hätte es das Ich besonders aufmerksam machen und es zur Zuwendung motivieren können. Demnach wäre auch möglich gewesen, dass dieser Ton nicht zunächst die Wiedererinnerung derjenigen Töne aus derselben Reihenfolge angetrieben hätte, sondern die Vergegenwärtigung von anderen Erinnerungen, an denen er sich assoziativ anschließt.

Die Retention selbst ist also nicht ein assoziatives Phänomen, aber kann zu einem solchen werden, wenn ein Moment einer retentionalen Reihenfolge als weckendes Moment hinsichtlich anderer unbewusster Vorstellungen wirkt. Das sich hervorhebende Moment treibt die Vergegenwärtigung von anderen Momenten (sowohl von dessen vorangehenden Momenten als auch von anderen mit ihm assoziierten unbewussten Momenten anderer Erinnerungen) an und wirkt demgemäß als weckendes Moment einer Vergegenwärtigungsreihe. Man nennt es *terminus medius* oder Brückenglied einer assoziativen Weckung:

> Jede Weckung geht von einer impressionalen oder schon unanschaulich oder anschaulich reproduzierten Gegenwart auf eine andere reproduktive Gegenwart. Diese Beziehung, oder, wie wir sogleich sagen können, diese Synthese setzt ein ‚Brückenglied' voraus, ein Ähnliches; von da aus wölbt sich die Brücke als eine spezielle Synthese durch Ähnlichkeit.[106]

Wenn eine ausgehend von einem „Brückenglied" gebildete Vergegenwärtigungsreihe nicht mehr bewusst ist, können ihre zusammengehörenden Momente als abgesonderte Stücke fungieren und zu Momenten anderer künftiger Vergegenwärtigungskontexte werden. Insofern es sich um eine unendliche Reihe handelt, könnte man meinen, dass die Terminologie Prämisse, *terminus medius* und Schluss hier in einer nachlässigen Weise gebraucht werde. Dies muss aber im Sinne einer dialektischen Strukturierung von Vergegenwärtigungsreihen verstanden werden, der gemäß ein Schluss wieder zu einer Prämisse oder zu einem *terminus medius*

[106] Hua XI, 123; siehe auch Hua XI, 121.

werden kann. Bei der assoziativen Weckung darf man nicht auf einen aktuellen bewussten Akt verzichten, in dem sich ein weckendes Glied hervorhebt, das ebenso ein anderes Mal als gewecktes Glied wirken kann.

Betrachten wir diese Dialektik an einem anderen Beispiel Husserls:

> Während eines Gesprächs fällt uns etwa eine herrliche Seelandschaft ein. Reflektieren wir darüber, wie es dazu gekommen ist, so finden wir etwa, dass unmittelbar eine Gesprächswendung uns an eine ähnliche erinnert, die letzten Sommer an dem See in einer Gesellschaft geäußert worden war. Das schöne Bild der Seelandschaft riss aber das Interesse ganz an sich.[107]

Nun fungiert als Prämisse ein unbestimmtes Moment eines Gesprächs und als Schluss oder „Endglied“[108] stellt sich die „herrliche Seelandschaft“ dar. Als *terminus medius* liegt eine zweite Erinnerung vor – das vergangene Gespräch –, die aber nicht im Ablauf der passiven Assoziation, sondern nachträglich durch eine Reflexion des Ich stattgefunden hat.[109] Soweit lautet das Beispiel, doch kann sich der *terminus medius* auch im Verlauf der passiven Assoziation selbst abheben, wie im vorhandenen Beispiel des Tones. Diesen *terminus medius* einer Assoziation nennt Husserl „B“ oder „Brückenglied“ in einer assoziativen Reihe von A bis C: Es ermöglicht also, dass assoziativ ein mitwahrgenommenes oder mitvorgestelltes Erlebnis bewusst auftaucht und sich an den sich bildenden Vergegenwärtigungsakt anschließt. Im letzten Beispiel bleibt aber das B (oder Brückenglied) unmittelbar dank der Lenkung der Aufmerksamkeit im Hintergrund: Durch das aktuelle Interesse – so Husserl – können Glieder „überfl[o]gen“ werden, wenn „ein gewisses, oft sehr mittelbares Endglied uns besonders anspricht.“[110] Die Aufmerksamkeit richtet sich dann ganz auf das Endglied C, die geweckte Erinnerung (die Seelandschaft). Bei dieser könnte ein nicht reflektierendes Bewusstsein stehen bleiben, oder es könnte nicht bei einem einzigen Moment dieser Erinnerung Halt machen, und so könnte das C zu einer neuen assoziativen Kette erweitert werden, die man C', C", C"' usw. nennen kann. Das bedeutet im Beispiel das Abfließen der geweckten Erinnerung (die Seelandschaft) zu immer anderen Erlebnissen hin, die nicht unbedingt an das Brückenglied B (das vergangene Gespräch) gebunden sind: „Doch diese ganze Vergangenheit kann schnell übersprungen werden, sofern die wirksamere Weckung von dieser Vergangenheit zurückgeht in eine andere, weitere Vergangenheit, oder, der Zukunftslinie folgend,

---

[107] Hua XI, 122.

[108] Hua XI, 122.

[109] „Wie wir auf so vieles anderes nicht achten, was in unserem Bewusstseinsfeld ist, so auch nicht auf Verknüpfungen der Assoziation. Wie sonst, wollen wir auch hier *nachträglich* zurückschauend, also in der Weise der *Reflexion*, des vergangenen Bewusstseins und seines Gehaltes innewerden. Unser Interesse überfliegt zwar Glieder, wo eben ein gewisses, oft sehr mittelbares Endglied uns besonders anspricht.“ (Hua XI, 122; von mir, A. M. S., unterstrichen).

[110] Hua XI, 122.

den Ereignissen nachgeht, die da folgten."[111] Die geweckten Momente, die in die so entstehende Vergegenwärtigungsreihe eingegliedert werden, erhalten einen neuen Zusammenhang mit dem aktuellen Ereignis (A), das sie mittelbar – durch die Vermittlung des Brückengliedes B – geweckt hat. Wenn sich dieser so gebildete Vergegenwärtigungskontext wieder vom Bewusstsein entfernt, tragen ihn die durch ihn geweckten Erinnerungen in sich.

Vergangene Erlebnisse vergegenwärtigen sich, indem sie sich an aktuelle (bewusste oder unbewusste) Motivationszusammenhänge anschließen, und lagern sich in der unbewussten Sphäre wieder ab, indem sie von den aktuell gebildenden Vergegenwärtigungskontexten verändert werden. Je nach dem Grad der Umstellung, die die Erinnerungen beim Affizieren und Sedimentieren erfahren, können sie als dieselbe in einem anderen Vergegenwärtigungskontext erkannt werden. Werden sie vergegenwärtigt, so können sie auf den letzten gebildeten Kontext hinweisen, sowie auf andere, in denen sie mitbewusst waren. Ein Moment eines aktuellen bewussten Aktes muss dafür als weckendes und ordnendes Element in Bezug zu einem ersten geweckten Erinnerungsmoment und mittelbar in Relation zu den anderen sich eingliedernden Vergegenwärtigungsmomenten fungieren. Mittelbar soll hier auch in diesem Sinne verstanden werden: Wenn sich eine Vergegenwärtigungsreihe fortsetzt, kann das weckende Glied A zu einem neuen Brückenglied oder *terminus medius* einer anderen Kette werden.

Diese Strukturierung trägt zur Erklärung der freudschen Fehlleistung grundsätzlich bei: Eine Vorstellung, die durch passive Assoziation bewusst wird und zusammenhangslos erscheint, weist von selbst auf vorherige Vergegenwärtigungszusammenhänge hin und kann ein Moment eines intendierten Sinnkontextes sein, selbst wenn sie sich dem Ich als eine ‚falsche Vorstellung' darstellt. Jedes Moment einer Vergegenwärtigung kann Momente anderer vorheriger Wahrnehmungen oder Erinnerungsakte dadurch assoziativ wecken, dass sie einmal in einem bereits vollzogenen Akt mitbewusst waren: Sei es, dass sie koexistente oder sukzessive Momente waren, sei es, dass sie am Rand von abgehobenen Momenten mitbewusst wurden. Darüber hinaus vermag jedes vergegenwärtigte Moment andere Momente von vorhandenen Vergegenwärtigungen deshalb zu wecken, weil sie sich per Ähnlichkeit oder Kontrast assoziieren.

Es kann auch vorkommen, dass ein gewecktes Moment nicht bewusst auftritt und trotzdem als affektive Intensivierung der bewussten Vorstellungen mitwirkt. In einer passiven Weise bzw. von selbst kann ebenso ein Moment einer vorherigen Vergegenwärtigung wieder auftauchen, das sehr intensiv eintritt, aber ganz ohne Zusammenhang mit dem aktuellen bewussten Akt erscheint. Die Fortführung des jeweiligen passiven Phänomens wird daher von der Art mitbestimmt, wie das Ich darauf reagiert: Mit dem Interesse in seinen jeweiligen Graden, mit

[111] Hua XI, 123.

der Ablenkung, mit der Hemmung des Bewusstwerdens der mitassoziierten Vorstellungen usf. Die freie Assoziation im freudschen Sinne besteht in diesem Kontext darin, dass das Ich es erlaubt, dass eine sich konstituierende Vergegenwärtigungskette weiter von selbst bzw. mit seiner minimalen Beteiligung bewusst auftritt, selbst wenn ihm ihre jeweiligen Momente beziehungslos vorkommen. Daher vermag das psychoanalytische Vorgehen der freien Assoziation die gewöhnliche Tendenz zu vermeiden, dass unerwünschte, aber möglicherweise wichtige innerhalb eines bestimmten Sinnkontextes auftauchende Vorstellungen verdrängt bzw. wieder verdrängt werden, wie es alltäglich bei den Phänomenen der Fehlleistung und des Vergessens geschieht.

Husserl unterscheidet zwischen einer „noetischen" und einer „noematischen Intentionalität", und zwar so, dass die erste das gewöhnliche intentionale Verhältnis zwischen dem Gerichtet-Sein und der intendierten Gegenständlichkeit bezeichnet, während die zweite die Verweisung von einer Vorstellung zu einer anderen angeht, etwa in einer Kette von Erinnerungen, in welcher von selbst ein Moment eines Kontextes an ein anderes (per Ähnlichkeit oder anderem Assoziationsprinzip) erinnert. Dieser Verweis ist unabhängig davon, ob die aufeinander hinweisenden Erinnerungs- oder Phantasienoemen durch aktive (vom Ich ausgeführte) Assoziation vergegenwärtigt werden. Daher kann sich jede „Vorstellung von" als noematische Stufe innerhalb einer Erinnerungs- sowie auch einer Phantasiereihe konstituieren.[112] Gemäß der husserlschen Darlegung in den *Bernauer Manuskripten über die Zeitkonstitution* kann infolge der passiven Assoziation in der Vergegenwärtigung sowohl eine einheitliche Erinnerungskette konstituiert werden, wobei sich jede Einzelerinnerung als eines ihrer Momente bestimmt, als auch eine Quasi-Welt von Phantasien entstehen. Dieser letztere Fall ist ermöglicht durch die Mitwirkung des Erinnerns innerhalb des Phantasierens. Das heißt, so wie in einer Erinnerung eine frühere Wahrnehmung intendiert wird, kann zunächst etwa ein See phantasiert werden, um bei einem zweiten Mal, indem er als derselben See erinnert wird, an einer anderen Vergegenwärtigung teilzunehmen. Husserl spricht von der Zusammengehörigkeit jeder Einzelphantasie hinsichtlich eines noematischen Kerns, der der erinnerungsmäßig konstituierten Phantasiekette zugrunde liegt.[113] Diesen Bezug behandelt Husserl als Ineinander-Enthaltensein, wobei jede Einzelphantasie als Vereinzelung eines Wesens und insofern als eine Bestimmung innerhalb der Unendlichkeit von Phantasiemöglichkeiten gilt. Dadurch kann jede von den Phantasiemöglichkeiten sowohl selbst als Phantasie als auch als erfahrene je nach der Ich-Einstellung – d. h. neutral oder positional – angenommen werden. Insofern sich die Modalitäten „Phantasiertes als solches" und „Erfahrenes als solches" in einem und demselben Eidos decken, ist ihr Unterschied also nicht von dem zugehörigen Kern selbst bestimmt.

---

[112] Hua III/1, 236 f.
[113] Hua XXXIII, 335 f.

Ein Kriterium für diese Unterscheidung zwischen Erinnerung und Phantasie sieht Husserl zuerst, wie gezeigt, in dem Glauben an die Deckung zwischen dem aktuell erinnerten Sinn und dem erinnerten, vergangenen Zusammenhang gegenüber der Neutralität der Phantasie. Mit dieser Position entfernt er sich nicht von der Position Freuds, dem gemäß es für die Echtheit der Erinnerung überhaupt keine Garantie gibt; dennoch neigt er zum Glauben daran, dass eine vergegenwärtigte Szene, die durch den Glauben oder die Überzeugung als Erinnerung gesetzt wird, echt sein sollte.[114] In den Untersuchungen über die passiven Synthesen in der genannten genetischen Ausrichtung bemüht sich Husserl retrospektiv (ausgehend von der anschaulichen Vergegenwärtigung und der Unterscheidung ihrer zugrunde liegenden Stufen) um die Klarlegung der Möglichkeitsbedingungen der Rekonstruktion von Erinnerungszusammenhängen. Auf diese Weise führt er ein ähnliches Vorgehen ein, wie Freud es in den psychoanalytischen Sitzungen anzuwenden versuchte, und zwar vor allem bevor er die Einmischung zwischen Erinnerung und Phantasie bei den erzählten Erinnerungen seiner hysterischen Patienten konstatierte. Da aber Erinnerungen, Träume, Phantasien und andere psychische Phänomene auf gemeinsame Deutungskonstellationen hinweisen, glaubte Freud weiter an den verschiedenen Akten zugrunde liegende Sinnkontexte, selbst wenn sich diese nicht vollkommen rekonstituieren lassen. In dieser Hinsicht führt er die sogenannte ‚archäologische Ausgrabung' in der Weise weiter, dass die durch die Methode der freien Assoziation auftauchenden ‚Erlebnisfragmente' als Momente einer Entstellungsgeschichte von bedeutsamen Ereignissen einzustufen sind. In husserlscher Terminologie erklärt sich diese Ausrichtung im Sinne des Versuchs, den Glauben zu fundieren und die aus dem Unbewussten hervorspringenden Affektionen als sinngebende Affektion anzuerkennen: „Demnach geht das Ich darauf aus, seine Erinnerungen bis in die Nieren zu prüfen, sie willkürlich zu klären, die intentionalen Zusammenhänge ihrer Teile zu untersuchen, durch Spaltung die Illusion herauszustellen und so zum wahren Selbst vorzudringen."[115]

Jede Vergegenwärtigung konstituiert sich also aktuell in neuen Netzen von vielerlei Erlebnissen, so dass sich der aktuell weckende bewusste Akt (A), das bewusste oder unbewusste Brückenglied (B) und das zunächst unbewusste und dann geweckte Glied (C) und dessen mögliche anschließende Vergegenwärtigungsreihe (C', C", C''') in einem gemeinsamen Kontext retentional ablagern. Wird ein Moment dieses so gebildeten und daher sedimentierten Vergegenwärtigungskontextes wieder affektiv, so kann es wiederum nicht nur Momente des letzteren gebildeten Kontextes oder Momente eines bestimmten vom Ich abgezielten Zusammenhanges assoziativ wecken, sondern von selbst auch andere mannigfaltigen Momente, neben denen oder in deren Hintergrund es einmal in

---

114 S. Freud, „Über Deckerinnerungen" (1899), 546.

115 Hua XI, 115.

einem Vergegenwärtigungsnetz mitbewusst war. Werden diese mitassoziierten Momente durch passive Synthesen vergegenwärtigt, können sie aktuell zusammenhanglos erscheinen und verdrängt werden. Dem phänomenologischen Blick kann sich ein konstituierter oder ein sich konstituierender Sinnkontext entziehen, sei es, wenn er nicht dem Erwarteten entspricht, sei es, wenn er von selbst nicht bewusst weiter auftaucht. Das fragmentarische und entstellte Bewusstwerden von vermeintlichen Momenten eines Sinnkontextes, der sich gerade durch Vergegenwärtigung immer anders bildet, kann schließlich den Horizont der Deutung sprengen. Es lässt sich daher fragen, ob Husserls Analysen der Affektionen bzw. des Bewusstwerdens auf eine bewusste Stiftung begrenzt bleiben oder ob sie zu einer Ebene des Unbewussten vordringen, gemäß dem Titel, den Husserl selbst dieser Thematik in den *Analysen zur passiven Synthesis* gibt – „Ich brauche nicht zu sagen, dass diesen ganzen Betrachtungen, die wir durchführen, auch ein berühmter Titel gegeben werden kann, der des ‚Unbewussten'. Es handelt sich also um die Phänomenologie dieses sogenannten Unbewussten."[116] Diese Frage wird im nächsten Abschnitt thematisiert.

III. 4. Das Bewusstwerden: Stufen, Spaltungen

Solche Weckungen haben den Charakter von Tendenzen, daher auch Gradualitäten der Stärke: Wie Kräfte können sie sich verstärken und eventuell schwächen.

E. Husserl [117]

Nun aber die Hemmungen, die Negativitäten.

E. Husserl [118]

Husserl vertritt in seiner „Phänomenologie des Unbewussten" grundsätzlich eine dynamische Ansicht. Affektionen fungieren als Kräfte und sind potenzielle Vergegenwärtigungen. Sie tendieren zum Bewusstwerden und können auch „schwächen", bis zu dem Punkt, wo sie zur Nullkraft der Affektion oder zum Unbewussten zurücksinken: „Von Selben wird immer weniger affektiv. Und wenn von verschiedenen Gegenständen nichts affektiv wird, so sind diese verschiedenen in eine einzige Nacht untergetaucht, im besonderen Sinn unbewusst geworden."[119] Die Intensivierung und Schwächung von Kräften, wie die Affektionen genannt werden („Wie Kräfte können sie sich verstärken und eventuell schwächen"), lie-

---

[116] Hua XI, 154.
[117] Hua XI, 90.
[118] Mat. VIII, 253.
[119] Hua XI, 172. Siehe auch Hua XI, 171: „Alle Sonderaffektionen sind im Nullstadium in eine ungeschiedene Gesamtaffektion übergegangen; alles Sonderbewusstsein ist übergegangen in das eine, immerfort vorhandene Hintergrundbewusstsein unserer Vergangenheit überhaupt, das Bewusstsein des völlig ungegliederten, völlig undeutlichen Vergangenheitshorizontes, der die lebendige, bewegliche retentionale Vergangenheit anschließt."

gen der Ich-Teilnahme zugrunde: Sie lassen sich sekundär bzw. nachträglich von den Stufen der aktiven Entkräftigung (Hemmung, Negation usw.) und Bekräftigung (Interesse, Bewährung usw.) mitbestimmen. In diesem Sinne unterscheidet Husserl zwischen der Intentionalität der leeren Intention selbst und der der leeren Erinnerungen bzw. Tendenz zur Wiedererinnerung. Die sich intentional auf die Vergangenheit beziehenden „antizipierenden Vorstellungen" sind „leere Vorstellungen", die sich eventuell erfüllen können.[120] Die passive Intentionalität der leeren Erinnerung ist nun dadurch gekennzeichnet, dass diese die „intentionale Tendenz" hat, zur „anschaulichen Wiedererinnerung" zu werden.[121] Leere Erinnerungen sind als solche potenziell bewusste Erinnerungen, was gemäß den vorliegenden Auslegungen über die Modalisierung und den Bezug zwischen Phantasie und Erinnerung impliziert ist, dass sie ebenso potenzielle Zusammensetzungen von mannigfaltigen noetischen und noematischen Schichten der Vergegenwärtigung sind. Tritt eine Vergegenwärtigung ein, die sich als Erfüllung einer Erinnerungsintention anbietet, so können beide (Intention und Erscheinung einer vermeintlichen Vergangenheit) ganz oder partiell übereinstimmen. Eine zunächst angenommene Adäquation kann ebenso modalisiert werden und in Zweifel und Verleugnung übergehen. Handelt es sich um eine volle oder partielle Erfüllung, muss dabei die Überzeugung bestehen, dass sich das Erscheinende und das vermeintliche Vergangene miteinander tatsächlich mindestens teilweise entsprechen. Die Stiftung, wodurch eine solche Übereinstimmung oder partielle Übereinstimmung bewährt wird, fungiert als „Bekräftigung"[122] der Erfüllung. Hingegen wirken als „Entkräftung" bei der Erfüllungssynthese Phänomene, wie die Hemmung beim Anschaulich-Werden und der auftauchende Zweifel oder Enttäuschung bezüglich einer zunächst angenommenen Deckung zwischen dem Wie des Erscheinenden und dem Wie, in dem es intendiert wird.[123]

Die Begriffe „Kraft", „Bekräftigung" und „Entkräftigung" sind im Rahmen einer dynamischen Konzeption des Bewusstwerdens zu sehen. Diese Konzeption, die sich gründet auf gegeneinander wirkende Kräfte und deren stufenmäßige Affektionen, die wiederum auf den Stufen des Ich-Interesses wirken, reduziert sich weder auf die passive Intentionalität allein noch auf die vom Ich vollzogenen Akte. In diesem Kontext lässt sich eine Betrachtungsweise erkennen, die mit Freuds Darlegung der „Quantität" als Kräfte (in der Linie von Herbarts Bezeichnung der Vorstellungen als Kräfte) sowie mit seiner Unterscheidung zwischen Primär- und Sekundärvorgang verwandt ist. Wie gezeigt wurde, vertritt Freud nach Herbart die Ansicht, dass die Vorstellungen jenseits des Bewusstseins (bzw. unter der „bewussten Schwelle") von selbst sich assoziieren und gegeneinander

120 Hua XI, 94 f.
121 Hua XI, 91.
122 Hua XI, 66, 95.
123 Hua XI, 95.

wirken, so dass die bewussten Akte Ergebnisse von zugrunde liegenden unbewussten Kraftspielen sind. Freud stellt nun vor allem in seinem *Entwurf einer Psychologie* durch die breitere Bedeutung des Begriffs „Bahnung“ verschiedene Schichten der passiven und aktiven Konstitution (Aufmerksamkeit, Interesse, affektive „Besetzung“, Hemmung) dar, worauf die Intensitätsstufen der bewussten Phänomene, ihre affektive „Besetzung“ sowie ihr möglicher Mangel an Anschaulichkeit zurückweisen. Wenn Freud dabei insbesondere die Dimensionen der Konstitution hervorhebt, die aufgrund von unbewussten Konflikten nicht anschaulich werden bzw. als Entstellung bewusst eintreten, wendet sich Husserl hingegen hauptsächlich der Frage nach der Reaktivierung von bereits gestifteten Sinnkonstitutionen zu. Eine Untersuchung über Bewusstheit und Unbewusstheit gewinnt aber durch die Auseinandersetzung mit den phänomenologischen Unterscheidungen Husserls vor allem dadurch, dass er dafür ebenso die Möglichkeiten des Unbewusst-Bleibens und die Unterbrechungen und Spaltungen beim Bewusstwerden in Betracht zieht.

Ein anderes von Husserl beschriebenes mögliches Vorkommnis der Affektion ist das Phänomen der „Spaltung“, das dadurch entstehen kann, dass sich das Ich nicht in eine sich konstituierende Erinnerungs- oder Phantasiereihe hineinführen lässt, sondern die beginnende Reihe hemmt, die daher in die Gegenrichtung führt: Das heißt, sie taucht nicht bewusst weiter auf, sondern sinkt umgekehrt in Richtung der unbewussten Fernerinnerungen zurück. Infolgedessen kann die gehemmte Affektion entweder unbewusst weiter bestehen oder dann die Tendenz zum Bewusstsein nachträglich aktualisieren. Wenn Letzteres der Fall ist, tritt die Affektion nicht als kontinuierliche Erfüllung einer Erinnerungsintention, sondern in diskreter bzw. abrupter Weise auf: „Wo die Intention *gehemmt* bleibt und erst *nachträglich* eine Erfüllung eintritt, da wird die Erfüllungssynthese zu einer *diskreten*.“[124] Die Hemmung kann sich in diesem Kontext auch dadurch passiv ergeben, dass aufgrund der Verbindung der geweckten Erinnerung bzw. Phantasie mit anderen Erinnerungen oder Phantasien diese anderen sich hervorheben und diejenige in Richtung der Fernerinnerungen untergeht:

> Eine anschauliche Fernerinnerung, wenn sie nicht eine flüchtig aufblitzende, sondern eine standhaltende und synthetisch wiederholbare und identifizierbare ist, hat wesensmäßig hinsichtlich ihrer Gegenständlichkeit nur eine mögliche Art, in Zweifel überzugehen und sich dann als nichtig herauszustellen: nämlich die der Durcheinaderschiebung von Wiedererinnerungen. Also das Unstimmigwerden, die *Hemmung* und Aufhebung des zunächst ungebrochenen Glaubens in der selbstgegebenen Vergangenheit führt notwendig auf *Phänomene der Spaltung*, in welchen die betreffende Fernerinnerung auseinandergeht in mehrere Fernerinnerungen. Und zwar so, dass die einheitliche Gegenständlichkeit der ungeteilten Erinnerung sich als Verschmelzung von einzelnen Gegenständen, einzelnen Eigenschaften und Vorgängen herausstellt, die den gesonderten Erinne-

[124] Hua XI, 92 (von mir, A. M. S., unterstrichen).

> rungen zugehören und dort mit partiell anderen gegenständlichen Bestimmungen selbstgegeben sind.[125]

Um zu unserem Beispiel der Seelandschaft zurückzukehren: Es könnte sein, dass diese Vergegenwärtigung „das Phänomen der Spaltung" erlebt und Zweifel über ihre Wirklichkeit entstehen, sei es, weil sie nicht die erwartete Erinnerung war, sei es, weil sie das aktuelle Gespräch stört, sei es, weil sie als eine Phantasie zu erscheinen vermag, sei es aus irgendeinem anderen Grund. Das Ich könnte aber diese Vergegenwärtigung eigentlich nicht mehr hemmen bzw. verdrängen, nachdem sie plötzlich aufgekommen war, wohl aber die Reihe, die ihr nachfolgen kann, insofern diese, wie jede Erinnerung oder erinnerte Phantasie, einen Zusammenhang hat, der als räumlich erscheint, und eine Dauer, die in der Reihe als ein Vorher und Nachher auftritt. Dieser räumlich-zeitliche Kontext einer Vergegenwärtigung ist aber nie festgelegt, weil eine Vergegenwärtigung nicht einfach eine singuläre ist, sondern zu ihrem Wesen die Wiedervergegenwärtigung gehört, sei es als einmal oder mehrmals schon da gewesene und dadurch jedes Mal als eine sich in einem anderen aktuellen Kontext konstituierende, sei als eine mögliche zukünftige Vergegenwärtigung. Diese Notwendigkeit ist im gleichen Sinne zu verstehen wie die Möglichkeit der Erinnerung als zum Wesen der Wahrnehmung gehörend gesetzt werden muss.[126] Im gleichen notwendigen Sinn gilt daher, dass den sich aktuell konstituierenden und konstituierten Vergegenwärtigungen die Weckungsmöglichkeit von anderen bereits wahrgenommenen oder vorgestellten Kontexten innewohnt:

> Weckung ist möglich, weil der konstituierte Sinn im Hintergrundbewusstsein in der unlebendigen Form, die da Unbewusstsein heißt, wirklich impliziert ist. [...] Was einmal gegenständlich konstituiert ist, kann mit jedem andern, das gegenständlich schon konstituiert ist, Verbindung eingehen, wozu eben zweierlei Bedingungen zu erfüllen sind, einmal die Bedingungen des Inhalts, des beiderseitigen Sinnes, anderseits die zum Bewusstsein von ihnen gehörigen Bedingungen. Im Bewusstsein verbinden kann sich nur, was explizit bewusst ist, also was affiziert.[127]

Obwohl also durch die passiven Synthesen das Ich von Erinnerungen und Phantasien affiziert werden kann, die nicht intendiert sind bzw. ohne aktive Leistung zum Bewusstsein tendieren, wird damit nicht die husserlsche Idee überschritten, dass „im Hintergrundbewusstsein" bzw. im „Unbewusstsein" eine Vorkonstitution („der konstituierte Sinn") als Grundlage der Weckung bestehen muss. Das Unbewusste und im Allgemeinen die Ebene der Passivität seien in dieser Hinsicht relative und untergeordnete Momente der Konstitution, die aus der Per-

---

[125] Hua XI, 114 f. (von mir, A. M. S., unterstrichen).

[126] „Der Synthesis des Wahrnehmungszusammenhangs, in welchem sich das perzeptive Wesen des Gegenstandes vollständig und allseitig entfaltet, entspricht ja auch eine Synthesis eines möglichen intuitiven Zusammenhangs in der Phantasie und Erinnerung". (Hua XXIII, 65).

[127] Hua XI, 179.

spektive der bewussten Vorgegebenheiten und des Wieder-Bewusstmachens gedacht werden.[128] Insofern aber, wie gezeigt, in den aktuell sich konstituierenden Vergegenwärtigungen verschiedene Interferenzen ausgeübt werden – wie die passiven Assoziationen zwischen Erinnerungen, Phantasien und erinnerten Phantasien, die attentionale Wandlung in der Erinnerung sowie der passive und aktive Widerstand zum Bewusstwerden – können durch und durch Intentionserfüllungen sich unterbrechen, bestehende Geltungen fragwürdig werden sowie der Zweifel überall herrschen, inwiefern sich in einem Vergegenwärtigungsnetz verschiedene Stufen der noematischen Entstellung verflechten.

Es ließe sich daher fragen, ob das Ich als „antwortende Instanz" zu dem aus dem „Unbewussten" weckenden Reiz im Stande sein kann, dem Sinn nachträglich seinen letzten Grund zu liefern.[129] In dieser Richtung schlug Marc Richirs Denken eine Neuinterpretation der Stiftung vor, die ein *strukturales Apriori* (an Stelle eines husserlschen *eidetischen Apriori*) beansprucht und die den freudschen „Mechanismen" des Unbewussten entsprechen soll: „In husserlscher Terminologie liegt hier das Rätsel einer *Stiftung* vor, der grundsätzlich weder eine *Urstiftung* entsprechen kann noch eine Zeitigung in der Gegenwärtigkeit [...], welche deren Sinn erwecken oder reaktivieren könnte."[130] Die bewusste Stiftung – so Richir – rührt von einer Bewusstseinsaktivität her, die sich unter der Mitwirkung eines potenziellen und nicht-bewussten, sedimentierten Sinns befindet. Dieser gehört aber zum Feld der Möglichkeit des Bewusstseins und kann darin reaktiviert werden. Im Unterschied zur bewussten Stiftung sei nun die unbewusste Stiftung weder auf die gemeinsame Zugehörigkeit zu einer eidetischen Gattung noch auf die Wahrnehmung des Gegenwärtigen und ihre retentionale Bewahrung und intentionale Wiederholung gegründet.[131] Es geht um eine Stiftung, „die niemals als Urstiftung in der Gegenwärtigkeit stattgefunden hat"[132], so dass ein *„sich in der*

---

[128] Vgl. B. Bégout, *La généalogie de la logique*, 212: „L'éveil ‚rétro-rayonnant' (*rückstrahlend*) et associativement reproductif ne signifie tout d'abord rien d'autre que ‚l'implicite redevient explicite'. [...] Cela signifie par ailler que tout ‚sens caché', sédimenté dans les couches profondes de la sous-conscience, peut à tout instant être converti en une intuition plus ou moins donatrice par l'éveil affectiv rétro-actif." Insofern ist Bégout zufolge Husserls Ansicht des Unbewussten grundsätzlich von seiner Konzeption des Bewusstseins her bestimmt: „En somme, même la passivité la plus inférieure (l'inconscient) ne représente que l'une des possibilités de la conscience et donc peut à tout moment prendre son aspect." (Ebd, 229).

[129] A. Montavont, *Le phénomène de l'affection dans les* Analysen zur passiven Synthesis, 139. Siehe auch B. Bégout, *Généalogie de la logique*, 220: „Que la constitution du sens dans la thématisation consciente ait toujours lieu en effect *après-coup* vis-à-vis de la prédonation passive, cela veut-il dire de ce point de vue que la passivité pourrait excèder d'emblée sa récupération possible par le moi actif et objectivant?"

[130] M. Richir, Phänomenologisches und symbolisches Bewusstsein und Unbewusstes, 26 (Kursiv: deutsch im Original).

[131] M. Richir, Phänomenologisches und symbolisches Bewusstsein und Unbewusstes, 12.

[132] M. Richir, Phänomenologisches und symbolisches Bewusstsein und Unbewusstes, 28.

Gegenwärtigkeit bildender Sinn“ erscheint, als würde er erstmals vergegenwärtigt.[133] Die Phantasieerscheinung in ihren „Züge[n] des Nicht-Gegenwärtigen“ und „zeitlicher Diskontinuität“ sei die erste „Ausweisung“ dieses Fundaments.[134] Die Weckung, wodurch sie zur Darstellung kommt, ist unerwartet, ungeahnt, unvordenklich und *transpossibel* in dem Sinne, dass „sie a priori durch nichts in der Gegenwärtigkeits-Zeitigung vorbereitet wird [...]“[135]. Plötzlich auftretend und jenseits der noetischen Intentionalität situiert habe solche Weckung also mit der Phantasie, deren erfülltester Ausdruck der Traum darstellt, und nicht mit reproduzierenden Akten, wie Husserls reproduzierter Wiedererinnerung, zu tun. Dies bedeutet aber nicht, dass Phantasie und Erinnerung in einem neuen, stiftenden Phänomen getrennt werden sollen:

> Diese Weckung hat nichts mit Wiedererinnerung zu tun, sie verzeitlicht sich in der Gegenwärtigkeit einer niemals stattgefundenen Gegenwärtigkeit, was nun umgekehrt nicht hindert, dass die Wiedererinnerung wie der Traum vom Primärprozess affiziert werden kann, nämlich im Falle der *Deckerinnerung*, wie es Freud sehr treffend bezeichnete.[136]

Wie nachgewiesen wurde, betrachtet Husserl verschiedene noematische und noetische Schichten der Vergegenwärtigung, so dass diese sich nicht auf eine Konzeption der reproduzierenden Wiedererinnerung begrenzt. Die Stufen der Modalisierung (Zweifel, Hemmung, Täuschung usf.) und die Verflechtung von Phantasien, Erinnerung, erinnerte Phantasie usf. fungieren als Interferenzen bei der Reproduktion bzw. als Entkräftigung der Wiederholungsintention („wieder auf das achten, worauf ich damals geachtet habe“). In diesem Sinne entfernen sich Husserls Analysen der Vergegenwärtigungsstufen nicht von Freuds Betrachtung der Deckerinnerung als eine Art von ‚*borderline* Phänomen‘, das sich weder als reine Erinnerung noch als reine Phantasie einstufen lässt. Um noch ein Mal Husserls Beispiel der Seelandschaft heranzuziehen: Nehmen wir an, dass sich bei dieser Affektion die See-Vergegenwärtigung mit keinem jemals wahrgenommen See deckt und daher nicht durch eine nachträgliche Reflexion des Ich als reine Erinnerung eingestuft wird. Die See-Vergegenwärtigung kann dann als eine Fehlleistung oder als eine Phantasie erscheinen, so wie es in Freuds Analyse der Decker-

---

133 M. Richir, Phänomenologisches und symbolisches Bewusstsein und Unbewusstes, 36. Vgl. dazu auch den Text „Affekt und Zeitigung“ (In: M. Staudigl und J. Trinks (Hg.), *Ereignis und Affektivität. Zur Phänomenologie sich bildenden Sinnes.* Wien 2006, 247 f.), in dem Richir zwischen einer Zeitigung in der Gegenwärtigkeit und einer Zeitigung in der Gegenwart unterscheidet: Erstere sei, wie in dem gerade diskutierten Text, ohne zuweisbare Gegenwart, da sie sich als Phantasie-Affektion ephemer erstreckt und als Zeitigung des sich bildenden Sinns zu begreifen ist; letztere (Zeitigung in der Gegenwart) tritt durch eine Unterbrechung der ersteren auf, wenn die Zeitigung der Affektion z.B. von einer Lücke oder einem plötzlichen Vergessen unterbrochen wird und der Sinn sich nicht weiter bildet.

134 M. Richir, Phänomenologisches und symbolisches Bewusstsein und Unbewusstes, 12.

135 M. Richir, Phänomenologisches und symbolisches Bewusstsein und Unbewusstes, 32.

136 M. Richir, Phänomenologisches und symbolisches Bewusstsein und Unbewusstes, 35. (Unterstreichung von mir, A. M. S.).

innerung für „die gelbe Blume“ möglich ist. Werden aber See und gelbe Blume durch eine Affektion bzw. eine unabsichtliche Vergegenwärtigung in Sinnmöglichkeiten transponiert und in eine aktuelle Zeitigungsreihe hineingemischt, dann gehören sie zum Sinnhorizont der aktuellen Vergegenwärtigung.[137] Sie gehören sogar ganz wesentlich dazu, insofern sie – so Richir – als eine archaische Transponierung und als solche eine mit der übrigen bewussten Leistung Nicht-Übereinstimmende erscheinen.[138] Diese Entfremdung, die Husserl durch die Rekonstruktion des Erinnerungszusammenhangs zu lösen versucht (eine Möglichkeit, an der Freud genau anlässlich der bei der Analyse der Hysterie konstatierten Einmischung der Phantasie zweifelte), lässt uns fragen, ob im Falle einer wiederholten Transponierung dieser fremde Charakter vermindert wird oder je nach der Häufigkeit der Wiederholung sogar verschwinden könnte. Diese Frage hätte aber nur Sinn, wenn es um die Reaktivierung eines gleichen Sachverhaltes ginge und nicht, wie gezeigt, um *die sich in der Gegenwärtigkeit bildenden Sinnkontexte.* Hier wird Sinn über Sinn teilweise in unbewusster Weise transponiert: Teilweise in der Hinsicht, wie Richir es ausdrückt, dass die *„parasitäre* Teilhabe“ der Transponierung, als Verschiebung verstanden, eine Teilhabe an der Gegenwärtigkeits-Zeitigung ist; sie geschieht also nicht ausschließlich in unbewusster Weise.[139] Eben die dargestellte Verwobenheit zwischen dem, was die jenseits der Ich-Zuwendung passiven Synthesen (Husserl) bzw. primären Prozesse (Freud) betrifft und einer Ich-Teilnahme, die mit Richir eine passive Synthesis zweitens Grades (eine immer wieder in Enttäuschung und Zweifel übergehende Bewährung) zu nennen ist, würde die Verborgenheit des Unbewussten einerseits und die Reinheit des Bewusstseins andererseits zersplittern. Gleichzeitig würde es die Unendlichkeit des *in der Gegenwärtigkeit sich bildenden Sinnkontextes* bewahren.

Sowohl in Husserls Analysen des Bewusstwerdens (der Stufen der Vergegenwärtigung und der Affektion), als auch vor allem in seinen späteren Texten über die Zeitkonstitution wird eine dynamische Auffassungsweise der unbewussten Konstitution (der unbewusst sich sedimentierenden Schichten) ersichtlich, wie im folgenden Abschnitt nachgewiesen wird. Husserls Darlegungen nähern sich daher der von Freud betrachteten dynamischen Sicht der Erinnerungsschichtung bzw. des Unbewussten an. Allerdings ist zu fragen, ob dabei diejenige lakunäre Di-

---

[137] Das Wort ‚Sinn‘ verwende ich hier nicht nur als Bezeichnung für die wesentlichen, erlebten oder phantasierten und demgemäß unauffassbaren Bedeutungen, die dem Ausdruck und hier der Vergegenwärtigung in der Deckerinnerung zugrunde liegen sollen (vgl. dazu Husserls Untersuchung „Ausdruck und Bedeutung“, in Hua XIX/1), sondern auch in Bezug auf die Sinnlichkeit, so dass der See und die gelbe Blume als Phänomene (wieder) in die Betrachtung einbezogen werden können: Einbezogen, wenn der phantasierte Akt so lebendig wie eine Empfindung erscheint; wieder einbezogen, falls die gelbe Blume und der See aus der Wahrnehmung gegeben sind und durch die Erinnerung wieder auf den Wahrnehmungsakt bezogen werden.

[138] M. Richir, Phänomenologisches und symbolisches Bewusstsein und Unbewusstes, 38.

[139] M. Richir, Phänomenologisches und symbolisches Bewusstsein und Unbewusstes, 38 f.

mension des bewussten und unbewussten Lebens, die vom psychoanalytischen Diskurs betont wird, von Husserls Phänomenologie des Unbewussten nur verschwommen erfasst wird. Um diesen letzten Punkt ausloten zu können, soll zunächst im Folgenden Husserls Konzeption des Unbewussten hinsichtlich des Bewusstseins und der Ich-Teilnahme beim Konstitutionsprozess eingehender erörtert werden.

III. 5. Die Sedimentierung, das Sedimentieren und die zwei Arten der Zeitigung

> *Ichliche Aktivität setzt Passivität voraus – ichliche Passivität – und beides setzt voraus Assoziation und Vorbewusstsein in Form des letztlich hyletischen Untergrunds.*
>
> E. Husserl [140]

Wie Husserls Analysen der Affektion zeigen, können die Anschaulichkeitsstufen bzw. die Intensität der bewussten Phänomene von selbst stetig zunehmen sowie auch von selbst abnehmen, bis dahin, dass sie zur Nullkraft der Affektion zurücksinken und als sedimentierte oder unbewusste bestehen.[141] Bereits in früheren Texten über das Zeitbewusstsein stellt Husserl zwar die kontinuierliche Modifikation von Impression in Retention und von jeder Retention in andere Retentionen als „Zurückschiebung in die Vergangenheit"[142] und Konstitution eines „dauernden Erwerbs"[143] dar. Die Hypothese einer Sedimentierung des gesamten Zeitflusses wird jedoch nicht explizit aufgestellt. Husserl lehnt jedenfalls die Möglichkeit ab, den Prozess in räumlicher Analogie etwa mit einem Bau zu betrachten, in dem jeder Stein erhalten bleibt: Während in räumlicher Analogie die Steine als abgesonderte Stücke bestehen, handelt es sich bei dem retentionalen und daher sich sedimentierenden Zeitstrom um die Bewahrung von Wahrnehmungsgegenständen oder -zusammenhängen, deren ineinander mündende Phasen unselbstständige Momente sind.[144] Erst aus der genetischen Perspektive heraus beschreibt Husserl ausdrücklich den resultierenden Zustand des Retinierten im Modell der „Sedimentierung"[145]. Diese wird als „‚unbewusste' Fortsetzung der Retention"[146] sowie als resultierender, unbewusster Zustand von Vergegenwärtigungen und anderen bereits ausgeführten Akten verstanden: „Alle diese Wiedererinnerungen sind

140 Mat. VIII, 53.
141 Hua XI, 155, 177 f.
142 Hua X, 30.
143 Hua X, 138.
144 Hua X, 200.
145 Hua XI, 178.
146 K. Held. *Lebendige Gegenwart: Die Frage nach der Seinsweise des transzendentalen Ich bei Edmund Husserl, entwickelt am Leitfaden der Zeitproblematik.* Den Haag: Martinus Nijhoff, 1966, 35.

allerdings zurückbezogen auf das im Verborgenen seiende und kontinuierlich zusammenhängende System der Sedimente"[147]. Dieses bezeichnet Husserl ebenfalls als „Null" oder unbewussten Untergrund: „[...] ein Hintergrund oder Untergrund von Unlebendigkeit, von affektiver Wirkungslosigkeit (Null)."[148] Demnach unterscheidet sich, was auf dem Null anschaulich wird, d. h. die bewussten Phänomene im eigentlichen Sinne gemäß Stufen der Intensität und Anschaulichkeit. Hingegen fehlt im Prinzip den unbewussten Phänomenen oder den sedimentierten Synthesen, die sich unterhalb des „Nulls" befinden, Anschaulichkeit oder Intensität, wobei Null als Nullkraft der Affektion zu verstehen ist:

> Diese Gradualität ist es, die auch einen bestimmten Begriff von Bewusstsein und Bewusstseinsgraden bestimmt und den Gegensatz zu dem im entsprechenden Sinn Unbewussten. Letzteres bezeichnet das Null dieser Bewusstseinslebendigkeit und, wie sich zeigen wird, keineswegs ein Nichts. Ein Nichts nur an affektiver Kraft und damit an denjenigen Leistungen, die eben eine positiv wertige Affektivität (über dem Nullpunkt) voraussetzen.[149]

Auch der husserlschen Unterscheidung zwischen den bewussten und den unbewussten Phänomenen liegt also jene Ansicht der „Schwelle des Bewusstseins" als Nullpunkt oder ideelle Grenze zugrunde, „auf der" und „unter der" die psychischen Phänomene mindestens hinsichtlich ihrer Anschaulichkeit und Intensitätsstufe eine Änderung erfahren. Die Schwelle des Bewusstseins wurde im ersten Teil dieser Untersuchung ausgehend von den Theorien von Herbart und Fechner als historische Grundlage der freudschen Theorie des Unbewussten dargestellt und gilt als solche ebenfalls hinsichtlich der von Husserl getroffenen Unterscheidung zwischen dem Bewusstsein und dem Unbewussten.[150] Die im sedimentierten bzw. unbewussten Zustand sich befindenden Synthesen sind nach Husserl nicht aktuell affektiv und lassen sich nicht sichtbar in Stufen der Intensivierung unterscheiden, was gerade als „Nullkraft der Affektion", jedoch nicht als „Nichts" verstanden werden soll. Daher stellt sich die Frage, ob die psychischen Phänomene, wenn sie sedimentiert werden bzw. nicht mehr anschaulich sind, eben intensitätslos und wirkungslos werden, oder ob sie einfach für das Ich nicht mehr sichtbar sind. Das ist nämlich die Frage, die Husserl in „Probleme des Unbewuss-

---

147 Hua XI, 178.
148 Hua XI, 168; siehe auch Hua XI, 172.
149 Hua XI, 167.
150 Wie gezeigt wurde, versteht Herbart unter der „Schwelle des Bewusstseins" die Grenze, die eine Vorstellung „scheint zu überschreiten", indem sie aus dem gehemmten oder unbewussten Zustand „zu einen Grade des wirklichen Vorstellens übergeht" (J. F. Herbart, *Psychologie als Wissenschaft, neu gegründet auf Erfahrung, Metaphysik und Mathematik*, 341). Nach Fechner nun gelten die unbewussten Vorstellungen unterhalb der Schwelle als negative oder unbewusste Empfindungen, auch „Nullempfindungen" genannt, was jedoch nicht impliziert, dass sie für das Seelenleben wirkungslos sind (G. T. Fechner, *In Sachen der Psychophysik*, 92).

ten“ in den *Späten Texten über Zeitkonstitution* stellt.[151] Die Frage lautet, ob das retentionale Zurücksinken (von Wahrnehmungen, Vergegenwärtigungen und anderen bewussten Akten) einen Endpunkt hat, oder ob es weiter strömt, so dass die Sedimentierung oder das Konstituieren des Unbewussten fortgeht und nur keine aktuelle affektive Kraft auf das Ich ausübt. Das Problem ist so formuliert:

> Gehen wir nun zurück zum Problem der Unterscheidung zwischen der Sphäre aktueller Retention und *der Sphäre des Sedimentierten, des im spezifischen Sinne Unbewussten.* Liegt im Gang der Retention selbst, dass sie einen Limes in sich trägt, dass von dem Abstand von diesem Limes die Affektivität bedingt ist und dieselbe mit dem erreichten Null notwendig mitverschwinden muss? Was soll Null der Retention besagen? Ein wirkliches Aufhören der retentionalen Wandung und damit das Verschwinden des Erlebnisses selbst? Aber was kann dann Weckung besagen und Möglichkeit der Wiedererinnerung?
> Wenn aber der retentionale Prozess kein Ende hat und in den oben versuchten Weisen Affektivität ein ihm zugehöriges ichliches Moment ist und dass dieses seinen Null-Limes hat, je nachdem weiter oder weniger weit zurückreichend – steht da *das ‚Sedimentierte‘, d. h. das unter dem Null strömend Konstituierte,* nicht völlig gleich mit all dem auch in der nächsten retentionalen Sphäre Konstituierten, aber jeweils nicht Affizierendes?[152]

Bezüglich beider Hypothesen soll daran erinnert werden, dass Husserl die Nicht-Affektion nicht als Nichts versteht: Sie muss zur Gattung Affektion gehören, damit die Möglichkeit des Übergangs zur aktuellen Affektion verstanden werden kann.[153] Den Kern der zweiten Hypothese, die Unendlichkeit der Retention, hat Husserl aber vorher in den *Analysen zur passiven Synthesis* – merkwürdigerweise als frühere eigene Position – abgelehnt: „Früher meinte ich, dass dieses retentionale Strömen und Vergangensein-Konstituieren auch noch im vollen Dunkel unaufhörlich fortgehe. Es will mir aber scheinen, dass man diese Hypothese entbehren kann. Der Prozess selbst hört auf.“[154] In dieser Hypothese, die im Allgemeinen in Husserls frühen Analysen des Zeitbewusstseins und teilweise in den *Analysen zur passiven Synthesis* vorkommt, ist die Sedimentierung als nicht mehr strömende anzusehen: „[...] jede lebendige Gegenwartsleistung, das ist jede Sinnes- oder Gegenstandsleistung, [schlägt] sich im Gebiet der toten oder vielmehr schlafenden Horizontsphäre [nieder], und zwar in der Weise einer festen Sedimentierung [...]“.[155] In dieser Hinsicht kommen alle Retentionen und übrigen bewussten Akte zu einem Endpunkt, zum Nullwert der Anschaulichkeit und der Merklichkeit (hinsichtlich des Ich), und können aus der „schlafenden Horizontsphäre“ von anderen gegenwärtigen Akten gerade „geweckt“ werden und wieder strö-

151 Mat. VIII, 376.
152 Mat. VIII, 376; Unterstreichungen von mir, A. M. S.
153 Hua XI, 163, 167 ff.
154 Hua XI, 177.
155 Hua XI, 178. Daher kann Montavont aus der Perspektive dieser ersten Hypothese das Unbewusste als „figure de la mort“ und den Übergang der Retention zur Retention als Übergang des Lebens zum Tod deuten. (A. Montavont, *De la passivité dans la phénoménologie de Husserl*, 232).

mend ins Bewusstsein übergehen.[156] Wie gezeigt wurde, können sedimentierte Synthesen im Bewusstsein dadurch wieder auftauchen, dass sie sich an aktuelle bewusste Akte assoziativ anschließen, als affektive Kräfte auf das Ich wirken und dieses darauf mit Zuwendung bzw. Interesse reagiert.

In der zweiten Hypothese nun, die stellvertretend für späteren Analysen über die Zeitkonstitution herangezogen werden können, bezeichnet die Sedimentierung bzw. das Unbewusste „den sich passiv zeitigenden [Untergrund]"[157] oder „das unter der Null strömende Konstituierte"[158]. In den späteren Darlegungen über die Zeitkonstitution verstärkt Husserl somit seine frühere Position wieder: Die Sedimentierung wird als weiter konstituierenden Vorgang und zwar als weiter strömende Zeitigung („der sich passiv zeitigende Untergrund") angesehen. Das Unbewusste bzw. die Sedimentierung wird aus dieser Perspektive nicht lediglich als resultierter Zustand der Retentionen, als starre oder „schlafende Horizontsphäre" betrachtet, die bereit zur Weckung aus dem Horizont der Aktualitäten und daher zur Vergegenwärtigung und Integration in der Ebene der bewussten Akte stünde. Vielmehr bestimmt es sich als lebendiger Untergrund, in dem sich jenseits der Ich-Zuwendung Einheitsbildungen von selbst abspielen und von den bewussten Akten nicht strikt trennen lassen:

> Wir haben ursprüngliche Konstitution in der patenten strömenden Seele, und von der wissen wir natürlich durch Aktivität. Ein höherstufiges, diese Patenz schon voraussetzendes Wissen ist das *der Sphäre des ‚Unbewussten'*, [ein] die sedimentierte Sphäre enthüllendes Wissen – und da auch haben wir zu sprechen von ursprünglicher Konstitution, wenn wir sagen dürfen, dass *die sedimentierte Intentionalität noch zeitigend weiterläuft.*[159]

Bewusstsein und Unbewusstes werden in dieser Hinsicht als lebendige, weiter strömende Konstitutionsmomente betrachtet, die zusammengehören und wechselseitig ineinander übergehen. Der Hauptunterschied wird vielmehr zwischen den jenseits der Ich-Zuwendung verlaufenden Phänomene (passive Assoziationen, Tendenzen zur Affektion, unbemerkte Retentionen usw.) und den sich unterhalb der Ich-Zuwendung vollziehenden Akten gesetzt. Da jenseits der Ich-Zuwendung im „ichlosen Strömen" Tendenzen zur Affektion und Abhebungen als Möglichkeitsbedingungen der Assoziationen von selbst auftreten, werden die „Unterschichte des ichlosen Strömens" bzw. „das radikal vor-ichliche" als letzte Grundlage der bewussten Akte und der aktiven Synthesen eingestuft:

---

156 Held betont dabei die aktive Rolle des Ich bei der Weckung sowie die Starrheit der Sedimentierung: „Die Stufenordnung in dieser *Sedimentation* kommt durch die Urkonstitution der Individualität, die unverrückbare Festgelegtheit durch die Konstitution der Identität zustande: als unverwechselbar an seiner Zeitstelle fixiertes ‚schläft' das Vergangene sozusagen und kann darum vom vergegenwärtigenden Ich ‚geweckt' werden." (K. Held, *Lebendige Gegenwart*, 34).

157 Mat. VIII, 98.

158 Mat. VIII, 376.

159 Mat VIII, 59. (Von mir, A. M. S., unterstrichen).

> Die Strukturanalyse der urtümlichen Gegenwart (das stehend lebendige Strömen) führt uns auf die Ichstruktur und die sie fundierende ständige *Unterschichte des ichlosen Strömens*, das durch eine konsequente Rückfrage auf das, was auch die sedimentierte Aktivität möglich macht und voraussetzt, auf das *radikal Vor-ichliche* zurückleitet.[160]

Aus dieser Perspektive hat erst das der Affektion zugehörende „ichliche Moment" einen „Null-Limes": Diesem entspricht der Punkt, auf dem eine sich passiv konstituierende Zeitigung (ein retentionaler Ablauf oder eine Affektionstendenz) Merklichkeit (hinsichtlich des Ich) erhält und unterhalb dessen sie unmerklich wird. Beide Ebenen (der unterhalb der Ich-Zuwendung und der außerhalb derselben strömenden Phänomene) sind als Zeitigung zu bezeichnen, insofern sie Momente der Konstitution von zeitlichen Gegenständen in jeweiligen Zeitmodalitäten sind.[161] Husserl unterscheidet im Rahmen seiner späteren Darlegungen des Unbewussten gerade zwischen einer vor-ichlichen „passiven Zeitigung" und einer „Zeitigung des Ich", so dass beide in Verbindung strömen können, aber dies nicht tun müssen.[162] Die passive Zeitigung ist bei denjenigen Phänomenen einzusehen, die sich ohne aktive Leistung entwickeln, wie die Tendenz zur Affektion, die in die Sedimentierung übergehenden Retentionen, der Traum. Die Zeitigung des Ich lässt sich nun bei der Ich-Zuwendung zu vorherigen passiven Synthesen sowie bei dem Ich-Interesse und -Willen betrachten.[163] Sie setzt voraus, dass das Ich, als waches und möglicherweise interessiertes bzw. motiviertes Ich, von passiv sich konstituierenden Einheitsbildungen geweckt bzw. affiziert wird.

Husserl stellt nämlich die Frage: „Ist der passive Untergrund, der sich passiv zeitigende, affektionslos im eigentlichen Sinne oder heißt Affektionslosigkeit Unwirksamkeit der Affektion? Ist eine affektive Tendenz immer da? Nur, dass das Ich ‚müde' ist, ihr zu folgen."[164] Husserls Analysen in diesem Kontext weisen darauf hin, dass der „sich passiv zeitigende Untergrund" wirkungsvoll ist und dies unabhängig davon, ob das Ich den passiven Zeitigungen zugewendet ist. Beim Phänomen des Traums etwa handelt es sich ausschließlich um eine passive Zeitigung ohne das korrelierende Ich-Moment. Husserl nennt das schlafende Ich „das interesselose Ich"[165], und zwar deshalb, weil es der passiven Zeitigung, wie diese sich bei den Traumerscheinungen vollzieht, weder zugewendet ist noch von ihr geweckt wird (es sei denn, es handelt sich um einen Albtraum!). Der traumlose Schlaf wird hingegen als ein Zustand reiner Unterschiedslosigkeit bezeichnet,

---

160 Hua XV, 598. (Von mir, A. M. S., unterstrichen).

161 K. Held, *Lebendige Gegenwart*, 38.

162 Siehe Mat. VIII, 98 ff., 189. Siehe auch Mat. VIII, 199, wo Husserl entsprechend zwischen dem Konstitutionsmoment des „urtümliche[n] Ich" in „seinen Affektionen und Aktionen" und der Sphäre des „urtümliche[n] Nicht-Ich als urtümlicher Strom der Zeitigung und selbst als Urform der Zeitigung" unterscheidet.

163 Mat. VIII, 101

164 Mat. VIII, 98 f.

165 Mat. VIII, 98.

in der die Möglichkeiten der Ich-Zuwendung und der Reflexion ausgeschlossen sind.[166] Eine Retention nun kann, wie bereits dargelegt, sowohl jenseits der Ich-Zuwendung als auch unterhalb derselben ablaufen:

> Man kann dieses Versinken in den intentionalen Modus, statt eine bloße Akt-Passivität zu sein, wie wenn ich ein anderes in Angriff nehme und das Aktgebilde ‚fahrenlasse', auch beseelt bleiben von Aktivität, in der Weise, dass ich auf das Ergebnis (etwa den gebildeten Gedanken) gerichtet bleibe oder mich nachträglich und dann in einem Strahl aktiv darauf richte.[167]

Beispielsweise ist man – so Husserl – mit etwas anderem beschäftigt und der erklingenden Musik nicht im Aufmerksamkeitsmodus zugewendet. Die erklingende Musik gehört aber zum aktuellen Aufmerksamkeitshorizont und kann das Ich etwa durch einen besonderen Ton wecken. Das wache Ich als „interessiertes Ich" reagiert dann nachträglich mit der Zuwendung, wodurch die ablaufende Zeitigung in die Ich-Zeitigung übergeht.[168] Dies geschieht, wie gezeigt, ebenso in Phänomenen der Ich-Zuwendung einer passiv eintretenden Vergegenwärtigung, so dass deren weiterer Ablauf von der Ich-Zeitigung mitbestimmt wird, und zwar durch die attentionale Wandlung, die aktiven Synthesen, die absichtliche Verge-

---

[166] Siehe dazu D. Zahavi, Sleep, Self-awareness and Dissociation. *Alter: Revue de Phénoménologie* 5: Veille, sommeil, rêve (1997), 137-151, 149 f. Zahavi zufolge setzt aber auch der traumlose Schlaf das Selbstbewusstsein voraus: Dieses ist nicht als eine Art von reflexivem Bewusstsein zu beschreiben, das als solches die Differenzierung zwischen Ich-Auffassung und aufgefassten Inhalten bzw. die Unterscheidung zwischen zwei Gliedern impliziert. (Siehe auch D. Zahavi, „Husserl und das Problem des vor-reflexiven Selbstbewusstseins". In: H. Hüni und P. Trawny (Hg.), *Die erscheinende Welt: Festschrift für Klaus Held.* Berlin: Duncker und Humblot, 2002, 697-724, 700 ff.). Der Schlaf und der jeweilige zeitliche Strom schließt daher das Selbstbewusstsein nicht aus, selbst wenn keine Momente der Abhebung (von singularisierten Gegenständlichkeiten), der Affektion und der Ich-Zuwendung stattfinden. Nach Zahavi vertritt auch Freud eine solche Position, wenn er auf psychische Phänomene (etwa die Träume und die psychischen Zustände von Neurotikern) hinweist, die als psychische Vorgänge einzuordnen sind und Selbstbewusstsein implizieren, obwohl sie aus dem Bewusstsein im strengen Sinne herausfallen (D. Zahavi, Sleep, Self-awareness and Dissociation, 150 f.). Zahavi bezieht sich dafür auf die folgende Passage aus der *Traumdeutung*: „[...] daß die kompliziertesten und konkretesten Denkvorgänge, denen man den Namen psychischer Vorgänge nicht versagen wird, vorfallen können, ohne das Bewusstsein der Person zu erregen" (S. Freud, *Die Traumdeutung*, Studienausgabe II, 579). In meiner Deutung der Sedimentierung wird bestätigt, dass Freuds Auffassung des Unbewussten und Husserls Darlegung der passiven Zeitigung darin übereinstimmen, dass sie auf einen letzten strömenden bzw. dynamischen Untergrund hinweisen, der jenseits der Ich-Zuwendung und ohne Anfangs- und Endpunkt den bewussten Phänomenen schlechthin zugrunde liegt. Husserls Begriff des ichlosen Strömens als „der sich passiv zeitigende[n] Untergrund" wird aber in meiner Lektüre beibehalten, weil er deutlicher als das „Selbstbewusstsein" den Unterschied zwischen diesen fundierenden Momenten der Konstitution hervorhebt, nämlich zwischen den vor-ichlichen Schichten und den sich unterhalb der Ich-Teilnahme konstituierenden Stufen. Siehe D. Zahavi, Sleep, Self-awareness and Dissociation, 149 f.

[167] Mat. VIII, 45. Siehe auch Hua XI, 77, 90.

[168] Hua XI, 155.

genwärtigung von anderen Momenten eines Erinnerungskontextes usw. Das Ich bestimmt diese insofern mit, als die aus den unbewussten „Unterschichten" auftauchenden Affektionen im Rahmen von Ich-Aufmerksamkeit, -Motivation und -Interesse und jeweiligen Stufen sich weiter entwickeln können oder nicht:

> Zu diesem ichlichen Leben gehört das Affiziertsein, vom Affizierenden mehr oder minder hingetrieben sein, angezogen und antwortend hinhören, also sich zuwenden und sich am Vorgegebenen, sich in seiner Weise lebendig-vorichlich in der *Unterschicht* [des] Konstituierenden, beschäftigen.[169]

Gerade ab dem Moment der Ich-Zuwendung zu einer passiven Zeitigung (Retentionen, Affektionen aus der „Unterschicht des Konstituierenden" usf.) fängt sozusagen eine Ich-Zeitigung an. Der Quellpunkt der passiven Zeitigung stimmt somit mit dem Quellpunkt der aktiven Zeitigung nicht überein. Wie am Beispiel der nachträglichen Zuwendung zur Tonreihe ersichtlich ist, geht deren impressionaler Quellpunkt dem Jetztpunkt der Ich-Zuwendung voran. Dies gilt auch für eine vom Ich nachträglich aufgemerkte Vergegenwärtigung, deren Quellpunkt als Tendenz zur Affektion entsteht, demjenigen der Ich-Zuwendung vorausgeht und mit diesem nicht übereinstimmt. Bei der Ich-Zuwendung auf sich passiv eintretende Phänomene liegt also der Quellpunkt der Zuwendung nach Quellpunkt der vor-ichlichen Zeitigung. Dies impliziert, dass es nicht nur einen „Quellpunkt" der lebendigen Gegenwart gibt.[170] Die spätere Unterscheidung Husserls zwischen zwei Arten der Zeitigung, was die Unterscheidung zwischen zwei Quellpunkten der lebendigen Gegenwart miteinschließt, macht also ersichtlich, dass es eine Spaltung innerhalb der lebendigen Konstitution, eine ursprüngliche Nicht-Übereinstimmung zwischen ihren zwei Ur-Quellen gibt: Wenn der Quellpunkt der passiven Zeitigung das ursprünglichste Moment der Zeitkonstitution ist, lässt er sich nur nachträglich und unpräzis angeben.

In diesem Sinne ist der von Derrida vorgenommenen Polarisierung zwischen der Philosophie der Präsenz Husserls und dem Denken der Nachträglichkeit Freuds nicht beizupflichten. Nach Derrida gründet sich Husserls Sicht der Zeitkonstitution auf die Annahme eines ursprünglichen Quellpunktes der Gegenwart bzw. auf die „Selbstidentität des Jetzt als Punkt" (*identité du maintenant comme point*)[171], eine Interpretation, die Derrida auf Grundlage der früheren Texte Husserls über das innere Zeitbewusstsein vornimmt. Der Vorrang des Jetztpunkts in Husserls Theorie des Zeitbewusstseins ist nach Derrida mit Freuds Ansicht der

---

169 Mat. VIII, 59. (Von mir, A. M. S. unterstrichen).

170 Auf der Basis von Husserls früheren Texten über das Zeitbewusstsein hebt Derrida hingegen die Zentralität des einzelnen Quellpunkts der Gegenwart in der Zeittheorie Husserls hervor: „[...] seule une temporalité déterminée à partir du présent vivant comme de sa source, du maintenant comme ‚point source', peut assurer la pureté de l'idéalité, c'est-à-dire l'ouverture de la répétition du même à l'infini." (J. Derrida, *La voix et le phénomène*, 59 / *Die Stimme und das Phänomen*, 74).

171 J. Derrida, *La voix et le phénomène*, 69 / *Die Stimme und das Phänomen*, 85.

Zeitlichkeit als Nachträglichkeit – als „Nachträglichkeit des Bewusstwerdens eines unbewussten Inhalts, das heißt die durch sämtliche Texte von Freud implizierte Struktur der Nachträglichkeit“[172] – inkompatibel. Jedoch übersieht Derrida mit seiner These der Zentralität des Quellpunkts in Husserls Theorie des Zeitbewusstseins keineswegs die retentionale Struktur des Jetztpunkts: Derridas Interpretation ist nicht deswegen zu kritisieren, weil er Husserls Ansicht des Zeitflusses als „Kontinuum“ bzw. die Bestimmung des Jetzt als „Präsenzfeld“ verkennt.[173] Vielmehr hebt Derrida mit seiner Interpretation der husserlschen Zeitlichkeit hervor, dass sich die Bewahrungsform der Wahrnehmung, d. i. die Retention, auf die Ursprünglichkeit des sich ausbreitenden Quellpunkts gründet. Der urimpressionale Quellpunkt und seine extensionale Bewahrungsstruktur, die Retention, sind daher zwei zusammengehörende Seiten desselben Ursprünglichkeitsgrunds, der schließlich die Möglichkeit der wiederholten Vergegenwärtigung sichern soll: Ursprünglich gegebene (vom impressionalen Zeitpunkt stammende) und einheitlich bewahrte Wahrnehmungen (in der Retention) wären „als dieselben“ in der Wiedererinnerung wiederherstellbar.[174] Wenn es dennoch gemäß den späteren Texten Husserls über die Zeitkonstitution nicht nur einen Quellpunkt der Zeitkonstitution gibt, sondern zwei (den der passiven und den der aktiven Zeitigung), so haben weder der eine noch der andere Quellpunkt den Charakter einer ursprünglichen Identität mit sich selbst (von Derrida als *„identité du maintenant comme point*“ bezeichnet): Der Quellpunkt der Ich-Zeitigung liegt in irgendeinem Moment der passiven Zeitigung, in einem ‚Inzwischen‘ ihres Verlaufs, und intendiert zugleich mittelbar und nachträglich deren Quellpunkt. Hinsichtlich

---

172 „C’est n’est pas un hasard si les *Leçons* sur la conscience intime du temps confirment la dominance du présent et rejettent à la fois ‚l’après-coup‘ du devenir-conscient d’un contenu inconscient, c’est à dire la structure de la temporalité impliquée par tous les textes de Freud.“ (J. Derrida, *La voix et le phénomène*, 71 / *Die Stimme und das Phänomen*, 87).

173 „Sans doute aucun *maintenant* ne peut-il être isolé comme instant et ponctualité pure. Non seuleument Husserl le reconnaît […], mais toute sa description s’adapte avec une suplesse et une finnesse incomparables aux modifications originales de cet étalement irréductible.“ (J. Derrida, *La voix et le phénomène*, 68 f. / *Die Stimme und das Phänomen*, 84 f., siehe auch ebd. Fr. 72 f. / Dt. 88 f.). Daher treffen die Kritiken von Lee und Gavota an Derridas Deutung der husserlschen Ansicht des Jetztpunkts nicht zu. Gemäß diesen Autoren habe Derrida Husserls Auffassung des Zeitflusses als „Kontinuum“ (Gavota) bzw. die Bestimmung des Jetzt als „Präsenzfeld“ (Lee) übersehen. Vgl. L. Ni, Urbewusstsein und Unbewusstsein in Husserls Zeitverständnis. *Husserl Studien* 21 (2005), 17-33, 20 f. und G. Gavota, „Living in the Moment: Husserl, Derrida and the logic of the Now“. In: G. Banham (Hg.), *Husserl and the Logic of Experience*, 202-216, 202 ff.

174 J. Derrida, *La voix et le phénomène*, 73 ff. / *Die Stimme und das Phänomen*, 89 ff. „[…] la source de la certitude en général étant l’originalité du maintenant vivant, il fault maintenir la rétention dans la sphère de la certitude originaire et déplacer la frontière entre l’originarité et la non-originarité, faire qu’elle passe non pas entre le présent pur et le non-présent, entre l’actualité et l’inactualité d’un maintenant vivant, mais entre deux formes de re-tour ou de re-stitution du présent, la ré-tention et la re-présentation.“ (Fr. 75 / Dt. 92).

der aktiven Zeitigung ist die Ur-Quelle der passiven Zeitigung Spur eines nicht unmittelbar erfassbaren Ursprungs.

Die lebendige Gegenwart in ihrem Ur-Quellpunkt der passiven Zeitigung ist also keine gegenwärtige Selbstgebung schlechthin, da jener gerade nachträglich und unpräzise einbezogen wird. Der Quellpunkt der passiven Zeitigung setzt den Hinweis eines anderen Jetztpunkts voraus, um sich als ein – bereits vergangenes – Zeitmoment zu bestimmen. Der Quellpunkt der Ich-Zeitigung ist nun von dieser Anzeige eines anderen, nicht mehr anwesenden Moments geprägt. Wie es Derrida selbst – wenn auch der husserlschen Philosophie der Präsenz entgegengesetzt – treffend formuliert:

> Dass diese Falte (*ce pli*) in der Gegenwärtigkeit oder in der Selbstgegenwart irreduzibel ist, dass diese Spur oder diese *différance* stets älter ist als die Gegenwärtigkeit und ihr ihre Offenheit verschafft, verbietet das nicht, von einer einfachen Identität-mit-sich ‚im selben Augenblick' zu sprechen?[175]

Der Bezug zwischen dem Ur-Augenblick der aktiven Zeitigung und demjenigen der passiven Zeitigung lässt sich gerade als eine Spaltung oder eine „Falte in der Gegenwärtigkeit" (Derrida) bezeichnen: Das Aktuelle ist ein Hinweis auf ein bereits Abwesendes; dieses wäre ein Gegenwärtiges, das sich aber nur nachträglich als ein gewesenes Jetzt anzeigen lässt. Dem Ansatz Husserls, das Bewusst- und Unbewusstwerden als Zusammenspielen zwischen der passiven und der aktiven Zeitigung zu verstehen, wohnt demgemäß eine Dimension der Nachträglichkeit und der *différance* inne, die nicht im Gegensatz zu den Darlegungen Freuds über den Bezug zwischen dem Bewusstsein und dem Unbewussten, zwischen den unbewussten Erinnerungsschichten und den bewussten Phänomenen steht. Der wichtigste Unterschied zwischen beiden Positionen besteht darin, dass in Husserls Phänomenologie des Unbewussten sich die Hauptgrenze an einer anderen Stelle befindet: Sie liegt nicht zwischen dem Bewusstsein und dem Unbewussten schlechthin, sondern zwischen der passiven und der aktiven Zeitigung.

Die Dauer der aktiven Zeitigung unterscheidet sich von der der passiven Zeitigung dadurch, dass sich bei dieser, von der Ich-Zuwendung her gesehen, keine genauen Anfangs- und Endpunkte bestimmen lassen. In engerem Sinne der zeitlichen Dauer (einer Dauer, deren Anfang und Ende festgelegt werden können) haben nur die im Rahmen der Ich-Zeitigung sich vollziehenden Phänomene eine bestimmbare Dauer, aber nicht die passiven Zeitigungen, die jenseits der Ich-Zuwendung ohne festgelegte Grenzpunkte zwischen Bewusstheit und Unbewusstheit verlaufen. Der ungenaue Grenzverlauf zwischen den bewussten und unbewussten Sphären bei der passiven Zeitigung wird dadurch explizit, dass stetig Assoziationen aus dem Bewusstsein „ins Unbewusste" absinken, während andere aus

---

175 J. Derrida, *La voix et le phénomène*, 76 / *Die Stimme und das Phänomen*, 93.

dem Unbewussten her zur Bewusstheit drängen bzw. zur Mitbewusstheit kommen, ohne dass es dabei möglich wäre, den genauen Grenzpunkt ihrer Bewusstheit (dieser wäre zugleich der Anfangspunkt ihrer Unbewusstheit) zu bestimmen:

> Das völlig Verdunkelte, das eben nicht wirklich mehr Durchscheinende, wäre nichts im Phänomen. Was heißt das aber? Hier haben wir aber ein Zeitfeld, eine immer fortgehende Bildung einer im Jetzt simultanen Vergangenheit, und in diesem Felde ist nun Fernassoziation, Paarung, Konfiguration am Werke – *im ‚Unbewussten'* bzw. vom ‚Bewussten' *ins Unbewusste* hinein.[176]

Bewusstheit und Unbewusstheit werden aus dieser Perspektive als Teile oder genauer als zeitigende Momente einer sich zeitigenden Ganzheit gesehen. Wird das Unbewusste als nicht mehr strömend erfasst (erste Hypothese), so bestimmt es sich nicht als ein sich zeitigendes Moment der Konstitution, sondern eben als ein starrer oder „schlafender" Hintergrund, wohingegen das Bewusstsein in seiner impressional-retentional-protentionalen Struktur gerade als sich zeitigendes Feld gekennzeichnet ist. Werden aber nach der zweiten Hypothese das Bewusstsein und das Unbewusste als sich zeitigende Sphären gesehen, die ineinander übergehen, so gelten diese beiden als sich zeitigende Momente eines sich zeitigenden Ganzen: Jedes psychische Phänomen hätte nach dieser Auffassung eine bewusste und eine unbewusste Phase, die ineinander münden. Gemäß Husserls Darlegung der Relation zwischen Teilen und Ganzen,[177] müssen hier Bewusstheit und Unbewusstheit als unselbstständige Momente gelten: Nicht-zeitliche Teile eines Ganzen können hinsichtlich anderer nicht-zeitlicher Teile selbstständig bestehen.[178] Ein Stück bzw. ein nicht-zeitlicher Teil eines Ganzen geht nicht in einen anderen nicht-zeitlichen Teil über, sondern beide bestehen nebeneinander und sind jeder für sich selbstständig. Bei zeitlichen Momenten eines zeitlichen Ganzen hingegen fließt ein Moment in ein anderes hinein, so dass es unmöglich wird, ihre genaue Grenze zu bestimmen. Eben dadurch ist auch ein Wahrnehmungsablauf als „ein Ganzes ineinander geschmolzener Wahrnehmungen"[179] definierbar: Ein Moment einer Wahrnehmung geht in einen anderen über und die ineinander übergehenden Zeitstrecken lagern sich retentional als unselbstständige Momente des gesamten Wahrnehmungsverlaufs ab. Dies gilt ebenso für einen

---

176 Mat. VIII, 87. (Von mir, A. M. S., unterschrieben).

177 Diese werden in früheren Werken Husserls eingehender dargestellt, wo sie eine für die Entwicklung anderer Begriffe grundlegende Bedeutung haben. (Siehe Hua XII, 64 ff., 195ff., Hua XIX/1, 227-300; siehe A. M. Serra, „Teil und Ganzes". In: H.-H. Gander (Hg.), *Husserl-Lexikon...* Darmstad: WGB, 2010, 279-280. Später wird in erweitertem Sinne die in den *Logischen Untersuchungen* formulierte Einordnung von Teil und Ganzem im Kontext rein logischer Begrifflichkeiten, die Gegenstände überhaupt betreffen, beibehalten. (Siehe Hua III/1, 25 ff.).

178 Hua XIX/1, 230 f., 265 f.; E. Husserl, *Erfahrung und Urteil*, 162.

179 Hua XXXVIII, 63.

Vergegenwärtigungsablauf: Die sich in jeweiligem Aktzusammenhang abspielenden Erinnerungen und/oder Phantasien sind unselbstständige Momente hinsichtlich des jeweiligen Vergegenwärtigungskontextes. Wenn demgemäß eine aktuelle Wahrnehmung oder Erinnerung eine andere unbewusste Erinnerung weckt und beide als Momente eines selben vorhandenen Zusammenhangs eingestuft werden, so gelten beide als unselbstständige Momente hinsichtlich des vermeintlich vorhandenen Kontextes.[180] Daher lässt sich fragen, inwieweit in der passiven Zeitigung die Assoziationsmodi eben auf bestimmte, unbewusste Schichten der Konstitution hinweisen können. Dieser Punkt führt uns zum Thema der Assoziationsmodi bei der passiven, vor-ichlichen Zeitigung.

III. 6. Die sich assoziierenden Sedimente: Die Zeitigung-Verräumlichung

Jeder Akt versinkt ins ‚Unbewusste' – aber in verschiedener Weise.
E. Husserl [181]

Nachdem bereits Freud „die Tatsache der Assoziation" als eine ursprüngliche Arbeitsweise der Psyche bestimmt hatte, die grundlegend ist für das Bewusstwerden unbewusster Erinnerungsschichten, die auf unbewusste Motive zurückweist und die bei Phänomenen wie der Fehlleistung, der Verdichtung und der Verschiebung ersichtlich wird,[182] handelt es sich bei den Assoziationsprinzipien auch nach Husserl um „eine absolut notwendige Gesetzmäßigkeit", und nicht um „bloß zufällige Fakta".[183] Sowohl Freud als auch Husserl zufolge liegen die Assoziationsprinzipien dem Bewusstwerden von unbewussten, sedimentierten Akten zugrunde und sind ausgehend von den primären (Freud) bzw. den passiven (Husserl) Einheitsbildungen zwischen psychischen Phänomenen (vor allem der Wahrnehmung und der Erinnerung) zu untersuchen. Wie Husserl herausstellt, ist die Untersuchung über die passiven Assoziationsmodi, auf die durch Retention, Affektion und Vergegenwärtigung hingewiesen wird, für den Zugang zum „Unbewussten" unentbehrlich:

> Nur eine radikale Theorie, welche in gleicher Weise dem konkreten Aufbau der lebendigen Gegenwart und dem Anbau der einzelnen Konkretionen selbst aus konstitutiven Elementen Genüge tut, kann das Rätsel der Assoziation und damit alle Rätsel des ‚Unbewussten' und des wechselnden ‚Bewusstwerdens' lösen.[184]

---

[180] Hua XI, 271

[181] Mat. VIII, C16, Nr. 68, 310.

[182] Siehe S. Freud, *Die Traumdeutung*, Studienausgabe III, 515 f., 565, 81 ff.; Freuds Brief an Fließ von vom 6. 12.1896, in: S. Freud, *Briefe an Wilhelm Fließ*, 217-219.

[183] Hua XI, 118

[184] Hua XI, 165

Assoziation ist Husserl zufolge „ein transzendental-phänomenlogischer Grundbegriff"[185], der über die phänomenologische Reduktion zu verstehen ist und sich als solcher grundsätzlich von einer empirisch-sensualistischen Betrachtungsweise unterscheidet. Als „transzendentale Synthesis" wird die Assoziation mitsamt ihren Modalitäten weder räumlich-kausal noch psychologisch-physikalisch eingeordnet: Assoziation „ist nicht ein bloßer Titel für eine empirische Gesetzlichkeit der Komplexion von Daten einer *Seele*"[186], sondern, als „höhere Fortführung der Lehre von der ursprünglichen Zeitkonstitution"[187], ist sie Bedingung der Möglichkeit des ‚Bewusstseins von' und der Gegenstandskonstitution.[188] Die Phänomenologie der Assoziation steht daher mit der Untersuchung der unbewussten Bewahrungsmodi bewusster Akte in Verbindung und wendet sich der Frage nach der Möglichkeit der Erinnerung als Folge von passiven Synthesen zu.

Im Rahmen einer Phänomenologie des Unbewussten sind Assoziationsmodi primär aus der Tragweite der „immanenten Genesis" und sekundär hinsichtlich des Interesses und der Motivationen zu untersuchen, sodass die objektive Kausalität eingeklammert wird.[189] Das heißt, dass die Assoziationsprinzipien zunächst beim Phänomen der „Weckung" von sedimentierten Synthesen aus dem unbewussten Untergrund durch aktuelle Bewusstseinsakte zu betrachten sind: „Nur auf Grund der assoziativen Weckung können getrennte Erinnerungen aufeinander bezogen und im Zurückschreiten Glied für Glied in einen anderen anschaulichen Zusammenhang der Erinnerung eingefügt werden."[190] Das Phänomen der assoziativen Weckung, bei der vorherige Konstitutionsschichten affizierend werden, weist auf sedimentierte Einordnungsmodi von Sinnesfeldern[191] zurück und führt zu den Erwartungsintentionen und Erfüllungssynthesen in der Vergegenwärtigung[192]. Als „intentionale Synthesen" sind demnach die Assoziationsmodi sowohl im Rahmen der noetischen Intentionalität (in der Beziehung zwischen intentionalem Bewusstsein und konstituierter Gegenständlichkeit) als auch in der Tragweite der noematischen Intentionalität (bei der passiven Verweisung von einer Vorstellung auf andere bzw. auf sich sedimentierende Konstitutionsschichten) hinsichtlich der Prinzipien der Ähnlichkeit, Kontrast, Sukzession und Gleichzeitigkeit hin zu durchleuchten.[193]

---

185 Hua I, § 39, 113 f.
186 Hua I, § 39, 114.
187 Hua XI, 118.
188 Hua I, § 39, 114.
188 Hua XI, 117
189 Hua XI, 117 ff.; Hua I, 114. Siehe auch E. Hollenstein, *Phänomenologie der Assoziation*, 19 ff.
190 E. Husserl, *Erfahrung und Urteil*, 208.
191 Mat. VIII, 80 ff., *Erfahrung und Urteil*, 207; Hua XI, 137.
192 Hua XI, 117 ff.
193 Siehe besonders Hua XI, 270 ff; siehe auch E. Hollenstein, *Phänomenologie der Assoziation*, 20 ff.

Ein erstes grundlegendes Assoziationsfeld wurde bereits im Rahmen der immanenten Genesis berücksichtigt, und zwar mit dem Phänomen der assoziativen Weckung als wechselseitige Wirkung zwischen den sich abhebenden Momenten aus der lebendigen Gegenwart und den sich abhebenden Affektionen aus dem unbewussten Hintergrund. Dieses Assoziationsfeld betrifft nicht nur die Möglichkeit der Wiedererinnerung, sondern, wie gezeigt wurde, auch die anderen noematischen Stufen der Vergegenwärtigung, die gerade aus der Ich-Einstellung heraus als Erinnerungsakt sowie als Phantasie usw. gesetzt werden können: „Eine erste Gruppe reiner Phänomene und Zusammenhänge, auf die uns die traditionelle Assoziationslehre führt, betreffen Tatsachen wirklicher und möglicher Reproduktion, oder deutlicher, wirklicher und möglicher Wiedererinnerungen."[194] Bei der Analyse der assoziativen Weckung wurde daher ebenso eine auf die Möglichkeit der Wiedererinnerung bezogene „höhere Stufe der Assoziation" thematisiert: die Ebene der Intentionserfüllungen und der Erwartungsenttäuschungen in der Vergegenwärtigung.[195] Nun sind die der passiven Genesis und den intentionalen Synthesen zugrunde liegenden Assoziationsprinzipien (gemäß Ähnlichkeit, Kontrast, Kontiguität) in Betracht zu ziehen.

Hollenstein zufolge „unterzieht [Husserl] die traditionell physiologisch erklärten Assoziationsgesetze einer rein phänomenologischen Analyse und macht verständlich, wie Ähnlichkeit, Kontrast und Kontiguität als Phänomene von sich aus motivierend wirken."[196] Husserl erkennt dabei ebenso wie Freud die Rolle von unbewussten Wünschen und Motivationen an, klammert diese Motive zunächst aber aus und legt die Assoziationsmodi in ihren formalen Strukturen und Verhältnissen dar.[197] Der zugrunde liegende „Faktor der Affektion" wird – so Husserl – bei der formalen Analyse der „temporalen und lokalen Formen" gemäß den Ordnungsprinzipien der Sukzession und Kontiguität sowie bei der Untersuchung der Prinzipien Ähnlichkeit und Kontrast ausgeklammert.[198] Auf dieselbe Art und Weise wird zunächst in seiner Phänomenologie der Affektion die Problematik des Affekts schlechthin – der „sinnlichen Gefühlen", der „triebmäßigen Bevorzugungen" – ausgeschaltet, selbst wenn schon in den *Analysen zur passiven Synthesis* anerkannt und in späteren Analysen hervorgehoben wird, dass jene ein wesentlicher Faktor bei jeder Affektion ist.[199]

---

194 Hua XI, 119.

195 „Die Lehre von der Genesis der Reproduktionen und ihrer Gebilde ist die Lehre von der Assoziation im ersten und eigentlicheren Sinn. Daran schließt aber untrennbar bzw. darauf gründet sich eine höhere Stufe von Assoziation und Assoziationslehre, nämlich eine Lehre von der Genesis der Erwartungen und der damit nah zusammenhängenden Genesis der Apperzeptionen, zu denen Horizonte wirklicher und möglicher Erwartungen gehören." (Hua XI, 119).

196 E. Hollenstein, *Phänomenologie der Assoziation*, 331.

197 Hua XI, 150. E. Hollenstein, *Phänomenologie der Assoziation*, 331.

198 Hua XI, 152.

199 Hua XI, 150; 178; Mat. VIII, 318 ff.

Wenn also die Assoziationsprinzipien, wie die Affektionen, zwar nicht unabhängig von der Affektintentionalität wirken, wie noch eingehender aufgezeigt werden wird[200], können sie aber analytisch als formale Grundlage der Vergegenwärtigung betrachtet werden: Die Tatsache, dass eine bewusste Erinnerung auf eine andere hinweist und deren Vergegenwärtigung antreibt, gründet sich auf assoziative Prinzipien gemäß der Ähnlichkeit, des Kontrastes und der Kontiguität und außerdem auf die Ordnungsformen der Sukzession und der Koexistenz. Wie bereits bei Husserls Analyse der Affektion und bei Freuds Ansicht der Erinnerungsschichtung herausgestellt wurde, weckt ein vergegenwärtigtes Moment ein Moment eines vorherigen Wahrnehmungs- oder Vergegenwärtigungsaktes dadurch, dass sie in einem gemeinsamen Zusammenhang bereits einmal mitbewusst gewesen sind, und zwar primär als sukzessive oder als koexistente Momente. Die aktuelle Assoziation von vergegenwärtigten Momenten aufgrund einer vorherigen Mitbewusstheit ist unabhängig davon, ob sich eine Wahrnehmung oder ein vergangener Erinnerungsakt aktuell vollständig rekonstruieren lässt. Wie Freud es formuliert: „Jedesmal, wenn ein psychisches Element mit einem anderen durch eine anstößige und oberflächliche Assoziation verbunden ist, existiert auch eine konkrete und tiefergehende Verknüpfung zwischen den beiden […].“[201]

Um eine bereits abgelaufene und sedimentierte Wahrnehmung oder Vergegenwärtigung vollständig rekonstituieren zu können, wäre es darüber hinaus notwendig, auch alle anderen Momente des jeweiligen vergangenen Zusammenhangs zu vergegenwärtigen. Die Wiederherstellung des Ganzen wird aber auch dann nicht vollständig gelingen, weil jedes vergegenwärtigte Moment zugleich an andere Momente mit ihren mannigfaltigen vorherigen Zusammenhängen durch andere Assoziationsprinzipien anschließt: Ein vergegenwärtigtes Moment vermag daher nicht nur diejenigen Momente zu wecken, die ihm koexistent oder sukzessiv in einem bestimmten Wahrnehmungszusammenhang bewusst waren, sondern auch andere Momente von anderen Wahrnehmungs- und Vergegenwärtigungskontexten, die sich etwa per Ähnlichkeit oder Kontrast assoziieren. Momente von anderen Kontexten können sich von selbst zu einem anschaulichen Zusammenhang verbinden, wie es beim Phänomen der „Spaltung von Wiedererinnerungen in Wiedererinnerungen“ ersichtlich wird: Verschiedene Erinnerungskontexte und Phantasien werden darin passiv „geschoben“ und zwar derart, „dass sich die Erinnerungsbilder von getrennten Vergangenheiten zur Einheit eines Scheinbildes [verschmelzen]“.[202] Die sich passiv abspielenden Assoziationsmodi können dabei eine vollständige Wiederherstellung einmaliger Wahrnehmungen und Vergegenwärtigungen verhindern.

200 Siehe den Abschnitt: III. 7.
201 S. Freud, *Die Traumdeutung*, GW II/III, 535.
202 Hua XI, 119.

Demgemäß sind die Assoziationsprinzipien in der Vergegenwärtigung als ein *double bind* zu bezeichnen: Sie sind sowohl die transzendentale Grundlage, die die Wiedererinnerung ermöglicht, als auch ein Hindernis für die reine reproduktive Vergegenwärtigung. Vollzieht sich eine Vergegenwärtigung gemäß den Ordnungsprinzipien der Sukzession und der Kontiguität, so besteht dabei die Tendenz zur Reproduktion einer bestimmten sukzessiven und koexistierenden Einordnung, in der der jeweilige Wahrnehmungszusammenhang ursprünglich gegeben wurde.[203] Wenn nun in einer Vergegenwärtigung die Assoziation per Ähnlichkeit überwiegt, können zwei Folgen eintreten. Die erste besteht darin, dass sich die Vergegenwärtigung als Identitätssynthesis im Sinne einer angestrebten Reproduktion eines vermeintlichen Wahrnehmungszusammenhangs entwickelt.[204] In diesem Modus fungiert ein sich durch Ähnlichkeitsassoziation abhebendes Element als unselbstständiges Moment eines vorhandenen Kontextes und weckt dadurch seine nachfolgenden und koexistierenden Momente, die dann vergegenwärtigt werden können:

> In jeder Assoziation ist [...] als primäre und fundierende Assoziation eine Ähnlichkeitsassoziation enthalten, aber als *unselbstständiges Stück* und dann weiter Assoziation nach Kontiguität, und zwar zunächst die nach Koexistenz und weiter folgend nach Sukzession.[205]

Hier entwickelt sich die reproduktive Tendenz ausgehend von dem Ähnlichkeitsbezug zwischen zwei hervorgehobenen Momenten in Richtung zur Vergegenwärtigung einer vorhandenen sukzessiven und koexistenten Einordnung, in der sie zusammen geschlossen waren. Dafür bleibt das „Ähnliche" – so Husserl – „nicht isoliert": Dank ihm wird ein vergangener Kontext „mitgeweckt, aus dem sich die besonders geweckte und reproduzierte Einzelheit abhebt".[206]

Eine andere mögliche Folge der assoziativen Weckung per Ähnlichkeit besteht darin, dass ausgehend von dem Affinitätsverhältnis zwischen einem aktuell weckenden und einem geweckten Moment verschiedene vorherige Vergegenwärtigungsmomente, die zu unterschiedlichen Zeitpunkten bewusst geworden sind, in der aktuellen Weckung als einander anziehende Momente auftauchen:

> Das solche ‚Weckung', ausstrahlend von Gegenwärtigem und gerichtet auf Verlebendigung von Vergangenem, möglich ist, muss seinen Grund darin haben, dass zwischen

---

203 „[...] im Fortströmen von Lebensmoment zu Lebensmoment [vollzieht sich] abermals ein, und zwar eine höherstufige Synthese. Was durch diese Synthesen universal konstituiert ist, ist bekannt unter dem Titel Koexistenz und Sukzession aller immanenten Gegenstände in Beziehung aufeinander." (Hua XI, 126). „Was als gleichseitig seiend und als folgend ursprünglich bewusst wird, ist also aus ursprünglich synthetischer Einheit als gleichzeitig und sukzessiv seiend konstituiert." (Hua XI, 127).

204 „Sehen wir uns die primäre Ähnlichkeitsassoziation näher an, so ist es unverkennbar, dass es zu ihrem Wesen gehört, eine gewisse Deckung herzustellen." (Hua XI, 273).

205 Hua XI, 271; von mir, A. M. S., unterschrieben.

206 Hua XI, 122.

Gleichem und Ähnlichem schon voraus passiv konstituiert ist eine ‚sinnliche' Einheit, eine Einheit *im Unterbewusstsein*, die verschiedenen Lagen der wirklichen und versunkenen Anschauungen verbinden.[207]

Auf diese Art ermöglicht die Assoziation per Ähnlichkeit die Einheitsbildung von sich abhebenden Momenten aus verschiedenen sedimentierten bzw. sich sedimentierenden Kontexten, was auf eine zugrunde liegende Strukturierung hinweist: ihre Koexistenz „im Unterbewusstsein". Im unbewussten Untergrund sind die Momente von vorhandenen Sinnkontexten nicht direkt erfassbar, sondern werden nur greifbar, indem sie durch die Assoziation eine affektive Kraft auf das Ich bewirken. Ihre Koexistenz „im Unterbewusstsein" kann mittelbar nachgewiesen werden: Wie gezeigt wurde, setzt die Affektion die Abhebung von mindestens einem – dem weckenden – Glied voraus. Weckt dieses nun assoziativ eine aus dem Unbewussten auftretende Vorstellung (eine Erinnerung oder Phantasie), so impliziert dies, dass das weckende und das von ihm geweckte Glied zunächst als abgesonderte Momente bestehen müssen. Nachträglich können dann von der Ich-Reflexion die abgehobenen, sich assoziierenden Glieder als unselbstständige Momente eines selben Erinnerungskontextes eingestuft werden. Absonderung ist jedoch keine primäre Eigenschaft eines zeitlichen Verlaufes, selbst wenn „zeitigendes Strömen eine strömende ‚Urkoexistenz' [ist]".[208] Wie dargelegt wurde, sind die Retentionen gerade aus dem Grund, dass sie sich als zeitliches Strömen kennzeichnen, keine assoziativen Vorgänge schlechthin: Ein retentionales Moment assoziiert sich nicht mit dem darauf folgenden, sondern mündet in ihn hinein. Weil also aus dem Unbewussten Abhebungen und Absonderungen von selbst zustande kommen, wodurch bewusste Affektionen und Assoziationen möglich werden, muss das Unbewusste auch räumlich gekennzeichnet werden: Somit kann die Koexistenz von den aus mannigfaltigen Kontexten herstammenden, affektiven Vergegenwärtigungsmomenten verständlich werden.

Die Absonderung der sich assoziierenden Momente und ihre Abhebung (als Voraussetzung der assoziativen Weckung) weist also auf eine räumliche Achse der Zeitkonstitution zurück.[209] Dass der sich-zeitigende Hintergrund bzw. das Un-

207 E. Husserl, *Erfahrung und Urteil*, 209 f. (von mir unterschrieben, A. M. S.).

208 E. Husserl, Mat. VIII, 76. Siehe auch Hua XI, 126 ff., 160 ff.

209 In Ms. D 7, 24 (Bernau, 1917) legt Husserl nämlich dar: „Die Zeit ist das Principium individuationis in der Succession; es bedarf eines Principium individuationis in der Koexistenz." Über eine mögliche Erweiterung der Zeitkonstitution durch die Raumkonstitution bei Husserl siehe N. Depraz, Temporalité et affection dans les manuscrits tardifs sur la temporalité (1929-1935) de Husserl, *Alter: Revue de Phénoménologie* 2 (1994), 63-86, 70, 76 f. Auch D. Welton problematisiert unter anderem Blickwinkel den Primat der Zeitlichkeit bei der Konstitution. In seinem Aufsatz „Zur Räumlichkeit des Bewusstseins" entwirft Welton die These der Gleichursprünglichkeit der zeitlichen und räumlichen Dimensionen im Sinne der Zusammengehörigkeit zwischen Bewusstsein und leiblich-räumlicher Konstitution, was sich insbesondere bei dem Tastsinn ansehen lässt (In: H. Hüni und P. Trawny

bewusste auch als ein sich verräumlichender Hintergrund zu bezeichnen ist, lässt sich gleichfalls durch die Zusammengehörigkeit zwischen den Prinzipien der Ähnlichkeit und des Kontrastes bei der Deckungssynthesis demonstrieren.

Die obige Darlegung hat deutlich gemacht, dass die Ähnlichkeitsassoziation sowohl bei der Vergegenwärtigung von verschiedenen Kontexten als auch bei der Wiedererinnerung an einen bestimmten Wahrnehmungszusammenhang eine grundlegende Rolle spielt. In letztem Fall setzt eben die Positionalität der jeweiligen Vergegenwärtigung als Wiedererinnerung eine Assoziation per Ähnlichkeit voraus: Wenn durch die nachträgliche Ich-Einstellung eine Vergegenwärtigung als Wiedererscheinen eines bestimmten Kontextes erfasst wird, wohnt der Deckung zwischen dem aktuell Erscheinenden und dem vermeintlichen Vergangenen eine Ähnlichkeitssynthese inne. Diese hat ihre höchste Stufe in der Gleichheit[210], welche aber als ein Ideal für die Wiedererinnerung besteht, da sich Vergegenwärtigungen unter verschiedenen Interferenzen ausführen, die die reine Wiederherstellung des Selben bzw. des vermeintlichen Vergangenen verhindern. Ein weiterer interferierender Faktor jenseits der bereits analysierten (die attentionale Wandlung, die passive und aktive Hemmung, die Verflechtung zwischen Phantasie und Erinnerung) besteht in der Assoziation per Kontrast.

Durch den Assoziationsmodus des Kontrastes kann in einem ersten Sinne ein vergegenwärtigtes Moment ein anderes Moment wecken, das ihm in einem spezifischen Zusammenhang koexistent und zugleich kontrastierend war, wie beispielsweise die Vergegenwärtigung einer bestimmten schwarzen Tasse, die per Kontrast die Wiedererinnerung des neben ihr wahrgenommenen weißen Heftes antreibt. In diesem Fall trägt die Assoziation per Kontrast zur Erfüllung der in der Wiedererinnerung geltenden Wiederholungsintention bei („Wieder auf das achten, worauf ich damals geachtet habe."[211]). In einer anderen Hinsicht gehören die Assoziationen per Kontrast und per Ähnlichkeit zusammen: Wenn eine Affektion die Abhebung (von mindestens einem Glied) voraussetzt und wenn daher zwei Glieder durch Ähnlichkeit in Verbindung kommen, so ziehen sie sich an und heben sich hinsichtlich eines Hintergrunds gerade per Kontrast ab.[212] Die beiden sich anziehenden Momente können daher als Erwartungserfüllung eintreten, wenn das erste Glied ein anderes intendiertes Glied bzw. eine erwartete Erinnerung weckt: Diese wird dann durch die Ähnlichkeitsassoziation mit demje-

---

(Hg.), *Die erscheinende Welt: Festschrift für Klaus Held.* Berlin: Duncker und Humblot, 2002, 623-649, 645 ff.).

210 Hua XI, 133. Nach Hollenstein nimmt die Ähnlichkeitsassoziation aufgrund der Evidenzproblematik schrittweise eine immer größere Wichtigkeit ein, während Husserl den Faktoren des Kontrastes und der Kontiguität nur wenig Raum in seinen Analysen der Wiedererinnerung widmet. (E. Hollenstein, *Phänomenologie der Assoziation*, 41 f.)

211 Hua XXXVIII, Beil. XVII, 294.

212 Siehe Hua XI, 149.

nigen weckenden Glied in einem Vergegenwärtigungskontext anschaulich und kann eventuell als Wiedererscheinung des intendierten Selben gelten. Eine andere mögliche Folge besteht zudem darin, dass im Verlauf der Ähnlichkeitsassoziation eine Assoziation per Kontrast auftritt: Hier weckt von selbst ein bewusstes Moment ein Moment eines anderen, unerwarteten bzw. unerwünschten Vergegenwärtigungskontextes, das als „Negat der Ähnlichkeitsdeckung" ausbricht.[213] Die im Verlauf eines Erinnerungsaktes aufkommende Kontrastassoziation verhindert in diesem Fall die Wiedererscheinung des intendierten Selben bzw. entkräftet die Deckungssynthesis: „Im Übergang zur Anschauung liegt das intendierte auf dem anderen Selbst. Es kommt aber nicht zur Einheit der identifizierenden Deckung, sondern zur Einheit des Anderseins, wobei das Intendierte Durchstreichung erfährt."[214] Die als Bruch im Verlauf eines synthetischen Aktes auftretende Kontrastassoziation weist ebenso auf die passive Abhebung von affektiven Momenten und daher auf deren Koexistenz im unbewussten Hintergrund hin.[215]

Dabei sind andere phänomenologische Unterscheidungen einzubeziehen, die die mögliche Fortsetzung der Weckung per Ähnlichkeit und Kontrast betreffen und die das Phänomen der Verdrängung erklären können. Wenn also durch die assoziative Weckung eine unerwünschte oder unerwartete Vorstellung ausbricht, die keiner Erinnerung entspricht oder sich mit dieser nur teilweise deckt, ergibt sich die Tendenz, dass durch die aktive Zuwendung das geweckte Glied gehemmt wird bzw. es nicht weiter anschaulich wird. Husserl bezeichnet dieses Phänomen im Rahmen seiner Phänomenologie des Unbewussten als „Verdrängung" und unterscheidet seine jeweiligen Stufen.[216] Diese bestehen in der Ähnlichkeitsassoziation, deren Extrem einerseits der absolute Kontrast oder die „negative Deckung", andererseits die Gleichheit oder „positive Deckung" ist:

> Die Deckung ist innig je nach dem Grad der Ähnlichkeit, und wo das Geweckte ein Gegenstand ist, der als identisch derselbe konstituiert ist, da ist die Deckung auch Sinnesdeckung nach Identität. Was mit diesen Ähnlichkeits- oder Identitätsgliedern verbunden ist, steht dann in Spannung, in einer Art Streit. Man könnte hier von positiver und negativer Deckung sprechen. Ist die erste Situation voll lebendig, so bleibt die von dem geweckten Glied ausstrahlende assoziierte Situation *verdrängt*.[217]

Im ersten Fall wird also das geweckte Glied ganz verdrängt, sodass aus der Weckung heraus nichts von ihm anschaulich wird. Dies trifft zu bei der „negativen Deckung", bei der sich zwischen dem weckenden und dem geweckten Glied keine Assoziation im eigentlichen Sinn verwirklicht und nur das weckende Moment bewusst besteht. Nun wird im Fall einer „Verdrängung unter partielle Deckung"

[213] Hua XI, 98.
[214] Hua XI, 98.
[215] Vgl. Hua XI, 149 f.
[216] Hua XI, 271 f.
[217] Hua XI, 273 f.; von mir, A. M. S., unterstrichen.

nicht das Intendierte schlechthin bewusst, sondern eine Vorstellung, die partiell mit dem intendierten Sinn übereinstimmt.[218] Beide – geweckte und weckende Momente – sind in dieser Situation teilweise ähnlich, wodurch ihre Assoziation allererst möglich wird, teilweise aber auch kontrastierend. Es kann sich ebenfalls ereignen, dass nicht die geweckte Affektion gehemmt wird und ausschließlich das weckende Glied anschaulich weiter besteht, sondern dass der aktuell weckende bewusste Akt das Schicksal der Verdrängung erfährt („so bleibt die von dem geweckten Glied ausstrahlende assoziierte Situation *verdrängt*"). Dies setzt voraus, dass die „Kraft einzelner Partialweckung"[219] stärker wird, worauf zweierlei Phänomene folgen können. Beim ersten wird durch den „Durchbruch von seiten einer Kontiguitätsassoziation" ein Moment der Vergangenheit derart lebendig, dass die weckende aktuelle Situation ganz verdrängt wird. Statt der assoziativen Verflechtung zwischen dem weckenden und dem geweckten Moment „verschwindet die gesamte assoziierende Situation, das ganze Bild derselben wird *verdrängt*, und wir leben ganz in der neuen Vergangenheit".[220] Wenn die geweckte Situation daher andere Erlebnisse weckt, führt die Assoziation nicht ausgehend von dem ersten weckenden bewussten Akt fort, sondern gerade von der geweckten Vorstellung. Die andere Möglichkeit betrifft hingegen den bereits analysierten Zustand, in dem sich der aktuell weckende Akt und die vergangenen geweckten Kontexte derart verschmelzen, dass „standhaltende *Stücke* der ersten reproduktiven Vergangenheit sich mit *Stücken* der anderen Vergangenheit zur Einheit eines Bildes [verbinden]".[221] Bei diesem Phänomen werden übrige Momente der jeweiligen sich assoziierenden Kontexte verdrängt: Die abgehobenen assoziierenden „Stücke" treten als Momente der Vergegenwärtigungskontexte durch die Verdrängung von nicht abgehobenen Momenten der jeweiligen vergangenen Zusammenhänge hervor.

Dass Husserl hier die sich anschließenden Glieder als „Stücke" bezeichnet, verweist wiederum darauf, dass die sich assoziierenden Sedimente aus verschiedenen Kontexten als koexistente, im unbewussten Hintergrund bestehende Glieder zu betrachten sind. Wie bereits gesagt, begreift Husserl die selbstständigen Teile eines Ganzen als „Stück", während hingegen die Teile im zeitlichen Verlauf „Momente" genannt werden.[222] Die selbstständigen, in einer aktuellen Vergegenwärtigung verknüpften Stücke werden als unselbstständige Momente derselben retiniert: Die zunächst koexistenten, sich assoziierenden „Stücke", die dann als „Momente" der aktuellen Zeitigung sukzessiv retiniert werden, sedimentieren sich im unbewussten Untergrund in neuen Anordnungen. Sie sind unselbstständige Momente hinsichtlich des letzten gebildeten Vergegenwärtigungskontextes

---

[218] Hua XI, 273.
[219] Hua XI, 274.
[220] Hua XI, 274; von mir, A. M. S., unterstrichen.
[221] Hua XI, 274; von mir, A. M. S., unterstrichen.
[222] Hua XIX/1, 230 f., 265 f.; E. Husserl, *Erfahrung und Urteil*, 162.

und können als selbstständige Stücke wieder bewusst auftauchen, sodass ihre Zugehörigkeit zu einem vorherigen Vergegenwärtigungskontext abermals nachträglich festgelegt werden kann.

Dieser Auslegung zufolge ist die Sedimentierung bzw. die passive Zeitigung nicht nur durch eine zeitliche Dimension gekennzeichnet, sondern auch durch eine räumliche, wodurch die Prinzipien der Koexistenz und des Kontrastes sowie die Abhebung als Möglichkeitsbedingung der assoziativen Weckung verständlich werden. Um auf ein bereits erwähntes Beispiel zurückzugreifen: Die Wahrnehmung verschiedener, in einem Raum stehender Objekte vollzieht sich nicht nur in der Richtung, dass sie sukzessiv wahrgenommen werden. Man wird etwa zugleich den Tisch und dessen entsprechende Farbe wahrnehmen, man kann den Tisch zugleich mit dem darauf liegenden Buch wahrnehmen. Diese koexistierenden Elemente werden ebenso als koexistierende Momente retiniert. Eine Vergegenwärtigung, in der der jeweilige Wahrnehmungsablauf intendiert wird, entwickelt sich im Sinne der räumlichen Achse, wenn etwa aus der Vergegenwärtigung des Buches assoziativ die Vergegenwärtigung des mitwahrgenommenen Tisches zutage tritt. Stattdessen kann aber die Vergegenwärtigung des Buches per Ähnlichkeit die Vorstellung von anderen bereits wahrgenommenen oder vorgestellten Büchern wecken, sodass sich nun die Vergegenwärtigung in Richtung der zeitlichen Achse (gemäß den in verschiedenen Kontexten wahrgenommenen oder vorgestellten Büchern) entfaltet. Die in einem Erinnerungsakt herrschende Tendenz zur Rekonstruktion von intendierten, bereits wahrgenommenen Zusammenhängen kann demgemäß dadurch unterbrochen werden, dass von selbst bzw. passiv ein vergegenwärtigtes Element Elemente von anderen Wahrnehmungs- und Vergegenwärtigungskontexten zur Bewusstwerdung antreibt. Werden vom Ich die somit vergegenwärtigten Elemente nicht als bereits bekannte bzw. bereits erlebte eingesehen, so kann die jeweilige Vergegenwärtigung den Charakter einer Fehlleistung, einer Phantasie oder einer Verflechtung zwischen Phantasie und Erinnerung erhalten.

Die Deutung der Sedimentierung bzw. des Unbewussten als ein sich zeitigender und verräumlichender Hintergrund ist auch im Hinblick auf die koexistierenden Sinnesfelder darzulegen. Neben den hervorgehobenen Momenten einer Wahrnehmung, d. h. den durch die Ich-Zuwendung vergegenständlichten Momente, sedimentieren sich andere hyletische Daten, die sich von selbst miteinander assoziieren und in verschiedenen Sinnesfeldern eingliedern.[223] Es sind Daten, die in einem Wahrnehmungsverlauf weder besonders fokussiert noch prädikativ individualisiert werden. Sie gehören aber den jeweiligen Wahrnehmungskontexten und demzufolge auch dem Horizont ihrer Vergegenwärtigungen an. Bei jeder Wahrnehmung und ihrem sedimentierenden Strömen ist zu unterscheiden zwischen den hyletischen Daten, die sich von selbst an andere sedimentierte Daten anschließen, und den Daten, die aus der Ich-Teilnahme (Zuwendung, Interesse,

---

[223] E. Husserl, *Erfahrung und Urteil*, §§ 15-16, 74 ff.

Urteil) heraus einen vergegenständlichten Charakter erhalten. Die vom Ich individualisierte Gegenständlichkeit besteht aber nicht nur als Singularität, die ausschließlich als solche vergegenwärtigt werden kann. Auch die individualisierten Gegenständlichkeiten weisen auf Sinnesfelder hin, die sich von verschiedenen Wahrnehmungen her vor allem durch Assoziation per Ähnlichkeit bilden:

> Das Impressionale ist ein Feld, eine Verschmelzungseinheit der impressionalen Simultaneität und hat seine identisch verharrende Form, ein Wort, das noch Doppeltes einschließt: die spezifische Feldform für je ein hyletisches Feld und die qualitative Wesensgemeinschaft, z.B. der visuellen Gattung, die notwendig erhalten bleibt.[224]

Zunächst konstituieren sich also aus der ursprünglichen impressional-retentionalen Sphäre heraus „urimpressionale Kerne" aus verschiedenen gleichzeitig eintretenden hyletischen Daten.[225] Die gleichzeitig wahrgenommenen Daten bestehen nebeneinander in einer „urimpressionalen Koexistenz" und assoziieren sich meistens per Ähnlichkeit zu verschiedenen Sinnesfeldern.[226] Das Sedimentieren erzeugt sich als Fortgang der urimpressionalen Koexistenz dadurch, dass gleichzeitig wahrgenommene Daten von verschiedenen Sinnesfeldern (visuelles, akustisches, taktiles Feld usw.) in der jeweiligen gegebenen Koexistenz bewahrt werden. Zugleich aber sedimentieren sie sich sukzessiv (als Fortsetzung der Retention) und werden durch Ähnlichkeitsassoziation von anderen sedimentierenden Sinnfelderschichten angezogen; sie stehen daher im Kontrast zu anderen. Darüber hinaus sind auch innerhalb jedes Sinnesfeldes Kontraste zu finden, wie es beispielsweise innerhalb des visuellen Feldes bei den Farbkontrasten ersichtlich ist: Die Vergegenwärtigung von einem Moment innerhalb eines visuellen Feldes, beispielsweise eines bestimmten Blautons, kann sowohl per Ähnlichkeit die Vergegenwärtigung von anderen ähnlichen Farbtönen als auch von anderen, mit dem Blau kontrastierenden Farbtönen wecken. Derselbe Blauton kann ebenso als unselbstständiges Moment eines Kontextes gelten und daher andere Momente desselben visuellen Feldes oder anderer Sinnesfelder (akustischen, taktilen, usw.) zur Vergegenwärtigung antreiben, neben denen oder mit denen er zugleich einmal mitbewusst war. Momente des Geruchs- und des Geschmackssinnes, die von selbst nicht anschaulich sind (sie werden anschaulich, wenn sie zugleich Momente eines visuellen Feldes sind), sowie auch nicht von selbst als koexistente und als sukzessive eingeordnet werden, haben die Tendenz, als Intensivierung der erscheinenden Momente von anderen Sinnesfeldern zu wirken.[227]

Wie Freud mit den „Bahnungen" zu zeigen versuchte, gründen sich also die Intensitätsstufen der bewussten Vorstellungen nicht nur auf das aktuell Erschei-

---

[224] E. Husserl, Mat. VIII, 81.
[225] E. Husserl, Mat. VIII, 99.
[226] E. Husserl, Mat. VIII, 99.
[227] Husserl bezeichnet als „Feld" im eigentlichen Sinne nur das visuelle Feld und das Tastfeld, da nur bei diesen die Möglichkeit vorhanden ist, „Koexistentes zu ordnen". (Hua XI, 137).

nende selbst: Sie sind von unbewussten Schichten mitbestimmt, die an einem jeweiligen assoziativen Weg anschließen, selbst wenn sie nicht als singularisierte Vorstellungen bewusst werden. Wird ein gewecktes Glied nicht ganz anschaulich oder besteht es als Tendenz zur Affektion weiter, so kann es unabhängig von seiner Anschaulichkeit zur Intensivierung des Erscheinenden beitragen. Die Intensitätsstufen der bewussten Vorstellungen sind von anderen nicht anschaulichen Momenten abhängig, was beim Geruchs- und Geschmackssinn häufiger ist, da beide meistens als Intensivierung von Momenten anderer Sinnesfelder wirken.

Assoziation setzt nach Husserl Abhebung voraus, die ihrerseits Koexistenz impliziert. Abhebungen und Affektionen gründen aber nicht nur auf der Koexistenz im unbewussten Hintergrund: Was sich abhebt, hebt sich ab, weil es von Aspekten mitbestimmt ist, die letztlich auf Affekte und Motivationen zurückweisen. Selbst wenn etwa der Geruch eines bestimmten Baums von selbst nicht hervortritt oder in einer Vergegenwärtigung nicht thematisiert wird, kann er die Triebfeder derselben Vergegenwärtigung sein oder die Vergegenwärtigung von anderen damit assoziierenden Erlebnissen antreiben. Ebenfalls vermag er hinsichtlich der Anschaulichkeitsstufen oder der affektiven Intensität derselben Vergegenwärtigung der bestimmende Faktor zu sein. Diese Stufen sind Schichten der Konstitution, die, wie gesagt, in der Analyse der formalen Prinzipien der Assoziation ausgeklammert werden, die aber nicht in einer Phänomenologie des Unbewussten außer Betracht gelassen werden dürfen, wie Husserl unterstreicht:

> Einerseits ist die zustande kommende Affektion funktionell mit abhängig von der Größe des Kontrastes, andererseits auch von bevorzugenden sinnlichen Gefühlen, wie einer durch das Abgehobene in seiner Einheit fungierten Wolllust. Auch ursprünglich instinktive, triebmäßige Bevorzugungen dürfen wir zulassen.[228]

Bevor die der Affektionen zugrunde liegende Problematik der Affektintentionalität eingehender thematisiert wird, soll an dieser Stelle die Zeitigung-Verräumlichung hinsichtlich der Affektion und der im vorherigen Abschnitt beschriebenen zwei Arten der Zeitigung berücksichtigt werden.

Gemäß der obigen Auslegung lassen sich die Unterschiede zwischen der Ich-Zeitigung und der passiven Zeitigung, zwischen der Bewusstheit und der Unbewusstheit, anders deuten. Wie gezeigt wurde, hat zweiter Hypothese Husserls über den Zeitcharakter des Unbewussten zufolge (als die sich weiter strömende Sedimentierung) erst das ichliche Moment der Affektion einen Null-Limes, aber nicht das Unbewusstwerden. Mit anderen Worten: Die vom Ich vollzogenen Akte haben eine bestimmbare Dauer, nicht aber die passiven Phänomene, die sich jenseits der Ich-Zuwendung abspielen. Von diesen Phänomenen sind folgende hervorzuheben: die außerhalb der Aufmerksamkeit vollziehenden Retentionen, das Sedimentieren sowie die dazu gehörenden passiven Assoziationen. Bei die-

---

[228] Hua XI, 150.

sen Phänomenen ist der Unterschied zwischen Bewusstheit und Unbewusstheit nicht deutlich: Es lässt sich der Punkt nicht festlegen, in dem Bewusstheit und Unbewusstheit ineinander übergehen. Dies gilt zunächst für die Tendenz zur Affektion, die unter der Ich-Zuwendung und der Aufmerksamkeit nicht weiter vollzogen wird: Dieses Phänomen lässt sich weder als rein bewusster Akt noch als rein unbewusster Vorgang einstufen. Ebenso ist die Grenze zwischen einer außerhalb der Ich-Zuwendung ablaufenden Retention und ihrem Übergang ins Sedimentieren nicht bestimmbar. Dies betrifft die thematisierte jeweilige Unselbstständigkeit von Bewusstheit und Unbewusstheit: Die nicht aufgemerkten Retentionen zeitigen sich beim Sedimentieren weiter, sodass die unbewusste Zeitigung hinsichtlich der bewussten und der gesamten Zeitigung kein selbstständiges Moment ist. Wenn aber das Sedimentieren zugleich durch eine zeitliche und eine räumliche Achse gekennzeichnet ist, mit der die Möglichkeit der Assoziation von koexistierenden, sukzessiven und kontrastierenden Momenten verständlich werden kann, so wird nun der Grundunterschied zwischen den bewussten Phänomenen, die im Rahmen der Ich-Zeitigung ausgeführt werden, und dem sich konstituierenden zeitigenden-verräumlichenden Untergrund gesetzt. Die passive und die aktive Zeitigung werden aus dieser Perspektive nicht lediglich als Momente einer sich zeitigenden Ganzheit betrachtet: Die unterhalb der Ich-Zeitigung ausgeführten bewussten Phänomene einerseits und diejenigen, die sich andererseits teils als bewusste, teils als unbewusste Phänomene unterhalb des sich zeitigenden-verräumlichenden Untergrundes abspielen, werden zu zwei verschiedenen Systemen, die sich wechselseitig konstituieren. Die sich zeitigende bewusste Sphäre konstituiert sich in dem sich zeitigenden-verräumlichenden Untergrund weiter. Hingegen können von selbst Sedimente aus den unbewussten Schichten affektiv auftauchen und als Interferenz hinsichtlich der bewussten Akte wirken. Das Sich-wieder-Sedimentieren von dem, was aktuell in neuen sich bildenden Kontexten bewusst wird, bewirkt daher Veränderungen in den Sedimentierungsschichten. Im Hinblick auf die aktuellen Differenzierungen, die von den bewussten Akten und Assoziationen auf der Ebene der Retention und daher der Sedimentierung hervorgebracht werden, hebt Husserl die räumlich-zeitliche Dimension der Konstitution folgenderweise hervor:

> Im zeitigenden Übergang der Gegenwart in neue Gegenwart geht gegenständlicher Zustand in neuen gegenständlichen Zustand über, in einer synthetischen Kontinuität, vermöge derer sich darin dasselbe Reale konstituiert. Dieses Übergehen ist einerseits Übergehen in neue Raumstellen (Bewegung und Deformation) und Übergehen von Fülle der raumzeitlichen Form in neue Fülle, als Zustandswandel, als Veränderung desselben.[229]

Ähnlich wie die freudschen Bahnungen wirkt das Sedimentieren als Zusammenspiel zwischen den aktuell vollzogenen Akten bzw. Synthesen und den von ihnen

---

[229] E. Husserl, Mat. VIII, C 3, N. 15, 66.

hervorgebrachten Veränderungen in den Sedimentenschichten von vorherigen (passiven und aktiven) Synthesen. Diese Differenzierungen – also als das „Übergehen in neue Raumstellen (Bewegung und Deformation) und Übergehen von Fülle der raumzeitlichen Form in neue Fülle, als Zustandswandel" – treten vor allem bei den Schichten des Sedimentierens ein, die sich in Bewusstseinsnähe befinden. Ihre Wirkung breitet sich aber auch in den tiefer strömenden Sedimentierungen aus. Diese Schichten sehen im Vergleich zum Sedimentieren in Bewusstseinsnähe wie unbeweglich aus. Erst wenn alte Sedimente affektionsmäßig ins Bewusstsein dringen, erscheinen sie als beweglicher Zug, der die Hypothese des sich weiter strömenden Untergrunds belegen soll.[230] Anschließend an die Affektionen oder unabhängig von ihnen tauchen in der Gegenwart Affekte und passive Motivationen in eigentümlichen Modi der Intentionalität und der Zeitigung auf. Zu diesem Punkt soll also das affektive Affizieren näher berücksichtigt werden.

III. 7. Das affektive Affizieren

In den *Analysen zur passiven Synthesis* im Zusammenhang mit der Untersuchung der Affektion berücksichtigt Husserl die affektive Ebene als solche – als Wirkung von Gefühlen, Trieben und affektiven Interessen und Motivationen – nicht eingehender. Allerdings erkennt er an, dass das Phänomen der assoziativen Weckung bzw. das Affizieren unbewusster Konstitutionsmomente zur Analyse der affektiv-triebhaften Faktoren führt:

> Das Auftauchen des niedergeschlagenen Sinnes kann zunächst besagen: Er wird wieder affektiv. [...] Die Motive [für das (Wieder-)Affizieren] müssen in der lebendigen Gegenwart liegen, wobei aber vielleicht die wirksamsten Motive solche sind, auf die wir nicht Rücksicht nehmen können, *Interessen,* im weiten, gewöhnlichen Sinn, ursprüngliche oder schon erworbene Wertungen des Gemüts, *instinktive oder schön höhere Triebe* usw.[231]

Die bei der Untersuchung der passiven Synthesen ausgeführte Analyse der affizierenden Kräfte – als diejenigen aus dem Unbewussten heraus auf das Ich wirkenden bewusstseinsmäßigen Reize – mündet in späteren Texten über die Zeitkonstitution in eine Theorie der affektiven bzw. triebhaften Intentionalität.[232] Als eine Vertiefung der Untersuchung über passive Synthesis und der Zeitanalyse wird diese Intentionalität als transzendentale Uraffektion im Sinne der „ursprünglichsten Bedingung für das Strömen der lebendigen Gegenwart"[233] ver-

---

[230] Vgl. E. Husserl, Mat. VIII, 376, 98 f.

[231] Hua XI, 178 (Von mir, A. M. S., unterstrichen).

[232] Siehe A. Montavont, Passivité et non-donation. *Alter* 1 (1993), 119-139, 143 f.; N.-I. Lee, *Edmund Husserls Phänomenologie der Instinkte.* Dordrecht / Boston / London: Kluwer Academy Publishers, 1993, 55 ff.

[233] I. Yamaguchi, Triebintentionalität als uraffektive passive Synthesis in der genetischen Phänomenologie. *Alter* 9 (2001), 219-240, 222.

standen. Diese Konzeption, die Husserl im Kontext seiner genetischen Analysen vertritt, verbindet sich mit der hier bereits dargelegten Ansicht, der gemäß die „Unterschichte des ichlosen Strömens", auch „das radikale Vor-Ichliche" genannt, als fundierende passiv-affektive Zeitigung hinsichtlich der sich darauf aufbauenden Ich-Betätigungen aufzufassen ist.[234] Husserls Umdeutung der passiven Zeitigung in seinem späteren Werk als Zeitigung des Affekts bzw. des Triebs wurde in drei grundlegenden Schritten durchgeführt:

I. Im Rahmen seiner in späteren Werken verstärkten dynamischen Auffassung psychischer Phänomene setzt Husserl die Intensitätsstufen der Affektionen (wie bereits als Intensivierung und Schwächung von unbewussten Kräften gezeigt wurde) mit den Intensitätsstufen der affektiven Intentionalität gleich: „Die Affektion, d.h. die instinktive Triebintentionalität, hat eine Gradualität, eine sich bei Null schwächende Affektion."[235]

II. In einer ähnlichen Weise wie Freud deutet Husserl die Modalitäten des Affektes als Lust und Unlust im Sinne derjenigen Urmodi der Motivationen, die jeweils die Ich-Zuwendung (Aufmerksamkeit, Motivation, Interesse usw.) und -Abwendung (Hemmung, Verwerfung usw.) begründen: „Affektion ist zwar als solche Affektion zur Zuwendung, aber Zuwendung besagt: Das Ich ist motiviert, aktiv zu werden, die positive Affektion (Lustaffektion) positiv wollend zu aktivieren, die negative Affektion widerwollend."[236]

III. Husserl selbst begreift seine spätere Analyse der Triebintentionalität als eine Bearbeitung seiner frühen Theorie des Zeitbewusstseins, sodass Affektionen und Affekte, die vom unbewussten Hintergrund her auftreten und eventuell als passive Motivationen wirken, auch innerhalb der protentional-retentionalen Zeitkonstitution zu verstehen sind.[237] Husserl legt diesen Parcours zur Begründung der Triebintentionalität folgenderweise dar:

> Die Primordialität ist ein Triebsystem. Wenn wir sie verstehen als urtümlich stehendes Strömen […]. Diese Intentionalität hat ihr transzendentes ‚Ziel', transzendent als eingeführtes Fremdes, und doch in der Primordialität als eigenes Ziel, also ständig ihren Kern urmodaler, sich schlicht erhebender und erfüllender Intention. In meiner alten Lehre vom inneren Zeitbewusstsein habe ich die hierbei aufgewiesene Intentionalität eben als Intentionalität, als Protention vorgerichtet und als Retention sich modifizierend, aber Einheit bewahrend, behandelt, aber nicht vom Ich gesprochen, nicht sie als ichliche (im weitesten Sinn Willensintentionalität) charakterisiert. Später habe ich die letztere als in einer ichlosen (‚Passivität') fundierte eingeführt.[238]

Im Folgenden sollen zunächst die affektiven Motivationen (II.) bzw. der im obigen Zitat bezeichnete Unterschied zwischen den „ichlichen" und den „ichlosen"

---

234 Siehe Hua XV, 598.
235 E. Husserl, Mat. VIII, 327.
236 E. Husserl, Mat. VIII, 319 f.
237 Hua XIV, 594 f.
238 Hua XIV, 594 f.

konstitutiven Momenten der affektiven Intentionalität betrachtet werden, bevor die Intensitätsstufen (I.) und die Zeitigung (III.) der Affektintentionalität dargelegt werden.

Den aus dem Unbewussten als Affektionen wirkenden Reizen, die sich als bewusste Assoziationen entwickeln können, wohnen nach Husserl affektiv-triebmäßige Motivationen inne. Diese können im Vollzug betreffender Akte vom erkenntnistheoretischen Interesse mitbestimmt werden oder auch sich als rational-ethische Motivationen weiter entfalten.[239] Im Unterschied zur physischen Kausalität, die in transzendentaler Hinsicht eine notwendige Ordnungsweise von koexistenten und sukzessiven Momenten einer bestimmten Erfahrung betrifft, bezeichnet Husserl als „Motivation" diejenige Gesetzlichkeit, die genetisch die Bildung von psychischen Akten verständlich zu machen vermag.[240] Dass ein Erinnerungszeichen die Vergegenwärtigung von einer anderen Erinnerung antreibt bzw. eine Affektion weckt, erklärt sich nicht durch Kausalbeziehungen zwischen beiden, sondern durch mögliche Motivationszusammenhänge, die nachträglich, durch den Vollzug betreffender Akte, enthüllt werden können. Nach Husserl: „Zum Beispiel frage ich mich, ‚warum' ich jetzt an das Engadin denke, so finde ich, den vorangehenden Bewusstseinsstrom durchlaufend, dass der Name einer Person genannt worden ist, mit der ich einmal im Engadin gewandert bin."[241] Von dieser Art „passiver Motivation", auch „irrationale" oder „Motivation niederer Stufe" genannt, unterscheidet Husserl die „rationale Motivation".[242] Wie es bei dem von Freud eingeführten Phänomen der Fehlleistung geschieht, kann in der ersten Art ein Grund einer unabsichtlichen Vergegenwärtigung oder eines scheinbar unmotivierten Denkakts erst durch einen Rekonstruktionsversuch gesetzt werden. Selbst wenn keine frühere Assoziation als Grund einer aktuellen erkennbar wird, bildet sich aber die aktuelle gemäß einer immanenten Genesis, die in künftigen Assoziationen von denselben Zeichen oder von deren Abkömmlingen wieder erkennbar werden kann:

> Ich erinnere nur an jenen Fall, wo in unser Leben ganz unmotiviert etwa ein Knall, ein sinnliches Datum überhaupt hereinbricht. Der Knall tritt und verläuft im Bewusstsein, aber im exakten Sinn hat er keine Genesis. Erkenne ich ihn aber als ein Signal, das ein Gegensignal erwarten lässt, so hat das Bewusstseinseintreten des Gegensignals schon seine Genesis.[243]

Eine scheinbar unmotivierte Vergegenwärtigung kennzeichnet sich in dieser Weise als Motivationsphänomen, sei es, wenn sie durch einen vorherigen Verlauf eines anderen Gegenwärtigungs- oder Vergegenwärtigungsaktes begründet wird, sei

---

239 Hua XI, 150, Mat. VIII, 318.
240 Hua IV, 220 ff., 356 f.
241 Hua XXXVII, 108.
242 Hua XXXVII, 108, 110.
243 Hua XXXVII, 109.

es, wenn eine aktuelle immanente Genesis eine künftige assoziative Weckung stiftet. Mittels des Versuchs, ausgehend von einer aktuellen Assoziation einen vorherigen Motivationszusammenhang zu rekonstruieren, kann die Bildung jener „verständlich" werden; diese Art passiver Motivation ist allerdings insofern als „irrationale" zu klassifizieren, als sie nicht durch vernünftige Überlegungen in Gang gesetzt wird: „Dass ein ausgesprochener Name eine gewisse Erinnerungsvorstellung in mir weckt, dass ist verständlich, es ist verständlich, warum ich mich dessen erinnere, aber von vernünftig oder unvernünftig ist hier keine Rede."[244] Ebenso ist für die Motivationen, die aus dem unbewussten Untergrund her mit „ichlosen Gefühle[n] und Triebe[n]"[245] verflochten auftreten, das Prinzip geltend, dass sie verständlich werden können, obwohl sie in sich nicht als vernünftig einzuordnen sind:

> Auch die im seelischen Untergrund in ursprünglicher und reiner Passivität auftretenden, also *ichlosen Gefühle und Triebe und die ihnen zugehörigen Motivationen* sind in sich selbst weder vernünftig noch unvernünftig (das letztere Wort also im Sinne einer Unrichtigkeit, Verwerflichkeit verstanden).[246]

„Vernünftig" wird hier im Hinblick auf ichliche Bewertungen in ethischer Hinsicht und in Kontrast zu rein affektiven Motivationsfaktoren verwendet. Husserl stuft präziser die rationalen Motivationen als Ebene der „Geistigkeit" ein, die passiven Motivationen werden hingegen als „bloß Seelische" oder „ohne aktive Ichbeteiligung verlaufende[r] Untergrund" bezeichnet.[247] Im unbewussten Untergrund – in diesem Kontext als „unter-ichliche Bewusstseinssphäre"[248] und „dunkler Untergrund"[249] begriffen – finden aber nicht nur Genesen statt, in denen sich Motivationen in völlig passiver Weise abspielen, sondern auch jene unbewussten Akte, die sich als Abkömmlinge von vorherigen rationalen Motivationen entwickeln: „Jeder Ichakt [...] [versinkt] in das *ichlose Reich der Passivität* und dort, inaktiv geworden, [übt] passive Motivationskraft, [verflicht] sich passiv mit anderem [...]."[250] Dabei unterscheiden sich eine „primäre" und eine „sekundäre" Passivität: Erstere ist eine rein aus Trieben und Affekten bestehende Passivität, während letztere die vorherigen Ich-Leistungen und sedimentierten rationalen Motivationen miteinbezieht.[251] Aktuelle Ich-Betätigungen und ethische Entscheidungen können daher sowohl von sedimentierten rationalen Motivationen als auch von den rein passiv-affektiven Motivationen, beispielsweise von einem Lustaffekt, beeinflusst werden. Sie können auch in der Weise vollzogen werden,

---

244 Hua XXXVII, 108.
245 Siehe Hua XXXVII, 111.
246 Hua XXXVII, 111 f. (Unterstreichung von mir, A. M. S.).
247 Hua XXXVII, 110, siehe auch Hua IV, 276.
248 Hua XXXVII, 110.
249 Hua IV, 276.
250 Hua XXXVII, 111 (Unterstreichung von mir, A. M. S.).
251 Hua XXXVII, 110 f.

dass sie einen Lustaffekt erwecken, jedoch sind die Lustobjekte nicht mit den Wertgegenständen gleichzusetzen.[252]

Unabhängig von nachträglichen Überlegungen können eine bewusste Assoziation, eine Handlung oder Entscheidung von affektiven Faktoren motiviert werden. Beide Arten der Motivation – die passiv-affektive und die rational-ethische – haben aber verschiedene Ursprünge. Im Rahmen seiner dynamischen Auffassung psychischer Phänomene grenzt Husserl beide durch einen kontrastierenden Modus der Intensivierung ab: Wie bei dem Weckungsphänomen gezeigt wurde, schwächen sich die assoziierenden Glieder graduell, sobald sie nicht mehr bewusst sind oder nicht mehr zur Bewusstheit tendieren, und können vergessen werden. Gerade aus der Bedrohung des Vergessens und aus der Unmöglichkeit, eine einzige, vermutete Motivation einer aktuellen Synthesis nachzuweisen, können ihr mittels eines Rekonstruktionsversuchs mannigfaltige Motivationszusammenhänge zugerechnet werden. Wenn sich passiv-affektive Motivationen dadurch kennzeichnen, dass sie sich in Intensivierung steigern und schwächen können, sind bei den rationalen Motivationen, wie beispielsweise der Tugend, „eher eine Steigerung der Kraft selbstischer Motive denn eine Schwächung und schließlich ein Vergessen derselben zu erwarten“[253].

In diesem Sinne lehnt es Husserl ab, die Normgerechtigkeit als bloßen Charakter der „Extensität“ zu verstehen, gemäß der jeder einzige ethische Akt eines Menschen neben seinen anderen nicht-ethischen Akten selbständig und widerspruchslos bestünde.[254] Vielmehr hebt Husserl die „Intensität der Normgerechtigkeit“ hervor, eine Intensität also, die ausschließlich in der progressiven Richtung konzipiert wird: Ethische Motivationen entwickeln sich als „Erhöhung der Vernunft“, wenn jeder einzelne Willensakt und die anschließenden Handlungen durch den urstiftenden Willen, „das Beste zu tun, was ich kann“, gestiftet werden.[255] In Husserls Beispiel von dem Willen „Dieb zu sein“, ist dieser Wille insofern ein nicht annehmbarer in ethischer Hinsicht, als er in einer praktischen Situation bezüglich der anderen betreffenden Möglichkeiten nicht dem Besten entspricht.[256] „Das Beste unter dem erreichbaren Guten“ wirkt daher hinsichtlich der anderen Möglichkeiten als der umfassendste Grund, gemäß dem bestimmt wer-

---

252 Wie R. Bernet dies darlegt: „L'accomplissement de telles aperceptions de valeurs peut donc aussi être source de plaisir. Il faut cependant se garder d'en conclure que les objets-pourvus de valeur (*Wertgegenstände*) seraient des objets-de plaisir.“ (R. Bernet, „Le freudisme de Husserl: une phénoménologie de la pulsion et des émotions“. In: J. Benoist (Hg.), *Husserl*. Paris: Cerf, 2008, 125-147, 140).

253 Hua XXXVII, 103.

254 Hua XXXVII, 251.

255 Hua XXXVII, 251 f. Siehe auch Hua XXVIII, 142, wo Husserl diesen kategorischen Imperativ als „Tue das Beste unter dem erreichbaren Guten innerhalb deiner jeweiligen praktischen Gesamtsphäre!“ bezeichnet.

256 Hua XXXVII, 250.

den kann, „was gewollt und getan werden soll".[257] Die sich zeitigende Intention eines „auf die Zukunft gerichteten Willens"[258] kann sich demnach als ethisch erfüllen, wenn das Wirkungsfeld betreffender Handlung nicht im Widerspruch mit dem stiftenden ‚gesollten Willen' steht.[259]

Der als kategorischer Imperativ geltende Wille „Tue unter dem Möglichen das Beste, was Du kannst" ist also nicht einer, „der einmal für das Vernunftleben bewusst stiftender war und von da ab als habitueller in das ganze Leben des Menschen die Konsequenz der Vernunft hineinbringt".[260] Für Husserl ist die Motivation, den Anderen Gutes zu tun, weder auf Gesetzen der passiven Assoziation im Rahmen des zufälligen Vergessens und des unabsichtlichen Erinnerns noch auf der habitualisierten Tugend gegründet.[261] Wenn sich passive Motivationen vorzugsweise durch den Weg des Habitualisierten – durch ‚die weniger widerstehenden Bahnen', um es mit Freud zu bezeichnen – führen, entziehen sich ethische Motivationen dem „Habitus der moralischen Tugend"[262]. Ethische Motivationen sind vor allem dadurch gekennzeichnet, dass ihnen eine Möglichkeit der Gegenbestimmung, der Bahnung einer anderen Richtung innewohnt. Sie müssen damit nicht einer instituierten Nomologie – sei es die der passiven Assoziation, sei es den in einem intersubjektiven Kontext hingenommenen Regeln – entgegenstehen. Auch müssen sie weder mit der primären Tendenz zur Unlustvermeidung bzw. zur Befriedigung – sei es die eigene Befriedigung, sei es die Befriedigung des Anderen – übereinstimmen noch sich ihnen widersetzen. Um sich als ethisch bezeichnen zu lassen, müssen sie sich aber in einer anderen Richtung als die der passiven und der instituierten Nomologie zu bestimmen vermögen, wenn dies sich in einer bestimmten Situation als notwendig zu begründen erweist.

Aus dieser Sicht konstatiert sich ein Hiatus zwischen dem passiven und dem rationalen Motivationsfeld bzw. die Unmöglichkeit der Subsumierung des einen im anderen. Dieser unaufhebbare Hiatus bedeutet jedoch nicht, dass ein Feld abstrahiert vom Einfluss des anderen wirkt. Dies lässt sich in Freuds Darlegung der Intensivierungsquellen psychischer Phänomene sowie in Husserls Ansicht über die affektive Zeitigung und ihre betreffenden Intensitätsstufen betrachten.

Wie dargelegt wurde, unterstreicht Freud in den psychischen Funktionen einen affektiv-quantitativen Faktor, den er zunächst als „psychische Kraft" oder „psychische Energie" bezeichnet und später als „Trieb" konzipiert.[263] Dieser strebt

---

257 Hua XXVIII, 142.
258 Hua XXVIII, 109.
259 „Der Wille geht auf ein bestimmtes Jetzt als Anfang einer erfüllten Zeitreihe, und dieses Jetzt in seiner Bestimmtheit weist uns schon auf ein Wirklichkeitsfeld hin." (Hua XXVIII, 109).
260 Hua XXXVII, 251.
261 Hua XXXVII, 114.
262 Hua XXXVII, 114.
263 Siehe die Abschnitte: II. 3.4. und II. 5.1.

nach einer Form der Anschaulichkeit bzw. der Erfüllung und kann beim Bewusstwerden an Intensität zu- sowie abnehmen. Wie früh in Freuds *Entwurf* und später in seiner Theorie des Triebs dargelegt wird, entscheidet sich das Schicksal einer „Tendenz" zur Bewusstheit – das „Triebschicksal" – im Zusammenspiel mit anderen in einer betreffenden Phase des psychischen Lebens mitwirkenden Kräften bzw. Trieben.[264] Bei der Entfaltung dieser Kräfte spielen die Ich-Zuwendung und die Ich-Abwendung (in Husserls Terminologie jeweils die noetische Bekräftigung und Entkräftigung) eine wesentliche Rolle: Es ist jeweils zwischen einem gehemmten und einem freien Zustand der psychischen Energie zu unterscheiden, je nachdem, ob eine Tendenz zur Bewusstheit bzw. eine Affektion der Sphäre der Ich-Interessen und Ich-Motivationen unterliegt oder ob sie ungehemmt eine Form der Bewusstheit erlangt. Ersterer Typus wird in Freuds Theorie als Sekundärvorgänge, zweiter hingegen als Primärvorgänge klassifiziert. Im wachen Leben entwickeln sich allerdings meist der Sekundär- und der Primärvorgang nicht in reiner Form: Psychische Akte wie das Erinnern vollziehen sich als Zusammensetzung zwischen beiden, selbst wenn Vergegenwärtigungen zunächst in Form von passiven Assoziationen auftreten. Die Wechselwirkung zwischen der ichlichen und der vor-ichlichen Sphäre lässt sich ebenfalls durch die wechselseitige Relation zwischen passiven und aktiven Motivationen begründen.

Ähnlich wie Freud unterscheidet Husserl zwischen einem ursprünglichen Modus des „‚hemmungslosen' unmodalisierten Triebs" und seinem Abwandlungsmodus durch den Widerwillen und die Enthaltung durch Ich-Betätigungen.[265] Innerhalb einer Vernunftsetzung, die eine bestimmte Handlung als ethisch rechtfertigt, gliedern sich die Prämissen nicht in der Weise ein, dass sie assoziativ zu einem zufälligen Schluss führen, sondern indem sie durch ein freies „Ich kann" antizipiert werden und für vollziehbar gehalten werden.[266] Dabei werden zugleich andere, mit dem Entschluss im Widerspruch stehende Möglichkeiten aktiv ausgeschlossen. Das durch den allgemeinen Willen („Das Beste unter den erreichbaren Guten wollen sollen!") motivierte Ich ist demnach dasjenige ethische Ich, dem die vorübergehenden, jedes Mal in einer anderen Gestalt erscheinenden passiv-triebhaften Motivationen nur insofern als seine Motivationen gelten, als sie im Zusammenhang seines gesamten ethischen Lebens berechtigt werden können.[267] Zwischen den rein rationalen und den triebhaft-passiven Motivationen spielt der Wille eine scheinbar vermittelnde Funktion.[268] Insofern aber, dass der allgemeine

[264] Siehe die Abschnitte II. 5.1. Siehe S. Freud, „Trieb und Triebschicksale" (1915), Studienausgabe III, 83 ff.
[265] Hua XIV, 594.
[266] Hua IV, 257 f.
[267] Hua XXXVII, 252 ff.
[268] „Alles Leben vollzieht sich im weitesten Sinn im Streben und ist insofern praktisch, es vollzieht sich als Triebleben passiv oder als eigentliches Willensleben aktiv in Ichakten,

‚gesollte Wille' (das Beste zu wollen sollen) durch rationale Folgerungen bestimmt wird, stellt sich in dieser Betrachtungsweise das Ideal der Subsumierung der triebmäßigen „blinden" Motivationssphäre dem vernünftigen Blick dar:

> [...] durch alles Leben des Geistes hindurch geht die ‚blinde' Wirksamkeit von Assoziationen, Trieben, Gefühlen als Reizen und Bestimmungsgründen der Triebe, im Dunkeln auftauchenden Tendenzen etc., die den weiteren Verlauf des Bewusstseins nach ‚blinden' Regeln bestimmen.[269]

Husserls Abgrenzung zwischen dem ichlos-triebhaften und dem ichlich-rationalen Motivationsfeld wohnt eine Strukturierung inne, die hier bei dem Unterschied zwischen der passiven Zeitigung-Verräumlichung und der aktiven Zeitigung dargelegt wurde.[270] Wie gezeigt wurde, ist die Genesis einer passiven Zeitigung (einer unbeachteten Retention oder Affektion) transzendent hinsichtlich der aktiven Zeitigung: Der Anfangspunkt einer passiven Zeitigung kann ausschließlich nachträglich und nur unpräzise miteinbezogen werden, er lässt sich nicht mit dem Anfangspunkt einer aktiven Zeitigung in Übereinstimmung bringen. Wenn nun die ichlosen und die rationalen Motivationen verschiedene Genesen und Vollzugsweise haben, bilden sich diese nicht ausgelöst vom Bezug auf jene. Im Zusammenhang mit den Ich-Motivationen wirken aber die triebhaften Motivationen als eine innere Alterität, wie sich der passiv strömende Untergrund bezeichnen lässt, die dem vernünftigen Blick vorangeht und ihn überschreitet.[271] Um die Motivationen als ethisch-rationale bestimmen zu können, befindet sich das Ich vor der unendlichen Aufgabe, sich unermüdlich vor der Interferenz der affektiven Intentionalität jedes Mal zu rechtfertigen: Sei es, wenn in seinen Betätigungen ein vorheriger passiv-affektiver Verlauf intendiert und assimiliert bzw. teilweise assimiliert wird, sei es, wenn das rationale Bahnen eine andere Richtung bevorzugt. Abstrahiert von dieser Rechtfertigung – bezüglich der Assimilierung bzw. partiellen Assimilierung oder des Ausschlusses der affektiv-triebmäßigen Sphäre in jeder einzelnen Situation – ist derjenige allgemeine Wille, ‚das Beste, was ich kann, sich selbst und den Anderen zu tun', eine leere Idee.

Jenseits der Ich-Betätigungen und innerhalb von diesen wirken weiterhin die affektiv-triebhaften Affektionen als Interferenz, als Unterbrechung und als Ausruf.[272]

---

wobei aber beiderseits und in den beständigen Mischungen Intentionalitäten der Wertung und Erkenntnissphäre fundierend sind." (Hua XXXVIII).

269 Hua IV, 277. Siehe auch Hua XI, Beilage IV, 386.

270 Siehe den Abschnitt: III. 5.

271 Siehe E. Holenstein, *Phänomenologie der Assoziation*, 189 f.: „Das Ich ist bei ihnen [bei den Assoziationen bzw. bei der passiven Zeitigung] nur in einer sekundären Weise frei. Es hat jederzeit die Möglichkeit, sie aktiv nachzuvollziehen, nicht jedoch die Freiheit, sie ursprünglich in Gang zu setzen."

272 Vgl. A. Montavont, Passivité et non-donation, 143: „Il y a une intention pulsionnelle, une intention affective, une intention latente et opérante du ‚*Ich bewege mich*' qui semblent cependant toujours renvoyer à l',opération' d'une conscience pure, comme sie la donné ar-

Dies lässt sich nun durch die Art veranschaulichen, mit der sich die Affektintentionalität zeitigt-verräumlicht.

Im Zusammenhang mit seiner Phänomenologie des Willens schreibt Husserl dem Handlungswollen einen besonderen Modus der Zeitigung zu: „Der auf die Zukunft gerichtete Wille ist, in gewissem Sinn gesprochen, schöpferische Intention, und diese erfüllt sich in der ausführenden Handlung."[273] Bei der Wahrnehmung im gewöhnlichen Sinn (als Wahrnehmung eines beliebigen Objekts oder einer Objektreihe, die keine eigene gewollte Handlung einschließt) werden die wahrgenommenen Phasen unabhängig von der Ich-Zuwendung retiniert: Jedes wahrgenommene Moment mündet von selbst in den nachfolgenden, wobei das retentionale Kontinuum, auch wenn es ganz passiv vollzogen wird, als Bewahrung des Wahrgenommenen wirkt. Geht es hingegen um eine wahrgenommene eigene Handlung, die gewollt und zu einem bestimmten Zweck ausgeführt wird, dann ist dem Ich, wenn nicht der gesamte Zeitverlauf, doch zumindest der Anfangspunkt und der Zweck bewusst:

> Während eine sonstige Wahrnehmung den Charakter einer Passivität hat, in der wir etwas, was eben da ist, hinnehmen, einem Daseienden uns zuwenden, hat die hier [bei dem Handlungswollen] auftretende Wahrnehmung, diejenige aller aktuellen Handlungsphasen, den Charakter einer aus der schöpferischen Subjektivität entquollenen, deren Objekt infolge des schöpferischen *'fiat'* ist.[274]

> Der ausführende Wille folgt bewusstseinsmäßig auf den Entschlusswillen; und seiner Zeitstrecke im Ablauf der Zeit und innerhalb des Zeitbewusstseins [folgt] das bestimmte Jetzt, auf das er als Anfangspunkt des zu realisierenden Vorgangs bezogen war. War in der Zeitrecke seit dem Entschluss der Wille nicht lebendig durchgehalten, so kann dieser doch als wiederholbar und sich mit dem erinnerungsmäßig wieder vergegenwärtigten früheren Willen in eins setzender auftreten und so auftreten, wie er hier muss, als erfüllender Handlungswille.[275]

Entlang der Zeitstrecke, während der der gewollte Zweck einer betreffenden Handlung verfolgt wird, tritt also das Erinnern als erneutes Bewusstmachen des Ziels und zugleich als Vergegenwärtigung der bereits vollzogenen Phasen ein. Die Wiedererinnerung an das bereits Geschaffene – was als *„fiat"* bezeichnet wird – fungiert hinsichtlich der künftigen Momente als Aktualisierung der protentionalen Spannung. Wird das Ich durch andere konkurrierende Willensakte abgelenkt, dann soll der erste gewollte Zweck nicht nur vergegenwärtigt, sondern auch erneut begründet werden. Wenn im Verlauf der Handlung andere Zwecke auftauchen, die sich mit dem ersten intendierten Zweck als unversöhnlich erweisen, kann dieser Konflikt mittels der berücksichtigen Regel „das Beste zu wollen sol-

---

chi-passive du phénomène dans la hylè était en dernière instance l'œuvre d'une subjectivité intentionnelle (dans un sens pré-objectiv) non incarnée."

[273] Hua XXVIII, 109.

[274] Hua XXVIII, 107.

[275] Hua XXVIII, 109 f.

len" zu einer gewissen Lösung geführt werden. Auf Grundlage des für das Beste gehaltenen Willens kann ein bereits sich in Gang setzender Wille ausgeschlossen oder gehemmt werden. Der gehemmte Wille ist daher als verinnerlichte retentional-protentionale Spannung zu bezeichnen: Er strebt zur Erfüllung, wird dabei von einem Gegenwillen oder einer rationalen Motivation gehemmt und kehrt als unerfüllt zum unbewussten Untergrund zurück.

Eine gehemmte, vor der Erfüllung sich sedimentierende Handlungsintention, so wie ein gehemmter Affekt, kann wiederum als affizierende passive Motivation hinsichtlich der Ich-Betätigungen wirken: Jenseits der gesollten Willenssphäre vermag eine gehemmte affektive Affektion Motivationskraft auszuüben, die auf einem anderen Weg zur Erfüllung strebt. Bei der Hypothese, dass ein gehemmtes affektives Affizieren durch eine ethisch-rationale Motivation gehemmt wird, wird es mittels des Kriteriums des gesollten Willens aus dem Feld der ichlich-ethischen Motivationen schlechthin verbannt. Zugleich stand aber es schon einmal unter dem ichlichen Blick. Es kann daher weder als reine vor-ichliche Motivation (da sie schon einmal von ichlichen Überlegungen berücksichtigt wurde) noch als rational-ethische Motivation im eigentlichen Sinne verstanden werden (im Sinne der Hypothese, die den gehemmten Willen auf Grundlage des Prinzips des gesollten Willens verwirft). Der gehemmte Wille wird insofern zur nicht-ichlichen Motivation bzw. zur passiven Motivation, als er als solcher durch eine rationale Überlegung bzw. durch einen Verwerfungsakt gesetzt wird.[276] Vor dieser ichlichen Stellungnahme hat eine affektive Affektion in sich keine Wertqualität: Sie kennzeichnet sich als eine zwischen vielen anderen affektiven Affektionen, die nach einer Form der Anschaulichkeit strebt. Bei dieser Strebung differenzieren diese sich ausschließlich gemäß ihrer Intensitätsstufen, nicht also nach qualitativen Kriterien.

An dieser Stelle ist auf eine frühe Ansicht Freuds vor seiner Abgrenzung des Unbewussten vom Bewusstsein hinzuweisen; auf die Ansicht nämlich, nach der ein aktuell bewusstes Etwas und dessen zugrunde liegenden unbewussten Schichten auf Grundlage von Intensitätsfaktoren zu erforschen sind, und zwar je nach der Wechselwirkung bzw. den Konflikten zwischen den affektiven Kräften (Wünschzuständen, Affekten) und den Ich-Betätigungen (Interesse, Aufmerksamkeit, Willensakten, Hemmung).[277] Diese Perspektive lässt sich auch in Husserls Theorien des Unbewussten und der passiven Motivationen erkennen, nach denen die Hauptgrenze nicht zwischen dem Bewusstsein und dem Unbewussten liegt: Bei den passiven Zeitigungen (den unbeachteten Retentionen und Affek-

---

[276] Im Kontext der freudschen Theorie der Verneinung würde dieses Phänomen folgenderweise dargelegt werden: Wenn die betreffende affektive Motivation schon in vorherigen Akten gehemmt wurde, so handelt es sich bei der urteilenden Verwerfung um eine bewusste Annahme des Verdrängten „unter der Bedingung, dass es sich verneinen lässt." (Siehe S. Freud, „Die Verneinung", GW. XIV, 12).

[277] Siehe im ersten Teil dieser Untersuchung die Deutung der „Quantität" in frühen metapsychologischen Auslegungen Freuds im *Entwurf einer Psychologie* (Abschnitt II. 3).

tionen, den unabsichtlichen Vergegenwärtigungen, den passiv-affektiven Motivationen) ist keine festgelegte Grenze zwischen Bewusstsein und Unbewusstem erfassbar. Die Hauptgrenze liegt vielmehr zwischen den ichlichen Zeitigungen und dem nicht-ichlichen sich strömenden Untergrund, wobei zu untersuchen ist, wie sich eine Sphäre auf die Konstitution der anderen auswirkt. Dass Husserl den sich strömenden Untergrund gleichfalls als „unbewussten Untergrund" begreift, versteht sich folglich nicht als polarisierendes Konzept bezüglich des Bewusstseins. Als „unbewusster Untergrund" wird vielmehr jenes große Feld umfasst, das den Horizont der aktuellen Ich-Zeitigungen sprengt. Dieses Feld begreift Husserl auch als das „Nicht-Ichliche": Durch das Sich-Erinnern und das Sich-Aneignen trägt das „Nicht-Ichliche" in sich die Potenzialität, ichlich gezeitigt zu werden. Unabhängig jedoch von dieser möglichen Verwicklung befindet sich das gehemmte Affizieren darin in ‚verinnerlichter retentional-protentionaler Spannung': Es wird sedimentiert bzw. es wird gewesen sein, bevor es sich erfüllt, und wiederum als Affektionen wirkt. In Spannung zwischen dem vergangenen gehemmten Sein und dem künftigen möglichen Werden bestimmt es sich als retendierendes und pro-tendierendes Wesen.

Wie Natalie Depraz zeigt, ist die „graduelle Intensität" der Affektion mit der Zeitlichkeit der Triebintentionalität zu identifizieren.[278] Diese Intentionalität ist grundsätzlich dadurch gekennzeichnet, dass sie sowohl im Anschluss an die Vorstellungsakte zur Anschaulichkeit gelangen kann als auch in Form von einer auf die Zukunft gerichteten Spannung – einer protentionalen Spannung – zu bestehen vermag, ohne dass daraus eine Erfüllung folgt. Diese Spannung lässt sich präziser durch die zwei Grundrichtungen des Zeitströmens als protentional-retentionale Spannung verstehen, in der das Grundmoment der Zeitigung, der urimpressionale oder uraffizierende Jetztpunkt, weder im Modus der Gegenwärtigkeit noch der Vergegenwärtigung erfassbar ist.[279] In der protentionalen Richtung entfaltet sie sich dadurch, dass die Affektion bzw. der Trieb nach Anschaulichkeit strebt und eventuell zur Erfüllung gelangt.[280] In der retentionalen Richtung hingegen kehrt sie zum unbewussten Untergrund zurück, wenn das Be-

---

278 „La temporalité de l'affection est en définitive celle de la *Triebintentionalität*, faite toute à la fois d'instantanéité lorsque l'affection reçoit un remplisement immédiat [...] et de tension vers le futur lorsque le remplissemet reste insatisfait. Une intensité graduelle la caractérise." (N. Depraz, Temporalité et affection dans les manuscrits tardifs sur la temporalité (1925-1935) de Husserl, 79).

279 Siehe M. Richir, „Affekt und Zeitigung", 248.

280 Siehe A. Montavont, *De la passivité dans la Phénoménologie de Husserl*, 278: „L'intentionnalité se dit dans les années trente moins en terme de regard que de force: l'être-dirigé-vers pulsionnel est moins la trajectoire du regard que le dynamisme d'une force qui arrache le sujet pulsionnel à lui-même. L'important n'est pas que Husserl accorde à l'instinct l'intentionnalité, mais à l'inverse que l'intentionnalité se voit maintenant définie par la pulsion: son movement n'est plus celui du procès perceptif, mais celui de l'aspiration à, de l'effort (*streben nach*)."

wusstwerden durch andere ichliche Motivationen oder durch andere gegeneinander wirkende passive Motivationen gehemmt wird. In der Spannung zwischen dem Zurück-Sedimentieren und dem Wieder-Affizierend-Werden entzieht sich diese Zeitigung einem Konzept des kontinuierlichen Zeitflusses.

In diesem Kontext ist eine Anmerkung von Fink einzubeziehen, nach der die Zeitkonstitution andere Konstitutionsmomente des Gegenwartshorizonts einschließt, die sich nicht als eigentliche Akte verwirklichen und daher nicht aus Akten und jeweiligen intentionalen Korrelaten bestehen. Solche Intentionalitäten nennt Fink „Entgegenwärtigungen", deren Modi die Protention, die Retention und die Appräsentation sind.[281] Während in Husserls Analysen die Retention vornehmlich von der Funktion des „Bewahrens" her verstanden wird, was auf ihre frühere Bezeichnung als „primäre Erinnerung" hinweist, charakterisiert Fink die Retention innerhalb der Gattung „Ent-gegenwärtigung" als „Vergessen".[282] Anstatt als Antizipation einer Anwesenheit, als Vorstadium der Erfüllung zu wirken, tritt dazu die Protention als „Fernhaltung" oder „Entrückung" des Protendierten auf.[283] Es bestehen also Verräumlichungen und Lakunen innerhalb der Zeitigung, sodass diese nicht lediglich als vertikales Strömen in der doppelten Richtung des retentionalen Bewahrens der erfüllten Protention und des protentionalen Antizipierens der Erfüllung konzipiert wird. Die räumliche Konnotation der Zeitigung als „Horizontalität" vermag die „Ferne" und die „Latenz" im protentionalen-retentionalen Strömen zu veranschaulichen: das Bestehen eines Abstands zwischen einer Intention und dem intendierten Korrelat, die Unterbrechungen zwischen dem angestrebten Zweck und den betreffenden Handlungsphasen.[284] Diese diskontinuierliche Sinnkonstitution wird hier bereits bei dem Affizieren-Sedimentieren der Vergegenwärtigung berücksichtigt und lässt sich durch die Zeitigung der affektiven Affektion begründen.

Wie Richir darlegt, unterscheidet sich die Zeitlichkeit der Affektintentionalität von einem stetigen protentional-impressional-retentionalen Strömen dadurch wesentlich, dass sie ohne zuweisbaren sich konstituierenden Sinn eintritt. In einer gewöhnlichen Wahrnehmung oder einem bewussten Akt, in dem sich ein erinnertes oder phantasiertes Noema bildet, kommt die Zeitigung des sich konstituierenden Sinns aus der Zukunft, erreicht „das Maximum an Intensität" im Jetzt und verdunkelt sich stetig im Übergehen zur Sphäre der sedimentierten Vergan-

---

281 E. Fink, „Vergegenwärtigung und Bild", 22.

282 E. Fink, „Vergegenwärtigung und Bild", 23. In derselben Richtung schlägt Depraz eine Lektüre der Retention als „détachement" vor: „Définir la rétention comme détachement, lâcher prise n'est un paradoxe que si l'on reste attaché à la volonté absolue de fixation, laquelle ruine la possibilité de laissir advenir le temps lui-même." (N. Depraz, „Commentaire". In: Edmund Husserl: Le moi dénué de conscience - Sommeil - Évanouissement (1930-1932). *Alter: Revue de Phénoménologie* 5 (1997), 167-173, 172.

283 E. Fink, „Vergegenwärtigung und Bild", 23.

284 E. Fink, „Vergegenwärtigung und Bild", 24.

genheit.[285] Die Zeitigung des Affektes nun, von Richir „Zeitigung in der Gegenwart" genannt, entzieht sich einem sukzessiven Zeitmodell und der Konzeption eines lebendigen Jetztpunkts. Bei der Affektzeitigung „[ist] die Protention keine Auffassung (oder Intentionalität) dessen, was auf den Augenblick zukommen wird, und die Retention keine Auffassung dessen, was gerade gewesen ist".[286] Affekte und affektive Motivationen tauchen in der Gegenwart als ursprüngliche „Überraschung" (*surprise*) auf: Sie wirken als affizierende Kräfte, ohne dass dies von einem vorhandenen Zeitmoment bestimmt wird, noch von der nachfolgenden Zeitphase bewahrt wird. In der „Zeitigung in der Gegenwärtigkeit", deren paradigmatische Art die Phantasie-Affektion ist, tritt zwar auch der sich konstituierende Sinn als „Überraschung" und „Unterbrechung" ein, jedoch kann dabei ein Moment beobachtet werden, in dem die Anschaulichkeit des betreffenden sich bildenden Sinns höher ist und in dem die retentionale Schwächung aufkommt. Wenn also in der passiven Zeitigung des sich bildenden Sinns weder ein Anfangspunkt noch ein Endpunkt festlegbar sind, kann man dennoch den Sinn in den verschiedenen Intensitätsphasen seiner Erscheinung verfolgen und dazu sein Parcours vom Auftreten ins Bewusstsein bis zum Sedimentieren zu rekonstruieren versuchen. Im Unterschied dazu zeitigt sich das affektive Affizieren als „mehr oder weniger ephemer" in einem besonderen, unvorhersehbaren „Rhythmus" des Intensivierens und Schwächens.[287] So wie bei den anderen Arten passiver Zeitigung (unbeachteten Retentionen und Affektionen) hat die Affektzeitigung keinen festlegbaren Anfang und Endpunkt; auch darüber hinaus lässt sich bei ihr kein sichtbares Moment erfassen, von dem ausgehend die Stufen der Anschaulichkeit festgelegt werden könnten.

Dazu ist bei der Affektintentionalität zu unterscheiden zwischen dem affektiven Gehalt, der einem anschaulichen sich bildenden Sinn innewohnt und zur ichlichen Zuwendung oder Abwendung motiviert, und der affektiven Affektion, die von selbst, ausgelöst von einem bildlichen oder einem wörtlichen Sinn, aufbricht. Letztere wirkt als reine affektive Interferenz hinsichtlich eines verlaufenden Aktes: In dieser Weise kann „die Zeitigung in der Gegenwart" (die Affektzeitigung) als „Unterbrechung", als „dynamische Spaltung" im Lauf einer „Zeitigung in der Gegenwärtigkeit" (bei der Zeitigung des sich bildenden Sinns) eintreten.[288] Dies geschieht etwa in einem Erinnerungsakt, wenn anstatt eines intendierten Erlebnisses ausschließlich ein affektiver Gehalt aufkommt. Dies kommt ebenso im Modus einer vorübergehenden, scheinbar grundlosen Unterbrechung eines Gedankengangs vor: Tritt nach der Unterbrechung ein anderer Gedankengang ein, der keinen Zusammenhang mit dem unterbrochenen Gedanken zu haben

---

[285] M. Richir, „Affekt und Zeitigung", 248.
[286] M. Richir, „Affekt und Zeitigung", 248.
[287] Siehe M. Richir, „Affekt und Zeitigung", 248 ff.
[288] M. Richir, „Affekt und Zeitigung", 249.

scheint, so fragt man sich beim Rekonstruktionsversuch derselben Bewusstseinsphase, warum uns ein Gedankengang zu dem anderen brachte. Die betreffende Zeitstrecke des Bewusstseinstroms stellt sich als eine gespaltene dar, wobei der Fluss des ersten Gedankens nicht in den des zweiten Gedankens zu münden scheint. Die „mehr oder weniger ephemere" affektive Zeitigung, die im Laufe eines bewussten Aktes oder zwischen mehreren Akten aufbricht, wirkt insofern als Ruptur, als Vergessen. In ihr werden weder die vorherigen Phasen bewahrt noch die nachfolgenden antizipiert. Nach Richir fehlen der Affektzeitigung „die Protention des Kommenden" und „die Retention des Älteren": Sie ist „Spur ihres Verlusts" und birgt in sich die „Überraschung" vor dem Kommenden; nach ihrem Verlauf steht man „in einem Auseinandertreten" zwischen dem, was „als die Überraschung der Unterbrechung aufkommt, und dem, was vom Vergessen des dabei verloren Gegangenen zeugt."[289]

In dieser Weise tritt das affektive Affizieren als „leere *distensio*"[290] auf: Eine gehemmte affektive Affektion wäre eine Re-tentio, wenn sie nach einem unerfüllten, im Vergangenen liegenden Zweck weiter streben würde. Sie wäre eine Pro-tentio, wenn sie sich im lebendigen Strömen nach einem in der Ferne liegenden Grund richten würde. Als Dis-tentio verwirklicht sie sich aber ohne einen bestimmbaren Zweck: Auch wenn die weit entfernten, in der Zukunft oder in der Vergangenheit liegenden Gründe als vergessene wirken, wird es zum Grund, als Ursprung der lebendigen Gegenwart. Sein *Initium* ist unerreichbar, aus diesem Sich-Tendieren heraus erkundet man durch Spuren und Lücken hindurch seinen Verlauf.

---

[289] M. Richier, „Affekt und Zeitigung", 250.
[290] M. Richir, „Affekt und Zeitigung", 250.

IV. Schluss: Zur Archäologie des (Un)bewussten

IV. 1. Resten und Interferenzen

Auch wo ich mich von der Beobachtung entfernte, habe ich die Annäherung an die eigentliche Philosophie sorgfältig vermieden.

Sigmund Freud [1]

An verschiedenen Stellen dieser Untersuchung wurde auf den Terminus Archäologie rekurriert: Ausgehend von Ricœurs Deutung wurde zunächst der methodische Weg zur Interpretation des freudschen Diskurses als „archäologisch" bezeichnet. Ricœur zufolge sei Freuds Diskurs widersprüchlich: Er habe zwar „philosophische Objektivität", wie die Philosophien von Kant und Hegel, jedoch ließe er sich nicht von selbst als ein philosophischer bestimmen. Dafür benötige er die „dezidiert" philosophische Sicht eines anderen, ihm äußerlichen Diskurses, der seine Ursprünge zu enthüllen vermag.[2] Dieses Verfahren Ricœurs könnte dann sich entwickeln, wenn man, an Derridas Auslegungen anschießend, Freuds metapsychologische „Spekulationen" im Zusammenhang mit der „Verdrängung" seiner „Neigung" zur Philosophie und seiner absichtlichen „Vermeidung" der „eigentlichen Philosophie" versteht[3]: Ist dies der Fall, dann handelt es sich aber nicht genau um die Notwendigkeit eines anderen Diskurses, damit dieser ‚quasiphilosophischen Stimme' das Wort gegeben wird, sondern vielmehr um eine ‚minimale Interferenz', um das Schweigen des Analytikers, damit sich einige der damals gehemmten Richtungen nachträglich in einer anderen Weise und in einem anderen Kontext entfalten können.

In einer psychoanalytischen Sitzung besteht die Aufgabe des Psychoanalytikers vor einem als Verdrängung erscheinenden Widerstand im Verlauf einer freien Assoziation von Seiten des Analysanden darin, die Aktualisierung einer darin verborgenen Sinnkonstellation leichter zu machen. Der Analytiker ist auch derjenige, der dem Analysanden – auch schweigend und hauptsächlich schweigend – verspricht, mit einer minimalen Interferenz die Punkte zu signalisieren, in denen sich im Verlauf einer freien Assoziation grundlegende Momente einer Erlebnisreihe zu kondensieren scheinen. Diese sind ‚intensive Sinnkerne', die in der Weiterführung der Analyse innerhalb von Sinnzusammenhängen situiert werden können, sei es, wenn andere, daran anschließende Erlebnisse aktualisiert werden,

---

1 „Selbstdarstellung", GW XIV, 86.

2 P. Ricœur, *De l'interprétation*, 367 / *Die Interpretation*, 385; *Hermeneutik und Psychoanalyse: Der Konflikt der Interpretationen II*, 82, 85. Siehe in der Einleitung dieser Arbeit: I. 1 und I. 3.

3 S. Freud, „Selbstdarstellung", GW XIV, 86. J. Derrida, *La carte postale*, 281 ff. / *Die Postkarte*, Bd. II, 13 ff. Siehe in der Einleitung dieser Arbeit: I. 1 und I. 3.

sei es, wenn diese als vergessene bestehen und sich durch die Vergegenwärtigung anderer Momente vermuten lassen. Dieses psychoanalytische Verfahren ist zwar natürlich nicht im gleichen Sinne zu verstehen, wie beim Verhältnis zwischen einem gelesenen Diskurs – in diesem Fall einem ‚quasi-philosophischen' Diskurs – und der Art, in der dieser Diskurs gelesen wird. Anstatt der bereits vergegenwärtigten und thematisierten Erlebnisse, die der Psychoanalytiker mit einbeziehen kann, um aktuell sich bildende Assoziationsreihen zu deuten, kann aber der Textanalytiker auf andere vorherige und nachherige Diskurse rekurrieren: Somit könnten hypothetisch ‚kondensierte Begriffe', wie beispielsweise Freuds Begriffe der „Bahnung" und der „Quantität", in ihren konstitutiven Momenten sowie in ihren Verschiebungen innerhalb des untersuchten Werkes dargelegt werden. Der Textanalytiker könnte daher auch einen oder mehrere Punkte im Bildungsvorgang betreffender Begriffe als ursprünglichste Momente hervorheben, von denen spätere Theorien Abkömmlinge wären und in denen vorherige Ausführungen münden.

Derrida bezeichnet als „analytische Dissoziation" (*dissociation analytique*) die entsprechende Vorgehensweise, mittels der Begriffe, wie auch Institutionen und Artefakte, einem Des-sedimentieren (*désédimenter*) bzw. einem De-konstituieren (*déconstituer*) unterworfen werden.[4] Dieses Vorgehen ist nach Derrida intrinsisch verbunden mit dem „archäologischen" oder „anagogischen" (*anagogique*) Motiv des Zurückführens zum Frühsten, verstanden als ein arche-ursprünglicher (*archi-originaire*) Zeitpunkt, in dem die anderen, nachfolgenden Entwicklungsmomente ihren Anfangspunkt hätten. Aus diesem Begehren heraus, das früheste Ursprüngliche verstehen zu wollen, wären also die als Phasen einer Begriffsbildung gesetzten Momente schließlich auf ein Frühestes zu gründen, in dem die Bildung des Späteren begonnen wäre. Freuds ‚kondensierte Begriffe', wie diejenigen der „Quantität", „Bahnung" und „Erinnerungsschichen", die als Sinnkerne in der vorliegenden Lektüre wirken, entziehen sich diesem dissoziativ-genealogischen Verfahren. Im Anschluss an Derrida kann man sagen, dass sie der „Analyse chemisches Typs" (*analyse de type chimique*) widerstehen: Es liegt dort eine „ursprüngliche Komposition" (*composition originaire*) vor, die sich nicht bloß in Elemente zerlegen lässt, um schließlich abermals in der vorherigen Gestalt wiederhergestellt zu werden.[5] Dies impliziert allerdings nicht, dass die Weise, in der hier jene Begriffe in Betracht gezogen werden, außerhalb eines archäologischen Verfahrens steht: Dabei handelt es sich aber anstatt um das Motiv der Arche im Modus des

---

[4] J. Derrida, *Résistances de la psychanalyse*, 41.

[5] „La trace, l'écriture, la marque, c'est au coeur du présent, à l'origine de la présence, un mouvement de renvoi à l'autre, à de l'autre, une référence comme différance qui ressemblerait à une synthèse *a priori* si c'était de l'ordre du jugement et si c'était thétique. Mais dans un ordre pré-thétique et préjudicativ, la trace est bien une liasion (*Verbindung*) irréductible. C'est par cette compositition originaire qu'elle résiste à l'analyse de type chimique [...]." (J. Derrida, *Résistances de la psychanalyse*, 42).

‚frühesten Ursprünglichen' vielmehr um Freuds archäologische Konzeption der Erinnerungsschichtung, auf die Derridas Denkfigur des „widerstehenden Restes" und das Denken der ‚Interferenz' zurückverweisen.[6]

Bei einer archäologischen Ausgrabung bestehen hinter den gefundenen Resten vorhandener Konstruktionen einige aktuell unerreichbare Reste, die bewirken, dass der archäologische Rekonstruktionsversuch unvollständig bleibt. Dies bezeichnet Derrida als *restance du reste* und als *résistance du reste*.[7] Es ist dabei zu unterscheiden zwischen den Resten, die nicht zu einer Form der Anschaulichkeit kommen, und den Resten, die gefunden werden, aber durch die sich ein vergangenes Ganzes nicht rekonstruieren lässt. Beide Arten von Resten widerstehen: Der eine widersteht gegenüber der Anschaulichkeit, der andere gegenüber dem dissoziativ-genealogischen Begehren des Analytikers. Um als Rest bezeichnet zu werden, muss dieser erst einmal ein Bestandteil eines Ganzen gewesen sein; jedoch ist ein Ganzes, von dem ein Rest fehlt, kein tatsächliches Ganzes. Der Rest, der nicht zur Anschaulichkeit kommt, birgt in sich eine ‚retentional-protentionale Spannung'[8]: Seine Entfaltung wurde in einem beliebigen früheren Moment gehemmt und vermag in der Gegenwart in einer diskontinuierlichen Weise aktualisiert zu werden. Solange aber dies nicht geschieht, kann auf ihn ausschließlich mittelbar durch andere gefundene Reste hingewiesen werden. Seinerseits zeigt der Rest, der wieder anschaulich wird, weder zugleich seine Auskunft noch seine Zugehörigkeit zu einem vorhandenen Ganzen: Als Hinweis auf andere Reste ist er die „Inhärenz des Anderen oder des Äußeren im Kern der inneren und selbst-affektiven Spannung"[9]. Falls ein Rest mittels einer äußeren Wirkung Gelegenheit findet, gemeinsam mit anderen Resten einen aktuellen Zusammenhang zu bilden oder in eine beliebige Form der Anschaulichkeit gebracht zu werden, dann verwirklicht er sich nicht als Teil eines bestimmten, vorhandenen Ganzen: Er verwirklicht sich als einer, der koexistent zu anderen ist, anderen ähnelt und kontrastiert. Von außen betrachtet kann er als ein Bestandteil eines bestimmten vorhandenen Zusammenhangs gesetzt werden; von selbst tritt er aber als ein Eigenes auf, das in einem unmittelbaren Bezug zu anderen Koexistenten und in einem mittelbaren Bezug zu anderen Vergangenen steht. Weil das Vergangene nicht außerhalb des Aktuellen steht, ist es Objekt einer archäologischen Ausgrabung: Diese geschieht ausgehend von dem, was sich über das aktuell Erscheinende vermuten lässt. Handelt es sich aber um einen Rest, der in seiner Entfaltung gehemmt wurde, so reicht als möglicher Zugang zu ihm die regressive Weise der Ausgrabung nicht hin: Er befindet sich in einer inneren, protentional-

---

6 J. Derrida, *Résistances de la psychanalyse*, 40 ff.

7 J. Derrida, *Résistances de la psychanalyse*, 40.

8 Siehe den Abschnitt: III. 7.

9 „[...] une inhérence absolue de l'autre ou du dehors au cœur de la tension interne et auto-affective." (J. Derrida, *Résistances de la psychanalyse*, 40).

retentionalen Spannung und benötigt darüber hinaus eine ‚Interferenz', wie die Bahnung eines Weges, vermittels der er protendierend zu einer Form der Aktualisierung gelangt.

Im Rahmen von Husserls Theorie der Affektion erklärt sich eine ‚Interferenz' zunächst durch die Wirkung von passiven, vor-ichlichen Synthesen auf andere sich vollziehende bewusste und ichliche Akte: Affektionen können vom unbewussten Untergrund her in unerwarteter und abrupter Weise im Verlauf einer Wahrnehmung, einer Vergegenwärtigung oder anderer bewusster Akte aufbrechen und den Vollzug ichlicher Synthesen stören. Sie können daher durch die Ich-Zuwendung und die Aufmerksamkeit beim Bewusstwerden bekräftigt sowie auch entkräftigt werden, wenn sie aufgrund anderer ichlicher Interessen und Motivationen gehemmt bzw. verdrängt werden. Im Kontext einer archäologischen Phänomenologie des Unbewussten spricht man aber auch von einer ‚Interferenz' in der umgekehrten Richtung: Affektionen tauchen nicht nur von selbst aus dem unbewussten Untergrund auf; sie werden dafür ebenfalls durch andere bewusste Akte angetrieben, wie beispielsweise durch aktuelle Wahrnehmungen und Vergegenwärtigungen, die vergangene sedimentierte Akte assoziativ wecken. In diesem Sinne sagt Husserl, dass die Gegenwart an das Vergangene erinnert, dass sie „schlafende" Sedimentierte „weckt" und wieder affektiv macht.[10] Als ‚Interferenz' fungieren also sowohl auftretende Affektionen hinsichtlich der ichlichen Akte als auch bewusste Akte bezüglich der unbewussten Konstitutionsschichten: Mittels äußerlicher Interferenzen können Reste vorheriger Akte vergegenwärtigt sowie auch früh gehemmte Affektionen bzw. unanschauliche Reste in ihrer protentional-retentionalen Spannung aktualisiert werden.

In methodischer Hinsicht wurde in dieser Arbeit der dem freudschen Diskurs äußerliche Diskurs der Phänomenologie Husserls miteinbezogen. Dies ist nicht durch die Annahme zu begründen, der ‚quasi-philosophische' Text Freuds sei verstummt und ihm sollte nun mittels einer anderen, dezidiert philosophischen Stimme das Wort gegeben werden. Freuds Frühwerk und vor allem sein *Entwurf einer Psychologie* sind von einem ‚Sinnüberschuss' belastet. Unter Sinnüberschuss versteht sich sowohl das, was darin in ‚kondensierten Begriffen' zum Ausdruck gekommen ist, als auch das, was sich von diesen Begriffen vermuten lässt, worauf sie hinweisen, was aber zugleich in ihnen selbst nicht unmittelbar anschaulich ist. Diesem Sinnüberschuss wohnt insofern ein widerstehender Rest inne. Eine Möglichkeit, mit diesem Sinnüberschuss bzw. diesem Rest umzugehen, wurde hier im Modus einer Vermittlung durchgeführt: Freuds frühe metapsychologische Ausführungen wurden innerhalb bestimmter psychologischer und philosophischer Traditionen restituiert und in Auseinandersetzung mit der Phänomenologie Husserls gesetzt. Dadurch konnten Freuds ‚kondensierte Begriffe' bei den entsprechenden Strukturmomenten sowie deren Sinnverschiebungen in seinem Werk dargelegt

[10] Siehe den Abschnitt: III. 3.

werden. Mit diesem Vorgehen wurde nicht ein, sondern mehrere Diskurse eingebracht, auf die jene Begriffe zurückweisen: die von Herbart, Brentano, Meynert, Breuer, Exner. Da sich aber jener ‚Sinnüberschuss' nicht auf eine jeweilige vorhandene Tradition beschränkt, – als Überschuss beschränkt er sich nicht – wurde es darüber hinaus notwendig, jene Begriffe im Lichte der derridaschen und der husserlschen Diskurse zu lesen. Dieses Vorgehen ist dabei der Ansicht Freuds hinsichtlich seiner Archäologie der Erinnerungsschichtung treu geblieben, gemäß der eine sehr intensiv erscheinende Vorstellung bzw. ein Erinnerungszeichen (sowie auch ein intensiver Affektausdruck ohne korrelierenden bildlichen oder wörtlichen Gehalt) eine sogenannte ‚Ausgrabung' benötigt: Die dem Erscheinenden zugrunde liegenden Schichten vorheriger Akte bestehen allerdings hauptsächlich nicht als vorhandene, bereits konstituierte Erlebnisse. Es gibt Schichten, zu denen ein Zugang nur insofern gefunden werden kann, als dass sich darin ein Sinnkern aktualisiert: Äußere ‚Interferenzen', wie die Ausgrabung als das Bahnen von noch nicht ausgeführten Richtungen, können dazu beitragen, dass in der Gegenwart auftretende Reste mit anderen zusammen Kontexte bilden und nicht also Kontexte wiederherstellen, auch wenn sie auf frühere Zusammenhänge zurückverweisen.

Auch wenn Freud Husserl nicht gelesen hat und daher Husserls phänomenologischer Diskurs nicht im gleichen Sinne zur Deutung seiner Begriffe in einer rekonstitutiven Art beitragen kann, wie es beispielsweise bei Herbart der Fall ist, so steht dennoch Husserls Beitrag in einer prospektiven Weise dazu, nämlich dadurch, dass seine ausführlichen Untersuchungen als eine ‚äußerliche Interferenz' dort wirken können, wo im freudschen Denken, ausgehend von Derridas Deutung, die philosophische „Neigung" gehemmt wurde. Die vermittelnde Funktion des Lesers beider Diskurse besteht demgemäß darin, diese Interferenz dort in einen gemeinsamen Kontext zu stellen, wo sie von selbst nicht stattfinden konnte. Historisch gesehen hätte sie stattfinden können, da schließlich Husserl und Freud Schüler von Brentano waren und sowohl von der Philosophie Brentanos als auch von der Lehre Herbarts beeinflusst sind. Während sich aber Husserl auf die psychoanalytische Methode bezieht und seine Untersuchungen über die passiven Synthesen – mit indirektem Bezug auf Freuds Konzept des Unbewussten – als „Phänomenologie des sogenannten Unbewussten" bezeichnet[11], findet sich hingegen in Freuds Werk kein Hinweis auf eine Auseinandersetzung mit der Phänomenologie Husserls. Freud hat sich absichtlich bei der Untersuchung psychischer Phänomene von der akademischen Philosophie distanziert und sich nur sporadisch erlaubt, seine metapsychologische Theorien bzw. seine von ihm genannten metapsychologischen „Spekulationen" im Hintergrund zu seinen ‚wissenschaftlichen Prioritäten' darzulegen.[12] Im Frühwerk übersetzt er seine Ausfüh-

[11] Siehe Hua XI, 154. Hua IV, 222.

[12] S. Freud, „Selbstdarstellung", GW XIV, 85 f., siehe J. Derrida, *La carte postale*, 281 ff. / *Die Postkarte*, 14 ff.

rungen über die psychischen Phänomene in neuro-physiologische Terminologie; im Spätwerk lässt er es zu, seine Theorien als „metapsychologisch“ zu bezeichnen, aber nur insofern, als sie als theoretische Grundlage der von ihm gegründeten Wissenschaft gelten. Als „metapsychologisch“ im engeren Sinne begreift er Grundbegriffe, wie das „Unbewusste“ und die „Verdrängung“, die die psychoanalytische Vorgehensweise stiften und die weder mit deren praktischer Methode noch mit den singulären analytischen Prozessen verwechselt werden dürfen. Einen Versuch zur Systematisierung der metapsychologischen Begriffe führt er in den so genannten „metapsychologischen Texten“ der Jahre 1915-1917 ein, erst also nach der Anerkennung und Ausbreitung seiner psychoanalytischen Methode.

Freuds Theorien der Erinnerungsschichtung, die in dieser Untersuchung als seine frühere Formulierung der unbewussten Grundlage psychischer Phänomene gedeutet wurden, haben aber den Charakter von metapsychologischen Ausführungen und gelten insofern als frühere Spuren der späteren Metapsychologie. Dies betrifft einen anderen Sinn, mit dem hier das archäologische Motiv einbezogen wurde: Namentlich im Kontext der aufgestellten These, der gemäß Freuds später eingeführter metapsychologischer Begriff des „Unbewussten“ eine Verschiebung von Denkfiguren ist, die unter der Gattung „Erinnerungsschichtung“ zu subsumieren sind und in seinem Frühwerk unter den Titeln „Bahnung“, „Niederschrift“, „Umschrift“ „Erinnerungsschichten“ erscheinen. Mit Blick auf die Begriffsbildung des Unbewussten hat insofern eine Untersuchung dieser Frühtheorien den Charakter einer ‚Archäologie der freudschen Theorie des Unbewussten‘: Bei dieser Archäologie steht aber als nicht Erfüllbares das ‚dissoziativ-genealogische Begehren‘ des Textanalytikers vor dem ‚Sinnüberschuss‘ von Freuds Begriffen. Jedoch konnte im Modus einer archäologischen Ausgrabung ausgehend von Hinweisen der ‚erscheinenden Reste‘ in den freudschen Texten auf andere ‚nicht erscheinende Reste‘ ein Weg zu einer phänomenologischen Archäologie des Unbewussten dargestellt werden. Einige Momente dieses Weges sollen an dieser Stelle vergegenwärtigt werden.

IV. 2. Erinnerungsschichten und Intensitätsstufen

Freuds Grundansatz, psychische Phänomene aus der Sicht ihrer formalen Möglichkeitsbedingungen darzustellen, erschien früh in seinem Werk: in *Zur Auffassung der Aphasien* (1891). In Auseinandersetzung mit den damaligen einflussreichen Theorien von Wernicke und Broca und den darauf zurückgehenden physiologischen Forschungen stellt Freud in dieser Abhandlung als Voraussetzung für die wissenschaftliche Betrachtung der Aphasie eine philosophisch inspirierte Erklärung der psychischen Vorstellung dar. Das wird bei der Erörterung der Assoziation, der Bildung von Begriffen und der Unterschiede zwischen „Objektvorstellung“ und „Wortvorstellung“ dargelegt. Diese Konzepte sind in einer retrospektiven Hinsicht innerhalb des freudschen Werks von Bedeutung, da sie in der späteren Unterscheidung zwischen den bewussten und den unbewussten Akten überarbeitet werden. Unter „Objektvorstellungen“ versteht Freud einen sogenannten „Komplex“, der sich assoziativ bildet und auf vorherige Wahrnehmungen hinweist. Freud stellt sich hiermit der neurologischen Konzeption seines Professors für Neurologie Meynert sowie der Ansicht von Wernicke und seinen Nachfolgern entgegen, denen gemäß die aus den Wahrnehmungen herstammenden Reize in einheitlichen Zellen des Gehirns (Meynert) oder in sinnlichen Zentren in bestimmten Gehirnbereichen (Wernicke) zu lokalisieren seien. Von der Konzeption ausgehend, dass Wahrnehmungen einheitlich in zelligen Elementen bewahrt werden würden, folgt vor allem die Schwierigkeit zu verstehen, wie psychische Erlebnisse nicht nur in der Singularität ihres Geschehens in die nachfolgenden Erinnerungsakte einbezogen werden: In Erinnerungsakten können sowohl mitwahrgenommene Erlebnismomente als auch Momente anderer Kontexte vergegenwärtigt werden. Wahrnehmungszusammenhänge bestehen bereits aus Sinnesfeldern (akustisch, visuell, taktil etc.), sodass sich ein wahrgenommenes Merkmal nicht allein als singularisierte Eigenschaft eines als Einheit wahrgenommenen Objektes bestimmt. Wenn Freud Assoziation und Wahrnehmung als einen einzigen, kontinuierlichen Vorgang bezeichnet, hebt er hervor, dass sich nicht zunächst einheitliche, der Wahrnehmung korrelierende, psychische Vorstellungen bilden und dann in nachfolgenden psychischen Akten assoziativ mit anderen Vorstellungen verknüpft werden. Freuds Ablehnung der Ansicht, der gemäß vorherige Erlebnisse sozusagen ‚im Gedächtnis‘ einheitlich bewahrt wären, gehört insofern mit seiner Kritik an dem Konzept der Vorstellung als einfaches psychisches Element zusammen. Er bezeichnet die psychischen „Objektvorstellungen“ in dem Sinne als „Komplexe“, dass jedes vorgestellte Element auf mannigfaltige Erlebnisse einer betreffenden Geschichte zurückweist. Letztere sind in Form der kortikalen Gedächtnisspur nicht erfassbar, sie bestimmen allerdings im Modus der Habitualitäten den Vollzug von aktuellen Wahrnehmen und Vorstellen mit. Mit seiner These, der gemäß die „Objektvorstellung“ einen „unausgeschlossenen Komplex“ bildet, möchte Freud erklären, dass die Deutung einer psychischen Vorstellung und ihre Hinweise auf andere grenzenlos erweitert werden können: Wie auch später in seiner entworfenen Theorie des Zeichens im *Brief 52* (1896) dargelegt wird, führen vorgestellte Merkmale zur Vergegenwärtigung von anderen und jedes weist auf verschiedene Erlebnisreihen zurück. In den Texten, die der Aphasie-Studie nachfolgen, wendet sich daher Freud der Frage zu, wie sich verstehen lässt, dass sich innerhalb einer Vorstellungsreihe einige Elemente in höherer Anschaulichkeit und leichter vergegenwärtigen lassen, während andere, auch wenn sie angespannt intendiert werden, dem Bewusstsein entfallen zu sein scheinen. Er sollte daraufhin die „quantitativen“ Faktoren untersuchen, welche die verschiedenen Intensitäten psychischer Phänomene und die Hemmung bei der Vergegenwärtigung zu erklären vermögen.

Bei seiner Beschäftigung mit dem Thema der Hysterie in nachfolgenden Jahren im Kontext der Behandlung von hysterischen Patienten konstatiert Freud, dass der Mangel an Anschaulichkeit gewisser Erinnerungen sich von einem Mangel an Intensität derselben ganz verschieden ist. Der vorstellende (wörtliche oder bildliche) Gehalt von gewissen, meist affektvollen Erinnerungen (Lusterlebnissen, traumatischen Erfahrungen) kann dem Bewusstsein entzogen bleiben, auch wenn sich der Affekt in der entsprechenden Intensität aktualisiert, in der die betreffenden vergangenen Erlebnisse eintraten. Eine Darlegung der affektiven Grundlage der Erinnerung stellt Freud in *Studien über Hysterien* (1893) in seinem archäologischen Vorbild der Erinnerungsschichtung dar. Dieses betrifft eine dynamische Struktur, die in jedem Bewusstseinsakt enthalten ist und als dessen Möglichkeitsbedingung fungiert.[13] Wie dies Reinhart Koselleck hinsichtlich der „Zeitschichten" darlegt, verweisen die Erinnerungsschichten auf Erlebnisse verschiedener Herkunft, die in der Gegenwärtigkeit wirksam sind, auch wenn dies in unsichtbarer Weise geschieht.[14] Erinnerungsschichten sind in Analogie zu „geologischen Formationen" zu denken, deren Schichten sich zueinander durch die Tiefe und die Ausbreitung unterscheiden sowie auch durch die Geschwindigkeit, mit denen sie in der „Erdgeschichte" abgelagert werden.[15] Durch die Einwirkung von äußeren Einflüssen, wie Erosionen und Erdbeben, kann eine bereits abgelagerte Anordnung umgestellt werden. Zur Deutung der geschichtlichen Zeit hat diese Metapher nach Koselleck insofern einen besonderen Vorteil bezüglich der zwei üblichen Zeitgestalten – die christliche Figur der Linie und die griechische Figur des Kreises –, als sie zugleich die Kontinuität oder Sukzessivität der ersten und die Rekurrierbarkeit der zweiten zu veranschaulichen vermag.[16] Im Hinblick auf die Weise, in der sich psychische Erlebnisse aktuell konstituieren und reaktiviert werden können, legt Freud in seiner Archäologie des Erinnerungsschichtens ebenso diese zwei grundlegenden Anordnungen dar: Wahrnehmungen und bewusste Akte lagern sich zugleich in einer chronologischen und in einer konzentrischen Weise ab. Im ersten Modus sind die rezentesten Schichten diejenige, die sich näher am aktuellen bewussten Leben befinden und die leichter vergegenwärtigt werden könnten. Im zweiten Modus aber ordnen sich die aktuellen Erlebnisse auch konzentrisch um einen affektiven Kern herum: Erlebnisse beispielsweise, die Ähnlichkeitsbezüge mit einem früheren traumatischen Geschehen haben, leisten Widerstand gegen ihre Bewusstwerdung, so wie Erinnerungen aus früherer Zeit. Außer der chronologischen und der konzentrischen Ordnung stellt Freud eine dritte, sogenannte „dynamische" Konstitution der Erinnerungsschichten dar.

---

[13] Vgl. Kosellecks Deutung der Zeitschichten als bleibende und wiederholbare Struktur in der geschichtlichen Zeit. R. Koselleck, *Zeitschichten: Studien zur Historik*. Frankfurt: Suhrkamp, 2003, 13.

[14] R. Koselleck, *Zeitschichten*, 9.

[15] R. Koselleck, *Zeitschichten*, 19.

[16] R. Koselleck, *Zeitschichten*, 19.

Sie bildet sich durch die vom Ich ausgeführte „Ausgrabung", sodass die Erinnerungsschichten zum einen im Hinblick auf die chronologische Art der Ablagerung (im Hinblick auf den Kontext, in dem frühere Akte eintraten) und zum anderen auf die konzentrische Einreihung (nach den Ähnlichkeitspunkten zwischen verschiedenen Erlebnissen) vergegenwärtigt werden können. Erlebnisse, die bei der Vergegenwärtigung mehr Widerstand als andere leisten, können mittels eines assoziativen „Umwegs" zur Vergegenwärtigung gelangen, was Freud als archäologisches „Zickzack" bezeichnet: Wird eine Erinnerung B intendiert, aber tritt dabei ein Widerstand ein, so könnte assoziativ durch leichter zu vergegenwärtigende Erinnerungen der Weg bis zur intendierten Erinnerung B gebahnt werden. Nach Freud tritt ein Widerstand beim Erinnern deshalb ein, weil den psychischen Vorstellungen affektive Gehalte zugrunde liegen: Handelt es sich um einen Unlustaffekt, so folgt die Tendenz, dass beim beginnenden Auftauchen der betreffenden Erinnerung dieselbe gehemmt wird. Dasselbe kann auch bei Erinnerungsakten geschehen, die einen Lustaffekt zu erwecken beginnen und die sich auf der Grundlage von anderen Ich-Interessen nicht weiter entwickeln. Dies verhindert allerdings nicht, dass sich der Affekt aktualisiert: Freud und Breuer gehen vom Prinzip aus, dem gemäß Affekte, die in der Aktualität eines Geschehens nicht hinreichend ausgedrückt bzw. „abreagiert" werden, sich von der Erinnerung an das betreffende Geschehen lösen und einen anderen Weg zur Beseitigung finden können, sei es, wenn sie sich an andere Vorstellungen binden, sei es, wenn sie allein (ohne korrelierende Vorstellungen) bewusst auftreten. Auf diese Weise vermag die Affektaktualisierung den Weg zu affektvollen Ereignissen zu bahnen, die auf unmittelbarem Weg möglicherweise nicht erinnerbar sind. Die Affektaktualisierung impliziert aber nicht, dass das frühe Geschehen in Form von reproduktiver Erinnerung wieder erreichbar wird: Aktualisierte Wünsche und Affekte können ebenso das Phantasieren und die Träume erregen, wobei eher der Vergegenwärtigungsmodus der Entstellung anstatt jenes der Reproduktion bevorzugt wird. Vor allem früheste Kindheitserlebnisse, auf deren Spuren sich Erlebnisreihen nachträglich sedimentieren und die nicht ausgelöst von den nachherigen Schichtungen erfassbar sind, verbleiben als Ziel eines „archäologischen Bemühens" und sind meist nicht in Form „einer ersten Person" angreifbar.[17] Einige von ihnen werden als Habitualitäten anerkannt, während jene, die sich von selbst im Modus der Entstellung vergegenwärtigen, dem Ich als eine entfremdete Innerlichkeit erscheinen können, wie auch Husserl im Rahmen seiner Analysen der Affektion darlegt.[18]

---

[17] Siehe D. Zahavi, „Self-awareness and Affektion". In: N. Depraz, und D. Zahavi (Hg.), *Alterity and Facticity: New Perspectives on Husserl.* Dordrecht / Boston / London: Kluwer Academic Publishers, 1998, 205-228, 208; A. L. Mishara, Husserl and Freud: Time, Memory and the Unconscious. *Husserl Studies* 7 (1990), 29-58, 35.

[18] Siehe hier die Abschnitte III. 3 und III. 4.

Das Zusammenfallen zwischen den unbewussten Schichten vorheriger Akte und den aktuell eintretenden veranschaulicht Freud im *Entwurf einer Psychologie* (1895) mit dem Begriff „Bahnung“: Diese kennzeichnet den grundlegenden Charakter des psychischen Lebens, dem gemäß neue Wahrnehmungen und Vorstellungsakte dadurch als bekannt oder teilweise bekannt angenommen werden können, dass, sobald sie eintreten, Spuren von früher vollzogenen Akten assoziativ geweckt werden. Freud hat darauf im gesamten Werk verzichtet, auf die Frage, in welchem Zustand sich Spuren vorheriger Akte außerhalb deren bewussten Erscheinung bzw. ‚im Unbewussten‘ befinden, eine strikte physiologische Erklärung anzubieten. Dies gilt auch im Bezug auf den *Entwurf*, wo die Termini „Reiz“, „Neuron“ und „Quantität“ viel weniger im Sinne einer Darlegung der psychischen Phänomene in neuro-physiologischer Betrachtungsweise zu verstehen sind, sondern vielmehr hinsichtlich Freuds Versuches zur wissenschaftlichen Begründung seiner in vorherigen Jahren entwickelten Auslegungen über die Intensität psychischer (bewusster und unbewusster) Phänomene. Diese Ausführungen wurden hier als ‚transzendental-unbewusste Dynamik der psychischen Phänomene‘[19] bezeichnet, da Freud sein Augenmerk auf die Grundprinzipien der Geschwindigkeit, der räumlichen und zeitlichen Übertragung psychischer Reize und der gegeneinander wirkenden Kräfte wendet, die die Bildung, Entwicklung und Unterbrechungen beim Vollzug verschiedener psychischen Akte zu erläutern vermögen. Die Intensitätsstufen der Vorstellungen und der mögliche Mangel an Anschaulichkeit unerfüllter Akte (etwa beim Vergessensphänomen) weisen auf die nicht unmittelbar erscheinenden Intensitätsquellen der psychischen Phänomene und ihrer Konflikte zurück. Ein lebhafter bewusster Akt muss nach Freud von mindestens einer dieser Faktoren intensiviert bzw. „besetzt“ werden: dem Affekt, den Wunschzustände und der Aufmerksamkeit. Affekt und Aufmerksamkeit können etwa die Erscheinung einer Erinnerung gemeinsam intensivieren oder auch in Konflikten zusammenspielen, wodurch sich die Verdrängung von bildlichen oder wörtlichen Komponenten der Vorstellungsakte und die Verschiebung des Affektes ergeben können. Dieser Unterschied zwischen den affektiven und attentionalen Komponenten der psychischen Vorstellungen (bei Erinnerung und Phantasie) zum einen und der Charakter der affektiven Affektion (Affekte, die allein bzw. ohne korrelierende Vorstellung auftreten) zum anderen, wurden in dieser Untersuchung auf der Grundlage von Husserls Analysen im Rahmen seiner Phänomenologie des Unbewussten als Strukturmomente der Archäologie des (Un)bewussten begründet.[20]

Freud, so wie auch Husserl in seiner Theorie der Affektintentionalität, stellt sich der Ansicht Brentanos entgegen, der gemäß Affekte und übrige Gemütsphänomene sekundäre Faktoren sind, die sich den bewussten Vorstellungsakten hin-

---

[19] Siehe den Abschnitt II. 5.1.

[20] Siehe den Abschnitt III. 7.

zufügen. Vielmehr gründen sich die Intensitätsstufen der erscheinenden Akte auf affektive und attentionale Faktoren, die als dynamische Grundlage psychischer Phänomene einzustufen sind. Sowohl in Freuds Konzeption im *Entwurf* als auch in Husserls späteren Texten über die Zeitkonstitution besteht keine scharfe Grenze zwischen dem Bewusstsein und dem Unbewussten, was vor allem für die Affekte gilt, da sie ursprünglich als nicht unbewusst bestehen können, selbst wenn die angeschlossene Vorstellung verdrängt wird. Darüber hinaus können psychische Reize, die anfänglich nicht die Aufmerksamkeit wecken, sich in ihrer Intensität erhöhen und zu einer Form der Anschaulichkeit gelangen, ohne dass es möglich wird zu bestimmen, wann genau ihre Bewusstwerdung beginnt. In diesem Sinne setzt Freud im *Entwurf*, so wie auch Husserl in späteren Analysen der passiven und aktiven Zeitigung, Aufmerksamkeit und Bewusstsein nicht gleich: Psychische Phänomene können das Bewusstsein erregen, ohne Ich-Zuwendung und Aufmerksamkeit zu beanspruchen. Die psychischen Akte werden in dieser Konzeption mit Stufen der Intensität gekennzeichnet, sodass sie ab einem gewissen ideellen Punkt anschaulich werden und daher die Ich-Zuwendung motivieren können: Sie tendieren zur Anschaulichkeit, bis sie sich von dieser heraus in ihrer Intensität schwächen und hinsichtlich der Ich-Zuwendung zu einem Nullwert der Anschaulichkeit zurücksinken.

Im Spätwerk Freuds wird diese Konzeption in seiner psychischen Bestimmung des „Triebs" beibehalten, und zwar indem dieser psychisch als innere Reize wirkenden Kräfte verstanden wird, die einen Umwandlung beim Übergang ins Bewusstsein erfahren und als Vorstadium jedes bewussten Aktes zu erfassen sind.[21] Diese Konzeption lässt sich ebenfalls in Husserls Ansicht der Affektion erkennen: Husserl begreift diese als innere, aus dem Unbewussten heraus auftretende Reize, die hinsichtlich ihrer Intensitätsstufen variieren und als bewusste Phänomene im Sinne von Intentionserfüllungen eintreten können oder auch nicht, wenn sie beispielsweise durch die Ablenkung der Aufmerksamkeit gehemmt werden.[22] Im Unterschied aber zu Freud vertritt Husserl nicht von Anfang an eine dynamische Konzeption des Bewusstwerdens als Intensivierung und Potenzialität der Affektionen. Wie im zweiten Teil dieser Untersuchung dargelegt wurde, entwickelt Husserl diese Ansicht, um den Problemen zu begegnen, die ihm bei seinem früheren statischen Modell der Inhalt-Auffassung und beim bildlichen Paradigma der Vergegenwärtigung entgegengetreten sind. Nach der Fundierung einer Phänomenologie des Unbewussten im Kontext der Analyse der Affektionen kommt Husserl schließlich in seinem späteren Werk dahin, die Triebintentionalität als Vertiefung der genetischen Analyse der Affektionen zu formulieren.[23] Aus

[21] Freud, *Trieb und Triebschicksale*, Studienausgabe III, 82 ff.
[22] Husserl, Hua XI, 148-184.
[23] Husserl, Hua XV, 593 ff.; Mat. VIII, C 16, Nr. 69, 318 ff.; C 16, Nr. 71, 326 ff. Siehe I. Yamaguchi, Triebintentionalität als uraffektive passive Synthesis in der genetischen Phä-

methodischer Sicht wurden die Theorien von Husserl und jene von Freud in umgekehrter Orientierung entwickelt: Während Freud von der dynamisch-quantitativen Grundlage der psychischen Phänomene ausgeht, kann Husserl nur nach einer strikten Analytik der Retention, der Affektion und der Sedimentierung die unbewussten Konstitutionsschichten als das dynamisch weiter strömende Vor-Ichliche bezeichnen.[24] Ein dynamisch sich konstituierender unbewusster Hintergrund, in denen sich jenseits der Ich-Zuwendung passive Zeitigung-Verräumlichungen stattfinden[25], wird dann sowohl in Freuds Theorien (von Anfang an in seiner Ansicht der Bahnungen und der Intensivierungskräfte) als auch in Husserls Untersuchungen (vor allem in den späteren Analysen der passiven Zeitigungen und der Triebintentionalität) beschrieben.

Wenn Freuds Archäologie der Erinnerungsschichtung – als ,transzendental-unbewusste Konstitutionsleistung' und als dynamische Grundlage der psychischen Phänomene verstanden – schließlich eine eingehende Analytik der bewussten Phänomene (mindestens der bewussten Erinnerung) mitimpliziert, wie dies bei der Analyse der Deckerinnerung nachgewiesen wurde[26], weist nun in Husserls Phänomenologie des Unbewussten die Untersuchung der Vergegenwärtigung und Affektion auf zugrunde liegende, in engerem Sinne unbewusste Konstitutionsschichten zurück. Jene erste Richtung wurde bei Freuds Auslegung des Phänomens der Deckerinnerung gezeigt: Es handelt sich dabei um sehr intensive, von selbst auftretende Vorstellungsreihen, bei denen zweifelhaft ist, ob und inwiefern den vergegenwärtigten Szenen frühere Kindheitserlebnisse entsprechen oder ob sie vielmehr in nachträglichen Phantasieakten gebildet werden. Auch Husserl wendet sich diesem Problem zu, wenn er zwischen den von selbst auftretenden Vergegenwärtigungen (Phantasie und Erinnerung) und den nachträglichen ichlichen Einstellungen unterscheidet, durch die erst diejenigen Akte als Phantasie oder als Erinnerung eingestuft werden. Eine als Erinnerung gesetzte Vorstellung bzw. Vorstellungsreihe kann aber wiederum „modalisiert" werden, sobald der Zweifel an seinen Charakter als Vergangen-Sein wieder auftaucht. Die Analyse der bewussten Erinnerung und der Deckerinnerung sollte demzufolge zur Unterscheidung der verschiedenen noetischen und noematischen Stufen der Vergegenwärtigung führen, namentlich: die Hinweismodi von aktuellen Erinnerungen auf frühere Wahrnehmungs- und Vorstellungsakte, der Übergang von der Wahrnehmung und bewussten Vorstellungen zur Sedimentierung, die affektive und attentionale Intensivierung beim Bewusstwerden, der Beitrag von nicht erscheinenden Akten zur Anschaulichkeitsstufen des aktuell Erscheinenden. Letzteres

nomenologie, 240; N. Depraz, Temporalité et affection dans les manuscrits tardifs sur la temporalité (1929-1935) de Husserl, 76 ff.

24 Husserl, Mat VIII, C 3, Nr. 13, 59; Hua XV, Beilage XLIII: „Notizen über Triebgemeinschaft, Liebe usw." (1933), 597.

25 Siehe hier die Abschnitte II. 3.9 und III. 6.

26 Siehe den Abschnitt II. 5.

Strukturmoment wurde von Husserl bei der Analyse der Stufen der Vergegenwärtigungen und Affektionen untersucht. Freuds Auslegungen wenden sich hingegen zunächst dem den bewussten Akten zugrunde liegenden Schichten von Erinnerungen und dessen Intensitätsquellen zu. In dieser umgekehrten Richtung treffen sich beide Autoren in einigen Punkten.

IV. 3. Das (Un)bewusste

Eine Darlegung der Strukturmomente des phänomenologischen Unbewussten erwiest sich vor allem deshalb naheliegend, da das Unbewusste nicht als eine verborgene Ebene ‚hinter' oder ‚vor' dem Bewusstseins betrachtet wird, sondern – wenn auch in mittelbarer, entstellter Weise oder lakunärer Weise, wie beim Vergessen – bewusst eintritt. Insofern Unbewusstheit – so Fink – auf Bewusstheit verweist, konnte aus dieser Perspektive eine Untersuchung des phänomenologischen Unbewussten auf der Untersuchung der bewussten Phänomene aufbauen.[27]

Freuds Ausführungen der unbewussten Schichten betont allerdings den fragmentarischen Charakter des Erinnerns, die ‚Äußerlichkeit' des Unbewussten gegenüber dem bewussten Lebens bzw. die Tatsache, dass sich unbewusste Akte der Ich-Zuwendung entziehen. In diesem Sinne vergleicht er seine Arbeit als Analytiker mit derjenigen eines Archäologen: Das fragmentarische Auftauchen von Vorstellungen (Erinnerungen und Phantasien) sowie deren möglicher Widerstand gegen ihre anschauliche Vergegenwärtigung verweisen auf grundlegende Erlebnisse, die sich nicht rekonstruieren lassen und dem Horizont der Deutung entfallen können. Die Aktualisierung des Affektes vermag dennoch, dass in der Gegenwärtigkeit sich konstituierende Sinnkontexte aufbrechen und sich Umstellungen innerhalb der Sedimentierungsebene ergeben. Wenn auf Unbewusstheit mittelbar – d. h. mittels der Affektionen und der sedimentierten Vorkommnisse von vorhergehenden Wahrnehmungen und anderen bewussten Akten – eingegangen werden kann, ist Bewusstheit selbst kein unmittelbarer Modus der Evidenz, der das stetige und zugleich abrupte Einmischen des Unbewussten entbehren könnte.[28]

---

27 E. Fink, „Finks Beilage zum Problem des ‚Unbewussten'", in: Hua VI, 473-475; Siehe E. Hollenstein, *Phänomenologie der Assoziation*, 38.

28 Siehe R. Bernet, „Derrida – Husserl – Freud – Die Spur der Übertragung", in: H.-D. Gondek und B. Waldenfels (Hg.), *Einsätze des Denkens: zur Philosophie von Jacques Derrida*. Frankfurt: Suhrkamp, 1997, 119 f.: „Das bewusste Subjekt ist daher in Wahrheit ein *phainomenon*, das erscheinen und verschwinden kann, und keine dauernde monadologische Substanz. Es ist folglich nicht länger ein absoluter Ursprung, der die Dinge erscheinen lässt, weil sein eigenes Erscheinen und Verschwinden von einem Gewebe aus Spuren und Urschrift abhängt. Statt Quelle und Ursprung jeglicher Bedeutung zu sein, tritt seine eigene Bedeutung indirekt, diskontinuierlich und mit Verzug in Erscheinung. Entstanden aus der verborgenen Arbeit von Spuren, kann das Subjekt nicht anders gegenwärtig sein als in der Form einer Derridaschen Vergegenwärtigung."

Insofern wurde hier Finks Prinzip der Verweisung – Unbewusstheit verweist auf Bewusstheit – ebenfalls in umgekehrter Richtung geltend gemacht: Auch Bewusstheit verweist auf Unbewusstheit, wobei sich Unbewusstheit nicht abermals in eine umfassendere Konzeption des Bewusstseins integrieren lässt, wie es bei Husserl der Fall zu sein scheint. Gerade die Bewahrung dieser Unterschiede und die Analyse derjenigen Modi, in denen die Untersuchungsweisen wechselseitig aufeinander angewiesen bleiben, konnten die Dimension der Andersheit bzw. der *différance* (Derrida) im Kern der Selbstheit darlegen, und zwar die partiell bewusste Konstitution der unbewussten Sedimentierung und der stetiger, manchmal unsichtbarer, manchmal abrupter Beitrag der Affektionen zum bewussten Leben.

Die Strukturmomente des phänomenologischen Unbewussten wurden im Hinblick auf die auch von Husserl ausgeführten Deutungen des „archäologischen Zickzacks" dargelegt. Dieses verwendet Husserl zunächst im Rahmen einer „Phänomenologischen Archäologie" im Sinne des „Ausgrabens" von der in der Erfahrungswelt „verborgenen konstitutiven Bauten" und angenommenen Seinsgeltungen bis hin zu dessen transzendentalen Ursprüngen.[29] Im Anschluss daran entwickelt sich seine phänomenologische Archäologie des Unbewussten aus Rückfragen aus den Stufen der Vergegenwärtigungen bzw. der Affektionen und Retentionen her in Richtung zu den tieferen Konstitutionsschichten und der Affektintentionalität. Im diesem Kontext verwendet er das archäologische Motiv der „Sedimentierung" häufig als Synonym für das „Unbewusste", was auch als „Null" (Nullkraft der Affektion) bezeichnet wird: Jede Zeitigung kommt zur Sedimentierung bzw. zur Ablagerung im unbewussten Untergrund und wird daher unanschaulich bzw. übt keine affektive Kraft auf das Ich aus. Unter „Zeitigung" verstehen sich jede Wahrnehmung und die bewussten Akte, in denen sich Zeitgegenstände in jeweiligen Zeitmodalitäten im impressional-protentional-retentionalen Zeitfluss konstituieren, sei es, indem der Vorgang durch das Ich beachtet oder von ihm geführt wird, sei es, indem er sich passiv entwickelt. Husserl wankt zwischen diesen möglichen Betrachtungsweisen des Unbewussten: als resultierter, sedimentierter Zustand von vorherigen Zeitigungen oder als der sich weiter sedimentierende bzw. der sich zeitigenden Hintergrund. Diese Schwankung zeigt sich bei seiner häufigen Infragestellung der Endlichkeit oder Unendlichkeit, der Beweglichkeit oder Unbeweglichkeit der „unter der Null" bestehenden Konstitution.[30] Während Husserls frühere Texte über die Zeitkonstitution den sedimentierten, konstituierten Zustand vorheriger Akte hervorheben, stellen hingegen die späteren Texte den dynamischen Charakter der Sedimentierung in den Vordergrund. In seinen späteren Analysen zur Zeitkonstitution unterscheidet Husserl strikt zwischen dem Ich-Moment (der aktiven Zeitigung) und dem passiven Moment (der passiven Zeitigung) der Konstitution, nicht aber zwischen dem

29 E. Husserl, Mat. VIII, C 16, Nr. 80, 356 f. Siehe den Abschnitt: III. 1.
30 Siehe den Abschnitt III. 5.

Bewusstsein und dem Unbewussten. Hinsichtlich der Ich-Zuwendung werden vielmehr Bewusstheit und Unbewusstheit zu korrelierenden Momenten, die sich in Intensitätsstufen der Merklichkeit gemäß der Ich-Ferne und der Ich-Nähe bestimmen. Dies zeigt sich zunächst in der Zeitkonstitution bei den verschiedenen Intensitätsstufen zwischen den frischen, aktualitätsnah ablaufenden Retentionen und den in ferner Vergangenheit sich sedimentierenden bzw. sedimentierten. Letztere können sich sowohl affektiv in den Aktualitätshorizont des Bewusstseins integrieren als auch in Vergessenheit geraten und als eine Ich-fremde Ferne in unterschiedlichem Abstand dastehen:

> Die lebendige Gegenwart, eine Wachstrecke ‚im Strömen' und die vergangene Gegenwart [...] sind durch einen ‚dunklen' Zeitraum, eine ‚Ferne' getrennt, die je nachdem, wie ich in den wiederholten Erinnerungen verschiedene Fernen erprobe, bald ‚größer', bald kleiner ist [31]

Unbewusstheit wird hier zwar nicht aus dem Horizont der Bewusstheit ausgeschlossen; dank der Möglichkeit des Bewusstwerdens ist sie die mögliche anzuschauende „Ferne". Als Bedingung des Affiziert-Werdens kann sie sich aber auch dem Horizont der Ich-Zuwendung entziehen.

Bei diesen Betrachtungsweisen des Unbewussten – als das Sedimentierende und das Sedimentierte, als Nähe und Ferne – gilt Husserl zufolge die Affektion weiter, die dafür verantwortlich ist, dass das Ich sowohl von weckenden Momenten der in Aktualitätsnähe eintretenden Retentionen als auch von unerwarteten „abgerissenen Fetzen"[32] aus dem unbewussten Untergrund affiziert werden kann. Da Affektionen von nichts anderem bestimmt werden als von Möglichkeiten der aktuellen Konjunkturen des psychischen (bewussten und unbewussten) Lebens, bergen sie in sich den Ereignischarakter der Neuigkeit, der Unterbrechung und der Diskontinuität.[33] Erst nachträglich lassen sie sich als Erinnerungen und als Erfüllung von Erinnerungsintentionen einstufen.[34] Treten Affektionen auf, die sich weder als bekannt noch in bestehende Gattungen einordnen lassen, so können sie dem Ich als ein fremder Kern erscheinen, bei dessen Konstitution es nicht mitgewirkt hat.[35] Nach Freuds Darlegungen entwickelt sich das Ich gerade aus

---

[31] Mat. VIII, C 3, Nr. 13, 44.

[32] Hua XI, 184.

[33] Siehe J. Derrida, *Eine gewisse unmögliche Möglichkeit, vom Ereignis zu sprechen*. Berlin: Merve, 2003, 21 f.

[34] Siehe A. Montavont, *De la passivité dans la phénoménologie de Husserl*, 230: „La réponse à l'attrait affectiv pré-conscient vient toujours après-coup, ultérieurement. Cette réflexion ‚après-coup', et avec elle le souvenir de quelque chose qui, avant, n'était pas du tout conscient, est la condition nécessaire pour que l'attrait affectiv antérieur en tant qu'il est préconscient puisse être saisi par la conscience". Siehe auch A. Montavont, „Passivité et nondonation", in: *Alter* 1 (1993), 134, 138 f.

[35] Siehe D. Zahavi, „Self-avareness and Affektion", in: Depraz, N. and D. Zahavi (Hg.), *Alterity and Facticity. Neu Perspectivs on Husserl*, 216: „Thus Husserl is unequivocally stating that subjectivity is dependent upon and penetrated by alterity, and he makes it quite clear that

diesem Gegenüberstehen vor der inneren Konstitution, die ihm auch als eine Äußerlichkeit – eine nicht unbedingt assimilierbare „sekundäre Ebene der Sinnlichkeit“, wie Husserl es nennt – erscheinen kann.[36]

Dabei ist Husserls Unterscheidung zwischen solchen Affektionen, die das Ich wecken (auch wenn sie unsichtbar bestehen, wie beim affektiven Affizieren) und solchen Affektionen, die das bereits geweckte, interessierte Ich erfährt, sinnvoll. Erstere können als leere Vorstellungen und gehemmte Affektionen bestehen und zwar in der Weise einer retentionalen-protentionalen Spannung ohne festlegbaren Anfang oder Zweck. Wenn sie durch aktive Zeitigung assimiliert werden, können sie sich durch ichliche „Bekräftigungen“ (Ich-Motivationen, Interesse, Aufmerksamkeit) als anschauliche Vergegenwärtigungsreihen und eventuell als Intentionserfüllungen geben. Jedoch besteht zwischen den passiven und den aktiven Zeitigungen ein Hiatus: Affektionen und unbeachtete Retentionen werden von den aktiven Zeitigungen nachträglich einbezogen, sodass die Anfangspunkte beider Zeitigungen nicht übereinstimmen. In dieser Hinsicht besteht auch in Husserls Auslegungen – wie in jenen von Freud und Derrida – eine Spaltung, ein Horizont der Nachträglichkeit im Kern der lebendigen Gegenwart[37]: Der lebendige Jetztpunkt der aktiven Zeitigung intendiert einen bereits verlaufenen passiven Vorgang, dessen Anfang dem Ich unerreichbar bleibt. Im Unterschied zur aktiven Zeitigung gibt es bei den passiven Zeitigungen keine bestimmbare Grenze zwischen Bewusstheit und Unbewusstheit: Sie sind als zeitlos nicht deswegen zu bezeichnen, weil sie unbeweglich sind, sondern, wie in Freuds Konzeption der unbewussten Akte, weil von der Ich-Zuwendung her gesehen ihre Dauer (ihr Anfang und Endpunkt) unbestimmbar ist. Wenn also passiven Zeitigungen (unbeachtete Affektionen, vor-ichliche Motivationen, unbeachtete Retentionen) vom höchsten Intensitätsgrad über die Verminderung der Klarheit bis hin zum Nullpunkt der Merklichkeit einzuordnen sind, ist der Ich-Zuwendung nur ein Teil dieser Vorgang sichtbar.

Entsprechend ordnet sich das Ich-Interesse in Intensitätsstufen ausgehend von der interessevollen Zuwendung bis hin zum interesselosen Schlafzustand ein.[38] Dabei ist entscheidend, dass die parallel zur Intensitätserhöhung verlaufenden pas-

---

the concrete ego cannot be thought independently of its relation to that which is foreign to it.“

[36] Laut D. Zahavi: „Husserl speaks of an interior non-egological dimension, which surrounds and affects the ego. It is an immanent type of alterity which manifests itself directly in subjectivity, which belongs intrinsically to subjectivity, and which subjectivity cannot do without. Both are, as Husserl says, inseparable, both are irreductible structural moments in the process of constitution, in the process of bringing to appearance.“ (D. Zahavi, „Selfavareness and Affektion“, 217).

[37] Siehe die Abschnitten: III. 3., III. 5.

[38] Mat. VIII, 98 ff. Siehe dazu das Kommentar und die Übersetzung von N. Depraz des Manuskripts Husserls A VI 14 a. in: E. Husserl, „Le moi dénué de conscience – Sommeil – Évanouissement (1930-1932)“, 149.

siven Zeitigungen das Ich nicht nur zur Zuwendung „weckt", sondern dass es auch von sich konstituierenden Gegenständlichkeiten affektiert wird, die es nicht als solche intendiert oder singularisiert hat. Ausgehend vom Unbekannten oder teilweise Bekannten, von denen es affiziert wird, vermag das interessierte Ich Züge habitueller Vorstellungen zu suchen und die Vergegenwärtigung bestimmter, vermeintlicher oder intendierter Erlebniszusammenhänge weiterzuleiten. Um eine solche Deckung (zwischen der vermeintlichen Vergangenheit und den aktuellen Erscheinungen) ausführen zu können, muss aber das Ich mögliche Interferenzen von anderen sich passiv assoziierenden Wahrnehmungs- und Vergegenwärtigungskontexten hemmen sowie sich mit den auftretenden Modalisierungen[39] konfrontieren.

Vergegenwärtigungen, die als Folge von Affektionen auftreten, machen abermals „die Peinlichkeit der Modalisierung"[40] unvermeidlich. Die von Husserls Phänomenologie der Wiedererinnerung hervorgehobene erkenntnismäßige Steigerung an Adäquation zwischen dem vermutlichen Sinn und den Modi der Anschaulichkeit ist ebenso umkehrbar in Form eines Überganges von einem adäquat verwirklichten Akt oder Aktzusammenhang in einen inadäquaten.[41] Gerade dadurch kann eine „Deutungsidentität" bedroht werden.[42] Diese Bedrohung resultiert aus den – wie Freud es bezeichnen würde – unendlichen Entstellungen, innerhalb derer sich die Geschichte eines Sinns konstituiert. Insofern fungieren die Konstitutionsresten oder die „abgerissenen Fetzen"[43], die aus dem unbewussten Untergrund ausbrechen, als lakunäre und verschobene Resten, die sich nachträglich für eine Archäologie der Entstellungsgeschichte eines Sinnkontextes anbieten. Die Möglichkeit der Nichtreaktivierung von vorhandenen Seins-Geltungen und die Unzugänglichkeit des Seins der Vergangenheit schlechthin bedrohen dabei den Fortbestand von gewonnenen Stiftungen. Sedimentationsschichten, die sich, wie Husserl im Zusammenhang der Sinnesfelder[44] hervorhebt, vor allem vorprädikativ bilden, verweisen dazu auf den Hiatus zwischen den ‚höheren Stufen' der Deutung und der nachträglich gedeuteten und hinsichtlich der prädikativen Sphäre heterogenen Ebene der sekundären Sinnlichkeit. Vor dieser Spaltung in der Konstitution strebt das Ich nach der Bewährung und Wiederverwirklichung seiner eigenen Leistung. Die Möglichkeit des Sinnverlustes und das Schweigen von dem, was sich nicht anschauen und aussprechen lässt, können dabei als ferne, möglicherweise nicht reaktivierbare Konstitutionsschichten daliegen. Oder sie können aktuell affektiv wirken, wenn auch am Rande oder

39 Siehe den Abschnitt: III. 2.3.
40 Hua XI, 59.
41 Hua XI, XXIII, 479 f.
42 Vgl. B. Bégout, *La généalogie de la logique*, 207: „D'autre part, comme on l'a vu dans le cas de l'inconscient, la sédimentation passive par stratification des multiples sens objectaux ne menace en rien l'identité de la signification qu'ils portent."
43 Hua XI, 184.
44 Siehe den Abschnitt III. 6.

im Hintergrund von anderen thematisierten Schichten: jedenfalls als eine für das Bewusstsein irreduzible Dimension des psychischen Lebens.

In diesem Punkt ist letztlich Freuds Unterscheidung von Anfang an radikaler, auch wenn sie sich im Rahmen der späteren Unterscheidung Husserls zwischen der passiven Zeitigung bzw. der Zeitigung-Verräumlichung und der Ich-Zeitigung deuten lässt. Schon seit seinen frühen metapsychologischen Auslegungen im *Entwurf* legt Freud den Übergangsmodus zwischen Unbewusstheit und Bewusstheit als einen Änderungszustand bei dem Erinnerungsschichten oder dem unbewussten „Bahnungen" aus. Dieses kann, wenn es einen bestimmten Intensitätsgrad erreicht und nicht gehemmt wird, in den Zustand des bewussten Vorstellens übergehen und daher sich wiederum als unsichtbare Bahnungen ablagern.[45] Diese Zustandsänderung stellt Freud ein Jahr später im metaphorischen Modell der psychischen Schrift dar, gemäß dem die bewussten Phänomene nicht nur als gradueller Zuwachs an Merklichkeit zu verstehen sind, sondern vor allem als Übersetzung von Spuren, die sich nicht unmittelbar auffassen lassen und als „unumgeschrieben" weiter bestehen können.[46] Sie geben sich – so Derrida – nicht in der Form der Präsenz[47], vielmehr können sie nachträglich und mittelbar dekodiert oder auch den Sekundärprozessen entzogen werden. Bewusstheit fungiert in dieser Hinsicht als Anzeichen auf Wahrnehmungen und vorherige Vergegenwärtigungen, die nicht mehr gegenwärtig sind und nicht schlechthin als gegenwärtige waren, da sie sich in demselben Moment auflösen und fragmentieren, in dem sie sich geben. Ein intendiertes Erlebnis kann darüber hinaus durch den Verlauf seiner Entstellungsgeschichte auch unkenntlich werden. In husserlscher Terminologie heißt das, dass der retentionale Übergang (von Wahrnehmungen und Vergegenwärtigungen) ins unbewusste Sedimentieren keine einheitliche Bewahrung von Ur-Präsentationen ist, die sich durch die Vergegenwärtigung wiederherstellen ließen: Die passive Zeitigung-Verräumlichung ist, wie von Derrida sowie auch von Richir betont, keine Wiederholung von konstituierten Sinnen, sondern das *transpossible* Auftreten von *sich in der Gegenwärtigkeit konstituierenden Sinnkontexten*.[48]

In der Hinsicht aber, dass Vergegenwärtigungen (Erinnerungen, Phantasien, erinnerte Phantasien usw.) und die dazu gehörende affektive Aktualisierung das Vorherige in sich tragen, auf dieses in irgendeiner Weise zurückverweisen und ihrerseits ebenfalls in die Vergangenheit zurücksinken, lässt sich die Frage nach den darunter liegenden Schichten sowie deren Zugehörigkeit zu den erscheinenden Stufen weiter stellen. In dieser Untersuchung konnten einige Wege zu dieser Fragestellung gebahnt werden.

---

45 S. Freud, *Entwurf einer Psychologie*, 400 f.

46 Siehe in dieser Arbeit den Abschnitt II. 4.

47 J. Derrida, „Freud et la scéne de l'écriture", 297 ff., „Freud und der Schauplatz der Schrift", 306 ff.

48 M. Richir, Phänomenologisches und symbolisches Bewusstsein und Unbewusstes, 36.

Literaturverzeichnis

ALMEIDA, Guido A. *Sinn und Inhalt in der genetischen Phänomenologie E. Husserls.* Den Haag: Martinus Nijhoff, 1972.

ANGEHRN, Emil. „Zeit und Geschichte". In: E. Angehrn, C. Iber, G. Lohmann und R. Pocai (Hg.), *Der Sinn der Zeit.* Weilerswist: Velbrück Wissenschaft, 2002, 67-84.

– *Interpretation und Deskonstruktion: Untersuchung zur Hermeneutik.* Weilerswist: Velbrück Wissenschaft, 2004.

– *Die Frage nach dem Ursprung: Philosophie zwischen Ursprungsdenken und Ursprungskritik.* München: Wilhelm Fink, 2007.

ANTONELLI, Mauro. „Eine Psychologie, die Epoche gemacht hat". In: F. Brentano, *Psychologie vom empirischen Standpunkt.* Frankfurt u.a.: Ontos, 2008, vii-lxxxvi.

ASSMANN, Aleida und Jan und HARDMEIER, Christof (Hg.). *Schrift und Gedächtnis: Beiträge zur Archäologie der literarischen Kommunikation.* München: Wilhelm Fink³, 1983.

ASSOUN, Paul-Laurent. *Freud: la philosophie et les philosophes.* Paris: Presses Universitaires de France, 1976.

– *Introduction à l'épistémologie freudienne.* Paris: Payot, 1981.

AUGUSTINUS, *St. Augustine Confessions* (Latein/Englisch). Zwei Bände. Übers. von W. Watts. London: Heinemann, 1977.

BEGOUT, Bruce. *La généalogie de la logique: Husserl, l'antéprédicativ et le catégorial.* Paris: J. Vrin, 2000.

BENEKE, Friedrich Eduard. *Lehrbuch der Psychologie.* Berlin / Posen / Bromberg: Mittler, 1833.

BENJAMIN, Walter. „Ausgraben und Erinnern" (1932). In: Gesammelte Schriften IV/1: *Kleine Prosa/ Baudelaire Übertragungen.* Frankfurt: Suhrkamp, 1972, 400-401.

BENNINGTON, Geoffrey und DERRIDA, Jacques. *Jacques Derrida: ein Portrait.* Übers. von S. Lorenzer. Frankfurt: Suhrkamp, 1994.

BERNET, Rudolf, KERN, Iso und MARBACH, Eduard. *Edmund Husserl: Darstellung seines Denkens.* Hamburg: Meiner, 1989.

BERNET, Rudolf. „Einleitung". In: E. Husserl, *Texte zur Phänomenologie des inneren Zeitbewusstseins* (1893–1917). Text nach Hua Bd. X. Hrsg. von R. Bernet. Hamburg: Felix Meiner, 1985, xi-lxvii.

– „Imagination et fantasme". In: J. Florence (Hg.), *Psychanalyse: l'homme et ses destins.* Louvain: Peeters, 1993, 191-206.

– „The unconscious between representation and drive: Freud, Husserl, and Schopenhauer". In: J. Drumond und J. Hart (Hg.), *The Truthful and the Good:*

Essays in Honor of Robert Sokolowski. Dordrecht / Boston / London: Kluwer Academic Publishers, 1996, 81-95.
- „Derrida – Husserl – Freud. Die Spur der Übertragung". In: H.-D. Gondek und B. Waldenfels (Hg.), *Einsätze des Denkens: Zur Philosophie von Jacques Derrida.* Frankfurt: Suhrkamp, 1997, 99-123.
- „Der Mensch als Wille und Vorstellung". In: J. Trinks (Hg.), *Bewusstsein und Unbewusstes.* Wien: Turia und Kant, 2000, 164-178.
- „Die neue Phänomenologie des Zeitbewusstseins in Husserls Bernauer Manuskripten". In: H. Hüni und P. Trawny (Hg.), *Die erscheinende Welt: Festschrift für Klaus Held.* Berlin: Duncker und Humblot, 2002, 539-555.
- „Unconscious consciousness in Husserl and Freud". In: D. Welton (Hg.), *The new Husserl: a critical reader.* Bloomington: Indiana University Press, 2003, 199-219.
- Wirkliche Zeit und Phantasiezeit: Zu Husserls Begriff der zeitlichen Individuation. *Phänomenologische Forschungen* (2004), 37-56.
- „Trieb, Lust und Unlust: Versuch einer philosophischen Grundlegung psychoanalytischer Begriffe". In: U. Kadi und G. Unterthurner (Hg.), *Sinn macht Unbewusstes, Unbewusstes macht Sinn.* Würzburg: Königshausen und Neumann, 2005, 102-118.
- „Le freudisme de Husserl: une phénoménologie de la pulsion et des émotions". In: J. Benoist (Hg.), *Husserl.* Paris: Cerf, 2008, 125-147.

BERNFELD, Siegfried und Suzanne C. *Bausteine der Freud-Biographik.* Übers. von I. Grubrich-Simitis. Frankfurt: Suhrkamp, 1981.

BERTRAM, Georg. W. *Hermeneutik und Dekonstruktion: Konturen einer Auseinandersetzung der Gegenwartsphilosophie.* München: Wilhelm Fink, 2002.

BINSWANGER, Ludwig. *Melancholie und Manie: Phänomenologische Studien.* Pfullingen: Neske, 1960.
- *Grundformen und Erkenntnis menschlichen Daseins.* München / Basel: Ernst Reinhardt[3], 1962.

BOEHM, Rudolf. *Vom Gesichtspunkt der Phänomenologie.* Husserl-Studien. Bd. 26. Den Haag u. a.: Martinus Nijhoff, 1968.

BRENTANO, Franz. *Psychologie vom empirischen Standpunkt.* Hamburg: Felix Meiner, 1973.
- *Meine letzten Wünsche für Österreich.* Stuttgart: Cotta, 1895.
- *Die vier Phasen der Philosophie und ihr augenblicklicher Stand.* Hrsg. von O. Kraus. Leipzig: Felix Meiner, 1926.
- *Über die Zukunft der Philosophie.* Hamburg: Felix Meiner, 1968.
- *Wahrheit und Evidenz.* Leipzig: Felix Meiner, 1930.
- *Kategorienlehre.* Hamburg: Felix Meiner, 1968.
- *Grundzüge der Ästhetik.* Hrsg. von F. Mayer-Hillebrand. Bern: Francke, 1959.

– *Philosophische Untersuchungen zu Raum, Zeit und Kontinuum*. Hrsg. von S. Körner und R. M. Chisholm. Hamburg: Felix Meiner, 1976.

BREUER, Joseph und FREUD, Sigmund. „Über den psychischen Mechanismus hysterischer Phänomene" (1893). In: S. Freud, GW I: Werken aus den Jahren 1892-1899. Frankfurt: Fischer[5], 1977, 81-98.

– *Studien über Hysterie* (1893). In: S. Freud, GW I: Werken aus den Jahren 1892-1899. Frankfurt: Fischer[5], 1977, 75-312.

– *Studien über Hysterie*. Frankfurt: Fischer, 1996.

BREUER, Joseph. „Theoretisches" (1895). In: S. Freud, GW Nachtragsband: Texte aus den Jahren 1885-1938. Frankfurt: Fischer, 1987, 244-312.

BRITTON, Ronald. *Glaube, Phantasie und psychische Realität*. Stuttgart: Klett-Cotta, 2001.

BRÜCK, Maria. *Über das Verhältnis Edmund Husserls zu Franz Brentano: Vornehmlich mit Rücksicht auf Brentanos Psychologie*. Würzburg: Konrad Triltsch, 1933.

BRUMLIK, Micha. „Archäologie als psychoanalytisches Paradigma der Geschichtswissenschaft". In: J. Rüsen und J. Straub (Hg.), *Die dunkle Spur der Vergangenheit: Psychoanalytische Zugange zur Geschichtsbewusstsein*. Frankfurt: Suhrkamp, 1998, 70-81.

CALÌ, Carmelo. *Husserl e l'immagine*. Palermo: Centro Internazionale Studi di Estetica, 2002.

CAMPOS, Eliam. *Die Kantkritik Brentanos*. Bonn: Bouvier, 1979.

CERTEAU, Michel de. *L'écriture de l'histoire*. Paris: Gallimard, 1975.

CIARAMELI, Fabio. „Jacques Derrida und das Supplement des Ursprungs". In: H.-D. Gondek und B. Waldenfels (Hg.), *Einsätze des Denkens*. Frankfurt: Suhrkamp, 1997, 124-152.

COURTINE, Jean François. L'aristotélisme de Franz Brentano. *Études Phénoménologiques* 27/28: Husserl, lecteur de Brentano et de Frege (1998), 7-50.

DÄRMANN, Iris. Quand la mémoire devient image de souvenir: Husserl et Freud. *Cahiers de Philosophie de Paris XII – Val de Marne* 4: Deutsche und Französische Phänomenologie (2000), 271-293.

DEPRAZ, Natalie. Temporalité et affection dans les manuscrits tardifs sur la temporalité (1929-1935) de Husserl. *Alter: Revue de Phénoménologie* 2: Temporalité et affection (1994), 63-86.

– „Commentaire". In: Edmund Husserl: Le moi dénué de conscience – Sommeil – Évanouissement (1930-1932). *Alter: Revue de Phénoménologie* 5: Veille, sommeil, rêve (1997), 167-173.

DERRIDA, Jacques. „Freud et la scéne de l´écriture". In: *L´écriture et la différence*. (Nachdr. der Ausg. 1967). Paris: Éd. du Seuil, 2006, 293-340.

– „Freud und der Schauplatz der Schrift". In: *Die Schrift und die Differenz*. Übers. von R. Gasché. Frankfurt: Suhrkamp, 1972, 302-350.

- *La voix et le phénomène: Introduction au problème du signe dans la phénoménologie de Husserl.* Paris: PUF, 1967.
- *Die Stimme und das Phänomen.* Übers. von H.-D. Gondek. Frankfurt: Suhrkamp, 2003.
- *De la grammatologie.* Paris: Éditions de Minuit, 1967.
- *Grammatologie.* Übers. von H.-J. Rheinberger und H. Zischler. Frankfurt: Suhrkamp, 1974.
- „La différance", in: *Marges de la philosophie.* Paris: Minuit, 1972, 1-30.
- „Die Différance", in: *Die Différance:* Ausgewählte Texte. Stuttgart: Reclam, 2004, 110-149.
- *La Dissémination.* Paris: Du Seuil, 1972.
- *La carte postale: De Socrate à Freud et au-delà.* Paris: Flammarion, 1980.
- *Die Postkarte. Von Sokrates bis an Freud und jenseits.* Bd. 2. Übers. von H.-J. Metzger. Berlin: Brinkmann und Bose, 1987.
- „Jacques Derrida". In: F. Rötzer (Hg.), *Französische Philosophen im Gespräch.* München: Boer², 1987, 67-87.
- *Mal d'archive: Une impression freudienne.* Paris: Galilée², 2008.
- *Dem Archiv verschrieben: Eine Freudsche Impression.* Übers. von H.-D. Gondek und H. Naumann. Berlin. Brinkmann und Bose, 1997.
- *Résistances de la psychanalyse.* Paris: Galilée, 1996.
- *Eine gewisse unmögliche Möglichkeit, vom Ereignis zu sprechen.* Übers. von S. Lüdemann. Berlin: Merve, 2003.

ENDRASS, Günther. *Zur Geschichte und Systematik von Qualität und Quantität in Freuds Metapsychologie.* Clausthal-Zellerfeld: Bönecke, 1975.

ENGLISH, Jacques. Pourquoi et comment Husserl en est venu à critiquer Brentano. *Études Phénoménologiques* 27/28: Husserl, lecteur de Brentano et de Frege (1998), 51-88.

EXNER, Sigmund. *Entwurf zu einer physiologischen Erklärung der psychischen Erscheinungen.* Leipzig / Wien: Franz Deuticke, 1894.

FECHNER, Gustav Theodor. *Elemente der Psychophysik.* Zweiter Teil. Leipzig: Breitkopf und Härtel, 1860.
- *In Sachen der Psychophysik.* Leipzig: Breitkopf und Härtel, 1877.

FENICHEL, Otto. Zur ökonomischen Funktion der Deckerinnerungen. *Internationale Zeitschrift für Psychoanalyse* XIII (1927). Nendeln / Liechtenstein: Kraus Reprint, 1969, 58-60.

FERRIE, Christian. *Pourquoi lire Derrida?: Essai d'interprétation de l'herméneutique de Jacques Derrida.* Paris: Kimé, 1998.

FINK, Eugen. „Vergegenwärtigung und Bild". In: *Studien zur Phänomenologie* (1930-1939). Den Haag: Martinus Nijhoff, 1966, 1-78.
- *Nähe und Distanz: Phänomenologische Vorträge und Aufsätze.* Freiburg / München: Karl Alber, 1976.

– „Finks Beilage zum Problem des ‚Unbewussten'". In: E. Husserl, Hua VI: *Die Krisis der europäischen Wissenschaften und die transzendentale Phänomenologie*, Beilage XXI, zu § 46. Den Haag: Martinus Nijhoff, 1954, 473-475.

FINKLENBURG, Ferdinand, „Beobachtungen über Aphasie", in: *Niederrheinische Gesellschaft in Bonn.* 1870, 67-78.

FOPP, David. „Gegenwart und Gegenwärtigkeit: Zeittheoretische Überlegungen im Anschluss an Merleau-Ponty und Theunissen". In: E. Angehrn, C. Iber, G. Lohmann und R. Pocai (Hg.), *Der Sinn der Zeit.* Weilerswist: Velbrück Wissenschaft, 2002, 124-143.

FRANCK, Didier. *Chair et corps: Sur la phénoménologie de Husserl.* Paris: De Minuit, 1981.

FREUD, Sigmund. *Briefe an Wilhelm Fließ 1887-1904.* Hrsg. von J. M. Masson. Frankfurt: Fischer, 1986.

– *Zur Auffassung der Aphasien: Eine kritische Studie* (1891). Hrsg. Von P. Vogel. Frankfurt: Fischer, 1992.

– „Die Abwehr-Neuropsychosen" (1892). GW I: Werke aus den Jahren 1892-1899. Frankfurt: Fischer[5], 1977, 57-74.

– „Zur Theorie des hysterischen Anfalles" (1892). GW XVII: Schriften aus dem Nachlass 1892-1938. Frankfurt: Fischer[4], 1966, 9-13.

– „Zur Psychotherapie der Hysterie" (1893). In: *Studien über Hysterie.* GW I: Werke aus den Jahren 1892-1899. Frankfurt: Fischer[5], 1977, 252-312.

– *Entwurf einer Psychologie* (1895). GW Nachtragsband: Texte aus den Jahren 1885-1938. Frankfurt: Fischer, 1987, 373-486.

– „Zum psychischen Mechanismus der Vergesslichkeit" (1898). GW I: Werke aus den Jahren 1892-1899. Frankfurt: Fischer[5], 1977, 517-527.

– „Über Deckerinnerungen" (1899). GW I: Werke aus den Jahren 1892-1899. Frankfurt: Fischer[5], 1977, 529-554.

– „Bruchstück einer Hysterie-Analyse" (1905). GW 5: Werke aus den Jahren 1904-1905. Frankfurt: Fischer[3], 1961, 161-286.

– „Der Wahn und die Träume in Wilhelm Jensens ‚Gradiva'" (1907). GW VII: Werke aus den Jahren 1906-1909. Frankfurt: Fischer[4], 1966, 29-125.

– „Der Dichter und das Phantasieren" (1907). GW VII: Werke aus den Jahren 1906-1909. Frankfurt: Fischer[4], 1966. 211-223,

– „Selbstdarstellung" (1910). GW XIV: Werke aus den Jahren 1925-1931. Frankfurt: Fischer[4], 1968, 31-96.

– „Einige Bemerkungen über den Begriff des Unbewussten in der Psychoanalyse" (1912). Studienausgabe III: Psychologie des Unbewussten. Frankfurt: Fischer, 2000, 25-36.

– „Erinnern, Wiederholen und Durcharbeiten (Weitere Ratschläge zur Technik der Psychoanalyse II)" (1914). Studienausgabe Ergänzungsband: Schriften zur Behandlungstechnik. Frankfurt: Fischer, 2000, 205-215.

– „Das Unbewusste“ (1915). Studienausgabe III: Psychologie des Unbewussten. Frankfurt: Fischer, 2000, 119-173.
– „Metapsychologische Ergänzung zur Traumlehre“ (1917[1915]). Studienausgabe III: Psychologie des Unbewussten. Frankfurt: Fischer, 2000, 175-191.
– *Vorlesungen zur Einführung in die Psychoanalyse* (1916-1917). GW XI. Frankfurt: Fischer, 1989.
– „Aus der Geschichte einer infantilen Neurose“ (1918). GW XII: Werke aus den Jahren 1917-1920. Frankfurt: Fischer, 1966, 27-157.
– *Massenpsychologie und Ich-Analyse* (1921). GW XIII: Jenseits des Lustprinzips und andere Arbeiten aus den Jahren 1920-1924. Frankfurt: Fischer[6], 1969, 70-161.
– *Das Ich und das Es* (1923). Studienausgabe III: Psychologie des Unbewussten. Frankfurt: Fischer, 2000, 273-330.
– „Notiz über den ‚Wunderblock‘“ (1925 [1924]). Studienausgabe III: Psychologie des Unbewussten. Frankfurt: Fischer, 2000, 363-369.
– „Die Verneigung“ (1925). GW XIV: Werke aus den Jahren 1925-1931. Frankfurt: Fischer 14, 9-15.
– „Psycho-Analysis“ (1925). GW XIV: Werke aus den Jahren 1925-1931. Frankfurt: Fischer[4], 1968, 297-307.
– „Das Unbehagen in der Kultur“ (1930). GW XIV: Werke aus den Jahren 1925-1931. Frankfurt: Fischer[4], 1968, 419-506.
– *Neue Folge der Vorlesungen zur Einführung in die Psychoanalyse* (1932). GW XV. Frankfurt: Fischer[5], 1969.
– „Zur Gewinnung des Feuers“ (1932[1931]). GW XVI: Werke aus den Jahren 1932-1939. London: Imago, 1950, 1-9.
– „Warum Krieg?“ (1933[1932]). GW XVI: Werke aus den Jahren 1932-1939. London: Imago, 1950, 11-27.
– „Nachschrift zur ‚Selbstdarstellung‘“ (1935). GW XVI: Werke aus den Jahren 1932-1939. Frankfurt: Fischer[2], 1961, 29-34.
– „Konstruktionen in der Analyse“ (1937). GW XVI: Werke aus den Jahren 1932-1939.Frankfurt: Fischer[2], 1961, 41-56.
– *Der Mann Moses und die monotheistische Religion* (1939[1934-38]). In: GW XVI: Werke aus den Jahren 1932-1939. London: Imago, 1950, 101-155.
GADAMER, H.-G. *Das Problem des historischen Bewusstseins.* Tübingen: Mohr (Siebeck), 2001.
– „Vom Zirkel des Verstehens“. GW 2: *Hermeneutik II: Wahrheit und Methode.* Tübingen: Mohr (Siebeck)[2], 1993, 57-65.
– „Rethorik, Hermeneutik und Ideologiekritik: Metakritische Erörterungen zu ‚Wahrheit und Methode‘.“ GW 2: *Hermeneutik II: Wahrheit und Methode.* Tübingen: Mohr (Siebeck)[2], 1993, 232-250.

– „Selbstdarstellung Hans-Georg Gadamer". GW 2: *Hermeneutik II: Wahrheit und Methode.* Tübingen: Mohr (Siebeck)², 1993, 479-508.
– „Unterwegs zur Schrift?". In: A. und J. Assmann und Ch. Hardmeier (Hg.), *Schrift und Gedächtnis: Beiträge zur Archäologie der literarischen Kommunikation.* München: Wilhelm Fink³, 1983, 10-19.
– „Text und Interpretation". In: Ph. Forget (Hg.), *Text und Interpretation.* München: Wilhelm Fink, 1984, 25-55.
– „Und dennoch: Macht des Guten Willens". In: Ph. Forget (Hg.), *Text und Interpretation.* München: Wilhelm Fink, 1984, 59-61.
GARCIA-ROZA, Luiz A. *Introdução à Metapsicologia freudiana.* Bd. I: Sobre as afasias; O projeto de 1895. Rio de Janeiro: Jorge Zahar, 1996.
GAVOTA, Gina. „Living in the Moment: Husserl, Derrida and the logic of the Now". In: G. Banham (Hg.), *Husserl and the logic of Experience.* Basingstoke: Palgrave Macmillan, 2005, 202-216.
GERLICH, Siegfried. *Sinn, Unsinn, Sein: Philosophische Studien über Psychoanalyse, Dekonstruktion und Genealogie.* Wien: Passagen, 1992.
GÖDDE, Günter. *Traditionslinien des „Unbewussten": Schopenhauer, Nietzsche, Freud.* Tübingen: Fuldaer, 1999.
– „Das Unbewusste als Zentralbegriff der Freudschen Metapsychologie und seine philosophischen Wurzeln". In: U. Kadi, B. Keintzel und H. Vetter (Hg.), *Traum, Geld, Logik: Freud, Husserl und Simmel zum Denken der Moderne.* Tübingen: Diskord, 2001, 33-60.
GOLDSTEIN, Kurt. *Über Aphasie.* Zürich: Orell Füssli, 1927.
GONDEK, Hans-Dieter. „La séance continue: Jacques Derrida und die Psychoanalyse". In: J. Derrida, *Vergessen wir nicht: die Psychoanalyse!.* Hrsg. und Übers. von H.-D. Gondek. Frankfurt: Suhrkamp, 1980.
– *Angst, Einbildungskraft, Sprache: Ein verbindender Aufriss zwischen Freud, Kant und Lacan.* München: Boer, 1990.
GREEN, André. Zeitlichkeit in der Psychoanalyse: zersplitterte Zeit. *Psyche: Zeitschrift für Psychoanalyse und ihre Anwendungen* 57, 9/10 (2003), 789-811.
GROEN-PRAKKEN, Han. „Gegenseitige Beziehung zwischen Deckerinnerung und Trauma". In: R. Berna-Glantz und P. Dreyfus (Hg.), *Trauma, Konflikt, Deckerinnerung.* Stuttgart-Bad Cannstatt: Frommann-Holzboog, 1984.
GRÜNBAUM, Adolf. *Psychoanalyse in wissenschaftstheoretischer Sicht: Zum Werk Sigmund Freud und seiner Rezeption.* Konstanz: Universitätsverlag, 1987.
– *Die Grundlagen der Psychoanalyse: Eine philosophische Kritik.* Stuttgart: Reclam, 1988.
GÜNZEL, Stephan. „*Zick-Zack*: Edmund Husserls phänomenologische Archäologie". In: K. Ebeling und S. Altekamp (Hg.). *Die Aktualität des Archäologischen: Kulturwissenschaften, Medien, Künste.* Frankfurt: Fischer, 2004, 98-117.

HAAS, Eberhard Th. *Transzendenzverlust und Melancholie: Depression und Sucht im Schatten der Aufklärung.* Gießen: Psychosozial-Verlag, 2006.

HABERMAS, Jürgen. *Erkenntnis und Interesse.* Frankfurt: Suhrkamp[11], 1994.

HARTMANN, Heinz. *Ich-Psychologie: Studien zur psychoanalytischen Theorie.* Stuttgart: Ernst Klett, 1972.

HEFFERNAN, George. *Bedeutung und Evidenz bei Edmund Husserl: das Verhältnis zwischen der Bedeutungs- und der Evidenztheorie in den „Logischen Untersuchungen" und der „Formalen und transzendentalen Logik"; ein Vergleich anhand der Identitätsproblematik.* Bonn: Bouvier, 1983.

HELD, Klaus. *Lebendige Gegenwart: Die Frage nach der Seinsweise des transzendentalen Ich bei Edmund Husserl, entwickelt am Leitfaden der Zeitproblematik.* Den Haag: Martinus Nijhoff, 1966.

HEMECKER, Wilhelm W. *Vor Freud: Philosophiegeschichtliche Voraussetzungen der Psychoanalyse.* München: Philosophia Verlag GmbH, 1991.

HENRY, Michel. *Généalogie de la psychanalyse: Le commencement perdu.* Paris: PUF, 1985.

HERBART, Johann Friedrich. *Lehrbuch zur Psychologie.* Hrsg. von M. Kaiser-El-Safti. Würzburg: Königshausen und Neumann, 2003.

– *Psychologie als Wissenschaft, neu gegründet auf Erfahrung, Metaphysik und Mathematik.* Sämtliche Werke VI: Schriften zur Psychologie. Leipzig: Leopold Voss, 1850.

HOCK, Udo. *Das Unbewusste Denken: Wiederholung und Todestrieb.* Frankfurt: Fischer, 2000.

– Die Zeit des Erinnerns. *Psyche: Zeitschrift für Psychoanalyse und ihre Anwendungen* 57, 9/10 (2003), 812-840.

HOLENSTEIN, Elmar. *Phänomenologie der Assoziation: Zu Struktur und Funktion eines Grundprinzips der passiven Genesis bei E. Husserl.* Den Haag: Martinus Nijhoff, 1972.

HONG, Seong-Ha. *Phänomenologie der Erinnerung.* Würzburg: Königshausen und Neumann, 1993.

HUSSERL, Edmund. *Texte zur Phänomenologie des inneren Zeitbewusstseins (1893–1917).* Text nach Hua Bd. X. Hrsg. von R. Bernet. Hamburg, Felix Meiner, 1985.

– *Briefe an Roman Ingarden.* Hrsg. von R. Ingarden. Den Haag: Martinus Nijhoff, 1968.

– *Briefwechsel. Bd II: Die Münchener Phänomenologen.* Hrsg. von K. Schuhmann. Dordrecht / Boston / London: Kluwer Academic Publishers, 1994.

– *Erfahrung und Urteil: Untersuchungen zur Genealogie der Logik.* Hrsg. von L. Landgrebe. Hamburg: Felix Meiner[4], 1972.

- Hua III: *Ideen zu einer reinen Phänomenologie und phänomenologischen Philosophie.* Erstes Buch: Allgemeine Einführung in die reine Phänomenologie. Hrsg. von W. Biemel. Haag: Martinus Nijhoff, 1950.
- Hua III/1: *Ideen zu einer reinen Phänomenologie und phänomenologischen Philosophie.* Erstes Buch: Allgemeine Einführung in die reine Phänomenologie. Hrsg. von K. Schuhmann. Den Haag: Martinus Nijhoff, 1976.
- Hua IV: *Ideen zu einer reinen Phänomenologie und phänomenologischen Philosophie.* Zweites Buch: Phänomenologische Untersuchungen zur Konstitution. Hrsg. von M. Biemel. Haag: Martinus Nijhoff, 1952.
- Hua X: *Zur Phänomenologie des inneren Zeitbewusstseins (1893–1917).* Hrsg. von R. Boehm. Haag: Martinus Nijhoff, 1966.
- *Texte zur Phänomenologie des inneren Zeitbewusstseins (1893–1917).* Text nach Hua Bd. X. Hrsg. von R. Bernet. Hamburg: Felix Meiner, 1985.
- Hua XI: *Analysen zur passiven Synthesis. Aus Vorlesungs- und Forschungsmanuskripten 1918–1926.* Hrsg. von M. Fleischer. Den Haag: Martinus Nijhoff, 1966.
- Hua XV: *Zur Phänomenologie der Intersubjektivität. Texte aus dem Nachlass.* Dritter Teil: 1929-1935. Hrsg. von I. Kern. Den Haag: Martinus Nijhoff, 1973.
- Hua XIX/1: *Logische Untersuchungen: Untersuchungen zur Phänomenologie und Theorie der Erkenntnis.* Hrsg. von U. Panzer. The Hague: Martinus Nijhoff, 1984.
- Hua XIX/2: *Logische Untersuchungen: Untersuchungen zur Phänomenologie und Theorie der Erkenntnis.* Hrsg. von U. Panzer. The Hague: Martinus Nijhoff, 1984.
- Hua XXIII: *Phantasie, Bildbewusstsein, Erinnerung: Zur Phänomenologie der anschaulichen Vergegenwärtigungen. Texte aus dem Nachlass (1898–1925).* Hrsg. von E. Marbach. The Hague: Martinus Nijhoff, 1980.
- Hua XXVIII: *Vorlesungen über Ethik und Wertlehre 1908-1914.* Hrsg. von U. Melle. Dordrecht / Boston / London: Kluwer Academic Publishers, 1988.
- Hua XXXIII: *Die Bernauer Manuskripte über die Zeitbewusstsein (1917-1918).* Hrsg. von R. Bernet und D. Lohmar. Dordrecht / Boston / London: Kluwer Academic Publishers, 2001.
- Hua XXXV: *Einleitung in die Philosophie. Vorlesungen 1922/23.* Hrsg. von B. Goossens. Dordrecht / Boston / London: Kluwer Academic Publishers, 2002.
- Hua XXXVII: *Einleitung in die Ethik. Vorlesungen Sommersemester 1920/1924.* Hrsg. von H. Peucker. Dordrecht / Boston / London: Kluwer Academic Publishers, 2004.
- Hua XXXVIII: *Wahrnehmung und Aufmerksamkeit. Texte aus dem Nachlass (1893–1912).* Hrsg. von Th. Vongehr und R. Giuliani. Dordrecht: Springer, 2004.
- Materialien VIII (Mat. VIII): *Späte Texte über Zeitkonstitution (1929–1934): Die C-Manuskripte.* Hrsg. von D. Lohmar. Dordrecht: Springer, 2006.

JONES, Ernest. *Das Leben und Werk von Sigmund Freud.* Band I: Die Entwicklung und die großen Entdeckungen (1856–1900). Bern / Stuttgart: Hans Huber, 1960.

KANT, Immanuel. *Kritik der reinen Vernunft.* Hrsg. von R. Schmidt. Hamburg: Felix Meiner³, 1990.

– *Metaphysische Anfangsgründe der Naturwissenschaft.* In: Werke V: *Kritik der Urteilskraft und Schriften zur Naturphilosophie.* Hrsg. von W. Weischedel. Wiesbaden: Im Insel, 1957, 7-135.

KERN, Iso. „Die besondere Wirklichkeit der Vergangenheit". In: E. Angehrn und B. Baertschi (Hg.), *Gedächtnis und Voraussicht: Mémoire et projet.* Bern / Stuttgart / Wien: Haupt, 2001, 13-32.

KERRIGAN, William. Husserl's Epoché and the Genesis of Imagination in Psychoanalysis. *Psychoanalysis and contemporary thought* 3, 2 (1980), 55-83.

KETTNER, Matthias. „Nachträglichkeit: Freuds brisante Erinnerungstheorie". In: J. Rüsen und J. Straub (Hg.), *Die dunkle Spur der Vergangenheit: Psychoanalytische Zugänge zum Geschichtsbewusstsein. Erinnerung, Geschichte, Identität 2.* Frankfurt: Suhrkamp, 1998, 33-69.

– Das Konzept der Nachträglichkeit in Freuds Erinnerungstheorie. *Psyche: Zeitschrift für Psychoanalyse und ihre Anwendungen*, Heft IV (1999), 309-342.

KIMMERLE, Gerd. *Anatomie des Schicksals: Zur Kritik des intentionalen Unbewussten in Freuds psychoanalytischen Aufklärung des Körpers.* Tübingen: Diskord, 1986.

KIMMERLE, Heinz. *Jacques Derrida zur Einführung.* Hamburg: Junius⁵, 2000.

– Gadamer, Derrida und kein Ende. *Allgemeine Zeitschrift für Philosophie* 16 (1991), 59-69.

KOBAYASHY, Toshiaki. *Melancholie und Zeit.* Frankfurt: Stroemfeld, 1998.

KOSELLECK, Reinhart. *Zeitschichten: Studien zur Historik.* Frankfurt: Suhrkamp, 2003.

KRAUS, Oskar. *Franz Brentano: Zur Kenntnis seines Lebens und seiner Lehre.* München: C.H. Beck'sche, 1919.

LACAN, Jacques. *Écrits I.* Paris: Seuil², 1999.

– L'instance de la lettre dans l'inconscient ou la raison depuis Freud. In: *Écrits I.* Paris: Seuil², 1999.

– *Le séminaire II : Le moi dans la théorie de Freud et dans la technique de la psychanalyse, 1954 – 1955.* Texte établi par J.-A. Miller. Paris : Éd. du Seuil, 1978.

– *Das Seminar. Band II: Das Ich in der Theorie Freuds und in der Technik der Psychoanalyse.* Übers. von H.-J. Metzger. Berlin: Quadriga², 1991.

– *Le séminaire VII: L'éthique de la psychanalyse, 1959 – 1960.* Texte établi par J.-A. Miller. Paris: Du Seuil, 1986.

– *Le séminaire XI: Les quatre concepts fondamentaux de la psychanalyse, 1964.* Texte établi par J.-A. Miller. Paris: Du Seuil, 1973.

LAPLANCHE, Jean. *Die unvollendete kopernikanische Revolution in der Psychoanalyse.* Übers. von U. Hock. Frankfurt: Fischer, 1996.
LAPLANCHE, Jean und PONTALIS, Jean-Bertrand. *Urphantasie: Phantasien über den Ursprung, Ursprünge der Phantasie.* Übers. von M. Looser. Frankfurt: Fischer, 1992.
– *Das Vokabular der Psychoanalyse.* Übers. von E. Moersch. Frankfurt: Suhrkamp, 1972.
LEE, Nam-In. *Edmund Husserls Phänomenologie der Instinkte.* Dordrecht / Boston / London: Kluwer Academy Publishers, 1993.
LEVESQUE, Claude. *L'étrangeté du texte: Essais sur Nietzsche, Freud, Blanchot et Derrida.* Paris : Union gén. d'éds, 1978.
LÖCHEL, Elfriede. „Spuren lesen und Schreiben". In: F. Dirkopf, I. Härtel, C. Kirchhoff, L. Lippmann, K. Rothe (Hg.), *Aktualität der Anfänge: Freuds Brief am Fließ vom 6.12.1896.* Bielefeld: Transcript, 2008, 95-112.
LOTZ, Christian. „Versprechen – Verzeihen, Erinnern – Vergessen". In: E. Angehrn und B. Baertschi (Hg.), *Gedächtnis und Voraussicht: Mémoire et projet.* Bern / Stuttgart / Wien: Haupt, 2001, 77-93.
LÜTTERFELDS, Wilhelm. *Kants Dialektik der Erfahrung: Zur antinomischen Struktur der endlichen Erkenntnis.* Meisenheim am Glan: Hain, 1977.
MACH, Ernst. *Die Analyse der Empfindungen und das Verhältnis des Physischen zum Psychischen.* (Nachdr. der 9. Aufl. (Jena: Fischer, 1922)). Darmstadt: Wissenschaftliche Buchgesellschaft, 1991.
MAI, Katharina. *Die Phänomenologie und ihre Überschreitungen: Husserls reduktives Philosophieren und Derridas Spur der Andersheit.* Stuttgart: M & P, 1996.
MARBACH, Eduard. *Das Problem des Ich in der Phänomenologie Husserls.* Den Haag: Martinus Nijhoff, 1974.
MARTY, Anton. „Grundfragen der Sprachphilosophie (Eine Vorlesung A. Martys aus dem Jahre 1904)". In: *Psyche und Sprachstruktur.* Hrsg. von O. Funke. Bern: Francke, 1940, 75-117.
– *Untersuchungen zur Grundlegung der allgemeinen Grammatik und Sprachphilosophie.* Halle: Niemeyer, 1908.
MARUCCO, Noberto C. Zwischen Erinnerung und Schicksal: die Wiederholung. *Psyche: Zeitschrift für Psychoanalyse und ihre Anwendungen* 61 (2007), 322-344.
MERLEAU-PONTY, Maurice. *Notes des cours au Collège de France: 1958-1959 et 1960-1961.* Texte établi par S. Ménasé. Paris: Gallimard, 1996.
– *Phänomenologie der Wahrnehmung.* Übers. von R. Boehm. Berlin: Walter de Gruyter und Co., 1966.
– *Das Auge und der Geist: Philosophische Essays.* Hrsg. von Ch. Bermes. Hamburg: Felix Meiner, 2003.
MEYNERT, Theodor. *Mechanik des Gehirnbaues.* Wien : Braumüller, 1874.

MISHARA, Aaron L. Husserl and Freud: Time, Memory and the Unconscious. *Husserl Studies* 7 (1990), 29-58.

MÖBIUS, Paul J. „Über den Begriff der Hysterie". In: *Neurologische Beiträge*, Bd. I: Über den Begriff der Hysterie und andere Vorwürfe vorwiegend psychologischer Art. Leipzig: Abel, 1894, 1-7.

MONTAVONT, Anne. Passivité et non-donation. *Alter: Revue de Phénoménologie* 1: Naître et mourir (1993), 131-147.

– Le phénomène de l'affection dans les *Analysen zur passiven Synthesis*. *Alter: Revue de Phénoménologie* 2: Temporalité et affection (1994), 119-139.

– *De la passivité dans la Phénoménologie de Husserl*. Paris: Presses Universitaires de France, 1999.

NI, Liangkang. Unbewusstsein und Urbewusstsein in Husserls Zeitverständnis. *Husserl Studies* 21 (2005), 17-33.

PABST, Manfred. *Bild – Sprache – Subjekt: Traumtexte und Diskurseffekte bei Freud, Lacan, Derrida, Beckett und Deleuze/Guattari*. Würzburg: Königshausen und Neumann, 2004.

PERREAU, Laurent. Phénoménologie husserlienne et metapsychologie freudienne: la pulsion et l'inconscient. *Alter: Révue de Phénomenologie* 15: Merleau-Ponty (2006), 11-30.

PETHES, Nicolas und RUCHATZ, Jens (Hg.). *Gedächtnis und Erinnerung: Ein interdisziplinäres Lexikon*. Reinbek bei Hamburg: Rowohlt, 2001.

PONTALIS, Jean-Bertrand. *Aus dem Blick verlieren: Im Horizont der Psychoanalyse*. Übers. von H.-D. Gondek. München: P. Kirchheim, 1991.

– *Die Macht der Anziehung: Psychoanalyse des Traums, der Übertragung und der Wörter*. Übers. von H.-D. Gondek. Frankfurt: Fischer, 1992.

– *Entre le rêve et la douleur*. Paris: Gallimard, 1977.

– *Zwischen Traum und Schmerz*. Übers. von H.-D. Gondek. Frankfurt: Fischer, 1998.

RICHIR, Marc. „Monodologie transcendantale et temporalisation". In: S. Ijsseling (Hg.), *Husserl-Ausgabe und Husserl-Forschung*. Dordrecht / Boston / London: Kluwer Academic Publishers, 1990, 151-172.

– „Phänomenologisches und symbolisches Bewusstsein und Unbewusstes. Der Primärvorgang im Traum". In: J. Trinks (Hg.), *Bewusstsein und Unbewusstes*. Wien: Turia und Kant, 2000, 11-41.

– *Phantasia, Imagination, Affectivité: Phénoménologie et anthropologie phénoménologique*. Grenoble: Millon, 2004.

– „Affekt und Zeitigung". In: M. Staudigl und J. Trinks (Hg.), *Ereignis und Affektivität: Zur Phänomenologie sich bildenden Sinnes*. Wien: Turia und Kant, 2006, 247-258.

RICŒUR, Paul. *De l'interprétation: Essai sur Freud*. (Nachdr. der Ausg. 1965). Paris: Du Seuil, 2001.

– *Die Interpretation: Ein Versuch über Freud.* Übers. von E. Moldenhauer. Frankfurt: Suhrkamp[3], 1993.
– *Hermeneutik und Psychoanalyse: Der Konflikt der Interpretationen II.* München: Kösel, 1974.
– *Gedächtnis, Geschichte, Vergessen.* Übers. von H.-D. Gondek, H. Jatho und M. Sedlaczek, München: Wilhelm Fink, 2004.
– *Das Rätsel der Vergangenheit: Erinnern – Vergessen – Verzeihen.* Übers. von A. Breitling und H. R. Lesaar. Göttingen: Wallstein[4], 2004.
RINOFNER-KREIDL, Sonja. Zeitbewusstsein, innere Wahrnehmung und Reproduktion. Die Phänomenologische Zeitlehre in der Auseinandersetzung Husserl – Brentano. *Brentano Studien* 6: Rezeption der deskriptiven Psychologie Franz Brentanos in Deutschland und Italien (1995/96), 193-227.
ROUDINESCO, Élisabeth und PLON, Michel. *Dictionnaire de la Psychanalyse.* Paris: Fayard, 1997.
SAFOUAN, Moustafa. „De la structure en psychanalyse: contribution à une théorie du manque." In: O. Ducrot und F. Wahl (Hg.), *Qu'est-ce que le structuralisme?.* Paris: Du Seuil, 1968, 239-298.
SERRA, Alice M. Zum Phänomen der Deckerinnerung: Eine Auseinandersetzung zwischen Freud und Husserl. *Phänomenologische Forschungen* (2008), 23-41.
– „Deckung". In: H.-H. Gander (Hg.), *Husserl-Lexikon.* Darmstad: WGB, 2010, 55-57.
– „Teil / Ganzes". In: H.-H. Gander (Hg.), *Husserl-Lexikon.* Darmstad: WGB, 2010, 279-280.
SÖTEMANN, Christian H. *Sein und Existenz in Phänomenologie und Psychoanalyse.* Hamburg: Kovac, 2006.
STAROBINSKI, Jean. „Acheronta movebo: Nachdenken über das Motto der *Traumdeutung*". In: J. Starobinski, I. Grubrich-Simitis und M. Solms (Hg.), *Hundert Jahre „Traumdeutung" von Sigmund Freud.* Frankfurt: Fischer, 1999.
SULLOWAY, Frank J. *Freud, biologist of the mind: Beyond the psychoanalytic legend.* New York: Basic Books, 1979.
TAUREK, Bernhard H. F. (Hg.). *Psychoanalyse und Philosophie: Lacan in der Diskussion.* Frankfurt: Fischer, 1992.
THEUNISSEN, Michael. *Negative Theologie der Zeit.* Frankfurt: Suhrkamp, 1991.
– *Rechtweite und Grenzen der Erinnerung.* Übers. von B. Allen. Hrsg. von E. Herms. Tübingen: Mohr (Siebeck), 2001.
TRÄGER, Franz. *Herbarts realistisches Denken: Ein Abriß.* Amsterdam / Roopi / Wüzburg: Königshausen und Newman, 1982.
TURNHEIM, Michel. „Über Unvoreingenommenheit: Freuds widersprüchliche Forderung". In: F. Dirkopf, I. Härtel, C. Kirchh off, L. Lippmann, K. Rothe (Hg.), *Aktualität der Anfänge: Freuds Brief am Fließ vom 6.12.1896.* Bielefeld: Transcript, 2008, 95-112.

VALÉRY, Paul. *Cahiers: 1921-22*. Bd. 8. Paris: Centre National de la Recherche Cientifique, 1958.
– *Cahiers / Hefte*, Bd. 3. Hrsg. von K. Hartmut. Frankfurt: Fischer, 1989.
WEBER, Samuel. „Tertium datur", in: F. A. Kittler (Hg.), *Austreibung des Geistes aus den Geisteswissenschaften:Programme des Poststrukturalismus*. Paderborn / München / Wien / Zürich: Ferdinand Schöningh, 1980.
WELTON, Donn. „The Systematicity of Husserl's Transcendental Philosophy: From Static to Genetic Method". In: D. Welton (Hg.), *The new Husserl: a critical reader*. Bloomington: Indiana University Press, 2003, 255-288.
– „Zur Räumlichkeit des Bewusstseins". In: H. Hüni und P. Trawny (Hg.), *Die erscheinende Welt: Festschrift für Klaus Held*. Berlin: Duncker und Humblot, 2002, 623-649.
WERLE, Josef M. *Franz Brentano und die Zukunft der Philosophie: Studien zur Wissenschaftsgeschichte und Wissenschaftssystematik im 19. Jahrhundert*. Amsterdam: Rodopi, 1989.
WOLLHEIM, Richard. *Sigmund Freud*. München: Deutscher Taschenbuch Verlag, 1972.
YAMAGUCHI, Ichiro. Die Frage nach dem Paradox der Zeit. *Recherches Husserliennes* 17 (2002), 25-49.
– Triebintentionalität als uraffektive passive Synthesis in der genetischen Phänomenologie. *Alter: Revue de Phénoménologie* 9: La Pulsion (2001), 219-239.
ZAHAVI, Dan. *Self-awareness, Temporality, and Alterity: Central Topics in Phenomenology*. Dordrecht / Boston / London: Kluwer Academy Publishers, 1998.
– „Self-awareness and Affektion". In: N. Depraz, und D. Zahavi (Hg.), *Alterity and Facticity: New Perspectives on Husserl*. Dordrecht / Boston / London: Kluwer Academic Publishers, 1998, 205-228.
– „Husserl und das Problem des vor-reflexiven Selbstbewusstseins". In: H. Hüni und P. Trawny (Hg.), *Die erscheinende Welt: Festschrift für Klaus Held*. Berlin, 2000, 698-724.
– *Self-awareness and Alterity: A phenomenological Investigation*. Evanston: Northwestern University Press, 1999.
– Brentano and Husserl on self-awareness. *Études Phénoménologiques* 27/28: Husserl, lecteur de Brentano et de Frege (1998), 127-168.
– Sleep, Self-awareness and Dissociation. *Alter: Revue de Phénoménologie* 5: Veille, sommeil, rêve (1997), 137-151.

Danksagung

Das vorliegende Buch ist meine von 2006 bis 2010 an der Philosophischen Fakultät der Albert-Ludwigs-Universität Freiburg entwickelte Doktorarbeit.

Diese Untersuchung hätte nicht ohne vielfältige Unterstützung entstehen und zur Vollendung gebracht werden können.

Zuerst gilt ein herzlicher Dank Herrn Professor Hans-Helmuth Gander für die vertrauensvolle und konstruktive Förderung während der gesamten Entstehungszeit.

Herrn Professor Emil Angehrn bin ich sehr dankbar für die Motivation, die mir seine Teilnahme am Verteidigungsprozess bedeutete, sowie für seine sorgfältige Lektüre der Arbeit.

Weil das Deutsche nicht meine Muttersprache ist, wurde zur Korrektur und Verbesserung meiner deutschen Texte der Beitrag von Freuden und Kollegen unentbehrlich. Dafür sei Andrea Horz, Frank Steffen, Jan Wolkenhauer, Maren Werle, Thiemo Breyer, Philippe Merz und Jonathan Ahles aufrichtig gedankt.

Herzlich bedanke ich mich bei Lucia Castro für die Überprüfung des Literaturverzeichnisses; bei Maxime Doyon und Miriam Fischer für die Motivation, die mir unsere Lektüre von Derrida für meine weitere Auseinandersetzung mit diesem Autor bedeutete; bei Andrea Staiti, Marta Ubiali und Michele Averchi für die wichtigen Hinweise zu Husserl.

Auch den Anteil weiterer Freunde in Freiburg möchte ich hier anerkennen, deren Anwesenheit mir in verschiedenen Momenten der Promotionszeit bedeutsam wurde: Jan Wolkenhauer, Johannes, Eva und Hans Theo Poschenrieder, Joanna Lawson, Tom Minnich, Su-Ching Wang, Virginie Palette, Diana Aurenque, Andrea Tausch, Apolonia Franco-Elizondo, Talita Telma, Matthias Liebner, Alison Scheib, Martin Broesamle, Carolin Peschel, Mihaela Savin, Anatol Arndt.

Nicht alle, die mir in dieser Zeit wichtig waren, kann ich hier einzeln erwähnen. Ihre Unterstützung habe ich dennoch nicht vergessen.

Ein besonderer Dank gilt meiner Familie, die trotz der Entfernung mich in diesen Jahren wesentlich ermutigte, diese Forschung weiterzuführen: besonders Angela und Ana Serra und Walter Serra, meinem Vater. In einem übertragenden Sinn behält diese Arbeit die Motivationskraft von meiner Muter, Rosa Serra. Auch wichtig wurde mir die Aufmunterung durch Regina, Lilita und Aparecida Diniz, Leonardo Araujo und Luiz Coelho.

Den Beitrag von meinen Professoren von der „Universidade Federal de Minas Gerais“ (UFMG), Belo Horizonte, möchte ich noch hervorheben, insbesondere den von Ana Cecilia Carvalho für die Einführung in die Psychoanalyse.

Für die Befreiung von den Unterrichtsverpflichtungen während der Promotionsjahre danke ich der „Universidade Católica de Minas Gerais“ (Puc Minas), Belo Horizonte.

Dem Deutschen Akademischen Austauschdienst (DAAD) ist Dank zu sagen für die finanzielle Förderung, die meinen Aufenthalt in Deutschland während etwa vier Jahren ermöglichte.

Freiburg i. B., im Mai 2010 Alice Mara Serra

STUDIEN ZUR PHÄNOMENOLOGIE UND PRAKTISCHEN PHILOSOPHIE

herausgegeben von
Hans-Helmuth Gander – Lore Hühn – László Tengelyi – Günter Zöller

Band 1
Hühn, Lore (Hrsg.)
Die Ethik Arthur Schopenhauers im Ausgang vom Deutschen Idealismus (Fichte/Schelling)
Beiträge des Internationalen Kongresses der Schopenhauer-Gesellschaft e.V. (Frankfurt a. M.). In Verbindung mit der Internationalen Gesellschaft (Leonberg) und der Internationalen Schelling-Gesellschaft (Halle) Freiburg im Breisgau, 5. bis 8. Mai 2005.
2006. 559 S. – 170 x 240 mm. Kt.
€ 65,00 ISBN 978-3-89913-480-3

Band 2
Morin, Marie-Eve
Jenseits der brüderlichen Gemeinschaft
Das Gespräch zwischen Jacques Derrida und Jean-Luc Nancy
2006. 239 S. – 170 x 240 mm. Kt.
€ 32,00 ISBN 978-3-89913-491-9

Band 3
Arahata, Yasuhiro
Welt – Sprache – Vernunft
Ein sprachphilosophischer Beitrag zur Verbindung von Phänomenologie, Hermeneutik und Philosophie des Geistes
2006. 412 S. – 170 x 240 mm. Kt.
€ 48,00 ISBN 978-3-89913-517-6

Band 4
Boldt, Joachim
Sein und Sollen
Philosophische Fragen zu Erkenntnis und Verantwortlichkeit
2008. 235 S – 170 x 240 mm. Kt.
€ 32,00 ISBN 978-3-89913-607-4

Band 5
Gander, Hans-Helmuth – Fludernik, Monika – Albrecht, Hans-Jörg (Hrsg.)
Bausteine zu einer Ethik des Strafens
Philosophische, juristische und literaturwissenschaftliche Perspektiven
2008. VIII/328 S. – 170 x 240 mm. Kt.
€ 38,00 ISBN 978-3-89913-608-1

Band 6
Muñoz Pérez, Enrique V.
Der Mensch im Zentrum, aber nicht als Mensch
Zur Konzeption des Menschen in der ontologischen Perspektive Martin Heideggers
2008. 181 S. – 170 x 240 mm. Kt.
€ 24,00 ISBN 978-3-89913-609-8

Band 7
Krenberger, Verena
Anthropologie der Menschenrechte
Hermeneutische Untersuchungen rechtlicher Quellen
2008. 542 S. – 170 x 240 mm. Kt.
€ 58,00 ISBN 978-3-89913-654-8

Band 8
d'Alfonso, Matteo Vincenzo
Schopenhauers Kollegnachschriften der Metaphysik- und Psychologievorlesungen von G. E. Schulze (Göttingen, 1810-11)
2008. 200 S. – 170 x 240 mm. Fb.
€ 32,00 ISBN 978-3-89913-657-9

Band 9
Anelli, Alberto
Heidegger und die Theologie
Prolegomena zur zukünftigen theologischen Nutzung des Denkens Martin Heideggers
2008. 428 S. – 170 x 240 mm. Kt.
€ 55,00 ISBN 978-3-89913-661-6

ERGON VERLAG · WÜRZBURG

STUDIEN ZUR PHÄNOMENOLOGIE UND PRAKTISCHEN PHILOSOPHIE

herausgegeben von
Hans-Helmuth Gander – Lore Hühn – László Tengelyi – Günter Zöller

Band 10
Rimpler, Rüdiger H.
Prozessualität und Performativität in Heideggers „Beiträgen zur Philosphie"
Zur Zeitigung von Sinn
im Gedanken an die Wesung
2008. 155 S. – 170 x 240 mm. Kt.
€ 27,00 ISBN 978-3-89913-663-0

Band 11
Cecchinato, Giorgia
Fichte und das Problem einer Ästhetik
2008. 127 S. – 170 x 240 mm. Kt.
€ 24,00 ISBN 978-3-89913-623-4

Band 12
Navigante, Adrián
Der (Nicht-)Ort des Nichtidentischen in der Philosophie Theodor W. Adornos: Zu einer neuen Semantik des Subjektbegriffs
2009. 339 S. – 170 x 240 mm. Kt.
€ 42,00 ISBN 978-3-89913-703-3

Band 13
Gander, Hans-Helmuth – Goldschmidt, Nils – Dathe, Uwe (Hrsg.)
Phänomenologie und die Ordnung der Wirtschaft
Edmund Husserl – Rudolf Eucken – Walter Eucken – Michel Foucault
2009. VIII/178 S. – 170 x 240 mm. Fb.
€ 32,00 ISBN 978-3-89913-709-5

Band 14
Gubatz, Thorsten
Heidegger, Gadamer und die Turiner Schule
Die Verwindung der Metaphysik im Spannungsfeld zwischen Glaube und Philosophie
2009. 447 S. – 170 x 240 mm. Kt.
€ 58,00 ISBN 978-3-89913-711-8

Band 15
Petrillo, Natalia Carolina
Die immanente Selbstüberschreitung der Egologie in der Phänomenologie Edmund Husserls
2009. 364 S. – 170 x 240 mm. Kt.
€ 48,00 ISBN 978-3-89913-727-9

Band 16
Seliger, Anja
Freiheit und Bild
Die frühe Entwicklung Fichtes von den *Eignen Meditationen* bis zur *Wissenschaftslehre nova methodo*
2010. 358 S. – 170 x 240 mm. Kt.
€ 45,00 ISBN 978-3-89913-736-1

Band 17
Galland-Szymkowiak, Mildred – Chédin, Maxime – Weiß, Michael Bastian (Hrsg.)
Fichte-Schelling: Lectures croisées/ Gekreuzte Lektüren
2010. 320 S. franz. u. dt. Txt. – 170 x 240 mm. Fb.
€ 45,00 ISBN 978-3-89913-728-6

Band 18
Staiti, Andrea Sebastiano
Geistigkeit, Leben und geschichtliche Welt in der Transzendentalphänomenologie Husserls
2010. 243 S. – 170 x 240 mm. Fb.
€ 38,00 ISBN 978-3-89913-737-8

Band 19
Serra, Alice Mara
Archäologie des (Un)bewussten
Freuds frühe Untersuchung der Erinnerungsschichtung und Husserls Phänomenologie des Unbewussten
2010. 286 S. – 170 x 240 mm. Kt.
€ 37,00 ISBN 978-3-89913-791-0

ERGON VERLAG · WÜRZBURG

FSC
www.fsc.org
MIX
Papier | Fördert
gute Waldnutzung
FSC® C083411

Kolibri 360 GmbH
Ferdinand-Jühlke-Straße 7
99095 Erfurt, Deutschland
produktsicherheit@kolibri360.de